国家社科基金项目（项目编号：13BZW108）最终成果

胡适文学思想探源

（1917—1937）

王光和　著

中国社会科学出版社

图书在版编目(CIP)数据

胡适文学思想探源:1917—1937/王光和著. —北京:中国社会科学
出版社,2023.4
ISBN 978-7-5227-1523-0

Ⅰ.①胡…　Ⅱ.①王…　Ⅲ.①胡适(1891-1962)—文学思想—研究
Ⅳ.①I206.6

中国国家版本馆 CIP 数据核字(2023)第 057973 号

出 版 人	赵剑英	
责任编辑	刘志兵	
责任校对	季　静	
责任印制	李寡寡	

出　　版	中国社会科学出版社	
社　　址	北京鼓楼西大街甲 158 号	
邮　　编	100720	
网　　址	http://www.csspw.cn	
发 行 部	010-84083685	
门 市 部	010-84029450	
经　　销	新华书店及其他书店	

印　　刷	北京明恒达印务有限公司	
装　　订	廊坊市广阳区广增装订厂	
版　　次	2023 年 4 月第 1 版	
印　　次	2023 年 4 月第 1 次印刷	

开　　本	710×1000　1/16	
印　　张	23	
插　　页	2	
字　　数	368 千字	
定　　价	128.00 元	

目　录

绪　论

在胡适的众多成就和贡献当中，最为人熟知的无疑是提倡白话文，发动文学革命。文学革命运动不仅促进了中国现代文学的建立和发展，也加速了中国传统文化的转型，对中国文学和文化的发展影响深远。1952 年美国专栏作家乔治·E. 索克思向美国民众这样介绍胡适：胡适对现代中国的贡献可与但丁、薄伽丘、彼得拉克之于文艺复兴时期的意大利之贡献相媲美，被人们称为"文学革命之父"。他沟通了古代与当代。他用普通百姓口头使用的白话（而非古汉语）创作诗歌。他的《中国哲学史》（上）风靡中国。他编辑、翻译、创作了不少的中西方小说，在中国广为流传，家喻户晓。他早年就学于美国的康奈尔大学和哥伦比亚大学，学过农学、哲学、文学、经济学，受威廉·詹姆士和约翰·杜威的哲学思想影响极深，并把实用主义思想介绍到中国，对中国的知识界产生了深远的影响。[①]

在提倡文学革命、建设新文化的运动进程当中，胡适勇敢而执着地进行着创建白话文学的探索和尝试工作，或著述阐发，或论辩申说，同时亲身投入各种"实验"性的文学创作和文学翻译实践之中，不断总结、修正、提炼，逐渐形成了自己的文学思想。虽然说胡适的文学创作数量有限，水平不高，但其开创性的创作实验及其文学思想已经成为中国现代文学史上弥足珍贵的历史遗产。重新审视和研究胡适的文学思想，不仅有助于我们深入理解和把握中国现代文学形成与发展的曲折历程及其在形成过程中所呈现出的中西方资源融合的复杂面貌，也会对我

---

① ［美］乔治·E. 索克思：《日记》（1950—1962），《胡适全集》第 34 卷，安徽教育出版社 2003 年版，第 172 页。

们目前在全球化和构建人类命运共同体的语境下如何面对西方文化、继承中国传统有所启发和借鉴。

胡适文学思想的产生和形成是逐渐完成的。美国留学的七年时间，胡适对中西方哲学、文学等方面的理解和认识更加深入，其文学观念在中西方资源相互融合的过程中得以发酵，并在与同学兼诗友的辩驳中慢慢被激活。1914 年 9 月，胡适参加中国留美学生会年会，出任英文《月报》主笔之一，负责"国内新闻"，这就要求他必须熟悉国内的各种情况，当然也包含文学方面的动态，还促使他与国内外的中文报社和出版机构建立了联系，如与章士钊、陈独秀等名人开始了书信交往，为其提倡"文学革命"创造了同盟军和媒介方面的基础。同时，这个阶段可能也加速了胡适对中西方各种资源的比较和领悟，并把它与中国的实际情形联系起来，慢慢发酵。胡适在美国有着广泛的交际圈，梅光迪、任鸿隽、杨杏佛、朱经农、赵元任等是其重要的朋友和论友，他们之间的交流是其倡导文学革命运动最重要的准备阶段。胡适的中国国学功底深厚，再者，有在美国留学的独特环境和西学知识的背景，其文学见解的形成过程打上了浓厚的中西方思想文化资源和文学传统的烙印。

留学美国之前，胡适已经历了一个中国传统文化素养的学习过程。1910 年到美国后，胡适一直保持着对中国传统典籍的阅读，他虽然学过农学、哲学、文学等好几个专业，但依然沉迷于中国传统旧学，阅读了大量的古籍。其母亲在家庭经济状况极为艰难的情况下，还为他购买了一套《古今图书集成》，足见胡适对中国传统典籍的喜爱，其毕业时的博士论文《先秦名学史》讨论的也是中国传统哲学中的认识论命题。他二哥曾因此写信劝说胡适不要沉溺旧学，认为经学知大意已足，诗词则是无用之学，但胡适不顾劝告，坚持从农学转到哲学专业，并辅修文学等课程，这对他人文学科的兴趣产生也起到了很大的作用。

胡适对文言文的态度与起先并没有多大的与众不同，没有觉得文言文需要被白话文代替。但在美国的异域环境里，胡适的语言环境既不在中国也不在美国，而是处于一种悬空状态，因此他对中西方语言的对比才更为敏感，其对文言和白话之间的差异也体会得更深。尤其是康奈尔大学的五年，胡适的视野、学养和思想发生了巨大的变化，其对语言的理解也更加具体、深刻。胡适起先也只是着眼于文学内容的改良，即希望以"质"救"文"，消除晚清"文胜质"的文学弊端，但经过长期的思考以及与朋友们的论辩，胡适慢慢有了自己独立思考的结论，认为救"质"必须先救"文"，从而旁逸斜出，转向"文"的改革。他逐渐认识到中国传统文学到了晚清之所以停滞不前，主要原因就是没有找准文学变革的突破口，没有实现白话文学的复兴，也就是说没有看到中国文学发展的"言文一致"的历史趋势，所以就一直难以实现传统文学的现代转型。

胡适文学思想的形成是由多方面原因造成的。一是西方思想资源的因素，是指受到进化论、实用主义哲学、西方语言理论和欧洲文艺复兴时期的文学发展史的影响和启示。二是中国传统文化的影响。胡适有着深厚的朴学功底，包括音韵学、训诂学、校勘等方面的学术训练，最重要的是他从历史发展的观念出发把握住了中国文学历史中的"言文合一"的发展趋势，从宋明以来的文学传统中，继承了宋诗"以文为诗"的诗学观念、明代"公安派"的"文以代变"的文学主张以及晚清白话文运动的历史经验。

一　胡适对中西方哲学思想资源的继承和借鉴

某种意义上说，胡适之所以能成为新文学运动的主要理论家与领导人，是由其所接受的进化论和实验主义等适合现代要求的思想理论所决定的。只是这个理论体系并不只是出自胡适的个人创造或纯粹地从西方移植，它还有着中国传统的思想基础，适应当时的历史环境，符合社会改革的需要。换言之，如果没有对西方的进化论、实用主义哲学以及世界文化同一性观念的接受，胡适就难以在世界文学的立场上以比较文学的视野对传统的宋明理学、明清朴学和"文以代变"等文学观念进行重新审视和认识，也难以准确地找到清末民初中国文学需要参照的西方文学之坐标，即以文艺复兴以来的欧洲近代文学发展史作为中国现代白话文运动的历史经验，把它与中国文学史上的历次"文学革命"特别是"公安派"袁枚等明清以来的文学变革主张进行了横向比较和互参互证。因此说，在胡适的血液里，这些不同的中西思想资源得以互相渗透、互相融合，经过长期发酵，最后形成自己的文学思想。

　　先看进化论对胡适的影响。胡适之所以能够以自己的方式融合中西方的文学观念，并形成自己的文学思想，其关键的一点是他所秉承的世界各国文化发展的历史进化规律和文化同一性之观念。胡适坚持中西方文化发展规律的同一性的立场，则又源于受到他所接受的进化论的深刻影响。在1912年1月25日的日记中，胡适把"归纳的理论""历史的眼光"和"进化的观念"三条"求学论事观物经国之术"称为中国社会"起死之神丹"①，可见这些观念在胡适思想中的重要性，尤其是后两种观念，对胡适一生的事业影响巨大。胡适倡导的白话文学史观就是"进化论"和"文以代变"等中西方文化资源长期浸润的结果，也是中西文学传统中的相关观念的互相参照参证和融合创化的结果。这样的史料我们从胡适的著述中能够梳理出许多。

　　胡适认为，在漫长的历史进程中，东西方都产生过朴素的进化观念。在西方，其起源可以追溯到古希腊古罗马时期，其后欧洲思想史上这种观念一直在发展，比如从中世纪的阿奎那到近代的康德等。这种观念在世界范围的广泛传播则要等到达尔文的《物种起源》的出版。达尔文的生物进化观念，科学地阐述了生物进化的原因和规律。达尔文把生物进化看成一个方向性的、直线型的、从非生物到低等生物再到高等生物最终到人的不断进化过程，这对"物种不变论"观念是一次空前挑战，对近现代自然科学和社会科学的发展影响巨大。

　　进化论思想后来逐渐演变，分化为很多不同的流派。为中国读者所熟悉的主要是斯宾塞的机械进化论、赫胥黎的伦理进化论以及美国的实用主义进化论等。西方进化观念在中国的输入其实比严复翻译的赫胥黎的《天演论》要早，如1859年李善兰所译《谈天》一书中就有这样的观念，但真正在中国文化领域产生巨大影响的则是1895年严复翻译的《天演论》。国人对《进化论》的认识，吴汝纶在《〈天演论〉序言》曾有过描述：

　　　　天演者，西国格物家也。其学以天择、物竞二义……推极乎古今万国盛衰兴坏之由，而大归于任天为治。赫胥氏起，而尽变故

---

① 胡适：《日记》（1906—1914），《胡适全集》第27卷，安徽教育出版社2003年版，第261页。

说：以为天不可独任，要贵以人持天。以人持天，必究极乎天赋之能，使人治日即乎新，而后其国永存，而种族赖以不坠，是之谓与天争胜。而人之争天而胜天者，又即天事之所苞，是故天行人治，同归天演。①

简言之，赫胥黎的进化论就是"物竞天择"，对晚清的思想界和知识界冲击较大。赫胥黎的进化论是一种伦理进化论，他反对社会达尔文主义，认为社会是一个伦理道德不断进化并抑制生存竞争的过程。而严复因为自己的倾向在《天演论》中主要介绍的是斯宾塞的机械进化论。斯宾塞把进化论运用到社会科学领域，认为事物总是有一个由低级到高级、由简单到复杂的进化过程，而且这种进化本身是进步的。斯宾塞的哲学把英国的功利主义、个人主义和公平竞争结合到一起，认为这种进化观念能够激发个人和社会的创造力。胡适接受的就是这种伦理进化论思想。

胡适早在上海时期就接触到了进化论思想，但真正理解并把他当作一生的思想武器则是在赴美留学期间，特别是在文学革命倡导之际，他对很多文学现象的解释就是进化论。清末民初（1904 年）14 岁的胡适从安徽绩溪的家乡来到上海的新式学堂求学，前后曾在梅溪学堂、澄衷学堂和中国公学学习，接触了较多的新思想，受进化论影响较大。进化论是当时极被社会尊崇的西方思想信条，"对一个感受惰性与濡滞日久的民族"是一个十分"合宜的刺激"②。"《天演论》出版之后，不上几年，便风行全国，竟做了中学生的读物了。"③ 而上海作为中国商业最繁华的城市，对西方思潮更是得风气之先，胡适身在其中自然会受影响。据胡适《四十自述》中的自述，其在上海时已经通读过严复翻译的《天演论》、梁启超的《新民说》等宣传新思想的书籍，受"物竞天择""言论自由"等新潮观念熏染甚多。胡适不无自豪地说："这一年之中，我们都经过了思想上的一种激烈变动，都自命为'新人物'

---

① 吴汝纶：《〈天演论〉序》，《中外文学关系史资料汇编》（上），广西师范大学出版社 2004 年版，第 3 页。
② 胡适：《四十自述》，《胡适全集》第 18 卷，安徽教育出版社 2003 年版，第 12 页。
③ 胡适：《四十自述》，《胡适全集》第 18 卷，安徽教育出版社 2003 年版，第 58 页。

了。"为此，胡适还改名为"胡适"（原名"胡洪骍"），而他主编过的报纸取名为"竞业旬报"，其中"适""竞"就是取"物竞天择，适者生存"的含义，可见进化论在当时的影响力。胡适还写过以"物竞天择，适者生存，试申其义"为题目的命题作文，后来虽然他认为这显然不是一个10多岁的小孩可以解答的问题，却足以说明进化论在中国的广泛而深刻的影响。①

康有为、梁启超也受到进化论的影响，因此胡适经由梁启超的阐述对进化论的理解更深了一步。胡适曾评价所受到的梁启超的影响，"第一是他的《新民说》，第二是他的《中国学术思想变迁的大势》。梁先生自号'中国之新民'，又号'新民子'，他的杂志也叫《新民丛报》。梁启超希望以'新民'学说改造中国，把中国这个积重难返的'病夫民族'，改造成一个新鲜活泼的民族"。② 梁启超的"新民"说，本身就可看出进化的意味，对年少的胡适产生了魔力般的吸引力。

有研究指出，梁启超对进化论的理解和解释，使得进化论逐渐凝固为一种完整的意识形态。他不仅完全接受了进化论，而且对进化论的基本信条做了进一步的概括和表述。他的概括和表述简单、清楚、明了，使之成为系统的理论，符合中国人认识新世界（即对世界和自己历史命运的一个总解释）的需要和要求，从而很快就被社会所接受，成为现代中国的主要意识形态。③

刘师培也服膺于进化论，他曾对白话文运动的历程和前景做过预言："故就文字进化之公理言，则中国自近代以还，必经白话盛行之一阶段，此由可预测者也。"④ 可见，用进化论来解释社会文化现象在当时是很有说服力的，把它运用到语言发展史上更是自然的事。

根据进化学说，不同国家或不同文明的发展都分别是各自单独的一个进化体，要经历的进化阶段都一样，只是进化阶段的先后顺序不一样。中国面临的问题是，面对处在高级进化阶段的强势的西方文明，处在低级进化阶段的弱势的中国应该如何自处和调整，这其实就是先进文

---

① 胡适：《四十自述》，《胡适全集》第18卷，安徽教育出版社2003年版，第58页。
② 胡适：《四十自述》，《胡适全集》第18卷，安徽教育出版社2003年版，第59页。
③ 张汝伦：《现代中国思想研究》，上海人民出版社2001年版，第33页。
④ 李妙根编选：《国粹与西化》，上海远东出版社1996年版，第120页。

化与落后文化之间的碰撞。梁启超接着进一步阐发：历史永远向前发展，不会后退，这是进化的线性原则；全人类走的是同一条道路，相互之间的区别只是在于发展速度的快慢。

在《西潮·新潮》中蒋梦麟也对进化论对中国的深刻影响做过总结。他认为，进化论一经传入，明锐的中国学者立刻就发现它的实用的道德价值。他们从"物竞天择，适者生存"的自然法则中，清醒地认识到，为了生存，世界各国之间必须互相竞争，只有实力强大的国家才可能存续下去。同时，进化论的另一面也改变了中国学人的历史观，他们不再相信世运是循环的，而是直线发展的，不进则退，或者停滞不前。蒋梦麟认为："这种历史观的转变，对中国学者对'进步'这一观念的理解发生了重大的影响。"[①] 当胡适在美国接触到与进化论关系密切的实用主义哲学之后，进化论和实用主义就自然地融合在一起了，对胡适来说差不多就是一枚硬币的正反面，难以分清它们之间的界限和区别。

留学美国使得胡适有机会对进化论思想进行深入系统的学习，并把它运用到各种学术研究当中去。胡适在美国不仅阅读了达尔文的《物种起源》原著，还追随杜威学习实用主义哲学，对实用主义的进化观念有了更深刻的理解和把握，从而获得了一种使他终身受益的思想工具。实用主义的进化观念不注重抽象的思辨，而是通过对科学的反思，提出一种由经验主义和自然主义结合而成的世界观和方法论。实用主义进化论同样认为人与生物一样，处在一个不断适应环境的过程当中。人的精神和能力是用来应付这个过程的基础"工具"，而适应环境的观念和思想必须在观察和实验的检验活动中才能确定其价值。

胡适明确说到过自己在美国留学时他思想观念所起的变化："到了最后的三年（一九一四——一九一七），我自己的文学主张，思想演变，都写成了札记，用做一种'自言自语的思想草稿'（thinking aloud）。"[②] 胡适说：

---

① 蒋梦麟：《西潮·新潮》，岳麓书社 2000 年版，第 250 页。
② 胡适：《日记》（1906—1914），《胡适全集》第 27 卷，安徽教育出版社 2003 年版，第 103 页。

我曾用进化的方法去思想，而这种有进化性的思想习惯，就做了我此后在思想史及文学工作上的成功之钥。尤更奇怪的，这个历史的思想方法并没有使我成为一个守旧的人，而时常是进步的人。例如，我在中国对于文学革命的辩论，全是根据无可否认的历史进化的事实，且一向都非我的对方所能答复得来的。①

可见，西方的进化论思想对胡适已有之中国传统思想起到了理论化和系统化的作用，或者说使胡适能够运用西方理论来解释和印证中国已有的思想资源，巩固并加强了他对进化论的认识和信奉。

胡适在信奉达尔文进化论的同时，也努力尝试在中国思想传统中发掘类似的进化观念。他早先就认为中国古代思想传统中也存在朴素的进化观念，研究"天地万物的起源""自原始以来至于今日，天地万物变迁的历史""变迁的状态和变迁的原因"②。在其博士论文《先秦名学史》一章中，他分别论及老子、孔子、庄子、列子、荀子、墨子、商鞅、韩非子等思想中的社会进化观念。比如他引述《列子》中的一段：

> 天地万物，与我并生，类也。类无贵贱，徒以大小智力而相制，迭相食，非相为而生之。人取食者而食之，岂天本为人而生之？且蚊蚋嘬肤，虎狼食肉，岂天本为蚊蚋生人，虎狼生肉者哉？③

这样，胡适把达尔文和斯宾塞的进化学说与中国传统思想中的某些朴素的进化观念联系了起来："我对于达尔文与斯宾塞两氏进化假说的一些知识，很容易的与几个中国古代思想家的自然学说联了起来。"④后来他坦言上述的结论过于武断："中国古代关于世界起源与自然进化的说法都比较零散，如果说它是进化思想的话，也只是一些思想的粗糙的碎片"，而"关于人类社会发展的思想则要系统一些"。⑤从某种意义

① 胡适：《我的信仰》，《胡适文集》（1），北京大学出版社1998年版，第18页。
② 胡适：《先秦诸子进化论》，《胡适全集》第7卷，安徽教育出版社2003年版，第8页。
③ 胡适：《先秦诸子进化论》，《胡适全集》第7卷，安徽教育出版社2003年版，第12页。
④ 胡适：《我的信仰》，《胡适文集》（1），北京大学出版社1998年版，第12页。
⑤ 吴丕：《进化论与中国激进主义（1859—1924）》，北京大学出版社2005年版，第51页。

上说，胡适努力从中国传统文化里发掘"进化论"的元素，虽然有些牵强，但证明了他一直致力于中西方思想资源的连通和比较，是他用现代进化论思想重新发现和审视中国传统文化的一种初步实践，是一种非常可贵的比较意识，促进了他对中国传统文化的深入了解。

无论达尔文还是赫胥黎和斯宾塞，他们的思想都使得胡适能够把从中国传统思想里所获得的资源加以系统化和科学化。而且更重要的是，在当时的社会历史语境中，这些"外来的和尚"对于中国人来说更有说服力甚至压服力。余英时就曾指出，当时中国求变求新的知识人都"尊西人若帝天，视西籍如神圣"，这反映了晚清时期中国知识界在西方文化冲击下所产生的基本心态。这里的"西人"指的是达尔文、赫胥黎、斯宾塞等人，而"西籍"则是指《天演论》（赫胥黎）、《群学肄言》（斯宾塞）之类。①

在对胡适文学思想的考察中，我们发现，正是因为有了历史进化的思想，胡适才能在文学革命的论争中立于不败之地。历史进化的观念自始至终都贯穿于胡适的文学思想和文学活动之中。比如《文学改良刍议》（1917 年 1 月）、《历史的文学观念论》（1917 年 5 月）、《建设的文学革命论》（1918 年 4 月）、《实验主义》（1919 年）、《白话文学史》（1921 年）、《国语文学史》（1924 年）、《介绍我自己的思想》（1930 年）、《中国再生时期》（1935 年）等著述都体现了斯宾塞和杜威等人的历史进化观念。胡适把上述二者当作他发起文学革命和提倡白话文写作的哲学基础和工具。

周策纵在《五四运动：现代中国的思想革命》一书中引用了其他学者（Jerome Chen）的看法：无论这些作家如何看待中国的衰弱和危机，他们对中国文化的批评都是社会达尔文主义的而不是反帝国主义的，即中国受到其他国家的侵略，主要原因还是中国自身的落后。② 如果中国因此受到侵略，那么他们最先要做的是从自身查找原因。这或许是胡适对待西方文化持全方位学习态度的一种心理动机。由此可见，进

---

① 余英时：《试论中国人文研究的再出发》，《文史传统与文化重建》，生活·读书·新知三联书店 2004 年版，第 522 页。

② 周策纵：《五四运动：现代中国的思想革命》，江苏人民出版社 1999 年版，第 135 页。

化论在五四前后中国知识分子身上的烙印有多深。

其次，再看文化同一性观念与胡适文学思想的内在联系。胡适一直声称文学革命不是他的发明，而是中国文学史上的传统，但为什么他能够超越前人，推动白话文运动取得成功？这是文学发展的历史趋势的必然结果，还是因为人为的"有意推动"？如果说，历史上的"文学革命"大部分都是这两种"力量"的合力的结果，那为什么只有胡适取得了成功？胡适的文学观念到底是什么样的？是如何形成的？吸收了哪些资源？清末民初之际，很多文人学士同样学贯中西，为何只有胡适设计出了改造中国传统思想文化的方案，从"文学革命"入手找到突破瓶颈的方法？

这个问题需要从胡适的政治、哲学、文学等思想文化方面的观念以及开阔的世界视野方面去寻找答案。我们认为，胡适之所以能较成功地融合中西方文学文化资源，倡导比较激进的文学革命运动并最后能够结出成功之果，是因为在思想认识和看待东西方文化的态度上较之他人更为激进和开放，是契合了渴求深度改良中国社会的客观要求。只有认同了文化的同一性之观念，胡适才可能进一步提倡"全盘西化"，才能摆脱"中学为本，西学为用"的历史羁绊。

胡适的文化同一性的观念当然是以进化论为前提的，认为文化是一个从低级阶段向高级阶段发展的精神实体，各种文化虽然差异很大，发展阶段不同，但都是沿着线性的轨迹向前进化和发展。胡适把文化定义为人类适应和改造环境以改善生存条件、提高生活品质等所开展的一系列活动的结果。尽管由于民族、地域和时代的差异，各种文化表现出不同的特点，发展进程和发达程度也有先后快慢、先进落后之分，但各种文化之间可以互相交流，互相借鉴，取长补短，互相促进，最后达到成熟发达的终点。因此在实质上，人类文化发展的道路和规律是有一致性的，具有同一性。胡适就此问题曾与梁漱溟有过论辩。梁漱溟、张荫麟等人因为个人哲学观念和时局的影响，不承认文化的同一性。五四前后，受第一次世界大战的影响，西方产生了对近代科学的文化的厌恶和反思的情绪，他们转而向东方寻求灵感和药方，这正好迎合了国内某些知识分子的自满和自夸的心理，认为中国的科学技术等物质文明虽不如西方，但精神文明是优于西方的，所以中国人不必妄自菲薄，而应该感到庆幸，从而反对胡适所极力提倡的向西方的全面学习。以梁漱溟为代表的一批知识分子认为中国文化的特质是精神文明，中国人更多追求精神上的满足和自恰，文化思想高度发达，而西方则贪婪地追求物质文明建设，虽然物质生活发达，但其精神文明程度并不及中国。他们认为东西方文化走的是不同的道路，差异巨大，特征迥异，认为西方文化是重物质的工业文明的产物，而东方文化（以中国、印度为代表）是重精神的农耕文化的产物。张荫麟把文化分为两种，凡人类"正德、利用、厚生"的活动，或作为"正德、利用、厚生"的手段的活动，都是"实际的活动"。凡智力的、想象的，或感觉的活动，本身非"正德、利用、厚生"之手段者，可称为"纯粹的活动"。所谓"实际的活动"指物质文化，而"纯粹的活动"说的是精神文化。他认为近代中西方在文化上的巨大差异，比如西方重物质文化的进步，而中国重精神文化的发展，并不是偶然现象，而是有其必然性，是与"自周秦希腊以来"中西方的价值观、社会结构以及生存环境都密切相关。① 因此他认为不能因为两者之间的巨大差异，就判断孰优孰劣。张荫麟认为中西方文化的差异是固有的，是文化特质和发展道路所决定的，不存在先进落后之分，也就不存在向西方全面学习的必要性。

胡适对梁漱溟等人的观点做了明确的回应，坚持世界各国文化发展的同一性的观点，认为各国文化虽然面貌各异，发展程度也有先后之分，但都是按照进化的程序往前发展。他也不承认所谓东西方在物质文化和精神文化方面存在截然的分野和巨大差异。他认为物质文化和精神文化是相互依存的关系，虽然在同一个国家内部，两者之间会存在一些发展程度的差异，但发达的社会物质文化肯定会对伦理、道德、文学艺术等精神文化产生重大影响。胡适坚信精神文明一定是建立在物质基础之上的。提高人类物质生活水平，提高人类生活的便利性与舒适性，是"朝着解放人类的能力的方向走"②，使人类能够从困苦的物质生活环境中解脱出来，投入更多的精力去追求精神的满足和享受。衣食足而后知

---

① 张荫麟：《论中西文化的差异》，杨毅丰、康惠茹编《民国思想文丛·学衡派》，长春出版社 2013 年版，第 384—385 页。

② 胡适：《我们对于西洋近代文明的态度》，《胡适全集》第 3 卷，安徽教育出版社 2003 年版，第 3 页。

荣辱，仓廪实而后知礼节，胡适引用管仲的话来证明，他的观点并不是宣扬"经济史观"的舶来品，而是"平恕的常识"①，根本不需要讨论和辩护。

在《读梁漱溟先生的〈东西文化及其哲学〉》一文中，胡适对"文化同一性"有过清晰的描述："现在全世界大通了，当初鞭策欧洲人的环境和问题现在又来鞭策我们了。""世界大通"就是承认世界文学在发展历程上的同一性，都具有生物有机体的进化性。胡适呼吁要用历史的眼光看待文化，由此，才会发现世界各国各民族都走在"本来的路"上，只不过发展环境、遇到的问题不同，所以"行走"的速度也不同，最后到达终点的时间也不一样。胡适这里所说的"本来的路"就是通往科学和民主的道路，指的是"欧洲今日文化的特色——科学和德谟克拉西"。②

基于这样一种文化观念，胡适（1929 年 11 月）不承认中国的精神文化优于西方，而是认为当时的中国已经全方位落后：

> 他们（东方派）天天要你们相信中国的旧文化比任何国家都高，中国的旧道德比任何国好。还有一些不曾出国门的愚人鼓起喉咙对他们喊道，"往东走！往东走！西方的这一套把戏是行不通的了！"我要对你们说：不要上他们的当！不要拿耳朵当眼睛！睁开眼睛看看自己，再看看世界。我们如果还想把这个国家整顿起来，如果还希望这个民族在世界上占一个地位，——只有一条生路，就是我们自己要认错。我们必须承认我们自己百事不如人，不但物质机械上不如人，不但政治制度不如人，并且道德不如人，知识不如人，文学不如人，音乐不如人，艺术不如人，身体不如人。③

胡适认为中国的发展水平只相当于文艺复兴时期之前的中世纪的欧

---

① 胡适：《我们对于西洋近代文明的态度》，《胡适全集》第 3 卷，安徽教育出版社 2003 年版，第 3 页。

② 胡适：《读梁漱溟先生的〈东西文化及其哲学〉》，《胡适全集》第 2 卷，安徽教育出版社 2003 年版，第 253—254 页。

③ 胡适：《介绍我自己的思想》，《胡适全集》第 4 卷，安徽教育出版社 2003 年版，第 667 页。

洲。1929 年，胡适说，欧洲"再生时代"（文艺复兴）的历史，需要重新书写，因为现在西方历史学家举例那个时代实在太遥远，难以充分了解那个时代的意义。但我们中国人现在正处在"中世纪"的时代，因此比西方历史学家更能了解这一段历史的意义。①

因此，胡适提出了全盘西化的主张，运用西方文化模式来改良中国，或者说把西方的相关资源纳入自己的思想框架：在科学评估中国传统文化的前提下，把中国传统中科学的有存续价值的那部分资产与西方的那些可以为中国所借鉴的资源结合起来，为中国文化的"文艺复兴""造因"，建设新的文明。胡适认为，欧洲的"文艺复兴"意义在于打破了神性、解放了人性，使得欧洲各国的文艺文化得以快速发展。但这些只是欧洲后来得以高速发展的前提基础。认为古希腊、古罗马的文艺之提倡，宗教的改革，也不过如清代汉学时期。他认为欧洲当今的发展成绩"从文艺复兴与宗教改革，再进一步，做到工业革命，造成科学世界的物质文明，方才有今日的世界"。胡适赞成吴稚晖的观点，就是我们再进一步，抛开宋学、汉学之争，抛开洋八股，努力造成一个干燥无味的物质文明，然后这三百年的文化趋势才可算有了交代。②

由此可见，胡适对文化发展同一性的态度非常坚决，在中西文化对比的前提下，提倡中国向西方全面学习，积极建设物质文明，尤其要是学习西方科学、民主的精神，努力追赶世界文化发展的进程。正如胡适所说："肯认错了，方才肯死心塌地去学人家。""我们的问题是救国，救这衰病的民族，救这半死的文化。""无论什么文化，凡可以使我们起死回生，返老还童的，都可以充分采用，都应该充分收受。"③

当然，胡适对世界文化同一性的认识确实存在一些偏颇，也比较激进，但我们也应该看到在当时救亡图存的社会历史语境下，正是有了这样的偏颇和激进才使得胡适能够对世界文化敞开大门，全面吸收和信奉进化论、实用主义哲学、科学与民主等西方思想观念。

再次，是实验主义对胡适思想的影响。杜威实验主义哲学思想对胡

---

① 胡适：《胡适》（1928—1930），《胡适全集》第 31 卷，安徽教育出版社 2003 年版，第 533 页。
② 胡适：《几个反理学的思想家》，《胡适全集》第 3 卷，安徽教育出版社 2003 年版，第 115—116 页。
③ 胡适：《介绍我自己的思想》，《胡适全集》第 4 卷，安徽教育出版社 2003 年版，第 668 页。

适的一生影响巨大。在胡适的著述里，实验主义、实际主义（即我们通常说的实用主义）经常混用，虽然意思有些微区别，因此在不少的著述中一直被通用。

就这两个名词的本义看来，"实际主义"（Pragmatism）注重实际的效果；"实验主义"（Experimentalism）虽然也注重实际的效果，但他更能点出这种哲学所最注意的是实验的方法。实验的方法就是科学家在试验室里用的方法。这一派哲学的始祖皮耳士常说他的新哲学不是别的，就是"科学试验室的态度"（the laboratory attitude of mind）。这种态度是这种哲学的各派所公认的，所以我们可用来做一个"类名"。①

之所以产生混用，可能是因为杜威哲学思想里，实用的功能和试验的方法是并重的，因此胡适在翻译时难以取舍，因此导致"实际主义"（Pragmatism）、"实验主义"（Experimentalism）在不同语境中交替使用。

杜威的实验主义被胡适终生信奉，成为他一生的思想武器。这跟胡适的人生信条密切相关。胡适把杜威的实验主义哲学与中国文化传统中的"格物致知""文以载道""学以致用"等观念结合在一起。因此胡适论述杜威哲学思想的时候"化约化"的倾向比较明显，也就是淡化杜威哲学观念的思辨性，强化其实践性，以便于把它作为发现问题、解决问题的哲学工具。胡适说杜威论思想，就是思想的五个先后步骤：

（一）疑难的境地；（二）指定疑难之点究竟在什么地方；（三）假定种种解决疑难的方法；（四）把每种假定所涵的结果，一一想出来，看那一个假定能够解决这个困难；（五）证实这种解决使人信用；或证明这种解决的谬误，使人不信用。②

---

① 胡适：《实验主义》，《胡适全集》第 1 卷，安徽教育出版社 2003 年版，第 278 页。
② 胡适：《实验主义》，《胡适全集》第 1 卷，安徽教育出版社 2003 年版，第 307 页。

　　这里，胡适把杜威的实验方法简约化为解决问题的方法和过程，即由发现问题、解决问题到验证解决问题之方法的有效性和普遍性。杜威在《思维术》（*How to Think*）和《实验逻辑论文集》（*Essays in Experimental Logic*）里面，详细论述了这种实验主义的观念，并设计了具体的实践方法。胡适把这种哲学思想当成了一种艺术和技术，不仅可以适用于自然科学的研究和发明，还同样适用于人文科学和社会科学研究："这个技术主体上是具有大胆提出假设，加上诚恳留意于制裁与证实。这个实验的思想技术，堪当创造的智力（creative intelligence）这个名称，因其在运用想象机智以寻求证据，做成实验上，和在自思想有成就的结实所发出满意的结果上，实实在在是有创造性的。"① 也就是说实验主义之所以可以用于与自然科学性质不同的社会科学领域，就在于其精髓是科学方法的一致性，即"大胆的假设，小心的求证"。

　　杜威的实验主义深化了胡适的源自赫胥黎和达尔文的进化思想，强化了他挑战一切学术权威的怀疑精神和"革命"精神，并形成一种关于知识系统和人类生活的科学世界观。科学的世界观就是科学的态度，而科学的态度就是在有效的证据出现之前坚持自己的疑问，与胡适所崇尚的中国传统中的科学理性精神也是相互契合的。胡适的观念里，实验主义哲学与进化论密切相关，实验主义是科学方法在哲学上的应用。胡适说："到了实验主义一派的哲学家，方才把达尔文一派的进化观念拿到哲学上来应用；拿来批评哲学上的问题，拿来讨论真理，拿来研究道德。进化观念在哲学上应用的结果，便发生了一种'历史的态度'（the genetic method）。"② 达尔文的进化观念进一步促进胡适清晰把握因果关系的多元认识论，孕育出作为一般运行法则的渐进主义思想。上述所有观念最后综合演化为实用主义，也就是杜威所特别强调的实验主义和工具主义。

　　我们认为，胡适如果没有"实验主义"的精神，他不可能最后去发动文学革命。胡适说："我的第二个注脚便是所谓'中国文学革命'的整个过程，也就证明了我所经常提到的'实证思维'的理论。这个

①　胡适：《我的信仰》，《胡适文集》（1），北京大学出版社 1998 年版，第 18 页。
②　胡适：《实验主义》，《胡适全集》第 1 卷，安徽教育出版社 2003 年版，第 282 页。

'革命'实是当年居住在美国康乃尔、哈佛、哥伦比亚的学生宿舍之内的，几位爱好文学的朋友们一起讨论而策动起来的。他们面对了几项实际问题。这些问题使他们感到困难、疑虑和彷徨。这些困扰使他们之间发生了激烈的辩论。"① 少了"实验主义"这根精神支柱，胡适有可能急流勇退了，更不用说能在众人的非议下独自坚持。这就是实验精神的强大内在推动力，予以胡适放胆的勇气和坚持的决心，使得文学革命的尝试能够在激烈的反对声浪中毫不动摇。

　　杜威哲学的平民主义色彩及关注社会的特质与中国传统中的"经世致用"的精神无疑是相通的。正是因为如此，有着浓厚的"经世致用"观念的胡适与杜威在此不期而遇、不谋而合。胡适反复提到，杜威思想的影响对他"一生的文化生命"起到了"决定性的影响"。②

　　胡适服膺杜威的实用主义哲学，除了五四时期社会启蒙的客观需求，也跟胡适早年所接受的传统文化熏陶以及家学渊源有关。杜威关注"人的问题"的思想与中国儒家的"通经致用""知行合一"等传统文化观念有很多的相通之处。胡适对杜威哲学的"中国化"阐释，满足了深受传统文化浸染的五四知识分子们的实用心理，加上政治、社会等时势因素的影响，使得实用主义在中国的接受与传播顺理成章，成为中国知识界非常犀利的思想武器。

　　不仅如此，实验主义哲学观念还使得胡适能够把西方的科学观念与宋明理学、明清朴学中的实用态度和科学精神连通起来。胡适说："我后来的思想走上了赫胥黎和杜威的路上去，也正是因为我从十几岁时就那样十分看重思想的方法了。"③ 换言之，胡适是把西方的科学精神和实验的态度纳入自己已有的思想框架，对已有的思想进行系统化、现代化的阐述和完善。胡适说：

　　　　杜威对有系统思想的分析帮助了我对一般科学研究的基本步骤的了解。他也帮助了我对我国近千年来——尤其是近三百年来——

---

① 胡适：《胡适口述自传》，《胡适全集》第18卷，安徽教育出版社2003年版，第332页。
② 胡适：《胡适口述自传》，《胡适全集》第18卷，安徽教育出版社2003年版，第248页。
③ 胡适：《四十自述》，《胡适全集》第18卷，安徽教育出版社2003年版，第76页。

古典学术和史学家治学的方法，诸如"考据学"、"考证学"等等。（这些传统的治学方法）我把它们英译为 evidential investigation（有证据的探讨），也就是根据证据的探讨，（无征不信）。在那个时候，很少人（甚至根本没有人）曾想到现代的科学法则和我国古代的考据学、考证学，在方法上有其相通之处。我是第一个说这句话的人；我之所以能说出这话来，实得之于杜威有关思想的理论。①

胡适认为中国历史上一直存在着怀疑和实证的科学精神，比如汉代的王充就是一个杰出的代表。"王充在哲学史上的绝大贡献，只是这种评判的精神，这种精神的表现，便是他的怀疑的态度，怀疑的态度，便是不肯糊里糊涂地信仰，凡事须经我自己的心意'诠订'一遍，'订其真伪，辨其实虚'，然后可以信仰。若主观的评判还不够，必须寻出证据，提出效验，然后可以信仰。"②

胡适深受宋明理学的影响，这在《四十自述》中已经提及，这里面当然有他父亲的影响。在《四十自述》里，胡适明确说他父亲深受程颐、朱熹等人理学观念的影响。这些理学家继承了古代的自然主义宇宙观。这种自然主义的宇宙观，虽然不彻底，但有助于破除迷信。而且程朱理学极力提倡"学原与思""格物穷理"，教人"即物而穷其理"，这就是近世科学的态度。③ 通常认为，"理"是抽象的，而事物是具体的。在知识讨论和实际生活中，宋明理学（新儒学）注重真实体验、修身养性以及个人对社会的责任，而拒斥外在的形而上的宗教理论。因此，宋明理学坚持个体具有内在的正确认识外在世界的能力。胡适尤其欣赏新儒学的代表人物之一张载的说法："学"做学问，要在无疑处存疑。这种态度成了胡适的座右铭，胡适把它与后来对西学的学习结合在一起，形成了自己思想的基石，即赫胥黎的存疑主义。

胡适对明末清初的儒学家费氏父子的"存疑"思想极为推崇，曾著有《费经虞与费密》（1924 年）一文对此进行专门论述。胡适把明末

---

① 胡适：《胡适口述自传》，《胡适全集》第 18 卷，安徽教育出版社 2003 年版，第 252 页。
② 胡适：《王充的〈论衡〉》，《胡适全集》第 8 卷，安徽教育出版社 2003 年版，第 56 页。
③ 胡适：《四十自述》，《胡适全集》第 18 卷，安徽教育出版社 2003 年版，第 76、41 页。

清初的儒学家费氏父子比作西方四五十年前的赫胥黎，认为他们的共同点都是提倡存疑主义和科学精神，区别在于赫胥黎要打破神学与玄学的圈套，而费氏父子是要大家离开那太极先天的圈子，来做实学的研究。胡适说：

> 他们推开了那无用的道，主张那整治国家，实事实功的道。他们说：圣人生平可考，《乡党》所记可征，弟子问答可据。后儒所论，惟深山独处，乃可行之；城居郭聚，有室有家，必不能也。……何补于国？何益于家？何关于政事？何救于民生？安能与古经之修身齐家治国平天下合哉？

胡适认为，费氏父子以是否有益于家国民生作为衡量"道"有用或无用的标准，其尺度可能过于严格，但在当时虚空无稽的玄谈风气下，这样的标准确实值得称赞。费氏父子批评宋明理学像是"深山独处"的自了汉的哲学，对"城居郭聚，有室有家"的民众生活毫无补益。[①] 费氏父子看不起玄学空谈，强调实用和事功。邵雍也对宋儒的宇宙玄学存而不论，理由是"天道远而难知"。他们都放开了远而难知的玄学，转而研究那些实而易见的"道"，即存疑的实用主义哲学观。所以说，在胡适看来，科学和"实学"把赫胥黎们和费密们联系在了一起，把西方存疑主义、实用主义和中国传统的"格物致知""学以致用"打通了。

> 费氏父子的实用主义，简单说来，只是"教实以致用，学实以致用"十个大字。说得更明白点，只是"言必虑其所终，而行必稽其所蔽"。说得更明白点，只是"修之有益于身，言之有益于人，行之有益于事，仕则有益于国，处则有益于家"。在教育方面的应用，只是"用元先儒袁桷《国学旧议》，今习实事，如礼乐兵农漕运河工盐法茶马刑算，一切国家要务，皆平日细心讲求，使胸有本末定见，异日得施于政"。在政治方面的皆应用，只是"使天

---

① 胡适：《费经虞与费密》，《胡适全集》第 2 卷，安徽教育出版社 2003 年版，第 81 页。

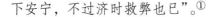

下安宁，不过济时救弊也已"。①

显然胡适对费氏父子极为推举，同时，把他们的思想学说与赫胥黎的存疑主义和进化论联系在了一起，发掘并继承了清儒学说中最有生命力的部分，并把他们当成自己的先驱和楷模。"费氏父子一面提倡实事实功，开颜李学派的先声而尊崇汉儒，提倡古注疏的研究，开清朝二百余年'汉学'的风气：他们真不愧为时代精神的先驱者。"② 胡适因此总结："天下无有通常之真理，但有特别之真理耳。凡思想无他，皆所以解决某某问题而已。人行遇溪水则思堆石作梁，横木作桥；遇火则思出险之法；失道则思问道：思想之道，不外于此。思想所以处境，随境地而易，不能预悬一通常泛论，而求适用也。"③

除了进化论、实用主义哲学以及文化的同一性等思想观念，胡适还提倡自由主义观念、历史研究的实证主义方法等，这在他的文学观念和中国古典小说考证中有所体现，我们会在后面的章节中进行介绍。总而言之，胡适不是专门的文学家或者文学理论家，与一般的文学思想家或小说家或诗人相比，他的哲学家和历史学家的背景都对其文学思想的形成起到了关键的作用。因此胡适一生中反复谈历史进化论和实验主义哲学思想对他的深刻影响："赫胥黎教我怎样怀疑，教我不信任一切没有充分证据的东西。杜威先生教我怎样思想，教我处处顾到当前的问题，教我把一切学说理想都看作待证的假设，教我处处顾到思想的结果。"④

二　胡适对"语文合流"发展趋势的深刻把握

1916 年 7 月，也在美国留学的梅光迪指责胡适抄袭美国文艺新思潮，胡适辩驳说，他所提出的文学革命的相关主张，主要是从中国文学的实际情形中分析和考察得出的，"初不管欧西批评家发何议论"。⑤

① 胡适：《费经虞与费密》，《胡适全集》第 2 卷，安徽教育出版社 2003 年版，第 83—84 页。
② 胡适：《费经虞与费密》，《胡适全集》第 2 卷，安徽教育出版社 2003 年版，第 93 页。
③ 胡适：《日记》（1915—1917），《胡适全集》第 28 卷，安徽教育出版社 2003 年版，第 121 页。
④ 胡适：《介绍我自己的思想》，《胡适全集》第 4 卷，安徽教育出版社 2003 年版，第 658 页。
⑤ 胡适：《日记》（1915—1917），《胡适全集》第 28 卷，安徽教育出版社 2003 年版，第 404 页。

胡适提倡文学革命，提出建设"活文学"的主张，是基于对中国历史文化中言文一致的发展趋势和清末民初时期中国文学现状的考察和思考，这在其后来发表的《文学改良刍议》《白话文学史》和《五十年来中国之文学》等论著中都有论述。而早在《文学改良刍议》之前，胡适在日记里就已经写过《吾国历史上的文学革命》的札记，陈述了他对中国传统文学发展和变迁的看法：

> 文学革命，在吾国史上非创见也。即以韵文而论：《三百篇》变而为《骚》，一大革命也。又变为五言，七言，古诗，二大革命也。赋之变为无韵之骈文，三大革命也。古诗之变为律诗，四大革命也。诗之变为词，五大革命也。词之变为曲，为剧本，六大革命也。

胡适指出，历史证明"文学革命"古已有之，并不是他个人的胆大妄为，哗众取宠。而且，西方文学史上也有类似的"文学革命"，比如，欧洲文艺复兴时期的各国民族语言和文学的确立就是明证，但丁、乔叟等人则是当时的文学革命家。他还指出，由于各种原因，五百年来，古文文学得以继续苟延残喘，而白话文学还不能迅速发展。"惜乎五百余年来，半死之古文，半死之诗词，复夺此'活文学'之席，而'半死文学'遂苟延残喘，以至于今日。"[1]

胡适是以进化论的思想来理解文学发展与变迁，并以西方文学史实加以佐证：一是文体的演进，无论韵文还是散文都在随着时代的变化而变化；二是文学语言的演进，语言日趋"白"，主要是语法更为精密，能更好地满足表情达意的需要（便于"说理"和"议论"）；三是真正有价值的文学作品都是白话（"俚语"）写成的，这在欧洲近代文学史上有类似的参照；四是文学语言的发展有两种推动力，即自然的发展趋势（"进化"）和人为的推动（"革命"）。另外，胡适还把语言和文学分成了"死""活"两种，引起了梅光迪等人的强烈反对。

虽然身在美国，但胡适对国内各方面的形势依然非常关注和了解，

---

① 胡适：《日记》（1915—1917），《胡适全集》第28卷，安徽教育出版社2003年版，第337页。

他担任《学生英文月报》主笔，负责中国事务，因此与国内保持了密切的联系，他在日记里承认"余为知国内情况最悉者"。① 胡适批评任鸿隽的《泛湖即事诗》滥用套语，描写空泛，是就当时国内的拟古复古的文学现状而发的议论。他在《文学改良刍议》中指出，清末文学的衰败源于"近世文人沾沾于声调字句之间，既无高远之思想、又无真挚之情感"，"欲救此弊，宜以质救之"。②

胡适此时对"言文一致"之语言发展规律有了透彻的理解。从中国历史上看，两千年来，"语""文"合流的趋势一直在发展，由于大一统的封建王朝的存续以及后来的科举制度，古文才能一直占据着整个文坛，使得白话文学或近乎白话的文学的发展受到阻碍和压制，白话在书面写作中被迫处于"偏锋"或是支流的位置。但胡适认为，虽然其为支流，但一直涓涓流淌，并未断流，只是政治制度和权力以及后来的科举制度一直压制着白话文的兴起。胡适说："科举若不废止，国语的运动决不能这样容易胜利。这是我从二千年的历史里得来的一个保存古文的秘诀。"③ 在胡适看来，科举制度的废除给白话文学发展创造了良好的时机。

胡适对历史上语文合流情形的论述主要见于《国语文学史》（1922）以及之后的修改版《白话文学史》等著述中。他根据他个人的理解，以文学作品中所使用的语言是否通俗易懂为标准，描述了一幅传统文学的双线发展的路径。他以白话文学的演变"史实"来证明白话的存在史和发展史，也就是说，以白话文学存在的事实作为白话发生和存在的证据。胡适的双线文学史的论述虽然"构建"色彩很浓，但这样的构建与书写确实是文学革命进程中一个重要的步骤。胡适接着说："适每谓吾国'活文学'仅有宋人语录，元人杂剧院本，章回小说，及元以来之剧本，小说而已。"④ 但在写作《白话文学史》时，则明确声明把

---

① 胡适：《日记》（1906—1914），《胡适全集》第 27 卷，安徽教育出版社 2003 年版，第479 页。

② 胡适：《文学改良刍议》，《胡适全集》第 1 卷，安徽教育出版社 2003 年版，第 5 页。

③ 胡适：《国语文学史》，《胡适全集》第 11 卷，安徽教育出版社 2003 年版，第 27 页。

④ 胡适：《日记》（1915—1917），《胡适全集》第 28 卷，安徽教育出版社 2003 年版，第367 页。

白话文学的范围"放得很大"，"那些明白清楚近于说话的作品"也被纳入白话文学的框架之内。① 可见，胡适对文学史的构建是为了强化"白话"在文学史中的重要性，为白话文学地位的提升并占据主导地位作历史的论证。

胡适认为，至少从战国时代起，汉语的书面语和口语开始分离，因为当时方言众多，也没有所谓的"国语"，所以"只能用'文言'来做全国交通的媒介"。② 从而使得文言慢慢占据了文学的主导地位，但对老百姓来说，阅读难度却日趋加大，与作为日常交际使用的口语的差异也越来越大。漫长的历史当中，各朝各代很多具有平民主义情怀的文人学士做出了不懈的努力，希望能够协调这种差异，主要的方式是在文学中吸收口语，提倡带有白话色彩的文学。

我们说，胡适对文学史的理解是以进化论或者说历史进化论为基础的。历史进化的观念并不是舶来品，而是各国通行的常识，中国历史上很早就有着这方面的论述，最早甚至可以追溯到《易传》"通变"说。《易传》的"变则通"观念对后世影响深远，中国古代文论的"通变"观念就是源自《易传》。东晋的葛洪则继承了这种"文以代变"的历史观念。

而孔子十分重视文字的表情达意功能，要求文字平实易懂，在《论语》中提出"辞达而已"的观念。孔子强调语言的作用在于充分有效地表达人的思想和情感，也就是说，形式的根本目的在于能否很好地表现内容，因此语言表达不能片面地脱离内容。

毫无疑问，从胡适的论著来看，他对"通变"观和"辞达而已"的语言观是有所继承的。胡适认为从汉代的王充开始，白话文学就开始萌动。他把王充看成文学史上可查的最早用白话写作的人。王充力求做到"直露其文"③，"文露而旨直，辞奸而情实"④。王充曾表明《论衡》的写作目的是主张写文章要浅显易懂，要遵循"口则务在明言，笔则务在露文"的原则，提倡"喻深以浅""喻难以易"，认为只有深入浅

---

① 胡适：《白话文学史》（上），《胡适全集》第11卷，安徽教育出版社2003年版，第212页。
② 胡适：《国语文学史》，《胡适全集》第11卷，安徽教育出版社2003年版，第26页。
③ 胡适：《国语文学史》，《胡适全集》第11卷，安徽教育出版社2003年版，第43页。
④ （汉）王充：《论衡·对作篇》，曹顺庆主编《两汉文论译注》，北京出版社1988年版，第248页。

出的文章才有美感，才有高水平。① 王充强调语言表达要做到内容和形式的统一，对汉赋片面追求"深覆典雅"② 的形式美的倾向作了有针对性的批判。王充从历史进化的立场出发，反对崇古，反对文学语言的艰深古奥，提倡创新，主张言文一致，通俗易懂。

唐宋两代，文学的白话化趋势更加明显，越来越多的有识之士提倡通俗易懂的"文字"。初唐史学大家刘知几写作《史通》，评论古今史家得失，主张实录"当世口语"，反对用典，反对摹古。③ 李白、杜甫、白居易、元稹等人更是经常写作白话的文学。尤其是白居易，堪称唐代白话文学的杰出代表，其诗以明白易晓而著称，主张"其辞质而径，欲见之者易喻也。其言直而切，欲闻之者深诫也。其事核而实，使采之者传信也。其体顺而肆，可以播于乐章歌曲也"。④

宋代朱熹则继承孔子以来的"辞达而已"的观念，评论"欧苏文好处，只是平易说道理"，主张"作文字须是靠实说，不可架空细巧"。

胡适对明代的白话文学非常欣赏，认为是白话文学发展的高峰期。"他们只看见了李梦阳、何景明、王世贞，至多只看见了公安、竟陵的偏锋文学，他们却看不见何、李、袁、谭诸人同时还有无数的天才正在那儿用生动美丽的白话来创作《水浒传》《金瓶梅》《西游记》和'三言'、'二拍'的短篇小说，《擘破玉》，《打枣竿》，《挂枝儿》的小曲子。"⑤ 胡适尤其对"白话诗"持肯定态度："明诗正传，不在七子，亦不在复社诸人，乃在唐伯虎、王阳明一派。正如清文正传不在桐城、阳湖，而在吴敬梓、曹雪芹、李伯元、吴趼人诸人也。"胡适对公安三袁特别推崇，认为"'公安派'袁宏道之流亦承此绪"⑥，称赞袁宏道的

---

① （汉）王充：《论衡·对作篇》，曹顺庆主编《两汉文论译注》，北京出版社1988年版，第253页。

② （汉）王充：《论衡·对作篇》，曹顺庆主编《两汉文论译注》，北京出版社1988年版，第253页。

③ 胡适：《白话文学史》（上），《胡适全集》第11卷，安徽教育出版社2003年版，第404页。

④ 胡适：《白话文学史》（上），《胡适全集》第11卷，安徽教育出版社2003年版，第568页。

⑤ 胡适：《中国新文学大系·建设理论集·导言》，《胡适全集》第12卷，安徽教育出版社2003年版，第282页。

⑥ 胡适：《日记》（1915—1917），《胡适全集》第28卷，安徽教育出版社2003年版，第457页。

《西湖》《偶见白发》两首诗是白话诗的佳作，"曾毅《中国文学史》引此两诗，以为鄙俗，吾则亟称之耳"①。虽经人考证不是袁宏道所作②，但这并不妨碍对胡适推重白话文学的态度和观念的考察。我们认为，从历史语境和文学主张来看，明代公安派的文学变革运动与胡适的现代白话文运动有着很多不谋而合之处。

与胡适所处的清末民初的文学状况相似，明代万历年间，文坛被以李梦阳、何景明为代表的"前七子"和以王世贞、李攀龙为首的"后七子"等复古主义文人所把持和主导，他们主张"文必秦汉，诗必盛唐"，影响极大，阻碍了明代文学的发展。为矫正其流弊，归有光、李贽等人奋起反抗，提出"诗何必古选？文何必先秦""文章不可得而时势先后论"的主张，振聋发聩。后起的以袁宏道、袁中道、袁宗道三兄弟为代表的公安派继其遗绪，旗帜鲜明地提倡文学变革，针锋相对反对前后七子的拟古主义的文学态度，提倡"世道既变，文亦因之""古有古之时、今有今之时"③ 的文学演变观。公安派文学除了提出"独抒性灵"的主张，还公开提出反对抄袭、主张通变的文学观念。他们抨击前后七子食古不化的倾向，尖锐批评文坛复古因袭的风气，主张文学必须随时代和社会的发展而发展；提出文学语言要随时代发展而发展，要趋于通俗易懂，正所谓"信腔信口，皆成律度"④，"时有古今，语言亦有古今"⑤。同时，公安派还重视从民间文学中汲取营养，借鉴经验，提倡包括民歌和白话小说等在内的通俗文学，赞扬《水浒传》，把它提升到与《史记》等正统文学相等的地位，对后世的民间文学和通俗文学的发展起到了一定的推动作用。这些观念跟胡适的很多观念都是非常相似的，所以周作人把胡适的文学思想称为公安派文学观念的现代阐释，道理也正在于此。

胡适对袁枚研读较多，在 1916 年 12 月《留美学生季报》冬季第 4 号发表了《论诗偶记》，对袁枚"文学革命思想"大为赞赏，认为其

---

① 胡适：《日记》（1915—1917），《胡适全集》第 28 卷，安徽教育出版社 2003 年版，第 457 页。
② 周质平：《胡适思想与现代中国》，九州出版社 2012 年版，第 249 页。
③ （明）袁宏道：《雪涛阁集序》，《袁宏道集笺校》（中），上海古籍出版社 1981 年版，第 712 页。
④ （明）袁宏道：《雪涛阁集序》，《袁宏道集笺校》（中），上海古籍出版社 1981 年版，第 711 页。
⑤ （明）袁宗道：《论文上》，《白苏斋类集》第 20 卷，伟文图书出版公司（台北）1976 年版，第 620 页。

"论诗犹有独见之言"，称袁枚为"满清一代之有文学革命思想者"。胡适在文中充分肯定了袁枚的反对模仿古人、提倡"文以代变"的革命思想。胡适在文中大篇幅引用了袁枚的《答沈大宗伯论诗书》和《与洪稚存论诗书》来表达自己的文学革命思想：

> 《答沈大宗伯论诗书》（适按：此即沈德潜，时方选《国朝诗别裁集》。）：（上略）尝谓诗有工拙而无今古。自葛天氏之歌至今日，皆有工有拙。未必古人皆工，今人皆拙。……然格律莫备于古，学者宗师，自有渊源。至于性情遭际，人人有我在焉，不可貌古人而袭之，畏古人而拘之也。……唐人学汉魏，变汉魏，宋学唐，变唐。其变也，非有心于变也，乃不得不变也。使不变，则不足以为唐，不足以为宋也。先生许唐人之变汉魏，而独不许宋人之变唐，惑也。且先生亦知唐人之自变其诗，与宋人无与乎？初、盛一变，中、晚再变，至皮、陆二家，已浸淫乎宋氏矣。风会所趋，聪明所极，有不期其然而然者。故枚尝谓变尧舜者，汤武也，然学尧舜者，莫善于汤武，莫不善于燕哙。变唐诗者，宋元也；然学唐诗者，莫善于宋元，莫不善于明七子。何也？当变而变，其相传者心也。当变而不变，其拘守者迹也。鹦鹉能言而不能得其所以言，夫非以迹乎哉？（下略）（《文集十七卷》）

袁枚的言论中，无论谈"格律"还是谈"性情"，都主张要随时代发展而变化，也就是说，"人人有我在焉，不可貌古人而袭之，畏古人而拘之也"，反对盲目模仿古人。这里仿佛又看到了明代公安派文学思想的影子。胡适最后的结论是，"此书论文学变通之迹，可谓独具只眼。即今之持人治进化之说者，亦无以易之"。[①] 另外，胡适还摘录了《随园诗话》中的其他章节，并认同"文章当从三易：言易读，易解，易记也"[②] 的观点。由此，不难看出胡适对袁枚和明代公安派所提出的

---

① 胡适：《论诗偶记》，《胡适全集》第 12 卷，安徽教育出版社 2003 年版，第 9—10 页。

② 胡适：《日记》（1915—1917），《胡适全集》第 28 卷，安徽教育出版社 2003 年版，第 394—398 页。

文学革命观念的接受和继承。

1917 年 5 月胡适在《历史的文学观念论》一文里，对中国文学史上"文以代变"之历史观念阐述得更为明确和深入，说明明清以来公安派诗人和袁枚等人的文学主张以及"文学革命"的历史经验对他的启发和影响。胡适说："这种思想固然是达尔文以来进化论的影响，但中国文人也曾有很明白的主张文学随时代变迁的。最早倡此说的是明朝晚期公安袁氏三弟兄（看袁宗道的《论文上下》；袁宏道的《雪涛阁集序》，《小修诗序》；袁中道的《花雪赋行》，《宋元诗序》。诸篇均见沈启无编的《近代散文抄》，北平人文书店出版）。清朝乾隆时代的诗人袁枚、赵翼也都有这种见解，大概都颇受了三袁的思想的影响。我当时不曾读袁中郎弟兄的集子；但很爱读《随园集》中讨论诗的变迁的文章。我总觉得，袁枚虽然明白了每一时代应有那个时代的文学，他的历史眼光还不能使他明白他们那个时代的文学正宗已不是他们做古文古诗的人，而是他们同时代的吴敬梓、曹雪芹了。我们要用这个历史的文学观来做打倒古文学的武器，所以屡次指出古今文学变迁的趋势，无论在散文或韵文方面，都是走向白话文学的大路。"①

胡适 1922 年在《五十年来中国之文学》中专门论述了晚清的文学现状，认为晚清五十年的古文随着社会文化环境的改变而改变，五十年之前，即《申报》创立之年（1872 年），曾国藩克服了方苞、姚鼐和龚自珍派的空疏和怪诞，造就了桐城派古文的振兴，出现了郭嵩焘、薛福成、黎庶昌、俞樾、吴汝纶等一大批古文家，但这毕竟是强弩之末和"回光返照"，也只是给古文延长了二三十年的寿命。五十年的后半期，古文继续自我调整，但严复、林纾的翻译文章也只是勉强供一时之需；章炳麟的古文古雅，但后继无人；鲁迅、周作人兄弟翻译的《域外小说集》适用性不够；谭嗣同、梁启超的文章实用性强，但也不免铺展和堆砌；脱胎于严复、章炳麟的章士钊等"甲寅派"也不够通俗实用。胡适的结论是，康有为、梁启超等人虽有文学革命的愿望，但方法和结果都不够理想。他们只是把古文变得浅近了，扩大了使用范围。黄遵宪

---

① 胡适：《中国新文学大系·建设理论集·导言》，《胡适全集》第 12 卷，安徽教育出版社 2003 年版，第 279—280 页。

的"诗界革命",提倡写诗要有新材料新思想,要用浅近的语言,并注意从民歌中汲取营养。梁启超提出了"小说界革命",提倡"新文体"。章士钊、黄远庸、王韬、黄人等人也曾努力拓宽古文的道路,裘梃梁等人打出了"崇白话而废文言"的旗帜,大力推广白话文。尤其是黄远庸的主张,深得胡适之心:"至根本救济,远意当提倡新文学入手,综之,当使吾辈思潮如何能与现代思潮接触。而促其猛省。而其要义须与一般之人,生出交涉。法须以浅近文艺普遍四周。"① 可惜黄远庸英年早逝,否则"一定是新文学运动的一个同志"。②

所有这些晚清的"文学革命",在胡适看来都是推动言文一致的可贵努力,虽然没有取得全面的成功,但已经把白话文推到了成功的临界点上,等待有人站出来给古文以最后一击。这些都是白话文运动的宝贵资源。

胡适继承了文学史上反对复古仿古的传统,批评清末民初的文学:"文则下规姚曾,上师韩欧;更上则取法秦、汉、魏、晋,以为六朝以下无文学可言",并举同光体"第一流诗人"陈三立为例,认为其诗作喜用僻词拗句,流于艰涩,是当时摹古复古风气的典型代表。③ 任鸿隽也认为当时的诗界,郑苏盦、陈三立等老辈文人"头脑已死",而南社等年轻一代则是"淫滥委琐"④,从而提倡创作"高芳美洁"之文学。胡适把这些都看作古文的最后挣扎,是白话文成为主流的最后前夜,急需"有意的主张",有力的推动,白话文及白话文学就不会重蹈历史的覆辙,最终取得合法的主导地位。从语言的发展进程来看,晚清的种种努力已经推动了白话的发展,这样的发展势头和结局带给后人一笔丰富的"遗产"。所以,清末众多的推动白话文发展的努力都是胡适倡导白话文运动的前奏或者说序曲,"在某种意义上,可以说'五四'前后的文学语言革命是晚清白话文运动的继续和高潮"⑤。

鸦片战争之后,中国被迫打开了国门,闭关自守的局面被击碎,从而产生了新的生产关系和新的社会阶层,印刷业和报业逐渐发展,古文

---

①　胡适:《五十年来中国之文学》,《胡适全集》第2卷,安徽教育出版社2003年版,第309页。

②　胡适:《五十年来中国之文学》,《胡适全集》第2卷,安徽教育出版社2003年版,第310页。

③　胡适:《文学改良刍议》,《胡适全集》第1卷,安徽教育出版社2003年版,第7页。

④　胡适:《日记》(1915—1917),《胡适全集》第28卷,安徽教育出版社2003年版,第423页。

⑤　袁进:《中国文学观念的近代变革》,上海社会科学院出版社1996年版,第156页。

逐渐暴露出其表情达意的不足，特别是各式新学堂的开办，以及 1905 年科举制度的最终废除，使得白话文及白话文学这股潜流又得以抬头，并汇聚成不可小觑的势力。清末的白话小说开始流行，加速推动了白话文的广泛传播。但辛亥革命失败后，袁世凯复辟帝制和康有为宣扬孔教，社会复古之风大盛，使得慢慢开始的文学革新运动的进程又遭中断。古文开始卷土重来，但它已经难以有效表达任何新的思想情感，而只能成为禁锢人们思想的桎梏，"这种状况使一切向往进步的知识分子感到难以忍受的窒闷"①，所以胡适、陈独秀在《新青年》上发表文章，高倡文学革命之时，才会赢得社会上尤其是知识界和青年学生的热烈反响和积极支持。因此，我们有理由说，胡适解放文学形式（白话文）的主张，确实反映了最大多数人的普遍要求，是中国语言文学史上一直存在的历史发展趋势。

三 异域环境的激发与欧洲近代文学史的参照

由于救亡图存的需要，很多晚清知识分子开始把探寻的目光从中国转向西方，寻找救国良策。他们学习西方的科技、政治和文化，关注中西方之间的文化差异，希望能够取长补短。梁启超就是其中较有代表性的人物。他旅居日本期间接受了现代思想，开始把中国的问题放在世界历史的范畴中进行对比和思考。梁启超运用当时风行世界的社会达尔文主义的学说去论证改良的正确性和可行性，有意识地将中西历史放在一起比较，拿哥伦布、瓦斯科·达·伽马与郑和进行比较，将伊曼努尔·康德与王阳明进行比较。他回顾和反思"今文经学"运动（他本人就曾是 19 世纪 90 年代该运动的积极分子之一），并把它与文艺复兴时期希腊文化的复兴进行比较。总之，"梁启超跳出了中国经学的圈子，开始对正在发展中的中国历史从现在的角度重新予以评价"②。

黄遵宪则以欧洲语言发展史实为参照阐述"言文合一"的必然性和必要性。黄遵宪说："余闻古罗马时，仅用拉丁文，各国因语言殊

---

① 耿云志：《胡适研究论稿》，社会科学文献出版社 2007 年版，第 31 页。
② ［美］费正清、赖肖尔主编：《中国传统与变革》，陈仲丹等译，江苏人民出版社 2012 年版，第 367 页。

异，病其难用，自法国易以法音，英国易以英音，而英法诸国文学始盛。"黄遵宪还指出"语文合流"对大众教育的影响，"语言与文字合，则通文者多；语言与文字离，则通文者少"。① 最后得出结论，文学进化的关键，即"由古语之文学变为俗语之文学是也，各国文学史之开展，靡不循此轨道"②。

黄遵宪的观点与胡适非常接近，或者说胡适接受了黄遵宪的观念。他们都以英法为参照把文言比作拉丁文，指出中国传统文学的出路在于俗文学的发展，但胡适比黄遵宪更进了一步，他不仅拿文言文与拉丁语相比，而且提出了废文言兴白话的具体办法：提倡白话文学。而胡适之所以能够大胆否定文言文、提倡白话文，其重要原因之一，是他从晚清语言改良的教训中看到了古文的末路，也就是不管如何对古文进行改良，也都是"劳而无功的"。同时，胡适的异域语言体验和进化论、西方语言理论等西学知识也对他产生了重大影响，给予他以更多的勇气和信心。

但胡适并不是一开始就认可西方人将清末的中国比作中古之欧洲的观点，他在日记中写道："中国者，欧洲中古之复见（China is the middle ages made visible），初颇疑之，年来稍知中古文化风尚，近读此书，始知洛史氏初非无所见也。"这说明厄西雷的《英国历史与经济学说导论》（*Ashley's Introduction to English History and Economic Theory*）之论《宗教法规学说》（*The Canonist Doctrine*）对他产生了影响。③ 可见胡适维护传统文化的立场是慢慢松动的，开始接受中国在文化发展阶段上等于"中古之欧洲"的观点，从"颇疑之"转变到"非无所见也"。这与他在进化论、实用主义等方面的知识积累、比较视野的拓展以及开放的文化态度都是分不开的。1911 年 1 月开始，身在美国的胡适持之以恒地阅读了大量的西方典籍，最著名的就是《五尺丛书》（*Five Foot Shelf*），

---

① 黄遵宪：《梅水诗传序》，转引自袁进《中国文学观念的近代演变》，上海社会科学院出版社 1996 年版，第 162—163 页。

② 黄遵宪：《梅水诗传序》，转引自袁进《中国文学观念的近代演变》，上海社会科学院出版社 1996 年版，第 103 页。

③ 胡适：《日记》（1906—1914），《胡适全集》第 27 卷，安徽教育出版社 2003 年版，第 242—243 页。

也就是《哈佛丛书》(*Harvard Classics*), 收集的都是古今名著, 其中也收录了孔子、阿拉伯神话等东方经典, 大部分都是近代西方的文学、争论等著作, 共分 50 册(国内目前已经出版了该书的节选本, 共 38 册)。这些典籍对胡适的知识结构和学术视野产生了很大的影响。胡适对中国语言(文言文)自晚清以来如何受到西方文化的冲击也有深刻的认识, 正如列文森(Levenson)所说:"西方可能带给中国的, 是改变了它的语言。"①

胡适深感, 西方大潮冲击之下, 文言文表达功能上的不足越发凸显。留学美国的学习和生活加深了胡适对文言文的诸多弊端的认知。胡适留学期间曾教授美国人文言文, 他清晰地认识到, 学习中文相当于学习了两门语言(虽然之间有联系), 学习文言只能满足阅读传统经典之需, 并不能获得口头交流能力, 要想跟中国普通人交流, 外国人还必须学习白话。胡适因此写了一篇《如何可使吾国文言易于教授》②的文章。文中胡适虽然还没有提出废弃文言的观点, 但已经明显意识到文言文是一种僵化的不能满足日常交际和学校教育的"半死的语言"。但是, 胡适的英语使用之体验则完全不同, 英语虽然也有古今差异, 但当时胡适学习和生活中使用的已经是言文一致的英文了。这样的语言使用体验坚定了他"废文言兴白话"的信念, 并萌生了全面提倡白话文学的主张。胡适解释说:"大概稍能涉猎西洋文学的, 必能理解我国的文字尚不足以应付生活的需要。"③ 胡适指出, 要想读懂和写作两千年多前所形成的中国文言文, 需要经过漫长时间的学习和训练, 而且写出来的文章和讲出来的话也是互不相同的, 普通人一般听不懂念出来的文言文, 所以这种文字实在是一种"死的语言"。胡适这里已经敏锐地感觉到文言与白话的最大不同是能否"听懂"的差异, 这已经触及近代因为平民化思潮兴起而引起关注的"语音中心主义"语言观念, 也就是, 为了大众的教育和其他利益, 人们的语言权利是平等的, 平等的办法则

---

① Joseph Levenson, *Confucian China and Its Modern Fate: A Trilogy*, Berkeley: University of California Press, 1968, p. 119.

② 胡适:《日记》(1915—1917),《胡适全集》第 28 卷, 安徽教育出版社 2003 年版, 第 244—247 页。

③ 胡适:《中国再生时期》,《胡适全集》第 13 卷, 安徽教育出版社 2003 年版, 第 155 页。

是使用社会各阶层的人群都能"听懂"的语言（或者说语言的变体），使其能够上升到"国语"的地位，做一切语言交际和文学写作的工具。

我们认为在一种外国文化中生活和学习，在课外活动中使用中文一定会增强胡适对语言问题的敏感性，从某种意义上说，可以将胡适白话诗歌解读为发生在一个想象的地域，那里既不是中国，也不是美国。胡适从居住地上海到美国康奈尔大学所在地伊萨卡居开始留学生活，他的日常交际语言也随之从上海话和官话切换为美国英语，这使他比在国内更深切地感受到中国社会语言使用中的矛盾和问题，即文言和白话的脱节分离。白话虽然作为普通民众的口头交际工具，但文言文仍然占据着书面写作的主导地位，而且中国方言甚多，差异极大，因此各方言区所使用的口语表达也是千差万别。在各级学校中，国文课程教授的依然只是文言文和文言文学，因此，胡适强烈地意识到必须转换语言表达系统，彻底解决语文合流的问题，推动白话文成为语言交际和文学创作的主导语言，从而促进文学的现代转型。美国的学习和生活不仅给胡适提供了极佳的英语口语交际环境，而且促使他进一步思考和学习语言理论。

除此之外，演讲也对胡适提倡白话文起到了一定的推动作用。西方社会盛行演讲和辩论对胡适产生了一定的影响。胡适的英语演讲能力就是在康奈尔大学训练出来的，他的留学日记有不少这方面的记录。1914年11月4日的日记中写道："演说者，广义的谈话也。得一题，先集资料，次条理之，次融会贯通之，次以明白易晓之言抒达之：经此一番陶冶，此题真成吾所有矣。"[1] 在1915年3月23日给韦莲司的信中就提到，仅仅在三年之中，胡适就发表过70次演讲，并认为"演讲中所受到的训练"是他"永远感激不尽的"。[2] 演讲确实强化了胡适的英语口语能力，同时也使他对文言文在演讲方面的弱势有了更深切的体会。有研究认为文言文更倾向于与汉字的协调，词义更丰富，用法更微妙，简洁生动，似乎更适合诗歌和散文的写作，所以，中国文化传统中，"书

---

[1] 胡适：《日记》（1906—1914），《胡适全集》第 27 卷，安徽教育出版社 2003 年版，第 540 页。

[2] 胡适：《不思量自难忘——胡适给韦莲司的信》，安徽教育出版社 2001 年版，第 50—51 页。

面语总是比口语重要，中国历史上有许多著名的文献——奏章、文论和诗歌，但很少有伟大的演说辞"①。但以听众能听懂为目的、以语音为中心的口语恰恰能够胜任这个角色，也就是说，在现代社会中，随着广播、电影的发明和发达，演说和辩论的流行，对"听得懂"的要求更为迫切，因此语言表达体系（文言与白话）的需要自然而然地显得更为急迫。

胡适因在美国的多语言学习和使用经历也加深对语言理论的理解。文言文的训练形成中国文人的集体意识，他们很难自己发现文学需要新的语言来直接表现自己的情感。只有在外国语言变化的参照之下，才能发现中国言文脱离实际的弊病。② 巴赫金也曾说过："不同语言之间频繁的相互定位、相互影响和相互澄清，便发生在这个阶段。两种语言直率地、热烈地凝视着对方的面孔，每一种语言都通过另一种语言对自身有了更为清晰的意识，意识到它自己的可能性与局限性。"③

所以说，英语环境下的双语（英语和中文）交际实践促使胡适比之前更为深切地认识到语文合流的重要性和必要性。因为地理空间和语言环境的变换，胡适使用这两种语言表达体系进行交流时对汉语的文白差异的感受也不一样，与在国内相比，在美国的感受显然更为清晰和强烈。胡适后来英译过一些中国古诗，比如《诗经》里的诗和杜甫的诗，其对文言和白话在思维和表达上的差异应该更加真切和实在，因为把文言诗翻译成现代英语，转换的不仅是语言体系，还有思维方式。与此相似，梁启超"新文言体"的形成也与翻译西方著作的文言分离的感受有关。因此我们说，留学时期的胡适因为身处英语环境的关系，对文白分野的感受不同于以往在国内的感受，使得胡适一段时间内十分关注语言研究，关注语法差异，呼吁引入西方的标点符号等，写下不少语言研究的论著，如《国文文法概论》等。也许他自己也未曾想到，正是这些认识构成了他日后倡导文学革命最原初的触发因素。

真正对白话和白话诗等议题进行深入思考并与好友讨论的时期，是

---

① ［美］费正清、赖肖尔主编：《中国传统与变革》，江苏人民出版社2012年版，第23页。
② 袁进：《中国文学观念的近代变革》，上海社会科学院出版社1996年版，第162页。
③ 刘禾：《跨语言实践》，宋伟杰等译，生活·读书·新知三联书店2008年版，第25—26页。

在离开康奈尔大学之前和到达哥伦比亚大学的八九个月的时间。胡适后来是这样回顾的："从二月到三月，我的思想上起了一个根本的新觉悟。我曾彻底想过：一部中国文学史只是一部文字形式（工具）新陈代谢的历史，只是'活文学'随时起来替代了'死文学'的历史。文学的生命全靠能用一个时代的活的工具来表现一个时代的情感与思想。工具僵化了，必须另换新的，活的，这就是'文学革命'。所以我们可以说：历史上的'文学革命'全是文学工具的革命。"① 并以文艺复兴的欧洲各国文学革命为佐证，得出"中国文学史上几番革命也都是文学工具的革命"的结论。

胡适之所以认为欧洲文艺复兴时期各国民族语言的形成发展史是中国文学革命的参照，主要是源于他所信奉的进化论观念和文化同一性。首先，胡适以进化论来论证白话文代替文言文的必然。胡适认为，从汉朝开始汉语就趋向言文分离，并随时代发展差异逐渐增大，虽然因政治制度和科举制度的需要，文言文依然把持着主导地位，但白话文也一直在发展。胡适认为五四时期汉语的语言变革与欧洲文艺复兴时各国民族语言的确立存在着语言演进规律的一致性。"故今日欧洲诸国之文学，在当日皆为俚语。然以今世历史进化的眼光观之，则白话文学之为中国文学之正宗，又为将来文学必用之利器，可断言也。"②

胡适认为语言演进的进程是无法改变的，但人为的推动或阻挠作用却可以加快或减缓这样的演进过程。胡适认为，欧洲有莎士比亚、乔叟、薄伽丘等作家坚持用英语和意大利语写作，写出了伟大的作品，产生广泛的影响，才推动了英语和意大利语等最后成为各自的民族语言。由此推论，在中国白话的主导地位的确立也需经历欧洲各民族国家的语言形成的过程，需要通过文学作品的创作和传播来确认、巩固。

胡适在留学期间研修过西方语言学课程，对欧洲语言史有过一定的了解。在《胡适口述自传》里，胡适提到在康奈尔大学所接受的语言学、校勘学、考古学的学术修养。③ 在 1915 年 8 月 27 日的日记里，胡

---

①　胡适：《逼上梁山》，《胡适全集》第 18 卷，安徽教育出版社 2003 年版，第 108 页。

②　胡适：《文学改良刍议》，《胡适全集》第 1 卷，安徽教育出版社 2003 年版，第 15 页。

③　胡适：《胡适口述自传》，《胡适全集》第 18 卷，安徽教育出版社 2003 年版，第 282—285 页。

适记载了与英国瘦琴女士（Nellie B. Sergent）讨论英字之源流的经过："女士在此时，一日与余谈英字之源流甚久。"① 正是这些语言学知识使胡适对语言和思维、语言表达与时代精神的关系以及语言发展规律等有了现代语言学的理论认识，使他敢于在前人的基础上倡导语言"革命"，而不是语言"改良"。

但长期以来学界也有一种议论，认为胡适把文言和白话当成两种语言是犯了常识性错误。对此，我们有必要进行适当的分析，分析胡适"误读"的原因。一般认为，在中世纪的早期，拉丁语和罗曼语之间的界限，或者说不同的罗曼语、不同的日耳曼语或不同的斯拉夫语之间的界限并不那么确定。"即使在近代早期，当印刷术和其他因素促进了语言标准化的进程时，语言之间的界限，就像国家之间的边界那样，也还没有变得像 19 世纪和 20 世纪那样确定。"②

在胡适看来，当时的中国语言状况与欧洲文艺复兴时期的欧洲各国的语言使用状况恰好有着相同之处：即所谓的"双语制度"（在中国，文言与白话虽然是同一种语言的不同变体，但在使用上可以相当于"双语"）。语言学家经常用"双语"（diglossia）一词来描述同一个说话人在不同的"语言领域"（speech domain）中，即向不同的人演讲或介绍不同话题的时候，使用两种或两种以上的语言或语言变体的情形。某种语言的变体从类型上来讲要比另一种语言变体高贵。比如，高级的语言变体用语主要用来谈论宗教、政治、法律等话题，而低级的语言变体则一般用于谈论世俗的话题。这一点确实与文言和白话的语用分工有很高的相似性。

夏志清曾经也指出，白话和文言之间类似的差异也存在于世界其他语言中，比较明显的是阿拉伯语。在中国和阿拉伯语世界的双言现象（Diglossia，同一语言社区使用两种高度区分，用途各不相同的正式和非正式两种语言变体）之间，有诸多类似之处。在阿拉伯语世界中，所有的书写都使用一种叫作 fsha（意思就是"雅"）的《古兰经》文学风格，

---

① 胡适：《日记》（1915—1917），《胡适全集》第 28 卷，安徽教育出版社 2003 年版，第 248 页。

② ［英］彼得·伯克：《语言的文化史——近代早期欧洲的语言和共同体》，李霄翔、李鲁、杨豫译，北京大学出版社 2007 年版，第 10 页。

而口语则使用许许多多很难相互理解的全国性或者地方性白话。彼此完全没有语言学关联度的汉语和阿拉伯语，它们之间这种奇异的相似性，可以通过造成白话和文言二元局面的社会学事实和意识形态事实得到比较彻底的解释。反过来，不同的社会学事实和意识形态事实（二者决定了政治和经济事实）则似乎使（比如欧洲和印度的）白话和文学领域之间的距离不那么遥远。对于任何语言来说，在"说"与"写"之间都有文体的差异，在英语、法语、德语、印地语和孟加拉语那里，这种差异相对较小；在阿拉伯语中，差异就很大；而在汉语中，差异竟如天壤。①

夏志清认为文言与白话差别巨大，从而分别构成了两种不同的语言学体系。文言文基本上是一种书面语言，而书面的白话文则是一种与以阿提略方言为主的希腊共通语言类似的民间通用语，与中国地方（特别是北方）的各种口语有模糊的纽带关系。一般而言通用语无论何时都与首都方言有着最密切的联系。② 1935 年，胡适依然坚持自己早期的观点。他在日记里说，希腊作家（Kazantzaki）告诉他希腊的白话文学问题，很像中国今日的情形。守旧者要复古，要用古希腊文；革新者要使用民间活语言去创造一切文学。③

同时，当时还有一种重要的语言观念非常流行，即把语言与帝国联系起来，认为语言就像帝国一样发展和衰亡。法国的耶稣会士多米尼克·布乌尔（Dominique Bouhours）在文艺复兴之后的一个世纪说："这些语言像它们的帝国一样，有自己的诞生、发展、完善乃至衰亡的过程。"瑞典诗人兼学者耶里奥·谢恩耶尔姆（Georg Stiernhielm）赞同这一观点："语言伴随着人类一道出现、变化、自我分化、成长、成熟并死亡"④，并得出这样的结论，有些方言发展成语言，有些语言分裂成方言。在这里，胡适也可以认为，文白分野开始，汉语就在分化，白话会发展成"国语"，而文言则衰落甚至死亡。其实，这样的语言观念跟胡适留学期间广为流传的进化论思想是一致的，或者说它就是语言进化

---

① 夏志清等：《哥伦比亚中国文学史》，新星出版社 2016 年版，第 27—30 页。

② 夏志清等：《哥伦比亚中国文学史》，新星出版社 2016 年版，第 20 页。

③ 胡适：《日记》（1931—1937），《胡适全集》第 32 卷，安徽教育出版社 2003 年版，第 435 页。

④ ［英］彼得·伯克：《语言的文化史——近代早期欧洲的语言和共同体》，李霄翔、李鲁、杨豫译，北京大学出版社 2007 年版，第 10 页。

论的思想。在胡适的论述中,文言文就像中国一种书面的共同语,而各地方言与文言的关系就有些像"双语"的关系,而白话文则是这些方言中通行范围最广、影响最大的一种,因此他把白话比作欧洲文艺复兴时期的意大利语、英语、德语等,就是自然而然的事情。

但"学衡派"的成员胡先骕引证中西史实,指出胡适把白话文运动比附为欧洲近代的文艺复兴运动,是"以不相类之事,相提并论,以图炫世欺人,而自圆其说。……希腊拉丁文之于英德法,外国文也"[1],以章士钊为代表的"甲寅派"则反驳胡适,指出拉丁语与意大利语、英语、德语和法语等是不同的语言,而文言和白话则只是同一种语言的不同表达系统。而后来的余英时也有类似的看法:"但无论如何,他们将文言与白话的关系理解为拉丁与各国土语文学的关系则是一显然的错误。"[2]唐德刚在译注胡适的口述自传时,同样对胡适把他理解的文言白话的对立概念与欧洲的拉丁语与各国方言进行比附作了批评:"是当时欧美留学生以夷比夏,想当然耳的老说法","胡适之先生在本篇里所作的中西'方言'比较研究,也就带着了不可避免的,他老人家青年时代的错觉"[3]。但胡适当时的回答则非常直接"实用"和"策略化",胡适说:"其实胡适的答案应该是'正是如此'。中国人用古文作文学,与四百年前欧洲人用拉丁文著书作文,与日本人做汉文,同是一样的错误,同是活人用死文字作文学。至于外国文与非外国文之说,并不成问题。瑞士人,比利时人,美国人,都可以说是用外国文字作本国的文学;但他们用的是活文字,故与用拉丁文不同,与日本人用汉文也不同。"[4]由此可见,胡适并没有跟胡先骕等论敌就语言学理论问题进行纠缠,而直接以"死文字""活文字"来区别语言的表达系统,并论证只有"活"文字才能创作出"活"文学。

当然,胡先骕等人的意见从现代语言学的立场来判断确实没错,但是我们不能确定当时的中西方语言学界是否有过这样的共识,即白话

① 胡先骕:《评尝试集》,张大为等编《胡先骕文存》,江西高校出版社1995年版,第39页。
② 余英时:《文艺复兴与人文思潮》,《历史与思想》,联经出版事业公司(台北)1976年版,第306页。
③ 胡适:《胡适口述自传》,《胡适全集》第18卷,安徽教育出版社2003年版,第342—344页。
④ 胡适:《五十年来中国之文学》,《胡适全集》第2卷,安徽教育出版社2003年版,第342页。

（主要是北方官话）就是汉语的一种方言，因为有些西方的语言著作里就把粤语等方言当作另外一种语言。其实我们不必过多纠缠这个问题，只要理解胡适是从语言使用方面的差异来论述文言与白话的相互替代或者说此消彼长的关系的。

而李贵生认为，上述几位学者的看法都只是发现文艺复兴和新文化运动之间的不同之处，但没有看到两者的相同或相似之处。在他看来，任何对西方资源的借用和解读，都不可避免地成为一种"误读"，为的是服务于借鉴主体对自己需要建构的理论体系的需求。他借用萨义德（Edward Said）的东方主义理论对此进行了深入的解释：一个国家或民族关于外国或他者的论述，常常既不属于纯粹的虚构，也不属于客观论述，而是一种被建构出来的理论和实践体系。这些理论或学说虽然表面上是指向他者，但实际上却是内在于主体自身的经验之中，是本国所建立的自我的一个组成部分。①

因此，从上文中我们至少可以获得以下认识：其一，胡适对以文艺复兴为主体的西方文学资源的借鉴和汲取不是随机的，而是有选择的有目的的，这一点属于借鉴策略；其二，胡适对西方文艺复兴的理解无论有多大的偏差和误解，但对于他自己和他所倡导的白话文运动来说，从西方到中国的比附阐述，本身已经变成了他自己着力构建的理论体系的一部分，形成了他阐述其理论主张的一种修辞性策略。如果能认识到这两点，我们就会对胡适在白话文运动中某些理论阐述的证据问题产生宽容的理解。这或许可以解释胡适为什么长期以来一直有意或者无意地回避这些质疑的原因。

事实上，文艺复兴这个名称在西方世界同样也不是一个不证自明的概念。它自晚清作为纯粹的舶来品传到中国之后，不同时期的知识分子对其也是有着不同的解读和发挥。因此，胡适用它来比喻中国的"文艺复兴"也不应该仅仅被视为发生在欧洲的客观历史事件，它同时应该是中国学人对西方概念或史实的个性化论述，是胡适本人的白话文运动经验中的一个组成部分。由于理论建构的需要，胡适自然会对西方的

---

① 李贵生：《疏证与析证——清末民初中国文学研究的范式转移》，中国社会科学出版社 2016 年版，第 169 页。

资源进行符合自我需求的阐述。在胡适的许多著述中，"文艺复兴"一词除了表示一个特定的时空下的客观历史事件，"同时也是一个想象性的比喻（Imaginary metaphor）。考察这个喻体的来源、内涵和作用，不但能够提供一个崭新的角度补充过去比较史学的不足，还可以揭开过去一直被人忽略的某些现象"①。比如说下面的一段文字，胡适说：

> 中古之欧洲，各国皆有其土语，而无有文学。学者著述通问，皆用拉丁。拉丁之在当日，犹文言之在吾国也。国语之首先发生者，为意大利文。意大利者，罗马之旧畿，故其语亦最近拉丁，谓之拉丁之"俗语"（vulgate，亦名 Tuscan，以地名也）……此外德文英文之发生，其作始皆极微细，而其结果皆广大无量。今之提倡白话文学者，观于此，可以兴矣。②

其中，胡适并没有涉及"语言"和"方言"的区分，他只是就语言的使用情况进行了参照，也就是说，他把文言与白话的实际使用状况，跟拉丁语与意大利语的使用情况进行了类比。以胡适对西方语言的了解③，他不大可能连语言和方言的概念都不了解。当然还有一种可能，西方语言学界一直以来有一种观点，认为中国各地的方言尤其是粤语、客家话等与官话差异很大的方言是独立的语言，理由是除了统一使用汉字，粤语与客家话等在语音、词汇和句法方面都与官话有较大的差异。比如 2001 年编写的《哥伦比亚中国文学史》中仍然认为"文言和白话之间的区别，就好比古典拉丁语和现代意大利语"，只是这两种文

---

① 李贵生：《疏证与析证——清末民初中国文学研究的范式转移》，中国社会科学出版社 2016 年版，第 170 页。

② 胡适：《日记》（1914—1917），《胡适全集》第 28 卷，安徽教育出版社 2003 年版，第 573—575 页。

③ 1915 年 8 月 27 日留学日记（《胡适全集》第 28 卷 248 页）中记载：胡适曾经多次与瘦琴（Nellie B. Sergent）谈论英语的起源与演变，后来瘦琴女生还给胡适寄过欧洲语言发展的谱系图。1931 年 12 月 6 日的日记记载（《胡适全集》第 30 卷 31 页）：胡适曾读过 Amenities of Literature（《文学的乐趣》），认为它是论英国文学史的好材料。其中有两篇关于欧洲语言起源的文章："Origin of the Venacular Languges of Europe"（《欧洲本土语言的起源》）和 "Origin of the English Language"（《英语的起源》）。

体之间的界限并不绝对，但是在对于语法、句法、词法和音韵学的微差别非常敏感的语言学家看来，其界限通常相当明显。文言文与白话文之间的差别甚大，甚至可以说是"各自构成了两种不同的语言学体系"。问题在于，中国的白话文与文言文之间的分野从来就不清晰，因为二者频繁互相借鉴。①

换言之，胡适把文言与白话之间的关系比作拉丁文与英法德语之间的关系，是从语言的使用范围和亲缘关系来说的。如果从语音、词汇等区别性来看，可以把各地的"白话"（或称方言，不仅指官话）理解为英法德意等语言，而白话与文言的关系类似于英法德语跟拉丁文的关系，应该是符合当时中国的语言使用的实际情形的。这样的比附，我们可以称为"自我建构"，或者是"有意的误读"，是一种合目的性的理论阐述。因此，如果没有充分的证据就认定胡适缺乏起码的语言学常识，则是有失公允，显得过于武断。

总之，胡适倡导现代白话文运动是基于他对中西方语言、文学发展现状和发展规律的充分认识，也有着对中西方文化资源的自然继承和主动借鉴。因此，在这样一个过程当中所形成的胡适文学思想自然也是这样一个中西浑融的产物。我们认为，胡适倡导的文学革命的核心观念是创建白话文学。除了提出"以白话代文言"的语言观念，胡适还提出了写实、逼真、具象、真诚、独创等文学见解等，这些见解或观念的萌发和产生是在充足的东西方资源的培育和灌溉下完成的，我们不能模糊地认为哪些是中国传统中的哪些是西方的，它们是互相参照互相融合而形成的，因此，我们不能把中西方资源割裂开来。正如有学者所说："一旦割裂，它可以变成西方文学或明代文学，而不是中国新文学。"②

以下本书拟从胡适对中西文学资源继承和借鉴的角度对其白话语言文学观、新诗观念、现实主义文学观以及现代批评观念等文学思想进行具体的探析和阐述。

---

① 夏志清等：《哥伦比亚中国文学史》，新星出版社 2016 年版，第 20 页。
② 周昌龙：《超越西潮：胡适与中国传统》，北京大学出版社 2011 年版，第 148 页。

第一章　中西文学史的互证与白话文学观

"白话语言文学观"是指胡适的白话语言观和白话文学观。但实际上两者是硬币的一体两面,不可分割。对胡适而言,没有白话语言观,白话文学观就无从谈起;而没有白话文学观,白话语言观就没有意义。胡适倡导的"文学革命"是以语言变革为首要任务的,也就是说,要实现"文学革命"的目标就必须先解决语言变革的问题。因此在这个问题解决的过程中,胡适逐渐形成了自己的语言观。胡适语言观的核心是以白话文全面代替文言文,因为实现语言工具的更新是"文学革命"运动的关键性环节。如果不能完成这样的任务,文学革命就不一定能够迅速取得成功,甚至可能走向与晚清白话文运动一样的结局,最多只是在前人的基础上再往前"推动"了一点,增大了小说、戏曲等通俗的白话文学作品在报刊版面上的比率,但不可能开创国民学校课本、诗歌散文等全面使用白话文的局面。所以,我们说胡适的语言观念是一种颠覆性的革命性的主张,胡适自己说,没有这个语言变革的主张和他的"有意的推动",文学革命的成功实现估计还要推迟二三十年的时间。

第一节　语言工具论与白话语言观

胡适要废文言兴白话,理由是文言文的功能在逐渐退化,已经不能满足现代交际和文学的需要,因此只能全面代之以白话。胡适在不同的场合、不同的著述中多次对文言与白话的差异进行过论述。胡适的观点是:白话优于文言,白话是时代发展的结果,是语言交际和文学创作的"利器"。这种观点的依据是:文言已"死"或"半死",只有白话是唯一"活"的语言。

翻阅胡适的留学日记，胡适主张语言有"死活"、以白话代文言的观念，存在着一个渐进的发展过程，是在中西方文学资源互相参证之后所下的结论。胡适起先只是感觉到文言文不便于教学，进而逐渐开始思考文言文与白话文的优劣。1915 年 8 月 26 日，在《如何可使吾国文言易于教授》一文中，胡适认为汉字在相当长的时间内不可废除，因为"其为仅有之各省交通之媒介物也，以其为仅有之教育授受之具也"。但胡适已经意识到，古文之所以不容易教，是因为它是"半死的文字"，是视觉的文字，所以汉语学习要从文法入手，还要采用西文的标点符号，以求文法之明显易解，意义之确定不易。

胡适以是否具有"日用之分子"为标准来衡量一种语言的死活。他把英文、法文、德文以及中国的白话等判定为"活文字"，把古希腊、拉丁语判定为死文字，而把中国的"汉文"认定为半死之文字，因为其中还有日用之分子，如"犬"是已死之字，"狗"是活字，"乘马"是死语，"骑马"是活语。①

这里，胡适虽然把古文归入半死之文字，认为文言文不易于教授，不宜于交流等，但还没有提出废除文言文的主张，甚至觉得汉字具有视觉的优越性。1915 年 9 月 1 日，他在日记中用中英文抄录了《英人莫利逊论中国字》中的片段："因视觉比听觉快，所以，思想通过眼睛到达大脑远比较慢的声音更加快捷，更加有效，更加生动。就引起最初的表象来看，中国文字形成的画面是美丽生动，令人难忘的。中国的优美书法以其生动、遒劲、优美能给人极深的印象，这些都是拼音文字无法企及的。"

但到了 1916 年 7 月 6 日，胡适的思想发生了重要的变化。他在日记里记载了一篇题为《白话文言之优劣比较》的札记。这篇札记堪称是与《文学改良刍议》一样重要的纲领性"文件"，是胡适阐述"以文言代白话"主张的最明确最详细的宣言，胡适之后对语言观念的论述大都可以在里面找到源头。胡适把文言与白话的优劣概括为以下七个

---

① 胡适:《日记》(1915—1917)，《胡适全集》第 28 卷，安徽教育出版社 2003 年版，第 244—247 页。

方面：（1）文言是半死的文字，白话是活的语言；（2）白话优美适用，并不鄙俗。凡言语要以达意为主，而不能达意者，则为不美；（3）凡文言之所长，白话皆有之。而白话之所长，则文言未必能及之。因此，白话可代替文言；（4）白话并非文言之退化，乃是文言之进化。其进化之迹，表现为从单音的进而为复音的；文法由不自然演变为自然，由繁趋简；文言之所无，白话皆有以补充；（5）白话产生过第一流文学，比如文学史上的白话诗词、白话语录、白话小说以及白话的戏剧，等等；（6）白话的文学为中国千年来仅有之文学。（小说、戏曲，甚至可与世界第一流文学比肩。）若非白话的文学，如古文，如八股，如札记小说，皆不足与于第一流文学之列；（7）文言的文字可读而听不懂，白话的文字既可读，又听得懂。凡演说、讲学、笔记，文言绝不能应用。今日所需，乃是一种可读、可听、可歌、可讲、可记的言语。要读书不须口译，演说不须笔译；要施诸讲坛舞台而皆可，诵之村妪妇孺而皆懂。①

概括来说，胡适的这篇札记是从四个方面全面分析了白话代替文言的理由：一是白话是能听懂的语言，是听觉的语言；二是再次重申了语言有"死""活"的观念；三是白话有固有的美感，产生过世界一流的文学作品；四是白话是平民的语言，有成为"国语"的资格，是书写国语文学的工具。

胡适1918年7月在给朋友朱经农的信中对"死""活"的概念作了进一步解释，认为"死""活"的概念具有针对性和时代性："我也承认《左传》、《史记》在文学史上，有'长生不死'的位置。但这种文学是少数懂得文言的人的私有物，对于一般通俗社会便同'死'的一样。""《左传》、《史记》，在'文言的文学'里，是活的；在'国语的文学'里，便是死的了。"②

可见，胡适不仅以有机体进化的规律来衡量语言的"死活"，还把语言使用的范围和群体作为标准，即文言是少数文士贵族的语言，

---

① 胡适：《日记》（1915—1917），《胡适全集》第28卷，安徽教育出版社2003年版，第391—393页。

② 胡适：《答朱经农》，《胡适全集》第1卷，安徽教育出版社2003年版，第83—84页。

而白话是平民大众的语言。这体现了胡适的平民主义和人道主义的思想观念。

　　胡适之所以要把文言定性为"死"语言并加以推翻，而不愿意维持文言与白话的"双语"使用状况，其原因还在于他获得的一种语言观念，即一种语言的兴起必然以另外一种的衰落为代价，两者之间是"你死我活"的关系。比如，西方语言学史的著作中就有这样的观点："意大利文学语言的逐渐兴起和扩张以它的对手拉丁语的衰落为代价。"后来的巴赫金也曾把欧洲文艺复兴时期民族语言的独立描述为"地方语言对拉丁语的'反叛'以及所取得的'胜利'"。①

　　胡适的这种语言观念遭到了梅光迪、任鸿隽等人的反对，他们不接受把文言文当作"死语言"或者"半死的语言"的观点，认为文言文和白话各有所长，各有分工：文言是文学的语言，白话是日常生活交际的语言。为此，他们与胡适进行了长时间的论争。目前我们还没有找到相关史料来明确解释胡适是何时有了这样的认识，但"死语言"和"活语言"的概念在清末民初已经出现，并不是胡适的个人独创。

　　除了前文提到的黄遵宪等人相关的论述，我们还注意到复旦大学创始人马相伯早在 1902 年也有过这样的认识。马相伯注重包括拉丁文在内的西方语言的教学，并根据西方语言的内在亲缘关系，提出了学习西文的方法。《震旦学院章程》规定："拉丁为读任何国文（英法德意）之阶梯，议定急就办法，限二年毕业，首年读拉丁文，次年读何国文，以能译拉丁及任一国之文学书为度。"② 在具体的西方语言文学的学习当中，把外语分成了"古文"（dead language）和"今文"（living language）两种类别，前者指"如希腊、拉丁文文字"，而后者则指"如英吉利、德意志、法兰西、意大利文字"③。这里，"古文"（与我们当今称呼文言文的名称相同）的实际含义"dead language"就是死的语言的意思，而"今文"就是"活语言"的意思，其名称的英文意思以及所指的语言与胡适后来所宣称的完全一致（拉丁文、文言文是死的语

---

　　① ［英］彼得·伯克：《语言的文化史——近代早期欧洲的语言和共同体》，李霄翔、李鲁、杨豫译，北京大学出版社 2007 年版，第 86 页。

　　② 马相伯：《震旦学院章程》，《马相伯集》，朱维铮编，复旦大学出版社 1996 年版，第 41 页。

　　③ 马相伯：《震旦学院章程》，《马相伯集》，朱维铮编，复旦大学出版社 1996 年版，第 42 页。

言，白话文和当时英法德意等语言为活的语言)。至此，我们认为，语言"死""活"的概念已经明确地进入了大学的章程，这说明清末民初之际，很多像马相伯一样通晓西文的文人学士应该都有着基本一致的观念，即语言有"死""活"。当然，马相伯的本意应该是注重语言之间的内在关联，就是说，要学好英法德意等现代外语就应当先学习一些已经死亡的拉丁文等古代语言。我们不能确定胡适是否从《震旦学院章程》中接受了语言"死""活"的概念，但从胡适1906年的日记中可以找到胡适曾几次到过震旦学院看望挚友郑仲诚的记录：胡适当时还在上海澄衷学堂学习，曾经去过震旦学院观看由外籍教士组织的游艺会，但大失所望："吾观于震旦，而知外人之教育?"① 这就是说，胡适几次到访震旦学院，除了看望朋友，还怀有对震旦大学的羡慕和崇敬，希望对震旦学院有所了解。因此我们推测，凭着胡适的好学和好奇，他对《震旦学院章程》这样寻常的公开信息有所了解，应该也是有可能的事情。

语言有"死""活"之分在西方也是一个寻常的观念。彼得·伯克在《语言的文化史——近代早期欧洲的语言和共同体》一书中有过这样的解释："所谓的'死'语言，例如拉丁语和希伯来语，而且在一定程度上还包括希腊语。""拉丁语是一种无法用口头表达的语言"，它"不过是纸和墨水而已"。贝内代托·瓦尔基(Benedetto Varchi) 的著作《埃尔科拉诺》(L'Ercolano, 1570) 将语言分为三类："活跃的"语言、"半活跃的"的语言和"死亡的"语言。② 胡适在白话文运动中沿用了这三个概念，只是把"活跃"说成了"活"、把"半活跃"说成了"半死"。

因此，我们说，胡适吸收了黄遵宪、马相伯等人的语言"死""活"观念，也继承了裴廷梁"兴白话而废文言"的主张，并从西方文艺复兴的历史经验中得到印证和参照，提出了比前人更为明确和激进的白话文观念。胡适的贡献在于：发动了声势浩大的文学革命运动，全面

---

① 胡适：《日记》(1906—1914)，《胡适全集》第27卷，安徽教育出版社2003年版，第51页。

② ［英］彼得·伯克：《语言的文化史——近代早期欧洲的语言和共同体》，李霄翔、李鲁、杨豫译，北京大学出版社2007年版，第27页。

废弃文言文，从而真正实现了白话文占据主导地位的目标。从 1920 年起中小学国文课本开始逐渐增加白话文的篇目，也就是说大概在五年的时间里，白话文就取得了初步的胜利。自此，文言文作品被当成作为文学遗产的"古文"，而白话被称为国语。

我们应该如何理解语言之"死""活"的概念呢？我们还是要回到进化论和实用主义两个理论去理解。从历史进化的角度出发，胡适把语言当成生命有机体，也是有着从生长到衰落的规律；而从实用主义理论出发，不适用的自然会被淘汰，代之以满足表达需要的语言或语言内部的语体系统。文言文不能满足现代人的表达需要，已经不是一个良好的语言工具，因此必然走向衰亡，而白话则与之相反，是能够满足表达需要的语言工具。1921 年在《国语文法概论》里，他从语言的工具性的立场出发，对文言的退化和白话的进化进行了阐述。

首先看文言的退化。胡适认为文言文已经不是能够满足表情达意、普及教育和新闻宣传之需要的有力工具了，其功能在逐渐减退或消失：

第一，文言文表情达意的功用已经大幅度退化。比如，禅宗和宋明理学家的语录，以及后世的戏剧、小说等白话文学的发生就是文言难以很好地表情达意的铁证。胡适认为文言文的描写功能不够发达，古文学里的写人状物都显得简略，所以很难有效地保存当时的社会历史，而要想查找某个时代社会生活的详细记载，只能去《红楼梦》和《儒林外史》一类的白话文学作品里去寻找。

第二，文言文难以普及教育。胡适认为，古时候，教育是极少数人的特权，所以文言的缺点还不太被注意。但到了现代社会，教育变成了人的基本权利，因此文言文在教育工具方面的缺陷，就显得极为突出。1920 年起，全国小学课本逐渐开始加入白话文，就是弥补文言文作为教育工具的缺陷。

第三，在报刊等宣传工具方法上，文言就更加难以胜任，为此，清末才出现大量的白话报纸。因为报纸、杂志都是民众的读物，要求明白易懂，否则即达不到广泛宣传的作用。在现实的社会生活当中，在学校听讲、讲课，发表演说，买卖商品，叫车子，打电话，谈天等都是需要"听得懂"的白话，胡适感叹道，作为知识分子的他，尚且做不到用文言作为共同生活的媒介，那就更不要说那些大多数的平民百姓了。①

与文言文相反，白话正在快速进化，变得越来越精密。胡适认为，从古代的文言到近代的白话，至少看出两个方面的进化，一是该变繁的都变繁了，二是该变简的都变简了。"繁"的方面，指的是单音节词变为双音节甚至多音节词，词汇增加，尤其是反映新事物新概念的词。"简"的方面则是指文言里一切无用的区别都废除了，尤其是很多日常生活中不再使用的历史词汇，另外，文言文繁杂不整齐的文法变化都变为简易划一的变化，或者变得较为规则。胡适从语言的基本要素出发，认为白话的语音、词汇和语法系统都在进化之中，词语开始双音节化，富有整齐的节奏和优美的乐感，语法由繁趋简，并与英文语法相通（得益于《马氏文通》，比如虚词、时、体、态的精密语法的对照，也与胡适长期使用西方语言的经验相吻合），是听说读写都便利的语言，能够适应和服务于普通民众的交流工具和表达工具。最重要的是胡适确认了白话的"美"的特质，认为能胜任文学创作，文学史上的白话诗词、语录、戏曲和小说等一流的文学作品就是最好的证据。

胡适认为，语言文字与物质的工具设备的作用是相似的，也是一种应用型的工具。语言文字的用处极多：（1）表情达意；（2）记载人类生活的过去经验；（3）是教育的工具；（4）是人类共同生活的唯一媒介物。② 语言作为工具，也像汽车代替马车一样，随着时代变迁而变迁，这是历史进化的观念所解释了的。"文学家的文学只可定一时的标准，决不能定百世的标准；若推崇一个时代的文学太过了，奉为永久的标准，那就一定要阻碍文字的进化；进化的生机被一个时代的标准阻碍住了，那种文字就渐渐干枯变成死文字或半死的文字。"③ 因此，三千年前之死字必然会被淘汰，而20世纪之活字必然被选用；"与其写作不能普及之模仿秦、汉、六朝的作品，还不如创作家喻户晓之《水浒》、《西游》文字"。④ 胡适反复提到意大利、英国、德国、法国等各国文学

---

① 胡适：《国语文法概论》，《胡适全集》第 1 卷，安徽教育出版社 2003 年版，第 433 页。
② 胡适：《国语文法概论》，《胡适全集》第 1 卷，安徽教育出版社 2003 年版，第 432 页。
③ 胡适：《国语文法概论》，《胡适全集》第 1 卷，安徽教育出版社 2003 年版，第 431 页。
④ 胡适：《文学改良刍议》，《胡适全集》第 1 卷，安徽教育出版社 2003 年版，第 15 页。

史对他的启示，比如但丁、彼特拉克、簿伽丘、乔叟等对欧洲各国近代语言文学发展的"有意的推动"。胡适认为，拉丁语是学术界的语言，是天主教的基本语言。它是一种已经半死的语言，现实生活中已没有人用拉丁语交流。这与中国的文言文类似。

在白话文运动中，胡适对语言性质的认识是立足于语言的工具观的，即语言是表情达意和文学的工具。而这种"工具"观念是深受实用主义哲学思想影响的。在胡适看来，人们对语言的认识不管如何深刻、如何合理，但如果不能应用到实践中去解决具体的问题，那也是不科学的。胡适对新的语言文字的设想，有一个明确的前提：文字者，文学之器也。

胡适不否认语言有其自身的特点和规律，但他认为语言的工具性是第一位的。正是因为基于白话作为文学的工具性，胡适才找准了文学革命的突破口。胡适的语言工具性的理性观念既反映了语言的本质，也是胡适接受实用主义哲学的一种体现。任鸿隽就批评过胡适"斤斤争文言之不当废"，"为工具所用"，"作了工具的奴隶了"[1]。胡适的回应是："文字形式"往往是可以妨碍束缚文学本质的。西方有"旧皮囊装不得新酒"的俗语。中国也有"工欲善其事，必先利其器"的古话。胡适从工具理性的立场出发，坚持认为文字形式是文学的工具，是文学的前提之一。[2] 胡适接着引欧洲近代文学史的经验作为自己的证据："工具不适用，如何能表情达意？""欧洲各国文学革命只是文学工具的革命。中国文学史上几番革命也都是文学工具的革命。这是我的新觉悟。"[3] 欧洲近代文学史的史实始终都是胡适论证其文学观念的西方"证据"，胡适从中能够找到强有力的证明，使得他的信念更加坚定，"底气"更加强劲。

胡适的工具理性语言观，还体现在文学革命中语言形式和思想内容两方面的革新的先后顺序上。胡适当然认可新思想、新精神对文学改革

---

① 胡适：《答任叔永》，《胡适全集》第 1 卷，安徽教育出版社 2003 年版，第 92 页。

② 胡适：《逼上梁山——文学革命的开始》，《胡适全集》第 18 卷，安徽教育出版社 2003 年版，第 108 页。

③ 胡适：《逼上梁山——文学革命的开始》，《胡适全集》第 18 卷，安徽教育出版社 2003 年版，第 108 页。

的重要性，但他仍然坚持把语言工具的更新放在第一位，"要造一种活的文学，必须有活的工具"，"有了新工具，我们方才谈得到新思想和新精神等等其他方面。这是我的方案"。①

胡适的工具理性语言观，还蕴含着现代语言学的理念。我们不能肯定胡适是否接触到过现代语言学理论，但从他的论述来看，某些方面已经触及了现代语言学的一些观念，比如，语言要表达现代社会的情思，就是一个触及语言与文化之关系的命题，某种程度上可以称为"语言相对论"。

"语言相对论"就是认为语言与其所反映的文化密切相关，语言形式和语言结构存在差异的语言，其认识世界的方式也存在着差异，其承载的思想和文化也不尽相同。德国哲学家洪堡特（Alexander von Humboldt）较早把"相对论"应用到语言研究中，引起了广泛关注。而美国的结构主义语言学家萨丕尔（Sapir Edward）和他耶鲁大学的学生沃尔夫（Lee Whorf）对此进行了更深入的阐述，形成了"萨丕尔－沃尔夫假说"理论。萨丕尔指出，语言不仅是通常所认为的一种表达个人不同经验的系统工具，也是一种自我蕴含、具有创造性的符号组织系统。这种系统不仅指涉所要表达的各种经验，而且很大程度上因其形式的完整性以及个人意识对经验领域的投射，从而对这些经验进行了界定。所以说，"一种特定的语言乃是说这种语言的那些人的集体意识的一部分，语言也使这种集体意识成为可能"。② 如果我们以语言相对论来解释文言与白话的差异，那么就可以说，长期的文言文的学习形成了中国文人的集体意识，他们很难在母语的环境里发现需要新的语言去更充分地表现自己的情感和思想。这种自我发现只有在外国语言的参照之下，才可能发现中国言文分离的弊病。而胡适正好具备这些外在的条件，所以他对语言的认识也比同时代人更加超前。

相比于同时代人，胡适对语言的工具性和交际性有着敏锐和深刻的理解。胡适语言观念的超前性已经明显超越了梁启超、黄遵宪、裘廷梁

---

① 胡适：《逼上梁山——文学革命的开始》，《胡适全集》第 18 卷，安徽教育出版社 2003 年版，第 121 页。

② 祁雅礼：《二十世纪法国思潮》，转引自袁进《中国文学观念的近代变革》，上海社会科学院出版社 1996 年版，第 162 页。

等清末民初的众多前辈，后者虽然也意识到了作为口语的白话对教育、宣传以及文学的重要性，但他们都没能明确而坚定地提出"废文言兴白话"的主张，这里面固然有时代、环境等各种客观限制，但缺乏对语言本质的充分理解以及对中西方语言进行比较和参照，也是一个重要原因。晚清白话文运动更多的是将白话视为一种启蒙的工具，要用来向大众传播资讯和普及现代知识的通俗便利的工具，很少有人意识到它的文学可能性，把它真正与文学联系起来。被胡适称为新文学运动先驱的黄远庸虽然提出过白话文学的主张，但影响还不够广泛。大部分的文人雅士用白话写成的作品，主要还是用来进行思想启蒙和社会宣传，其阅读人群主要是下层社会的普通民众，与知识阶层无关。他们对白话的文学性还缺乏一种必要的认识。他们还停留在倡导和使用白话上，还没有把白话作为文学表现的工具和媒介。① 而胡适之所以能够发起"白话文运动"，最初是因为他对语言尤其是口语的持久的浓厚兴趣，并敏锐地意识到了作为文学书写工具的语言或者不同语体风格的语言表达系统对文学发展的巨大影响。某种程度上说，语言表达就是文明的自身。文学作为语言的产品，语言或者语体的转换必然会带来作品的文学特征方面的诸多变化。

胡适已经充分意识到，语言的转换（白话代文言）有助于中国社会和文化的现代转型，从而明确提出只有白话文才能表达现代社会的人的思想和情感。在胡适的心目中，文学中语言工具所蕴含的意义不只是停留在关于白话和文言之间兴衰更替的争论，而是在于民众对语言变革的认可和接受。毫无疑问，文学革命的成功推动了听众和读者去关注和思考诸如语音的统一、汉字的简化以及汉语拼音化等一系列问题。总而言之，胡适的语言观念和思想符合当时的语言学理论和语言研究的现状，胡适对语言的理解和认识的科学性以及局限性都能从美国当时影响较大的语言学家萨丕尔和布龙菲尔德的语言学理论中找到蛛丝马迹。

---

① 旷新年：《胡适与白话文运动》，蓝棣之、解志熙编《远去的背影》，中国社会科学出版社2002年版，第181页。

第二节 文言与白话二者审美观的分歧

白话是普通百姓使用的语言。胡适倡导白话文体现了其平民主义和人道主义的情怀。胡适虽出身官宦,但在他幼年时期家道开始中落,生活坎坷,因此对民间疾苦体会较多。早期所接受的新民思想以及一定程度上的反叛意识和革命精神,使得胡适自然而然产生了同情劳苦大众的平民主义观念。同时,世界范围内的平民主义思潮的席卷,当时的救亡启蒙、普及教育、建立现代民族国家的时势需要,都使胡适产生了强烈的平民主义思想,从而使其语言观也染上了平民主义的色彩。胡适以平民主义作为标准来判定语言的"死活"和文学的高下,确实是切中了复古保守派的要害。梅光迪曾说:"(平民)其于学说之来也,无审择之能,若使贩自欧美,为吾国夙所未闻,而又于多数程度,含有平民性质者,则不胫而走,成效立著。"①

作为中国新人文主义学派的代表,梅光迪对白话文运动不以为然,但他的激愤之词确实可以证明"平民主义"的立场对白话文运动的巨大推动作用。

从使用白话的人口数量来看,中国当时的情形与欧洲文艺复兴时期欧洲的情形相似。中国当时普遍使用带口语性质的"白话"进行口语交流,只有少数人可以通晓文言文。而在文艺复兴时期的欧洲,"最初的市场是欧洲的识字圈,一个涵盖面广阔但纵深单薄的拉丁文读者阶层。让这个市场达到饱和大约花了150年的时间"。"它是通晓双语者使用的语言。""16世纪,有双语能力的人只占全欧洲总人口的一小部分。……在当时和现在,大部分人都懂得一种语言。"②清末民初与此相似,中国能够看书识字的人数很少,能够掌握"白话"和"文言"的"双语者"则更少。因此,选择一种能够方便学

---

① 梅光迪:《评提倡新文化者》,杨毅丰、康惠茹编《民国思想文丛·学衡派》,长春出版社2013年版,第75页。

② [美]本尼迪克特·安德森:《想象的共同体——民族主义的起源与散布》,上海世纪出版集团2005年版,第38—39页。

习和教学而自己平时说话所使用的语言作为教育工具，那是最自然不过的事情了。在后来的白话文的建设当中，因为白话不够"白"，或者说不纯粹是下层社会普通老百姓所能听懂的"白"，白话文又转向"大众语"。

胡适在关于"大众语"的讨论中阐述了白话的选用应该更贴近平民百姓，要能够考虑到听众里面程度最低的人群的理解能力。他批评当时的文人所做的文章之所以不能大众化，是因为他们从来就没有想过大众的存在，所以乱用文言的成语套语，滥用许多还没通用的新名词；文法不中不西，语气不文不白；翻译是硬译。其实他们自己本身还没有学会说白话。胡适这里批判的是，白话脱离平民大众的倾向。胡适指出，大众语不是在白话之外的另一种语言文字，而是一种把白话写到最大多数人能够懂的能力。这种能力是选用简单明显的字眼语句，也不是运用一些方言土话。这种能力的大小，在于对"大众"的同情心的多寡。凡是说话作文能叫人了解的人，都是非常富于同情心的，能细心体贴他的听众（或读者）的。[1] 胡适再次重申了语言（白话）的平民主义色彩，强调语言的平民主义就是心中有百姓，否则说不好也写不好白话。意大利诗人但丁也曾论证过俗语（白话）的平民主义特征："拉丁语只给少数人以利益，俗语其实是为多数人服务"；"俗语能给人以有用的知识，拉丁语就做不到了"。他盛赞俗语具有群众性、实用性、活泼性和生命力，而"拉丁语只为少数人所掌握，所应用，用拉丁语写作无异于将大众拒之门外"。但丁还专门分析批判了文人学士轻视俗语的原因，提醒人们警觉。他呼吁用俗语来写作，建立意大利的民族语言和民族文学，以利于民族的统一。[2]

五四前后的平民主义思潮还与语言学上的"语音中心主义"倾向形成默契，或者说跟索绪尔对口语的重视有关。因为平民主义趋向于"通俗"和"口语"，指向"普遍性"和"现代性"。如前所述，文言可读，但难以听懂，白话则是一种可读、可听、可歌、可讲、可记的言语。要读书不须口译，演说不须笔译；要施诸讲坛舞台而皆可，诵之村

①　胡适：《大众语在哪儿?》，《胡适全集》第 4 卷，安徽教育出版社 2003 年版，第 576—577 页。

②　杨慧林、黄晋凯：《欧洲中世纪文学史》，译林出版社 2001 年版，第 273—274 页。

妪妇孺而皆懂。① 胡适是把"听得懂"作为判定语言死活的最终标准，"听得懂"可以说是一种平民主义立场的语言观，与近现代的"言文一致"的语音中心主义的历史趋势步调相一致。由于西方近代工业革命的成功，科技发明不断涌现，诸如报刊、有线广播和无线广播等现代传媒和通信工具的发明和普及，促使"语音"的功能在社会交际中的重要性得以大幅提升，为了达到"懂"的目的，势必要推动书面语言向口语的靠拢，加速了"言文合一"的趋势。从晚清到五四，中国也受到了这种"语音中心主义"语言观念的影响，这是一种以西方式的拼音文字为取向的普遍主义。这种语音中心主义建立在传统/现代的背景之上，扭转了将语言（口语）等同于俗，文字（文言）等同于雅的传统观念，并且在进化论的理论背景下，建立了一种新的价值结构：汉字是野蛮落后的，拼音文字是现代进步的。

胡适虽然对汉文拉丁化也持谨慎支持的态度，但对"言文一致"的语音中心主义的历史潮流已经有了比较清醒的意识。其实，以废除文言文作为反传统的一个突破口并不是胡适的新发明。钱玄同以及一些语言改革者也明确提出过用世界语或者罗马拼音文字来完全替代文言文甚至汉字。吴稚晖甚至喊出"把所有古代典籍扔进厕所"的口号。但是，这些反传统的改革主张确实过于激进，不太可能让人完全信服和接受。相比而言，胡适的以白话代文言的折中主张就显得比较温和，易为知识分子以及粗通文字的普通民众所接受。胡适自己也认为白话代文言的文学革命最终得以成功正是源于这种渐进改良的方式。

很自然，文言是文人的书面语，而白话则毫无疑问是不通文墨的老百姓（以及文人需要交谈时）的口语。一个人说话的时候，当他/她的意图可能不被理解的时候（在战争中或者在工作中，这种情况是相当危险的），他必须说得明白直接。书写则完全是另一件事。书写时，因省略过多而可能被误解这件事情，给作者带来的则是一种期待。就好比一个人在问："在我没有直接说出来的时候能够同我心有灵犀的那位读者在哪里？"另外，书写与阅读都允许实质上无限制地反复咀嚼与思

---

① 胡适：《日记》（1915—1917），《胡适全集》第28卷，安徽教育出版社2003年版，第391—393页。

量，而言谈却是瞬间的事情。一旦言者的话说出来，听者要么听懂了，要么没听懂。虽然听者也可以再咀嚼他听到的话，但交流行为本身却是瞬间性的。最后，因为汉字是表意文字，表音性较弱，但语义丰富，具有高度视觉化的特质，汉语书写体系会强调言谈和书写之间的沟壑。所以说，白话的特征符合语音中心主义的理论，是颇具现代语言学理论的特征的。

前面已经提到过，胡适提倡文学革命，倡导白话文和白话文学，遭到了来自不同阵营的保守派的攻击。胡适与林纾、章士钊、胡先骕等人之所以发生激烈论战，除了学术观念上的差异，还带有对传统文化，传统审美观念以及对私人特权丧失的担心和不满。以林纾为代表的保守主义知识分子依然坚持"西学为用，中学为体"，坚持中国文化优越性的立场。胡适就说过，"（林纾）成见很深固，还时时露出些化朽腐为神奇的自尊心"。① 但对大众来讲，文言文是没有什么价值可言的。即便有，那也是士大夫等文人特权阶层的玩物，与平民无关。胡适秉承了以杜甫、白居易为代表的中国传统的平民主义和现实主义的情怀，也与西方的平民主义、民主主义等理念相关联。也就是说，白话文言之争，关系到对传统文化的态度和立场。白话文运动所倡导的新文学必然要推倒旧文学所承载的政治、伦理和道德观念，胡适、陈独秀都认为"旧文学，旧政治，旧伦理，本是一家眷属，固不得去此而取彼"。②

新文化运动的语境下，倡导白话，意味着全面反传统，而反对白话，反对废除文言的，无疑是以传统文化的维护者而自谕的。房德里耶斯说："语言是最好不过的社会事实，社会接触的结果。它变成了联系社会的一种最强有力的纽带。它的发展就是由于社会集体的存在。"③ 根据萨丕尔－沃尔夫假说，不同的语言结构源自不同的认知理念，因此，使用不同语言的人群，其对外在世界的认识也就不同。基于这种语言影响思维的观念，文言文使用者其思维也就不同于白话使用者。文言文反映的是古代文化，这种古代文化无论是如何的灿烂辉煌，都已经属

---

① 曾孟朴：《论翻译》，《胡适全集》第3卷，安徽教育出版社2003年版，第811页。

② 胡适、陈独秀：《论〈新青年〉之主张》，《胡适全集》第21卷，安徽教育出版社2003年版，第153页。

③ ［法］房德里耶斯：《语言》，商务印书馆1991年版，第14页。

于历史，其已被证明不再能够满足现代人的语言交流和情感表达的需要。所以文学革命一个最主要的考虑就是消除人们对文言文及其所承载的文化的依附和迷恋，相反，作为当下言语交际的代表——白话文则能够给人们提供一种认识和反映现实世界的丰富媒介。从这个意义上说，文学革命的成功则是中国传统文化之现代转型的所必须经历的一个阶段性的步骤。我们可以这样理解，借由作为所谓的"普遍亲缘性"符号和系统，中国的伦理、文化和政治中心得以在帝国王权的基础上成功建立，并在起自汉朝（公元前 2 世纪）到 20 世纪初的晚清的漫长历史中，因儒家独尊而日趋巩固。因此，为了拆除这样一种深藏于整体传统之后的宇宙观和认识论，就必须全盘地完全地打破偶像。这也就能够解释，为什么绝大多数精英知识分子在"文学革命"时代把反传统看成现代知识转型的最显要的特征，是当务之急。由此，白话文运动就合乎历史发展的逻辑，因为如果没有白话文这个工具，那么与历史传统的疏离和切割就不可能有效地得以表达和阐述。

同时，白话文的兴起也是源于建立现代民族国家的需要。现代白话文运动是与"新中国""新文化"的想象和创造融为一体。欧洲文艺复兴以来，现代民族国家的建立，资本主义的发展，也促进了现代国语的产生与形成。现代国语即民族共同语的形成与现代民族国家的形成是一个有机统一、相互影响的过程。中国现代语言的变革，即白话代文言以及白话作为国语地位的确立，不仅体现了世界性的现代民族认同和资本主义现代化发展的普遍趋势，而且反映了迫切的民族救亡与社会启蒙的要求。"国语不仅是教育普及的最有效工具，而且是民族认同的重要资源。它在建立统一的现代民族国家以及现代社会动员中有着极为重要的作用。"①

在推动白话文代替文言文的使用方面，胡适区别于晚清倡导白话文的知识分子之处，首先在于胡适把白话与文学以及文化复兴紧密联系在一起。晚清的先驱们把白话看作一种非常实用而有效的开启民智的语言工具，但并没有把文言作为一种文化延续与文学创作的符号系统加以废

---

① 旷新年：《胡适与白话文运动》，蓝棣之、解志熙编《远去的背影》，中国社会科学出版社2002 年版，第 181 页。

除。因此，社会上语言的使用依然存在着文言和白话并存的双"语"的机制。其次，胡适对白话文的倡导是以欧洲文艺复兴为参照和模板的。从表面上看，胡适好像只是在文学革命的层面上谈论语言变革，但他的观念已触及了白话所具有的现代性问题，这对后世的文人学士的文学观念产生了很大的触动。与文言文相比，白话文自身具有民主性、透明性等现代特质，是能够更好地反映社会大众的活动，表达人的现代情思，描述现代社会的纷繁复杂、日新月异的现象，也就是说，"使用白话文也就具有政治、美学以及概念和心理上的投射和暗示作用"。[1] 而安德森（Benedict Anderson）也意识到语言的更替对思维、审美观、价值观等方面的冲击。在《想象的共同体》一书中，他认为文言文在塑造和保持东亚国家的人们对中国儒学的认同方面所起的作用，认为中国文言文不再占据主导地位是中国现代转型的前提，同时也引用文言文和拉丁语言的相似性来加强论证的说服力。安德森进而指出：在世界民族主义的历史中，高雅语言和通俗语言是完全对立的。[2]

　　白话文言之争还涉及另一个问题，即知识阶层是否承认和接受白话文学的审美价值。反对白话文的阵营认为文言是"雅"的，白话是"俗"的。对白话文抵制最激烈的"学衡派"阵营坚持新人文主义立场，坚定维护文言所承载的所谓"高雅"的审美观。1925 年 8 月 27日，甲寅派的章士钊攻击新文学是"欲进而反退，求文而得野，陷青年于大阱，颓国本于无形"，指责胡适是罪魁祸首。胡适则坚持认为白话有白话的美感，在《老章又反叛了》一文中，他认为白话文运动是中国语言文学史发展的必然要求，是顺应时代潮流的结果，白话文"有他本身的文学的美，可以使天下睁开眼睛的共见共赏"。"天下睁开眼睛的"就是指社会整体，而不仅仅是少数通晓文言的文人。可见，胡适的白话文的美感是平民的，胡适举例说："衣裳已施行看尽，针线犹存未忍开"是白话诗，又何尝不美？"别时言语在心头，那一句依他到底？"完全是口语，又何尝不美？

---

　　① Sun Chang Kang-i and Stepohen Owen（eds），*The Cambridge History of Chinese Literature*，*Voume*，Cambridge：Cambridge University Press，2010，p. 468.
　　② ［美］本尼迪克特·安德森：《想象的共同体——民族主义的起源与散布》，上海世纪出版集团 2005 年版，第 43 页。

　　胡适举"宁馨"和"那哼"、"阿堵"和"阿笃"两组词为例，来讽刺那些自以为是的文人的迂腐和可笑。其实这两组词的意思完全相同，都是苏州的方言词，"宁馨"和"那哼"是普通话"怎么"或"如何"的意思，"阿堵"即是苏州人说的"阿笃"，官话说的"那个""那些"的意思。但因为"宁馨"出自《晋书》，所以，迂腐不通的文人把它当作一个古典用，以为很"雅"，很美，"那哼"就鄙俗！"阿堵"出自《王衍传》，故后来的不通的文人又把"阿堵物"用作一个古典，以为很"雅"，很"美"，而说"阿笃"，是"鄙俗可嚎"了！①

　　胡适不仅主张平民主义立场，认同民间老百姓的审美观，还暗示审美观是可以慢慢培养和逐渐改变的，正如上述，"阿堵""宁馨"在不了解意思的情况下却被文人学士当成"文雅"的词。胡适努力要证明的是，白话不仅可以运用于教育和新闻宣传，而且是文学的利器。所以他极力提高文学史上的白话文学的地位，同时呼吁努力创作白话的文学。

　　除了"学衡派"的诸多学人，五四时期，对"白话文"运动持反对态度的还有年龄稍长的一批老派知识分子，其中以辜鸿铭、林纾、严复和章士钊等人为代表。他们之中很多人也都学贯中西，但对东西方文化的态度却与新文化运动的中间力量的主张截然不同。辜鸿铭在1910年之前曾宣扬过所谓的"中国的牛津运动"，提出对中国和世界实行"知识开放"和"心灵舒张"的主张。他引用圣·保罗的名言"验证一切，紧紧抓住那些好的东西"来阐述"中国的牛津运动"的核心精神。其实，辜鸿铭倡导的该项运动，虽然其目的是要以中国的"道德文明"来抵抗欧洲的"物质文明"，但是在精神实质上却与五四时期新型知识分子的理想在某种程度上是相通的，而不是毫不相干。我们甚至可以认为，作为胡适的论敌，辜鸿铭、严复和林纾等人，他们反对的是新文学的内容，而不是作为新文学的语言的白话文。他们所忧虑和惧怕的是完全使用白话会导致传统文化中的伦理道德被扫除殆尽。他们把中国传统文化所承载的"伦理性"称为"人文主义"，其具体内涵可以描述为：中国思想文化传统的核心特征是人文主义，注重伦理性（首先是与日

---

　　①　胡适：《国语文法概论》，《胡适全集》第1卷，安徽教育出版社2003年版，第430—431页。

常生活息息相关）、审美意识和社会性。这种人文主义并不反感物质幸福和日常享受，但特别强调内心的宁静平和，生活中荣辱不惊，与自然和友朋和谐相处。所以说，林纾和辜鸿铭他们想要据理力争的是，中国文化的这种人文主义特质和精神不应以实现文化的现代化和文化的转型的名义或以"西方伦理与儒家伦理并不冲突"为借口被完全抛弃。因此我们不难想象，作为极端的人文主义的代表，辜鸿铭鄙夷和拒斥异质性的欧洲文化，反对文学运动，就不足为奇了。

林纾虽是晚清最有影响的西方小说翻译家，对西方文化持相对宽容的态度，但一旦涉及价值观和审美观等关键命题时，他则又退回到保守的复古主义的立场上："夫学不新而唯词之新，匪特不得新，且举其故者而尽亡之，吾甚虞古系之绝也。……若弃掷践唾而不之惜，吾恐国未亡而文字已先之，几何不为东人之所笑也！"① 林纾担忧的不是新名词，而是担忧白话文所代表的新思想、新审美观和新价值观对传统审美观和价值观的冲击，因此把白话文运动的危害提高到"亡文字"和"亡国"的程度。

柳亚子也不反对文学革命，但他认同的是传统意义上的"文学革命"，即"革"新文学之思想和内容的"命"，并不涉及"语言"的革命。他在给杨杏佛的信中表达了对文学革命的态度："文学革命非不可倡，而彼所言殊不了了。所作白话诗简直是笑话。中国文学含有一种美的性质。""弟谓文学革命所革在理想不在形式。形式宜旧，理想宜新，两言尽之矣。"②

柳亚子认为文学革命应该革"思想"而非形式（即文言），认为文言文学作为一种"美术"，有着永久之价值，因此他把白话诗的写作斥为"非驴非马之恶剧"，其主要理由就是白话不具备诗的审美价值，或者说白话没有美感，正如当年梅光迪把胡适在美国所写的大白话的诗看成佛教的"莲花落"，意思都是说白话写不了诗。

白话文运动期间，极力捍卫传统价值的以梅光迪和胡先骕最具代表

---

① 林纾：《日记》（1915—1917），《胡适全集》第28卷，安徽教育出版社2003年版，第540页。

② 柳亚子：《日记》（1915—1917），《胡适全集》第28卷，安徽教育出版社2003年版，第579页。

性。他们与同为"学衡派"主要成员的吴宓都曾在哈佛大学师从美国新人文主义学说的大师欧文·白璧德（1865—1933）。简单地说，作为文学革命倡导者胡适的论敌，他们之间的论战可以看成新人文主义与人道的实用主义之间的论战，或者看成白璧德与杜威两人之间的论战。当胡适反复引用杜威、赫胥黎和达尔文的实用的功利主义和进化论来为自己辩护时，梅光迪、吴宓等人就会亮出他们师从白璧德的美国人文主义或新人文主义的身份。白璧德是 20 世纪前五十年最重要的人文学者之一，著作等身，独树一帜。白璧德的新人文主义强调人的道德完善，注重教育和文化的人文关怀，反对毫无节制的科学主义和功利主义，甚至对 20 世纪初渐行渐快的现代化进程也有抵触。

梅光迪批评胡适说："其言政治，则推俄国，文学，则袭晚近之堕落派（The Decadent Movement），如印象神秘未来诸主义皆属此派；所谓白话诗者，纯拾自由诗（Verslibre）及美国近年来形象主义（Imagism）之唾余，而自由诗与形象主义亦堕落派之两支，乃倡之者数典忘祖、自矜创造，亦太欺国人矣。"[①] 所谓"堕落"和"数典忘祖"，一方面暗讽西方文艺"堕落派"对白璧德等新人文主义所秉持的传统价值观和文艺观的背离和破坏，另一方面则指责白话诗的提倡就是对包括文学观念在内的中国传统文化的否定和反动。

胡先骕、章士钊基于文化保守主义立场和传统的高芳雅洁之美学观念，猛烈攻击白话诗的"鲁莽灭裂"。胡先骕称胡适的《尝试集》为死文学，"物之将死，必精神失其常度，言动出于常轨；胡君辈之诗之卤莽灭裂趋于极端，正其必死之征耳"。胡先骕如此谩骂白话诗，源自其所坚持的"典雅"之文学审美观："不特诗尚典雅，即词曲亦莫不然。"[②]

当然，客观地说，"学衡派"阵营在与胡适等人论战时的学理和逻辑并无太大问题，遗憾的是，在激进的新文化运动时期，他们相对保守的文化立场显然有些不合时宜。

---

① 梅光迪：《评提倡新文化者》，杨毅丰、康惠茹编《民国思想文丛·学衡派》，长春出版社 2013 年版，第 75 页。

② 胡先骕：《中国文学改良论》，杨毅丰、康惠茹编《民国思想文丛·学衡派》，长春出版社 2013 年版，第 252—254 页。

　　"甲寅派"章士钊的《评新文化运动》也对年轻人盲目崇拜白话诗表示不解和不满，批评一般少年人"以适之为天帝，以绩溪为上京，一味于《胡氏文存》里求文章义法，于《尝试集》中求诗歌律令"。攻击胡适等人"智出伦敦小儿女之下"，白话文学，尤其是白话诗是"以鄙俗妄为之笔，窃高文美艺之名，以就下走圹之狂，隳载道行远之业"。他担忧白话文学会破坏中国传统文化的根基，"近年士气日非，文词鄙俚。国家未灭，文字先亡"。因为白话文学的"粗鄙"，是对"高雅"之文言文学的反叛和毁损，是"伤国体""创国运"的大逆不道之举，"计自白话文体怪行而后，髦士为俚语为自足，小生求不学而名家，文事之鄙陋干枯，迥出寻常拟议之外。黄茅白苇，一往无余；诲盗诲淫，无所不至。此诚国命之大创，而学术之深忧！"① 章士钊反对白话文不仅是因为语言工具更替的问题，也是因为担忧文言文所承载的传统价值观的失落。胡适倡导的国故整理运动，提出"打鬼"、破除迷信的口号，也确实印证了章士钊等人的"深忧"。可以说，文学革命的目标，形式上是语言革命，实际上也引发了思想革命，它促使中国文学得以摆脱封建思想的牢笼，转向表达现代人的思想情感和价值观。

　　甚至于创建了"新文体"的梁启超也对白话的美感持保留态度，虽然他早已认识到"古语之文学"之变为"俗语之文学"是文学进化的"关键"，但除了小说创作，他在实践中并没有完全实现自己当初的所有主张，也就是说他们没有为了"思想之普及"，而把白话文推行到"凡百文章"。其中的原因，除了他把白话仅仅当作单纯的开启民智的工具，使用人群主要是不识字的普通民众，更深层的原因，可能还是出于对白话的审美价值的不认可，依然认为文言是"雅"的，而白话是"俗"的。胡适则旗帜鲜明地将文白—雅—俗的观念彻底打破，不仅大肆张扬白话文学的价值，而且彻底否定了文言文学的权威。

　　诚然，相对于语言形式和文学体裁的改变，审美观涉及中国人的审美心理、道统观念等深层次的文化机制，其调整和改变的过程更为缓慢，遭遇保守阵营的指责和批判也在情理之中。这种情形曾朴有过生动的描述，认为整个社会虽然崇拜西洋人的声光化电、船坚炮利等科学技

---

① 胡适：《老章又反叛了!》，《胡适全集》第12卷，安徽教育出版社2003年版，第74—77页。

术，但对西方文化却依然一脸的瞧不起：

> 谈到外国诗，大家无不瞠目拈舌，以为诗是中国的专有品，蟹行蚓书，如何能扶轮大雅，认为说神话罢了；有时讲到小说、戏剧的地位，大家另有一种见解，以为西洋人的程度低，没有别种文章好推崇，只好推崇小说戏剧，讲到圣西门和孚利爱的社会学，以为扰乱治安；讲到尼采的超人哲理，以为离经叛道。①

这里实际上还是反映了清末民初的中国对西方文化的态度，也就是说，还是没有摆脱"中学为体，西学为用"的心态，虽然承认器物和政治制度不如西方，但对中国的文化依然抱着由来已久的优越感。而作为中国文学最高成绩的文言诗当然是属于中国的"专有品"，是中国文化的精华。这也就说明了为什么胡适的"文学革命"要比历史的诸多"文学革命"遭遇更大的阻力。在保守派眼里，通俗文艺如小说、戏曲之类，不论如何"白话化"，都可接受，因为这些不是文学的主流，而胡适倡导白话诗，那就等于是侵入了文学的专有领地，会导致审美观的改变和断裂，进而损害传统价值观。胡适进而认为中国小说之所以不如西方发达，很大程度上是因为中国古代一直把小说排斥于正统"文学"的领域之外，因此结果就是，当时的奏疏、书信等应用文有资格进入"文学"的领地，但"小说"没有资格登上"文学"的大雅之堂。讽刺的是，为了功名利禄，小说家们只好向正统文学观认同并靠拢，进而标榜小说也可以与传统的"诗""文"一样"资治体，助名教，供谈笑，广见闻"。②

"典雅"的审美观是几千年来所形成的中国文学传统的重要特质，潜移默化地对文人学士形成了内在的约束和限制，士大夫们之所以都务必崇尚"雅"，是因为儒家经典和先秦诸家之"道"基本都是以'雅文言'来书写、承载和传播的，只有"雅文言"才有资格表达和承载"道"。

---

① 曾孟朴：《论翻译》，《胡适全集》第3卷，安徽教育出版社2003年版，第810页。
② 曾慥：《类说序》，黄霖编《中国历代小说论著选》（上），江西人民出版社1982年版，第60页。

但是，"形而上的'道'并不是人人都能把握的，而作为'文士'自然都要作'文'"①。所以，对于传统的"典雅"之文学审美观以及内在的崇"雅"之心理，胡适若想朝夕之际予以拆除，自然会遭到来自各个阵营的保守的文人学士的攻击。随着口语与书面语的差异逐渐扩大，以及能够获得文言文教育的人群逐渐缩小，典雅的文言逐渐被尊为士大夫所拥有的专长、专利以及确认身份的标志。长期的埋头苦读学习的就只有典雅的文言文。士大夫或者普通的读书人假如不能熟练运用这典雅的文言社交，便会遭到圈内其他人士的鄙视和嘲笑，但是如果其他社会阶层的成员也要用这典雅的文言开展社交，反而被当成了笑柄。② 士大夫鄙视小说除了认为小说不是"道"的外在显现，还由于小说被认为太"俗"，以此作偶尔之消遣尚可，但绝不能进入文学的领地，因为它根本不符合文人"雅"的文学标准。且不说白话的小说之"俗"，就连六朝和唐代的文言小说，也因为缺乏先秦文章的气势风骨，气格卑下而受到鄙视。当然，士大夫也会用口语讲话，由门人记下，如《朱子语类》；有的士大夫甚至会用白话去创作文学作品，但是从整体来看，除了曹雪芹等极个别的作家把白话创作当作一种事业来做，绝大多数士大夫只是把白话写作当作偶尔的客串。对于许多士大夫来说，典雅的文言已经成为他们思维作文的主要语言。让这些士大夫们全部改用白话作文写诗，他们还必须先把文言翻成白话，可见文言对读书人的思维的影响有多大。这点是与本文前面所述"语言相对论"的观念是相符合的。

"典雅"是与"简约"相连通的。文体的简约风格部分情况下是通过重复用典的方式得到补偿。用一两个词来暗示整个句子、整首诗或某位作家的文章，通过这种元语言的方法，如果读者学识或素养足够，就能准确抓住并回想起作者所指的源文本，作者就可以在实际上完全没有直接叙述的情况下，传递出大量的隐含信息。古典文学中很多备受推崇的作品都包含有对前人文本的大量用典或者摘引。通常情况下，这种有意的并不是显性的征引根本不会被轻视，或者说被贬低为一种模仿或者

① 袁进：《中国文学观念的近代变革》，上海社会科学院出版社 1996 年版，第 16 页。
② 袁进：《中国文学观念的近代变革》，上海社会科学院出版社 1996 年版，第 18 页。

缺乏创造力的表现，反倒被认为是文采斐然以及博古通今的标志。反过来，无法领会这些作品中所有典故和"引用"的读者则会被视为学养不够。文言文于是给记忆以双重重视：需要掌握的不仅有大量独立汉字（有数万个之多），还有浩繁的经典文学作品。由于汉字和经典文学作品都与初学者原本的口语无涉，所以需要长年累月的机械背诵，以及天才的联想能力。这样的认识积淀在传统的文人学士的脑海里，形成了极为稳定的审美观念。

梅光迪基于新人文主义的立场认为，口语或白话与古典语言文言文的区别只是反映在文学作品的语言风格的差异和多样性上。白话根本不存在替代文言文的必要性，更不需要用"革命"的手段废除文言文。文学风格的多样性各自都具有其必然性和必要性。不同的文学风格都有其独立的什么价值，它们之间是共存和依存的关系。那些倡导文学革命的如果能够清醒地认识到文学语言的差异性，而不只是抱着一元论的历史进化观念，那就不会提出废除以文言文写作的古典文学，提出以白话文学取代文言文学占据文学主导地位的主张。

胡适坚持进化论、实用主义和人道主义的思想立场，并秉承实验的精神。他批判守旧文人所谓的"优美雅洁"只是人云亦云，或者是一种模式化效果，而并没有看到，随着文学作品的传播，很"白"的白话也是很优美的，而不是"鄙俗可噱"的。（当然胡适所说的"白话"与保守阵营的人所理解的"白话"，是有交集的，最典型的例子，在《白话文学史》里，胡适把白话文学的范围扩大，他认为的白话文学包含李白、杜甫、白居易的作品，而在保守的文人士大夫眼里李、杜、白的作品并不属于白话文学，而属于古文文学。）这种保守的人文主义的观念在胡适眼里则成了反科学的反进化论的滥调。胡适认为白话和白话文学的美感，要从进化和平民主义立场去理解和接受，而不是仅仅抓住传统的审美习惯，如典雅、用典、传统韵律、陌生化效果等。

胡适反问那些守旧顽固之人，区分"雅"与"俗"的依据究竟是什么？

《水浒》说，"你这与奴才做奴才的奴才！"请问这是雅是俗？

《列子》说"设令发于余窍，子亦将承之。"这一句字字皆古，请问是雅是俗？若把"雅俗"两字作人类的阶级解，说"我们"是雅，"他们"小百姓是俗，那么说来，只有白话的文学是"雅俗共赏"的，文言的文学只可供"雅人"的赏玩，决不配给"他们"领会的。①

语言本身当然有"雅""俗"的区别，但胡适这里把"雅""俗"的认定标准与社会阶层联系起来，对"雅""俗"观念的理解已经带有平民主义的色彩和一种人道主义的精神，抨击那些守旧人士的保守审美观和自我优越感。胡适站在普通民众的立场上认为，只要是"活"的、满足大众需要的语言就是美的语言，并把语言的主要功能归纳为表情达意、记载人类生活的经验、教育的工具和社会共同生活的媒介物。而文言文在这四个方面完全或者说很大程度上都已经退化了，即使非常"典雅"，那也难免被淘汰的命运。胡适对"雅俗"的解释也体现了"实用即美"的实用主义美学观念。他强调真善美的统一，"价值"与"效率"的统一，"内容"与"形式"的统一，"现实"与"艺术"的平衡。

概括地说，"雅"与"俗"的审美观念和审美标准在胡适的思想里是一个相对的标准，是一个基于不同的社会历程进行不同理解的标准。用平民百姓常用的白话可以写出很"雅"的文学，而拟古思想严重的人写出的所谓"雅"文学，在胡适眼里也可能是"俗"的，比如文言诗中所滥用的套语典故等给胡适的感觉就"俗套"，连新意都没有，又谈何"典雅"。当然，胡适认为文学最好的境界是雅俗共赏，既通俗易懂，也具有美感，这也是他在《什么是文学》一文中对文学所下的定义。

总的来说，胡适的语言观念就是一种历史进化的工具主义的带有平民主义色彩的语言观念。胡适抓住了废科举、兴教育以及民国初期社会较为开放的有利时势，力图把握中西方都曾存在过的言文一致的文学发展趋势，通过发起"文学革命"作为"有意的推动"，确立白话文在所有交际尤其是在书写领域的主导地位。胡适的语言观念明显具有进化

---

① 胡适：《答朱经农》，《胡适全集》第 1 卷，安徽教育出版社 2003 年版，第 84 页。

性、世俗性、时代性等特点。随着 20 世纪科学的发展和社会科学的兴起，胡适在文学、历史、教育、伦理等诸多领域的研究中都借鉴了生物学、物理学、人类学、经济学和社会学等学科的信息，形成了一种跨学科的学术方法。[①] 胡适说："如研究文学，我们不可不依外国文学批评的新说。"如果还是遵照中国传统的那一些文学观念，那么"文以载道"的文学则依然还是正宗的文学，小说戏剧则最多是不入流的文学或者还被当成玩物丧志的"玩意儿"。[②]

当然，胡适白话文运动的提倡，是基于对中国传统文学的发展规律的充分认识和把握，对西方资源的引用和吸取是以满足中国文学改革的内在需要为前提的，所以，他对西方文学理论的吸取能够有的放矢，达到自己预想之目的。所以胡适说："在我推行白话文运动的时候，对我帮助最大的，是我从小所受的古典教育。那些攻击我的保守学者，由于我在中国文学和哲学上的研究，已经渐渐的归向我们的阵营。"[③] 也就是说，胡适吸取西方理论和方法来从事中国学术研究，取得了令人信服的成绩。

学界也有不同的声音，否认胡适作为白话文运动的首倡者的角色，把文学革命追溯到清末的黄遵宪、梁启超、裘廷梁等晚清学人身上。对此，我们认为有失公正，因为他们更多的是着眼于胡适对传统的继承，而忽略胡适对西方的借鉴，也没有看到胡适融合中西资源的努力和创新。我们依然认可胡适的白话文运动倡导者的贡献，理由在于：第一，无论是黄遵宪或其他什么人，他们只不过是感觉到白话有可取之处，但并没有用白话作文作诗的愿望。他们不曾对这个问题从理论上，历史上做过系统的研究。第二，他们没有提出以白话代替文言的具体意见。第三，他们自己也不曾下决心脱离古文完全改用白话。第四，他们更没有在社会上掀起一个提倡白话文，反对文言文的运动。实际上，胡适成为白话文运动的倡导者，并不是偶然的。他早在清朝末年在上海读中学的

---

① Li Moying, "Hu Shi and His Deweyan Reconstruction of Chinese History", Ph. D. Dissertation, Boston University, 1990, p. 9, 参见郑澈《英语世界的胡适》，中国社会科学出版社 2016 年版，第 238 页。

② 胡适：《日记》(1919—1922)，《胡适全集》第 29 卷，安徽教育出版社 2003 年版，第 599 页。

③ 胡适：《不思量自难忘——胡适给韦莲司的信》，安徽教育出版社 2003 年版，第 145 页。

时候，就开始注意到了白话文的优点，并实际开始了写作白话文的训练。到美国留学后他继续注意这方面的问题，而且由于有了西欧文学史的比较和借鉴，才开始进行系统的理论研究。

第三节　白话文学之主导地位的论证

为了提倡白话文学，胡适先对白话文学的合法性和成为文学主流的必然性进行了论述。他认为，晚清以降，为了达到富国强兵、抵御外辱的目的，清王朝被迫实施一系列的现代化的措施，如兴办洋务，开办新式教育等，在此过程中，有关西方科技和文化的书籍大量输入国内，严复、林纾等人也开始译介西方思想和西方文学方面的著作，对晚清的文学发展起到了潜移默化的作用。在西方文艺的影响下，中国的文学观念开始转变，最明显的变化就是通俗文学开始得到关注。

在此之前，由于"诗""文"传统的灌输和植入，中国读书人穷尽一生，专注于古代经典的研读与文言写作的训练，普遍忽视、贬低以白话写作的或者近于白话的曲、小说等通俗文艺，以至于连"词"都当作了等而下之的"诗余"。如果文人学士从事通俗文艺的创作，会被当作玩物丧志，或者被说成是闲暇时的"游戏"。随着西洋文学的输入和传播，这种传统的文学观到晚清逐渐开始转变，一个明显的变化，就是有人开始翻印宋元的词集、杂剧传奇以及小说等通俗类文学作品，"市上词集和戏剧的价钱渐渐高起来了，近来更昂贵了"。[1] 而小说的地位，则提高得更快。梁启超就曾把"小说"这种文体与社会进步和社会治理联系到一起，强调"小说"对"群治"的重要促进作用。这种观念的变化，也促进了文学史家重新发现中国文学史，对文学史上的平民文学渐渐有了更客观更深入的了解和认识。胡适说，"我们对于文学史的见解也就不得不起一种革命了"。[2] 能够以进化的文学观念来理解文学史，因此才敢于承认苏东坡、黄庭坚的词要比诗更能反映时代，关汉

---

① 胡适：《〈中古文学概论〉序》，《胡适全集》第 2 卷，安徽教育出版社 2003 年版，第 796 页。
② 胡适：《〈中古文学概论〉序》，《胡适全集》第 2 卷，安徽教育出版社 2003 年版，第 796 页。

卿、马致远的杂剧要比同时期的古文更能代表时代，《红楼梦》《儒林外史》等明清小说的成就和对平民百姓的影响要远远超过桐城派的古文。不仅如此，文学研究者的批评立场和审美观念也因西方翻译小说而开始转变。

胡适自然也受到了这种观念的影响。除了在国内所接触的西学观念，留美期间，对哲学、心理学、英国文学、政治和经济学等人文社科知识的系统学习，其对西方文化的了解更加全面深入。胡适曾说："我对英、法、德三国文学兴趣的成长，也就引起我对中国文学兴趣之复振。"① 这种因西方文学而引起的"复振"的对中国文学的兴趣，与他在国内期间对文学的兴趣已经不可同日而语。因为有了西方文化的背景和参照，胡适已经能够综合中西方文学知识来重新和加深对文学的理解和认识。具体到对中国文学史的认识和评价，胡适能够跳出传统的中国文学史的范围和框架，把视野延伸到欧洲近现代文学史，在西方文化里寻找和发现相关史实作为其重新认识文学现象的参照。夏志清就曾指出，胡适如果没有在包括文艺复兴时期在内的西方文学的传统中找到参照和保证，那么，无论他多有学问、眼光和胆识，也很难获得对中国文学史的反传统的看法。欧洲文艺复兴之后，出现了很多文学大师，"国语文学"才成了文学主流，戏剧和小说在西方也获得了崇高地位，这些文学史实给胡适也给中国文学提供了一种崭新的看法。②

文艺复兴运动时期欧洲各国民族语言文学发展的历史经验对胡适的文学史观的形成产生了深刻的影响。基于文化同一性的立场，这些作为中国文学参照物的先进西方资源不仅强化了他个人的文学革命之信心，也扩充了他用以说服他人的材料。胡适指出，以拉丁文之消亡与英、法、德、意等民族语言之形成的历史经验来看，欧洲近代文学史也曾经历过与中国类似的文言与白话"双线"发展的过程，即存在以拉丁语写作的文学与以英法德意等民族语言写作的文学相互伴随的双线发展过程，只是在时间的阶段性上比中国早了400多年。

---

① 胡适：《胡适口述自传》，《胡适全集》第18卷，安徽教育出版社2003年版，第191页。
② 夏志清：《文学的前途》，生活·读书·新知三联书店2002年版，第9页。

欧洲文艺复兴时期，拉丁语占据着文学的主导地位，但这并不意味着欧洲各民族没有自己的民族语言，也不是说没有民族文学的产生。只是在胡适看来，尽管各民族的语言和文学可以追溯出久远的历史，但在文艺复兴运动之前的欧洲文学中，由于作为"白话"（俗语）的意大利语、英语、法语和德语等语言还没有取得"国语"的地位，所以其"白话"的民族文学就难以快速发展，其文学地位也难以得到提升。只有作为民族语言的欧洲各国语言的国语地位随着民族国家的建立而确立，其民族文学才能正常发展，否则只能作为一种"潜流"长期处在被抑制的状态。

胡适由此得出结论，就是现在所有的现代国家都经历过"死"文学压制"活"文学的时代，这是一个世界性的文学现象。"以欧洲来讲，欧洲的文艺复兴就是把古文废了。"① 欧洲文艺复兴就是欧洲民族从中世纪的神学观念的束缚中解放出来，他们虽然还用拉丁文作为公共的语言工具，但等到各国的国语文学出现之后，拉丁文就自然地退出了欧洲文化的历史舞台。

再有，"世俗性"的平民主义观念因西方文化的浸润得以巩固和加深。欧洲文艺复兴时期，冲破的是神学的迷雾，提倡人性的解放，随着各民族语言的确立和民族国家的建立，平民的通俗文学也得到了相应的承认和发展，而清末民初的中国同样需要冲破封建制度和封建意识的束缚，建立现代国家，因此提倡白话和白话文学就势在必行了。胡适以历史进化论和文化同一性之观念为理论基础，发现当时之中国与文艺复兴时期的欧洲在文化上的相似性和可比性，从而很自然地把欧洲文艺复兴运动当作"五四"文学革命的参照和模板。也就是说，胡适之所以敢于对中国传统文学史的认识进行前所未有的不同于常识的颠覆，敢于对"贵族文学"与"平民文学"的评价进行与常人相反的置换，其动因除了受当时平民主义社会思潮的影响，还包括文艺复兴时期以来欧洲各国语言文学发展史的经验所给予他的启发。欧洲文艺复兴以来，西方文学的趋势——反宫廷贵族、英雄传奇的价值趋向，走向世俗和民间，关注平民生活，重视对普遍人性的关切和尊重。可以说，这种文学价值观念

---

① 胡适：《白话文的意义》，《胡适演讲录》，河北人民出版社1999年版，第242—243页。

的转变是文学现代转型所需的必然前提。胡适把这种西方近现代文学的价值观念引入对中国文学史的重述中，产生的影响和意义是空前而巨大的，为中国传统文学的转型以及中国现代文学的确立提供了先决条件和经验基础。

钱基博在1933年9月出版的《现代中国文学史》中，从文化保守主义的立场出发，对整个新文学运动进行了全盘的否定。但从这些否定性的话语中，我们反而能更清晰地看出新文学的平民主义性质：

> 胡适之创白话文也，所持以号于天下者，曰："平民文学也，非士夫阶级文学也。"一时景附以有大名者，周树人以小说，徐志摩以诗，最为魁能冠伦以自名家……树人善写实，志摹喜玄想，取径不同，而皆揭"平民文学"而自张。①

袁世凯在民国三年颁布的《祭孔令》也对平民主义思潮进行了批判，认为平民主义导致社会"纲常沦丧，人欲横流"，甚至到了1934年，何键（当时的湖南省政府主席）依然批判胡适倡导的新文化运动是"毁纲灭纪，率兽食人"，使得"民族美德，始扫地荡尽"②。

在《白话文学史》中，胡适还对中国在文学上落后西方几百年的问题进行了解答，认为中国封建王权稳固，科举制度存续时间长，是抑制文学的白话化和现代化的主要原因。比如，胡适曾认为，元代戏剧是中国戏剧的一个高峰，甚至能比肩于西方当时的戏剧家，但仍然没能促成白话文学的全面繁荣，取代古典文学的地位。后来的学者也有相似的观点。比如章培恒先生认为，以白朴、王实甫和关汉卿为代表的元代戏剧创作，如《墙头马上》《西厢记》等，与同时期意大利诗人但丁和西班牙作家薄伽丘的创作，如《神曲》《十日谈》等相比较，文学艺术及其所表现的社会思想意识观念并不比西方落后。而从元代社会后期和明王朝统一至明代社会中期的近一百年是个停滞倒退的时期，从明代后期至清王朝建立，又是个停滞倒退的百余年。这两百余年时间，中国文学

---

① 钱基博：《现代中国文学史》，上海世界书局1933年版，第504页。
② 胡适：《杂碎录》（一），《胡适全集》第22卷，安徽教育出版社2003年版，第280页。

和整个思想文化的发展远远地落后了。①

因此胡适提倡全面向西方学习，学习西方近代文学。胡适在众多的论著中都以意大利、法国、英国、德国的文学发展来比照中国文学的现状，把前者看成学习的榜样和典范，这种学习西方的态度也得到了曾留学法国的陈独秀的积极支持："予爱卢梭、巴士特之法兰西，予尤爱虞哥、左喇之法兰西。予爱康德、赫克尔之德意志，予尤爱桂特郝、卜特曼之德意志。予爱培根、达尔文之英吉利，予尤爱狄铿士、王尔德之英吉利。"② 陈独秀的姿态比胡适更为激进，他不仅主张全面学习西方文学经典，同时也对传统文学进行了全面否定。胡适相对温和，没有全面否定中国传统文学，而是从中开掘出"双线文学史"的观念，把文言程度较高的古典文学归入古文文学之中，作为民族文化遗产的一部分。

胡适对双线文学史的完整构想和系统表述虽然集中在 1921 年《国语文学史》里，是胡适在教育部第三届国语讲习所讲课用的油印讲义，但双线文学史的观念应该早就萌生，特别是 1915 年夏季与任鸿隽和梅光迪讨论文学革命的过程中，胡适对中国文学史的认识有了新的觉悟，文学思想也逐渐成熟，认为中国文学史就是白话文学发展的历史，1916年底写作的《文学改良刍议》则是此观念在《新青年》杂志上作公开的宣示。

胡适曾说他于 1916 年二三月间对文学革命突然产生了崭新的认识，认为中国文学史就是语言工具新陈代谢的历史，是"活文学"在各个历史发展阶段影响、抗争和取代"死文学"的历史。文学的生命取决于表情达意的语言工具。以此，他对中国传统的文学进行价值判断，把宋代起始直至清末民初的白话语录、白话戏曲、白话小说当成中国文学的主体（把白话文学的上限前推到汉代，要等到《国语文学史》写作之时），代表了文学发展的自然趋势。胡适说："钱玄同先生论足下（指陈独秀）所分中国文学之时期，以为有宋之文学不独承前，犹在启后，此意适以为甚是。"胡适赞同的依据，就是文学的"白话化"的加

---

① 朱鸿召：《在人的旗帜下——论五四文学的背景、发生和发展》，《社会科学研究》1992 年第 5 期。

② 陈独秀：《文学革命论》，《胡适全集》第 1 卷，安徽教育出版社 2003 年版，第 19 页。

速，使得"二程子之语录，苏黄之诗与词，皆启后之文学"。①

故此，胡适的现代白话文运动的目标才最终锁定为语言革命，就是以白话全面取代文言，这是胡适区别于文学史上历次文学革命运动之所在，也是他能够超越前人的卓越之处。可以认为，1915 年，胡适已基本确立了自己的白话文学观念和双线文学史的构想，把中国传统文学中的"白话文学"当成中国文学的最有价值的部分，把新文学看成传统白话文学的自然接续和继承。

《文学改良刍议》提出言之有物、不模仿古人、不无病呻吟、不用滥调套语、不用或少用典故、不讲对仗、讲求文法的规范、俗语俗字等八项文学改革主张，其中有些主张在传统文学史上都能找到历史的依据，或者说与历史上的一些文学改革观念有着渊源关系，但胡适突出了语言改革的重要性，"用典""套语""文法"和"俗语俗字"都是关涉语言的命题。而胡适最为强调的是最后一条"不避俗语俗字"，断言"白话文学之为中国文学之正宗，又为将来文学必用之利器"。② 胡适以欧洲文艺复兴来界定中国的文学革命，提到二者相似的两个突出特点：首先，都是一种有意识的文学运动，以民众日常使用的口语来推动新文学代替古典文学；其次，它是对传统文中的许多观念和规则的有意识抵制，这是一种理性对传统、自由对权威的反抗。胡适试图以现代历史批评的研究方法来研究中国的文学问题，结论是：从历史的角度来看，蓬勃发展的白话文学最终会成为这个时代占据主导地位的文学。

为了支持胡适的改革提议，陈独秀迅速发表了思想更为激进的文章《文学革命论》，提出推倒雕琢阿谀的、陈腐的、铺张的、迂晦的、艰涩的贵族文学、古典文学和山林文学，建设平易的、抒情的、新鲜的、立诚的、明了的、通俗的国民文学、写实文学、社会文学。③ 其对文学风格的分类虽然有些缠杂，但其二元对立的态度其实暗含了文言文学与白话文的双线对立。以胡适的《文学改良刍议》中"八事"进行理解，我们基本可以把要"推到"的文学理解为文言文学，把要"建设"的

---

① 胡适：《寄陈独秀》，《胡适全集》第 1 卷，安徽教育出版社 2003 年版，第 28 页。
② 胡适：《文学改良刍议》，《胡适全集》第 1 卷，安徽教育出版社 2003 年版，第 15 页。
③ 陈独秀：《文学革命论》，《胡适全集》第 1 卷，安徽教育出版社 2003 年版，第 17 页。

理解为白话文。因此，陈独秀的上述主张也隐含了"双线文学史"的观念，这对胡适是一个很大的鼓舞和支持。胡适说："独秀把中古以后直到现在所有的仿古作品，一概唾弃；而对那些俗文学里的小说、故事、戏曲等等作家则大加赞赏。""把大批古文宗师一棒打成'十八妖魔'"。钱玄同也对那些复古的文学大家鞭挞，称之为"选学妖孽"和"桐城谬种"。①　这更鼓舞了胡适对传统文学的批判态度，把文言文学推到了白话文学的对立面。

胡适是以社会阶层为标准来划分文学的，或者说是以意识形态来区分文学的思想内容、书写工具以及作品风格。胡适认为从汉朝开始就产生了"言文分离"的趋势，文言成了达官贵人、文人学士的工具，白话则是平民百姓的常用语言。这种语言使用的差异以语言所代表的社会阶层的对立自然产生了文学上的巨大差异，无论在形式上，还是思想内容上，分别形成了古文文学和白话文学两大部分，中国文学也因此走上了"双线"发展的道路。在《中国文学史的一个看法》一文中，胡适对双线文学史作了进一步解释，把古文文学定性为贵族士大夫阶层的用文言写作的、守旧的、模仿的没有生气的文学，而白话文学则是底层的用白话写出的通俗自然的平民文学。胡适批评传统的文学史一般只记录和讨论古文文学，而胡适努力要做的就是给白话文学平反昭雪，为白话文学家树碑立传。

胡适后来在写作《国语文学史》的时候扩大了"白话文学"的范围，其中纳入了他认为明白清楚近似口语的古典文学作品，从而引起争议。我们认为这实际上是胡适对文学史的一种"构建"。胡适不想也不能把中国古典文学里的许多优秀作品全都否定掉，他只是以白话作为语言形式标准对古典作品进行重新分离，符合"白话"要求的都被他纳入白话文学的范围，这也就是他为什么把"白"的定义设定得很宽的原因。胡适把"白"的概念拆解为与口语类似的好说好懂，不需要刻意的修饰、自然流畅三个要素。因此，他就能把《史记》《汉书》、古乐府歌辞，佛教文学以及唐诗中的很多通俗易懂的作品分离出来，归入白话文学。剩下的就全部打入僵死的古文文学中去了。鲁迅对此曾有过

---

①　胡适：《胡适口述自传》，《胡适全集》第 18 卷，安徽教育出版社 2003 年版，第 313—314 页。

批评意见：白话的生长，总当以《新青年》主张以后为大关键，因为态度很平正，若夫以前文豪之偶用白话入诗文者，看起来总觉得和运用"僻典"有同等之精神也。[1] 我们认为鲁迅的意见也很中肯，他认为判断一件作品是否是"白话"的，是从整体来看的，而胡适有时候只是从局部着眼，或者说只要有一定的"白话性"，他就把它拉进白话文学中来。胡适这样处理的根本原因可能还在于"搭建"白话文学史的需要，这一点可能是鲁迅所忽略的，或者是不认可的。

值得一提的是，胡适如此推崇白话文学，除了进化论、平民主义的思想观念以及欧洲文艺复兴运动经验的影响和启示，还与他的阅读经历和阅读趣味有关。胡适自幼喜欢浅显易懂的书籍，对深奥难懂的数比较排斥。"《诗经》起初还好懂，读到《大雅》，就难懂了；读到《周颂》……我读的很起劲；但《盘庚》三篇，我总读不熟。"[2] 当然，作品的内容会决定作品的阅读难度，但显然相对于文言文学，白话文学的通俗易懂以及平民化的风格应该是胡适感到"好懂"的原因，另外，作品的叙事性的强弱也影响阅读难度，为此我们能够理解胡适酷爱白话小说，而讨厌思想抽象的作品。对白话作品的喜爱、欣赏以及理解，也促进日后胡适对白话文学史的构建。

第四节　"双线文学史"的现代构建

双线文学史指的是胡适把中国传统文学史分成了文言文学和白话文学两条平行发展的"线"，是胡适以进化观念为理论武器独创的文学观念。同代人当中，以进化观念审视中国文学并非只有胡适一人，梁启超也曾认为文学进化的关键是"由古语之文学变为俗语之文学。各国文学史之开展，靡不循此轨道"。[3] 王国维也曾提出过"文学蜕变说"。但他们只是把文学发展史看作单线的由"古雅"到"通俗"的历史进化，

---

① 胡适：《日记》(1919—1922)，《胡适全集》第 29 卷，安徽教育出版社 2003 年版，第 714 页。

② 胡适：《四十自述》，《胡适全集》第 18 卷，安徽教育出版社 2003 年版，第 33 页。

③ 梁启超：《小说丛话》(署名饮冰)，转引自《二十世纪中国小说理论资料》第 1 卷，北京大学出版社 1997 年版，第 82 页。

没能构想出双线的文学发展模式。显然，胡适的历史进化的文学观要比前二者更为激进和彻底。为了论证白话文学的合法性和必然性，指出"白话文学是中国文学史上的'自然趋势'"①，胡适必须提供翔实的白话文学的历史作为证明，同时，在新的白话文学兴旺之前，都可给新文学创作提供历史的借鉴，不仅构建了"双线"平行发展的文学史，他还提出以白话正统代替了古文正统的主张，使那些"宇宙古今之至美"的文言文学"从那七层宝座上倒撞下来"，变成了"选学妖孽，桐城谬种"（这两个名词是玄同创的），导致了一场"哥白尼革命"。胡适这样说：

> 旧日讲文学史的人，只看见了那死文学的一线相承，全不看见那死文学的同时还有一条"活文学"的路线。他们只看见韩愈、柳宗元，却不知道韩、柳同时还有几个伟大的和尚正在那儿用生辣痛快的白话来讲学。他们只看见许衡、姚燧、虞集、欧阳玄，却不知道许衡、姚燧、虞集、欧阳玄同时还有关汉卿、马东离、贯酸斋等等无数的天才正在那儿用漂亮朴素的白话来唱小曲，编杂剧。他们只看见了李梦阳、何景明、王世贞，至多只看见了公安、竟陵的偏锋文学，他们却看不见何、李、袁、一诸人同时还有无数的天才正在那儿用生动美丽的白话来创作《水浒传》、《金瓶梅》、《西游记》和"三言"、"二拍"的短篇小说，《擘破玉》，《打枣竿》，《挂枝儿》的小曲子。他们只看见了方苞、恽敬、张惠言、曾国藩、吴汝纶，他们全不看见方、姚、曾、吴的同时还有更伟大的天才正在那儿用流丽深刻的白话来创作《醒世姻缘》，《儒林外史》，《红楼梦》，《镜花缘》，《海上花列传》。——我们在那时候所提出的新的文学史观，正是要给全国读文学史的人们戴上一副新的眼镜，使他们忽然看见那平时看不见的琼楼玉宇，奇葩瑶草，使他们忽然惊叹天地之大，历史之全！大家戴了新眼镜去重看中国文学史，拿《水浒传》《金瓶梅》来比当时的正统文学，当然不但何、李的假古董

---

① 胡适：《中国新文学大系·建设理论集·导言》，《胡适全集》第 12 卷，安徽教育出版社 2003 年版，第 281 页。

不值得一笑，就是公安、竟陵都成了扭扭捏捏的小家数了！拿《儒林外史》、《红楼梦》来比方、姚、曾、吴，也当然再不会发那"举天下之美无以易乎桐城姚氏者也"的伧陋见解了！①

上文可见，胡适主要是从宋代开始，把中国文学史分成了"白话文学"和"古文文学"两条线，并认为白话文学才是文学发展的"正宗"。也正是在这样的"双线"平行发展的文学史观的导引下，并在欧洲"白话"文学史的参证之下，胡适写作了《国语文学史》（1921 年）和《白话文学史》（上）（1929 年修订和改写），成为中国文学史上第一部白话文学史著作，构建出双线文学史，对后世的文学史书写产生了重大的影响。

胡适为什么会构建"双线文学史观"呢？我们认为，胡适以语言工具论的观念作为衡量标准论证了白话文替代文言、并占据文学主导地位的必然性。但胡适清楚：如果没有高水准的文学作品作为其存在的证据或者"信用"，那么白话就只是一种能更好地满足日常生活交际之需要的类似于"世界语"的语言表达系统，那么他对现代白话文运动的倡导则还是停留在晚清"白话文运动"的阶段，也就是说白话文仍然只是比文言文稍胜一筹的一种普及教育、开启民智的工具，在文人学士的眼中，白话依然只是"他们"那些贩夫走卒的语言工具，而不是"我们"这些知识阶层的文学"语言"。因此，要想超越晚清，就需要突破晚清"白话文"的局限，推动白话成为所有领域的语言工具，消除语言使用中的"双语"现象，实现白话代替文言占据语言交际中的主导地位的目标。其中最重要的就是要证明无论过去、现在和将来，白话都是文学的最佳工具，白话能够写出"足与世界'第一流'文学比较而无愧色"的文学。简言之，文学革命的任务就是"破"和"立"两项，废除文言是"破"，白话文国语地位的确立是"立"。② 而要想白话文能够长久"立"起来，最终成为国语，则需要三方面的支撑：一是理论上的论证，正如前文所述；二是历史的证明材料；三是文学革命

---

① 胡适：《四十自述》，《胡适全集》第 18 卷，安徽教育出版社 2003 年版，第 282—283 页。
② 胡适：《文学改良刍议》，《胡适全集》第 1 卷，安徽教育出版社 2003 年版，第 7 页。

之后的文学成绩。而"双线文学史"的书写就是为确立白话文学的正宗地位提供历史依据。

胡适对双线文学史的论述主要见于《国语文学史》和《白话文学史》（上）之中。而《白话文学史》是《国语文学史》的修改版和扩充版，只有上部，没有下部，只写到唐代，是对《国语文学史》中相应的内容进行更为详细的介绍。

《国语文学史》把白话文学的上限定在汉魏，主要介绍魏晋南北朝的平民文学；往后是唐代，主要内容是中唐的诗和散文，以及晚唐的白话词；最后一部分是两宋的白话诗、词以及白话语录，宋代以后的白话文学史，只有极简单的线索交代，没有展开论述。通篇来看，胡适以语言的"白话性"和平民色彩为标准对汉魏六朝到晚清近两千年的文学作品进行梳理和勾勒，构建出"白话文学"的历史风貌。《国语文学史》一共分为三编：

第一编介绍"汉魏六朝的平民文学"，共分三章，分别介绍"古文是何时死的""汉朝的平民文学"以及"魏晋南北朝的平民文学"三部分的内容；第二编为"唐代文学的白话化"，内容为"盛唐""中唐的白话诗""中唐的白话散文""晚唐的白话文学""晚唐五代的词"共五个部分；第三编是"两宋的白话文学"，主要讨论"北宋诗""南宋的白话诗""北宋的词""南宋的白话词""两宋的白话语录""两宋以后国语文学的概论"等。[①]

在评述"汉魏六朝的平民文学"时，胡适特别强调现实生活和社会环境对白话文学的决定性影响：

> 田家作苦，岁月伏腊；烹羊炰羔，斗酒自劳。家本秦也，能为秦声。妇，赵女也，雅善鼓瑟。奴婢歌者数人。酒后耳热，仰天拊缶而呼乌乌。其歌曰：田彼南山，芜秽不治。种一倾豆，落而为萁。[②]

胡适援引汉代杨恽《报孙会宗书》中对初民祭祀活动的描写片段

---

① 胡适：《胡适全集》第 11 卷，安徽教育出版社 2003 年版，第 1 页。

② 胡适：《国语文学史》，《胡适全集》第 11 卷，安徽教育出版社 2003 年版，第 30 页。

来说明，文学来源于劳动人民的劳动和生活，只有在平民的生活环境里产生的文学才算是民间的平民的文学。白话是民间老百姓的生活语言，是他们随时随地记录和反映他们的喜怒哀乐的唯一工具，因此这样的文学才是地道的白话文学。当初民们"酒后耳热，仰天拊缶"，"拂衣而喜，顿足起舞"的时候，他们自然就会即兴创作，所以他们的文艺是新鲜的、生动的、活泼的。他们的平凡生活中，有年轻人爱情的悲欢离合，有征夫弃妇的生离死别，和天灾人祸所造成的艰难痛苦，这些都是创作平民文学的创作素材。而高高在上的文人贵族的文学只是获取功名利禄的工具，他们并不在意劳苦百姓的喜怒哀乐。这样的文学虽然被朝廷推重，文人学士也趋之若鹜，但在平民大众的眼里却是毫无"生气"和"人的意味"。胡适对文言文学和白话文学采取截然分明的褒贬太多，认为两千多年的文学完全是由名不见经传的平民百姓所创作的。① 再次，我们可以发现，胡适始终把平民文学与现实主义文学倾向联系在一起，把平民主义当成他提倡现实主义文学的一个重要的理论基础。

胡适欣赏平民文学所表现出来的通俗、朴素、活泼等语言风格。胡适认为王褒的《僮约》文字滑稽，但能使人开口一笑，最起码也是没有了庙堂文学装腔作势的架子，是充满了百姓生活情趣的"目泪下落，鼻涕长一尺"的平民文学。这可以解释胡适为什么在留学日记里记录和写作了好几首打油诗，如唐人张打油《雪诗》，以及《湖南相传之打油诗》《打油诗戏叔永》等，其价值在写"性情之轻率"②。胡适褒奖《上山采蘼芜》是"感人的平民文学"，《孤儿行》是悲恸哀伤的文学，表达了朴素和真实的情感，是"田野文学中的无上上品"，《陌上桑》"天真烂漫"，是"尊重名教的理学先生"绝对写不出来的，把《孔雀东南飞》称为"汉朝民间文学的最大杰作"③。胡适还根据作品的风格把南北朝的民间文学分为南方文学和北方文学，南方文学主要描写生动

---

① 胡适：《国语文学史》，《胡适全集》第 11 卷，安徽教育出版社 2003 年版，第 232 页。

② 胡适：《日记》(1915—1917)，《胡适全集》第 28 卷，安徽教育出版社 2003 年版，第 488、489、467 页。

③ 胡适：《白话文学史》(上)，《胡适全集》第 11 卷，安徽教育出版社 2003 年版，第 24—35 页。

活泼而又缠绵婉转的男女之恋，代表作有"乐府"里的《子夜歌》等；而北方文学重在表达北方民族的慷慨之气，富有英雄主义色彩，以《敕勒歌》和《木兰诗》为代表，悲壮、洒脱、豪迈。

第二编讨论"唐代文学的白话化"，胡适指出，唐代的民间文学虽然没有保存下来，但因为许多诗人都受到过民间文学的影响，所以他们的作品呈现出了明显的"平民化"和"白话化"的特征，体现出了当时民间的平民文学的精神，因此，可以把唐代称为古代文学接受白话文学影响的时期，或者称为"白话化"的阶段。胡适把唐代文学的历史分为四个阶段，初唐仍然为贵族文学阶段，盛唐则是白话文学兴起的阶段，中唐白话文学开始风行，而晚唐到五代期间是白话文学的鼎盛时期。

初唐之际，贵族文学依然保持着强大的势力和影响，沈约、徐陵、庾信等人是其中的代表人物，"上官体"和"初唐四杰"的文学还带有较为浓厚的士人气息和贵族性，平民文学还没有产生多少影响力。盛唐时期，国力强盛，思想解放，使得文学风气大变，道教等中国传统的自然主义哲学观念与佛教思想互相渗透和影响，禅宗得以兴起，这个教派主张人之本性的清净和自足的观念，对社会产生了很大的影响，使人民形成了一种放纵的，自由和自然的人生观。① 比如，王维、孟浩然、李白、杜甫等都愿意欣赏和接受"自然界的真美"和"平民的文学"，也从事其白话的文学创作。因为"最得力于南北朝民间的乐府"，李白的《横江》《长干行》等乐府诗实际就是一种地道的平民诗，《贺知章传》中说李白"邀游里巷，醉后属词，文不加点"，准确指出了李白乐府诗的民间特色和自然平实的风格。②

胡适把号称"诗圣"的杜甫当作最擅长描写平民的民生疾苦的平民诗人，"三吏三别"更是写尽了普通百姓的艰难和痛苦。到了中唐，白话文学迅速发展并开始风行，柳宗元、张籍、孟郊、贾岛等诗人的诗作呈现出浓厚的白话色彩和民间色彩，其中最杰出的人物是白居易、元稹和刘禹锡，他们的诗都表现了强烈的时代精神和社会风貌。胡适尤其推崇白居易，因为他同情底层的广大劳苦百姓，作品通俗易懂。在

---

① 胡适：《白话文学史》（上），《胡适全集》第 11 卷，安徽教育出版社 2003 年版，第 424 页。
② 胡适：《白话文学史》（上），《胡适全集》第 11 卷，安徽教育出版社 2003 年版，第 426 页。

《与元稹书》中，白居易自述其诗歌创作的发展经历和文学倾向，推崇杜甫的《新安吏》《石壕吏》等现实主义和平民主义倾向的诗歌，在《新乐府·自序》中明确提出了平民主义的文学立场，主张文学面向民众，通俗易懂："其辞质而径，欲见之者易喻也；其言直而切，欲闻之者深诫也；其事核而实，使采之者传信也；其体顺而肆，可以播于乐章歌曲也。"① 要做到"易喻""深诫""传信""播于乐章歌曲"，唯一的途径就是创作白话诗，所以白居易是"有意做通俗诗的"的平民诗人。胡适还认为，中唐开始，散文也开始"白话"化，虽然进程很慢，但"白话"的方向和势头一直存在，并指出佛教的"语录"是白话散文的源头，再次证明白话文学是植根于平民百姓之中，满足普通人的审美需要。

晚唐五代之际，白话文学的成绩不仅体现在白话诗和白话散文，还表现在"词"的兴起和发展上。李白、白居易、杜牧、温庭筠、李煜等都相继开始创作白话词。究其原因，是由于晚唐五代时期皇权分裂，减轻了政治对社会的控制，文学因此开始自由。唐朝三百年来的白话韵文的趋势，逐渐催发了文体的演变，绝句等诗体难以满足白话写作的需要，所以白话韵文进化为长短句的小词，直到后来的词、元曲以及现代的白话诗都是白话趋势的继续发展的结果。胡适对晚唐的诗歌成绩评价不高，认为文学开始转向晦涩难懂。胡适严厉批评李商隐的《锦瑟》，认为这首诗是"反白话"的，是千百年来无人能懂的字谜和鬼话。② 胡适的观点虽有些偏颇，但足见他的"白话"观念是一以贯之的，是其重构中国文学史的最重要的前提和原则，因此也影响了他对文言文学的价值判断。

在第三编"两宋的白话文学"中，胡适一以贯之以白话性和民间性为尺度来评判作品。他认为从文学史的角度来看待北宋苏轼和黄庭坚的诗，其价值并不在音律和用典，而在于他们敢于和能够"作诗如说话"，因为要用说话的口吻作诗，所以也就不用拘泥于传统的音调格律。③ 对苏轼的诗，胡适并没有就其艺术特色进行评价，而是单纯从语

---

① 胡适：《国语文学史》，《胡适全集》第 11 卷，安徽教育出版社 2003 年版，第 65 页。
② 胡适：《国语文学史》，《胡适全集》第 11 卷，安徽教育出版社 2003 年版，第 83 页。
③ 胡适：《国语文学史》，《胡适全集》第 11 卷，安徽教育出版社 2003 年版，第 126 页。

言的通俗不通俗的角度加以评价，他完全站在传统审美观的对立面，认为读苏轼的诗，不是要探讨"玉楼""银海"等典故的运用效果，而是要分析作者是怎么样使用"牛矢""牛栏"等俗语俗字来写诗的。① 胡适把南宋时期定为白话诗的中兴时期，把陆游、范成大、杨万里等人归入白话诗人之列，对他们推崇备至，因为他们敢于反对温庭筠和李商隐之类的许多"诗玩意儿"，舍弃那些滥调套语，能够大胆使用白话文，"作诗如作文"，用平常语言写日常经验，写出真率和自然的诗。②

当然，胡适认为两宋平民文学的最大成绩当属白话词，成绩最高的是北宋的柳永、欧阳修等人，理由是到了北宋欧阳修、柳永、秦观、黄庭坚的时代，词已经进化为白话程度很高的"俚语词"，已经可以成为纯粹的白话韵文。而南宋的辛弃疾、陆游、刘遇、刘克庄则接续了这样的白话传统，只是所表达的思想情感有所变化，减少了柳永、黄庭坚等人的"淫亵习气"，增添了一种"高超的意境与情感"③，由"艳俗"转向"庄重"，更多地抒发爱国情怀，关切民生疾苦。在评价柳永时，胡适虽然对其"艳俗"之气有微词，但却赞赏他能大量使用白话写作，认为柳永的词之所以能广为流传，是因为他的俗话词，而不是他的文言词，就如同编选苏格兰班思（Burns）的诗集，如果收录他的古典诗，而不选他的白话情诗，同样是有失公允的，也是荒唐可笑的。④ 胡适在此以英国诗人彭斯与柳永进行比较，是为了说明中西方在文学上产生的类似现象，说明"白话化"是中西方文学发展史上的共同趋势。同样，为了支持其文学革命的立场，胡适强调，评价一个作家或一个时代的文学成就，要从白话文学和平民文学的立场出发，这样才能发现中国传统文学的价值，才能为五四新文学找到历史传统。柳永等词人的作品之所以得以广泛流传，就是因为他们的词是为乐工和歌妓等底层的平民写的，用的是百姓的语言，写的是普通百姓的生活，表达的是"小儿女的情感"⑤，所以通俗易懂，易于谱曲和传唱。胡适对柳永这样一个

---

① 胡适：《国语文学史》，《胡适全集》第 11 卷，安徽教育出版社 2003 年版，第 80 页。
② 胡适：《国语文学史》，《胡适全集》第 11 卷，安徽教育出版社 2003 年版，第 84 页。
③ 胡适：《国语文学史》，《胡适全集》第 11 卷，安徽教育出版社 2003 年版，第 102 页。
④ 胡适：《国语文学史》，《胡适全集》第 11 卷，安徽教育出版社 2003 年版，第 94 页。
⑤ 胡适：《国语文学史》，《胡适全集》第 11 卷，安徽教育出版社 2003 年版，第 99 页。

"艳俗"的词人评价如此之高，是源于人道的平民主义的思想立场，是与其对白居易的推崇一脉相承的，进而把宋代白话词的发展看成对杜甫、白居易等一派的唐代白话诗的继承。

可以说，宋代的白话词正是因为具备了"白话性"和"平民性"这两个关键的特质，才被胡适当成了宋代民间文学的代表，成为宋代文学的精华。胡适常常以"平民""自然""写实"等概念来描写白话文学的性质，把这些特质看成贵族文学的对立面，看成贵族文学所缺乏的品质，因此胡适说贵族文学写不出平民的生活与痛苦，而高高在上的庙堂文学也描绘不出平民百姓眼中的"自然"之美。也就是说，胡适理想当中的白话文学是白话的、平民的、写实的、自然的文学，这实际上也表露出了他的现实主义文学观念。

胡适对宋代以后的白话文学的解说有些简略，只用了几页纸的篇幅简要介绍了元曲和明清的几部白话小说。《国语文学史》是国语讲习班的讲义，写得比较仓促，而且后来也发现了不少新材料，所以胡适一直想对此进行修改扩充，并拟定了《白话文学史》的写作大纲。大纲里，白话文学史的上限没有变化，下限一直延伸到清末的国语文学运动，其中增补了详细的金元时期、明清两个朝代的白话文学的条目，把曲（小令、弦索套数、戏剧）、白话小说作为重点讲述的内容。[1] 1928 年12 月《白话文学史》（上卷）出版，篇幅扩充到 20 余万字，材料更为丰富翔实，但只写到了唐朝的白居易。

胡适前所未有地构建出了白话文学史，提出了"双线文学史"的观念，在当时的目的非常明确，就是为"五四"白话文学找出文学史的证据，证明这种文学主张的合理性，为白话文学找到信心。文学史上既然已经存在着丰富白话诗、词以及小说等，就能证明现代白话文学的提倡不是凭空想象出来的，历史的文学观也就更有说服力，才能取信于人。[2] 胡适在《白话文学史》的"引言"中对构建双线文学史的动机进行了概括。第一，是要让大家知道，白话文学"有很长又很光荣的历

---

① 胡适：《〈白话文学史〉自序》，《胡适全集》第 11 卷，安徽教育出版社 2003 年版，第207 页。

② 胡适：《什么是"国语的文学"、"文学的国语"？》，《胡适全集》第 12 卷，安徽教育出版社 2003 年版，第 408 页。

史的"，是一千多年来历史进化的结果。第二，是要让大家明白，白话文学史就是中国文学史的中心部分。如果删除了白话文学的进化史，那就没有真正的中国文学。

胡适对中国文学史的双线构建就是，"这一千多年的中国文学史是古文文学的末路史，是白话文学的发达史"。① 黎锦熙在《国语文学史》的序言中说得极为生动："古文已死而秘不发丧，叫国语退匿民间，不得承袭'文统'，乃特编《国语文学史》，以发潜德之幽光。并且这是'文学革命'之历史的根据，或者也含有一点儿'托古改制'的意味。"②

胡适的双线文学史观非常清晰，即中国传统文学之中，文言文学和白话文学长期对立存在，服务于不同的社会阶层，但又互相影响。他们在不同的历史阶段呈现出此消彼长的特征，但对于建设国语文学的需要来说，胡适把白话文学置于中国文学的中心位置，把中国文学史重新阐释为白话文学逐渐走向成熟的历史。对此，夏志清也认为，胡适想要论证的是：如果早期的白话文学能在自然发展的状态下产生好几部不朽的作品，再加上有西方文学做榜样，中国的新文学就应该会有更出色的表现了。③

白话文学史的写作还体现了作为文学史家的胡适对中国古文文学的态度，即古文文学是"死"的，不是大多数民众都能欣赏的文学。胡适虽然也承认《左传》《史记》等文学经典在文学史上具有"长生不老"的价值，但认为这种文言文学只是属于"少数懂得文言的文人学士的私有物"④，只有少数人能够欣赏和把玩，而对不识字的平民百姓来说就是古董，是"死"的文学，因为文言文与希腊文、拉丁文一样都是"死"语言，"死"语言当然做不出"活文学"。可见，胡适的白话文学史观具有很浓厚的构建性，是站在大多数人的立场来立论的，是为了提倡白话，建设国语文学。伽达默尔曾说："传统并不只是我们继承得来的一种先决条件，而是我们自己把它生产出来的，因为我们理解

① 胡适：《白话文学史》（上），《胡适全集》第 11 卷，安徽教育出版社 2003 年版，第 218 页。
② 黎锦熙：《〈国语文学史〉代序》，《胡适全集》第 11 卷，安徽教育出版社 2003 年版，第 6 页。
③ 夏志清：《文学革命》，《文学的前途》，生活·读书·新知三联书店 2002 年版，第 9 页。
④ 胡适：《答朱经农》，《胡适全集》第 1 卷，安徽教育出版社 2003 年版，第 83 页。

着传统的进展并且参与到传统的进展之中，从而也就靠我们自己进步地规定了传统。"①

胡适的双线文学史观具有"民主"的色彩，或者说，具有民主性。以这种现代观念来重新考察中国文学史，白话文自然就会成为中国最有价值的文学，文言文学成绩无论怎么辉煌，但从大多数不识字的平民的立场来看，也只能属于古文文学，只能被放置到历史遗产之中。这也是胡适超越黄遵宪、梁启超等前人之所在。

晚清的社会改革者曾大力提倡白话文，主要是为了满足政治宣传和普及教育的需要，很少能想到把白话文推进到文学的领域，白话文学的作者们，也没有把通俗的白话文学当成中国的正统文学。梁启超、黄远庸、裘廷梁等人是当时少有的先知先觉者之一，他们已经认识到"白话文学"存在的历史史实及其价值。尤其是梁启超，他曾依据"俗语文学大发达"的历史事实，评价宋代以后的白话文学"为祖国文学之大进化"。不过，他当时提倡"俗语文体"是与启蒙的历史联使命系在一起的，其独立的文学价值并没有得到确认，没能像胡适这样把它提升到国语文学的高度，没有意识地去推动白话文学的发展。由此梁启超的俗语文学进化史观也仅仅成为一种设想，未能充分展开论述。而胡适所发动的现代白话文运动显然对上述晚清学人有所超越，他不但能认识到白话文的教育价值，还首次肯定了白话文的尊严和它的文学价值。在胡适看来，中国文学能有今天的成就，则是因为在其发展过程中，不断有通俗的作品以非正统文学的姿态出现缘故，这也是他写作《国语文学史》的目的所在。

胡适构建白话文学史，还有与西方文学接轨的意味。胡适指出中国文学的范围和法国不同，我们"只守定诗古文词几种体格，做发抒思想情绪的正鹄，领域很狭，而他们重视的如小说戏曲，我们又鄙夷不屑"。② 因此，要向西方文学学习，就必须把中国古典小说、戏剧、传记等叙事性文学纳入新文学之中来。

---

① ［德］伽达默尔：《真理与方法》，《哲学论丛》1986 年第 3 期。
② 胡适：《论翻译——与曾孟朴先生书》，《胡适全集》第 3 卷，安徽教育出版社 2003 年版，第 809 页。

胡适写《白话文学史》，其目的不仅在于中国文学史，更重要的是要以此为手段替"五四"白话新文学运动寻找历史的"证据"，以正本清源，提高人们对白话文学地位的认识，进一步推动新文学运动的深入开展。述史的目的是证今，从这一方面说，胡适的《白话文学史》也是古为今用的典范，其现实意义并不亚于其历史意义，甚至可以说超越了历史意义。

胡适的《国语文学史》和《白话文学史》还促进了思想革命。胡适认为几千年来的中国的传统思想，有许多不适合现代的需要，而且传统的思想方法和思想习惯也不符合现代的需要，非铲除和改革不可。中国古来思想之最不适合于现代的环境的，就是崇尚自然，这种思想，历经老、庄、儒、释、道等之提倡，已经根深蒂固，成为中国人的传统思想，表现为"无为""无治""高谈性论""无思无虑""不争不辩"和"知足"，这实际上是"镜子式的思想""根本谈不上思想"和"高谈主义而不研究"。①

白话文学史的构建是胡适的独创，是他融合进化论、平民主义等思想观念，并对中西方文学史进行对比、参照和互证之后的一种崭新的观念，也是胡适超越前人的最好证明。胡适对白话文学史和双线文学史观的构建，在今天看来无论有多大的偏颇和错误，其意义是，它给人们提供了一种新的评价中国传统文学的方法，开阔了人们的文学史研究的视野，改变了大家对白话文学的认识和评价，对现代白话文运动的推动无疑是巨大的。而且"从学术专业的角度来看，《国语文学史》及《白话文学史》也是具有重大开拓精神和方法论意义的中国古代文学史研究著作"②，为后世的文学史写作提供了新的范例。

第五节　白话文与白话文学的建设方案

胡适的《文学改良刍议》发表之后的一年多时间里，胡适得到了

---

① 胡适：《思想革命与思想自由》，《胡适全集》第 21 卷，安徽教育出版社 2003 年版，第 439 页。

② 刘石：《关于胡适的两本中国文学史著作》，《文学评论》2003 年第 4 期。

不少有识之士尤其是青年学生的热烈响应，其文学主张也引发了许多很有意义的讨论，也招致了一些攻击。但总体来说，文学革命的观念已经得到了较为广泛的传播，并被社会逐渐了解和认可。

但要想取得广泛的认可并取得最后的胜利，就必须拿出白话文运动的实绩来让人信服，这是一项漫长而艰巨的建设工作。而且当时的文学界，新文学还取得没有多少成绩，桐城派、文选派、江西派、"梦窗"派、《聊斋志异》派等诗、词、散文以及小说等旧文学依然维持着存在，所以胡适特别指出，提倡文学革命必须先从"破坏的一方面下手"，但他又觉得当时的那些还在苟延残喘的文学根本"不值得一驳"。胡适期待能够早日创作出"真文学"和"活文学"，从而取代那些"假文学"和"死文学"。① 因此，新文学的创作就显得尤其急迫和重要。

但中国传统的文人学士都习惯用文言文写作，虽然无时无刻不在用白话进行日常生活交际，但真到了用白话来进行文学写作，便一筹莫展，也没有辞典或者现成的公认的文学作品供大家参照，或者或模仿，以至于不知道究竟如何落笔。这是长期的文言文创作习惯所导致的，并不是一朝一夕可以改变的。这是当时白话文创作当中的一个实际困境，是胡适必须负起责任去解决的实际问题。在这种情况下，胡适发表了《建设的文学革命论》（1918）、《谈新诗》（1919）等文章，试图从理论上对新文学的创作给予指引。

在《建设的文学革命论》一文中，胡适就白话文学的建设问题给出了"十字方针"，即"国语的文学，文学的国语"，就是先要创作出"国语的文学"，然后才能确立起"文学的国语"。二者是相辅相成的关系，文学的创作是前提，国语的建立是结果，当然国语的确立也能反过来促进国语的文学。胡适反复强调大家先不必纠缠有无国语标准的问题，因为国语的标注不是人为编订出来的，而是在文学作品中提炼归纳出来的。为此，胡适极力提倡大家努力用白话去进行创作实践，方法就是向已有的为大家熟悉和认可的《水浒传》《西游记》《红楼梦》《儒林外史》等白话文著作学习，用当日的白话，也采用合适的文言，也要向西方的"白话"著作学习。胡适不仅从理论上进行引导，自己也

---

① 胡适：《建设的文学革命论》，《胡适全集》第 1 卷，安徽教育出版社 2003 年版，第 52 页。

亲自进行白话创作，《尝试集》《终身大事》等就是这种情势下的产物，虽然说他是提倡有心，创作无力，但毕竟做出了可贵的实践尝试。胡适指出：他的这些观念不是"向壁虚造"的，而是几年来"研究欧洲各国国语的历史"所得出的结论，欧洲各国的现代语言就是待到文学繁荣之后才自然而然形成的，比如意大利，因为有有意的主张，又有那些有价值的文学，才最后形成意大利的"文学的国语"。①

但到底怎么如何创作白话文学，在胡适那里，主要归结为两个问题：一个是语言方面的问题，即文学创作时用什么样的白话；另一个问题是技术问题，即文学内容和创作方法方面的问题。胡适的方案是，在语言方面，是扩大白话的范围，向经典的白话文作品学习，方言文学（民间文学），佛教文学，写作的技术上主要是向西方文学学习。

先讨论如何确立"文学"的白话的问题。白话文作为社会所有交际领域和写作领域的语言工具的观念虽然已经被大众基本认可，但对白话文的界定较为模糊，因此引发了广泛的讨论。1920 年教育部命令从当年秋季起，国民学校的一、二年级都改用国语进行教学。但这个命令在当时引起了议论，有人责怪教育部国语鲁莽，担心在没有确定白话文的标准的情况下，匆忙下令在小学实行国语教学，会引起很多的混乱。他们以为：

> 教育部应定个标准，颁布全国。怎样是文，怎样是语，那个是文体绝对不用的，那个是语体绝对不用的：把他区别出来。国语文法，国语语法，国语字典，国语词典应该怎样编法？发音学是怎样讲？言语学是怎样讲？自己还没有指导人家，空空洞洞登个广告，叫人家把著作物送去审查，凭着极少数人的眼光来批评他，却没有怎样（应是"什么"之误）办法发表出来。种种手续没有定妥，就把学校的国文科改掉。这不是"坐在黄鹤楼上看翻船"的主义么？②

---

① 胡适：《建设的文学革命论》，《胡适全集》第 1 卷，安徽教育出版社 2003 年版，第 59 页。

② 胡适：《〈国语讲习所同学录〉序》，《胡适全集》第 1 卷，安徽教育出版社 2003 年版，第 225 页。

这样的疑问应该是可以理解的，因为这个问题就是指向"国语"的确立问题，指出了建立国语标准的必要性和紧迫性问题。

但在当时的情况下，要想在短时间内编写出国语辞典，编写难度和工作量实在太大，要花大力气去调查、分析和确定白话的发音、词汇和文法的标准等（但 1917 年胡适等人确实编写过白话的辞典和语法①）。甚至时至今日，有些词我们也很难确定它是文言还是白话，因为文言和白话的概念本身就是笼统的，难以做出截然的区分，总有过渡地带，就好比古典希腊语和民间希腊语，古典拉丁语和现代意大利语，梵文和印地语之间的差别。除了专门的语言学家，我们对文言和白话的理解是，文言文大致上是一种书面语言，而书面的白话则是一种与共通语言相类似的民间通用语，与中国地方（特别是北方）的各种口语有模糊的组带。一般而言通用语无论何时都与首都方言有着最密切的联系。问题在于，中国的白话文与文言文之间的分野从来就不清晰，因为二者频繁地互相借鉴。更为困惑的是书面白话与口语中的白话还存在差异。② 而且，大多数文言作品采用一种几乎或者完全未被白话成分所侵染的纯洁形式，但不含文言成分的白话文本则是少之又少，即便是晚清的小说，也不能说是完全白话的文本，许多被当作白话文的文本实际上都含有文言成分，甚至只是在文言的整体框架中点缀一些白话成分。也就是说，可供编纂辞典采纳和分析之用的白话文本还不够丰富，尤其是五四时期的白话文学的文本，更是少之又少。

胡适当然是意识到了上述的问题，也难以在短时间内拿出方案，他只是从情理上或者说理论上对上述质疑进行了回应。他认为大部分的问题都是真实存在的。但他认为他们提出的解决问题的办法（即先制定国语的标准）却是没有道理的。胡适认为国语的标准不是人为的，在家里翻阅资料就能研究出来的，也绝不是教育部合少数研究国语的组织能够决定的，更不可能在短时间完成的。这个问题，欧洲近代各国民族语言的确立给了胡适以很大的示范，为此，胡适写下了白话文和白话文学建设的纲领性文件《国语的文学——文学的国语》，他从欧洲的经验

---

① 胡适：《不思量自难忘——胡适给韦莲司的信》，安徽教育出版社 2001 年版，第 136—137 页。
② 夏志清等：《哥伦比亚中国文学史》，新星出版社 2012 年版，第 20 页。

里得出了以下结论：国语的形成，应该先有一个通行范围广、产生过大量活文学作品的方言或者说民间共同语言作为基础，比如汉语中的北方官话。然后大力推广这个通行的方言，并从其他各地方言中吸取有用的成分，当然也可以从文言文里吸取一些有用的"营养"，才有可能形成"国语"。"有了国语，有了国语的文学，然后有些学者起来研究这种国语的文法，发音法，等等；然后有字典，词典，文典，言语学等等出来：这才是国语标准的成立。"①

当然，文言和白话的界限难以准确区分，不等于说不能对之进行大致的界定。前文已经介绍，胡适给白话的定义主要强调"听得懂"这个语音特征，首先是口语中在使用的白话，也可以叫俗话，胡适称之为戏台上的"说白"②，着重强调听明白，而不是看明白，这也就是本书之前所谈到的语音中心主义的白话观念。当然，胡适也因为自己的语言风格，白话也应该明确的、平实的、简练的，反对含混的、堆砌的白话，这个观念《文学改良刍议》当中提倡"务去滥调套语"的主张是贯通一致的。在《白话文学史》里胡适把"白话文学"的范围进一步放大，只要明白清楚、接近于说话的作品，胡适都把它认作白话文学，因此，他把《史记》《汉书》和古乐府歌辞，以及佛经中有文学性的材料以及唐代诗歌中的那些近于说话、通俗易懂的作品剥离出来，归入白话作品，收录进《白话文学史》，以此构建出中国白话文学史的线索和脉络。③

除此之外，胡适还扩大了文学的范围。1920 年，胡适在《什么是文学》一文中，没有对"纯文"与"杂文"做出区别，胡适说，"无论什么文（纯文与杂文、韵文与非韵文）都可分作'文学的'与'非文学的'两项"。他给文学下的定义是"达意达的好，表情表的妙，便是文学"，文学的特征是"明白清楚""有力动人"和"美"三个"要件"。④

---

① 胡适：《〈国语讲习所同学录〉序》，《胡适全集》第 1 卷，安徽教育出版社 2003 年版，第 225 页。

② 胡适：《论小说及白话韵文——答钱玄同》，《胡适全集》第 1 卷，安徽教育出版社 2003 年版，第 40 页。

③ 胡适：《白话文学史》（上），《胡适全集》第 11 卷，安徽教育出版社 2003 年版，第 212 页。

④ 胡适：《什么是文学——答钱玄同》，《胡适全集》第 1 卷，安徽教育出版社 2003 年版，第 209、206 页。

这暗示了胡适对文学的认识还没有完全采用西方的理论体系，与王国维的"游戏说"的文学概念还有差异，但他却扩大了文学的领域。他把"文学"的范围定得如此宽泛，当然这并不是说他还停留在古代的"泛文学"概念的阶段，而是说，胡适强调"文学"的"美"的功能，从而把小说、戏剧提升到与诗歌、散文等文体等一样的地位，这是他对传统的把文学范围限定在"诗""文""词"几种文学体式上的观念进行"革命"，说明他已经认同并接受了现代西方的文学观念，这一点在他的著述都有详尽的论述可以为证。我们还发现，胡适对文学本质的认识还暗藏着他的白话文学观，因为上述定义，除了审美功能（"有力动人"和"美"），首先强调"明白清楚"，这与他对"白话性"的强调有着内在的联系，因为如此，也就等于无形中把"文言"文学驱逐出新文学的领域。（当然并不是完全否认其"文学"的属性。）

除了上述对白话文的界定，胡适提出了完善和丰富白话的具体途径，以官话的语音、词汇和语法为基本标准，大量吸收外国词、方言词，还要从方言文学和民歌中借鉴有益的成分。尤其大量吸收西方语言的词汇和文法，对"五四"时期的白话文的发展影响巨大。胡适曾与林语堂等人商议组织人员大规模翻译西方文学经典，一是做新文学的模本，二是给白话提供现代语言的"营养"和"材料"。

西方著作（包括日语文本的翻译）的译介对五四时期的白话产生了重大影响。耿德华（Edward Gunn）在其著作《重写汉语》一书中，通过详尽的文体学分析和统计，发现了 44 种本来不属于汉语的句法类型（这是他根据语法、修辞以及句子的标准归类总结出来的），其中有 21 种是从欧洲语言和日语中翻译过来的。[1] 而在词汇方面，也统计出结果，发现借自日语"汉字"翻译的外来词达到 1063 个。这些结果并不是对现代汉语外来词所作的穷尽式的调查结果，但仍然能有效地说明 19 世纪以来西方语言和日语对现代汉语的影响程度。[2]

傅斯年在《怎样做白话文?》中明确提出"理想的白话文"就是"欧化的白话文"，即以西方语言为标准，吸取西方语言的语法、标点

---

① 刘禾：《跨语言实践》，宋伟杰等译，生活·读书·新知三联书店 2008 年版，第 24 页。

② 刘禾：《跨语言实践》，宋伟杰等译，生活·读书·新知三联书店 2008 年版，第 25 页。

以及逻辑，因此，"欧化"成为创造现代白话文的一个不可避免的重要方法。

这样的白话文建设状况显然不是梅光迪等所乐见的。梅光迪虽然也赞成文学有改良的需要，但是持的是反对白话文学的立场，他只有改良文言文的建议，诸如弃用陈言腐语，加入新名词，但反对在文学创作时大量使用白话，最令人不解的是提出要恢复部分古字，即所谓"旧皮囊装新酒"，走的是新人文主义的保护国粹的道路。这些胡适当然是不能接受的。

当然，白话在规范和成熟的过程当中也确实产生了许多这样或那样的问题，其中白话的"文人化"就是一个突出的问题。胡适要提升的是"日常语言"。他要求的是能够"识文断字"的人都用"日常语言"进行写作。但问题是，知识分子和政治精英是否能够跟一般大众一样都使用统一的语言还要打一个问号。因为知识背景、文化意识、职业要求等因素对社会各阶层的语言使用选择产生明显的差异，知识阶层习惯使用文言文，而普通劳动阶层只能使用白话文。而且这种差异也不可能只是通过使用白话文就能完全消除。这个问题的复杂性远远超出了"文学革命"所涵盖的任务范围，因此也难以短时间内得以解决。正如哈佛大学史华慈教授所言，这样的问题是世界各国普遍存在的问题。在分析文学革命时期中国各阶层所使用的语言差异时，我们也应该清醒地认识到现代西方社会中政治阶层和知识分子所使用的特殊语言与一般大众的口语也同样存在着难以消除的明显差异。[①] 但无论如何，胡适毕竟开出了如何建设好白话的办法或者方案，促进了现代汉语体系的确立，也为新文学的发展提供了崭新的语言工具。

从白话文学的发达到白话的文学主导地位的确立办法，中外文学发展史都给予胡适充分的信心。近代欧洲民族国家的形成和民族文学的繁荣促成了英语、法语、德语等语言从拉丁语独立出来并日渐规范和成熟，而中国传统白话的、通俗的各种文学也在对白话文的规范起到了历史性的作用。同时，胡适认为佛教传入中国不仅丰富了中国文学的艺术

---

① T. K. Tong, B. I. Schwartz, "Reflections on the May Fourth Movement", *American Political Science Association*, 1975, 69（4），p.1504.

形式，也促进了白话的发展和成熟。

胡适深知语言和文学的相互关系。白话是文学的工具载体，而优秀的文学作品则是白话的信用，在作家的写作中，白话得以形成规范体系，得以丰富，得以快速传播，并成为大众学习的范本。所以，在没有现成的模本之前，胡适开始写作《白话文学史》，为白话文学正名，也就是从文学史上发掘出《红楼梦》等四大名著那样的白话文典范，供人参照和借鉴。

经过不断的努力，1920 年教育部发文规定国小一、二年级国文教材开始使用白话，白话文运动才算取得初步的成功。白话在外文翻译上也取得了重要的发展，词汇量扩大，语法规则增多，汉语的欧化色彩明显加大。

胡适对 1920 年教育部颁布政令——规定小学使用白话文教学一事给予了高度评价，把它誉为开天辟地的大事，认为它是四千年来历史上的大转折。首先，是正式公布了《国音字典》，这和历代颁行韵书大不相同，是继承两千二百年前秦皇、李斯"国字统一"的政策进而谋"国语统一"的壮举。其次，教育部明令废止全国小学的"古体文"而改用"语体文"，正其名曰"国语"，从此中国"言文分立"的两种发展趋势正式合流。这次改革也与历代功令规定取士文体的旨趣大不相同，是把从两千一百年前汉武帝时代直到现在的"文体复古"政策全部推翻而实行的"文学革命"，是二千一百多年来历代王朝都没有胆气实行的彻底改革。再次，从此以后，民众文艺的地位获得正式的认可。胡适认为，国语文学史到这 1920 年才算进入了发展的"正轨"；文学不再是为少数文人学士所垄断的私产，文学社会化的趋势开始加速，民众国语的程度和欣赏文学的能力也开始提高。胡适说，从民国九年到现在的六七年时间，国语文学界发生的各种变化实在是令人鼓舞。[①] 小学课本白话文的选编、鲁迅的小说、周作人的散文都是具有划时代意义的历史事件。

但是，白话文国语地位的确立只是解决了创作新文学的语言工具问题，是第一步，第二步则是要考虑创造方法问题。在思想内容和创作方

[①] 胡适：《〈国语文学史〉代序》，《胡适全集》第 11 卷，安徽教育出版社 2003 年版，第 21 页。

法方面，胡适没能给出具体的创作经验和体会，只是从理论层面给出了一些笼统的建议。

他认为，文学的方法主要包括三方面的问题：首先，关于如何收集材料，他认为晚清小说的主题比较狭窄，无非是官场、妓女和非官非妓的"中间"人群的生活，谴责小说和黑幕小说就是这种文学的代表，而传统文学的表现范围也不广泛，多是表现帝王将相、达官贵人、才子佳人的封官挂印、金榜题名和洞房花烛的俗套，认为中国文学最缺乏的是对普通人的普通生活的反映，尤其缺少揭露黑暗现实、描写人生各种痛苦情形的文学。因此，新文学必须先要扩大文学的题材范围，农、工、商、学等社会的各个阶层和各个行业都应该是新文学的表现内容。其次，新文学要注重实际经验和个人想象的增强，胡适反对传统的闭门造车式的假大空、大团圆等文学之弊，特别强调实地观察，以获得真实的个人经验。其次，胡适还认为新文学要注重"结构"，其中包括"剪裁"和"布局"两项，实际上就是如何"构思"的问题，创作之前，要先考虑作品的框架，然后再纳入已经选择和剪裁的材料。再次，胡适也谈到描写的技术，也就是创作者的文笔要好，写人写事、写景写情要有表现力、感染力，同时，文学的描写要条理清楚，要真实合理，要精彩。

总括来说，胡适心中理想的白话新文学应该是：在风格上，是诚恳的、真实的、生动活泼的、以广大平民百姓为读者群体的文学；在写作对象上，注重以广大平民百姓为创作对象，体现出他的平民文学观。

因为白话文学的稚嫩，并没有现成的榜样可以借鉴。胡适主张白话文学的创作者们要多从两个方面汲取营养，借鉴经验。首先是要向民间文学学习。胡适从欧洲近现代文学的发展史中认识到，其实欧洲近现代各国的国语文学也是从当时的民间文学发展而起来的。所以归结起来说，民间文学史是一切新文学的源泉，他能给主流的文学提供有益的经验和启发。其次是向西方文学学习，尤其要向欧洲文学学习。欧洲的思想和文学对中国白话新文学影响巨大，他们现今的文学成绩和水平就是中国新文学的长远目标。

胡适的论著里有不少的关于民间文学的论述，他认为民间文学一方面是白话文学的构成部分，另一方面还能影响占主导地位的国语文学。

形式方面，民间文学能够给国语文学提供文学化的民间白话，同时也创作了丰富的文学艺术体式，"有各色各样的形式，——表达爱情与忧愁的民谣、古老的传说、街头流传的歌谣爱情、英雄事迹、社会不平、揭发罪恶等等的故事"。① 而从表达的思想内容来说，民间文学也是平民文学的一部分，平民文学常常要从平民的或民间的文学中汲取营养。要提倡平民精神，扩大文学的素材，也必须向民间文学学习，民间文学可以给国语文学提供丰富多样的表现底层人民生活的文学素材。

胡适在总结自己的双线文学的观念时说：两千多年的文学发展史上，一直有两条平行发展的"路线"，除了达官贵人、文人学士都创作的仿古的文学的那一条"线"，还有另外一个方面的文学，也就是还有一条线，那就是民间文学的发展史。胡适高度评价民间艺人对民间文学的卓越贡献，他们在漫长的岁月长河中创造出了催眠曲、民谣、民歌、民间故事、讽喻诗、讽喻故事、情诗、情歌、英雄文学、儿女文学、地方戏曲等形式多样的民间文学样式，而短篇小说、历史评话，更晚出现的更成熟的长篇章回小说都是民间文学的结晶，而且文学史上的很多经典作品，如《诗经》《楚辞》《孔雀东南飞》《木兰诗》《三国演义》《水浒传》《西游记》等都是源自民间故事或民间传说，是民间文学经过代代相传、层层累积并由文人加工而成的文学杰作。胡适认为民间文学是一条流淌不息的涓涓溪流，一直焕发着勃勃生气，是最纯正的活文学，具有很高的文学价值。②

由于受西方民俗学的影响，民间文学在五四时期得到了高度的关注，北京大学曾发起过大规模地搜集民间歌谣的活动，为新文学开疆拓土。③ 胡适对此有过很积极的评价，认为知识分子开始提倡民间文学，以新的眼光和新的方法去看待它，也许从两千五百年以来要开辟一条新的道路。④

---

① 胡适：《四十年来的文学革命》，《胡适全集》第 12 卷，安徽教育出版社 2003 年版，第 483 页。

② 胡适：《史学·人物传记》，《胡适全集》第 18 卷，安徽教育出版社 2003 年版，第 431—432 页。

③ 胡适：《〈国学季刊〉发刊宣言》，《胡适全集》第 2 卷，安徽教育出版社 2003 年版，第 16 页。

④ 胡适：《中国文学过去与来路》，《胡适全集》第 12 卷，安徽教育出版社 2003 年版，第 223 页。

胡适充分肯定方言文学的作用，称方言文学为"方言的圣书"①，是中国语言学、文学、文法学上重要的材料，主张向方言文学学习。胡适对方言文学有着很精辟的见解。他认为国语的前身也就是一种通行地域较广的方言，国语文学之前也是方言的文学。方言文学之所以能被选作为国语文学，就是因为其通行领域广，文学方面具有较大的影响力，同时还有历史传统的积淀等几个方面的因素造成的。所以说，国语的文学来自从方言文学，为了保持活力，也必须继续从其他的方言文学里吸收新的资源。1918 年 7 月 15 日在《答汪懋祖》的信中，胡适专门谈到了方言与国语的关系问题，其观念接近我们现代的语言观念，认为是国语要从方言里吸收那些国语里缺乏的词汇，如"像煞有介事"的这个词，除了吴语，其他方言里都没有表达法，所以国语不妨吸收。

胡适对吴语文学《海上花列传》评价很高，认为其思想性和艺术性都达到了很高的水准，是国语文学很好的借鉴。胡适指出，《海上花列传》的主要贡献在于它是用苏州土语写作的，形成了自己的风格，作为苏州地域的吴语文学的第一部高水平小说，它超越了苏州话的传奇和弹词中的唱与白，成为独立的方言文学。

胡适还从人物描写的效果来评判方言的价值，认为用方言土话最适合描摹人的神情，用方言土语描写出来的人物是感情自然流露、形象栩栩如生的活生生的人，其描写效果远超使用文言与国语进行描写所产生的效果。②

向西方学习是自不待言的。新文学从诞生的那一刻起，就与西洋文学有着分不开的联系。无论晚清的各种白话文运动，还是胡适主导的现代白话文运动都是西方影响的结果。从文化的先进程度来说，胡适认为西方全面领先中国，追赶西方是全社会的共识。而从文学的目标方面说，胡适所提倡的新文学主要是以文艺复兴运动以来欧洲各国的文学为蓝本的。胡适指出，无论是材料，还是体裁，中国的传统文学完全不能成为新文学的榜样。中国的传统文学，充斥着才子佳人、风花雪月、封

---

① 胡适：《日记》（1919—1922），《胡适全集》第 29 卷，安徽教育出版社 2003 年版，第621 页。

② 胡适：《〈海上花列传〉序》，《胡适全集》第 3 卷，安徽教育出版社 2003 年版，第 520、521、523 页。

王挂帅、金榜题名的老套，表达的是庸俗的封建伦理的理想，而在体裁方面，胡适深感传统的中国文学因为诗歌的高度发达，使得叙事性文学发展缓慢，尤其是缺乏长篇叙事文学，同时，由于叙事文学的薄弱，使得中国传统文学普遍存在着不讲究"结构"的弊端。因此，胡适旗帜鲜明地提出要大量翻译西洋的文学名著作为新文学的模范，使新文学有所观摩，有所取法，使得全民提高国语文学的创作水平。

学习西洋文学，首先要重视翻译。胡适虽然对佛教对中国的影响有不少批评意见，但对佛经翻译对中国文学的影响还是肯定的，指出佛经的翻译给中国文学开了无穷新意境，创了不少新文体，添了无数新材料。

五四文学革命时期，当然是最迫切需要翻译外国文学的时期。1916 年 2 月 3 日，胡适在写给陈独秀的信中就建议翻译西方文学经典，为创作新文学积累经验："今日欲为祖国造新文学，宜从输入欧西名著入手，使国中人士有所取法，有所观摩，然后乃有自己创造之新文学可言也。"

胡适还提出了翻译西洋名著的方法。一要认真策划和选择。胡适主张选择名著进行翻译，只翻译第一流的作品，同时要兼顾到各种体裁，小说、戏剧、散文都要兼顾，诗歌因为不易翻译，胡适建议从缓。另外，要选择适合国情的作品，比如说，"译书须择其与国人心理接近者先译之"①，也就是说选择那些符合国人心理的作品。二要用白话散文翻译，反对继续用古文翻译。

胡适认为最迫切的是要从翻印的西洋文学中吸取借鉴文学的方法，因为他认为西方文学的创作方法和技巧要比中国传统的文学"完备得多，高明得多，不可不取例"。在《建设的文学革命论》中，他不厌其烦地分别举散文、戏剧和小说三个门类为例，介绍中国文学应该取法西方文学的内容和对象。

他认为，从散文的成就来看，英国的培根和法国的蒙田的作品要远远超出我们传统的古代散文，中国缺乏像赫胥黎那样的科技文章或者说科普散文，更没有包士威尔（Boswell）和莫烈（Morley）、弥儿（Mill）、

---

① 胡适：《日记》（1915—1917），《胡适全集》第 28 卷，安徽教育出版社 2003 年版，第 318 页。

弗兰克令（Franklin）、吉朋（Gibbon）等人的传记体文学，也没有类似丹纳（Taine）和白克儿（Buckle）等人的艺术史论之类的文体；在戏剧领域，无论古希腊的戏剧大师，还是近代的莎士比亚（Shakespeare）和莫里哀（Moliere），他们的成绩和作品的水平都远远超越中国的传统戏曲，尤其是作品的构思和布局等"结构"的能力以及描写人物、事件和环境的水平，都是元曲难以企及的。而从作品表现的内容和表现方法来看，西方还发展出了揭露现实、反映社会生活中所存在的各种问题的"问题戏"，以象征方法表达言外之意的"象征戏"（Symbolic Drama），专门剖析人物心理，描写人物内心复杂心理活动和情感变化的，以及用"嬉笑怒骂的文章，达愤世救世的苦心"的"讽刺戏"。

胡适认为中西小说的差距最大。小说是西方近现代以来最为繁荣发达、艺术成绩最高的文学门类，反观中国，除了明清之际产生过几部高水平的白话小说，其他真的是乏善可陈。胡适因此感叹，西洋小说"材料之精确，体裁之完备，命意之高超，描写之工切，心理解剖之细密，社会问题讨论之透彻"，真是让人们大开眼界，为之惊叹。胡适尤为推崇西方"短篇小说"，认为其历史不长，但成就巨大。胡适后来曾有专文《论短篇小说》讨论短篇小说的方方面面，认为依"经济"的原则，短篇小说将是文学发展的趋势。胡适强调，短篇小说虽然体式短小，但囊括的题材更是包罗万象，"真如芥子里面藏着大千世界"；表现方法和技巧也最为丰富和高明，"真如百练的精金，曲自由折委婉，无所不可"。

胡适最后总结说，西方文学是一个巨大的文学宝藏，已经形成了形式多样的文学格局，方法完备，经验丰富，是中国文学绝好的榜样，有我们取之不竭的资源。① 另外，学习西方文学，还能掌握西方的文学思潮历史，引导和选择新文学的发展方向。"现在我们才知道有所谓自然主义、浪漫主义、写实主义、象征主义、心理分析，各种派别之不同，并非小道可比，这是我们受了西洋文学的洗礼的结果。"② 胡适主张新

---

① 胡适：《建设的文学革命论》，《胡适全集》第 1 卷，安徽教育出版社 2003 年版，第 67 页。

② 胡适：《中国文学过去与来路》，《胡适全集》第 12 卷，安徽教育出版社 2003 年版，第 223 页。

文学走现实主义的路，除了白居易等中国传统现实主义观念的影响，也是跟他借鉴西方文学资源分不开的。

简言之，胡适强调向民间和向西方学习，是新文学发展的内在需要，也是对欧洲文艺复习时期各国文学发展之历史经验的参考和借用。相比于同时代的其他人，他的学习西方的态度更为彻底。反映在新文学的建设上，他对西方的态度也就显得更为热情和激进。无论在文学工具方面，还是在文学所要表现的思想内容、创作方法和手段方面，他都提出了全面向西方学习的主张。这样的主张是他文学革命观念的内在逻辑和自然延伸。

近代中国在追求现代化的道路上，西方各种文献的翻译起到了重要的作用。反映到文学领域，近代对西方文学经典的翻译对中国传统文学观念的转换和新文学的萌芽和形成产生了深远的影响。严复、林纾、苏曼殊、周作人和鲁迅都是出色的文言翻译大家。文学革命时期，胡适、郑振铎、傅东华、郭沫若等人则开始采用白话翻译外文作品，在知识分子尤其是青年学生中产生了示范效应，取得了很大的成绩。据统计，仅1919 年前后全国就翻译和出版了 506 种外国名著，推动了新文学的广泛传播。在这个过程中，文学革命所倡导的白话给翻译者提供了新的语言工具，反过来，翻译的作品也引发了读者阅读白话的更大兴趣。两者相辅相成，强化了白话的普及性以及大众对白话文和白话文学的认同。

近来有研究认为胡适的白话文学观念看起来非常浅显，没有多少深刻的理论，我们认为这是不公平的，没有以历史的眼光和客观的态度去评价胡适。我们主张对胡适当时所提出的各种文学观念以及建设新文学的方案（工具、方法和创作的态度）需要进行历史的分析和客观的评价。虽然说胡适所提出的文学见解和主张都是西方文学的一些常识，根本算不上是什么新思想新观念，但对当时传统的中国来说，则是闻所未闻的全新观念，对新文学的学科建设产生了重要的指导性意义。这些观念对有志于新文学的年轻人具有重要的启蒙和教育作用。张学谦对此有过较为公正的评价："在这一过程中，胡适以'革命'的实践方式推广了白话文文体，之后又以其学术成就证明白话文在传统'文学'领域的广适性，并在这一过程中将戏剧戏曲、民间文学等带入了'文学'

的领域之中，构建现代文学与文学学科的基本内涵。现代意义上的文学学科的概念与范畴也基本确定下来，其在推动关于现代意义上'文学'概念的形成与文学学科学术转型中贡献巨大。"①

---

① 张学谦：《迟到的文白交锋：胡适与中国现代文学概念之生成》，《华侨大学学报》（哲学社会科学版）2017 年第 1 期。

第二章　白话新诗与宋诗及英诗的渊源

五四现代白话文运动时期，胡适被尊称为白话诗的"通天教主"①，胡适自然也乐于以此自我标榜。胡适说："所以我的以白话文为活文学这一理论，便是已经在小说、故事、元曲、民歌等（文学）领域里，得到实际证明的假设。剩下的只是我的诗界朋友们所设想的韵文了。这剩下的一部分，也正是我那时建议要用一段实际试验来加以证明或反证的。"② 可见，胡适在文学革命中挑战最大的任务同时也是最具原创性的贡献，则是对白话诗的提倡到推动。无论是非功过，我们都应该承认，是胡适把中国的"韵文"文学由古典引向了现代，推动了新诗或者说现代白话诗的诞生。

在此，需要说明的是，文学革命时期，"白话诗"和"新诗"一直被混用，意思都是指用口语化的白话写成的现代汉诗。大体来说，1917年前后，为了强调诗的口语化和平民主义，并与"文言诗"相区别，胡适和陈独秀常常使用"白话诗"这个术语，这在胡适的日记和论述中随处可见，但为了与传统的古诗词相区分，后来大家更多地用"新诗"来指代此前所说的"白话诗"，尤其是在胡适的《谈新诗》（1919年10月）发表之后，趋势更加明显。文中不作仔细区分。

第一节　打破诗体与"以文为诗"

我们认为，在所有关于白话诗的主张里，最为核心的、引发争议最

---

① 胡适：《日记》（1919—1922），《胡适全集》第 29 卷，安徽教育出版社 2003 年版，第 348 页。
② 胡适：《胡适口述自传》，《胡适全集》第 18 卷，安徽教育出版社 2003 年版，第 309 页。

多的是打破诗体。而胡适之所以能够超越前人，打破诗体，是跟他对中西方文学的发展规律尤其是诗体演变规律的认识和理解分不开的。通过大量的阅读、创作和翻译，胡适对魏晋南北朝的乐府诗、唐宋两代的诗词的发展演变有着独特的理解，同时在华兹华斯、惠特曼等欧美近现代诗人以及意象派诗派的启发和影响下，胡适才提出了"自由"的"白话诗"的主张。这个主张是胡适在中西方文学资源的浸润下互相参证、互相阐发的结果。

胡适打破诗体、"作诗如作文"的诗学观念大约萌发于 1915 年夏季，最早见于 1915 年 9 月 21 日日记所记录的写给任鸿隽的诗中，原文为"要须作诗如作文"①，具体的理论阐述则是集中在《文学改良刍议》（1917 年 1 月）和《谈新诗》（1919 年 10 月）两篇论著中。尤其是在《谈新诗》中，此观念得到了系统而深入的论述，对新诗的发展产生了深远的影响，也因此，《谈新诗》被朱自清称为"诗的创造和批评的金科玉律"。②

《文学改良刍议》和《谈新诗》是胡适在文学革命初期最有影响的两篇论著，前者堪称现代白话文运动的宣言，主要文学观念体现在反对无病呻吟、反对滥调套话、反对用典、不讲平仄和押韵、不讲对仗、讲究文法、使用俗语俗字等八项主张上，核心是"使用白话"和"打破诗体"，而《谈新诗》是白话新诗的写作指南，主张"作诗如作文"，新诗要用"具体"的写法，要有逼人的"影像"等，焦点落在"作诗如作文"这一诗学观念上。因此，可以把这些主张概括为一句话，即打破诗体，以文为诗。

胡适为什么非得把"打破诗体"作为新诗确立的前提呢？为什么不能继续走传统格律诗写作的老路呢？原因其实很简单，就是因为"古典诗歌的运数到晚清已经没落"③，古典诗歌形态已在走下坡路。与文言文一样，已经同样难以满足人们表达思想、抒发情感的需要。西学东渐，社会激剧变化，新词新句的大量出现导致语言材料与诗章构建之

---

① 胡适：《日记》（1915—1917），《胡适全集》第 28 卷，安徽教育出版社 2003 年版，第 272 页。

② 朱自清：《〈中国新文学大系·诗集〉导言》，《朱自清学术文化随笔》，中国青年出版社 2000 年版，第 216 页。

③ 夏晓虹：《诗界十记》，浙江文艺出版社 1991 年版，第 78—80 页。

间的矛盾更为突出和尖锐。由于格律的限制、用典的束缚和审美观念的差异，新词新句很难自然地融入传统诗歌中，导致"诗文处处是陈言滥调"。"旧形式已难以容纳杰出的才情"①，文学的内容与形式的矛盾越来越难以协调，这一点，晚清黄遵宪等人发起的"诗界革命"已经提供了最好的说明，或者说已经做过不成功的实验。这也正如胡适所指出的那样，"形式束缚内容"的问题已经到非解决不可的阶段。因此，胡适认为，要想彻底改变这样的状况，只能从文学的形式方面进行改革，比如增多诗体或打破诗体。

但胡适对传统诗歌格律的打破是比较谨慎的，经过了一个长期的探索如何改变诗体到最后彻底放弃诗体的渐变过程。这个渐变过程在他的留学日记里有丰富的记录。胡适一向不太喜欢律诗，但对"古诗"则情有独钟，并尝试以此来摆脱律诗对写作的束缚，原因主要是"古诗"没有律诗那么多的格律束缚："余最恨律诗，此诗以古诗法入律，不为格律所限。"② 胡适在 1914 年 5 月 27 日的日记《论律诗》中说，"律诗其托始于排偶之赋乎？对偶之入诗也，初仅偶一用之"，"康乐以还，此风日盛。降及梁陈，五言律诗，已成风尚，不待唐代也"，"此可见六朝人诗之影响唐人矣"。因此他主张"有心人以历史眼光求律诗之源流沿革，于吾国文学史上当裨益不少"③。而他自己就是那些"有心人"之一，并由此产生了以历史眼光看待文学发展变迁的观念，逐渐认识到排律或许并非"诗的极致"，也不一定是诗的必然条件，而可能只是传统诗歌在某个发展阶段中的产物，所以格律是可以改变的，甚至是可以舍弃的。由此，胡适常常揣摩玩味格律的规则及其变化，1915 年 8 月 3日他在留学日记中记载：

> 年来阅历所得，以为读词须用逐调分读之法。每调选读若干首，一调读毕，然后再读他调。每读一调，须以同调各首互校，玩

---

① 刘纳：《嬗变——辛亥革命时期至五四时期的中国文学》，中国社会科学出版社 1998 年版，第 244 页。

② 胡适：《日记》(1915—1917)，《胡适全集》第 28 卷，安徽教育出版社 2003 年版，第 113 页。

③ 胡适：《日记》(1906—1914)，《胡适全集》第 27 卷，安徽教育出版社 2003 年版，第 316—318 页。

其变化无穷仪态万方之旨，然后不至为调所拘，流入死板一路。即如《水调歌头》，稼轩一人曾作三十五阕，其变化之神奇，足开拓初学心胸不少。①

"初学者，宜用吾上所记之法，比较同调诸词，细心领会其文法之变化，看其魄力之雄伟，词胆之大，词律之细，然后始可读他家词。"②胡适这是在探索在格律框架之下词人如何获得"自由"表达的可能与方法，从而不至于"流入死板"。后来胡适还发现"对语体"诗比格律诗更易于表达：

> 以对语体入诗，《三百篇》中已有之："女曰，'鸡鸣'，士曰，'昧旦'"；"女曰，'观乎?' 士曰，'既且'"是也。汉魏诗多有之：如"道逢乡里人，'家中有阿谁?' '兔从狗窦入，雉从梁上飞。'""长跪问故夫：'新人复何如?' '新人虽云好，未若故人姝。'""使君谢罗敷：'宁可共载不?' 罗敷前致辞：'使君一何愚?'"皆是也。③

对格律的研磨和体味，使胡适慢慢发现格律诗是在逐渐演变的，文体不同，其表现的内容、对格律的要求也不尽相同，文体的选择可能也不同。后来胡适在《白话文学史》中丰富并深化了他对格律演化的认识，批评唐代之后的诗人热衷于模仿唐诗，从而使得诗歌的道路越走越窄，以至于诗体和格律越来越僵化。胡适认为唐诗本身是创新发展的，是随着时代的发展而进化的，指出乐府诗对唐诗的影响很大，促进了诗体的演变。

胡适分析说，由于乐府的影响，初唐的诗"五言也可，七言也可，五七言夹杂也可"，目的是放松诗体的束缚，争取更大的表达自由，同时，诗歌语言开始口语化，或者完全用口语写作。胡适认为，七言诗体

---

① 胡适:《日记》(1915—1917)，《胡适全集》第28卷，安徽教育出版社2003年版，第206页。

② 胡适:《日记》(1906—1914)，《胡适全集》第28卷，安徽教育出版社2003年版，第209页。

③ 胡适:《日记》(1915—1917)，《胡适全集》第28卷，安徽教育出版社2003年版，第254页。

起源于魏晋南北朝时期的曹丕、鲍照，但直到唐代才臻于完善，趋于成熟，是经过长时间的逐渐演变而形成的"一种新体"。① 而与五言相比，七言诗体由于字数的增加从而获得了某种程度上的"解放"，胡适称赞鲍照是诗体解放的导师，而高适受其影响，在诗体解放方面更为大胆创新，灵活而多变。②

盛唐是诗的鼎盛时期。但胡适认为，历代的文学史家对盛唐诗何以高度繁荣之原因的解释并不完全使人信服。胡适认为，盛唐诗之所以能取得辉煌的成就，关键原因在于受乐府歌辞的影响。盛唐诗人勇于学习乐府歌辞，学习它的思想内容和表达形式。无论是最初的仿作乐府，还是沿用乐府古题，"不拘原意，不拘原声调"，"自作新辞"，诗人们都是在逐渐接受乐府诗的影响，从生硬的模仿到自由的创化，直到最后的古乐府民歌的精神和风格的继承和发扬，促进唐代的文人诗在诗歌的趣味、文体、语言等多方面向乐府民歌的汲取"营养"，从而使得盛唐诗的诗体发生演变，从而引起积极的变化，"使这个时代的诗在文学史上放一大异彩"。③

王维是唐代杰出的田园诗人，诗中有画，画中有诗，其诗清新淡远，自然脱俗，深为后世推崇。但其青少年时期喜爱乐府歌辞，深受乐府诗歌的影响。胡适说，从作为个体的每个诗人的诗风的变化，可以总结出某个时期或一个时代诗歌的整体演变。他认为唐代的诗歌总体上来说都受到乐府民歌的极大影响，他们从乐府民歌中学到了诗的技巧，诗的主题，诗的语言，并把它们运用到创作实践当中，从而扩大了他们已有的诗歌创作的范围，丰富了诗歌表现的内容。因此胡适得出结论，乐府民歌才是唐代诗歌高度发达、取得巨大成就的关键原因，"诗体的解放多从这里来，技术的训练也多从这里来"。从仿作乐府到创作新乐府，从创作乐府转为不再创作乐府，唐代诗体大体经历了一个从机械模仿、半创化到自由创新的演变过程。④

---

① 胡适：《白话文学史》（上），《胡适全集》第 11 卷，安徽教育出版社 2003 年版，第 430 页。
② 胡适：《白话文学史》（上），《胡适全集》第 11 卷，安徽教育出版社 2003 年版，第 427 页。
③ 胡适：《白话文学史》（上），《胡适全集》第 11 卷，安徽教育出版社 2003 年版，第 422—423 页。
④ 胡适：《白话文学史》（上），《胡适全集》第 11 卷，安徽教育出版社 2003 年版，第 437 页。

胡适认为李白具有较强的救"绮丽"之弊的自觉意识，追求"天然去雕饰"的"清真"。李白大胆吸收和使用民间的语言，借鉴乐府歌辞，采纳民歌的风格，去雕饰，近自然，在诗中尽情表现自己洒脱、奔放和自由的天性，所以他才能"充分发挥诗体解放的趋势，为后人开不少生路"。①

杜甫也为诗体的改进和演变做出过努力，下面是杜甫的题为《十二月一日》的三首律诗中的一首：

> 寒轻市上山烟碧，日满楼前江雾黄。
> 负盐出井此溪女，打鼓发船何郡郎？
> 新亭举目风景切，茂陵著书消渴长。
> 春花不愁不烂漫，楚客唯听棹相将。

这首诗就是有意识地打破格律诗的严格的声律规范，用说话的口吻进行写作，从被格律束缚的不自然之中寻求表达的"自然"。胡适说，北宋诗人就是沿着这条路继续走，用说话的语气作诗，最终形成了一个派别，也就是现在所说的"宋诗"，而所谓"宋诗"，"只是作诗如说话而已"，不管是律诗还是非律诗，源头都在杜甫那里。②

从胡适的"通俗性""易懂性"的立场来看，杜甫对律诗诗体的改进尝试有些也是失败的。他认为《诸将》诸篇以律诗进行说理和议论，最后只能是一些韵文类的诗谜，既不易懂，又无诗意，毫无文学价值。胡适把律诗的写作理解为一种拼凑词句的游戏，作律诗的时候，一般都是先有一两句好诗，然后按照格律平凑成一首八句的形式，因此必然影响情感和思想的表达，因此杜甫的有些律诗也存在这样的弊端。如：

> 风雨时时龙一吟
> 江天漠漠鸟双去。

---

① 胡适：《白话文学史》（上），《胡适全集》第 11 卷，安徽教育出版社 2003 年版，第 447 页。

② 胡适：《白话文学史》（上），《胡适全集》第 11 卷，安徽教育出版社 2003 年版，第 501、502 页。

这是好句子；他对上一句"风雨时时龙一吟"，便是杂凑的了。如：

> 重露成涓滴，稀星乍有无。

下句是实写，上句便是不通的凑句了。如：

> 暗飞萤自照，水宿鸟相呼。

上句很有意思，下句便又是杂凑的了。如：

> 四更山吐月，残夜水明楼。

胡适以为，诗中除了几句是好的诗句，其他都是为了格律的需要杂凑的。由此，胡适得出结论：律诗是条死路，连杜甫这样的天才诗人都免不了拼凑诗句，别人写诗就更不说了。[1]

杜甫晚年创作了不少"小诗"（指绝句），描写或叙述日常生活的片段式的感想、印象。在创作的过程中，杜甫也曾经历过对格律的探索和改进。相对而言，绝句比较短小，不适合用格律诗体去写。因为格律诗对对偶与声律的要求比较苛刻，因此常常出现为了符合格律而强行加进去的凑字凑句，因此，套用格律体来写"小诗"显然不太合适。杜甫对律诗的诗体进行了改进，不再拘泥于平仄，使用较多的白话，从而创立了一种极为"自由"的绝句体。这是晚年的杜甫为中国诗歌所做的一大贡献，为"后世诗家开了不少的法门"，影响深远，宋代诗人在继承了杜甫的基础上，继续创造这种"小诗"，使得"小诗"成为中国诗的一种重要的诗体，也就是唐代所说的"绝句"。[2]

通过对文学史上诸多诗人对诗体突破的了解和分析，胡适对诗体演变的规律有了深入的认识：律诗的束缚太多，限制了表达的自由，内容

---

① 胡适：《白话文学史》（上），《胡适全集》第 11 卷，安徽教育出版社 2003 年版，第 502—503 页。

② 胡适：《白话文学史》（上），《胡适全集》第 11 卷，安徽教育出版社 2003 年版，第 497 页。

既不能多，也不能少，要符合诗体的规定。内容多了，就只好删节，但感觉意犹未尽；内容少了，就如胡适所说，只好"凑局"。因此，必须要突破律诗的诗体，而"词"的出现则是必然的结果，正如胡适所说，"词乃诗之进化"。

正是有了对文体演变规律的认识，胡适才意识到思想感情的表达需要是诗体变革的内在动力，它要求诗体随着时代而演进。但胡适当时还只是对诗词进行了长时间的玩味和探索，得出词是诗的进化的结论，还没能跨越到打破诗体这一步。钱玄同对此有过总结："论填词一节，先生最后之结论，也是归到'长短无定之韵文'，'工词者相题而择调，并无不自由'，总而言之，今后当以'白话诗'为正体（此'白话'是广义的，凡近乎言语之自然者皆是。此'诗'亦是广义的，凡韵文皆是），其他古体之诗及词，曲，偶一为之，固无不可，然不可以为韵文正宗也。"[1] 到此，可以认为，胡适还是处在尝试"增多诗体"的阶段。

胡适对诗体的思考，除了受到中国传统诗歌的研读和创作，还跟他对英文诗歌的学习和创作有密切的关系。华兹华斯、拜伦、勃朗宁、济慈、惠特曼等近现代英美诗人的作品也给予胡适以很多有益的参照和启迪，使胡适在更为宽阔的中西方文学视野中对格律诗的句子结构等诗歌特征有了更深入的体验，尤其是对十四行诗的仿作，使得胡适对诗歌的韵律和诗体有了更进一步的认识。

胡适的英文水平非常好，与胡适同时代的北京大学西方语言文学系教授温源宁曾评价"适之写的英文，似比他的中文漂亮"。林语堂也说"胡适的英文写作比他的中文漂亮"，"胡适英文写作、演讲能力俱佳，英文著述宏富"。极好的英语能力使得胡适能够在留学期间从事英语演讲、中英文互译、英文诗歌创作等活动，对其语言观念和文学观念有着潜移默化的影响。

胡适的英文诗歌创作开始于1911年，以模仿写作十四行诗为主。从留存的留学日记来看，写作英诗的最初阶段，胡适对英诗规则也是亦步亦趋，但通过不断修改，并在相关老师的指导下，他开始有意突破十四行诗形式上的严格束缚，尝试新的诗节和韵脚，目的是摆脱刻板一致的

---

[1] 钱玄同：《钱先生答书》，《胡适全集》第1卷，安徽教育出版社2003年版，第51页。

诗节安排和整齐单调的对称诗行，为此他甚至写作过纯粹是形式实验的塔诗。这样的仿作过程，与其创作中国古典诗歌的体会，相互形成参照，在这样的平行比较的过程中，胡适对诗体的认识显然又进了一步，促使他思考如何对中国传统诗歌进行改良。胡适在 1915 年 1 月 10 日写给韦莲司的信中提到他写十四行诗的初衷。由此可见，胡适并不在意别人对他写作十四诗的看法，写不好并不要紧，也几乎忘了韦莲司对他十四行诗所提的批评意见，并说"有朋友告诉我讲，自有文学以来就没有几首好的十四行诗"。胡适说："这是对我最好的安慰！我并不期望自己写出好的十四行诗来。"① 这里面可能表达了几个意思，一是请韦莲司释怀，他不在意她的批判，二是十四行诗是很难写作的诗，胡适并不是想要做个以英文写作的中国诗人，最可能的意思是，他是想通过仿作十四行诗，达到深入了解和掌握十四行的写作规范，比如音尺、押韵等，并与中国格律诗进行对比，找到异同，为中国古典诗歌的改革寻找西方参照和灵感。

胡适留学日记里记载，他从 1911 年到 1917 年间共写了六首英文诗，但只保存了四首。1911 年 5 月 29 日日记："夜做一英文小诗（Sonnet）题为 'Farewell to English I'，自视较前作之《归梦》稍胜矣。"② 可惜的是这两首诗没有能够保存下来。1914 年 12 月，他专门写了一首十四行诗 "A Sonnet on The Tenth Anniversary of The Cornell Cosmopolitan Club"（《贺世界大同会康奈尔分会十周年庆典》）庆祝世界大同会康奈尔支会成立十周年纪念筹备会。1915 年 1 月 1 日，有感于第一次世界大战，他又创作了十四行诗 "To Mars"（《告马斯》），1915 年 7 月 26 日写有 "Absence"（《今别离》）两首。1915 年 7 月创作了 "Crossing The Harbor"（《夜过纽约港》），1916 年 11 月 4 日写英文诗以酬和陈哲衡的宝塔诗。胡适在日记里详细地记录了写作英文诗的经历，并对十四行的题材进行了说明。现举一例：

> （1914 年 12 月）此间世界学生会（Cornell cosmopolitan club，余去年为其会长）成立十年矣（1904—1915），今将于正月九，十，

---

① 胡适：《不思量自难忘——胡适给韦莲司的信》，安徽教育出版社 2001 年版，第 18 页。
② 胡适：《日记》（1906—1914），《胡适全集》第 27 卷，安徽教育出版社 2003 年版，第 143 页。

十一，三日行十周祝典。一夜不寐，作诗以祝之：

A SONNET

ON THE TENTH ANNIVERSARY OF

THE CORNELL COSMOPOLITAN CLUB

"Let here begin a brotherhood of man,

Wherein the West shall freely meet the east,

And man greet man as man—greatest as least.

To know and love each other is our plan".

So thought our founders: so our work began.

This is no place to solely dance and feast!

No! It expects us all to be the yeast

To leaven this our world and lead the van!

What have you done in these ten years? You say.

Little: tis no single grain that salts the sea.

But we have faith that come it will "that day"

When what are dreams now dreams no more shall be,

And to this tune the muses shall all play:

"ABOVE ALL NATIONS IS HUMANITY!"

[译文]

桑纳体

——为纪念世界学生会十周年而作

"且让人类博爱从此开始，

西方东方在此相会，

人人一样尊敬无分尊卑，

我们的安排是相互理解和友谊。"

缔造者说。于是工作开始，

这里不安排饮宴和欢舞。

不！我们要做面包的酵母，

将世界发酵，作人类先驱。

若问我十年来有何成就？

很少，不如大海中一粒盐。

我们深信定将迎来"那一天"
今日之梦将会化为现实，
所有的缪斯将击节欢唱：
"人类定将凌驾万邦之上！"

胡适说，诗写完之后给了几个相识之人看，并请英国文学老师罗刹先生（C. S. Northup）帮忙修改。文学教长散仆生先生（M. W. Sampson）认为第七句之"Yeast"与第八句之"Leaven"意思重复，而且两个字雅俗风格不一致，不宜放在一起。惟"－east"韵不易得，因此回去之后把它改成了"est"韵。

胡适还解释了这首诗的写作情况：

此体名"桑纳"体（Sonnet），英文之"律诗"也。"律"也者，为体裁所限制之谓也。

此体之限制有数端：（一）共十四行；（二）行十音五"尺"（尺者 foot，诗中音节之单位。吾国之"平平仄仄平平仄"，平平为一尺，仄仄为一尺，此七音凡三尺有半，其第四尺不完也）；（三）每"尺"为"平仄"调（Iambic），如：∪⊥∣∪⊥∣∪⊥∣∪⊥∣∪⊥；（四）十四行分段法有两种：（甲）abab cdcd efef gg；（乙）abba abba cde（cdc）cde（ccd）；乙式或不分段。（五）用韵法有数种：（子）abab cdcd efef gg；（丑）abab bcbc cdcd ee；（寅）abba abba cdc dcd；（卯）abba abba cde cde；（辰）abba abba cdd ccd；（巳）abba abba cdc dee；（午）abba abba cdd cee。

吾所用者为（乙）式（寅）调也。此诗为第三次用此体，前二次皆用（甲）式，以其用韵少稍易为也……复以书与散仆生先生商榷。先生来书以为第二稿所用 west 韵的不如 east 韵之佳，第三句尤不如前稿，因言何不用 Priest 韵，遂成下稿。其第六七句乃先生所为也。[①]

---

① 胡适：《日记》（1906—1914），《胡适全集》第 27 卷，安徽教育出版社 2003 年版，第 587—593 页。

从胡适英文诗作里，我们可以确认以下几个事实：1915 年 1 月 1 日创作了十四行诗《告马斯》，写成之后曾征求过农学院院长裴立先生（Liberty Hyde Bailey）的意见："先生以第一诗为佳作；第二诗末六句太弱，谓命意甚佳，可改作；用他体较易发挥，'桑纳'体太拘，不适用也。"① 这里可能是胡适第一次认识到，西洋的各种诗体和中国古典诗歌一样，同样存在对诗歌内容的限制和束缚，不同的诗体，其所适合表达的题材也不尽相同。

同时，英文诗歌的翻译也使得胡适对诗体观念有了细致的体会和感悟。1913 年 1 月 29 日日记，英国 19 世纪大诗人卜郎吟（Robert Browning）终身持乐观主义，有诗句云：

One who never turned his back but marched breast forward,

Never doubted clouds would break,

Never dreamed, though right were worsted, wrong

would triumph,

Held we fall to rise, are baffled to fight better.

Sleep to wake.

余最爱之，因信笔译之曰

吾生惟知进兮，未尝却顾而狐疑。

见沈霾之蔽日兮，信云开终有时。

知行善或不见报兮，未闻恶而可为。

虽三北其何伤兮，待一战之雪耻

吾寐以复醒兮，亦再蹶以再起。

胡适解释说："此诗以骚体译说理之诗，殊不费气力而辞旨都畅达，他日当再试为之。今目之译稿，可谓为我辟一译界新殖民地也。"②

---

① 胡适：《日记》（1915—1917），《胡适全集》第 28 卷，安徽教育出版社 2003 年版，第 9 页。
② 胡适：《日记》（1906—1914），《胡适全集》第 27 卷，安徽教育出版社 2003 年版，第 268 页。

从史料看，胡适很少以律诗诗体翻译英文诗歌，这大概是因为英文里的诗歌内容和现代情思很难用严格的中文格律诗表达出来。胡适的这种感受，与之后他阅读任鸿隽用文言写的《泛湖即事》一诗的感受相似，即在国外的环境里，用传统的中文典故写诗，让他感觉格格不入。

之后的 2 月 3 日在对比梁启超、苏曼殊、马君武三家译本的基础上，胡适重新翻译了拜伦的《哀希腊歌》，他深切感受到了译诗的择体之难以及诗体的选择对翻译的重要性，因为英文原诗的内容和诗体在某种程度上已经限制了翻译所采用的中文诗体的选择。"译诗者，命意已为原文所限，若更限于体裁，则动辄掣肘，决不能得惬心之作也。"[①]"自视较胜马苏两家译本。一以吾所用体较恣肆自如，一以吾于原文神情不敢稍失，每委曲以达之……"[②] 用白话翻译英文诗，不仅能促进白话文学的写定，如同明清白话小说是白话文的信用一样，而且会加深对中西诗体之间的异同点的理解和领悟。正如马兵所说，"旧体诗和英文诗的写作"，使得胡适能够"反复思考诗体形式与诗意的内在关系"，"以期旧体诗词的体式在现代有所'进境'"，"其英文诗歌虽然带有不少维多利亚时代的传统遗风，但也为胡适提供了一种新鲜的促其反观中国诗歌的经验"。[③] 所以说，中英文诗歌创作、中英互译等实践对胡适的白话文学观以及白话诗理论的形成提供了不可或缺的体验性基础，胡适文学思想体系中的不少观念，比如"打破格律""不讲文法"等都在这个阶段开始萌芽。

胡适敢于提出打破传统诗歌之诗体和格律的主张，还与美国自由体诗人惠特曼的作品和诗歌理论有关。当然，胡适的著述里既没有具体介绍过惠特曼的作品和诗歌理论，也没有明确提及他的白话诗理论和创作是否和如何受到惠特曼自由诗的影响，但从他的白话诗主张和相关的言论中还可以看出二者之间的关联和线索。1916 年 7 月 24 日梅光迪给胡适的信中就提到了包括西方自由体诗（Free verse）和意象派（Imagism）在

①　胡适：《日记》（1915—1917），《胡适全集》第 28 卷，安徽教育出版社 2003 年版，第 246 页。

②　胡适：《日记》（1906—1914），《胡适全集》第 27 卷，安徽教育出版社 2003 年版，第 276 页。

③　马兵：《1910—1917：胡适留学日记中的文学生活》，《东岳论丛》2017 年第 10 期。

内的欧美文艺"新潮流"（Futurism，Imagism，Free Verse，Symbolism，Cubism，Impressionism，Bahaism，Christian Science，Shakerism，Free Thought，Church of Social Revolution，Billy Sunday）。① 劝诫胡适不要受这些昙花一现的风潮所鼓动和吸引，滥唱什么"白话诗"。上文的 Free Verse 指的就是惠特曼为代表的自由体诗。吴宓也曾认为中国白话诗与美国自由体诗有着相通之处，现今的新体白话诗，"实暗效美国之 Free Verse［自由诗体］。而美国此种诗体，则系学法国三四十年前之 Symbolists［符号学派］"。② 梅光迪、吴宓二人都是比较文学专家，对中西方文学潮流非常熟悉，而且梅光迪跟胡适还是多年的诗友和"论敌"，他对胡适文学观念的了解应该是比较深入的，因此我们认为他们的判断从情理上来说还是比较可信的。

在 1920 年 8 月 25 日所写的《〈尝试集〉再版自序》中，胡适曾提到了"自由诗"这个术语："自此以后，《威权》、《乐观》、《上山》、《周岁》、《一颗遭劫的星》，都极自由，极自然，可算得我自己的'新诗'进化的最高一步。""好在我的朋友康白情和别位新诗人的诗体变的比我更快，他们的无韵'自由诗'已很能成立。"③ 1923 年的日记中说："志摩对于诗的见解甚高，学力也好，始觉他的天才与学力都应该向这个新的，解放的，自由奔放的方面去发展。他说也是因为我赞叹《灰色的人生》，他才决定采用这种自由奔放的体裁与音节。英美诗中，有了一个惠特曼，而诗体大解放。惠特曼的影响渐被于东方了。沫若是朝着这方向走的……我很希望志摩在这一方面做一员先锋大将。"④ 1926年，"美国在文明上很有大贡献。文学方面有 Poe［坡］与 Whitman［惠特曼］，美术方面有 Whiglls［惠勒斯］，哲学方面 Pragmatism（实用主义）尤重要"。⑤ 由此可见，不管胡适当初提出"作诗如作文"的时候

---

① 胡适：《日记》（1915—1917），《胡适全集》第 28 卷，安徽教育出版社 2003 年版，第 422 页。

② 吴宓：《论新文化运动》，杨毅丰、康惠茹编《民国思想文丛》，长春出版社 2013 年版，第 30 页。

③ 胡适：《〈尝试集〉再版自序》，《胡适全集》第 10 卷，安徽教育出版社 2003 年版，第 35、36 页。

④ 胡适：《日记》（1923—1927），《胡适全集》第 30 卷，安徽教育出版社 2003 年版，第 80 页。

⑤ 胡适：《日记》（1923—1927），《胡适全集》第 30 卷，安徽教育出版社 2003 年版，第 410 页。

是否受到过惠特曼的启发，他对惠特曼的自由体诗肯定是欣赏的，并把它当作白话诗未来的发展方向。

惠特曼是 19 世纪末和 20 世纪初活跃在美国诗坛的自由体诗的杰出代表。他的自由体诗是对长期盘踞于美国诗坛的英国维多利亚时期的近代诗歌的大胆突破和反叛。《草叶集》是其代表作。惠特曼反对追求形式。他的诗结构自由，诗节长短自由，句法也十分自由，打破了传统诗歌的格律，以断句作为韵律的基础，语言含蓄，简朴、诚挚、坦率，直抒胸臆。遣词造句与散文几无二致，没有规律的重音和韵脚，只是遵循日常说话的自然语气和感情抒发的自然起伏而自由安排。运用散文体的诗行，节奏丰富多变，惠特曼的诗感情炽热，自由奔放。由此，我们可以说，在胡适苦苦思索应该如何推动晚清的"白话入诗"向他倡导的用白话写诗的转变之时，惠特曼等人的自由体诗等西方诗歌资源对胡适来说不啻是一种雪中送炭，给他带来了启发和参照，使他又回到宋诗，从中找到灵感，提出了"作诗如作文"的诗学主张，为现代白话诗的草创和发展指明了方向。胡适说：

> 我认定了中国诗史上的趋势，由唐诗变到宋诗，无甚玄妙，只是作诗更近于作文！更近于说话。近世诗人欢喜做宋诗，其实他们不曾明白宋诗的长处在哪儿。宋朝的大诗人的绝大贡献，只在打破了六朝以来的声律的束缚，努力造成一种近于说话的诗体。我那时的主张颇受了读宋诗的影响，所以说"要须作诗如作文"，又反对"琢镂粉饰"的诗。①

胡适能提出"打破诗体"的主张确实可以看成对晚清众多的文学革命运动的超越。众所周知，晚清之际的白话文运动主要的贡献在于扩大了白话运用的范围，既没有推翻文言文，也没有推动白话文学的最后成功。黄远庸呼吁建立白话的"新文艺"，黄遵宪的"诗界革命"提倡白话入诗，主张"我手写吾口"，都推动了晚清文学的变革进程，刺激

---

① 胡适：《逼上梁山——文学革命的开始》，《胡适全集》第 18 卷，安徽教育出版社 2003 年版，第 105 页。

了通俗小说的创作和白话报纸的创办，但都没有触及白话写诗的命题，没能打破传统诗歌的诗体。此后，白话文运动开始回落，走向低潮，文学创作又趋于雅化，骈文文学开始风行。因此，胡适提出用白话写诗，打破诗体，实际上是对晚清白话文运动的突破，触碰传统文学的最坚固堡垒，遭到大多数人的抵抗和抨击是必然的。因为在传统的文人雅士的观念里，诗是高雅的文学样式，承载了几千年来的传统审美观和价值观。打破诗体，也就意味着要打碎传统的审美观和价值观。要改变这样的传统审美观就一定需要经历一个长期的过程。所以当胡适提出写白话诗，实际上就是否定以诗为代表的传统文学的审美观和价值观，因此遭到了梅光迪等人的猛烈批判。在激愤之下，他们攻击胡适的打破诗体等文学主张是受西洋潮流的蛊惑才形成的，而胡适则坚称他是以中国的现状而论的，而"不管欧西批评家发何议论"，西洋文学只是给他以参照、信心和勇气。

翻检胡适的日记，1915 年夏季到 1916 年底，是胡适文学观念变化较大的时期：

> 文学革命，在吾国史上非创见也。即以韵文而论：《三百篇》变为《骚》，一大革命也。又变为五言，七言，古诗，二大革命也。赋之变为无韵之骈文，三大革命也。古诗之变为律诗，四大革命也。诗之变为词，五大革命也。词之变为曲，为剧本，六大革命也。何独于吾所持文学革命论而疑之？[1]

这里胡适只是对文体的历史嬗变进行了归纳和总结，依然是要证明"文以代变"的文学史规律。但胡适已经清醒地意识到"文学革命"一词在当时还只是空泛的口号，缺少一个具体的行动指南，正像当时他自己所承认的那样：他还不能提出明确的文学革命的具体任务以及完成任务的具体方案。但胡适明确地感觉到，必须找到某个议题作为突破口来开启他所倡导的那项宏大的"革命"。1915 年 9 月胡适一直在思考一个

---

[1]　胡适：《日记》（1915—1917），《胡适全集》第 28 卷，安徽教育出版社 2003 年版，第 334 页。

问题："诗歌领域的革命应该从何着手?"长期浸淫于中西方诗歌的阅读状态和文学体验触发了灵感,胡适豁然开朗,途径就是宋诗的"作诗如作文"。胡适常常自我标榜为"偶然主义者",他把文学革命的诱因归结为某些偶然因素,比如钟文鳌"事件"。同样,他把"作诗如作文"的灵感来源归结为宋诗的影响以及偶然的"计上心头"。胡适认为,宋诗是平易通俗的,而不是"晦涩"和"神秘"的,而在"作诗如作文"的道路上努力最多的当数韩愈。韩愈的诗歌就如同以日常语言写就的普通散文一样,平实易懂,因此胡适把韩愈尊为开启宋诗平易风格的先导者。

《文学改良刍议》的写作和发表,意味着胡适的文学思想已经比较成熟。但其中所提出的文学主张,从中外文学史上大都能找到相应的源头或者参照,因此我们认为,胡适的贡献是把文学史上曾经有过的文学革命主张做了一个总结,是一个集大成者。胡适的"八事":

一曰,须言之有物。二曰,不模仿古人。三曰,须讲求文法。四曰,不作无病之呻吟。五曰,务去烂调套语。六曰,不用典。七曰,不讲对仗。八曰,不避俗字俗语。

其中第一、二、四条主要是针对作品的内容而言的,其他的则是针对文学的形式而言的。其中"不讲对仗"就是指向"打破诗体",是胡适诗学主张的核心之一。传统的诗体被打破之后,就必然要回答"怎么办"的问题,而胡适的答案就是"作诗如作文""作诗如说话"。

1915年9月21日,胡适作《依韵和叔永戏赠诗歌》,在诗中首次提出"作诗如作文"的观念:"诗国革命何自始?要须作诗如作文。"但梅光迪并不认可,致信胡适:"诗、文截然两途,诗之文字与文之文字,自有诗、文以来,已分道而驰。""若仅移'文之文字'于诗即谓之革命,则不可,以其太易也。"

此时的胡适对自己文学观念的辩护还比较谨慎,他还没有提出完全用"文之文字作诗",而是表述为"当用'文之文字'时"。因此,在回复梅光迪的信里,他并没有对"作诗如作文"的主张进行过多的解释,而且他与梅光迪、任鸿隽等人争论的主要还是白话能不能写诗的问题,而不是"诗体"问题。也就是在这封信里,胡适第一次提出了文学改革的"三事":"今欲救此文胜之弊,宜于从三事入手:第一须言之有物；第二，须讲文法；第三，当用'文之文字'时，不可避之。"①
这是《文学改良刍议》中"八事"的原型。

1919 年 10 月 10 日，胡适在《星期评论》双十节纪念号上发表了指引新诗发展的《谈新诗》。文章认为，由文学革命运动而引发的中国传统诗体的解放，白话诗登上文坛、进入读者的视野，是"辛亥革命以来的一件大事"。《谈新诗》集中阐述了胡适的白话诗理论，其中主要是两点：一是"破"，一是"立"，先"破"后"立"。胡适新诗理论的核心就是主张打破诗体，打破格律，这是"破"，这个观念，如前所述，是他对中西诗歌发展史的理解和分析中得出的，其认识论的基础则是进化论，或者说是"文以代变"的文学发展的历史规律。"自然的音节""具体的写法""逼人的影像"三项原则是新诗的"立"，是创作新诗应该遵守的普遍法则。

胡适指出，诗体和格律等文体形式上的规定，极大地限制了现代人的思想和情感的自由表达。人们已经习惯于运用格律诗进行"模式化"的表达，比如选用某些典故，确定平仄和韵脚等，这对于接受过相关训练的人来说也许不是难事，但随着新概念新词语的出现，再用传统的格律诗去表达这种现代事物，就显得非常别扭或者说格格不入。因此，为了表达新时代的新内容和新精神，就必须先使"诗体"获得"大解放"。诗体解放了，束缚自然就会减少，丰富的材料，精密的观察，高深的思想，复杂的感情，才能融入诗里去，得到充分的表达和抒发，"五七言八句的律诗决不能容下丰富的材料，二十八字的绝句决不能写精密的观察，长短一定的七言五言决不能委婉表达出高深的理想和复杂的感情"②。因此，白话新诗的创立就必须以打破传统格律诗的诗体为前提。"做新诗的方法根本上就是做一切诗的方法；新诗除了'诗体的解放'一项之外，别无他种特别的做法。"③

胡适说，"新体诗是中国诗自然趋势所必至的"④，现在提出来不过是想进行有意的推动，胡适宣称中国诗歌史的发展趋势，特别是由唐诗

---

① 胡适：《日记》（1915—1917），《胡适全集》第 28 卷，安徽教育出版社 2003 年版，第 318 页。
② 胡适：《谈新诗》，《胡适全集》第 1 卷，安徽教育出版社 2003 年版，第 160 页。
③ 胡适：《谈新诗》，《胡适全集》第 1 卷，安徽教育出版社 2003 年版，第 174 页。
④ 胡适：《谈新诗》，《胡适全集》第 1 卷，安徽教育出版社 2003 年版，第 165 页。

变为宋词的发展阶段就是"作诗更近于作文！更近于说话"。宋代诗人对诗歌史的最大贡献，就是打破了六朝以来的声律对诗的束缚和桎梏，导致了一种近于说话的诗体的产生。胡适坦陈自己那时的主张是受了宋诗的很大影响，所以才会提出"作诗如作文"的主张。① 因为"宋诗的好处全在做诗如说话"②，相反，旧诗的诗体无论如何改进都难以自如地表现自然的说话口气。

胡适对宋诗的情有独钟是与其少儿时期的学习经历和学习兴趣有着一定的关联。胡适学童时期对白话小说的阅读，对浅近古诗的喜爱，可能是导致他偏爱宋诗和宋词的一个潜在因素。这在他的日记中都有记录。他入中国公学后曾因病休学，其间对古诗产生了浓厚的兴趣，先后读了吴汝纶选编的《古文读本》第四册中的《木兰诗》《古诗十九首》以及陶渊明、杜甫和白居易等人的诗，到赴美国留学之前，就已经写了两百多首文言诗。起先因"少时不曾学对对子"而觉得律诗难做，到后来觉悟，认为律诗是"最容易做的玩意儿"。③ 在上海期间，胡适的写作活动也非常活跃，在《竞业旬报》《国民白话日报》《安徽白话报》上发表了白话连载小说《真如岛》等。

从胡适早年所作的旧诗看，口语化、喜说理和议论等特点说明了其写作风格与宋诗比较接近，而与意象丰富的唐诗有着显著的差异。胡适对宋诗特点的认识与严羽基本相似，所不同的是，严羽在《沧浪诗话》中对宋诗持全面否定的态度，主张回到盛唐，向盛唐学习。而胡适对宋诗主要是从正面进行认识的，但没有作出绝对肯定或完全否定的评价，而是从宋诗中"挑选自已所需要的师从对象"④。他认为严羽对宋诗的认识（说理、议论、以口语入诗）确实很有见地，但因此而提出极端的复古主张却是错误的。

但胡适毕竟不可能简单地把宋诗当成文学革命时期白话诗的建设目

---

① 胡适：《中国新文学运动小史》，《胡适全集》第1卷，安徽教育出版社2003年版，第291页。

② 胡适：《国语文学史》，《胡适全集》第11卷，安徽教育出版社2003年版，第133页。

③ 胡适：《〈尝试集〉自序》，《胡适全集》第1卷，安徽教育出版社2003年版，第179—180页。

④ 刘纳：《嬗变——辛亥革命时期至五四时期的中国文学》，中国社会科学出版社1998年版，第230页。

标，否则胡适在反对复古的同时，自己也在复古，《谈新诗》的发表就是为了解决"诗体的大解放"之后的诗歌重建问题。胡适从中西两方面的诗歌发展史中去寻找白话诗的建设方案，胡适的答案就是"以文作诗"：写诗就如同写散文或者平时的说话，话想怎么说，诗就怎么做，因而使得诗体自然而然地向散文靠拢。胡适在《答朱经农》一文中说："我们做白话诗的大宗旨，在于提倡'诗体的解放'。有什么材料，做什么诗；有什么话，说什么话；把从前一切束缚诗神的自由的枷锁镣铐，拢统推翻：这便是'诗体的解放'。"① 这是宋诗与胡适的白话诗的重要的区别。

宋代诗人主张"以文为诗"，使得创作的主题不再斤斤计较用典的多寡和高下，不再拘泥于严苛的音韵规则，诗句的组织相对自由，也逐渐带上散文化的色彩，从而导致意象的跳跃性开始衰减，诗味开始被冲淡，但他们毕竟还没有打破诗体和格律诗的外在形式，其担负的诗的功能仍然得到了保留。但胡适的白话诗最终打破了诗体，诗的形式完全等同于散文，消除了诗与散文在外在语言形式上的区别，诗不再具有严整的语言形式，句子可长可短，字数可多可少，音韵可有可无。那么什么才是诗的标志，或者说白话诗的特质是什么？胡适"以文为诗"主张的提出，本来是为了提倡用白话口语写诗，但是，"以文为诗"是不是真的是说"文"就是"诗"呢？胡适的主张遭到强烈的质疑，他必须作出明确的回答。很显然，答案是否定的："诗"肯定不是"文"，因此胡适必须对诗歌的散文化作出解释，或者说必须回答散文化以后的诗与散文的区别是什么。胡适认同"诗歌散文化"的倾向。胡适把诗与散文的区别最终归结为"具体的写法""逼人的影像"的有无，也就是说新诗一定要运用"具体的写法"创造出"逼人的影像"，而散文并不完全如此。但胡适对诗与散文之区别只是做了举例式的解释，并没有给出非常有说服力的理论阐述。从他所举的例句来看，他所提倡的"白话诗"或是"新诗"在语句上与散文的语句并没有什么不同。胡适所举的例子是傅斯年发表在《新潮》上的两篇作品，一篇叫《一段疯

---

① 胡适：《答朱经农》，《胡适全集》第 1 卷，安徽教育出版社 2003 年版，第 85 页。

话》，当散文写的，另一篇是当诗写的《前倨后恭》①，从语句的形式看，除了是否分行排列，看不出有什么明显的区别。为此胡适提出，白话散文和白话诗的真正区别在于写法的不同，散文偏向抽象，适合说理和议论，而诗则是具体的，形象化的，诗中有逼人的影像。

"以文为诗"最早是由韩愈提出来的，见于清人赵翼所著《瓯北诗话》，是对中唐到宋代的诗歌创作中所出现的一些特点的概括。"诗"主要是指从六朝到唐形成的近体诗，对句法、字数、平仄、音韵有着严格的规定，"文"则是指不同于骈文的散文化的句子，形式自由，不太讲究骈偶对仗、音律协调等。"以文为诗"的目的是突破近体诗的各种束缚和限制，用自由的散文之字、句、章法来进行诗歌创作。韩愈则是其中的代表人物，他尝试对唐代以来的句式工整、音律和谐的诗歌外在形式进行改进和调整，使诗歌的结构得以松动，句子可长可短，自由灵活，从而形成错落之美。而宋诗则在继承韩愈等前人之传统的基础上，进一步把散文的一些创造方法引入诗歌创作中。

宋人沈括曾说韩愈之诗"格不近诗"，是用写文章的方法来写诗，其中最高的境界则是"作诗如说话"，以至开启了宋诗"作诗如说话"的风气。

宋代诗人之所以能够走上"以文为诗"的道路，主要原因大概在于：一是源自对当时的"西昆体"过于讲究格律和音韵之风气的一种自觉反叛，试图通过打破格律来实现自己的主张②；二是源于对"道统文学"和宋代理学的不自觉的抵制和反抗。宋代理学对宋代文人的思想和精神都形成了较为严重的束缚和控制，使他们的个性难以自由发展、自由表露，身心倍感压抑。同时，唐代诗歌的巨大成就，使得宋代诗人不得不另辟蹊径，选择新的道路求得突破，从而使得"以文为诗"观念和方法也就自然而然成为选项。

在借鉴西方资源方面，除了前面所述的惠特曼，欧洲近代文学同样给了胡适很大的启发。华兹华斯说："我们可以毫无错误地说，散文的语言和韵文的语言并没有也不能有任何本质上的区别。"③ 也就是说，

---

① 胡适：《谈新诗》，《胡适全集》第 1 卷，安徽教育出版社 2003 年版，第 176—177 页。

② 胡适：《国语文学史》，《胡适全集》第 11 卷，安徽教育出版社 2003 年版，第 117 页。

③ ［英］华兹华斯：《〈抒情歌谣集〉序言》，《英国作家论文学》，生活·读书·新知三联书店 1985 年版，第 20—21 页。

他认为写诗与写散文所使用的语言都是来自日常生活中的口语化的语言。华兹华斯还引用格雷的一首短诗，进一步说明诗歌与散文没有根本的区别。格雷是一位杰出的批评家，他一直致力于以他们的推论来扩大散文和韵文之间的差异。华兹华斯通过分析指出，格雷的这首十四行诗中那几行特别诗意的句子，"除了有韵脚，除了把 Fruitless 当作 Fruitlessly 使用算是一种毛病以外，它们的语言没有一个地方不是与散文的语言相同的"。①

胡适对华兹华斯的关于"诗歌与散文"的观念与宋人的"以文为诗"的观念进行了比较并把二者融合起来，给"以文为诗"的传统观念注入了新的内容，从而形成了自己独特的白话诗理论。我们说，在韩愈的"以文为诗"观念的影响下，宋代诗歌已经产生了明显的散文化倾向，但在此之后中国并没有出现真正的散文形式的诗歌。因此我们认为，胡适确实从华兹华斯等西方文学资源中获得了灵感、启发和鼓舞，使得他最终敢于走出打破格律的那一步，开创出散文体的白话新诗。

另外，胡适偏爱宋诗，并能从宋诗的传统中发掘出"以文为诗"的观念作为白话诗的主张，是与宋诗在清代的兴盛有着关联。刘纳认为，宋诗传统在清代的复兴与清代诗人身处末路的生活感受和传统的崇古精神都有关系，同时也不能排除他们也有着青出于蓝而胜于蓝的文学抱负。特别是到了清朝末期，时局动荡，危机重重，使得诗人们感到压抑，精神难以振奋，"愁苦""愤懑"的生活感受使得学宋的诗人难以写出能够媲美大唐气象的瑰丽诗篇。此外，在他们的心灵深处，也跃动着宋代诗人反拨唐音的革新精神。正如刘纳所指出的，"陈衍强调变化，沈曾植斥'呆'扬'活'，正是希冀以'活与变'对古人建立起来的诗歌网络有所冲破"②。

胡适对宋诗的接受某种意义上也是对晚清同光体的接受。晚清同光体诗人也提倡学习宋诗，但也不排斥学习唐诗，但他们主要是学习中唐的韩愈、孟郊、柳宗元等人的诗，强调言之有物，注重抒写个人的真切

---

　　①　[英]华兹华斯：《〈抒情歌谣集〉序言》，《英国作家论文学》，生活·读书·新知三联书店 1985 年版，第 20—21 页。

　　②　刘纳：《嬗变——辛亥革命时期至五四时期的中国文学》，中国社会科学出版社 1998 年版，第 213 页。

感受，试图革新诗歌的思想内容。他们接续宋诗"以文为诗"的传统，以说理、议论入诗，使用一些口语中的虚词，偶尔也会对原有的诗歌形式有所突破，给诗歌的结构带来一定的灵活性和弹性，表现出一定程度的自由和解放，对诗的发展做出了新的探索。① 胡适在总结文学革命之前的五十年的文学状况时，对宋诗派和同光体的探索和努力给予了一定程度的认可。②

可见，近代"宗宋"的诗人们也不拒绝或否认宋诗的遗产，只是没有胡适那样自觉地提出"作诗如作文"和"作诗近于说话"的主张，并借鉴宋诗已有的经验，创立了白话新诗。胡适的敏锐之处在于，他能够超越固有的学术观念，发现宋诗能够贡献给白话新诗的有益资源，那就是诗的"白话化"。胡适说，宋诗最大的特点就在于白话化。简单地说，就是用说话的口气来写诗，说话所使用的语音形式、词汇、句法结构等方面的特点都可以运用到新诗当中。

"以文为诗"在中国传统文学史上一直存在着较大的争议，肯定者认可它在开拓诗歌新领域、丰富诗歌艺术表现手法等方面的贡献；否定者批评它混淆了诗文的界限，以文为诗也没能挽回古典诗歌走向衰落的趋势。

我们认为，"以文为诗"其实不仅仅是指韩愈个人所特有的诗歌创作现象，"以文为诗"的"文"也不是仅局限于韩愈倡导的古文，因此，"以文为诗"在韩愈之后有着绵延不绝的漫长历史。而胡适在继承宋诗的基础上，提出"作诗如作文"的诗论，在中国文学史上并不是突发奇想的第一人。胡适接续着文学史上一直流淌着的散文化的潜流，努力变革清末民初的诗风。而他此前提出的"白话诗"的写作主张才是文学史上的首创，使他在文学革命时期成了反对者的众矢之的。

当然，胡适"以文为诗"的观念也产生了较大的弊端，导致白话诗诗味变淡，好发议论，喜欢说理等，正如袁宏道所说："流而为理学，流而为歌诀，流而为偈诵"③，也如梅光迪、任鸿隽所说，"白话则

---

① 袁进：《中国文学的近代变革》，广西师范大学出版社 2006 年版，第 199 页。

② 胡适：《五十年来中国之文学》，《胡适全集》第 2 卷，安徽教育出版社 2003 年版，第 295—296 页。

③ （明）袁宏道：《雪涛阁集序》，《袁宏道集笺校》（中），上海古籍出版社 1981 年版，第 710 页。

诚白话矣"，"然却不可谓之诗"。客观地说，胡适早期所作的白话诗确实给人以"莲花落""打油诗"的印象。①

虽说提倡有心，创作无力，胡适还是以实验的态度和勇气坚持白话诗的写作，以"文之文字"写诗，1916 年 7 月在《新青年》上发表了《鸽子》等诗，1920 年 3 月出版了他的第一部新诗诗集——《尝试集》，最为传唱的一首诗是他 1916 年 8 月 23 日所写的《窗上有所见口占》（《蝴蝶》）：

> 两个黄蝴蝶，双双飞上天。
> 不知为什么，一个忽飞还。
> 剩下那一个，孤单怪可怜；
> 也无心上天，天上太孤单。②

胡适自认为这首诗是他写得最好的一首白话诗。这首诗不仅具有非常浓厚的中国传统诗歌的象征性与抒情性，而且句子的语法结构完全口语化，符合说话的语感。胡适后来改写了《朝着更高的目标》（Excelsior）去声援他那些震动中国诗界的"尝试诗"。《尝试集》仅是很单薄的一部诗集："作为第一部白话诗集，不仅在形式上，而且在语调上都显得旧式，至多是古典押韵诗幼稚的现代化，或者仅仅是一些欧洲诗歌的翻译解释。"但即便如此，《尝试集》仍然可作为白话诗的早期模板，为新诗开辟了道路，也打消了很多反对者的疑虑，正如胡适所言："然《黄蝴蝶》《尝试》《他》《赠经农》四首，皆能使经农、叔永、杏佛称许，则反对之力渐消矣。"③

为了取得新诗的合法性，胡适还选编自己的新诗送呈鲁迅等著名作家和诗人，请他们帮助筛选其中可称得上白话新诗的作品。其用心良苦，其情可嘉。《尝试集》在新诗拓荒的进程中充当了开路先锋的角色，起到了召唤后来者的作用。文学史家陈炳堃对此做了公允的评价：

---

① 胡适：《日记》（1915—1917），《胡适全集》第 28 卷，安徽教育出版社 2003 年版，第 432 页。
② 胡适：《日记》（1915—1917），《胡适全集》第 28 卷，安徽教育出版社 2003 年版，第 442 页。
③ 胡适：《日记》（1915—1917），《胡适全集》第 28 卷，安徽教育出版社 2003 年版，第 463 页。

"《尝试集》的真价值，不在建立新诗的规范，不在与人以陶醉于其欣赏里的快感，而在与人以放胆创作的勇气。"①

《尝试集》的意义：虽然其艺术水准不算高明，但产生了非常大的影响。这种影响不在于其作品本身，而在于他创作新诗的途径和方法。争取白话诗的合法地位是文学革命中遇到阻力最大的一件内容，同情者和支持者寥寥无几，遭遇来自各个阵营的反对和嘲笑，《尝试集》的创作和出版体现了胡适勇于尝试的坚定决心和勇气，百折不回地尝试、摸索，他终于探索出一条可行的道路，渐渐写出了一些可以被承认的新诗，其榜样的作用非常巨大。

第二节　反对滥调套语　提倡白话写诗

胡适提倡"作诗如作文""作诗如说话"的创作观念，除了要打破诗体，诗体结构走向散文化，还需要进一步阐释诗的语言问题。胡适倡导的文学革命的突破口本来就是语言的问题，就是提倡白话文，这在第一章已有论述。总体来说，到1920年教育部颁布政令，要求从当年起，国小一、二年级开始实行国语教学，白话文运动已经可以宣告成功了，白话可以用于报刊（这个目标，晚清时期应该就算实现了）、教育、文学等各个领域，但有的问题还没有完全解决，这就是诗的"语言"问题。在《文学改良刍议》发表之前，胡适与梅光迪、任鸿隽等人的论战的最终战果，是他们开始接受白话可以用于文学写作的观念，但仍然不太接受用白话写诗的观念（不是在诗里夹杂一点白话词语而已）。如何用白话写诗的问题，应该说是新文学创立时期一个非常棘手的问题。即便是胡适也很难提出一劳永逸的解决方案，这一点我们在胡适的《建设的文学革命论》一文中已经能够体会到，"国语的文学""文学的国语"的提出，只是一个策略上的指导，但真正解决白话的语言问题还是在较长时间的文学创作实践中去慢慢解决。白话诗的语言问题更是难中之难，胡适的论述策略也是先"破"后"立"，即先反对什么，舍

---

① 耿云志：《胡适研究论稿》，社会科学文献出版社2007年版，第46页。

弃什么，然后再讨论如何建设。而对这个"立"的问题，胡适的论述也比较模糊，只给出了一个大致的意见。

胡适对诗歌语言的主张是，反对文言诗中的滥调套语和盲目用典，提倡使用合乎文法的白话写作白话诗。《文学改良刍议》中的八项主张中，第五、第六和第八项都是论述这个问题的。先看第五条"务去滥调套语"：

> 其所为诗文处处是陈言烂调，"蹉跎"，"身世"，"寥落"，"飘零"，"虫沙"，"寒窗"，"斜阳"，"芳草"……之类，累累不绝，最可憎厌。其流弊所至，遂令国中生出许多似是而非、貌似而实非之诗文。①

胡适此处所要反对的滥调套话，也就是我们平常所批评的陈词滥调。由于竞相袭用，陈陈相因，传统文学中产生了许多似是而非、貌似而实非的程式化的"语言"，如套语、典故。这些套语和典故等，在使用之处是起到过较好的文学效果的。比如说，上文中的很多"套语"是符合胡适所主张的"具体"的写法的，或者说这些"套语"本身在当时就是活生生的影像。那么胡适为什么要坚决反对呢？胡适是这样的解释的：

> 大多数"套语"之初起时，本是很合美学的原理的。文学的美感有一条极重要的规律曰：说得越具体越好，说得越抽象越不好。……但是"套语"初起时，本全靠他们那种引起具体影像的能力。后来成了烂调的套语，便失了这种能力，与抽象的全称名词没有分别了。况且时代变迁，一时代的套语过了一二百年便不能适用。②

可以看出，胡适之所以要反对套语，一是因为有些词语用得太多太

---

① 胡适：《文学改良刍议》，《胡适全集》第1卷，安徽教育出版社2003年版，第8页。
② 胡适：《追答李濂镗君》，《胡适全集》第1卷，安徽教育出版社2003年版，第152页。

熟，慢慢就失去了具体的影像的作用，成了一种抽象的空洞的套语，不再能产生逼人的表达效果，也就是说，"滥调的套语"最后退化为抽象的概念，不再具备"生动"描摹景物和印象的能力。二是胡适以历史进化的观点来重新审视这些套语。一个时代的套语，几百年后就不一定能使用，因为有的已经变成了历史词，比如"红巾翠袖"描写的是古典的美人，但现今如果有人再用这个词来指代美女那就不是很贴切了。那么解决的办法就是："惟在人人以其耳目所亲见亲闻所亲身阅历之事物，一一自己铸词以形容描写之；但求其不失真，但求能达其状物写意之目的，即是工夫。"① 就是要认真细致地观察，真实地描写所观察的事物，具体地呈现出事物的美好形象。这一点在"新诗的做法"一节会有更详细的论述。

而"八事"的第六点为"不用典"，这一点跟"反对滥调套语"的主张有相近之处，都是对文言诗的堆砌辞藻、雕琢卖弄之习气的批判。当然，胡适并没有全盘否定诗歌中的"用典"，他反对的是那些"不切""不解""不合文法"和"不可移用"而用的典故：

> 古事之实有所指，不可移用者，今往乱用作普通事实。如古人灞桥折柳，以送行者，本是一种特别土风。阳关、渭城亦皆实有所指。今之懒人不能状别离之情，于是虽身在滇越，亦言灞桥。②

也就是说，"灞桥折柳"等典故，不是完全不能使用，而是要考虑它是否能与具体的使用环境或者说语境相契合。如果不符合具体语境的需要，那么，这种对典故的使用就会失败，所写出来的诗就显得空泛和俗套。比如某人身处南洋或美国，可能连柳树和中国的古桥都很少见，如果他使用"灞桥折柳"来表达离别伤情就有些不伦不类。胡适把这样的滥用典故的行为斥为懒惰，或者说自欺欺人。胡适曾对好友任鸿隽所写的文言诗《泛湖即事诗》（1915 年 7 月 29 日）进行过批评，从而引起了诗友之间的论战。下面是该诗的节选：

① 胡适：《文学改良刍议》，《胡适全集》第 1 卷，安徽教育出版社 2003 年版，第 9 页。
② 胡适：《文学改良刍议》，《胡适全集》第 1 卷，安徽教育出版社 2003 年版，第 13 页。

荡荡平湖，漪漪绿波。言櫂轻楫，以涤烦疴。

既备我馔，既偕我友。容与中流，山光前后。

俯瞩清涟，仰瞻飞艘。桥出荫榆，亭过带柳。

清风竞爽，微云蔽暄。猜谜赌胜，载笑载言。

行行忘远，息楫崖根。忽逢波怒，黿掣鲸奔。

岸逼流回，石斜浪翻。翩翩一叶，冯夷所吞。①

　　胡适认为，任鸿隽对"翻船"的描写，所使用的词语和句子，都是我们所熟知的前人用来描写江海大风大浪的套语，既不贴切（因为任鸿隽描写的是"湖"），也没新意。胡适进而批评任鸿隽因袭前人，滥用套语，所以那一段写得不够真切，或者说是失真。胡适 1915 年 8 月 9 日日记抄录了《王安石上邵学士书》一文的片段："某尝患近世之文，辞弗顾于理，理弗顾于事。以繴积故实为有学，以雕绘语句为精新。譬之撷奇花之英，积而玩之，虽光华馨采，鲜缛可爱，求其根柢济用，则蔑如也。"② 可见胡适对这种"辞弗顾于理，理弗顾于事"的"雕绘语句"的风气的不满是与王安石相通的，都有对"文胜质"之流弊的切肤之感。而且，任鸿隽诗中竟然使用了"言""载"等上古时期的词语，而这些都是胡适所认为的"死"文字。胡适认为，"猜谜赌胜"是 20 世纪的活字，"载笑载言"则是三千年前之死句，把他们放在一起使用，根本不可能协调和相称。③

　　胡适对任鸿隽等人在异国他乡使用"滥调套语"进行写作表示了极端的不解和不满，不认为"滥调套语"能够产生古典的美感，而认为这种创作行为是偷懒的表现，是"自欺欺人"的表现。华兹华斯对此也有同样的看法："当时诗体甚卑，满纸陈言，毫无新意；韵律虽协，而精彩甚乏，亦犹中国诗以红香绿玉等字堆砌成章者。"他提出的解决办法是"务为简洁"，"以生人实用之言语入诗"，"直抒胸臆，不假藻饰"。④ 这与胡适的观念是相通的。

———————————

① 胡适:《日记》(1915—1917)，《胡适全集》第 28 卷，安徽教育出版社 2003 年版，第 416 页。

② 胡适:《日记》(1915—1917)，《胡适全集》第 28 卷，安徽教育出版社 2003 年版，第 222 页。

③ 胡适:《日记》(1915—1917)，《胡适全集》第 28 卷，安徽教育出版社 2003 年版，第 417 页。

④ 吴宓:《吴宓诗话》，商务印书馆 2005 年版，第 52 页。

胡适对苏轼、黄庭坚二人的诗评价很高，认为他们的优点并不是打破音律的规则，也不是用典新奇"偏僻"，而是因为他们能"做诗如说话"，苏轼的诗的好处"不在能用'玉楼''银海'一类的典故"，"而在能用'牛矢''牛栏'一类极平常的物事做出好诗来"。① 胡适引陆游为例，认为作诗"功夫在诗外"。陆游不满意"藻绘"和"诗玩意儿"，写诗力求"直率""自然"，"运用平常经验与平常话语"，即达到了"诗到无人爱处工"的境界。②

以上所述，实际上还是历史进化的文学观的体现，胡适是从历史进化论的角度来看待诗歌语言的，这同时也反映了胡适的"写实"文学观念以及崇尚通俗之美的美学观念，后者则与任鸿隽等人所秉承的"高雅"美学观念形成极大反差。

胡适反对滥调套语和用典，是对文学传统中的某些观念的继承，还算不上他的原创。中国传统文学史上早就有这样的主张，尤其是胡适极为赞赏的清代诗人袁枚，就曾标举性灵，极力反对模仿，提倡通俗平易的文学风格。胡适称赞其"眼光见地有大过人处，宜其倾倒一世人士也"，"其论文学，尤有文学革命思想"。③

袁枚是清代著名的诗人、诗论家，主张文学要抒发性灵，"诗以意为主，以辞采为奴婢"。"古人所谓诗言志，情生文，文生韵：此定之理。"④

袁枚在《随园诗话》《小仓山房文集》中表明了自己用典与雕饰的态度，也就是"意"为先，"辞"在后，反对滥用典故，认为"今之诗流，有三病焉：其一填书塞典，满纸死气自矜淹博"。⑤ 袁枚批评阮亭喜欢雕词琢句，"诗中必用典，可以想见其喜怒哀乐之不真矣"。⑥ 批评

---

① 胡适：《国语文学史》，《胡适全集》第11卷，安徽教育出版社2003年版，第126—128页。

② 胡适：《国语文学史》，《胡适全集》第11卷，安徽教育出版社2003年版，第135页。

③ 胡适：《日记》（1015—1917），《胡适全集》第28卷，安徽教育出版社2003年版，第394页。

④ （清）袁枚：《随园诗话》卷七，郭绍虞、罗根泽主编，人民文学出版社1982年版，第223页。

⑤ （清）袁枚：《随园诗话》补遗卷三，郭绍虞、罗根泽主编，人民文学出版社1982年版，第626页。

⑥ （清）袁枚：《随园诗话》卷三，郭绍虞、罗根泽主编，人民文学出版社1982年版，第80页。

宋代诗人"附会名重之人，称韩文杜诗，无字没来历"。① 袁枚认为诗歌创造的最重要的原则是"出新意、去陈言"。② 他并不反对用典，但主张要用得自然贴切，"用巧无斧凿痕，用典无填砌痕"。③ 认为有些创作滥用典故，是为了卖弄学问，"有意要人知有学问、有章法、有师承，于是真意少而繁文多"。④ 他对当时的文学现状提出批评，认为很多创作多为无病呻吟，是文字游戏，是"无志而言诗"，"因韵而生文"，"因文而生情"。⑤

可见，早在 200 多年前，袁枚就提倡过"文学革命"，要求言之有物，反对模仿，反对滥用典故，反对诗用"代字"，反对雕饰，提倡使用俗语俗字，等等，我们甚至可以在某种程度上把袁枚的相关文学主张理解为《文学改良刍议》的雏形。而袁枚对明代公安派的观点多有继承。也因此，我们基本认可周作人的观点：如果去掉外国的影响，胡适的文学革命思想就是公安派的"翻版"。这也正好再次印证了胡适的文学思想是中西方文学资源融合而成的结果。当然胡适与他们的最大的区别在于，明清两代的文学"革命家"没能如胡适那样打破诗体，提出白话文学的主张。

夏晓虹曾对胡适反对古典诗中滥用套语和用典的动机做过深入而精辟的分析，她认为中国古典诗歌确实存在着一批较为稳定的基本"语汇"，包括词语和句子，并指出，如果离开了这些基本用语，诗章的构建就很难实现。她推断，"新名词跻身诗中，正是促使中国旧诗蜕变、白话新诗诞生的催化剂"。因为当时"诗界革命"诗人采用新名词，"对于未见过维多利亚花与勿忘我草的中国旧诗读者，所有习惯性的联

---

① （清）袁枚：《随园诗话》卷三，郭绍虞、罗根泽主编，人民文学出版社 1982 年版，第 98 页。

② （清）袁枚：《随园诗话》卷六，郭绍虞、罗根泽主编，人民文学出版社 1982 年版，第 185 页。

③ （清）袁枚：《随园诗话》卷六，郭绍虞、罗根泽主编，人民文学出版社 1982 年版，第 176 页。

④ （清）袁枚：《随园诗话》卷七，郭绍虞、罗根泽主编，人民文学出版社 1982 年版，第 223 页。

⑤ （清）袁枚：《随园诗话》卷六，郭绍虞、罗根泽主编，人民文学出版社 1982 年版，第 185 页。

想思路都被隔断了"。其结果是"这些新派旧体诗形式空存，韵味已失"，而且，由于新词新语的大量介入，古典诗歌的运数到晚清确实已经不可挽回了。① 刘纳也认为中国古典诗歌形态与情感对应物之间存在着密不可分的关系，并指出，古典文学中，由于旧词语与传递的情感精神之间的联系过于紧密，导致了一些其他缺陷。她将中国诗人的情感图式及其作为"客观对应物"的意象图作了明晰的描述："客之心寄之于月，使士之气挥之于剑，美人之情绪付之于泪。"从而得出结论：世界给诗人提供的可选择的物象本来丰富多彩，但是词语方式与所表达的意义的稳固契合造成了意型的固化，词语选择的定向性导致了尴尬的语言困境。② 因此，情感与客观对应物之间，任意一方的改变都会打破这种固化的链接，使得创作者无所适从，阅读者也无法接受。在美国留学期间，胡适写给梅光迪、任鸿隽那些"白话诗"之所以被他们嘲笑，应该也源自上面所说的原因，即情感表达与词语之间的固定链接模式被突然拆解了。

"八事"之八——不避俗语俗字。因为文言文已经不足以表达现代人的思想情感，所以文学创作必须使用浅近的俗语俗字。胡适说不避俗语俗字，态度还比较温和，只提及写诗可以使用白话，还没有提出完全用白话写诗的长远目标。这方面的内容在第一章里已经有所论述。下面仅就白话写诗的语言问题进行讨论。传统的文人学士对于白话适用于弹词、曲、杂剧和小说等俗文学已经没有争议，但对作为高雅艺术门类的诗能不能用白话写，却一直坚持否定的立场。梅光迪就是一个代表人物，他反对白话入诗写诗，是源于他所持有的传统诗学观念、审美观和文化价值观。下面是 1916 年 7 月 22 日胡适写给梅光迪的白话诗的节选（最后一节），胡适以讽刺戏谑的口吻来回击梅光迪对他倡导文学革命的指责，这首很"白"的诗，引起了胡适与梅光迪、任鸿隽三人的笔战，从他们的笔战中可见他们的文学主张之分歧。

---

① 夏晓虹：《诗界十记》，浙江文艺出版社 1991 年版，第 78—80 页。
② 刘纳：《嬗变——辛亥革命时期至五四时期的中国文学》，中国社会科学出版社 1998 年版，第 244 页。

人忙天又热，老胡弄笔墨。

文章须革命，你我都有责。

我岂敢好辩，也不敢轻敌。

有话便要说，不说过不得。

诸君莫笑白话诗，

胜似南社一百集。①

　　梅光迪称此"诗"为佛门之"莲花落"，任鸿隽则认为"不可谓之诗"，只是做到了"押韵就好"而已，胡适为此进行了自我辩护：第一，诗中不仅没有"凑韵"（所谓"押韵就好"）的句子，而且有押韵极好的句子，"要""到""尿""吊""轿""帽"诸韵。第二，这是一首讽刺诗，以嬉笑怒骂的语气表达自己的不同意见。第三，诗中有非常和谐的"音调"。比如第四章"今我苦口哓舌"以下的十多个句，若一口气读下去，就能感觉到声调之佳、抑扬顿挫之妙。第四点的辩护最为重要，认为诗中不乏美感的句子，如第二章"文字没有古今，却有死活可道"等。第五，此诗表情达意顺畅。②

　　在完全使用白话作诗之前，胡适在与梅光迪、任鸿隽等人的酬和诗中可能有意夹杂了大量的白话字眼，以期达矫枉过正的效果，这样的尝试历史上不乏先例。袁宏道在《雪涛阁集序》中就曾为其朋友江进大量使用"近俚近俳"之语作诗进行了解释和辩护："此进之矫枉之作，以为不如是不足矫浮泛之弊""古今文人，为诗所困，故逸士辈出，为脱其粘而释其缚"。③ 因此，我们认为胡适写给梅光迪的"莲花落"式的白话诗，也可能是"矫枉之作"，是"为脱其粘而释其缚"，但同时也向梅光迪展示了自己勇于实验的决心。正像胡适所说，白话最终能不能写诗，不一定非要去找历史的证据，而"在吾辈实地试验"。

　　① 胡适：《日记》（1915—1917），《胡适全集》第28卷，安徽教育出版社2003年版，第411—415页。

　　② 胡适：《日记》（1915—1917），《胡适全集》第28卷，安徽教育出版社2003年版，第421—426页。

　　③ （明）袁宏道：《雪涛阁集序》，《袁宏道集笺校》（中），上海古籍出版社1981年版，第711页。

并把他当时练习写作白话诗,当作"新习一国语言,又新辟一文学殖民地"。①

胡适号召更多的文人学士能够运用"俗语俗字",不要轻视民间的俗文学,要能够欣赏一切的通俗文艺,要能看到俗文学的价值和前景。面对任鸿隽的批评,胡适指出,京腔高调未尝没有可能取得一流的文学成绩。认为高腔《三娘教子》,其台词并不鄙劣。京调《空城计》,如果稍加以润色,也可以成为一首好的诗。《城楼》《珍珠塔》《双珠凤》等京剧唱词中,都有堪称好诗的句子。甚至认为"即不能上比但丁、米尔顿,定有可比荷马者"。胡适认为只要有高水平的文人加入京调高腔的创作行列,就一定可以涌现第一流的京腔高调剧本。② 胡适感叹,当今的京腔高调之所以价值不高,被文人看不起,是因为创作者学识和才能不高,而不是因为用"俗语俗字"写作的京腔高调本身的价值不高。

宋代的柳永就是倾力创作艳词的词人,走的是向世俗化靠拢的路子,所以他的词能够流播于街头巷陌,受到民间百姓的欢迎。南宋王灼说:"柳耆卿《乐章集》,世多爱赏……惟是浅近卑俗,自成一体,不知书者尤好之。"(《碧鸡漫志》卷二)可见,提倡白话文学,就必定要走向平民文学,提倡不避俗语俗字就是自然而然的事情。

与王灼同时代的严羽对宋代文学较为明显的白话倾向和散文化提出了严厉的批评,他在《沧浪诗话二十说》里第一条就反对"俗":学诗先除五俗:一曰俗体,二曰俗意,三曰俗句,四曰俗字,五曰俗韵。严羽论诗推重汉魏盛唐,号召学古。这是胡适极力反对的,但严羽对"俗"的批判却使得胡适增强了对文学演变规律的理解,反而增强了他对白话文学的信心。

胡适提倡白话写诗,也有可能受到了佛经翻译和王梵志等人的俗话诗的影响。翻译佛经的目的是能向大众宣讲,因此必须做到通俗易懂,所以在翻译时译者必须先比较两种语言的差异,一方面要尽量简化梵语复杂的"文制"("其宫商体韵以入弦为善"),另一方面也要尽量以浅

---

① 胡适:《白话文学史》(上),《胡适全集》第 11 卷,安徽教育出版社 2003 年版,第 433 页。

② 胡适:《日记》(1915—1917),《胡适全集》第 28 卷,安徽教育出版社 2003 年版,第 428—429 页。

白的汉文把佛理转译出来。胡适举例说：

> 维祇难曰："佛言依其义，不用饰；取其法，不以严。……其传
> 经者，令易晓，勿失厥义，是则为善。"座中咸曰："老氏称美言不
> 信，信言不美。……今传梵义，实宜径达。"是以自偈受译人口，因
> 顺本旨，不加文饰。……然此虽词朴而旨深，文约而义博。①

宗教经典的翻译重在准确、不失真，而不苛求辞藻文采，追求通
俗易懂，而不追求古雅，因此译经时，"依其义，不用饰"，传经时，
"令易晓"。随着佛教的广泛传播，"词朴而旨深，文约而义博"的佛
经也开始走进社会各个阶层，无疑对后世的文学会产生一定的影响，
加速了民间文学的"俗"化趋势，也在不知不觉中渗入文人雅士的创
作当中。

唐初王梵志的白话诗有着较大的影响，他的诗多具劝诫和嘲戏的意
味，是从打油诗发展出来的俗文学，虽然他的诗作有些水平不高，但其
通俗的白话风格对提倡白话入诗则有着引导和促进作用，黄庭坚就曾非
常推崇王梵志的诗（胡仔《苕溪渔隐丛话》前集卷56），南宋人的诗话笔
记也多次提到他（费衮《梁溪漫志》卷10；陈善《扪虱新话》五……)②
所以，胡适认为寒山、拾得的诗就是学习王梵志的，带有俗文学的意味。

胡适认为，宋代是"白话文学"的"繁荣"时期，韩愈、陆游、
范成大、杨万里等著名诗人也都是写白话诗的大家。胡适明确把陆游的
诗归结为反对"藻绘"的白话诗："他不满意于那'藻绘'的诗，他又
反对温、李以下的许多'诗玩意儿'（黄庭坚、苏轼大概也在内）。"他
的诗追求直率和自然的风格，敢于运用平常经验与日常口语。胡适把范
成大的诗誉为"天然界的诗歌"。③

到了清朝中叶，袁枚更是写诗不避俗语俗字的积极提倡者，认为家
常语入诗最妙。他举陈古渔的诗——布衣咏《牡丹》说："楼高自有红

---

① 胡适：《白话文学史》（上），《胡适全集》第 11 卷，安徽教育出版社 2003 年版，第 345、
347 页。

② 胡适：《白话文学史》（上），《胡适全集》第 11 卷，安徽教育出版社 2003 年版，第 396 页。

③ 胡适：《白话文学史》（上），《胡适全集》第 11 卷，安徽教育出版社 2003 年版，第 398 页。

云护，花好何须绿叶扶。"国初徐贯时《寄妾》云："善保玉容休怨别，可怜无益又伤身。"① 袁枚认为这样的诗句是当时的口语，语法规范严密，合乎逻辑。

晚清时期，由于新词新语的大量引入，大家普遍注意到诗歌的内容（新思想）、意境以及遣词造句三个方面都到了必须革新的关口。因此，提倡"我手写吾口"的黄遵宪写过"新派诗"，谭嗣同写过"新学之诗"，梁启超、夏曾佑也都写过很多"新诗"。梁启超在此基础上提出了"诗界革命"的目标。梁启超把"新语句"作为"诗界革命"的必备条件之一，这是因为，离开了"新语句"，就无法表达欧美之新思想。正因为此，他对于"新语句尚少"的黄遵宪并没有给予多高的评价，只是称他为"诗界革命"的"月晕础润"，而非"诗界革命"本身。但是，因为梁启超仍然坚持诗歌创造中的"古风"的标准，所以也没有写出真正的有"新语句"的诗。由于当时的文学现实环境的限制，梁启超没有魄力和办法能把"新语句"和"古风"两者之间的矛盾解决好，因此，"诗界革命"的极限也就停留在模仿宋诗的范围内。

在《白话文学史》中，胡适对"白话文学"进行了全面的梳理和构建，最后得出的结论是："白话可以作诗，本来是毫无可疑的。杜甫，白居易，寒山，拾得，邵雍，王安石，陆游的白话诗都可以拿来作证。词曲里的白话更多了。"②

而元、明、清三代的白话文学更是硕果累累，成绩斐然，无论戏曲，还是小说等都取得了很高的文学成就。因此他认为，梅光迪、任鸿隽等之所以不认可白话可以写诗，首先可能是因为文学史上白话诗确实不多；其次是因为历代的诗人词人很多都只是偶尔写一点白话诗词，但他们既没有用尽全力，也没有自觉意识。所以他提倡白话诗也不能只依靠中国文学史材料去证明。在当时崇尚西学的历史语境下，借鉴西方资源不失为一种很有效的叙述策略。

我们说，胡适如果仅以中国传统的诗歌资源去论述这一问题，可能

---

① （清）袁枚：《随园诗话》补遗卷1，郭绍虞、罗根泽主编，人民文学出版社1982年版，第575页。

② 胡适：《白话文学史》（上），《胡适全集》第11卷，安徽教育出版社2003年版，第534页。

依然会走进晚清前辈学人走过的死胡同，幸运的是留学美国所得到的文学熏陶和浸染开阔了胡适的视野，使胡适在英美现代诗歌的资源中找到了白话（blank verse）入诗或者白话写诗的途径，借鉴了华兹华斯等湖畔派诗人关于诗歌语言的民间化、诗歌的散文化等诗歌观念，"作诗如作文"，并以实验的态度用白话写出感人动人的新诗。英国湖畔派诗歌对维多利亚时期浮靡绮丽、无病呻吟的诗风非常反感，这种情形与当时国内普遍厌倦清末诗坛绮丽浮泛的诗风的情况比较相似，比如中国旧诗中的套语、典故就与华兹华斯所反对的"诗意辞藻"非常相似。从具体的内容来看，华兹华斯所说的"诗意辞藻"大概涵盖了"滥调套语"和"用典"等意象固化的词语或者结构。

英国诗歌史上，华兹华斯与柯勒律治的《抒情歌谣集》及其序言影响广泛，对英国诗歌的语言改革做出了重大贡献，影响深远，奠定了19世纪英诗的语言基础。华兹华斯之前的一百多年里，法国式的新古典主义成为风尚，占据了诗坛的主导地位。但随着时代的变迁，这种古典主义的诗歌开始僵化，充满空洞晦涩的"诗歌辞藻"。到法国大革命时期，政治形势和社会思想都发生了巨大的变化，华兹华斯也因此走上了革新诗歌语言和诗艺的道路。

华兹华斯的"诗意辞藻"指的是专属于诗歌、在日常语言交流中不常见到的一种表达方式，包括词汇、短语和修辞三个方面的手段。其特点是历史起源比较久远，有些是来源于拉丁文，常表现浪漫的、忧郁的或感伤的情调。这种辞藻在新古典主义时期发展到了极致，从而慢慢僵化为禁锢诗歌语言的清规戒律。华兹华斯一反英国启蒙诗歌的传统，批评其陈腐空洞，从而消除当时的英诗语言的某种抽象性，广泛而大胆地采用口语和民间词汇，突出了自然、生活和人类情感的生动鲜活。

比喻是诗歌语言中经常使用的一种手段。对于这种手段，华兹华斯并没有简单地彻底否定。他承认比喻的最早使用可能是为了自然而有力地表达某种强烈的感情。但后代的诗人往往只看到这种比喻的力量，而忽略了要有强烈感情的刺激和震撼的前提，照搬、仿效这些比喻的语言，久而久之，比喻这种表达手段就失去了原来的表达效果：首先，对于诗人来说，语言与诗人要表达的实际思想与情感并不相符；其次，读者也因此失去了判断力和理解力，导致情感的麻木，感受力的衰退。因为这样一种抽象化的、空洞化的过程，写诗必备的由比喻退化而来的"诗意辞藻"成了一种作诗的技艺和手段，必然与自然本性形成对立，从而陷入浮华和抽象。胡适认为中国古典诗歌的"套语"与西方的"诗意辞藻"有着同样"抽象化"过程，并对"套语"形成的抽象化过程做了心理学的分析。

"八事"之六是要求不用典，同样可以从欧洲近现代诗歌中找到参照。胡适与华兹华斯相似，在《文学改良刍议》中对包括比喻在内的广义的用典持认同的态度，只是反对拙劣的用典，即"不切""不解""不合文法""失去原意"[1] 等几类用典。可见，与华兹华斯一样，胡适也痛恨那些庙堂文学、贵族文学中的"雕章镂句"的"华伪之文"，主张"尚质抑淫，著诚去伪"[2]，采用朴实通俗、明白晓畅的语言。胡适还举白居易诗成之后要读给老妇人听的传说为例，说明诗的通俗明白的重要性，而英国的华兹华斯主张用平常说话作诗，后人也编造出一种传说，说他每作完一首诗都会念给一个老妪听，并酌情进行修改。这两个故事虽未必实有其事，却说明了中西文学史上都曾发生过有意使用平常白话作诗的事实。[3]

但是说白话可以写诗，并不意味着所有白话写的"诗"都是真正的诗。胡适提倡"以文为诗"，除了打破诗体的目的，实际上是要摒弃文言诗的"语法"，以"文"的语法作为写诗的标准。"作诗如作文""作诗如说话"，就是要走散文化的道路。因此，白话诗就必须跟散文一样，语句要严守口语的语法规则，句子结构关系精密，语序合乎规范，语体风格要一致。这就是胡适"八事"里所说的"讲究文法"。而且，他对很多作品的分析，都是从文法上着手的。

比如，胡适给杨杏佛改诗。1915 年 11 月 25 日杨杏佛在《留美学生季报》发表了一首题名为《遣兴》的诗："黄叶舞秋风，白云自西去。落叶归深涧，云倦之何处?"胡适认为末二句可改为："落叶下深

---

① 胡适：《文学改良刍议》，《胡适全集》第 1 卷，安徽教育出版社 2003 年版，第 12、13 页。

② 胡适：《白话文学史》(上)，《胡适全集》第 11 卷，安徽教育出版社 2003 年版，第 572—573 页。

③ 胡适：《白话文学史》(上)，《胡适全集》第 11 卷，安徽教育出版社 2003 年版，第 578 页。

润，云倦归何处？"① 胡适建议把动词"之"改为"归"，为避免重复，把第三句"归"改为"下"。胡适大概认为"下"和"归"是口语的"活文字"，"之"则是"半死的文字"，这是一种有意识的遣词造句练习，是白话诗创作的基本要求。又说："吾近来作诗，颇能不依人蹊径，亦不专学一家。命意固无从摹仿，即字句形式亦不为古人成法所拘，盖颇能独立矣。"② 说明胡适一直以来对文法的关注和思考。他也曾对自己写的诗《老树行》进行分析，以强调文法的重要性："有'既鸟语所不能媚，亦不为风易高致'之语"，朋友们都认为这样的句子不像诗的句子，不应该放在诗中，为此以嘲讽的口吻仿造了一句"既非看花人能媚，亦不因无人不开"。胡适建议改为"既非看花人所能媚兮，亦不因无人而不开"，认为此"所"字和"而"字，是语法结构上不可缺少的两个字，而"兮"字表顿挫，有了这三个虚字，这个句子读起来就不会显得生硬。胡适之所以认为"所""而"二字不能少，是因为他们使句子的语意更为严密和精确，"兮"虽为文言，但能表达语意的舒缓顿挫，也符合口语的流畅的特点。③ 胡适在日记中专门录有读书札记"作文不讲文法之害"④，批评时人中文写作和中译西文时文法中的错误，足见其对文法的高度重视，当然这个文法指的是口语的文法。

杜甫的《秋兴》八首，文学史上评价甚高，胡适却持不同的意见："《秋兴》八首传诵后世，其实也都是一些难懂的诗谜。这种诗全无文学的价值，只是一些失败的诗玩艺儿而已"⑤，"文法不通，只有一点空架子"⑥。胡适的观点影响很大。陆侃如、冯沅君的《中国诗史》也认为《秋兴》八首、《咏怀古迹》五首"直堕魔道"，"简直不通"。冯至在《杜甫传》里则对《秋兴》八首、《诸将》五首等诗里的"铿锵的音节与华丽的词藻"表示不满，认为"宝贵的内容"被"诗意辞藻"

① 胡适：《日记》(1915—1917)，《胡适全集》第28卷，安徽教育出版社2003年版，第288页。
② 胡适：《〈尝试集〉自序》，《胡适全集》第1卷，安徽教育出版社2003年版，第181页。
③ 胡适：《日记》(1915—1917)，《胡适全集》28卷，安徽教育出版社2003年版，第163页。
④ 胡适：《日记》(1915—1917)，《胡适全集》28卷，安徽教育出版社2003年版，第358—360页。
⑤ 胡适：《白话文学史》(上)，《胡适全集》第11卷，安徽教育出版社2003年版，第502页。
⑥ 胡适：《〈尝试集〉自序》，《胡适全集》第1卷，安徽教育出版社2003年版，第180页。

"蒙盖住了",读者被诗中的音节与辞藻迷惑与陶醉,只愿意反复地诵读和玩味,而不再关注和追究诗歌所表达的意义和思想。[①] 有研究认为,胡适太在意诗的"说得出,听得懂",太在乎文法的规范,可是他不了解世界上还有其他类型的诗(其实胡适是了解的,胡适在日记里曾与徐志摩谈论现代派诗歌),并不在意读者听不听,也不在乎别人懂不懂。对这样的诗来说,"难懂"与"不通"是常态,或许也正是特征。胡适显然是拿只适用于古典诗学注重关系、秩序与目的的一般要求,来衡量《秋兴》这类语言充满了断裂、褶皱与阴影("造语牵率而情不接")的作品,当然方枘圆凿,格格不入了。[②] 这样的观点是中肯的,但我们一方面要以历史的态度去理解胡适,另一方面也能从中更清楚地认识到"懂"与"通"之于胡适文学观念的重要性。

胡适还从英文诗的写作和中英文诗歌的互译中得到了不少文法的练习。"讲求文法是我崇拜《马氏文通》的结果,也是我学习英文的经验的教训。"[③] 用白话翻译英文诗,一方面能促进白话文学的写定,如同明清白话小说是白话文的信用一样,另一方面无形中使胡适积累了白话写诗时的遣词造句的能力。胡适留学美国期间,不仅仿作过不少英文诗,还有过不少的中英文翻译实践。从留学日记看,有中译拜伦(George Gordon Byron)、那伊思(Alfred Noyes)、吉勃林(Rudyard Kipling)的诗,英译过《诗经·木瓜》等。从阿尔弗雷德·那伊思的"THE UNITED FRONT"(联合阵线)[④] 这首诗的译文来看,已经舍弃了英诗的格律、押韵等束缚,俨然成为一首真正的白话诗了。用上了很多现在的虚词等,如"为了""已经"。胡适对英国浪漫主义诗人彭斯、华兹华斯、拜伦、雪莱、济慈等人的作品有过大量的阅读,并翻译过拜伦等人的诗歌,这些英文诗歌里所使用的大量虚词都给他写作白话诗提供了文法上的参照,因为胡适一直认为中国从前的文字"把许多虚字都去掉了",

---

① 冯至:《杜甫传》,人民文学出版社 1980 年版,第 124 页。
② 江弱水:《古典诗的现代性》,生活·读书·新知三联书店 2010 年版,第 118 页。
③ 胡适:《四十自述》,《胡适全集》第 18 卷,安徽教育出版社 2003 年版,第 103 页。
④ 胡适:《日记》(1906—1914),《胡适全集》第 27 卷,安徽教育出版社 2003 年版,第 497—506 页。

"没有完全做到记录语言的职务"①，而白话诗如果使用"虚字"，除民间白话之外，就需要像西方学习。

胡适 1919 年 3 月发表译自美国诗人的诗《关不住了》（Sara Teasdale "Over the Roof"），并把它当作他的"新诗"成立的纪元②。下面举该诗的后半节为例：

　　　　但是五月的湿风，
　　　　时时从屋顶上吹来；
　　　　还有那街心的琴调
　　　　一阵阵的飞来。
　　　　一屋里都是太阳光，
　　　　这时候爱情有点醉了，
　　　　他说，"我是关不住的
　　　　我要把你的心打碎了！"

相对于句式整齐的中国文言诗而言，现代英诗与散文的语法结构严密完整，句子形式自由（句子长短不一），语义逻辑明显。这对胡适来说是一种宝贵的西方文学资源，正是他写作白话诗急需模仿和借鉴的地方。这首英诗的原文，句子松散自由，错落自在，口语的节奏感强，浅近的语句中饱含诗意。胡适是以白话来翻译的，形式是散文体的，音节"自然和谐"，不是"五七言旧诗"和词、曲的音节，而是真正的"白话诗"的音节③，诗味在骨子里，"脱去了词曲的气味和声调"，符合胡适心中"新诗"的想象，似乎成了他理想中的白话诗的标本。为此，胡适才会把这首英诗的译文当作"新诗"的纪元。从此之后，胡适的白话诗写作似乎找到了路径，《威权》《乐观》《上山》《周岁》《一颗遭劫的星》，自由，自然，用胡适自己的话说，"可算我自己的'新诗'进化的最高一步"。

----

① 胡适：《传记文学》，《胡适全集》第 12 卷，安徽教育出版社 2003 年版，第 417 页。
② 胡适：《〈尝试集〉再版自序》，《胡适全集》第 1 卷，安徽教育出版社 2003 年版，第 196 页。
③ 胡适：《〈尝试集〉再版自序》，《胡适全集》第 1 卷，安徽教育出版社 2003 年版，第 202—204 页。

胡适还发现，英文用语调表达语意的地方，中文常常是以副词、连词、介词助词等虚词来表示。胡适认为虚词是语言的血脉神经，语言交际中细微的语意差别都是靠虚词来表现的。翻译的困难不在于那些难词和复杂的句子，而在于这些"一丁点的"虚词。写小说和编剧本，都应该注意这些传神表情的副词、介词、助词等。所以，我们可以推测，胡适对《红楼梦》和《儿女英雄传》，《海上花》和《醒世姻缘》等白话小说倍加推崇，可能是因为"他们的言语妙天下，也只是因为他们的作者不肯放松一个半个'一丁颠点的'小虚字"。① 在《〈尝试集〉四版自序》中，胡适详细说明了如何邀请权威人士或文学大家帮他删诗的过程，其中特别提到蒋百里和康白情为他改诗的情形。蒋百里建议胡适把《一笑》的句子"那个人不知后来怎么样了"改为"那个人后来不知道怎么样了"，胡适欣然接受，认为远胜原文；而康白情建议胡适在"哎呦……火就要烧到这里"的句尾加上"了"，那样才合乎语法。胡适评述道："康白情从三万里外来信，替我加上了一个'了'字，方才合白话的文法。做白话的人，若不讲究这种似微细而实重要的地方，便不配做白话，更不配做白话诗。"②

除了重视汉语的虚词，胡适还提倡中文也应该使用西文的标点符号，以增强语言表达的准确性。1915 年 3 月，他追记英诗《睡美人歌》的翻译经历时说："此诗吾以所拟句读法句读之，此吾以新法句读韵文之第一次也。"③ 同年 8 月，他为《科学》杂志撰写了一万多字的长文《论句读及文字符号》："吾之有意于句读及符号之学也久矣，此文乃数年来关于此问题之思想结晶而成者，初非一时兴到之作也。"④ 1916 年 1 月，日记中还记录有"西人对句读之重视"⑤ 一条札记，强调标点符号对语义表达的重要性，并建议引进西式标点符号。1919 年 11

---

① 胡适：《日记》（1931—1937），《胡适全集》第 32 卷，安徽教育出版社 2003 年版，第 115 页。

② 胡适：《〈尝试集〉四版自序》，《胡适全集》第 2 卷，安徽教育出版社 2003 年版，第 815 页。

③ 胡适：《日记》（1915—1917），《胡适全集》第 28 卷，安徽教育出版社 2003 年版，第 83 页。

④ 胡适：《日记》（1915—1917），《胡适全集》第 28 卷，安徽教育出版社 2003 年版，第 204—205 页。

⑤ 胡适：《日记》（1915—1917），《胡适全集》第 28 卷，安徽教育出版社 2003 年版，第 292 页。

月，胡适与钱玄同、周作人等人联合上书《请颁行新式标点符号议案》①，此方案于 1920 年由教育部公布实行，对中国语文的规范化做出了贡献。

胡适特别强调语言的"透明性"，强调明白、简洁、通顺，而文法和标点都是增强语言表达准确性和"透明性"的基本手段。如果没有标点符号，"意义不能确定，容易误解"，"无以表示文法上的关系"。②在写给陶希圣的信中，胡适如此说：思想必须从力求明白清楚（clear and distinct）入手，笛卡尔所以能开近世哲学的先路，正因为他教人力求清楚明白。从洛克以至杜威、詹姆士，都教人如此。我们承两千年的笼统思想习惯之后，若想思想革新，也必须从这条路入手。③胡适与徐志摩也争论过诗应不应该"明白"的问题。胡适坚持诗要"明白"，并以历史史实来预言白话诗的特质和前景："因为大多数读者非常信任那些晦涩难解的作家，而把那些表达清楚明了的作家看作肤浅的。但是，假以时日人们仍然喜欢阅读希罗多德的著作（浅显的），我们必须尽最大努力做到这一点。这一条我最同意。"④

第三节　不讲平仄押韵　主张音节自然

打破诗体，格律自然解体，导致新诗无所可依。新诗要不要制定新的格律就需要讨论，如果不需要新的格律，诗与散文应该如何区分，这些都是胡适亟待解决的问题。

"对仗"是中国律诗特有的一种格律形式，胡适对此并不完全排斥。在《文学改良刍议》第七条"不讲对仗"中，胡适承认"排偶乃人类言语之一种特性"，但主张要"近于语言之自然，而无牵强削刻之

---

① 胡适：《请颁行新式标点符号议案》，《胡适全集》第 1 卷，安徽教育出版社 2003 年版，第 464、465 页。

② 胡适：《四十自述》，《胡适全集》第 18 卷，安徽教育出版社 2003 年版，第 103 页。

③ 胡适：《日记》（1931—1937），《胡适全集》第 32 卷，安徽教育出版社 2003 年版，第 464、465 页。

④ 胡适：《日记》（1931—1937），《胡适全集》第 32 卷，安徽教育出版社 2003 年版，第 158 页。

迹"，尤其不能僵化地"定其字之多寡，声之平仄，词之虚实"。但对于那些水平一般的普通诗人或者不入流的诗人来说，"言之无物，乃以文胜"，但是"文胜"发展到极端，"骈文律诗兴焉，而长律兴焉。骈文律诗之中非无佳作，然佳作终鲜"。究其原因，胡适认为骈文律诗"束缚人之自由过甚"，因此，胡适提出文学改良："今日而言文学改良，当'先立乎其大者，不当枉费有用之精力于微细纤巧之末'。""骈文律诗乃真小道耳。""即不能废此两者，亦但当视为文学末技而已，非讲求之急务也。"① 文学作品尤其常常运用排偶和韵律，这是一种平常现象，胡适并没有完全反对，他反对的是"文胜质"的对仗，是毫无意义的文字游戏，因此胡适在《谈新诗》中论及新诗的做法时提出以自然的"音节"来取代传统的格律。胡适对传统格律的否定态度，是在中西文读写实践和互相参照中慢慢形成的，而且还包含有对白话文语音规律的敏感体悟和把握。

由于深感传统格律诗有格律的限制，胡适一直探索用韵的自由，或尝试放松用韵的限制，或探索新的用韵方式。

他一度很赞成刘半农的"改用新韵"和"增多诗体"的主张。② 1913年1月29日，胡适尝试用西洋诗歌的独有韵律来写中文的格律诗，是希望增加用韵的方式：

> 梦中石屋壁欲摇，梦回窗外风怒号，澎湃若拥万顷涛。
> 侵晨出门冻欲僵，冰风挟雪卷地狂，啮肌削面不可当。
> 与风寸步相撑支，呼吸梗绝气力微，漫漫雪雾行径迷。
> 玄冰遮道厚寸许，每虞失足伤折股，旋看落帽凌空舞。
> 落帽狼狈祸犹可，未能捷足何嫌跛，抱头勿令两耳堕。
> 入门得暖百体苏，隔窗看雪如画图，背炉安坐还读书。
> 明朝日出寒云开，风雪于我何有哉！待看冬尽春归来！

胡适欣喜地说："此诗用三句转韵体，乃西文诗中常见之格，在吾

---

① 胡适：《文学改良刍议》，《胡适全集》第1卷，安徽教育出版社2003年版，第13、14页。
② 胡适：《日记》(1915—1917)，《胡适全集》第28卷，安徽教育出版社2003年版，第582页。

国诗中，自谓此为创见矣。"① 并于 1913 年 4 月 26 日写作《老树行》，自跋曰："此诗用三句转韵体，虽非佳构，然末二语决非今日诗人所敢道也。"②（他后来发现黄庭坚诗中也有三句转韵体③，便坦然承认自己的结论错误。）1913 年 10 月的日记中记载有 "西文诗歌甚少全篇一韵"，"西文诗歌多换韵，甚少全篇一韵者"④。胡适如此细致地留意西洋诗歌的用韵特点，大概是想找到放宽中文诗歌韵律限制的方法，以便给律诗的写作松绑。

之后胡适也逐渐体会到中国传统文学的文体演变其实也是格律不断演进直至最后被打破的进程。他认为词是诗的进化，首先就是表现在韵律的自由上。1915 年 6 月日记记载："词乃诗之进化。……吾国诗句之长短韵之变化不出数途。又每句必顿住，故甚不能达曲折之意，传宛转顿挫之神。至词则不然。如稼轩词（辛弃疾）《水龙吟·登建康赏心亭》：'落日楼头，断鸿声里，江南游子，把吴钩看了，阑干拍遍，无人会，登临意。'"⑤ 诗的句子长短固定，押韵的方式也有限，不能脱离韵书的规定，使胡适感到难以表达曲折婉转的细腻感情和细微语义，因此诗向词演变，词的句子长度开始变化，可长可短（即长短句），虽然也有词牌的限制，但相对于诗显然是一个大的解放，有利于感情的自由抒发。

1916 年 4 月，胡适仔细研读了宋代词人李清照和蒋捷的《声声慢》（各一首）之后，认为他们所处的时代词的 "格律" 已经由 "外" 转 "内"，即从对显在的平仄和押韵的遵循转向对句子内部潜在的字词的轻重音、词语的双声叠韵、语气停顿以及句调升降等元素的琢磨和把握：

> 此两词皆 "文学" 的实地试验也。易安词连用七叠字（寻寻，觅觅，冷冷，清清，凄凄，惨惨，戚戚）作起，后复用两叠字（点点滴滴），读之如闻泣声。竹山之词乃 "无韵之韵文"，全篇凡

---

① 胡适：《日记》（1906—1914），《胡适全集》第 27 卷，安徽教育出版社 2003 年版，第 266 页。
② 胡适：《日记》（1915—1917），《胡适全集》第 28 卷，安徽教育出版社 2003 年版，第 111 页。
③ 胡适：《日记》（1906—1914），《胡适全集》第 27 卷，安徽教育出版社 2003 年版，第 321 页。
④ 胡适：《日记》（1906—1914），《胡适全集》第 27 卷，安徽教育出版社 2003 年版，第 244 页。
⑤ 胡适：《日记》（1915—1917），《胡适全集》第 28 卷，安徽教育出版社 2003 年版，第 155 页。

用十声字，以写九种声，皆秋声也。读之乃不觉其为无韵之词，可谓为吾国无韵韵文之第一次试验功成矣。

无韵之韵文（Blank verse）谓之起于竹山之词或未当；六朝、唐骈文之无韵者，皆无韵之韵文也；惟但可谓之"无韵之文"或谓之"文体之诗"（Prose poetry），非"无韵之诗"也。若佛典之偈，颂，则直无韵诗矣。[1]

李清照和蒋捷的这两首词都没有押传统的韵，但读者能感受到内在的韵律，这种韵律主要源自"寻寻，觅觅，冷冷，清清，凄凄，惨惨，戚戚、点点滴滴"等叠字，因此胡适称这两首词为西方的"无韵之韵文"（Blank verse）"无韵之文"或"文体之诗"（Prose poetry），是中国"文学"的一次成功的试验。胡适这里已经揣摩到了诗词的内部节奏，这种节奏不是由句子的整齐，押韵的准确造成的，而是由用字和整篇诗句（语篇）的前后照应和往返复沓而形成的。这就是之后《谈新诗》中所说的新诗的"音节"和"节奏"。这种敏感的"发现"有可能为传统的韵文找到了一种相对自由的"韵律"，减少传统韵律的束缚，增强了胡适打破传统诗律的信心，而且这样一种"韵律"在近现代欧美文学中也能找到类似的例证进行参照。

但词仍然有表达的不足，一是"字句终嫌太拘束"，二是"只可用以表达一层或两层意思，至多不多能达三层意思"，所以，词又向曲演变，曲中可以用"衬字"，遣词造句不会过于拘束，"可成套数，则可以做长篇"。"故词之变为曲，犹诗之变为词，所以求近语言之自然也。"[2] 通过不断的探索，辅之以西方诗歌的参照和启发，胡适对中国传统诗歌的韵律越发感到失望，认为中国的律诗已经走到了游戏式样的形式主义的尽头。很多人写诗，首先不是关心真情实感的表达，而是在意对格律、对仗等形式的把玩，1931 年胡适在《四十自述》中对此做了形象的总结：

---

① 胡适：《日记》(1915—1917)，《胡适全集》第 28 卷，安徽教育出版社 2003 年版，第 337—338 页。

② 胡适：《答钱玄同书》，《胡适全集》第 1 卷，安徽教育出版社 2003 年版，第 42 页。

会变戏法，会搬运典故，会调音节，会对对子，就可以诌成一首律诗。……想出了中间两联，凑上一头一尾，就是一首诗了；如果是限韵或和韵的诗，只消从韵脚上着想，那就更容易了。大概律诗的体裁和步韵的方法所以不能废去除，正因为这都是最方便的戏法。①

胡适以嘲讽和戏弄的口吻把写作格律诗当成了民间"对对子"，写诗成了一种本末倒置的文字游戏，只是掉书袋、协调音节的无聊把戏。不仅如此，胡适认为这种句式整齐、格律严苛的格律形式对诗的思想情感的表达已经产生了严重的束缚，韵律诗已经到了停滞僵化的阶段。因此，有必要对古典诗歌的诗体进行改革，取消韵律或放宽韵律，使人们能够获得抒发感情和使用文字的自由。但胡适这样的主张遭到了吴宓和闻一多的质疑和反对。吴宓说："学校之中，所读者仍不外 Homer（荷马）、Virgil（维吉尔）、Milton（弥尔顿）、Tennyson（丁尼生）等等。报章中所登载之诗，皆有韵律，一切悉遵定规，岂若吾国之盛行白话诗，而欲举前人之诗悉焚毁废弃而不读哉？"②吴宓坚持对文学传统的继承，不愿放弃千百年来的诗体、格律，其最深处的原因是对白话写诗的否定，但他没有提及格律是否对诗歌内容的表达造成束缚和限制的问题。闻一多也不认同胡适的看法，认为律诗与新诗只是两种不同类型的诗，"律诗的格律与内容不发生关系，新诗的格式是根据内容的精神制造成的"。③闻一多认同传统格律的形式美，认为格律与内容无关，所以根本不存在胡适所说的形式对内容的束缚问题，更不是"戏法"，因此，也就不需要取消传统的格律。

但胡适的主张得到了陆志韦和刘半农的理解和支持。陆志韦认为长短句的格式最适合以抒发感情为主的诗，所以他主张舍平仄而采抑扬，采用"有节奏的自由诗"和"无韵体"。刘半农分析了当时白话诗的创作状况，建议白话诗可以分为有韵诗和无韵诗两类。改革"有韵诗"

---

① 胡适：《四十自述》，《胡适全集》第 18 卷，安徽教育出版社 2003 年版，第 80—81 页。

② 吴宓：《论新文化运动》，杨毅丰、康惠茹编《民国思想文丛》，长春出版社 2013 年版，第 30 页。

③ 闻一多：《闻一多文选》，四川文艺出版社 2010 年版，第 69 页。

的办法又可分增多诗体和重造新韵两种。增多诗体，既可以自创，也可以从西方输入。造新韵，则建议以北平音为标准进行编订。无韵诗可充分自由，不讲究韵律，是新诗创作的主要方向。

胡适对韵律演变的认识得益于诗歌写作的切身体会，自述自己写诗的经历是"打破旧诗词的圈套"、逐渐摆脱传统韵律"枷锁镣铐"的历程，经历了"十几年'冥行索涂'的苦况"。胡适说，最近几年又反复进行音节的各种实验，才使他的诗有了"近于自然的趋势"。[①] 朱经农在给胡适的信中（1918 年 6 月 5 日）也认为胡适写作"白话诗"以前，曾经学过杜甫（在上海作"落日下山无"的时代）和苏东坡等人的诗，对诗、词、曲等进行融会贯通，还读了许多西洋的诗歌，所以自成一派。[②] 朱经农的话多少带有些朋友间的"客套"，但道出了胡适学诗的过程及其对白话诗创作的影响。

胡适进一步认识到，不拘泥于韵律，或者为了表达的需要突破韵律限制，文学史上比比皆是，并不是他自己的突发奇想。南朝钟嵘早就认识到声律派的弊病："襞积细微，专相陵架，故使文多拘忌，伤其真美"，从而提倡自然的声律，主张自然的声律美，反对人为的琐碎繁杂的声律。

宋代以后，提倡"作诗如作文"，诗人们对韵律的看法更为明晰深入，主张以"意"为先，韵律为次。正如胡适所说，"音韵之变迁，宋时已然"，"南渡词人"之所以能"豪气横纵"，是以"意"为先，从而"不拘于音韵之微"。[③]

张戒也已经能够正确认识意境与用事、押韵等文字技巧的关系，认为用事、押韵作为诗的表现手段，应该首先服从意境创造的需要，而不是本末倒置，以用事、押韵代替意境的创造。他在《岁寒堂诗话》中说："后生只知用事押韵之为诗，而不知咏物之为工，言志之为本也，风雅自此扫地矣。"他认为，"咏物""言志"是"本"，"用事押韵"是"末"。与营造"含不尽之意"的诗境相比，"用事押韵"只是为之

---

① 胡适：《〈尝试集〉再版自序》，《胡适全集》第 1 卷，安徽教育出版社 2003 年版，第 202 页。

② 朱经农：《致胡适书》《胡适全集》第 1 卷，安徽教育出版社 2003 年版，第 82 页。

③ 胡适：《日记》（1915—1917），《胡适全集》第 28 卷，安徽教育出版社 2003 年版，第 157 页。

服务的具体手段。① 张戒主张诗以言志、咏物为主，要灵活处理用事押韵与意境营造的关系。

胡仔和王灼都主张为了表达情感、意象和意境，可以放松用韵方面的要求。胡仔举韩愈为例，认为他"好重叠用韵，以尽己之诗意"，但由于他更好地满足诗意表达之需要，所以并不觉得"重叠用韵"有什么不好（"不恤其为病也"）。② 王灼说，"歌曲拍节乃自然之度数"，认为"古人因事作歌，书写一时之意，意尽则止，故歌无定句；因其喜怒哀乐，声则不同，故句无定声"。王灼主张"句"和"声"的选择取决于"意"的需要，并感叹今不如昔，"今音节皆有辖束，而字一拍，不敢辄增损，何与古相戾欤？"③

清人袁枚深感韵律对诗意表达的束缚，因此强调"意""情"要先于"韵"，重于"韵"。袁枚说："文以情生，未有无情而有文者。韵因诗押，未有无诗而先有韵者。"认为写诗的最高境界是"忘韵"④，反对"敷衍凑拍"，"满纸浮词"⑤，强调诗意与韵律的自然和协调。

除了借鉴古人的观念，胡适把目光转向西方，发现现代英国诗歌的韵律规则也在逐渐放宽。比如华兹华斯就认为诗歌是感情的自然流露："只要诗人把题材选得很正确，在适当的时候他自然就会有热情，而由热情产生的语言，只要选择得很正确和恰当，也必定很高贵而丰富多采，由于隐喻和比喻而充满生气。"⑥ 这就是说，诗歌创作要经历由"题材"选择到"热情"产生再到选择"隐喻和比喻"等语言手段的先后次序，强调写诗要以表达感情为首要任务，而韵律只是在感情抒发的过程中自然形成的产物。胡适则提出，写诗首先要"有敏捷而真确的观察力"和"聪明的选择力"⑦，然后"诗的音节"就会"顺着诗意的

---

① 张少康：《中国文学理论批评发展史》（下），北京大学出版社 1995 年版，第 89 页。

② （宋）胡仔编纂：《苕溪渔隐丛话》前集卷 17，人民文学出版社 1962 年版，第 110 页。

③ 王灼著，岳珍校正：《碧鸡漫志校正》卷 1，人民文学出版社 2015 年版，第 22 页。

④ （清）袁枚：《随园诗话》卷 1，郭绍虞、罗根泽主编，人民文学出版社 1982 年版，第 3 页。

⑤ （清）袁枚：《随园诗话》补遗卷 7，郭绍虞、罗根泽主编，人民文学出版社 1982 年版，第 746 页。

⑥ ［英］华兹华斯：《〈抒情歌谣集〉序言》，《英国作家论文学》，生活·读书·新知三联书店 1985 年版，第 22 页。

⑦ 胡适：《评新诗集》，《胡适全集》第 2 卷，安徽教育出版社 2003 年版，第 803 页。

自然曲折，自然轻重"。① 这就是胡适所说的"有什么题目，做什么诗；诗该怎么做，就怎么做"。

取消了格律和音韵，胡适说，话怎么说，诗就怎么写，但这并等于说新诗完全没有一点规则，否则就有取消诗的嫌疑，因为写诗毕竟不等于说话。为此，胡适在《谈新诗》里，提出了"自然的音节"的诗学观念。"自然的音节"是指新诗的内在韵律。白话诗经过一段时间的鼓吹和宣传，写诗的人已经明白了传统的规则可以不必遵守了，但对新诗有没有规则、有什么规则（如果有规则的话）需要遵守都知之甚少。

而且当时很多不满新诗的人都认为，新诗缺乏格律诗的节律，已经没有了诗歌的韵律之美。胡适对此的回应是，新诗也有韵律美，只是此"韵律"已不是古典诗的彼"韵律"。胡适说："新诗大多数的趋势，依我们来看，是朝着一个公共方向走的。那个方向便是'自然的音节'。"② 这是继"打破诗体，以文为诗"之后的又一个重要主张，即如何看待新诗的"音节"和韵律的特性。

但"自然的音节"到底包括哪些具体的内容，胡适也深感"不容易解说明白的"③。

胡适首先要解释何为"自然"。在胡适的论著里，"自然"是一个频繁出现的词语，除了感情的真实"自然"、语言描写的"自然"，还提到"音节的自然"，"自然"大致是指真实可信，合乎情理，不做作、不刻意等。而音节的"自然"则是指诗歌语言在语音方面的"自然"，读起来自然，听起来自然，而且要符合情感表达的需要。这其中涉及语音节奏的合理，语气的抑扬顿挫等问题。任鸿隽对胡适的笼统解释颇有微词，认为现在很多人讨论新诗，总是以"自然"作为护身符和挡箭牌，"殊不知'自然'也要有点研究。不然，我以为真自然的，人家不以为自然，又将奈何？"所以任鸿隽建议要研究"自然"二字的内涵，然后再统一认识，使得大家"有一个公共的理解"。任鸿隽特别强调文学上"声韵"的重要性，指出自然语言本身就是有"声韵"的，而

---

① 胡适：《〈尝试集〉再版自序》，《胡适全集》第10卷，安徽教育出版社2003年版，第40页。
② 胡适：《谈新诗》，《胡适全集》第1卷，安徽教育出版社2003年版，第170页。
③ 胡适：《谈新诗》，《胡适全集》第1卷，安徽教育出版社2003年版，第170页。

"文中之有诗，诗中之有声有韵，音乐中之有调和（harmony）"不过是生理之天性导致的结果而已，因此，诗文的"声韵"规律不能与语言的天然的"声韵"相违背，否则就使人感觉"不自在"。"近来心理学家用机器试验古人的好诗好文，其字音的长短轻重皆有一定的次序与限度。"任鸿隽认为，诗的"声韵"与"诗的 meter"（平仄？原文如此。现在常说的音步，大致相当于现代汉语中所说的音节）、句法的构造有着内在的关系。①

任鸿隽的论述是很有道理的，句子的音节的"自然"肯定是与字词的声调和句子结构密切相关，只是他没有考虑到音节的"自然"与"诗意"和"时代"的相互关系。我们认为，胡适对"自然"的理解是从"自然"的时代性和诗意的表达需要两方面考虑的。

"自然"的时代性，就是说"一时代"有"一时代"的"自然"。或者说文言文有文言文的"自然"，现代汉语有现代汉语的"自然"，这一点，胡适的著述中有很多例证。胡适说："四言诗（《三百篇》实多长短句，不全是四言。）变为五言，又变为七言，三变为长短句的词，四变为长短句加衬字的曲，都是由前一代的自然变为后一代的自然。""我们现在作不限词牌，不限套数的长短句，也是承这自然的趋势。"② 以此类推，新诗的"声韵"之"自然"肯定不同于文言诗词的声韵之"自然"。

这里胡适是以历史进化的眼光来看待语言的"自然"与否的问题，因为语言是在不断变化发展的。就好比民初之人不会用汉唐的人的语言来说话，否则就会不自然，写诗也是一样。胡适要取消的就是前朝的语言之"自然"，提倡符合当代语言的"自然"，当然他讨论的对象主要是当时的口语。

胡适所说的白话诗的"自然"也跟诗情诗意的表达相联系，如果诗的内容表达得好，诗的音节就会"自然"。胡适说："诗的音节是不能独立的"③，意思是说：诗的音节是不能离开诗的意思而独立的。例

---

① 任鸿隽：《答任叔永》，《胡适全集》第 1 卷，安徽教育出版社 2003 年版，第 88 页。

② 胡适：《答叔永书》，《胡适全集》第 1 卷，安徽教育出版社 2003 年版，第 93 页。

③ 胡适：《〈尝试集〉再版自序》，《胡适全集》第 1 卷，安徽教育出版社 2003 年版，第 202 页。

如《生查子》词的正格是：

> 仄仄仄平平，仄仄平平仄。
> 仄仄仄平平，仄仄平平仄

下半阕也是如此。但宋人词：

> 去年元夜时，花市灯如昼。
> 月上柳梢头，人约黄昏后。
> 今年元夜时，花市灯如旧。
> 不见去年人，泪湿春衫袖。

第一句与第五句都不合平仄要求，但胡适认为读起来依然很自然很顺畅，原因是其中两句是顺着词意的自然表达而形成的"自然音节"。胡适还举他的词《生查子》为例，第七、八两句是："从来没见他，梦也如何做？"第七句也不符合正格的规范（典型的平仄格式），但读起来语感上并不觉得别扭。这也是因为它是根据语意的需要而自然产生的音节组合。胡适说："诗的音节必须顺着诗意的自然曲折，自然轻重，自然高下。"换句话说，他认为只要能充分表现诗意的自然曲折、自然轻重、自然高下的，就是最好的诗的音节。"古人叫做'天籁'的，译成白话，便是'自然音节'。"① 胡适用"天籁"描述"自然的音节"，就是强调"声韵"的自然天成，反对人为的格律和声韵规则。

胡适认为，诗的音节取决于两个成分：一是语气的自然节奏，二是每个句子内部所用字词相互组合而形成的自然和谐。②

胡适所说的"音节"并不是语音学中的"音节"的概念（最小的有意义的语言单位），而是类似于根据语义、语感所切分出来的词语或语块，每个切分之间可以停顿，包含"节"和"音"两个概念。

音节不是"字"的平仄对应和句尾的押韵，当然有时也会有关系，

---

① 胡适：《〈尝试集〉再版自序》，《胡适全集》第 1 卷，安徽教育出版社 2003 年版，第 202 页。
② 胡适：《谈新诗》，《胡适全集》第 1 卷，安徽教育出版社 2003 年版，第 168 页。

但音节主要是词或短语等相互组合后的自然流畅。胡适举例说，古诗"相去日已远。衣带日已缓。浮云蔽白日，游子不顾返"，音节何等响亮？但是用平仄写出来便不能读了：

> 平仄仄仄仄，平仄仄仄仄。
> 平平仄仄仄，平仄仄仄仄。

又如陆放翁：

> 我生不逢柏梁建章之宫殿，安得峨冠侍游宴？

头上十一个字是"仄平仄平仄平仄平平平仄"，读起来何以觉得音节很好？胡适认为，这是因为这个句子有着一气呵成的自然语气，二是因为这十一个字里面，"逢宫"叠韵，"梁章"叠韵，"不柏"双声，"建宫"双声，因为这些双声叠韵词语的协助，读起来自然觉得音节和谐了。

我们认为，有些看似不合平仄规律的句子组合，读起来并不拗口，比如上面胡适所举的两个例子，其中原因可能跟发音时的语音变化有关，这在现代汉语表现得尤其明显。在语流中，有些字的读音发生了改变，也就是现代汉语中所说的轻音、变调等，使得这些看似不合平仄的句子在实际发音时也很顺口。所以胡适建议写作新诗时：第一，用现代的韵，不拘古韵，更不拘平仄韵。第二，平仄可以互相押韵，这是词曲通用的例。第三，有韵固然好，没有的也不妨。归根结底，胡适主张的就是新诗只要符合现代口语的语音规律就是自然的。当然，这个"自然"的产生与语义语气的表达需要和现代口语的句子内部的组合规律有关，所以胡适说，"新诗的声调既在骨子里，在自然的轻重高下"[1]。"这是用内部词句的组织来帮助音节的协调。"[2] 所以，很多新诗，以古诗的平仄规律来看，它是不通的，无韵的，但真正读起来并不觉得这是

---

① 胡适：《谈新诗》，《胡适全集》第 1 卷，安徽教育出版社 2003 年版，第 172 页。

② 胡适：《谈新诗》，《胡适全集》第 1 卷，安徽教育出版社 2003 年版，第 173 页。

一首无韵诗。

　　胡适从说话的实际语感出发来解释"节奏"的自然与否问题，符合现代语言学的观念，具有相当的现代语言意识。从语言学的角度来看，时代不一样，说话当然就不一样，节奏也不一样（"由前一代的自然变为后一代的自然"），比如半白话和全白话，还有方言和白话，说话和民间歌谣的节奏也会不一样，具体到文言诗和白话诗，节奏的不同就更不用说。他已经隐隐感觉到这是个跟语言学有密切关系的问题，比如说话时的轻重音、声调的自然（比如连续好几个字都是同一声调读起来就比较拗口），句中词语间的自然停顿以及句子的长度以及句子的语气的配合（句子的升降调）等，这大概缘于他对汉语口语语感的把握，以及对近现代英文自由体诗歌的阅读和写作体验。

　　"先说'节'，就是诗句里面的顿挫段落。旧体的五七言诗都是两个字为一'节'的。"胡适指出，"新体诗句子的长短，是无定的；就是句里的节奏，也是依着意义的自然区分与文法的自然区分来分析的。"①这就是说，新诗不再是五七言的句子长度，因此也就不能按照传统的平仄要求遣词造句，而只能语意和语感进行语音节奏的协调。胡适在《谈新诗》里有一例：

> 万——这首诗——赶得上——远行人。
> 门外——坐着——一个——穿破衣裳的——老年人。
> 双手—抱着头—他—不声—不响。
> 旁边—有一段—低低的—土墙—挡住了个—弹三弦的人
> 这一天—他—眼泪汪汪的—望着我—说道—你如何—还想着
> 我？想着我—你又如何—能对他？②

　　从胡适所举的例子来看，胡适的对"节"的划分也不是完全一致，比如，"穿破衣裳的"和"他眼泪汪汪的"，后者比前者只多一个字，但前者被认为是一"节"，而后者则被当成两"节"。再如，"他不声不

---

① 胡适：《谈新诗》，《胡适全集》第1卷，安徽教育出版社2003年版，第170—171页。
② 胡适：《谈新诗》，《胡适全集》第1卷，安徽教育出版社2003年版，第171页。

响"分成三"节","望着我"则只是一"节"。可见，他对"节"的
划分在标准的把握上并不是很统一，但总的来说，他是以语意标准和
语法标准来切分的，比如就不能切分出"望着—我说道"或"如何还
想—着我"这样的四个"音节"，另外，语气的停顿也影响音节的
切分。

　　更准确地说，这种划分可能更多的是语感的、经验的，也就是他文
中反复提到的"自然"的感觉。因此他对"节"的划分只好做了一个
"经验性"的说明："新诗体句子的长短，是无定的；就是句里的节奏，
也是依着意义的自然区分与文法的自然区分来分析的。"胡适对"音
节"的划分是以朗读时的语感来作为标准的，"新诗里音节底整理，总
以读来爽口听来爽耳为标准"。① 当然理解不一样，切分可能就不一样，
但大体情形应该是相似的。

　　比如，他曾（1931 年）以"朗读时的音节"和"爽快流利"来评
论或修改陈梦家和徐志摩的诗。评陈梦家的诗，"颇有一些不是很明白
的句子，但大体上看似有绝高天才。他的爽快流利处有时胜似志摩"。
评徐志摩的诗《爱的灵感》，说用笔校改了数处，"均以我朗读时的音
节为标准，似有可补益原作之处"。② 所以胡适认为写白话诗"往往不
讲音节"，只是运用"已成之美调"，"略施裁剪便可得绝妙之音节"。
"不讲音节"当然是指不讲古诗的平仄和押韵等，而"已成之美调"则
是说在白话口语的基础上已经形成的自然的语音节律，写诗时只需根据
需要稍微调整即可。

　　因此，我们有理由把胡适所说的"节"理解为节拍。节拍就是指
有一定数量的音节构成的语言节奏单位，也称其为音步。正如任鸿隽
和胡适所说，语言有自然的"天性"和"天籁"，汉语语音具有很强
的音乐性。写诗追求"音节的自然"，就是要为了表现语言的节奏感
和韵律感。

　　白话的节拍有一定的规律，一般是两个音节一个节拍，间有一个音

----

① 胡适：《评新诗集》，《胡适全集》第 2 卷，安徽教育出版社 2003 年版，第 806 页。
② 胡适：《日记》（1931—1937），《胡适全集》第 32 卷，安徽教育出版社 2003 年版，第 35—
36 页。

节一个节拍。常见的节拍安排方式有：三字句，二/一式或一/二式；四字句，二/二式；五字句，二/二/一式或二/一/二式；六字句，二/二/二式；七字句，二/二/二/一式或二/二/一/二式。如：太阳/出，冰山/滴；真金/在，岂/销铄？（郭沫若《满江红》）床前/明月/光，疑是/地上/霜。举头/望/明月，低头/思/故乡。（李白《静夜思》）

这些诗歌的节拍，十分明显自然，和句子的意群也相吻合。白话新诗，有的句子字数比较多，节拍的音节数目也多一些，但节拍安排的基本方式其实与古体诗词基本一致。如：你看/那浅浅的/天河，定然是/不甚/宽广。我想/那隔河的/牛女，定能够/骑着牛儿/来往。（郭沫若《天上的街市》）

了解了白话的节拍特点，诗人们在遣词造句时就会注意音节的调配，使句子音节相称。另外，有些虚词也有助于音节的调配，这也是胡适特别注意在白话诗中使用虚字的原因之一。

再说"音"。胡适说，"音"就是诗的声调。新诗的声调包括两个方面的内容：一是平仄要自然，二是押韵要自然。但他同时说明，白话诗里的平仄并不是古代诗韵中的平仄，而"用韵"的"韵"，则是指押现代的韵，平仄可以互相押韵，同时还说新诗押不押韵都无关紧要。

但是，新诗里到底用什么样的"音"才最有表达效果，胡适并没有总结出规律。他还是从经验出发做笼统的说明：白话诗歌只有"音"的轻重高下，没有严格的平仄。"白话诗的声调并不在于平仄的调剂适宜，而是全靠'音'的轻重高下。""读起来不但不拗口，并且有一种自然的音调。""新诗的声调既在骨子里，——在自然的轻重高下，在语气的自然区分。"①

利用双声叠韵形成声调和谐的语句是汉语传统的语音修辞手法之一。格律诗中对仗的部分，常常有双声叠韵相对的情形。但是胡适认为双声叠韵在白话诗可用可不用，认为，顺手拈来，自然而入，能够带来美感，但不可强求②，胡适在此强调的还是"自然"，而不是刻意的追求。我们认为胡适实际上基本取消了"韵"，或者把"韵"当成一种装

---

① 胡适：《谈新诗》，《胡适全集》第1卷，安徽教育出版社2003年版，第171页。

② 胡适：《追答李濂镗君》，《胡适全集》第1卷，安徽教育出版社2003年版，第201页。

饰，也暗含着对传统格律的批判和否定，或者说与传统格律进行切割，采用"矫枉过正"策略，促进白话诗尽可能地脱离古典诗的影响。

胡适对白话和文言的语音差异有着非常深入的了解。白话里的"轻声、儿化"现象，"一""不"的变调以及上声连读等语流音变现象对白话诗的"音节"的构造也产生了影响。胡适说，白话里的平仄与诗韵里的平仄不完全相同。一个字单独用是仄声，若同其他字连用、成为别的字的一部分，就成了很轻的平声了。例如"的"字，"了"字，在"扫雪的人"和"扫净了东边"里，就不成仄声了。胡适最后下结论，"白话诗里只有轻重高下，没有严格的平仄"。①

胡适这里说了两个问题，一是古音的平仄标准与现代音的平仄已经有了很大差异，特别是"仄"的认定需要重新认识，也就是说"入派三声（平、上、去）"导致一部分入声字变成了"阴平"，这在现代白话里被认为是"平声"。二是"的"和"了"的读音问题，属于语流音变问题。在现代汉语里，助词的"的""了"都是轻声，因此不把它们认作仄声。胡适指出，再以格律诗的用字规定来指导白话诗的音节安排显然已经行不通了。

胡适认为新诗的"声调"在骨子里，在"音"的自然（轻重高下）和语气的自然，从而中国古典诗歌中传统的"音韵"在胡适这儿就成了华兹华斯所说的"附加物"，可有可无，以不损害诗意表达为前提。胡适与华兹华斯一样，在韵律问题上陷入矛盾境地，他们一方面认为语言具有天然的节奏，而另一方面又认为韵律是节奏"有规律"的重复，从而是人为的、非自然的，是自然语言的附加物。他们都对诗歌的韵律问题采取了双重的态度，既避免采用装饰性的"附加物"，避免作品产生矫揉造作的风格，但同时也认为韵律上的轻巧和优美就是使读者感到满意的主要源泉。②尽管如此，华兹华斯还是认为，韵律不是诗的固有的东西。为什么他们二人在韵律（包含格律）问题上陷入相似的困境呢？可能的原因是，华兹华斯反对"以文害意"，因此反对那种为了韵

---

① 胡适：《谈新诗》，《胡适全集》第 1 卷，安徽教育出版社 2003 年版，第 171 页。

② ［英］华兹华斯：《〈抒情歌谣集〉序言》，《英国作家论文学》，生活·读书·新知三联书店 1985 年版，第 31 页。

律、节奏而牺牲思想情感的表达。① 胡适则是为了打破旧诗严整的诗体和格律，因此他们都走上了诗歌"散文化"的道路。惠特曼比他们二人走得更远，全面否定了以音节、重音和韵脚为基本单位的诗歌格律，代之以惠特曼式的自由体诗，宣称要全面拆除诗歌与散文之间的形式的藩篱。②

意象派也对韵律进行了探讨，他们也认为韵律并不是诗所独有的特征。约翰·列文斯文·罗伊斯说："罗厄尔女士的自由诗可以写成非常动人的散文，乔治·梅瑞狄斯的散文可以写成非常动人的自由诗，到底是哪种呢？"罗厄尔回答说："……没有区别……究竟一件事是写成散文或写成诗，这不重要。"而1918年的《诗刊》说："现在自由诗已为上流社会接受，而押韵的诗则被人认为寒酸和老派。"③ 可见，在意象派看来，韵律并不是诗与散文的区别。诗歌重要的是以意象传达感情，格律和节奏等传统的诗歌特征已经逐渐淡出诗人的视野。

胡适把"内部的组织"当成构成白话诗音节的最重要方法，其主要手段包括层次、条理、排比、章法、句法，其中既有语音、词汇手段，也包含语法、修辞、文章学方面的手段。我们认为，胡适的这个观念与传统的声律切割得最为彻底。胡适说，研究音节的"自然"并不是要去"讲究那些'蜂腰'、'鹤膝'、'合掌'等等玩意儿"，而是研究内部的词句应该如何组织安排，然后产生和谐的音律效果。④ 袁枚也对沈约的声律有过批评："近又有讲声调而圈平点仄以为谱者，戒蜂腰、鹤膝、叠韵、双声以为严者，栩栩然矜独得之秘。"⑤ 但真正拿出办法进行改革的则是胡适。胡适举周作人《两个扫雪的人》为例说明"内部的组织"是如何营造出自然的音节的：

　　一面尽扫，一面尽下：

① 苏文菁：《华兹华斯诗学》，社会科学文献出版社2000年版，第175页。
② 苏文菁：《华兹华斯诗学》，社会科学文献出版社2000年版，第84页。
③ ［英］彼德·琼斯：《意象派诗选·原编者导论》，裘小龙译，漓江出版社1986年版，第36页。
④ 胡适：《谈新诗》，《胡适全集》第1卷，安徽教育出版社2003年版，第167—173页。
⑤ （清）袁枚：《随园诗话》补遗卷3，郭绍虞、罗根泽主编，人民文学出版社1982年版，第626页。

扫净了东边，又下满了西边；
扫开了高地，又填平了洼地。①

胡适认为"一面尽扫，一面尽下"八个字都是仄声字，但读起来并不拗口，是因为有一种自然的音调，是以诗句内部的词句的组织来协调的结果②，但没有做具体的分析。我们认为，上面的例子，可以从以下几个方面去分析理解：一是三行句子的左右两边的语法结构是对称的，产生了稳定的效果；二是中间的逗号"，"起到了舒缓语气的作用；三是语意的对比使"音调"产生了"自然的曲折、高下"的变化，比如"扫"对"下"，"净"对"满"、"开"对"平"、"东边"对"西边"、"高低"对"洼地"等。还有，第二、第三两行句子，是排比句，给人以节奏感。可见"用内部的词句的组织来帮助音节"的"自然的音节"之观念已经基本脱离了传统声律的规则，也使得白话新诗得以从传统的"格律"或"声律"的束缚和羁绊解放出来。

"音节"的"自然"问题，前人也有不少的论述。袁枚就曾说过："诗有音节清脆，如雪竹冰丝，非人间凡响；皆由天性使然，非关学问。在唐则青莲人，而温飞卿继之。宋有杨诚斋，元有萨天锡，明有高青丘。"③"天性使然，非关学问"就是提倡写诗之时情感抒发要自然，根据口语表达的语音规律来书写，而非死守传统格律的规律，翻阅韵书，搜肠刮肚，刻意追求自认为优美的音韵。

胡适的"自然的音节"与惠特曼所说的"思想韵律"或"有机的韵律"有些类似。④ 他心中理想的韵律也应该是诗歌内部自然形成的。⑤惠特曼提倡诗人要根据自己对词语或短语的巧妙安排形成一种功能上相当于传统格律中的音步或节奏，形成一种没有固定形式但读者可以不同程度地感觉到的韵律。

---

① 胡适：《谈新诗》，《胡适全集》第 1 卷，安徽教育出版社 2003 年版，第 173 页。
② 胡适：《谈新诗》，《胡适全集》第 1 卷，安徽教育出版社 2003 年版，第 173 页。
③ （清）袁枚：《随园诗话》卷 9，郭绍虞、罗根泽主编，人民文学出版社 1982 年版，第 326 页。
④ （清）袁枚：《随园诗话》卷 9，郭绍虞、罗根泽主编，人民文学出版社 1982 年版，第 84 页。
⑤ 李野光：《惠特曼研究》，上海外语教育出版社 2003 年版，第 83 页。

白话写诗，打破了诗体，不可避免地导致了散文化，但对二者的区别，胡适当时并没有作深入的理论辨析。胡适以傅斯年发表在《新潮》上的两篇作品为例来分析诗与散文的区别，第一篇叫《一段疯话》，当散文作的，而第二篇是《前倨后恭》，当诗作的。下面分别是片段：

> 我们最当敬重的是疯子，最当亲爱的是孩子。疯子是我们的老师，孩子是我们的朋友。我们带着孩子，跟着疯子走，走向光明去。

> 倨也不由他，恭也不由他！——
> 你还睬他。
> 向你倨，你也不削一块肉；向你恭，你也不长一块肉。
> 况且终竟他要向你变的，理他呢！①

如果我们从是否分行排列的形式看，前一篇是散文，后一篇是诗，但如果仅仅以是否分行排列作为标准，那实在太简单了，也就取消了诗和散文分类的意义。如果从节拍的区别去区分，也很难行得通，因为散文也有节拍，只是不像诗歌那样相对固定，有一定的灵活性和主观性。但基本规律是一致的。

胡适认为前者是诗，尤其是后十六个字，而后者是散文。胡适的判断标准是"具体的写法"，而不是从形式（句子是否分行）上和韵律上去辨别，因此他得出结论，诗是具体的，而散文是抽象的。

胡适说："十八、十九世纪法国嚣俄、英国华茨活（Wordsworth）等人所提倡的文学改革，是诗的语言文字的解放；近几十年来西洋诗界的革命，是语言文字和文体的解放。"② 可见，欧洲的历次诗学革命的经验对胡适的诗学观念产生了直接的影响。因此，我们认为"自然的音节"这个观念，是胡适在借鉴袁枚、华兹华斯、惠特曼等中西方诗人的相关诗学理论的基础上，融合自己的创作实践和理论思考而得出的。

难能可贵的是，胡适已经萌发了敏锐的语言意识，"自然的音节"

---

① 胡适：《谈新诗》，《胡适全集》第 1 卷，安徽教育出版社 2003 年版，第 176—177 页。
② 胡适：《谈新诗》，《胡适全集》第 1 卷，安徽教育出版社 2003 年版，第 159—160 页。

的主张已经触及了现代语言学的一些观念（如"词句的内部组织"），捕捉到了现代汉语（白话文）声韵的美感以及搭配协调的规律，并能够对之进行举例性的说明，这是胡适的过人之处或天才之处。当然，胡适没能具体而深入地进行系统的阐述，只是停留在感性的体会这个层面，考虑到当时语言学的发展水平，胡适能有这样的认识已经相当难得了。陆志韦甚至曾用科学仪器检测白话诗（新诗）的节奏，以图发现新诗的节奏包括音长、音高、音式三个方面的特质。但胡适认为这样的实验结果很难指导新诗创作，因为诗歌的节奏是变化无穷的，难以像编订传统韵书那样进行明确的分类，然后编订成册，供人翻检查阅，而更多的是要在具体的创造实践中去切身体会和把握。

　　总之，胡适新诗中的"自然的音节"对旧诗的格律继承较少，几乎完全否定了沈约的永明声律，这也是跟他的新诗主张相符合的："打破五言七言的诗体"，"推翻词调曲谱的种种束缚"，"不拘格律，不拘平仄"。因此，我们说，胡适的"自然的音节"是一种崭新的现代诗歌理论，已经触及现代诗歌的本质，是对"诗体的大解放"理论主张的进一步拓展，是胡适新诗理论的核心和灵魂，是胡适由"白话诗"向"新诗"转变的关键。[①] 胡适在《谈新诗》里以白话为对象谈论新诗的节奏，不谈文言文的平仄和押韵，只对现代汉语的语音规律进行探索，这算得上是独辟蹊径的对轻声，变调，双声，叠韵，句子语气的升降的分析，则可以看成胡适根据语流音变的规律来辨析新诗的音节的"自然"与否的现代尝试。胡适不拘泥于古诗或者不同时期韵书所规定的用韵规则去判定音节是否"自然"，已经体现出了一定的现代性。李章斌对此评价说："胡适的'自然的音节'理论与写作实践成功地颠覆了传统诗歌节奏中那些模式化的结构因素，也确实成功地让诗歌语言与日常语言重新紧密地结合在一起，为诗歌引入源头活水，让新诗成为'活文学'。"[②]

---

① 旷新年：《胡适文学思想研究》，博士学位论文，北京大学，1996 年，第 56 页。

② 李章斌：《诗歌研究——胡适与新诗节奏问题的再思考》，《中国现代文学丛刊》2017 年第 3 期。

第四节 "具体的写法"与"逼人的影像"

一旦"打破诗体""以文为诗"等相关主张开始生效,传统诗歌中的句子和字的数量上的规定、对仗时词语的选择以及因为要求平仄和押韵所导致的语音上的限制等视觉特征和韵律特征就全部被抽离,取而代之的新诗就必然会走向散文化。由于新诗与散文不再具备视觉和韵律上的明显区别,"诗何以为诗"这个根本性的诘问便成了需要讨论的问题。"诗何以为诗"的问题,实际上反映了新诗初创时期的理论困境和创作实践的艰难。

比起晚清的先驱,胡适的新诗在语言上和诗体上已经有了突破,但遭遇了诗味丧失的严重问题,这一点,他应该是与梁启超、黄遵宪等前人陷入了同样的困境。梁启超提出了新语境、新风格和新语句的诗歌主张,但在写作实践中,因为新语句的引入导致对古典诗歌传统诗意的冲淡,使其诗歌主张没能得到实现。胡适提倡宋诗的"以文为诗""作诗如说话","采用散文化的连接方式,用正常的语序使那些'脱节'的意象和跳跃的意义被接通和固定了,意象被冲淡了,意义变得显豁了"。[①] 也就是说,意义的表达成了诗歌语言的主要功能,也就损害了以唐诗为代表的含蓄蕴藉的诗味。因为诗的韵味是需要借助语法的灵活和意义的"脱节"的,胡适的"作诗如说话"就是规范了语句的组织,使诗的句子走向散文化,虽然其句式的选择依然有其丰富性,但与文言诗相比,其选择就大为减少,从而缩减了诗句结构的弹性,进而也减少了营造诗味的有效途径。为了弥补这个缺失,或者说解决这个问题,胡适号召多写多读,培养对新诗的阅读习惯和对新诗诗意诗味的认同。他在给朱经农的信中说:"老兄初次读我的'两个黄蝴蝶'的时候,也说'有些看不下去',如今看惯了,也开始觉得我的白话诗'是很好的';如果你能多读别人的白话诗,自然也会看出他们的好处。"[②] 但最重要

① 旷新年:《胡适文学思想研究》,博士学位论文,北京大学,1996 年,第 50 页。
② 胡适:《答朱经农》,《胡适全集》第 1 卷,安徽教育出版社 2003 年版,第 85 页。

的则是从建设方面着手，思考新诗的创作方法，那就是"具体的写法"和"逼人的影像"两项主张的提出，前者是创作方法，后者则是方法运用的结果。

胡适提出把写法的"抽象"和"具体"作为新诗与散文的区分标志，认为散文与诗的区别，不在于音韵的有趣，而在于抽象与具体的两种写作方法。因而，主张写诗要用"具体的写法"。诗是偏向具体，越具体就越有诗味。凡是好诗，都能使我们脑子里发生一种或多种明显"逼人的影像"。[①]

那么什么才是"具体的写法"呢？朱自清认为，"具体的写法"就是提倡作诗的时候用比喻去抒发情感或表达思想[②]，因为比喻则最适宜营造"影像"。朱自清把整篇诗作当成"比喻"，而"理"则是"比喻"的"里面"，或者说是"比喻"所表达出来的内容。比如，"学而时习之，不亦说乎？"绝对不是诗，而"鸡声茅店月，人迹板桥霜"绝不是文。又如"历览前贤国与家，成由勤俭败由奢"，虽然合乎平仄，但不算是诗，而"梦为远别啼难唤，书被催成墨未浓"，则肯定是诗。胡适认为，后者之所以为诗，就是因为这些句子产生出来一种逼人的影像，比如"鸡声茅店月，人迹板桥霜"就合成了一串影像，唤起我们脑海中"早行"的各种环境和意境。所以说，诗的句子描写和呈现的是事物的具体的外在的"影像"，而不是抽象的说理和议论，否则跟散文就混淆了。

胡适认为诗歌唤起并呈现的"影像"可以是视觉的（"眼睛里起的影像"），如"五月榴花照眼明"，"鸡声茅店月，人迹板桥霜"；也可以是听觉的（"听官里的明了感觉"），如"昵昵儿女语，灯火夜微明，恩怨尔汝来去，弹指泪和声"；还可以是整个儿身体的感觉的（"引起读者浑身的感觉"），如"暝如西山，渐唤我一叶夷犹乘兴"。[③]

再如，马致远的小令《天净沙》："枯藤老树昏鸦，小桥流水人家，

①　胡适：《谈新诗》，《胡适全集》第1卷，安徽教育出版社2003年版，第174页。

②　朱自清：《〈中国新文学大系·诗集〉导言》，《朱自清学术文化随笔》，中国青年出版社2000年版，第216页。

③　朱自清：《〈中国新文学大系·诗集〉导言》，《朱自清学术文化随笔》，中国青年出版社2000年版，第146、147页。

古道西风瘦马。夕阳西下，断肠人在天涯。"这首小令中就有十个影像（"西风"不算）组成一串，营造出萧瑟的景象和氛围。① 《诗经》的《伐檀》，杜甫的"三吏""三别"也都是运用了具体的写法，尤其是杜甫的《石壕吏》把当时的征兵制度、战乱、民生疾苦等种种抽象的主题都一一具体地描写出来了。胡适又举杜甫的绝句为例：

> 谩道春来好，狂风大放颠。
> 吹花随水去，翻却钓鱼船。

胡适指出这首诗就是"印象主义"（Impressionistic）的艺术，因为它抓住了一个片段的影像。胡适高度评价杜甫的绝句，"这种体裁本只能记载那片段的感想与影像"，指出杜甫晚年，风格老辣，造语自然突兀，他的诗总能描绘出逼人的印象。② 胡适与意象派都强调"意象"的营造，强调诗歌的具体性。在 1929 年 7 月 3 日的日记中有游历苏州寒山寺的记录，论及张继的《枫桥夜泊》，认为全诗都是一大串印象而已，其意境最近于印象主义。③

但是有些白话诗就是抽象的写法，根本不像诗，他举《新青年》六卷四号上的沈尹默的《赤裸裸》：

> 人到世间来，本来是赤裸裸的，
> 本来没污浊，却被衣服重重的裹着，这是为什么？
> 难道清白的身不好见人吗？那污浊的，裹着衣服，就算免了耻辱吗？④

胡适解释说，诗人沈尹默本意是想运用比喻来表达对虚伪礼教的揭露和批判，但他一上来就说起大道理，最后把想要写的诗写成了抽象的

① 胡适：《日记》(1919—1922)，《胡适全集》第 29 卷，安徽教育出版社 2003 年版，第 1—2 页。
② 胡适：《白话文学史》，《胡适全集》第 11 卷，安徽教育出版社 2003 年版，第 499—500 页。
③ 胡适：《日记》(1928—1930)，《胡适全集》第 31 卷，安徽教育出版社 2003 年版，第 413—414 页。
④ 胡适：《谈新诗》，《胡适全集》第 1 卷，安徽教育出版社 2003 年版，第 177 页。

议论文。可见，胡适所说的"具体的写法"是指不使用抽象的词，不直接说教、说理或发议论，表达精确，不含混，营造的"意象"要明了浓丽、鲜明扑人。因此，他把传统文学史上的《伐檀》《石壕吏》《新乐府》《折臂翁》《卖炭翁》《上阳宫人》归为用具体的写法写成的成功之作，而认为《七德舞》《司天台》《采诗官》是失败之作，因为里面充满了抽象的议论。此外，他还分析了傅斯年《一段疯话》、沈尹默《前倨后恭》《生机》以及他自己的诗《老鸦》等新诗，根据前两项标准，他认为只有《生机》和《老鸦》是具体的写法，是好诗，而《一段疯话》《前倨后恭》和《赤裸裸》是"抽象的写法""抽象的议论"，是不成功的。①

胡适强调逼人的影像，其实又回到了有关"套语"的论述的老问题上。"套语"就是已经过时了的"影像"。毫无疑问，文言文学和白话文学都要营造意境。文学史上关于"意境"的论述不胜枚举，但那都是以文言文为例的，而胡适所论白话诗的意境是要用现代白话文进行营造的，因此古人的很多"套语"就不再适用了，所以他强调要创造新的意境。他在《追答李濂镗君》中说：

> 文学的美感有一条极重要的规律曰：说得越具体越好，说得越抽象越不好。更进一层说：凡全称名辞都是抽象的；凡个体事物都是具体的。故说"美人"，是抽象的，不能发生明了秾丽的想像。若说"红巾翠袖"，便是具体的，便可引起一种具体的影像。又如说"少年"，是抽象的；若说"衫青鬓绿"，便是具体的，便可引起秾丽明了的影像了。②

胡适强调具体的写法是为了描写影像和营造意境，是为了创造诗味和诗美，是新诗美学的追求，也是对批评新诗没有诗味的回应。这里胡适把影像和套语联系在一起了，即套语是过时了的"影像"。只是由于时代的发展，所以以前的"影像"到了今天就退化为"陈言""套语"。

---

① 胡适：《谈新诗》，《胡适全集》第 1 卷，安徽教育出版社 2003 年版，第 147—148 页。

② 胡适：《追答李濂镗君》，《胡适全集》第 1 卷，安徽教育出版社 2003 年版，第 152 页。

因此，胡适强调细心观察，铸造白话新词，具体生动地描写，营造出新的影像。

胡适的"意境"不仅包含我们日常所理解的作品所营造出来的诗情画意和诗意氛围，还包含有"意境"创造的过程和方法。胡适1935年7月26日在写给任维焜的信中，谈到他的"意境"说与王国维的"意境"说的区别。认为王氏的"境界"，"只是真实的内容而已"。而他自己的"意境"，说的是作家对于自己要表达的某种感情或某种景物"作怎样的观察，取怎样的态度，抓住了哪一点，从哪一种观点出发"。因此，胡适的"意境"还包括主观的内容，比如"态度""剪裁"等，是一个"意境"生成的过程，所以他把"意境"的创造的过程和效果概括为"深入而浅出"五个字，也就是对事物的观察和解释要深刻，而对事物的描写和表现则要浅近明白。①

胡适指出，要想写出好的诗，就要观察、选择，然后生动具体的表达出来。1918年6月胡适在《读沈尹默的旧诗词》中以为寄托诗须要真能"言近而旨远"。胡适的意思是说，从字面上看，只写了一件通俗明白的平常的事，但读者却可以从中体会到一种言外之意，这就是诗意。而有的诗是"言远而旨近"，本来一个平易浅近的意思，却用了许多令人不解的僻典。如果能读懂则罢，如果我们不知道他寄托的意思，那就成了毫无意义的七凑八凑的一堆文字符号。因此胡适进一步指出，诗的具体的写法就是要会运用具体的字词，也就是用能够很好表现形象的字词，达到准确生动的表现效果。如果能用新颖的具体的字，自然就不需要那陈陈相因的套语了。② 归根结底，胡适提倡"具体的写法"就是要排斥"抽象"的表达，是要求创作者能真实、自然、形象地描写事物或景象的细节，产生生动传神的效果。

胡适强调白话诗要用具体的写法，不仅因为它是文学创作的需要，也是对宋诗的"以议论为诗"的一种有意的反驳。因为宋诗的说教味较强，因而遭到了严羽和后世的批评。胡适虽然继承了宋诗"作诗如作文"的诗学主张，但并不意味着他也愿意接受宋诗的说教风格。胡

---

① 耿云志：《胡适研究论稿》，社会科学文献出版社2007年版，第331页。

② 胡适：《读沈尹默的旧诗词》，《胡适全集》第1卷，安徽教育出版社2003年版，第157页。

适认为邵雍、司马光、程颢的诗虽然"重在意境和理想"①，但多少有些哲学的意味，说教的色彩，"（杜甫）这种诗（《读崇宁后长编》）只是议论，很少好诗"。② 因此胡适在提倡白话诗"以文为诗"的时候，就有意地在理论上加以引导，尽量减少宋诗说教的意味。那么如何减少"说教"的意味呢，那就是运用"具体的写法"。

"具体的写法"之说，中西方皆有论述。钟嵘强调写诗的直觉和具体，认为典章奏折可以旁征博引，多用典故，但是，对于诗歌这样的作品，则忌讳大量堆砌典故。钟嵘提倡"直寻"，他所说的"直寻"是指用直观可感的形象来描绘或表达诗人因外在事物所激发的感情或情绪，虽然创作过程中并不排斥理性的介入，但描写或表现的最后结果必须是直接可感的形象，使之作用于接受者的感官，是读者或者说接受者受到震撼或感染。③

钟嵘《诗品》说郭璞"始变永嘉平淡之体，故为中兴第一"。刘勰也说，"景纯艳逸，足冠中兴"。所谓"平淡"，就是指诗中抽象的说理，所谓"艳逸"，就是化抽象为具体。胡适指出，说理的作品一般都是散文文体。两汉之后，越来越多地使用赋体。但用诗进行说理，发议论，就不太容易了。因此，凡用诗体来说理，意思越抽象，写法就越应该具体，否则就会流于抽象。比如，应璩、孙绰的失败，都是由于不能用具体的写法说理。而仲长统的《述志》诗与郭璞的《游仙》诗所以比较可读，则是知道如何运用一些鲜明艳逸的形象来表达抽象的思想、概念。左思的《咏史》也颇能如此。④

胡适认为唐代初期是产生过一些不错的说理诗的。比如王梵志、寒山、拾得和王绩都写过不错的说理诗。胡适解释说，唐朝初年的白话诗一般都是从嘲戏和说理两种类型的诗演变而来的。嘲戏之作最后慢慢演变为诗人自适之歌或讽刺社会的诗，那也就成了说理与传教的诗了。在唐代初期的白话诗人中，王梵志与寒山、拾得的诗都是学习嘲戏的诗，都是从打油诗出来的；王绩的诗似乎受到陶渊明的影响，其说理诗极富诗的

---

① 胡适：《国语文学史》，《胡适全集》第 11 卷，安徽教育出版社 2003 年版，第 123 页。
② 胡适：《国语文学史》，《胡适全集》第 11 卷，安徽教育出版社 2003 年版，第 146 页。
③ 张少康：《中国文学理论批评发展史》，北京大学出版社 1995 年版，第 218 页。
④ 胡适：《白话文学史》（上），《胡适全集》第 11 卷，安徽教育出版社 2003 年版，第 318 页。

意味。所以说，以诗说理未尝不凡，重要的是有内容，只要有意境与见解，自然会作出第一流的哲理诗的。这里的"意境"则是指具体的写法。①

胡适除了从中国传统诗歌中寻找资源，也自然转向西方寻找答案。这个答案就是借鉴了意象派理论关于"意象"的创造的方法。

英美意象派诗歌与新诗观念的相通，胡适自己是承认的，只是他一直没有进行正面的详细说明。胡适在《日记》里说："此派所（印象派）主张，与我所主张多相似之处。"② 后来在很多的书信或日记里都有重要的表述。1920 年 11 月在写给日本青木正儿的两封信当中也提到新诗问题，胡适说："近代西洋诗人提倡'Imagism'（影象主义），其实只是这个道理。"③"'逼人的影像'与英美意象主义（原文为影象主义，Imagism）诗派所说的'意象'是一样的概念。"④

胡适曾用"印象主义""影象主义"等词翻译 Imagism、Impressionism，使用比较自由，后慢慢统一为"意象主义"。但意象理论在中国起源很早，《周易·系辞》已有"观物取象""立象以尽意"之说。简单地说，意象就是寓"意"之"象"，就是用来寄托人们主观情感和思想的客观物象。因为"言征实则寡余味也，情直致则难动物也，故示以意象"。所以意象入诗的目的和所要达成的效果，是以"象"征"意"，用喻示和象征丰富诗的"余味"，收到能够"动物"的效果，是"含不尽之意，见于言外"，与胡适所说的"言浅而意深""言外之意"的意思是相近的。

但胡适最早接触意象派，应该是在 1917 年元旦前后（日记中没有准确到"日"）。胡适从《纽约时报》全文摘录并翻译了《印象派诗人的六条原理》，并坦言"此派所主张与我所主张多相似之处"⑤。

"意象派"主张主要有以下六条：（1）运用日常会话的语言，但要使用精确的词，不是近乎精确的词，更不是仅仅是装饰性的词。（2）造新的节奏——作为新的情绪的表达——不要去模仿老的节奏，老的节奏

---

① 胡适：《白话文学史》（上），《胡适全集》第 11 卷，安徽教育出版社 2003 年版，第 392 页。
② 胡适：《日记》（1915—1917），《胡适全集》第 28 卷，安徽教育出版社 2003 年版，第 496 页。
③ 胡适：《胡适书信集》，北京大学出版社 1996 年版，第 250—251 页。
④ 胡适：《胡适书信集》，北京大学出版社 1996 年版，第 250—251 页。
⑤ 胡适：《日记》（1915—1917），《胡适全集》第 28 卷，安徽教育出版社 2003 年版，第 496 页。

只是老的情绪的回想。我们并不坚持认为"自由体"是写诗的唯一方法。我们把它作为自由的一种原则来奋斗。在诗歌中，一种新的节奏意味着一个新的思想。（3）在题材选择中允许绝对的自由。（4）呈现一个印象（因此我们的名字叫"印象主义"），我们相信诗歌应该精确地处理个别，而不是含混地处理一般。（5）写出硬朗、清晰的诗，绝不是模糊的或无边际的诗。（6）最后，我们大多数人都认为凝练是诗歌的灵魂。①

　　从上述"六条"来看，意象派在很多方面与胡适的白话诗的主张有许多相似之处，比如主张使用日常口语，写具体而"清晰"的诗，尤其是都强调"意象"的创造。

　　学界有研究认为意象派从中国古典诗歌里面借鉴了不少有益的因素，比如中国诗对直觉的追寻和把握，对事物的具体描写以及对议论和说教的排斥等诗学观念。因此，从这个角度来说，胡适认为意象派的主张与他主张很相似，那也是情理之中的。无论胡适的"影像理论"出自传统还是来自意象派，都说明它与中国传统的意象理论有着密不可分的关系，也证明了胡适对西方资源的借鉴是有针对性、目的性的，是为了提升、完善或印证自己的观念。

　　意象诗派是1914—1917年间活跃于英美诗坛的现代诗歌流派，活动时间较短，但影响深远。此流派最主要的七个成员是：四个美国诗人：艾兹拉·庞德、希尔达·杜里脱尔、约翰·各尔特·弗莱契、爱米·罗厄尔；三个英国人：理查德·阿尔丁顿、F. S. 弗林特、D. H. 劳伦斯。他们四年间共出过四本诗集，发表了三篇重要的宣言和论文：一是庞德的《意象主义者的几个"不"》（*A Few Don't*）；二是罗厄儿的《意象派宣言》（*Imagist Credo*）；三是罗厄儿的《现代诗的新面貌》（*New Manner in Modern Poetry*）。意象派诗歌改革运动的动力与华兹华斯、惠特曼在某些方面是一致，都是来源于但丁在《论俗语》中对这些日常语言的应用。他们都主张摒弃19世纪那些专门用于诗歌的"诗词语言"，在诗歌创作中追求日常语言的句法和韵律②，庞德对"意象"的解释是"那

---

　　①　胡适：《日记》（1915—1917），《胡适全集》第28卷，安徽教育出版社2003年版，第495—496页。

　　②　［英］彼德·琼斯：《意象派诗选·原编者导论》，裴小龙译，漓江出版社1986年版，第26页。

在一瞬间呈现理智和情感的复合物的东西"。庞德用"客观对应物"作了进一步解释:"艺术形式里表达情感的唯一方式是找到一种'客观对应物'。"① 也就是说,一系列客体、一种情景、一连串事件,将是那种独特的情感的公式,或者说是情感的形象的符号。这样,当那必然要在感觉体验中告终的外部事实给予了人们,情感立刻就唤起了。他自己《地铁车站》就是最具代表性的作品:

> 人群中这些脸庞的隐现;
> 湿漉漉、黑黝黝的树枝上的花瓣。

这首诗里,庞德捕捉并记录了那一刹那一瞬间的感觉:"一件外向的、客观的事物使自己改观,突变如一件内向的、主观的事物。"② "脸庞"与"花瓣"营造出逼人的意象,"湿漉漉""黑黝黝"地"隐现"。

庞德把"完美的意象派"诗人希尔达·杜利脱尔的《奥丽特》当作是意象派登峰造极的诗作:

> 翻腾吧,大海——
> 翻腾起你尖尖的松针,
> 把你巨大的松针,
> 倾泻在我们的岩石上,
> 把你的绿扔在我们身上,
> 用你池水似的衫覆盖我们。③

这首诗既没有明喻,也没有象征,是呈现而不是描绘,呈现事物本来的样子,没有经过人的或多或少的带有"主观性"的"描绘";没有

---

① [英]彼德·琼斯:《意象派诗选·原编者导论》,裘小龙译,漓江出版社 1986 年版,第 44 页。

② [英]彼德·琼斯:《意象派诗选·原编者导论》,裘小龙译,漓江出版社 1986 年版,第 34 页。

③ [英]彼德·琼斯:《意象派诗选·原编者导论》,裘小龙译,漓江出版社 1986 年版,第 31 页。

说教的强调；没有对人类经历的沉思；没有精神之物的追求；没有固定的诗律和被"设计"过的节奏（意象也是一种节奏）；没有叙述；没有抽象的含混。然而这里面有一种在具体中捕捉抽象的强烈感觉（以具体的手法写抽象）；没有形式，只有诗的本身。诗人没有要求自己把它纳入进一个固定的形式"框架"，有的是意象生动逼真地呈现。它不仅仅是描绘事物，而且是唤起形象。① 从上述的分析来看，这首诗表现出来的艺术特点与胡适所主张的"具体的写法"所包含的写作手法是接近的，或者说是有着相似性或相通之处。

在《奥丽特》中，诗人运用达到完美的融合点的最直接的形式类比，为读者呈现出生动逼人的形象。诗中没有使用模糊的抽象的词，只使用了表达具体意思的名词、动词和几个形容词，看上去就是描写了海浪涌向海岸、拍打岩石的景象，但给人以鲜明的"意象"。词与词之间完美结合，形成一个动态的景象。所以，与其说是每一个词发挥了它的力量，还不如说是整首诗在发挥作用。也就是说，这首诗让读者体验的是整首诗，而不是一行美丽的诗句，一个聪明的韵脚，一个精致的比喻。这样，诗成为意义的单位，而不是词的单位。应该说，《奥丽特》这首意象派的诗是胡适眼中用"具体的写法"所写出来的好诗，胡适在《谈新诗》中所称道的马致远的《天净沙·秋思》与此诗也有着异曲同工之妙。这首元小令让读者感受的同样是整首诗，而不是单独一行的句子，句子和词组形成了意义单位，句中或词组中词与词之间产生了新质，一种比喻的火花，形成了"一种具体的独特的知觉"。② 所以胡适说"十个影像连成一串，并作一片萧瑟的空气"。意象派追求诗歌意象的"凝练""精确""紧凑"，诗风要"硬朗"，胡适则要求写景诗要有"敏捷而真确的观察力和聪明的选择力"，不能因"堆砌"而不美。③

再以胡适自己比较满意的一首诗《一颗遭劫的星》与希尔达·杜利脱尔的《花园》作比：

---

① ［英］彼德·琼斯：《意象派诗选·原编者导论》，裘小龙译，漓江出版社1986年版，第31页。

② ［英］彼德·琼斯：《意象派诗选·原编者导论》，裘小龙译，漓江出版社1986年版，第31页。

③ 胡适：《评新诗集》，《胡适全集》第2卷，安徽教育出版社2003年版，第803页。

热极了！
更没有一点风！
那又轻又细的马缨花须
动也不动一动！① 　　　　　（胡适）

噢，风，
犁开这片炎热，
切开这片炎热，
把它分到两边。
果实不能在这浓重的
空气中落下：
果实无法落入炎热，
这片炎热
鼓起了又磨平了犁尖，鼓圆了葡萄。② （希尔达·杜利脱尔）

　　这首诗里，胡适营造意象的方式、表现手法的自由与《花园》可谓似曾相识，诗中只有使用表示实在一样的写景，没有一丝"主观性"，已"得意象派之三昧"，"真正具有现代诗歌的品质"。③

　　当然，意象需要不断更新。休姆在区别散文与诗歌的时候说："人们不妨说意象是诗中产生的。意象被运用在散文里，于是最后就在记者的英语中慢慢死去。"④ 这里的"意象"与胡适所说的"套语"有些相似。胡适也说，"套语"刚出现时，也是有着很强的生成影像的能力。但用滥了，就丧失了这种能力，变得与抽象的全称名词一样了；胡适还认为西洋的"古典"文学中同样用典，就是英文的 Allusions，分神话典，史事典，时事典各类，但使用的频率没有中国古典诗歌那么高。⑤

---

　　① 胡适：《尝试集》，《胡适全集》第 10 卷，安徽教育出版社 2003 年版，第 113 页。
　　② ［英］彼德·琼斯：《意象派诗选》，裘小龙译，漓江出版社 1986 年版，第 32 页。
　　③ 旷新年：《胡适文学思想研究》，博士学位论文，北京大学，1996 年，第 76—77 页。
　　④ ［英］彼德·琼斯：《意象派诗选·原编者导论》，裘小龙译，漓江出版社 1986 年版，第 28 页。
　　⑤ 胡适：《答张效敏并追答李濂镗》，《胡适全集》第 1 卷，安徽教育出版社 2003 年版，第 152 页。

休姆认为，直接的语言是诗，不直接的语言是散文，因为直接的语言和意象打交道。这里的"直接"就是具体的语言，不表抽象的意义，这也正是胡适的说法，胡适只是更换了语言表达，说要用具体的写法写诗，写诗不能有抽象的议论。

再有一个问题，就是胡适对新诗美感的论述。胡适把"情感"解释为"美感"的成分之一。胡适说："今人所谓'美感'者，亦情感之一也。"① 所谓美感，首先就是情真意切，有了真实的感情，作品就会感人，也就有了美感；当然，美感还与表达感情的工具——语言有关，如果能够做到准确具体优美地表情达意，那么美感就会上升。同时，这些能够表达真实情感的语言格式就会慢慢沉淀下来，为后人所沿用。这样，慢慢地白话文也就具有了类似文言文在文学史上的一些美学或者表达美感的格式、意象等语言方式。这个恐怕也是胡适所要尽力解决的问题，这也是他呼吁先建设国语的文学，然后才能谈到文学的国语的原因，即被大众所认可的可复制的有美感的白话文，也因此白话文和白话文学才会最终代替文言文和古文学，成为统一的现代民族共同语，白话文也就最终取得了合法的正宗的文学地位。

其次，胡适认为"美感"的获得也有一个培养和熏陶的过程。在1918 年 7 月 14 日给朱经农的《答书》中提到白话文的美感问题。胡适认为朱经农之所以当初觉得"两个黄蝴蝶"那首诗"有些看不下去"，但现在已经开始觉得他的白话诗"是很好的"，就是因为"看惯了"的缘故。这里胡适已经触及审美过程和审美心理问题，是非常有见地的。"美感"确实有民族性、时代性和个体性。随着白话文学的逐渐展开，并占据文坛的主导地位时，白话的美感自然会得到认可。所以胡适建议朱经农，多读别人的白话诗，慢慢就会感觉出他们的优点，看多了，习惯了，就能发现并欣赏其中的美。胡适举沈尹默先生的"霜风呼呼的吹着"一首为例，并夸张地认为是几百年来最好的诗。②

在诗歌中，"美感"其实就是"诗味"。中国文论传统中，钟嵘比较早地论述过"诗味"，并指出与诗歌的艺术思维特征相关。他在《诗

---

① 胡适：《文学改良刍议》，《胡适全集》第 1 卷，安徽教育出版社 2003 年版，第 5 页。
② 胡适：《答经农书》，《胡适全集》第 1 卷，安徽教育出版社 2003 年版，第 85 页。

品序》中批评玄言诗"贵黄老,稍尚虚谈","理过其辞,淡乎寡味"。玄言诗人们喜欢在诗里高谈阔论,不着边际地谈论玄理,而感情抒发较少,审美形象性弱,因此也就没有"滋味"或者说"诗味"。

钟嵘提出从兴、比、赋三种创作方法的角度论述"滋味",并认为三种手法缺一不可。赋重在"直书其事",用得过多就会导致诗味减弱,"患在浮";如果只用比兴,作品可能会过于深奥隐晦,"患在意深"。钟嵘将"兴"解释为"文已尽而意有余",将"比"解释为"因物喻志",将"赋"解释为"直书其事,寓言写物",注意到了诗歌抒情言志、假物取象、滋味无穷的审美特征。其中的"比"是"诗味"产生的重要环节,也就是说要做到"文已尽而意有余"才会有隽永的"诗味"。① 所以钟嵘有意把赋、比、兴的次序倒了过来,他将"兴"放在第一位,改为兴、比、赋,是为了突出表现诗歌的艺术思维特征。钟嵘的"滋味"对白话诗来说,是具有一定借鉴意义的。

所不同的是,钟嵘所谈的是文言诗,文言文相对来说,要比白话"简约",容易涵泳"诗味",而白话诗是"白"的,明白的,清楚的,在凝结传统的"诗味"的能力上显然不如文言文。这当然不是说,白话诗写不出诗味,而是想说,除了培养白话的美感以及运用"具体的写法",白话诗还有许多议题需要探索。这从闻一多等人新创新格律诗的尝试和努力中得到启示。

南北朝时期曾经存在着两种不同的美学观念。这两种对立的美学观,对当时文学理论批评的发展产生了重大影响,而且对后来整个文学理论批评的发展,影响也极其深远。钟嵘在《诗品》中曾引南朝诗人汤惠休对颜延之诗歌和谢灵运诗歌不同美学特色的评价。他说:"谢诗如芙蓉出水,颜诗如错采镂金。"诗歌史上这两种不同的美学观,在南朝是有代表性的。实质上讲的是,一种为自然之美,一种为雕饰之美。前者崇尚合乎天然造化,后者则推崇人为加工。在南朝文艺思想的发展中,显然是重视自然之美,而轻雕饰之美的。② 而胡适是倾向于自然之美的。他借《石林诗话》以表达他的美感倾向:"诗语固忌用巧太过,

---

① 张少康:《中国文学理论批评发展史》,北京大学出版社 1995 年版,第 272—273 页。
② 张少康:《中国文学理论批评发展史》,北京大学出版社 1995 年版,第 218 页。

然缘情体物，自有天然工巧，而不见其刻肖之痕。老杜'细雨鱼儿出，微风燕子斜'，此十字殆无一字虚设……"[1] 胡适推崇的正是这种"无一字虚设"的"天然工巧"的自然美，也与他要文学描写做到"真实""自然""经济"的主张较为一致。

所以说胡适与梅、任、杨等人关于古诗中的用词和用典的争论，也可以说是中国文学史上司空见惯的现象，是"自然美"与"雕饰美"之间的论争，并不像梅光迪说的完全是剽窃西方"潮流"。但缘于作文的文法与诗歌的文法的模糊，白话诗还没有建立起一套区别于传统诗论的"美"的理论，而初期的白话诗的创作也不理想，这就给保守派留下了攻击新诗的理由。因此，胡适不得不重新审视白话的文学美感并进行阐发（借鉴西方自由体诗歌）和培养热爱新诗歌的读者对白话的审美趣味，从而扭转千百年来所形成的主要由古典诗歌所熏陶出来的审美倾向。

胡适自己对"诗味"的探索并不彻底，尤其是新诗的创作并不丰富，这个缺陷是由后来人弥补的。但胡适一直坚持语言的易懂和透明，以便通往物的世界。比如，胡适举张枢填词改"琐窗深"为"琐窗幽"最后改为"琐窗明"以协律的例子，讥笑说："究竟那窗子是'幽暗'呢，还是'明敞'呢？这上面，他们全不计较！"有研究认为，从日常语言交际的事理性出发，胡适的评价确有道理，显示了常识的胜利。至少有一类诗（指晦涩朦胧的一类，比如晚唐的李商隐等人的诗）的"语法"和逻辑显然有别于口语交际，所以不能以"事理性"来衡量这种类型的诗。[2]

胡适认为白话文"诗味"的淡薄与文艺复兴的"白话文学"的遭遇相似，当时的英文之"白诗"（Blank Verse）同样也是不符合贵族文人的美感的。因此，对"诗味"的讨论其实又回到对"白话"的审美价值的讨论，这在第一章已经有所论述。但总的来说，胡适对白话"诗味"的认可是带有很明显的平民主义色彩的。

胡适不仅大力提倡白话诗，同时自己也努力创作白话诗。1915—

---

① 《中国历代文论精品》，时代文艺出版社 2000 年版，第 452 页。
② 江弱水：《古典诗的现代性》，生活·读书·新知三联书店 2010 年版，第 265 页。

1916 年间，身在美国的胡适就开始尝试写作白话诗。1917 年 2 月，胡适率先在《新青年》上发表《白话诗八首》，1920 年 3 月，在上海亚东图书馆出版了他自己的第一部新诗集《尝试集》，两年之内销售达万册，产生了较大的影响。虽然他的白话诗质量不是很高，但流传甚广，对初创时期的白话诗的成长起到了示范、引导和鼓舞的作用，对现代新诗的发展做出了不可磨灭的贡献。

第五节　新诗借鉴中西资源的特征探析

胡适《谈新诗》被朱自清称为"诗的创造和批评的金科玉律"[1]，而华兹华斯在 1800 年写作的《〈抒情歌谣集〉序言》则被称为英国浪漫主义诗歌的宣言。二者在中英现代诗歌史上都扮演了极为重要的角色。虽然说胡适文学思想和所创作的作品总体上是倾向于现实主义的，但并不等于说他不会从诗歌的语言和创作技巧上借鉴接受浪漫主义诗歌的有益成分，这一点从他早期的英文诗歌阅读和翻译实践上可以得到印证。因此，我们认为，胡适是中国现代文学史上较早接受华兹华斯诗学观念的代表人物之一。

首先，总体来看，我们认为，胡适新诗理论所借鉴的西方资源主要是欧美近现代的传统诗歌理论，如前文所提到的华兹华斯、意象派诗人、惠特曼等人的诗歌主张，而对现代派的诗歌观念涉及很少。这当然是由新文学的建设目标所决定的，但同时也表明胡适对传统和经典的尊重，只有那些已经成为历史经典的资源才能被吸收，而不是梅光迪所说的那样，剽窃不入流的昙花一现的"新潮流"。胡适借鉴西方的态度是比较审慎的，胡适的辩护也应该是真诚的（没有受"新潮流"的蛊惑）。胡适对英国诗歌的吸收，兴趣点在"传统"，但这个"传统"对于欧洲文艺复兴来说，则是"革命"，是欧洲的"白话诗"。因此，胡适对西方资源的借鉴有着较强的针对性，就是借鉴能满足新诗建设需求

---

① 朱自清：《〈中国新文学大系·诗集〉导言》，《朱自清学术文化随笔》，中国青年出版社 2000 年版，第 216 页。

的那部分资源。

　　傅云博（Daniel Fried）认为胡适的诗学革命的灵感来源不是"近代"的，而是"传统"的。他认为《尝试集》里的新诗之所以看起来会是"现代的"，是因为语言上的错置（dislocation）所引起的错觉。但事实上胡适的诗体基本都是套用传统的英诗。证据之一是，不管是从用字遣词、意象、主题还是从音律来看，胡适所写的中英文诗都非常接近那些传统英诗的范例，并认为胡适所学、所写的英诗，在英语文学中，也充满了陈腔、对仗和套语①；证据之二是，胡适在康奈尔大学和哥伦比亚大学所读的诗主要是当时美国大学教材里的一些诗，比如伊丽莎白时期、浪漫主义、维多利亚时期的诗，尤其是布朗宁（Browning）和邓耐生（Tennyson）的诗，并推测胡适即使当时读了当代的英诗，估计也是通俗杂志里的一些文体相当传统的诗，而不是经典的现代主义刊物里刊登的诗。对此，胡适其实也是变相承认的："十几年来，当日我们一班朋友郑重提倡的新文学内容渐渐受一班新的批评家的指摘，而我们一班朋友也渐渐被人唤作落伍的维多利亚时代的最后代表者了！"②

　　傅云鹏认为，对胡适来说，学习这些规则来写英诗一定是一个很新鲜的经验，同时，把那些规则运用到白话诗上，对读者来说更是一件新鲜的事情，或者说能够产生"陌生化"效果。从这个角度来说，梅光迪等人批评胡适，认为严格说起来，诗学革命并不是胡适的发明是有些道理的。只是，影响胡适的不是《诗刊》那种杂志里激进理论家所写的诗，而主要是维多利亚体的诗。维多利亚诗歌对美国的现代派诗人来说不管是多么陈腐，但对写英诗的新手胡适来说，却仍然是很具革命性的。③

　　夏志清也认为，对写作真正有帮助的都是近代作家，而且欧美的情形也是如此，读了莎士比亚、弥尔顿，很难直接派上用场，比如说维多利亚时代的丁尼生的确是继承古希腊罗马文学传统的，但写起无韵诗体

---

　　①　Daniel Fried，"Beijing's Crypto-Victorian：Traditionalist Influences on Hu shi's Poetic Practice"，*Comparative Critical Studies* 3. 3（2006），p. 372.

　　②　胡适：《〈中国新文学大系·建设理论集〉导言》，《胡适全集》第 12 卷，安徽教育出版社 2003 年版，第 295 页。

　　③　Daniel Fried，"Beijing's Crypto-Victorian：Traditionalist Influences on Hu Shi's Poetic Practice"，*Comparative Critical Studies* 3. 3（2006），p. 388.

（blank verse）来，还是需要下功夫向莎士比亚、弥尔顿、华兹华斯等文学大师学习。①

我们认为，傅云博和夏志清的分析确实非常新颖，也很有见地，但这也正好证明了胡适所宣扬和认同的文学文化发展的阶段性的论断，即当时中国语言和文学现状类似于文艺复兴时期的欧洲，中国的新诗当时需要学习的自然也是欧洲近现代的诗歌尤其是英国维多利亚时期的诗歌。夏志清还说过，整个东方国家或者地区的现代文学借鉴的基本上是欧洲近代的文学，中国大陆如此，日本如此，中国台湾也是如此，这应该也是文学发展阶段性的必然②。这样的论断也就符合了胡适所说的引进西方资源要适合中国的国情需要的观点，胡适在文学革命中引述最多的就是把中国的文学革命比作欧洲的文艺复兴，道理也在于此。当然，可以商榷的是，我们认为胡适对当时的英美意象派、美国自由诗应该是有所了解的，这从胡适的日记中可以找到证明。而且，理论设计和创作实践是有一定距离的。不能完全仅以诗歌创作中的模仿痕迹来否定其理论主张所受到的其他影响，况且胡适的很多白话诗还带有中国传统诗词的痕迹，这是大家都公认的，也是胡适所承认的。因此，我们认为，傅云鹏对胡适新诗是受英国近代文学影响的判断只是凸显了胡适所受西方资源的某一个部分或者是主要的部分，但并不能以此来遮蔽其他中西方资源对胡适的影响。

其次，新诗注重对诗歌的语体观念和文体理论的借鉴和吸取，而对诗的意境等方面的理论关注不足。胡适对华兹华斯、惠特曼等人的抒情歌谣、自由体诗和意象派诗歌理论的吸收，并不是从整体出发，而是存在"化约化"的倾向，只选择其中他认为能够满足现阶段新诗发展理论建设之需要的那部分资源，华兹华斯对于胡适的影响更多的是表现在诗歌所使用的语言方面，意象派则主要是体现在意象的创造上，而惠特曼则在诗体的打破和诗歌风格上都有启发。

作为英美诗歌史上有着重大影响的诗歌流派，英国以华兹华斯为代表的湖畔诗派、美国惠特曼自由体诗以及以庞德为代表的英美意象派都

---

① 夏志清：《文学革命》，《文学的前途》，生活·读书·新知三联书店 2002 年版，第 9 页。
② 夏志清：《文学革命》，《文学的前途》，生活·读书·新知三联书店 2002 年版，第 9 页。

有完整的诗歌理论体系，而胡适只是从中借鉴了与新诗建设初期有关联的相关资源，并与中国传统中宋诗的诗学特征进行了融合，这其中可能有以下几个方面的原因：

首先，是新诗理论受到了白话文运动启蒙要求的内在制约。白话文运动最主要的目的是确立白话文的国语地位，用国语普及教育，传播思想。胡适说，新文化运动有一个更广阔的意义，它不仅是给予人们一个活文学，同时还要创造了新的人生观。它是对中国传统的重新估价，也包含了一种能够增进和发展各种学术研究的科学，同时检讨中国的文化遗产也是它的一个中心任务。① 胡适吸取西方诗歌理论，给白话诗的创作提供了依据。如果能从中西方文学两个方面来证明白话文可以写诗，那么就证明了白话可以用来创作一切门类的文学。因此，胡适在吸收西方诗歌的理论资源方面，主要是吸收与诗歌语言以及和诗体有关的那部分，目的是证明白话诗的"合法性"。

其次，胡适"选择性"借鉴英美诗歌资源跟白话诗的发展进程密切相关。白话诗理论的形成和创作的成熟是一个渐进的过程。胡适必须先要解决白话诗的语言问题和文体问题，然后才能去考虑诗味诗意的问题。也正是基于这样的原因，胡适的白话诗比较关注诗歌语言和诗体，而对意境关注不够，导致初期白话诗创作质量不高，从而一直为人诟病。胡适为此受到了众多的责难和批评。梁宗岱曾批评胡适"有什么话说什么话"的主张，不仅是反旧诗的，而且是反诗的。② 而穆木天直接把胡适判为新诗质量不高的罪魁祸首："中国的新诗，我以为胡适是最大的罪人。"③ 胡适"作诗如作文"的新诗主张被认为是早期白话诗诗味淡薄的最重要原因。

在某种意义上，胡适的白话新诗理论及其创作实践完成了古典诗歌向现代性转化的关键性的第一步任务，但由于对诗的美学观念建构不够，来不及消化西方文学理论就广泛地加以推广和宣传，导致早期的新诗为此付出了代价，比如初期的白话诗总体来说，新诗仍然带有中国传

---

① 胡适：《中国文艺复兴》，《胡适文集》（12），北京大学出版社1998年版，第41页。

② 梁宗岱：《新诗的十字路口》，《宗岱的世界》，广东人民出版社2003年版，第208页。

③ 穆木天：《〈谈诗〉：致郭沫若的一封信》，《穆木天诗文集》，时代文艺出版社1985年版，第263页。

统诗歌的痕迹，创作水平不高，给人好像"只披上一件呢外套就了事"①的感觉，也就是说新诗形式上的改变已经实现，但诗的诗意诗味等内涵上的建设还很薄弱。这一点，在白话诗的早期论战中，胡适的朋友任叔永就有过这样的提醒："公等做新体诗，一面要诗意好，一面还要诗调好，一人的精神分作两用，恐怕有顾此失彼之虑。"② 应该说这样的担心是道理的，而且白话诗初期出现的问题也与这种担心相吻合。

最后，是世界文学潮流发展的必然。五四时代，欧美诗歌的革新主张主要集中在诗歌的语言和形式方面，都是想从"文的形式"方面入手，寻求诗歌语言的创新和诗体的突破。刘延陵在《美国的新诗运动》一文中说："新诗（New Poetry）是世界的运动，并非中国所特有：中国的诗的革新不过是大江的一个支流。"③ 可见，中国近代与西方近代在文学上都有一个共同的发展轨迹，就是突破僵化的形式和技巧，陈腐的内容和语言，使诗歌能够不断更新发展，这实际上也符合社会进化论的哲学观念；而在文学发展的进程中，互相借鉴和参照是自然的规律，意象派就曾借鉴过日本俳句和中国唐朝的寒山诗，而欧美各国文学的互相影响则更是频繁，只不过是到了中国文学革命之时，由于中国文学的发展要远远落后于西方潮流，因此中国文学对西方文学的借鉴则更为突出。这正如胡适所观察和思考过的，"文学革命的运动，不论古今中外，大概都是从'文的形式'一方面下手，大概都是先要求语言文字文体等方面的大解放"，"近几十年来西洋诗界的革命，是语言文字和文体的解放"④，因而中国的新诗运动也应该走同样的路。

可见，中西方诗歌都经历了一个漫长的白话化的过程，中国经过了

---

① 周作人在为刘半农《扬鞭集》写的序中提到："我觉得新诗的成就上有一种趋势恐怕是很重要的，这便是一种融化。不瞒大家说，新诗本来也是从模仿来的，它的进化是在模仿与独创之消长，近来中国的诗似乎有渐近于独创的模样，这就是我所谓的融化。自由之中自有节制，豪华之中实含青涩，把中国文学固有的特质因了外来影响而日益美化，不可只披上一件呢外套就了事。"见周作人《〈扬鞭集〉序》，《周作人自编文集——谈龙集》，河北教育出版社2002年版，第40页。

② 胡适：《答任叔永》，《胡适全集》第1卷，安徽教育出版社2003年版，第89页。

③ 刘延陵：《美国的新诗运动》，《中外比较文学史资料汇编（1898—1937）》（上），广西师范大学出版社2004年版，第751页。

④ 胡适：《谈新诗》，《胡适全集》第1卷，安徽教育出版社2003年版，第159、160页。

从南北朝乐府诗，到唐代白话诗（含佛教俗文学）、宋诗，再到五四白话诗的过程，而西方则经历了从欧洲文艺复兴时代的英语语言文学的确立到华兹华斯等英国近现代诗歌再到美国自由诗的过程，由此我们认为，胡适的文学革命的许多观念都是从这样一种比较"化约化"的文学规律中获得了灵感和信心。

胡适思考的是如何使用白话文作新诗，而不是如何在诗歌中使用白话。胡适出版了他的第一部诗集《尝试集》之后，白话诗人之间都很少探讨与白话诗歌相关的诗歌措辞问题。这个问题（如果这是一个问题的话），已经按照胡适所设想的方式解决了。白话诗人关注的诗歌语言的现代化，而不是诗歌本身的现代化，也就是说没有关注"诗歌的本质"。虽然传统的印记还有很多，但诗的形式确实已经得到解放。

因此，我们说胡适借鉴西方是带着明确而强烈的目的性。1930 年5—6 月间，胡适写信给徐志摩，谈他读刚刚创刊的《诗刊》第一期的感想和意见，信中对梁实秋所谓"新诗实际就是中文写的外国诗"的观点有所批评，认为新诗的出路在于不断的试验，最终探索出中国新诗自己的独特的道路、形式和风格，而不只是模仿和借鉴外国诗；胡适还强调新诗要写出现代中国人自己的生活、思想和情感。[1] 这些都说明胡适并不是照搬西方的经验，而是要根据新诗的实际发展需要来决定借鉴西方什么样的资源，最终创作出能够表现现代社会之中的中国人的思想情感的诗。

另外，我们认为，胡适对西方现代派诗歌是有所了解的，只是他确实不欣赏现代派的诗以及相关的理论。这跟他的审美倾向是有关的，也是他强调白话文学的"懂得性"的自然结果。在美国留学期间，梅光迪就批评过胡适被未来主义、意象主义、自由诗、象征派、立体派和印象派等文学和美术的"新潮流"所蛊惑，而胡适的回应是新潮流中"大有人在，大有物在"，"非门外汉所能肆口诋毁"。[2] 上述"新潮流"中除了本文已经提及的"意象派""自由诗"，其他的"新潮流"胡适甚少提及，但不等于说他一无所知。或许他真的阅读或涉猎不多，但起

---

① 胡适：《寄徐志摩论新诗》，天津《大公报·文学副刊》1931 年第 205 期。

② 胡适：《日记》（1915—1917），《胡适全集》第 28 卷，安徽教育出版社 2003 年版，第 422 页。

码对基本的情况是知晓的。当然，欧美稍晚兴起的"意识流"和"象征主义"等后起的文学思潮，胡适是否有所关注了解则是另外一回事，因为新诗的热潮已经开始退潮，胡适也开始慢慢淡出对白话诗的争论了。但是尽管如此，胡适对现代派诗歌也是有所耳闻有所接触的。1931年3月5日，胡适曾与徐志摩谈论现代诗。胡适坦白地承认自己几乎看不懂徐志摩拿给他看的 T. S. Eliot（T. S. 艾略特）、Joyce（乔伊斯）、E. E. Cummings（卡明斯）等象征主义、意识流等流派的诗歌，这些诗人们也许有他们的特殊经验，但他们不曾把他们的经验很明白地写出来。[1] 1938年4月15日的日记记载，胡适在美国偶遇 Edgar Lee Masters（埃德加·李·马斯式斯），一个成名较早的新诗人。胡适认为他1915年4月间出版的《斯波河诗选》（*Spoon River Anthology*），开了一个新风气，扫除了当日（所）影象主义（Imagist）的纤细风尚，并指出 Masters 也不赞成今日的新诗人艾略特和康明司之流，说他们都没有思想，又没有感情，故都是站不住的。[2] 胡适实际上是借 Edgar Lee Masters 的话来表达自己对现代派诗歌的不欣赏和不接受。

---

① 胡适：《日记》（1931—1937），《胡适全集》第32卷，安徽教育出版社2003年版，第75页。
② 胡适：《日记》（1938—1949），《胡适全集》第33卷，安徽教育出版社2003年版，第78页。

第三章　融汇中西现实主义的"易卜生主义"

白话文运动的终极目标是思想革命，而承担此项使命的首推白话文学。胡适倡导以白话代替文言文，并以白话创作新文学，其中包含语言形式变革和文学内容革新两个任务。文学内容革新的任务就是反对文学创作中的"文胜质"，也就是《文学改良刍议》中所反对的"言之无物"。胡适强调，时代变了，文学的思想内容也必须随之改变，要有"高远之思想"和"真挚之情感"。胡适所说的"情感"和"思想"已经不是古人的"文以载道"了，而是现代人的"道"，包括现代人的自然感情、美感以及"见地""识力""理想"等，正如胡适所说，这是"新皮囊"装的"新酒"。①

在胡适的观念里，提倡"为人生的""写实的"文学就是针对文学思想内容的改革。文学革命初期，他也意识到新文学必须有新的内容，但当时的主要任务是推倒文言文，提倡白话文学，因此，胡适之前只是零星地提及"写实主义"。但他还没来得及去深入思考文学内容的变革，比如，在 1916 年 7 月 13 日的日记中，胡适就曾与梅光迪争论过文学内容的改革问题。胡适说：

> 吾以为文学在今日不当为少数文人之私产，而当以能普及最大多数之国人为一大能事。吾又以为文学不当与人事全无关系。凡世界有永久价值之文学，皆尝有大影响于世道人心者也。[此说宜从其极广义言之，如《水浒》，如《儒林外史》，如李白、杜甫、白居易，如今之易卜生（Ibsen）、萧伯纳（Shaw）、梅脱林（Maeterlinck），

---

① 胡适：《文学改良刍议》，《胡适全集》第 1 卷，安徽教育出版社 2003 年版，第 5 页。

皆吾所谓"有功世道人心"之文学也。若从其狭义言之，则语必称孔孟，人必学忠臣孝子，此乃高头讲章之流，文学云乎哉?]

　　觐庄大攻此说，以为 Utilitarian（功利主义），又以为偷得 Tolstoi（托尔斯泰）之绪馀；以为此等 19 世纪之旧说，久为今人所弃置。余闻之大笑不已。夫吾之论中国文学，全从中国一方面着想，初不管欧西批评家发何议论。吾言而是也，其为 Utilitarian，其为 Tolstoian〔托尔斯泰主义〕，又何损其为是。吾言而非也，但当攻其所以非之处，不必问其为 Utilitarian，抑为 Tolstoian 也。①

　　从上述的文字看，胡适当时已经具有了较为明晰的中西融合的现实主义观念，其中隐含了胡适自己对现实主义文学的理解以及汲取西方资源的目的性和选择性：一是现实主义文学是平民的文学，而不是"少数文人之私产"。二是文学要反映社会现实，要"有大影响于世道人心"。三是胡适已经把中西方现实主义文学观念进行了连接，即认为《水浒传》《儒林外史》，如李白、杜甫、白居易等作品以及作家，与西方近现代的易卜生（Ibsen）、萧伯纳（Shaw）、梅脱林（Maeterlinck），都属于"有功世道人心"的现实主义文学。四是胡适所理解的现实主义，除了含有功利主义（Utilitarian），还包括托尔斯泰式的人道主义，换言之，胡适的现实主义观念不仅包括西方近现代的现实主义文学特征，还含有包括个人主义在内的人道主义观念。这一点，在 1918 年的《易卜生主义》中胡适做了很明确和丰富的论述。五是胡适对西方文学资源的借鉴，是以中国的需要为前提的，并不管这些资源在西方是否过时（梅光迪则认为是"十九世纪之旧说，久为今人所弃置"），只要这些资源在中国是有用的，不管是什么样的西方文学思想，都应该吸取和借鉴。

　　当然，胡适还没有对现实主义文学观进行深入和详细的论述，因为"那个时期，我们还没有法子谈到新文学应该有怎样的内容，世界的新文艺都还没有踏进中国的大门里"。② 直到白话文在文学领域占据了主

---

　　① 胡适：《日记》(1915—1917)，《胡适全集》第 28 卷，安徽教育出版社 2003 年版，第 403、404 页。

　　② 胡适：《中国新文学运动小史》，《胡适文集》(1)，北京大学出版社 1998 年版，第 135 页。

导地位，胡适才开始阐述新文学的思想内容问题。

从现有史料来看，现实主义（写实主义）这个术语应该是由梁启超在《小说与群治之关系》（1902）中提出的，但其含义并不稳定，主要是指小说的倾向，没涉及诗歌、散文等，梁启超把现代意义的浪漫主义称为"理想派小说"，把现实主义称为"写实派小说"。

胡适在日记中沿用这个名称，大概就是从梁启超那里借来的。胡适最早评述现实主义与浪漫主义的文学风格的差异，是在 1915 年 8 月 3 日。在当日的日记中，胡适写下了"读白居易《与元九书》"的札记，较为清晰地对中国文学史上的两种流派的文学进行了梳理和概括，并宣称他从《与元九书》所摘录的文字是中国文学史上中最为重要的文学理论，可以当成白居易提倡现实主义文学的"檄文"①。他坦陈自己 16 岁时论诗的"旨趣"就已经是白居易、杜甫"一派"，赞赏苏东坡的"诗须有为而作"的现实主义倾向，不仅如此，周围的人也都评论他像白居易一派。② 这里，胡适明确地表达了自己对现实主义文学和浅近通俗文字的倾向性。

1915 年 8 月 21 日，胡适在给陈独秀的信中，赞成陈独秀的"趋向写实主义"的观点，提出"译书须择其与国人心理接近者"。③ 他对《青年杂志》当时刊载英国唯美主义作家王尔德的《情人》表示不解，认为王尔德的作品已经远远超出了当时国内读者的审美观念、欣赏能力，甚至翻译者本人都难说能够正确理解和把握唯美主义文学，因此不宜草率译介。鉴于中国的社会环境和社会心理的限制胡适建议国内应当多译介西方现实主义文学，而不应引入包括唯美主义文学在内的西方现代主义文学。

清末民初，民族危机严重，社会剧烈动荡，官场腐败，社会黑暗，民不聊生。这样的环境当然是现实主义文学发展的极好的"土壤"。在文学革命"宣言"《文学改良刍议》一文中胡适旗帜鲜明地提倡反映生

---

① 胡适：《日记》（1915—1917），《胡适全集》第 28 卷，安徽教育出版社 2003 年版，第 214、215 页。

② 胡适：《〈尝试集〉自序》，《胡适全集》第 1 卷，安徽教育出版社 2003 年版，第 180 页。

③ 胡适：《日记》（1915—1917），《胡适全集》第 28 卷，安徽教育出版社 2003 年版，第 318 页。

活现实的现实主义文学,对那些"指斥中国社会的罪恶"的谴责小说家们十分赞赏,认为只有"实写今日社会之情状"的文学,才算是真正的文学,称赞吴趼人的《二十年目睹之怪现状》、李宝嘉的《官场现形记》、刘鹗的《老残游记》等小说是可比肩当时世界一流的现实主义文学。① 在考证中国古典小说时,胡适也对现实主义作品大加褒扬,认为《红楼梦》是一部家族的衰败史,而《官场现形记》等谴责小说,虽有溢恶、浅薄的缺点,但能在"讳疾而忌医"的时代,真实反映社会现实,勇敢揭露社会黑暗,表达出要求社会改革的呼声,是难能可贵、令人尊敬的。② 因而胡适强调文学是社会现实生活的反映,批评那些"与社会无甚关系"的人,没有资格对文学夸夸其谈,更没有资格去创作文学。③

因为深受现实主义文学思想的影响,胡适对浪漫主义的作品一直保持着疏离:"大概由于我受'写实主义'的影响太深了,所以每读这种诗词(艳诗艳词),但觉其不实在。"④ 胡适把浪漫主义文学当成"堕落""空虚"的表现。1921 年 7 月 22 日,在上海与沈雁冰(茅盾)、郑振铎谈文学问题(茅盾 1920 年 12 月加入《新青年》编辑部),主张提倡写实主义,不赞成盲目追赶西方文学潮流,"滥唱什么'新浪漫主义'"。他认为当时的西方之所以能够产生新浪漫主义的文学,是因为文学发展的阶段性规律使然,因为西方已经经历了现实主义文学的发展阶段,经历过写实主义的洗礼,留下了现实主义的历史积淀。因此无论他们如何提倡新浪漫主义或其他的什么文学思想,都不会"堕落到空虚的坏处"。⑤ 胡适以比利时象征主义戏剧家如梅特林克(Meterlinck)的作品为例,认为虽然其神秘色彩浓厚,但依然脱不了写实主义的痕迹,原因就是受了 19 世纪中欧洲文学写实主义的洗礼。⑥

---

① 胡适:《文学改良刍议》,《胡适全集》第 1 卷,安徽教育出版社 2003 年版,第 14 页。

② 胡适:《〈官场现形记〉序》,《胡适全集》第 1 卷,安徽教育出版社 2003 年版,第 564 页。

③ 胡适:《答黄觉僧〈折中的文学革新论〉》,《胡适全集》第 1 卷,安徽教育出版社 2003 年版,第 108 页。

④ 胡适:《读沈尹默的旧诗词》,《胡适全集》第 1 卷,安徽教育出版社 2003 年版,第 155 页。

⑤ 胡适:《日记》(1919—1922),《胡适全集》第 29 卷,安徽教育出版社 2003 年版,第 380—381 页。

⑥ 胡适:《日记》(1919—1922),《胡适全集》第 29 卷,安徽教育出版社 2003 年版,第 283 页。

　　而中国则不然。胡适借陈独秀的观点来表达自己的主张："一切破坏文学艺术亦顺此潮流由理想主义而变为写实主义（Realism），更进而为自然主义（Naturalism）。"① 而"吾国文艺犹在古典主义（Classicism），理想主义（Romanticism）时代，今后当趋向写实主义"。② 换言之，胡适提倡现实主义文学，是从当时中国文学发展的历史趋势来立论的。

　　可见，胡适提倡现实主义文学是其进化论思想在文学上的反映，也是从欧洲文学发展史中得来的经验。因为中国社会还处在欧洲的"中古时代"，"五四"时期的社会环境和文学现状也就处在欧洲文艺复兴的前后阶段，因此只能提倡现实主义文学以达到思想启蒙和人性解放的社会改造的目的。换句话说，就是从西方文学思潮演进的阶段性来看，中国文学的发展是处于现实主义文学的发展阶段的。陈独秀和周作人对此有相似的看法。曾留学法国的陈独秀受自然主义的影响较多，他在《欧洲文艺谈》中把法国文学艺术的发展阶段归纳为从古典主义到理想主义（即浪漫主义）、写实主义再到自然主义的线性发展过程。③ 对此，胡适明确表示"均极赞同"。④ 1917 年，周作人在北京大学讲授欧洲文学史时，其观点也与陈独秀基本一致，只是语言表述上更为具体。周作人表示，由于进化论的历史观念的深入人心，科学的飞速发展，西方世界的文学观念和文学发展的轨迹也开始转变，"乃弃空想而重实证，写实主义（Realism）为主。描写人生，专主客观，号曰自然派（Naturalism）"。⑤ 可见从历史进化的认识出发把现实主义文学作为新文学的主要主张，在当时有着广泛认同的基础。

　　而茅盾最后接受了胡适的建议，致信胡适说从《小说月报》拟从第八期起，"期期提倡自然主义"，"拟把十二号作为自然主义专号"⑥。同年 12 月，茅盾在《小说月报》上编发了日本文学批评家岛村抱月的

---

　　① 陈独秀：《现代欧洲文艺史谭》，《中外文学关系史资料汇编》（下），广西师范大学出版社 2004 年版，第 709 页。

　　② 胡适：《日记》（1915—1917），《胡适全集》第 28 卷，安徽教育出版社 2003 年版，第 440 页。

　　③ 胡适：《陈独秀与文学革命》，《胡适全集》第 12 卷，安徽教育出版社 2003 年版，第 226—227 页。

　　④ 胡适：《寄陈独秀》，《胡适全集》第 1 卷，安徽教育出版社 2003 年版，第 26 页。

　　⑤ 周作人：《近代欧洲文学史》，团结出版社 2007 年版，第 3—4 页。

　　⑥ 沈雁冰：《胡适遗稿及秘藏书信》第 27 册，黄山书社 1994 年版，第 162 页。

《文艺上的自然主义》，还以肯定的、推崇的态度写了该文的《附志》。同期，茅盾还在《一年来的感想与明年的计划》中写道，当今中国文学发展停滞，不能进步，是因为几千年来中国人都是把文学当成消遣的游戏，而不是当成艳俗的事业；创作前不愿实地考察和体验，创作中凭想当然。并认为要先消除这两个，"自然主义文学的输进似乎是对症药"。①"再说一句现成话，现代文艺都不免受过自然主义的洗礼。"这句"现成话"，可能就是上述胡适所说的"全靠经过一番写实主义的洗礼"那句话，说明了胡适对茅盾、郑振铎等"文学研究会"成员的影响，"最终促成了《小说月报》朝写实主义方向发展。在这个过程中，茅盾的'为人生'的文学观也逐渐清晰与完整，在众多文学观念中最终胜出，成为《小说月报》的文学主张，同一时期文学创作也由革新之初的'虚张声势'转而获得真正的提升"。②

由于对文学本质有着深入的了解，即文学可分"有所为"和"无所为而为之"两种类型，胡适其实并没有反对"为文学而文学"。他只是认为在文学革命时期这个文学发展的特殊阶段，中国更需要现实主义的文学，倡导与"世道人心"相关的文学，继承"文以载道"的传统，以反映人生和现实为己任。换句话说，适合浪漫主义文学的历史时期还没有到来，而这个历史则是"经过一番写实主义的洗礼"之后的时期。必须等到"救亡"和"启蒙"的双重历史使命全部完成之后，中国文学才有可能趋向新的思潮。

胡适倡导的现实主义文学是"活的""真的""写实的""为人生的"文学，其文学思想已经具备了现实主义文学理论的雏形。现实主义的文学观念在新文学开创之初曾引起热烈的论争。除胡适和陈独秀之外，周作人提出的"人的文学"的观点对现实主义观念的提倡起到了重要的引领作用。周作人认为中国文艺复兴主要是为了把个人从过去的封建制度中解放出来的运动。在这个新的背景下，任何违反人性和违背人道主义原则的思想和行为都应受到谴责。现代文学应以高尚道德来描述人的理想生活，反映人的现实生活，揭露出其不人道的一面并加以改

---

① 沈雁冰：《文艺上的自然主义》，《小说月报》1921年第12卷第12期。
② 陈昶：《胡适与〈小说月报〉的转型》，《文学评论》2017年第1期。

善。总之，文艺必须反映人生和社会。文学研究会的成员茅盾、郑振铎等，受胡适、周作人的理论影响，逐渐走上现实主义的文学道路。他们批判那些象牙塔中的文人对社会弊端和不公的漠视，坚持以文学反映时代和社会的责任，记录现实生活，揭露生活的黑暗面，并给人们指引走向光明的道路。郑振铎认为，所有的文学作品都应该充满社会色彩，反映社会现实。与现实主义文学主张相对立的是创造社同人提倡的浪漫主义文学，他们反对文学中的功利主义，但仍然带有现实主义的因子，或者说有着现实主义的考量。成仿吾在他的文章《新文学的使命》中，把他们的目标定义为寻求文学美的实现。他们为了艺术而艺术，但他们并不是想逃避生活的现实，而只是对中国现有的现实环境感到厌恶，渴望更好的生活方式。

概括来说，胡适的现实主义文学观，是在融合中国传统现实主义的文学观念和西方批判现实主义观念的基础上而形成的，而且还受到了西方科学主义、实用主义、易卜生主义、自由主义等哲学思潮和社会思潮。

胡适在对现实主义文学观念的表达上采用了周作人取自日本的"人的文学"观念。胡适在《〈中国新文学大系·建设理论集〉导言》中对周作人的《人的文学》做过评述，高度称赞《人的文学》一文是"一篇最平实伟大的宣言"①，是主张"人情以内，人力以内"的"人的道德的文学"，并认同周作人的观点，即中国文学需要大量译介西方国家的著作，放眼世界，扩大读者的视野，提高读者的思想，"养成人的道德，实现人的生活"。② 在此基础上，胡适加入了自己所理解的易卜生主义（易卜生主义本质上是社会学的概念，而非单纯的文学概念），对新文学需要坚持的现实主义文学主张进行了综合的阐述和个人的发挥，糅合了写实主义、人道主义、个人主义以及自由主义等要素，统一在"人的文学"的旗号之下。"人的文学"提倡人的觉醒，呼唤个体人格的发展，推崇个人本位主义，以人道主义为本。因此，可以认为，胡适对"易卜生主义"和"人的文学"的阐述把现实主义、个人

---

① 胡适：《〈中国新文学大系·建设理论集〉导言》，《胡适全集》第12卷，安徽教育出版社2003年版，第294页。

② 胡适：《〈中国新文学大系·建设理论集〉导言》，《胡适全集》第12卷，安徽教育出版社2003年版，第295页。

主义和人道主义等文学观念和思想观念统一在一起。

第一节　传统现实主义文学观念的积淀

　　胡适的现实主义文学观念受到了杜甫、白居易等中国传统现实主义的直接影响，尤其是白居易的诗论《与元九书》对胡适影响较大。白居易继承了汉乐府"缘事而发"的现实主义精神，强调文学"救济人病，裨补时阙"的教育功能。在《与元九书》中他从中唐的社会现实出发，提出"文章合为时而著，歌诗合为事而作"的主张，对现实主义诗歌理论做出了巨大贡献。

　　胡适认为文学本质的特征是以表达思想感情和美感为主要目的。"文学是用美妙的形式，将作者独特的思想和感情传达出来，使看的人能因而得到愉快的一种东西。"① 他把文学分为"无所为"和"有所为"两种类型："无所为而为之文学，非真无所为也。其所为，文也，美感也。其有所为而为之，美感之外，兼及济用。"胡适的态度是，文学的最高境界是"能兼两美"。因此，胡适从文学的"美感"本质出发，不认同白居易完全排斥"无所为"之文学的观点，"白香山抹倒一切无所讽谕之诗，殊失之隘"。并对少年时（"十六七岁时"）的文学态度表示反省："吾十六七岁时自言不作无关世道之文字（语见《竞业旬报》中所载余所作小说《真如岛》），此亦知其一不知其二之过也。"②

　　白居易的诗作以及诗论《与元九书》使胡适对中国文学史上的浪漫主义和现实主义两大文学流派有了更加清晰和系统的认识。在《读白居易〈与元九书〉》一文中，胡适接受了把中国传统文学区分为现实主义和浪漫主义两大潮流的观念，并以西方话语对现实主义和浪漫主义进行了解释。胡适认为文学大致可分为理想主义（Idealism）和实际主义（Realism）两个派别：

---

　　① 周作人：《关于文学之诸问题》，《中国新文学的源流》，河北教育出版社2002年版，第5页。

　　② 胡适：《日记》（1915—1917），《胡适全集》第28卷，安徽教育出版社2003年版，第223—226页。

　　理想主义者，以理想为主，不为事物之真境所拘域；但随意之所及，心之所感，或逍遥而放言，或感愤而咏叹；论人则托诸往昔人物，言事则设为乌托之邦，咏物则驱使故实，假借譬喻："楚宫倾国"，以喻蔷薇；"昭君环佩"，以状梅花。是理想派之文学也。

　　实际主义者，以事物之真实境状为主，以为文者，所以写真、纪实、昭信、状物，而不可苟者也。是故其为文也，即物而状之，即事而纪之；不隐恶而扬善，不取美而遗丑；是则是，非则非。举凡是非、美恶、疾苦、欢乐之境，一本乎事物之固然，而不以作者心境之去取，渲染影响之。是实际派之文学也。

　　上文中，胡适已经抓住了现实主义文学革命的核心，"一本乎事物之固然""不隐恶而扬善，不取美而遗丑；是则是，非则非"，也就是说现实主义文学的核心是真实，客观，对社会现实不美化，也不有意"遗丑""溢恶"。而如果一味地美化，那就是虚假的歌功颂德的文章，如果一味"遗丑"，那就成了"黑幕小说""谴责小说"一类的作品。

　　胡适把杜甫和白居易称为唐代的现实主义文学的两个代表。杜甫因为"所感所遇而为之不期然而自然"，所以他未必是有意而成为现实主义的诗人。白居易则有意于"扶起""诗道之崩坏"，其以创作现实主义的作品为毕生追求，是当之无愧的现实主义诗人。①

　　胡适的这个看法与周作人的看法基本一致。周作人认为中国文学史就是"理想派"和"写实派"的波浪状的循环起伏的发展史，只是胡适没有提及两种潮流的循环发展规律。周作人说，"文学方面的兴衰，总和政治情形的好坏相反背着的"。他用"言志""载道"作为标准来划分中国文学的潮流，认为两千年的中国文学，在过去所走的并不是一条直线，而是像一条弯曲的河流，从甲处流到乙处，又从乙处流到甲处。遇到一次抵抗，其方向即取一次转变。②

　　值得注意的是，胡适对"浪漫主义"和"现实主义"两个术语的

---

① 胡适：《日记》（1915—1917），《胡适全集》第28卷，安徽教育出版社2003年版，第213—215页。

② 周作人：《中国新文学的源流》，《周作人自编文集》，河北教育出版社2002年版，第18页。

运用："浪漫主义"是由"无所为"到"理想主义"，"现实主义"是
由"有所为"到"实际主义"，这其中反映了胡适的比较文学意识，也
体现了胡适的现实主义观念由传统走向西方并互相参照融合的过程。胡
适讨论的虽然是李白、杜甫、白居易等中国古代诗人的作品，但他已经
在尝试用西方文学术语和观念来解释中国文学传统，用理想主义（Ide-
alism），也就是现在说的浪漫主义来概括闲适诗，用实际主义（Real-
ism），即现在所说的现实主义概括讽喻诗，这足以说明胡适已经开始用
西方文学思想去审视和诠释中国传统文学。

正如胡适和周作人等所理解的一样，中国文学史中一直有着悠久的
现实主义文学传统。孔子提倡"诗可以兴，可以观，可以群，可以
怨"。① 这就是说文学作品有着抒情、教化等多方面的功能。"兴"是要
求文学作品能"感发意志"，要有强烈的感染力；"观"是说读者能够
从作品中"考见得失"，"观风俗之盛衰"；"群"是指"群居相切切
磋"，互相启发，互相砥砺；而怨是指"怨上政"，以政治和社会现实
的改善。当然，孔子的"兴观群怨"说是有其具体的阶级内容的，归
根结底是宣扬"事父""事君"的封建的伦理纲常，为统治者服务。

《毛诗序》是中国古代文学理论的经典之作，它一方面提出诗歌的
"诗言志"的抒情功能，另一方面也注意到了文学与社会现实的关系问
题，认为"变风变雅"的出现是"王道衰，礼仪废，政教失，国异政，
家殊俗"所导致的结果。②《毛诗序》中提出文学要"有补于世"的作
用和功能，强调文学要能体现儒家"经夫妇，成孝敬，厚人伦，美教
化，移风俗"③ 的政教伦理，并形成了浓厚的"文以载道"的传统，在
中国传统文学史中一直占据主导地位。胡适赞同文学反映现实的"文
以载道"功能，但他反对承载封建的伦理和政教的那种"道"，代之以
反映现代社会的政治和生活现实以及普通百姓生活中的真情实感。

当然，《毛诗序》里的"现实"主要是指王道礼仪，政教人伦，反
映的是统治阶级的政治制度和意识形态，而班固所论述的乐府民歌中的

---

① 郭绍虞等主编：《中国历代文论选》，上海古籍出版社 2001 年版，第 17 页。
② 曹顺庆等主编：《西汉文论译注》，北京出版社 1988 年版，第 303 页。
③ 郭绍虞等主编：《中国历代文论选》，上海古籍出版社 2001 年版，第 63 页。

"现实"，主要是指普通平民百姓"不得其所"的苦难生活以及黑暗的社会现实。在肯定现实生活对文学创作的影响之外，班固也特别强调政治对文学的制约，认为这种制约主要表现在各个时代的政治现实对各个时代文学有着决定性影响的倾向之中。政治清明，天下就太平，文学就倾向于歌功颂德；而当政治黑暗国家危亡之际，文学就容易倾向于怨刺、讽喻和揭露以及批判。在这一点上，胡适无疑受到了班固的影响，在关注现实的态度上是有继承和发扬的，也对胡适对现实主义的欣赏和偏爱起到了潜移默化的作用。胡适在《白话文学史》中反对汉代儒家以"美刺说"对《诗经》进行"政治化"解读，他从纯文学的立场，认为《诗经》很多作品是老百姓的喜怒哀乐的反映，但他并没有否认，其中很多作品确实起到了反映现实生活的作用。

汉代的董仲舒提倡"独尊儒家"，强调儒经的实用功能，使得文学的"文以载道"的倾向越发得到巩固和加强。班固主张文学要反映现实，强调文学美刺讽喻的社会作用和教育意义，提倡文学要能够"有补于世"。在《汉书·艺文志》中，班固就曾高度评价汉代乐府诗的"缘事而发"的现实主义精神，"可以观风俗，知薄厚"。①

汉代的王充，从思想发展的渊源上看，较多地继承了先秦荀子的思想，重视文艺的现实作用。他提倡真实，反对虚妄，这与司马迁的"实录"精神是相通的，认为有"真"才有"美"，而"真美"与"善"又是紧密相连的，只有高度真实的作品才能有益于现实社会。② 王充对真实性的张扬，对中国传统现实主义文学观念的形成和发展产生了积极而深远的影响。

司马迁《史记》中的传记文学虽然运用了很多的文学创作方法，是水平极高的传记文学，但他坚持实录史实，班固在《汉书·司马迁传赞》中对此高度评价："其文直，其事核，不虚美，不隐恶，故谓之实录。"司马迁的实录原则是与王充一脉相承的，并成为后来史学和文学写作的一项基本要求，胡适在《白话文学史》中就特别提到唐代史学大家刘知几作《史通》，评论古今史家得失，主张实录"当时口语"，反对用典，

---

① 曹顺庆等主编：《西汉文论译注》，北京出版社1988年版，第301页。
② 曹顺庆等主编：《西汉文论译注》，北京出版社1988年版，第244—245页。

反对模古。① 后世的很多文学家都把实录精神当作重要的文学批评原则用以衡量创作，在中国文学批评史上产生了深远的影响，白居易、韩愈、欧阳修、王世贞、李贽、金圣叹等人都从中吸取了思想资源。

胡适对中唐之后的杜甫、白居易、元稹等人的现实主义文学极为欣赏。胡适在《白话文学史》中曾对唐代的文学做过大篇幅的深入分析，并称李白和杜甫分别是当时的浪漫主义文学和现实主义文学的杰出代表。胡适认为从杜甫到白居易的一百年多年（750—850）是唐诗的极盛时代，这个时期的文学与开元、天宝间的盛世文学差别很大。前期为浪漫主义文学流行的时代，后期为写实主义文学兴盛的时期。胡适评论说，李白的作品无论怎么样"富丽妥帖"，但感觉不到"脚踏实地"，与社会和百姓不是那么贴近；而杜甫"平实浅近"，使人能够感觉他厚重的人生情怀和对百姓的"恳挚亲切"态度。李白代表隐遁避世的放浪态度，杜甫代表中国民族积极入世的精神。② 李白、杜甫虽然处于同一时代，但却代表两个完全不同的文学流派。胡适认为李白是8世纪中叶以前的浪漫文学的集大成者和终结者，杜甫则开启了8世纪中叶以后的写实文学。李白和杜甫也就成为唐代文学的承上启下的关键人物，体现了两大文学潮流此消彼长的代表。当然，这两种文学倾向是随着社会的政治形势、社会状况以及文学发展情形的变化而转换的。胡适认为在安史之乱之前，有许多人已经意识到浪漫主义所带来的空泛虚夸，希望有人能够扭转潮流，回到平实切近的现实主义文学上来。③

胡适指出，安史之乱的爆发，致使太平盛世的表象被打破。随着时势的变迁，文学潮流也开始了转变。很多诗人不再吟风颂月，逐渐转向严肃深沉。8世纪下半段的文学与8世纪上半段截然不同，最不同之点就是那严肃的态度与深沉的见解。文学不再是应试与应制的附属品了，不再是仿作歌词供教坊乐工歌伎歌唱或贵人公主娱乐了，也不再是勉强作"壮语"或勉强说空泛的话，也不再是想象从军打战的辛苦或神仙遨游的境界了。8世纪中叶以后，社会危机社会问题全面爆发，战乱频

---

① 胡适：《白话文学史》（上），《胡适全集》第 11 卷，安徽教育出版社 2003 年版，第 404 页。
② 胡适：《白话文学史》（上），《胡适全集》第 11 卷，安徽教育出版社 2003 年版，第 473 页。
③ 胡适：《白话文学史》（上），《胡适全集》第 11 卷，安徽教育出版社 2003 年版，第 504—505 页。

繁，人民流离失所，诗人们不能继续或粉饰太平，歌功颂德，或吟风颂月，怡然自得。有良知的有责任感的作家必须正视现实，反映现实，批判现实，以文学去表现现实。因此，安史之乱以后的文学中充满了民间的实在痛苦，社会的实在问题，国家的实在情况，人生的实在希望与恐惧。"八世纪中叶以后的社会是个乱离的社会；故这个时代的文学是呼号愁苦的文学，是痛定思痛的文学，内容是写实的，意境是真实的。"胡适曾这样解释元稹、白居易走向现实主义的道路的原因："唐朝的政治到了很可悲的田地，少年有志的人都感觉这种状态的危机"，于是他们感觉"心体悸震，若不可活"，觉得这不是"嘲风月，弄花草"的时候，"文学的态度应该变严肃了"。①

胡适对唐代文学的发展史从历史进化的角度进行了总结。胡适把唐代文学分为了四期，认为 7 世纪的文学（初唐）还处在儿童时期，王梵志、王绩等人只是把诗当成一种文字的游戏。而文学学士则是把文学当作在朝廷之上、邸第之中附庸风雅、应酬应制的需要，是获取功名、攀龙附凤的工具。开元、天宝的文学则已经是少年时期的文学，体裁得到了解放，但内容依然浅薄，还没有深入民间，体察民情，反映现实，"不过是酒徒与自命为隐逸之士的诗而已"。历史上把这一时期称作"盛唐"，是从政治、经济、文化等方面的发展状况来衡量的，但以文学成绩而论，最盛之世其实不在这个时期，而是在"中唐"。天宝末年，安史之乱以后，文学才算到成人期。从杜甫中年以后，到白居易之死（846），其间的诗与散文都重新走上了写实的大路，由浪漫而回到平实，由天上而回到人间，由华丽而回到平淡，文学走向成熟，取得了辉煌的成就。② 白居易、元稹等中唐的诗人大力提倡"文章合为时而著，歌诗合为事而作"，沿着现实主义的创作之路砥砺前行，逐步把现实主义文学推向了高峰。胡适对白居易做了如下的评价："白居易的《新乐府》五十篇……为君为臣为民为物为事而作，不为文而作也。"③也就是说，白居易开始专作"为人生"的文学，不再创作"为文学而

---

① 胡适：《白话文学史》（上），《胡适全集》第 11 卷，安徽教育出版社 2003 年版，第 564 页。

② 胡适：《白话文学史》（上），《胡适全集》第 11 卷，安徽教育出版社 2003 年版，第 462—464 页。

③ 胡适：《白话文学史》（上），《胡适全集》第 11 卷，安徽教育出版社 2003 年版，第 568 页。

文学"的作品，成为唐代现实主义文学家的杰出代表。

胡适当然是欣赏和敬佩李白的，但胡适从提倡现实主义文学的立场出发，只能把李白视为一个出世的山林隐士。李白高傲、狂放、飘逸，他游山玩水，隐居修道，迷信符箓，他的人生态度是超然的，与普通的百姓生活确实相距太远。读者读他的诗，总觉得他好像在天空中遨游自得，与自己难以产生共鸣，读者会觉得李白没有杜甫可亲，也少了些与平凡老百姓息息相关的尘世烟火味。李白虽然也有"济世""拯物"的心肠，但我们总觉得他的酒肆高歌，五岳寻山只是属于他自己的情怀，所以胡适说："'济世''拯物'未免污染了他的芙蓉绿玉杖。乐府歌辞本来从民间来，本来是歌唱民间生活的；到了李白手里，竟飞上天去了。"胡适虽然羡慕敬佩，但最终也不得不感叹："我们凡夫俗子终不免自惭形秽，终觉得他歌唱的不是我们的歌。他在云雾里嘲笑那瘦诗人杜甫，然而我们终觉得杜甫能了解我们，我们也能了解杜甫。杜甫是我们的诗人，而李白则终究是'天上谪仙人'而已。"① 胡适以"他歌唱的不是我们的歌"来立论，把李白归入了浪漫主义诗人的行列。

胡适虽然没有写出《白话文学史》的下半部，没有对元、明、清三代白话文学作详细的论述，但胡适对这三个朝代的文学有过总体的把握和评价：金元时代"古文学的权威减少了，民间的文学渐渐起来"，主要成绩是白话小曲和白话杂剧；"明朝的文学又是复古派战胜了"，八股之外，诗词、散文和戏剧都带着复古的色彩，但白话小说进步很大，"到了成人时期"②；明清两代五百多年的白话文学的成绩现在白话小说上，《水浒传》《金瓶梅》《西游记》《水浒后传》《儒林外史》《红楼梦》等优秀的古典白话小说都出自这两个朝代。在上述总结中，胡适没有明确提到现实主义作品在元代之后六百多年间的发展情况，但他述及的是白话文学或平民文学，尤其是他推崇的白话小说，除了《西游记》，大都是反映现实的现实主义（写实主义或者自然主义）文学作品。比如，在《〈红楼梦〉考证》中，胡适虽然认为《红楼梦》是一

① 胡适：《白话文学史》（上），《胡适全集》第 11 卷，安徽教育出版社 2003 年版，第 447—449 页。

② 胡适：《五十年来中国之文学》，《胡适全集》第 2 卷，安徽教育出版社 2003 年版，第 327 页。

部"平淡无奇的自然主义"的自传体小说，但还是"佩服"曹雪芹能以"悲剧的眼光"如实地反映了现实的家庭问题和社会问题，而在《吴敬梓传》中，胡适认为《儒林外史》这部书所以能不朽，奠定其作品在文学史上的地位"全在他的见识高超，技术高明"。"见识高超"指的就是认清了科举对读书人的残害，能够对封建科举制度进行无情的嘲笑和鞭挞。胡适说："《儒林外史》是部骂当时教育制度的书，批评政治制度中的科举制度。"如果对曹雪芹和吴敬梓二人作比较，胡适更推崇吴敬梓，认为吴敬梓的思想已经超越当时的时代，有着强烈的反抗意识。①《红楼梦》虽然是不朽之作，但曹雪芹的思想很平凡。虽然小说全面描写了社会的风貌，可作历史研究的资料，但曹雪芹的笔触主要是落在了作为没落贵族对个人身世和家族兴衰的感怀和悲鸣，与占大多数的平民百姓交涉不多。胡适高度评价《醒世姻缘传》是"一部最丰富又最详细的文化史料"②，研究社会风俗史、中国教育史和经济史批评的学者都必须参考这部书，是研究 17 世纪中国政治腐败黑暗，民不聊生，宗教生活的重要参考书，而批评《儿女英雄传》"只是一个迂腐的八旗老官僚在那穷愁之中做的如意梦"。③

　　而到清朝末期，文学的现实主义倾向更为突出，这是由当时的社会现实所决定的。这一时期，政治腐败，社会黑暗，外敌入侵，危机四伏，清王朝的统治摇摇欲坠，特别是 1840 年的鸦片战争之后，中国面临的不仅是统治阶级的腐化堕落，西方列强频繁强加给中国的侵略和掠夺更加剧了中国的衰落。因此，更多的有识之士都投入救亡图存的活动中去，使得"载道"和"致用"的文学传统和学术传统在知识界和文学界迅速得到强化。梁启超在《清代学术概论》中曾说："最近数十年以经术而影响于政体，亦远绍炎武之精神。"④ "炎武之精神"就是指"经世致用"精神。清朝末期，魏源、方东树、曾国藩、严复、康有为、梁启超等都表达过以学术或文学进行社会变革的意识或思想。某种

---

① 胡适：《找书的快乐》，《胡适全集》第 20 卷，安徽教育出版社 2003 年版，第 745—746 页。
② 胡适：《〈醒世姻缘传〉考证》，《胡适全集》第 4 卷，安徽教育出版社 2003 年版，第 407—408 页。
③ 胡适：《〈儿女英雄传〉序》，《胡适全集》第 3 卷，安徽教育出版社 2003 年版，第 538 页。
④ 梁启超：《清代学术概论》，商务印书馆 1921 年版，第 22—23 页。

程度上,作为国人普遍的潜意识或者说心理结构,"经世致用"和"文以载道"的实用主义观念在晚清达到了一个高峰。尤其是"小说界革命"对清末民初的文学发展影响深远,使得文学的功利性得到提升。记者黄远庸曾说:"至根本救济,远意当从提倡新文学入手,吾辈思潮,如何能与现代思潮相接触,而促其猛省。而其要义须与一般之人,生出交涉。法须以浅近文艺,普遍四周。"① 严复认为西方国家"其开化之时,往往得小说之助"②,梁启超则提出"欲新一国之民",必须"新一国之小说"③。王钟麒明确认为"唯小说则能使无功德之人,而有爱国心,有合群心,有保种心"。④ 而狄楚卿称小说为"社会之 X 光线也"⑤,具有改良人道、促进社会变革的力量。章士钊也主张文学革命须从政治下手,而陈独秀不仅提出建设新文学以改良政治和社会,还明确推崇自然主义,尤其是法国的左拉(Zala)。⑥ 不一而足,可见晚清知识界都把小说当成了思想启蒙和社会变革的重要"致用"工具,这无形中也推动了清末民初的文学思潮朝着现实主义的方向倾斜,对胡适早期的文学态度产生了影响。

具体地说,到清末民初之际,虽然白话文运动趋于低潮,文学创作重新趋于雅化,骈文文学风行,但很多的文学作品依然带有一定的反映现实、批判现实的意义,比如《官场现形记》《二十年目睹之怪现状》《孽海花》《老残游记》等谴责小说、黑幕小说、公案小说,虽然艺术成就不是很高,但对家庭问题、妇女解放、官场腐败和社会黑暗等问题还是有所揭露和批判,正如袁进所说:"以往的学术界对民初文学,认为民初文学就是游戏消闲的,娱乐性很强的通俗文学;它们是逃避现实的,不敢与现实抗争,是麻醉读者的鸦片。这种误解源于五四新文学对

---

① 胡适:《五十年来中国之文学》,《胡适全集》第 2 卷,安徽教育出版社 2003 年版,第 309 页。

② 严复:《本馆复印说部缘起》,《晚清文学丛钞:小说戏剧研究卷》,中华书局 1960 年版,第 12 页。

③ 梁启超:《小说与群治之关系》,《中国近代文论选》第 1 卷,人民文学出版社 1959 年版,第 157 页。

④ 王钟麒:《中国近代文论选》第 1 卷,人民文学出版社 1959 年版,第 224 页。

⑤ 狄楚卿:《论文学上小说之位置》,《中国近代文论选》第 1 卷,人民文学出版社 1959 年版,第 234 页。

⑥ 胡适:《陈独秀与文学革命》,《胡适全集》第 12 卷,安徽教育出版社 2003 年版,第 228 页。

民初文学的否定批判，也源于过去学术界对民初文学的以偏概全。其实这种看法是不公正的。""他们依旧宣扬爱国热情，批判黑暗现实。"①

胡适高度评价鲁迅的《狂人日记》等小说，其原因除了小说所展现出的卓越艺术成就，还与鲁迅小说的现实主义风格对胡适所倡导的现实主义文学观念所给予的支持有关。胡适对易卜生作品《娜拉》的译介，也是为了提倡"健全的个人主义"，反映人生和社会问题，达到改良社会的目的。

可以说，中国现实主义文学传统的浸润对胡适的现实主义文学倾向有着重要的影响。1915 年 8 月 21 日，在给陈独秀的信中，胡适对陈独秀"趋向写实主义"的文学主张表示赞同，并提出"译书须择其与国人心理接近者先译之"② 的意见，这实际上在强调文学与时代以及社会心理的关系，因此当时宜多翻译西方现实主义文学作品，而不应该提倡浪漫主义和现代主义等文学。胡适一生保持着对人生、社会和国家的关注。胡适在《送许肇南归国》一诗中也表达了对社会和国家的责任，"吾曹少年国之主""誓为宗国去陈腐"，他们甚至提议成立"社会改良会"，"今夜同人有社会改良会之议君倡之，和之者任叔水、梅觐庄、陈晋侯、杨杏佛、胡明复、胡适之也"。③ 1915 年 5 月 8 日，胡适在观看某西方戏剧之后的观后感中说："国家多难，而余乃娓娓作儿女语记梨园事如此，念之几欲愧汗。"④

甚至到 1940 年 3 月 21 日，他在给儿子胡思杜的信中说："学社会科学的人，应该到内地去看人们的生活实况。"⑤

我们说，胡适对现实主义文学如此执着，除了上述中国传统文学的熏陶，还与他的个人成长经历有着不可忽视的联系。胡适说，"吾十六七岁时自言不作无关世道之文字（语见《竞业旬报》中所载余所作小

---

①　袁进：《中国文学的近代变革》，广西师范大学出版社 2006 年版，第 50—51 页。

②　胡适：《日记》（1915—1917），《胡适全集》第 28 卷，安徽教育出版社 2003 年版，第 318 页。

③　胡适：《日记》（1915—1917），《胡适全集》第 28 卷，安徽教育出版社 2003 年版，第 449 页。

④　胡适：《日记》（1915—1917），《胡适全集》第 28 卷，安徽教育出版社 2003 年版，第 120 页。

⑤　耿云志：《胡适研究论稿》，社会科学文献出版社 2007 年版，第 347 页。

说《真如岛》)"①，那么胡适为什么对现实主义文学如此推崇？我们认为，这里面的原因是多方面的。

首先是家庭和个性的原因。家庭方面，胡适少年时，家道开始中落，生活常常处在困顿之中。这样的生活经历和学习经历对胡适的批判精神也有着内在的影响。胡适 1914 年 1 月 9 日的日记就曾记录他在上海的"悲观之念正盛"②。而他在安徽绩溪的早期乡村教育，尤其是他在白话小说里所发现的世界以及新儒家经典的学习使其终身受益，胡适后来对通俗文学的兴趣以及对传统的文言文和文言文学的批判都与此有关。

胡适母亲年轻寡居的身世在胡适幼小的心灵上留下了深深的烙印，也激发了胡适的批判精神。在《四十自述》中，胡适曾深情地叙述他母亲对他成长的影响。封建社会的家庭中，女性的处境是艰难的，胡适父亲早逝，使得胡适母亲的生活境况更加难以言表，家庭内部的纷争所带来的痛苦、摩擦、压制和不公，使得胡适母亲长期处在隐忍和压抑的精神状态之中，"挣扎着活了二十三年"，潜意识里"把全副希望寄托在我的渺茫不可知的将来"③，希望胡适长大后能够出人头地，站出来为其抵抗所有的不幸和苦难。因此，胡适母亲对胡适要求极其严格，也不自觉使得胡适失去了童年应有的快乐，由此滋生的对母亲的畏惧和"怨恨"对胡适的人生态度和性格养成产生了一定的影响。胡适说："我在我母亲的教训之下住了九年，受了她的极大极深的影响"，他的"好脾气""和气""宽恕人，体谅人"，"都得感谢我的母亲"。④ 这种性格实际上也是在与现实的调适下形成的，与任性冲动、浪漫等性格特质形成反差。

胡适崇尚理性和实用。由于父亲的熏陶，胡适从小就接触了一些新儒学读本，新儒学的一些观念慢慢扎根脑海中，儒家文化那种经世致用的入世精神，对他的理性气质和实用观念的形成产生了不可低估的影响，慢慢促成了一种对包括古典文学在内的中国传统价值观念的怀疑和

---

① 胡适：《日记》(1915—1917)，《胡适全集》第 28 卷，安徽教育出版社 2003 年版，第 223—226 页。

② 胡适：《日记》(1906—1914)，《胡适全集》第 27 卷，安徽教育出版社 2003 年版，第 267 页。

③ 胡适：《四十自述》，《胡适全集》第 18 卷，安徽教育出版社 2003 年版，第 24 页。

④ 胡适：《四十自述》，《胡适全集》第 18 卷，安徽教育出版社 2003 年版，第 39 页。

批判精神。从《四十自述》里我们可以了解到，胡适在其学术积累的早期阶段受到宋代理学思想的较大影响，新儒学被称为理学，是一个从宋代起始、延续到明代的思想运动，一般意义上讲，它是一种包含了程颐、程颢、朱熹、陆九渊、王阳明等人的学说在内综合而成。这种思想运动的目的是复兴儒家理性的人文主义传统，批判佛教和道教的迷信。正是这种思想种下了他的怀疑态度和批判精神的种子。

胡适的父亲就是一位古典学者，也是新儒家程颐、朱熹的虔诚追随者。他曾教胡适读自编的《学为人诗》，比如"以学为人，以期作圣"，"经籍所载，师儒所述，为人之道，非有他术：穷理致知，返躬践实，黾勉于学，守道勿失"①，都是些做人的道理，但里面也带有像"格物穷理"等一些儒家治学态度和治学方法的内容。后来，胡适还跟其父亲学过《原学》《律诗六钞》等。这些早期的学习经历慢慢积淀为胡适批判精神的早期因子，成为他日后接受西方实用主义等哲学的思想基石，中国传统的"文以载道"的文学观念得到了更新和完善，并在更为系统的西方文学理论中找到了更为明晰而成熟的表达方式。

胡适 13 岁到了上海接受新式教育，心中充满希望，寻求知识、前途和理想，其怀揣的只有母亲的慈爱和殷切的希望，还有刻苦用功的读书习惯以及一点"怀疑的倾向"。② 上海的西式学校（梅溪学堂、澄衷学堂、中国公学和中国新公学）的学习和生活，为胡适打开了通往新世界的大门，感受到激烈动荡的社会潮流，也提高了中国传统文史哲的修养。胡适在上海学习了英语和一些自然科学课程，接受了梁启超的新民思想。由于生活的艰难以及晚清革命思潮的熏陶，胡适的人生态度显然难以与浪漫主义合拍。胡适在上海期间在《竞业旬报》发表过连载小说《真如岛》（未完）。这部作品应该是受到梁启超的"政治小说"理论影响的产物。胡适抱着稚嫩的启蒙主义者情怀，以纸笔为武器，对封建制度和封建思想进行揭露和批判，以达到破除迷信、开通民智为主要目的。小说在内容上触及了较为广阔的社会生活，客观上不自觉地运用了现实主义的创作方法，对中国社会的愚昧现实作了较为具体的揭

---

① 胡适：《四十自述》，《胡适全集》第 18 卷，安徽教育出版社 2003 年版，第 26 页。

② 胡适：《四十自述》，《胡适全集》第 18 卷，安徽教育出版社 2003 年版，第 51 页。

露。因为"启蒙时代观念的主流，似乎是在社会政治秩序中寻找人类困难和罪恶的根源"。所以，胡适说："这时候我读了不少白居易的诗，所以我这时期的诗，如在家乡做的《弃父行》，很表现《长庆集》的影响。"① "吾十六七岁时自言不作无关世道之文字。"②

主编《竞业旬报》对胡适一生影响很大，促使胡适长期使用白话文进行写作，这样的训练为其以后的文学革命埋下了种子，而朱子《近思录》使十几岁的胡适开始重视思想的方法，使他"后来的思想走上了赫胥黎和杜威的路上去"。③ 身在上海这个国际性的港口城市，胡适第一次意识到他处在一个充满革命热情的大环境中。自1900年义和团起义以来，清王朝的危机日益深重，日俄在满洲争夺势力范围，英国侵入西藏，朝廷重臣李鸿章去世，光绪维新变法失败。此时的清王朝大厦将倾，预示着革命的风暴即将到来。胡适在中国公学学习的三年多时间里，接触到了不少的革命志士。该校不少教师的和学生或组织或参加了同盟会，有些还是胡适的挚友。胡适身在其中，无疑会受到这些革命活动的鼓舞和激荡，对社会现实增加了一份批判和反抗（参与筹建中国新公学即是代表性的事件），这对其之后倡导文学革命、提倡现实主义文学也是一种潜在的思想准备和性格养成。

综上所述，胡适从中国传统文学史中体验和感受到的是一种"有所为"的文学取向，或者说是诗人或作者对文学的态度，而很少发现对现实主义的理论和创作方法的论述。胡适的现实主义文学观念最后形成，是在留学美国之后，是在汲取西方资源的基础上融合而成的。在美国留学期间，通过对欧美近现代文学的阅读和研究，胡适逐渐形成了现实主义文学思想，其思想也因文学革命的进程而得到传播。具体来说，胡适受西方近现代主义文学思想的影响有下列几个方面的踪迹可寻：

首先是西方文学观念上的影响。胡适对西方文学尤其是现实主义文学有过大量接触和阅读。欧洲现实主义文学兴起于19世纪30年代。随着资本主义的快速发展和财富的大量积累，深刻的社会矛盾日益显露出

---

① 胡适：《四十自述》，《胡适全集》第18卷，安徽教育出版社2003年版，第79页。
② 胡适：《日记》(1915—1917)，《胡适全集》第28卷，安徽教育出版社2003年版，第226页。
③ 胡适：《四十自述》，《胡适全集》第18卷，安徽教育出版社2003年版，第76页。

来，贫富悬殊，拜金主义风行，人与人之间尔虞我诈，使作家们改变了浪漫主义的热情和向往，转而用冷静的眼光来观察和看待社会现实，以对社会生活的真实描写和深刻揭露来反映生活并寻求解决问题的办法。因此，一种以真实、客观的态度描写现实生活、深入批判社会矛盾和弊病为基本特征的文学应运而生，并逐渐在欧美各国蓬勃发展，从而取代浪漫主义成为 19 世纪中期欧洲文学的主流。

欧洲现实主义文学的特点主要表现在：一是强调客观真实地描写现实，不满足于对个体的表现，而是力求表现整个时代；二是主张揭露和批判社会现实的黑暗和灵魂的肮脏；三是提倡描写普通人或小人物的生活和命运，讲求细节的真实、典型人物的塑造和典型环境的描写；四是在创作方法上，多用白描、讽刺、对比等手法，注重肖像刻画、心理描写、讽刺艺术、情节结构，人物语言、景物描写等。近现代欧洲现实主义文学获得了空前的繁荣，取得了巨大的成就，涌现了司汤达、巴尔扎克、福楼拜、莫泊桑、狄更斯、萨克雷、哈代、马克·吐温、托尔斯泰、果戈里、陀斯妥耶夫斯基、屠格涅夫、契诃夫等一大批杰出的作家。这些现实主义大师的作品都是西方文学的经典，是大学教材中的必读书目，自然也是胡适经常研读的西方文学资源。

胡适在康奈尔大学文学院学习，以学习哲学为主，同时辅修英美文学、政治、经济等相关社科人文类课程，希望能够开阔自己的学科视野。其间他阅读了大量的英国、法国、意大利、德国、比利时和俄罗斯等国的文学作品。胡适常备的西方典籍是一套《哈佛丛书》（也称《五尺丛书》），里面收录了大量的欧美文学经典，是了解西方经典文学作品重要参考书。其中收录的诗歌、小说家和散文家等，有莎士比亚、达尔文、华兹华斯、司各特、萨克雷、培根、大仲马、小仲马、歌德、霍普特曼、都德、托尔斯泰、屠格涅夫、霍桑，等等，从思想内容上看，大部分都属于现实主义的小说、戏剧以及反映时代的政论性散文。另外，他在《留学日记》中还有论述中国文学史上理想派和写实派文学的札记"读白居易《与元九书》"，虽然分析的作品都是中国古典作品，但已然用西方的文学观念，尤其是西方现实主义文学观念去分析思考中国的文学问题。

类似的情形在《胡适留学日记》中，比比皆是。如，"读《警察总监》(*Inspector-General*) 曲本，此为俄人 Gogol 所著，写俄国官吏现状，较李伯元《官场现形记》尤为穷形尽相"，"大有'鲁卫之政兄弟也'之感"。"读 'Thackeray's Swift 论'。""读美国短篇小说数种。""读仲马小说。""读俄国短篇小说数则。"① "最近六十年来，欧洲的散文戏本，千变万化，远胜古代，体裁也更发达了，最重要的，如'问题戏'，专研究社会的种种重要问题；'象征戏'(Symbolic Drama)，专以美术的手段作的'意在言外'的戏本；'心理戏'，专描写种种复杂的心境，作极精密的解剖；'讽刺戏'，用嬉笑怒骂的文章，达愤世救世的苦心。"② 诸如此类，不一而足。胡适还翻译过都德的《割地》(《最后一课》) 等不少现实主义倾向的小说。

上述可见，胡适受欧洲近现代文学浸润较多，因此受西方现实主义文学的熏陶也较为明显。胡适正是基于对西方现实主义的认识来提倡现实主义的新文学的。他的《文学改良刍议》《建设的文学革命论》和《易卜生主义》等都有对现实主义文学思想的论述，胡适还主张翻译西方经典，模仿西方文学名著并创作中国的国语文学。

其次，实用主义哲学对胡适的影响。实用主义与现实主义都是主张解决现实的实际问题。这一点在本书的绪论里已经做了简要的介绍。胡适对现实主义的偏爱是与其关注现实生活、解决现实问题的哲学态度和人生态度分不开的。而对现实的关注，除了中国传统文人学士"达则兼济天下"的人生情怀所起的作用，胡适对杜威实用主义哲学的接受也是一个显在的因素。胡适在 1915 年 5 月 9 日最初表明对实用主义 (Pragmatism) 的态度："天下无通常之真理，但有特别之真理耳。凡思想无他，皆所以解决某某问题而已。……思想所以处境，随境地而易，不能预悬一通常泛论，而求在适用也。"③

杜威的哲学并不注重形而上的理论思辨，而是强调其思想的应用性和实践性价值。针对现代西方所出现的各种问题，杜威提倡哲学要关心社会的重建和社会福利的提高，改善平民的生活状况，提高教育的普及

---

① 胡适：《胡适留学日记》，岳麓书社 2000 年版，第 12、13、19、31、35 页。
② 胡适：《建设的文学革命论》，《胡适全集》第 1 卷，安徽教育出版社 1998 年版，第 67 页。
③ 胡适：《日记》(1915—1917)，《胡适全集》第 28 卷，安徽教育出版社 2003 年版，第 121 页。

水平。为此，杜威重视教育的功能和价值，认为教育是实干哲学家施展才能的最自然的环境。以此说，杜威的实用主义哲学具有强烈的工具意识，具体到文学艺术等精神领域，他也格外强调其反映现实、改善现实的工具性，"有意识地进行的美术具有特殊的工具作用的性质"，"美术和工业技术都属于实用方面的事情"。① 可见，杜威哲学的工具意识，强化了其思想观念在是否有助于解决社会现实问题方面的社会性色彩。也为此，杜威哲学思想中对民主、民生等社会现实问题的关注成为其区别于以往哲学的一个重要特征。

所以杜威的哲学富有较强的工具理性色彩和社会批判精神。杜威关注民生和社会，并积极寻找解决问题之途径。"杜威之所以对'人的问题'（the problems of man）特别关注，关注眼前那个令人沮丧的、缺少正义、完全混乱的社会，能够对自己的学说特别注意，尽量避免纯粹抽象、含糊其辞的倾向，在很大程度上，应当归功于爱丽丝以及她所代表的美国文化对杜威的良好影响。杜威思想的魅力也正是来源于这种美国社会种种弊端的切实关注和令人鼓舞的信仰两者之间的完美结合。"②

在杜威看来，文学艺术的作用和价值不仅体现在考察、分析社会现实，揭露和批判社会问题，更重要的是要能提出改变现实的计划，以达到改造社会的目的。这是彻底的批判现实主义的文艺观念。针对西方流行的各种现代派文艺，胡适不无针对性地指出，如果艺术继续是一个封闭的领域，艺术家一直安坐在象牙之塔里，与现实无关，那么就不能期望它有什么样的变化。因此杜威建议："艺术应当走出神秘的角落，走到日常生活中来，成为富有建设性的向导、榜样和动力，而不仅仅是某种想入非非的装饰或逃避现实的处所。"杜威对那些以"艺术性"进行自我标榜、高高在上的所谓精致的、前卫的文艺不以为然，并努力消除其伪装的独裁氛围，使艺术重新回到平民百姓当中，从而焕发出一种脚踏实地的、民主的光辉，改善人的生活，丰富人的交流，建立起新的艺术理论，使之成为社会改革的重要部分。③ 杜威的文艺立场非常坚定，

---

① ［美］罗德·霍顿、赫特·爱得华兹：《美国文学思想背景》，人民文学出版社1991年版，第193—194页。

② 赵秀福：《杜威实用主义美学思想研究》，齐鲁书社2006年版，第56页。

③ 赵秀福：《杜威实用主义美学思想研究》，齐鲁书社2006年版，第108页。

坚持文艺来源于普通大众的日常生活和日常经验，只是人的经验的一个样式，而不是什么神秘莫测、玄之又玄的高不可攀的东西。因此，杜威的美学与建立在所谓美术基础上的、对艺术产品顶礼膜拜的美学有着极大差别，充分体现了其哲学关注现实人生的特点。

在认识论上，杜威强调真实和客观，也就是求"真"求"实"，生活及经验，经验即艺术，反对不负责任的浪漫的"想象"，或丑化，或美化，认为这些认识都是对改善和提升社会的不良状况无益的。所以，杜威对"有意"或"刻意"的浪漫主义艺术抱有"天然"的反感和不满。杜威说："在所谓浪漫主义的艺术中，这种超越于圆满终结限度以外而发生作用的倾向感太过分了。""任何具有特别浪漫主义色彩的东西激起所提示的可能性不仅仅超过了实际的现实，更超过了任何经验中能有效地达到的范围。就这一点来讲，有意带有浪漫主义色彩的艺术乃是任意做作的，因而也就不成其为艺术。"① 杜威对浪漫主义的艺术的态度是偏激的，有失公允和客观的，但这也正好说明了他把艺术当作客观反映社会，解决社会问题的工具的实用主义思想，反映了他对现实主义文艺的坚持和偏爱。

可以这样认为，杜威是现代美学史上第一个将艺术（包括文学）界定为日常生活经验的理论家。这种界定从理论上看似乎显得宽泛和粗浅，不够准确和明晰，但却是一个很贴切很实用的界定。对胡适来说，这正是吸引他的魅力所在。胡适后来也继承了杜威的"简约化"的论述方式，也就是说，一切思想都应该具有对社会的"实用性"和对解决问题的"实践性"。这也是现实主义文学的最基本的出发点。杜威美学观念中的平民色彩及关注社会改造的特点与中国传统中的"经世致用"的精神是相通的。正因如此，有着强烈的"文以载道"和"经世致用"等中国传统文艺观念的胡适与杜威哲学一拍即合，并被其深深吸引。胡适自己多次提到，杜威思想的影响涉及胡适思想的各个方面，对胡适"一生的文化生命"起到了"决定性的影响"。②

另外，在介绍詹姆士实验主义之"实在论"时，胡适提到了这种

---

① ［美］杜威：《经验与自然》，江苏教育出版社集团2005年版，第240页。
② 胡适：《胡适口述自传》，《胡适全集》第18卷，安徽教育出版社2003年版，第248页。

哲学观念解决社会问题的实用功能，"世界的拯救是可以做得到的，但是须要我们各人尽力做去"，"这就是淑世主义的挑战书。詹姆士自己是要我们搭着胆子接受这个哀的米敦书的"。①

综上所述，中国是有着长久的现实主义的传统，这种传统无疑会影响胡适等晚清的知识分子。胡适对现实主义的认同和提倡，是以当时的历史语境和中国文学传统为前提的。正是有了这样的前提，他才会从西方寻找契合自己现实主义文学观念的相关资源，并把它们吸收进他自己的文学思想体系中。

第二节　"易卜生主义"与"人的文学"

1918 年 4 月 15 日在《新青年》杂志上，胡适发表了《国语的文学与文学的国语》，从文章的标题来看，这是胡适对文学革命的一种话语建构，即以国语创作文学，以文学写定国语，但从文章的内容来看，胡适的重点还是放在了"国语"的确立上。胡适阐述"国语"确立的逻辑是，先用各种"白话"大量创作有价值的文学作品，然后以优秀的或者经典的作品中的白话作为国语的标准。其中的过程，各种"白话"在文学创作过程中先经过了作者有意无意的"选择"或"打磨"，而成为经典的白话文学著作中的"白话"是大众接受程度较高的"白话"。这样的相互作用，是"国语"最终形成的必经之路。胡适的这篇文章至少还隐含了两个目的：一是以新文学的成绩来改变传统文人对通俗文学的轻视态度，用事实来提升白话文学的地位；二是回答了"白话文的标准是什么"的问题。也就是说，白话文的标准不是由教育部来颁发的，而是新文学繁荣后的作品来确立的。因此说，《国语的文学与文学的国语》要解决白话文建设和发展的问题，但新文学到底如何建设，除了笼统地提倡向西方学习，文章中并没有明确的阐述。胡适意识到了这个问题，因此，仅仅两个月之后，1918 年 6 月在《新青年》上发表《易卜生主义》，回答如何建设新文学的问题，提倡创作现实主义的新

---

① 　胡适：《实验主义》，《胡适全集》第 1 卷，安徽教育出版社 2003 年版，第 299 页。

文学。周作人也发觉到文学革命理论的缺陷，他在《思想革命》一文中指出，如果只解决语言问题，而不解决文学的"思想"问题，文学革命依然是不成功的。因此，同年12月，作为《易卜生主义》的呼应和补充，周作人写作了《人的文学》，阐述新文学的性质、任务，提出建设人道主义的现实主义的文学。胡适赞同周作人的观点，之后常常借用"人的文学"观念对新文学的性质、目的进行阐述。他们二人的文章相得益彰，回答了新文学发展的方向问题，建构出了最具代表性和历史意义的新文学理论话语。他们二人对新文学的论述角度略有不同，周作人主要是从批判中国传统文学的立场出发，而胡适则主要输入西方理论，但大体上说，他们都一致认为新文学必须走上人道主义的现实主义道路。下面先看胡适的易卜生主义的文学观念。

我们甚至可以说，胡适的总体文学观就是"易卜生主义"。对于胡适来说，易卜生主义意味着现实主义和个人主义。这样，胡适就把他的所有文学倾向与中国传统的现实主义文学观念以及周作人的"人的文学"的人道主义立场整合在一起。周作人的"人的文学"的文学思想作为文学普遍性的原则符合胡适的个人主义和人道主义的文学想象。因此，易卜生主义与周作人"人的文学"思想互相补充，成为新文学的建设纲领。

在胡适的思想里，易卜生主义首先是现实主义，鼓励个人对社会的弊端和黑暗进行无情揭露、批判和勇敢抗争。他说，"易卜生的人生观只是一个写实主义"，"要使读者人人心中都觉得他所读的全是实事"。胡适认为"易卜生主义"就把家庭和社会之中种种专制、腐败的实际的情形大胆地写了出来，叫人看了愤怒、同情，叫人看了觉得有要对家庭和社会进行维新和革命，争取属于自己的自由和权力。[①] 任鸿隽也认为，"易卜生主义"的代表作《玩偶之家》(*A Doll's House*)"足以代表易卜生的'个人主义'，与针砭西方社会的恶习"[②]。

但胡适对易卜生主义的介绍是有选择的，或者说是带有明确的目的性。易卜生早年和晚年的许多作品并不能全部归入现实主文学当中，但

---

① 胡适：《易卜生主义》，《胡适全集》第1卷，安徽教育出版社2003年版，第612、600页。
② 胡适：《易卜生主义》，《胡适全集》第1卷，安徽教育出版社2003年版，第86页。

胡适欣赏和选择的是易卜生创作高峰时期的作品。因为那个时期的作品的思想反映了易卜生的现实主义的文学倾向。① 胡适在文中旗帜鲜明地宣称，"易卜生主义"就是写实主义。胡适反对盲目的"理想派"文学："那不带一毫人世罪恶的少女像，是指那盲目的理想派文学。那无数模糊不分明，人身兽面的男男女女，是指写实派的文学。"胡适认为，现实主义文学的目的就是要反映"事实"，"说老实话"，更重要的是要写"腐败龌龊的情形"，要揭露"罪恶"，叫人"动心"，然后起来"维新革命"，这样才能建立起"健康的个人主义"和美好的社会。胡适在这里特别强调文学揭露和批判现实的作用，产生了一种自觉接近批判现实主义文学的朦胧意识。

胡适对麻木的国民性感到震惊和失望。深感人性的蒙昧和懒惰，胡适大声疾呼，人生最大的病根，是大家都不愿意睁开眼睛去面对生活的本来面目和真实状况。明明是男盗女娼的社会，我们偏说是圣贤礼仪之邦；明明是赃官污吏的政治，我们偏要歌功颂德。明明是不可救药的大病，我们偏说一点病都没有。"却不知道：若要病好，须先认病；若要政治好，须先认现今的政治实在不好。"② 胡适提出如果要改良社会，就必须先认清现今的社会是男盗女娼的社会。而他之所以引进易卜生主义，就在于他肯说老实话，能把社会种种腐败龌龊的实在情形写出来给读者看。

易卜生主义的第二个含义则是个人主义。在易卜生看来，资本主义社会的罪恶就在于摧毁个人的个性，压制个人的自由，因此，个人首先要努力实现的就是充分发挥他自己的个性和潜能，为此个体必须先有一个自由的意志，甚至要有一种激进的利己主义。

胡适对易卜生的个人主义思想的解读含有社会启蒙的内在需要。胡适在西方世界浸润多年，深感中国社会的蒙昧和落后，除救亡之外，同时还有艰难的启蒙道路需要探索和经历。随着"人"的解放，人对人生意义的理解愈益丰富，表现人生的文学，必然要建立在一个广阔人生的基础上，使文学摆脱宗教、道德束缚，从"劝善惩恶"之类的从属

---

① 胡适:《易卜生主义》,《胡适全集》第 1 卷, 安徽教育出版社 2003 年版, 第 600 页。
② 胡适:《易卜生主义》,《胡适全集》第 1 卷, 安徽教育出版社 2003 年版, 第 600 页。

性、工具性地位中解放出来。西方文学的近代化正是这么做的，在中世纪，西方文学受到天主教的束缚，基本上也是一种"载道"的工具型的、以宗教道德为核心的文学：西方当时的文学概念，也包括了一切文字著述，如历史、哲学，而小说、戏剧也受到社会的鄙视。西方的文学独立，只是近代的事情，它们走过的路，正是中国文学近代变革的参照系。近代"个性解放"的思想基础是近代的"自由""平等""正义"观念，只有在"自由""平等""正义"的人性论基础上"个性解放"才能超越封建士大夫的率性而行、狂放自傲、洁身自好、独善其身的人生态度，形成新的价值观念、社会准则，从而具有强大的力量把封建宗法制束缚下的人们解放出来。① 换句话说，在胡适看来，"易卜生主义"中所包含的"个人主义"之所以值得申辩，"原因不在于其内在价值，而是其积极的社会功效"②。

从世界各国的文学发展情况看，从中世纪的封建社会进入近代的资本主义社会，似乎都不同程度地出现过利用文学作为启蒙工具的情形，法国的伏尔泰创作过《老实人》，狄德罗创作过《拉摩的侄儿》，车尔尼雪夫斯基创作过《怎么办》。因此，胡适引进"易卜生主义"也是与上述相似的中国历史背景有关，即在"救亡图存"的历史关头，胡适既要把易卜生主义作为现实主义来提倡，也要兼顾文学的启蒙工具性，张扬易卜生主义当中的人性解放的主张。胡适从改良现实的目的出发，认为必须打造强力的人，把每个个体都"铸造成器"。只有"个人"强大了，众多的"个人"才会形成足以改变社会、拯救民族国家的力量。因此，胡适强调"个人主义"就是"真实纯粹的为我主义"，只有自己才是最重要的，其他的都是次要的，就如同那即将沉没的船上，每个人都必须先救出自己。这样，你才保存了自己，才有日后有益于社会的可能。③ 胡适的"易卜生主义"归根结底还是为了救国救社会而"造人"，锻造对国家和社会有用的合格之人，正像他 1916 年 6 月给任鸿隽送行的诗中所说："救国千万事，造人最重要。"④ 留学期间，胡适曾与担任

---

① 袁进：《中国文学观念的近代变革》，上海社会科学院出版社 1996 年版，第 122 页。
② 安敏成：《现实主义的限制——革命时代的中国小说》，江苏人民出版社 2011 年版，第 32 页。
③ 胡适：《易卜生主义》，《胡适全集》第 1 卷，安徽教育出版社 2003 年版，第 612—613 页。
④ 胡适：《日记》（1915—1917），《胡适全集》第 28 卷，安徽教育出版社 2003 年版，第 441 页。

过广东教育司的留美学生钟荣光畅谈，并在日记中记录了他们的谈话内容。钟荣光勉励胡适，"惟吾一辈人，但能拆毁此屋，面重造之责，则在君等一辈少年人。君等不宜以国事分心，且努力向学，为他日造新屋之计"，并非常赞同胡适所著《非留学》中所说的教育之方针在于"造人格"，认为把"造文明"（钟荣光之主张）与"造人格"结合起来，即"文明却在人格之中"。① 这说明留美期间胡适已经意识到"造人格"对"造文明"的重要性，这为他后来提倡"健全的个人主义"埋下了思想的伏笔，也说明胡适提倡的不是一种"极端"的个人主义。

对社会责任与个人权利的平衡，胡适的考虑是合乎历史语境的，应该也受到了严复所译的《群己权界论》（即穆勒的《论自由》）的影响②。因为中国近代的历史处境与西方并不相同。西方没有晚清的救亡图存的使命，因此他们可以全力提倡人的解放，脱离宗教和蒙昧，个性解放的思潮使得无数的个人主义者更加崇拜和拥抱自由，而不仅仅满足于获得黄油和面包，从而使得现代文明成为可能。而清末民初的中国处于内部瓦解的边缘，随时都有分崩离析的危险。中国迫切需要的是民族主义，启蒙和救亡的使命同时并存，因此，胡适不得不对易卜生主义的含义进行延伸和限制，在自由之外强调对社会的责任感。正如周策纵所说："对于很多年轻的中国改革者，个人的解放在捍卫个人权利和拯救民族两方面同等重要。个人以及独立判断的价值在五四时期较之以往得到了更多的赞赏，但个人对社会民族的责任也同时被强调。"③

因此，胡适意识到这种个人主义如果不加以说明，很可能会被曲解为忽略群体、社会和国家的不负责任的浪漫主义。胡适清醒地意识到，当时的中国似乎无法承受奢侈的个人主义，因为人们很容易将易卜生的个人主义寓言化，从而失去批判儒家传统和封建家族制度的现实主义的目的。胡适意识到如果要在新文学中输入易卜生的现实主义和个人主义，就必须把握好尺度和分寸，把易卜生主义放置在对社会有用的前提之下，否则就容易走向另一个极端，使个人主义走向利己的自我主义。

---

① 胡适：《日记》（1915—1917），《胡适全集》第28卷，安徽教育出版社2003年版，第477页。
② 胡适：《四十自述》，《胡适全集》第18卷，安徽教育出版社2003年版，第58页。
③ 周策纵：《五四运动：现代中国的思想革命》，江苏人民出版社1999年版，第360页。

胡适对西方的个人强权意志和极端个人主义是有警惕性的,他也认识到西方对强权政治潜在的危险有所警觉,并对此进行修正。在留学日记中,胡适写道:"强权主义(The Philosophy of Force)主之最力者为德人尼采(Nietzsche)。达尔文之天演学说,以'竞争'为进化公例,优胜劣败,适者生存,其说已含一最危险之分子。"所以,英国伦理派兴起,提倡"乐利主义"(Utilitarianism),"以最大多数之最大幸福为道德之鹄",对极端个人主义的思想观念起到了牵制作用。而且达尔文自己也开始修正自己的观点,写作《人类进化》(The Descent of Man),追溯人生道德观念的起源,认为道德最早源于人类的慈悯之情,这样,达尔文把"物竞天择,适者生存"的生物进化论与人的伦理道德区分开来。也因此,斯宾塞所提倡的社会进化论,虽然仍然以生存的优胜劣败为其哲学基础,但其理论的核心则调整为社会进化的道德性和伦理性,不再提倡极端之强权主义,而是以"公道"(Justice)为道德之公理。① 胡适说:"人治则不然。以平等为人类进化之鹄,而合群力以赴之。法律之下贫富无别,人治之力也。余又言今日西方政治学说之趋向,乃由放任主义(laissezfaire)而趣干涉主义,由个人主义而趣社会主义。"②

为此,胡适调整修改了易卜生的个人主义概念,以适应中国的环境。胡适把"自我"分解为"大我"和"小我"。胡适认为,个人自我的充分发展是"小我",为了"小我",可以不惜一切努力,冲破社会的阻碍,使自己"获救",从而把自己打造成强力的人;但同时,他认为社会是由众多的个人组成的,获救的个人越多,就越为一个改革的社会做好了准备。因此这种自我主义实际上是利他主义,因此这种承担着社会责任的"自我"就是"大我"。这个"大我"就是"有益于国家"③。林毓生对此有过精辟的论述,他认为:"陈独秀以及同时代反对偶像崇拜的知识分子对个人重要性的强调,从历史的角度看,并不等同于以一种对个人价值的伦理确信为基础的西方的个人自由观念,后者主要是从

---

① 胡适:《日记》(1915—1917),《胡适全集》第28卷,安徽教育出版社2003年版,第531页。
② 胡适:《日记》(1915—1917),《胡适全集》第28卷,安徽教育出版社2003年版,第497页。
③ [美]本杰明·史华慈:《寻求富强——严复与西方》,叶凤美译,中信出版社2016年版,第141页。

宗教信仰的世俗化过程中产生的，它代表的是这些知识分子对中国社会对个人的传统压制的反抗——当反偶像运动的大潮退去，五四的个人主义也随之消隐。"①

胡适正是从这样的立场去理解《玩偶之家》中的娜拉的。他认为娜拉离开家是可以理解的，因为她首先需要改造好自己，然后才能对社会有贡献。这样"小我"和"大我"实现了权利和义务的相互"制约"又相互"促进"，这就是胡适所谓的"健康的个人主义"。这里，为了兼顾对社会有益，胡适协调了个人与社会的关系，从而与易卜生的彻底的个人主义拉开了距离。易卜生把社会和个人之间看成了一种相互破坏的关系，其倡导的个人的充分自由常常与社会常规互相冲突。

胡适提倡健全的易卜生主义，以达到改良社会、解决现实问题的目的，与鲁迅有着相同的社会背景和良好愿望。鲁迅对社会问题的揭露和对国民性的批判，都是一种对社会问题的诊断，但也难以开出药方，只能寄希望于"引起疗救的注意"，他把文学作为反映社会、解决社会问题的一个有效途径，因此就自觉不自觉地表露出了对"文以载道"传统的坚持和继承，促使现实主义文学思潮逐渐成为当时的文学主流倾向。这一点，胡适在《白话文学史》中论述李白和杜甫时有着清晰的表述，道出了他更欣赏杜甫的原因，即杜甫比李白更能与认识发生关涉。

胡适把易卜生的思想定义为五四时期中国最流行的现实主义文学理论，但是胡适并没有把它看作一种纯粹的文学技巧，而是很大程度上把它当成了一种生活态度和文学态度，其目的是暴露社会最丑陋的一面。因此胡适很少注意易卜生戏剧中的日常小事和人物冲突，而是从中反思社会的弱点，把它当成揭露和批判社会黑暗的现实主义作品。他认为易卜生的作品也要从道德的层面来加以理解接受，这与"文以载道"的传统是息息相通的。因此，我们认为，胡适将易卜生的"现实主义"等同于对真理的追求，是为他的强烈道德想象服务的。胡适的写作，尤其是反映妇女问题的作品明显表现出五四运动早期的反儒家倾向。胡适是一个"理想主义者"，相信社会和政治改革的可能性。他对于文学道

---

① 林毓生：《中国意识的危机》，贵州人民出版社 1986 年版，第 67—68 页。

德功能重要性的强调是他批评的一个基本主题。①

胡适对易卜生的最有影响的译介当属《易卜生主义》，之后还亲自创作过类似倾向的作品，如模仿易卜生《娜拉》而创作的短剧《娜拉》，以及《贞操问题》《李超传》《我的"儿子"》《美国的夫人》等。胡适尝试在现实主义的文学观念之下，为解决社会问题，把个人的独立自由与个人对社会、国家、民族的责任统合在一起。其实这一点与鲁迅有异曲同工之妙。他们大胆揭露现实，暴露问题，都是为了引起"疗救的注意"。胡适在《四十自述》中曾自述他深受梁启超《新民说》的影响，认为"中国民族缺乏西洋民族的许多美德"，"最缺乏而最须采补的是公德，是国家思想，是进取冒险，是权利思想，是自由，是自治，是进步，是自尊，是合群，是生利的能力，是尚武，是私德，是政治能力"。② 由此可见，胡适把对社会和民族的批判、对个人权力的张扬以及对民众的启蒙都纳入现实主义文学之中是符合当时社会历史语境和新文化建设的需要的。

稍有差异的是，胡适持有天生的乐观，所以开出了自己的药方，即以"健康的个人主义"去促进社会改良。为此，胡适有目的地也很自然地把现实主义文学观念与易卜生的个人主义观念调和在一起，是当时的"救亡"和"启蒙"的双重使命所产生的内在需要。胡适或许更关注启蒙，但处在民族危亡的艰难时势之下，作为声望极高的公共知识分子是不肯无视救亡图存的急迫性的。1916 年，李大钊在发表于《晨钟》的《青春中华之创造》一文中也发表过同样的看法。李大钊认为，只有那些敢于以新思想作为武器向传统挑战，敢于高扬自我的权利并致力于唤醒自我意识的思想者，才能承担创造新文化的任务。

刘禾指出，在现代中国的历史进程当中，新文化运动因为反封建的需要，自然要把中国传统及其经典塑造为个人主义和人道主义的对立面，而另一方面，因为救亡图存的反帝国主义的民族立场，又把本身源自西方的个人主义与它的另一个对立面民族国家融合在一起，成为个人

---

① Mao Chen, "Hermeneutics and the Implied May Fourth Reader: A Study of Hu Shih, Lu Xun and Mao Dun", Ph. D. Dissertation, State University of New York at Stony Brook, 1992, p. 141, 转引自郑澈《英语世界的胡适》，中国社会科学出版社 2016 年版，第 252—253 页。

② 胡适：《四十自述》，《胡适全集》第 18 卷，安徽教育出版社 2003 年版，第 60—61 页。

主义话语的合法部分。① 刘禾对胡适译介易卜生主义的原因做过这样的解释："胡适将易卜生的个人主义与社会责任联系在一起，并不意味着启蒙立场向救亡图存的急迫性相妥协。"这反映了五四时期"反封建"和"反帝国主义"的双重历史使命对新文化运动所构成的内在张力。在胡适的观念里，已经没有放任的绝对的"个人"。"个人"的身份必须依据民族国家的需要来确定，也就是把自己打造成对社会有贡献的人。胡适将"小我"置于"大我"的利益之下并不意味着是对个人主义和启蒙事业的背离，相反，这正是基于当时的特殊历史现实，作为重要的新文化运动的倡导者胡适对个人主义和现实主义两种文学观念主动协调。在这一点上，胡适提倡的社会学色彩的易卜生主义实际上是现代主体性理论的逻辑引申。② 现代主体性的理论并不旨在解放个人，而在于把个体整合成民族国家的公民和现代社会的成员。当然，在具体的社会实践和文学实践当中，这种调和与整合，也形成了一定的内在张力，给新文学的创作和批评带来了困惑。

当然，随着国内政治现实的变化，作为社会思潮的个人主义后来慢慢淡出了人们的视野。正所谓"一时代有一时代之文学"。胡适说，文学革命初期，人类正从一个"非人的"血战里逃出来，世界也正在发生剧烈的变化。在这个激烈动荡的时代，很多的思想与制度就不得不进行"重新估价"。《新青年》上提倡这种淡薄平实的"个人主义的人间本位"恰逢其时，确实能够受到青年人的热情欢迎，开创了"个人解放"的时代。但时过境迁，十多年之后，当日颇受欢迎的新文学内容"渐渐受一班新的批评家的指摘"，"而我们一班朋友也渐渐被人唤作落伍的维多利亚时代的最后代表者了！"③

周作人那篇颇有影响的《人的文学》也认为，胡适之所以主张现实主义文学，还可以从他所接受的进化论、科学理性和实用主义等思想观念上寻找原因。胡适从进化论的立场出发，认为五四时期的社会环境和世界文学发展的规律限制了中国社会对文学思潮的选择，也就是说提

---

① 刘禾：《跨语言实践》，宋伟杰等译，生活·读书·新知三联书店 2008 年版，第 125 页。
② 刘禾：《跨语言实践》，宋伟杰等译，生活·读书·新知三联书店 2008 年版，第 127 页。
③ 胡适：《〈中国新文学大系·建设理论集〉导言》，《胡适全集》第 12 卷，安徽教育出版社 2003 年版，第 295 页。

倡现实主义文学是历史的必然。换句话说，从西方文学思潮演进的阶段性来看，中国文学的发展是处于现实主义文学的发展阶段的。

周作人新文学的思想内容概括为普遍的人道主义。其实胡适也是关注人道主义的："世界主义者，爱国主义而柔之以人道主义者也。"[①]"我从外面（指英美等国）回来，不忍坐人力车，在上海住三年半，精神苦痛，这是在'物质'文明环境里住久了，发生的人道观念。人家人道观念实在比我们强很多。"[②]胡适自己还创作过《人力车夫》等小说，并对沈尹默的诗《三弦》给予了高度评价，称赞其所表现的人道主义情怀，但这些只是零散的只言片语，没有形成专门的论述。

1918年12月，《新青年》刊登了周作人的《人的文学》，提出新文学必须以人道主义为核心，观察研究，分析社会和"人生诸问题"。他把文学所表现的对象和内容调整为社会底层的民众以及他们的"非人的生活"。希望作家摆脱把文学当作闲暇之余的游戏的心态，以严肃的人生态度去描写并反映这些"非人的生活"[③]，为人们描画理想的生活，促进人和社会的良性发展。周作人指出，人的文学与非人的文学的最大区别，就在于作家和作品的对生活的态度。以人的生活为目的的就是"人的文学"，以非人的生活为目的就是"非人的文学"。诸如题材、方法等文学的其他条件，则是另外的事情。

周作人"人的文学"的提出是有一定的思想之源及时代背景。14—15世纪的欧洲社会盛行文艺复兴运动，曾极力倡导人权，反对禁欲主义，提倡个性解放和追求个人爱情和幸福的权利；反对等级制度和残酷的压迫，提倡自由、平等、博爱，这一点也契合民初的社会实际。而周作人"人的文学"受到的最直接的影响则是来自俄罗斯的托尔斯泰和日本的武者小路实笃。这一文学思想的提出是以新文化运动的发起和发展进程为背景的，是与对中国几千年的等级观念、礼教思想以及由此所形成的国民劣根性的批判分不开的。周作人强烈批判中国文学，认为从儒教道教出来的文章，大都不合格。周作人从纯文学的角度把中国传

---

① 胡适：《日记》（1906—1914），《胡适全集》第27卷，安徽教育出版社2003年版，第240页。
② 胡适：《五十年来的美国》，《胡适全集》第13卷，安徽教育出版社2003年版，第596页。
③ 周作人：《艺术与生活》，《周作人自编文集》，河北教育出版社2002年版，第12页。

统文学的非人文学概括为"色情狂的淫书类""迷信的鬼神书类""神仙书类""妖怪书类""奴隶书类""强盗书类""才子佳人书类""下等谐谑书类"以及"下等谐谑书类"等，其观点不无商榷之处，但他这种对创作的态度或者说文学态度的强调，无疑是值得称赞的，也体现了现实主义的人生态度。① 周作人认为现代文学的主导原则应是人道主义，而人道主义的中心在他看来是重主观的个人主义。他认为中国古典文学没能达到这种人道主义目标，因此必须抛弃。

周作人认为，中国长久的礼教的束缚下，文学内容多是陈腐的，也是这些礼教的再现，缺乏人性的。因此，内容的革新才是真正意义上的革新。因此，人的文学首先要研究人是否尽了最大努力去消除所有束缚和压制人性的制度和规则，以便人人都能享受自由和真正幸福的生活。但这一切都要依赖"思想革命"的实现，否则人的文学将无从谈起。周作人所关心的是新文学内容的构建。胡适采用周作人的"人的文学"作为构建新文学的核心内容，确实有助于加强人们对文学革命的理解。

周作人继《人的文学》之后，又发表了进一步探讨文学建设的《思想革命》和《平民文学》（1919 年初）等文章。在《思想革命》中，周作人更是直言不讳地说，"文字改革是第一步，思想改革是第二步，却比第一步更为重要"。周作人认为，因为几千年的封建思想的浸淫积淀，已经使各种荒谬的封建思想和晦涩难懂的文言达到了"融合为一"、彼此难离难弃的程度。因此，周作人对胡适的白话文运动极为支持，支持胡适以白话取代文言的彻底的语言工具革命。

周作人最后把"人的文学"聚焦于"人道主义"。他把他提倡的人道主义，解释为一种个人主义的人间本位主义，而非世间所谓的"悲天悯人"或"博施济众"的慈善主义。理由是，第一，人在人类中，正如森林中的一株树木。森林盛了，各树也都茂盛，却仍非靠各树各自茂盛不可。第二，个人爱人类，就因为人类中有了我，与我相关的缘故。所谓利己而又利他，利他即是利己。"所以我说的人道主义，是从

---

① 周作人：《艺术与生活》，《周作人自编文集》，河北教育出版社 2002 年版，第 13 页。

个人做起。要讲人道,爱人类,便须使自己有人的资格,占得人的位置。"① 这种阐述与胡适的易卜生主义是一致的,强调个体的权利以及人格完善对社会群体的积极意义。

周作人"人的文学"提出意义重大,与胡适的"易卜生主义"一道为新文学指引了方向。温儒敏曾评价说,周作人顺应思想时潮,以新文学运动代言人身份及时将新文学运动所渴望的创作内容与方向加以较明晰的理论表述,提出"人的文学"的思想,对新文学产生了巨大的影响。②

胡适对周作人的"人的文学"主张是欢迎的、赞同的,甚至是全盘接受。胡适称《人的文学》是"是一篇最平实伟大的宣言"。胡适认为周作人把那个时代所要提倡的所有的文学内容容纳到"人的文学"的中心观念里,用这一个观念来排斥推翻中国一切"非人的文学"(十大类),来提倡"人的文学",起到了纲举目张的作用,明白清楚地划定新文学的范围。胡适说,周作人所谓"人的文学",说来极平常,只是那些主张"人情以内,人力以内"的"人的道德"的文学③,但为新文学的发展指导了方向。胡适一直提倡翻译、模仿和学习的西方作家大都也是批判现实主义作家,这跟周作人的"人的文学"的理论倡导是相一致的,是他拥抱"人的文学"的思想基础。胡适说:"等到中国人话文学里有了伏尔太,福禄贝,莫泊桑,易卜生,契诃夫,萧伯纳,贝里……一流的作家,鬼话文学自然就回到坟墓里去了。"④ 胡适把伏尔太、莫泊桑、易卜生、契诃夫等欧洲现实主义和自然主义作家尊崇为一流的作家,把他们的文学作品当成"人的文学"或者是"人话文学",而把与这些"写实"文学相反的作品贬为"鬼话文学",因为这些文学没有"人",不说"人话",说的是压抑人的精神和思想的封建伦理纲常。

---

① 周作人:《艺术与生活》,《周作人自编文集》,河北教育出版社 2002 年版,第 12 页。
② 温儒敏:《中国现代文学批评史》,北京大学出版社 1993 年版,第 36 页。
③ 胡适:《〈中国新文学大系·建设理论集〉导言》,《胡适全集》第 12 卷,安徽教育出版社 2003 年版,第 294 页。
④ 胡适:《跋〈白屋文话〉》,《胡适全集》第 3 卷,安徽教育出版社 2003 年版,第 762 页。

第三节 现实主义文学创作方法的阐释

胡适对现实主义的理解是"自然""写实",反映时代和社会,即"以事物之真实境状为主","而不以作者心境之去取,渲染影响之"。胡适接受了西方 18—19 世纪近代文学"为人生"的文学主张。胡适在其《文学改良刍议》一文中,首先以"实写"来衡量文学的真实性,并以此去推动中国文学从讲求主观真实转向重视客观真实。胡适以西方的"镜子说"和"摹仿说"为标准,比较早地从理论上确立了 20 世纪中国现实主义文学最根本的命题之一——文学是社会生活的客观反映。

胡适经常以"写实主义"(或现实主义)、"自然主义"来评论文学作品或阐述某种文学观念,在《〈国语文学史〉大要》中,他把《水浒传》看作浪漫主义的历史小说,而把《金瓶梅》等看作自然主义文学成立的标志性作品①,但他并没有对这两个概念做出严格的区分。由于来不及制定统一的使用标准等原因,清末民初混用现代西方文学术语的现象比较常见,"写实主义(Realism)或自然主义(Naturalism)在文艺上虽略有分别,但甚细微,本文为便易起见,概称作'写实主义'"。②根据《不列颠百科全书》的解释,现实主义(Realism)在文学艺术方面指:

> 对当代生活和问题的准确而详尽的描述……法国的现实主义的倡导者反对古典主义和浪漫主义这两方面的学院主义风气,认为必须在文艺作品中表现现代生活,使作品更加生动有力,还主张把过去认为在高雅艺术中不应有立足之地的某些社会阶级和题材作为创作素材。但他们的观点也有分歧:一派认为要采取不偏不倚的科学态度,另一派则主张应对下层社会和工人阶级抱满腔热情的态度。③

---

① 胡适:《〈国语文学史〉大要》,《胡适文集》(8),北京大学出版社 1998 年版,第 137 页。

② 愈之:《近世文学上的写实主义》,《中外文学关系史资料汇编(1898—1937)》(上),广西师范大学出版社 2004 年版,第 277 页。

③ 周作人:《近代欧洲文学史》,团结出版社 2007 年版,第 5 页。

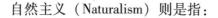

自然主义（Naturalism）则是指：

> 19 世纪末至 20 世纪初的美学运动，受到自然科学的一些原则和方法，特别是达尔文的自然观的启发，并使之与文学艺术相适应。在文学方面，继承了现实主义传统，并以更忠实地、不加选择地反映现实为宗旨，以反映不带道德评价的真实的"生活侧面"。自然主义与现实主义的区别在于，前者以科学上的决定论为假定前提，这导致自然主义作家在作品中只突出人的偶然性和生理性而非人的道德或理性。①

可见，"现实主义"比"自然主义"出现的时间稍早，是"自然主义"出现的前提和基础，二者的共同点主要表现在对人物和事件的描写原则和方法上，都遵从"真实""自然"的创作原则，但后者比前者更加"忠实"，突出"偶然性"和"生理性"，而前者则带有"选择性"和"道德性"。另外，"现实主义"更加强调文学描写对象的"特定性"，主张以同情的态度和人道的立场去反映"下层社会和工人阶级"的生活。从胡适的文学创作和批评文字来看，他的"现实主义"是包含"自然主义"的，在他的为数不多的文学创作中并没有法国的左拉、福楼拜或中国作家茅盾等人作品中的自然主义描写。胡适并不赞同作家"不加选择地反映现实"和"不带道德评价"的表现方法，认为文学应该"不涉于粗鄙淫秽之道"②，强调"文学之一要素，在于'美感'"。胡适当时只是朦胧地意识到两者之间的一些区别："如梅特林克，如辛兀（Meterlinck，Synge），都是极能运用写实主义的方法的人。不过他们的意境高，故能免去自然主义的病境。"③ 他认为《金瓶梅》《绛纱记》等描写"今日中国人所谓男女情爱"，"全是兽性的肉

---

① 周作人：《近代欧洲文学史》，团结出版社 2007 年版，第 5 页。
② 胡适：《日记》（1915—1917），《胡适全集》第 28 卷，安徽教育出版社 2003 年版，第 223—226 页。
③ 胡适：《日记》（1919—1922），《胡适全集》第 29 卷，安徽教育出版社 2003 年版，第 380—381 页。

欲"。①而认为《儒林外史》是优秀的讽刺小说，有"写实主义的技术"，"既没有神怪的话，又很少英雄儿女的话"。②他还对内容低俗的传统戏剧大为不满，认为他们是"中下级社会的流行品"，带有较多的社会的"恶劣性"。③"恶劣性"主要指内容和描写的"粗鄙淫秽"，可见胡适的文学态度是趋向现实主义的。陈独秀也曾强调中国作家应将现实主义当作范本，"因为中国读者无法接受自然主义对社会混乱和残暴的直接描写"。④

胡适所谓的"自然主义"大概是指作家对生活进行客观细致的观察，强调文学语言和形象描写的"自然"，而不是内容的"不选择"和道德的"不评判"。因此我们可以判断胡适所说的"自然主义"实际是指"现实主义"的"自然""客观""真实"等基本的创作原则和方法。比如说，胡适批评"黑幕小说"不是严肃的现实主义文学，因为他们不是"努力转向正确快捷的新闻和公平正直的评论上谋发展"，而是"倚靠那些谈人家庭阴私的黑幕小说来推广销路"⑤。因此，我们认为五四时期自然主义和写实主义之所以被混用，主要是由于它们有着求真的立场和客观描写的共同性，同时也因为当时还没有制定出翻译外国术语的统一标准。

胡适对现实主义文学思想的阐释主要包括两个方面，一是文学的内容和主题，二是作品的创作方法。

先说内容和主题。胡适主张，文学首先要能反映现实生活和现实问题。胡适曾经这样批判古文学："古文学的共同缺点就是不能与一般的人生出交涉。大凡文学有两个主要分子：一是'要有我'，二是'要有人'。'有我'就是要表现著作人的性情见解，'有人'就是要与一般的人发

---

① 胡适：《答钱玄同书》，《胡适全集》第 1 卷，安徽教育出版社 2003 年版，第 40 页。

② 胡适：《五十年来中国之文学》，《胡适全集》第 2 卷，安徽教育出版社 2003 年版，第 315 页。

③ 胡适：《文学进化观念与戏剧改良》，《胡适全集》第 1 卷，安徽教育出版社 2003 年版，第 142 页。

④ 陈独秀：《通信》，《新青年》第 1 卷第 4 期，转引自安敏成《现实主义的限制——革命时代的中国小说》，江苏人民出版社 2011 年版，第 32 页。

⑤ 胡适：《后生可畏——对〈大公报〉的评论》，《胡适全集》第 21 卷，安徽教育出版社 2003 年版，第 436 页。

生交涉。"① 胡适所提倡的"有我""有人"的观点是带有平民主义和现实主义文学倾向的，要求文学反映普通民众的生活和现实：

> 吾以为文学在今日不当为少数文人之私产，而当以能普及最大多数之国人为一大能事。吾又以文学不当与人事全无关系。凡世界有永久价值之文学，皆尝有大影响于世道人心者也。此说宜从其极广义言之，如《水浒》，如《儒林外史》，如李白、杜甫、白居易，如今之易卜生（Ibsen）、萧伯纳（Shaw）、梅脱林（Maeterlinck），皆吾所谓"有功世道人心"之文学也。②

胡适对今日文学"为少数文人之私产"的现状进行了批评，这是他倡导文学革命的出发点之一。他要求文学能够"普及""大多数国人"，要与"人事"有"关系"，因此文学才能"有大影响于世道"。当然，胡适的"有功世道人心"是广义的，而不是封建贵族文学狭义的"文以载道"，即封建文人所宣扬的忠孝节义等封建伦理纲常等。胡适主张文学要反映"人"的生活有关。其中，他更强调文学描写的对象主要是普通民众，而非"帝王将相"和"才子佳人"，同时提倡文学关注现实，要对社会问题有批判的态度，而非歌颂和阿谀。

因此，要想反映社会绝大多数人的生活和情感，就必须扩大作品题材的范围。在《建设的文学革命论》中，胡适说：

> 近人的小说材料，只有三种：一种是官场，一种是妓女，一种是不官而官，非妓而妓的中等社会（留学生，女学生之可作小说材料者，亦附此类），除此之外，别无材料。……官场妓院与龌龊社会三个区域，决不够采用。即如今日的贫民社会，如工厂之男女工人，人力车夫，内地农家，各处大负贩及小店铺，一切痛苦情形，都不曾在文学上占一个位置。并且今日新旧文明相接触，一切家庭惨变，婚姻苦痛，女子之位置，教育之不适宜……种种问题，

---

① 胡适：《五十年来中国之文学》，《胡适全集》第 2 卷，安徽教育出版社 2003 年版，第 329 页。
② 胡适：《日记》（1915—1917），《胡适全集》第 28 卷，安徽教育出版社 2003 年版，第 403 页。

都可供文学的材料。①

胡适不满于传统文学狭隘的题材范围，明确提出把"不曾在文学上占一位置"的"工厂""农家""店铺"等平民社会的空间纳入文学写作的范围，把他们的"惨变"和"痛苦"当作"文学的材料"，认为这样的内容才能写出真正有价值的现实主义文学作品，而那些描写"官场妓女与龌龊社会"的文学则是供人消遣的、游戏的。胡适提倡扩大文学描写领域，是跟图对平民百姓的深切的同情态度和人道主义立场一致的，体现了强烈的现实主义倾向。胡适曾列举过当时国内亟待解决的社会问题："我们随便翻开这两三年以来的新杂志与报纸，便可以看出这两种的趋势。在研究问题一方面，我们可以指出：（1）孔教问题，（2）文学改革问题，（3）国语统一问题，（4）女子解放问题，（5）贞操问题，（6）礼教问题，（7）教育改良问题，（8）婚姻问题，（9）父子问题，（10）戏剧改良问题……"② 这些都是胡适视野中的文学材料。

在这里，胡适借文学来反映和解决社会问题的"忧国忧民"意识得以体现，胡适因而开始大力提倡问题剧、问题小说以及问题诗的创作。胡适在倡导"易卜生主义"时也提倡文学创作要关注社会问题，因此他特别强调创作"问题剧"和"问题小说"的重要性。在 1914 年7 月 18 日的日记中，他说："自伊卜生（Ibsen）以来，欧洲戏剧巨子多重社会剧，又名'问题剧'（Problem play），以其每剧意在讨论今日社会重要之问题也。业此最著者，在昔有伊卜生（挪威人），今死矣，今日名手在德为赫氏（即赫普特曼），在英为萧伯纳氏（Bernard Shaw），在法为白里而氏。"③ 并说赫氏《獭裘》，大似《水浒传》。1914 年 7 月29 日日记："赫氏长处在于无有一定之结构经营，无有坚强之布局，读者但觉一片模糊世界，一片糊涂社会，无一毫文人矫揉造作之痕也。此种剧不以布局胜，自赫氏始也。"④

---

① 胡适：《建设的文学革命论》，《胡适全集》第 1 卷，安徽教育出版社 2003 年版，第 63 页。

② 胡适：《新思潮的意义》，《胡适全集》第 1 卷，安徽教育出版社 2003 年版，第 693、694 页。

③ 胡适：《日记》（1906—1914），《胡适全集》第 27 卷，安徽教育出版社 2003 年版，第 411 页。

④ 胡适：《日记》（1906—1914），《胡适全集》第 27 卷，安徽教育出版社 2003 年版，第 428—429 页。

1915 年 4 月 30 日，胡适留学日记里载有《谈活文学》一则，认为元曲《孽海记（哭皇天）》可算中国古代的问题剧，"并可比布朗宁的命意"。"即以思想而论，此亦一种革命文字也。作者盖有见于佛教僧尼之制之不近人情，故作此剧，以攻击之，亦可谓'问题戏剧'（Problem plays）之一也。"①

而在"记白里而（莫里哀）之社会名剧《梅毒》"的日记中，胡适关注梅毒之遗毒及其对于西方家庭的影响，认为剧情真实而不淫秽，对白健康而不肮脏，著者能以极委婉之笔，曲折达之，是一篇反映现实问题的佳作。②

对"问题"文学，胡适不仅积极提倡，而且满怀热情地从事创作实践，可见其对"问题"文学的高度关注。胡适所写的《差不多先生传》，就是意在揭露和讽刺社会中普遍存在的消极懒惰的国民劣根性。胡适写道："他的名誉越传越远，越久越大。"就像传染病一样，如果整个社会都沾染上这样的懒人病，都学他的榜样，那么中国的社会也就都成了一个"差不多先生"，中国从此也就成为一个懒人国了。③ "问题文学"的观念之所以在胡适的文学观念里占有如此突出的地位，就是因为胡适抓住了现实主义文学在思想性方面的根本特征，同时也反映了他作为现代知识分子的代表对社会的高度责任感。这其实跟鲁迅关注国民性的改造的努力是一致的，"差不多先生"和"阿Q精神"都是对那个时代国民劣根性的深刻揭露和批判。

同类的作品还有《一个问题》、白话诗《人力车夫》和独幕剧《终身大事》等，都是反映社会现实问题的现实主义作品。其中《一个问题》开启了中国现代小说的新流派"问题小说"，叶圣陶、冰心、杨振声等后来创作了不少此类小说，而模仿易卜生《玩偶之家》而写的《终身大事》确立了中国现代话剧的新形式。

胡适还积极关注女性问题。他在美国留学时就曾十分留意美国的女子教育、女性地位、爱情和婚姻观念等问题。在中国古典小说的考证

---

① 胡适：《日记》（1915—1917），《胡适全集》第 28 卷，安徽教育出版社 2003 年版，第 371—372 页。

② 胡适：《日记》（1906—1914），《胡适全集》第 27 卷，安徽教育出版社 2003 年版，第 276 页。

③ 胡适：《差不多先生传》，《胡适全集》第 10 卷，安徽教育出版社 2003 年版，第 551 页。

中，他就把李汝珍《镜花缘》中所描写的"女儿国"当成中国女性争取平等权利的"乌托邦"，对遭受封建制度压制和迫害的中国女性寄予了深切的同情。胡适写作了传记作品《李超传》，为中国女性伸张正义，引起社会对妇女问题的关注。胡适为一个素不相识的惨遭封建家族制压制的可怜女子作传，是因为从她的身上看到无数中国女性的痛苦遭遇。因此，李超的经历和遭遇可以当作中国家庭制度的研究资料，可以用作研究中国问题的起点，而她本人可以算作中国女权史上的一个重要牺牲者。胡适的《李超传》把批判矛头对准了封建宗法制度：一是家长族长的专制，二是女子教育问题，三是女子承袭财产的权利，四是有女不为有后的问题。《李超传》（1919 年 12 月）所反映的根本问题，就是女子不能算为后嗣的大问题。也就是说在任何情况下，女性都不能继承父母的财产。这种制度对千百年来中国女性产生过巨大的影响，也影响了女性的教育、婚姻等一系列问题。就像李超的父母，虽然有女儿，但按照中国宗法制的传统，他还是属于"无后"，而且必须过继一个"全无心肝"的侄儿为后。[①] 因此说，《李超传》所反映的是中国社会当中男女是否和何时平等的问题，是中国建设现代国家和现代文明的进程中必须面对和解决的问题。在现代社会中，女子与男子一样，必须是有着独立人格和权利的个体，而不是家庭的附庸。胡适这样的观念，与他写《我的儿子》是一致的，都反映了他对中国伦理传统中的宗法制度进行的思考和批判。

　　以上所说都充分说明了胡适想借文学之力达到社会治理的目的，表现了他的传统的"文以载道"意识以及作为对社会和政治充满兴趣的知识分子的责任感，是他倾向现实主义文学的有力证据。

　　另外，对社会问题的关注，促使胡适转向对悲剧观念的译介，促进中国文学观念的现代转变。中国对西方美学思想的引进在清末民初就已经开始，其中主要代表为严复、鲁迅、王国维，尤其是王国维对悲剧观念的译介产生了深远的影响。1904 年王国维以叔本华的悲剧理论对《红楼梦》进行分析，肯定了《红楼梦》具有巨大的美学价值，称其为中国文学史上具有开创意义的描写人生悲剧的杰作。王国维的悲剧观念

---

① 胡适：《李超传》，《胡适全集》第 1 卷，安徽教育出版社 2003 年版，第 740—741 页。

来源于叔本华的理论。他根据叔本华的观念把悲剧分成三种类型：第一种类型是"由极恶之人，极其所有之能力"所"交构"出来的悲剧，也就是由"大奸大恶"之人所造成的悲剧；第二种是"由于盲目的运命者"所导致的悲剧，是不可知的命运给人类带来的悲剧，比如天灾；第三种类型的悲剧，是"由于剧中之人物之位置及关系而不得不然者"，是由人类自身的原因所造成的悲剧，"彼示人生最大之不幸，非例外之事，而人生所固有故也"。[①] 王国维认为《红楼梦》的人物悲剧是第三种悲剧："此非常之势力足以破坏人生之福祉者，无时而不可坠于吾前。且此等惨酷之行，不但时时可受诸己，而或可以加诸人，躬丁其酷，而无不平之可鸣，此可谓天下之至惨也。若《红楼梦》，则正第三种之悲剧也。"[②] "此非常之势力"并非宿命，也是外力，而是源于自身的人性的弱点，因此这一类的悲剧最令人扼腕痛惜，无奈而悲凉，是"天下至惨"。

王国维推崇和欣赏第三种悲剧说产生的震撼力和宿命感，因为这种悲剧是源于人类自身的人性弱点，即是由人的天然的意志、欲望所造成的。因为人与生俱来就有意志，所以就会有欲求和渴望。而欲望只会带来痛苦。因为如欲望得不到满足，必然会引起痛苦。而满足任何一种欲望的过程，都会遇到无数的障碍和困难，这也是痛苦的。就算欲望最后实现了满足，也只是暂时摆脱痛苦，随之而来的依然是从前的无聊和空虚。更何况人的欲望是循环往复的。一个欲望满足了，还有另外的欲望要满足；旧的欲望刚刚满足，新的欲望又会产生。因此叔本华认为："人的生存就是一场痛苦的斗争，生命的每一秒钟都在为抵抗死亡而斗争，而这是一场注定要失败的斗争。"因此，追求人生的目的和价值是徒劳的，是悲剧的。王国维深受叔本华思想的影响，将其引入《红楼梦》的分析当中，把叔本华的悲剧观念看成一个公式，即人的生命分别由"欲""生活""苦痛"三者的结合而组成的，而《红楼梦评论》就是按照这个公式而创作出来的。王国维认为《红楼梦》之所以具有厌世解脱之精神，原因在于它充

---

① 王国维：《王国维文集》（上），中国文史出版社 2007 年版，第 7 页。
② 王国维：《王国维文集》（上），中国文史出版社 2007 年版，第 7 页。

分地把"欲""生活""苦痛"联系在了一起，因此最后的悲剧就是必然的。

王国维对叔本华悲剧观念的引入是对中国传统的"乐而不淫""哀而不伤""怨而不怒""大团圆"美学观念的一次重要反拨。因为无论是出于乐观精神还是虚假的粉饰，中国传统文学，尤其是小说、戏曲等叙事性文学，他们都愿意给故事的结局安上一个"大团圆"的尾巴。王国维的悲剧理论给后来的文学提出了两条重要的艺术创作原则：一是写人生固有的情境，写普通人的人生遭遇；二是写命运，写的是必然性。[1] 王国维对《红楼梦》的理论研究实际上已经超出了悲剧理论，成为现实主义的创作原则以及中国现代文学的美学原则。但由于当时的文学现状和阅读受众等方面的因素，除了在学术层面，王国维的悲剧观念没有在社会上产生应有的广泛影响。

五四时期，随着新文学的发展，国外大量的文学观念输入进来，悲剧观念再次进入中国新文学的视野。胡适从悲剧的功能和产生的根源等方面对西方悲剧观念进行了阐释。第一，胡适认为，悲剧能引发人的最深挚感情。他认为人的最深沉而悲悯的情感不在喜笑颜开的时刻，而在悲哀和无奈之时。第二，认为当人们目睹别人的惨状，便会从内心产生一种真诚而高尚的同情和怜悯，自身"小我的悲欢哀乐"也会暂时因此而消失，这就是悲剧对人的情感的洗涤和净化的功能。第三，认为悲剧是普遍存在的，无时无刻，随时随地，都有悲剧在发生。因为造化弄人，社会不良，这些天灾人祸会使人或悲观绝望，或堕落颓废，或陷入罪恶不能自脱。正是这样的原因，悲剧的文学是发人猛省、感人最烈的文学，能使人"思力深沉"。胡适认为悲剧观念是医治我们中国那种说谎作伪思想浅薄的文学的绝妙圣药，对消除中国传统文学中的政治谎言、道德谎言、商业谎言、愚民谎言等流弊起到了积极的作用，有益于现实主义文学的发展。[2]

胡适对悲剧的理解已经偏离了叔本华、尼采的本意，与王国维也不

---

① 袁进：《中国文学的近代变革》，广西师范大学出版社 2006 年版，第 274 页。

② 胡适：《文学进化观念与戏剧改良》，《胡适全集》第 1 卷，安徽教育出版社 2003 年版，第 146—147 页。

尽相同。叔本华认为人生本身就是悲剧，人们在人生的悲剧中"感觉到它的不可遏止的生存欲望和生存快乐"。叔本华的悲剧观念重在人生本身的悲剧性，是人的内在的冲突，是一种"宿命论"的观念。而胡适注重的是"人祸"引起的悲剧，强调人对外部的险恶的社会环境的反抗，而不是对自身命运的反抗，悲剧意识冲淡，失去形而上的美学意义。而这一点也恰好说明了胡适对文学反映现实的"淑世"功能的自信，或者说是对传统的"有补于世"之观念的坚持，表露了他的现实主义文学倾向。胡适对悲剧的看法，后来也成了中国现代文学关于悲剧的主流观念，但它其实也是对悲剧精神的消解。有研究认为，王国维的悲剧理论因为"消极"，所以后来在中国未能得到足够的重视，艺术上的悲剧精神也就未能在中国文学中扎根。而胡适对悲剧观念的理解由于受到由资本主义发展带来的科学精神和报刊等带来的文学世俗化大众化倾向的影响，使得中国传统的审美意识发生转变，导致现实主义的崛起。①

胡适有意把现实主义思想和对悲剧观念的推崇紧密地联系在一起。胡适在《文学进化观念与戏剧改良》和《〈红楼梦〉考证》中都作了清楚的阐释。胡适认为"中国文学里最缺乏的是悲剧的观念。无论是小说，还是戏剧，总是一个美满的结局"，批判这种"团圆的迷信"是"说谎的文学"，是中国思想薄弱的铁证。胡适推崇悲剧对人的情感和思想的震撼和洗礼之功能，因为读完了"团圆快乐的文字"，至多不过在心理上产生一点满足和轻松，决不会使人产生深沉的感动，也不能促人自省和觉悟，也不会使人产生"根本上的思量和反省"。② 胡适因此对高鹗续写《红楼梦》大加称赞："这一点悲剧的眼光，不能不令人佩服。""我们不但佩服，还应该感谢他，因为他这部悲剧的补本，靠着那个'鼓担'的神话，居然打倒了后来无数的团圆《红楼梦》，居然替中国文学保存了一部有悲剧下场的小说！"③ 因此可以说，胡适对悲剧

---

① 袁进：《中国文学的近代变革》，广西师范大学出版社 2006 年版，第 263 页。

② 胡适：《文学进化观念与戏剧改良》，《胡适全集》第 1 卷，安徽教育出版社 2003 年版，第 147、148 页。

③ 胡适：《〈红楼梦〉考证》（改定稿），《胡适全集》第 1 卷，安徽教育出版社 2003 年版，第 587 页。

观念的解读，正是源于悲剧能给予人的情感洗涤和发人深省的功能，这正是胡适所提倡的现实主义文学应该具有的价值和魅力之所在。

综上所述，胡适凸显了文学的"写实"功能，要求文学反映客观生活，尤其要反映社会问题和人生问题。这里，胡适实际上提出了"文学是对社会生活的反映"这样一个美学原则，其积极意义是不言而喻的。

废名曾这样说："凡是有生命的文学，都是写实的。"他认为我们后来的人之所以看不大懂《三百篇》，就是因为后来的文学失掉了写实的传统，而《三百篇》实际上就是写实的反映当时社会风貌的诗歌集。什么叫作"写实的"呢？写实便是实写生活，文学的题材便是实际的生活。比如《关雎》，并不是由谁闭着眼睛想象出来，而是根据实际生活中所获得的经验写出来的；也不是因为要作诗了，所以刻意想出一个名为"雎鸠"的鸟来，专为"起兴"。此孔子所批评的"正墙面而立"，什么都没有，只是闭门造车，怎么可能写出诗来呢？"如果有生活，则处处是诗了。"[①] 由此可见，五四之后，写实主义的观念得以广泛接受和流行，跟胡适、陈独秀等人的推动是直接相关的。

胡适的现实主义文学观念的第二个体现则是对创作方法的领会和表述，虽然不够系统，但散见于各种批评文字中的论述依然比较丰富。近现代西方现实主义的写作手法主要体现在以下几个方面：首先，要求作家有实际生活体验或者是经验，人物和环境在外观细节上符合真实的人和事的外貌描写、本质和内在逻辑性。其次，要求作品能够创作典型，以艺术的手法，以真实、具体和细节的描写反映一类人和事的本质特点或者内在规律。最后，不提倡作品里直接抒情和发表观点，而是让它们隐含在作品，让读者自己去体会和感受。这三项基本原则我们今天看来已经耳熟能详，非常普通，但在当时，则是非常新颖，对新文学的创作起到了很明显的指导作用。

首先，我们来看胡适是如何论述现实主义文学创作的真实性问题。真实性原则，理应是所有文学作品的创作原则，但在胡适看来，这是写实主义文学能够成立的前提。胡适强调文学创作的真实性原

---

① 陈建军、冯思纯编订：《废名讲诗》，华中师范大学出版社 2007 年版，第 189 页。

则，这是作品的生命。文学创作当然也需要想象，但这个想象也是基于经验或者"真实"，要符合情理的真实，不能凭空虚造。他在留学日记中说："诗贵有真，而真必由于体验。若埋头塾下，盗袭前人语句以为高，乌有当耶?"① 这里的"体验"就是胡适强调的"真实性"。在胡适看来，具有"真实性"的诗才是好的诗歌，因为这样的诗歌有"体验"做"底子"，而不是"埋头塾下"，或凭空虚造，或"盗袭前人"。而这样的主张也是针对晚清诗坛盛行的模仿抄袭、无病呻吟的风气而发的。

在《建设的文学革命论》（1918 年）中，胡适专门讨论了经验对文学创作的重要性。他批评有些作家的创作材料"是关了门虚造出来的，或是间接又间接的得来的"，强调文学家的创造材料必须是真实的，必须有"实地的观察和个人自己的经验"做个根底。② 1921 年 1 月，他又在《梦与诗》（收录在《尝试集》）的自跋里阐释了经验与诗歌的关系："这是我的'诗的经验主义'（Poetic empiricism）。"胡适说做梦都需要经验做底子，何况写诗呢?③

胡适不喜欢诗歌之中写"壮语"，他评价杜甫的《出塞》时说："总括《出塞》十余篇看来，我们不能不承认这些诗都是泛泛的从军歌，没有深远的意义，只是仿作从军乐府而已。"④ 之所以如此，是因为杜甫在这时候还没有体会过战争生活的实在情形，也就没有真实的经验，也不会有什么深切的感情，因此只能勉强写些豪言壮语，"或者勉强作愁苦语"。但在论杜甫后期的写作风格时，胡适认为，因为有了亲身的经历和体验，杜甫的诗则是真实、深沉的："华州之后，他又奔走流离；到了成都以后，才有几年的安定。他在乱离之中，发为歌诗：观察愈细密，艺术愈真实，见解愈深沉，意境愈平实忠厚。"离乱的生活遭遇，使得杜甫能够亲身观察或发现社会问题和民生疾苦，写出大量的

---

① 胡适:《日记》(1915—1917)，《胡适全集》第 28 卷，安徽教育出版社 2003 年版，第 47 页。
② 胡适:《建设的文学革命论》，《胡适全集》第 1 卷，安徽教育出版社 2003 年版，第 64 页。
③ 胡适:《〈梦与诗〉自跋》，《胡适全集》第 10 卷，安徽教育出版社 2003 年版，第 130、131 页。
④ 胡适:《白话文学史》(上)，《胡适全集》第 11 卷，安徽教育出版社 2003 年版，第 487 页。

"问题诗"，为后世文学开了风气。① 胡适在 1916 年 8 月 21 日写给陈独秀的信中，也曾批评了南社中的名流诗中"多壮语"，评价他们还不如清末民初的郑孝胥、陈三立等人的诗作。可见胡适对"空话""壮语""无病呻吟"等不真实的描写的反感和痛恨。

其实，对"真实"的要求并不完全是西方文学所独有的，而是对文学的普遍要求，中国文学传统中也有不少关于"真实性"的论述。郁达夫曾论公安袁氏三兄弟"能于万历诗文疲颓之余，自树一帜，洗尽当时王、李的大言壮语，矫揉造作，以振衰起绝而论，他们的功业，也尽可以与韩文公比比了"②，并对他们能够用明白的语言、真实的态度进行创作给予高度评价。胡适曾在日记中作过对黄遵宪的"诗界革命"的评价："今之言诗界革命者，矫枉过正，强为壮语，虚而无当，则妄言而已矣。吾生平未尝作欺人之壮语，亦未尝'闲情'之赋。"③

在胡适看来，黄遵宪以及南社诗人之所以会写出浮泛空洞的"壮语"，就是因为缺乏真切的生活体验，没有深入具体的生活实践当中去发现民生的疾苦和现实的苦难，当然也就难以产生深切的同情和真挚的情感，也难以洞见生活的真谛。可见胡适对"真实""自然"等写作手法的坚持，也与中国文学传统中反对"大言壮语"和"矫揉造作"的态度一脉相承。因此，胡适自己在写作时，尤其注意"真"："久不作如许长诗矣。此诗虽不佳，然尚不失真。尝谓写景诗最忌失真。老杜《石龛诗》'罴熊咆我东，虎豹号我西，我后鬼长啸，我前狨又啼'。正犯此病。又忌做作。"④

翻阅留学日记，可以发现胡适虽然阅读非常广泛，但美国留学期间，主要是对"真实性"强的现实主义和自然主义的作品情有独钟。这其中包含小说、戏剧和传记等。文学革命之后，即便徐志摩等人跟胡适讨论现代派诗歌，胡适也没有兴趣，这在他的日记里有记载。西方现实主义理论应要求作品中的真实符合生活的真实。作家不应追求奇妙的故事情节，而应表现平凡生活中人物和环境的相互关系，通过作品使读

① 胡适：《白话文学史》（上），《胡适全集》第 11 卷，安徽教育出版社 2003 年版，第 479 页。
② 郁达夫：《重印袁中郎全集序》，《袁宏道集笺校》，上海古籍出版社 1981 年版，第 1738 页。
③ 胡适：《日记》（1915—1917），《胡适全集》第 28 卷，安徽教育出版社 2003 年版，第 236 页。
④ 胡适：《日记》（1906—1914），《胡适全集》第 27 卷，安徽教育出版社 2003 年版，第 324 页。

者进行思考,"理解整合在事件中的深刻意义"。① 胡适对俄国作家果戈里,法国作家白里欧、都德、莫泊桑,德国作家赫仆特曼等人就非常欣赏。由于他们的作品和文学观念潜移默化的影响,胡适对现实主义文学观念有了更深刻的了解。

在评论德国戏剧家惠普特曼的《织工》时,胡适首先肯定的是作品的真实性,赞扬赫氏长处在于能够让读者觉得"一片模糊世界,一片模糊社会,——逼真,无一毫文人矫揉造作之痕也"。② 而在评《哈姆雷特》时,说中国传统戏剧的"唱"有时极不真实:"吾国旧剧自白姓名籍贯,生平职业,最为陋套,以其失真也。吾国唱剧亦最无理。即如《空城计》,岂有兵临城下尚缓步高唱之理?"③ 在读《狱中北七日记》(九月七日)的日记中又言:"其所记多无病而呻吟之语,读之令人生一种做作不自然之感。""又明知七日之后可以复出,其所身受,大似戏台上人之悲欢啼笑,宜其做作不自然也(其记黑狱一节尤可笑)。"④

胡适还敏锐意识到作品中人物形象塑造的艺术真实的问题,这在中国古典小说考证的文章中有论述,比如在《三国演义》的考证中,他认为小说对英雄人物的描写非常符合艺术真实性,"既不背历史真实,又能寥寥几句话里使两个英雄的神情态度在戏台上活现出来"。建议中国传统戏曲借鉴这种方法,以打破那些以红脸黑脸、翻跟斗、金鸡独立、全武行等脸谱化或高度程式化的动作来表现人物形象。⑤ 也就是说,文学的艺术真实既来源于生活,又高于生活。"真实"并不是绝对的描摹,而是抓准人物和事件的主要特征。正如莫泊桑所说,文学不只是绝对的"真实",反对以"生活的平凡的照相"提供给读者。他认为艺术的真实应该比现实本身更完全、更动人、更确切。⑥

胡适对文学创作中的"真实"和"经验"的反复强调,除了传统

---

① 伍蠡甫主编:《西方文论选》,复旦大学出版社1984年版,第254页。
② 胡适:《日记》(1906—1914),《胡适全集》第27卷,安徽教育出版社2003年版,第324页。
③ 胡适:《日记》(1906—1914),《胡适全集》第27卷,安徽教育出版社2003年版,第324页。
④ 胡适:《日记》(1915—1917),《胡适全集》第28卷,安徽教育出版社2003年版,第260页。
⑤ 胡适:《〈林肯〉序》,《胡适全集》第1卷,安徽教育出版社2003年版,第770页。
⑥ 伍蠡甫主编:《西方文论选》,复旦大学出版社1984年版,第254页。

中"辞达而已"和"实录"精神在胡适思想中的积淀，杜威实用主义哲学当中的经验美学观念对他也产生了较大的影响。杜威把"经验"简化为"我们所做的以及我们因此而承担的后果的全部（all our doings and sufferings），也就是我们所做的一切和我们所经历的一切"。因此，"经验"就是指我们生活的过程（the living process），在这个过程中我们的所作所为以及由此产生的相关感悟，构成了我们经验的所有内容。[1] 杜威的"经验"观念是来自对英国经验派的继承，它不仅包括心理学、生理学和生物学的感官经验，还涉及了很多的社会学内容。杜威主张，"经验"是一个自然而然的感受过程，不需要也不必进行学究式的烦琐解释。"经验即艺术"是杜威的名言，但并不意味着说"经验就是艺术"，杜威是在强调艺术的经验性质，强调艺术与生活的密切联系，认为经验与艺术是整体与部分的关系。因此胡适总结说，如果没有"实地的观察和个人自己的经验"作为基础，就不能成为文学家，这是文学必须遵守的法则，如果缺乏真实的经验，那创作出来的作品就是假文学。正如胡适的《梦与诗》（见《尝试集》）中所写："都是平常经验，都是平常影象，偶然涌到梦中来，变幻出多少新奇花样！都是平常情感，都是平常语言，偶然碰着个诗人，变幻出多少新奇诗句！"[2] 这就是说，经验大于艺术，经验是艺术的前提，经验是文学的内容。

杜威把经验等同于我们生活的不断经历的过程，并不完全是把问题简约化，而是为了凸显文学艺术创作的规律：关注人的经验，才是真正的关注人生。杜威的经验艺术观，具有较为强烈的平民主义色彩，打破了文学艺术之于平民的神秘性。他认为，无论是什么样的艺术，高雅的、通俗的，无论价值有多大，其根源都永远来自人的经验，而不是人生经验之外的某种神秘之物。如此，他打破了传统美学那种为"美"寻找某种虚无缥缈或高深莫测的依据的做法，努力恢复审美经验与日常生活经验的连续性，让艺术走向普通人，让艺术平民化。

另外，因为有着对文学"真实性"的执着追求，加上严重的历史癖和考据癖，胡适对传记文学也非常关注，也大力提倡人物传记的创

---

① 赵秀福：《杜威实用主义美学思想研究》，齐鲁书社 2006 年版，第 85 页。

② 胡适：《梦与诗》，《胡适全集》第 10 卷，安徽教育出版社 2003 年版，第 130 页。

作。为了提倡现代传记文学，推动其在中国的发生发展，胡适一生都颇能身体力行，前后共创作了传记、年谱等四十多篇，诸如《四十自述》《章实斋年谱》《李超传》，类型涵盖长篇传记、年谱、传略、小传和片段性的回忆文章。人物既涉及当时的和历史上的著名人物，如思想家老子、文学家吴敬梓、大学者章学诚、教育家张伯苓、科学家丁文江等，也包括普通老百姓，如女学生李超、神会和尚的母亲等。在他的影响下，五四时期先后出现了较为著名的长篇传记和年谱，如《南通张季直先生传记》《梁任公先生年谱长编初稿》《三水梁燕孙先生年谱》等一大批优秀的传记作品。

胡适对传记文学的作用有着独特的理解，认为梁启超、陈独秀、蔡元培、张元济、高梦旦等在中国近现代历史上相当活跃并产生过重要影响的人，都应该写自传或留下传记。这样可以为后人留下重要的历史资料，也可以增进人格教育，也能"给文学开生路"①。胡适指出中国传统的传记文学非常不发达，中国的历史人物的材料往往只靠一些简短枯燥的碑版文字或史家列传流传下来，而且大部分的材料可信度不高，可读性好的就少之又少；至于可歌可泣的传记，可说是绝对没有。我们对于古代很多重要历史人物的认识，往往只能通过一些很零碎的轶事琐闻去了解。②

1929 年 12 月 14 日，胡适为张孝若所作的《南通张季直先生传记》写序，序中大力提倡"传记文学"，强调"传记的最重要的条件是传真纪实"，并总结了中国传记文学不发达的大致原因：一是缺乏对伟大人物崇拜的风气；二是有太多的忌讳；三是文言文不适合于刻画人物。胡适曾对中西方的传记文学做过认真的比较："余以为吾国之传记，惟以传其人之人格（Character）。而西方之传记，则不独传此人格已也，又传此人格进化之历史（The development of a character）。"

具体来说："东方传记之体例（大概）：（一）其人生平事略。（二）一二小节（Incidents），以写其人品。（如《项羽传》'垓下之固'，项王悲歌起舞一节。）西方传记之体例：（一）家世。（二）时势。（三）教

---

① 胡适：《四十自述·自序》，《胡适全集》第 18 卷，安徽教育出版社 2003 年版，第 7 页。
② 胡适：《领袖人才的来源》，《胡适全集》第 4 卷，安徽教育出版社 2003 年版，第 537 页。

育（少时阅历）。（四）朋友。（五）著述（文人），事业（政治家，大将……）。（六）一生之变迁。（七）琐事。（八）其人之影响。"进而归纳："东方短传之佳处：（一）只此已足见其人人格之一斑。（二）节省读者日力。西方长传之佳处：（一）可见其人格进退之次第，及其进退之动力。（二）琐事多而详，读之者如亲见其人，亲聆其谈论。""西方长传之短处：（一）太繁；只可供专家之研究。而不可为恒人之观览。人生能读得几部《约翰生传》耶？（二）于生平琐事取裁无节，或失之滥。东方短传之短处：（一）太略。所择之小节数事或不足见其真。（二）作传太易。作者大抵率尔操觚，不深知所传之人。史官一人须作传数百，安得有佳传？（三）所据多本官书，不足征信。（四）传记大抵静而不动。何谓静而不动？（静 Static，动 Dynamic）但写其人为谁某，而不写其人之何以得成谁某是也。吾国人自作年谱、日记者颇多。年谱尤近西人之自传矣。"① 鉴于上述比较，胡适主张向西方"长传"借鉴和学习。

胡适写自传时，往往"不知不觉的抛弃了小说的体裁，回到了谨严的历史叙述的老路上去了"，不过，他觉得这样更为真实，因为"赤裸裸的叙述我们少年时代的琐碎生活，为的是希望社会上做过一番事业的人也会赤裸裸的记载他们的生活"，能够"给史家做材料，给文学开生路"，或者说传记写作的真实的态度、真实的材料和朴素的写法，能够纠正或消除中国传统传记性作品的"选择"和"虚构"，对史料的歪曲或捏造，扭转"瞒"和"骗"的文风。

其次，胡适对现实主义创作方法的另一个洞见则是体现在关于"文学典型"塑造的自觉意识。"典型"的问题是现代文学理论的一个重要概念，但对当时的中国文艺界应该还是一个崭新的观念。胡适对现实主义文学的"典型"问题的关注和剖析，多见于其留学日记当中。如：

赴巨册大版会，会员某君于下列四书中选读若干则：

（一）Theophrastus（B. C. ？—287？）Characters（泰奥弗拉斯

---

① 胡适：《日记》（1906—1914），《胡适全集》第27卷，安徽教育出版社2003年版，第515—517页。

托斯:《写生论》)。（二）Sir Thomas overbury（1581—1613）：Characters（S 托马斯·奥弗布雷:《写生论》）。

（三）John Earle（1601—1665）：Microcosmography（约翰·厄尔利:《缩写论》）。（四）Samuel Butler（1612—1680）：Characters（塞缪尔·巴特勒:《写生论》）。

皆写生之作（写生者，英文 Characterization）。此诸书皆相似，同属抽象派。抽象派者，举一恶德或善行为题而描写之，如 Theophrastus（泰奥弗拉斯托斯）之《诮人》，其所写可施诸天下之诮人而皆合，以其题乃诮人之类，而非此类中之某某诮人也。后之写生者则不然，其所写者乃是个人，非复统类。如莎士比亚之 Hamlet（汉姆雷持），如易卜生之 Nora（娜拉），如 Thackeray（萨克雷）之 Rebecca Sharp（丽贝卡·夏普）。天下古今仅有此一 Hamlet，一 Nora，一 Rebecca Sharp，其所状写，不可移易也。此古今写生文字之进化，不可不知。[①]

上述引文中，我们可以知道两个基本信息：胡适当时已经对"典型"的概念非常熟悉。胡适辅修英国文学，"典型"作为欧洲近现代文学中最常见的术语，胡适自然是非常清楚。上文中的"Characterization"，胡适译为"写生"，也就是我们现在所说的"典型"。当时的胡适已经认识到文学典型是个别与一般相统一的艺术形象，是通过个别的艺术形象来反映生活的本质和规律的必要的文学手段。不仅如此，胡适还对"典型"的分类和演变有着明确的认识，西方文学中的"典型"分为"抽象派"的"典型"、"非复统类"的"典型"，前者倾向于概括性，带有脸谱化，后者则是共性和个性的有机统一的"典型"，而胡适倾向于后者，即如易卜生"娜娜"和鲁迅"阿 Q"之形象，是独特性与概括性的成功的复合体，而不是扁平的"脸谱化"的"典型"。

又如："托氏写人物之长处类似莎士比亚，其人物如安娜，如李问夫妇，如安娜之夫，皆亦善亦恶，可褒可贬。正如莎氏之汉姆勒特王

---

① 胡适:《日记》(1915—1917)，《胡适全集》第 28 卷，安徽教育出版社 2003 年版，第 57、58 页。

子，李耳王，倭色罗诸人物，皆非完人也。迭更司写生，褒之欲超之九天，贬之则坠诸深渊：此一法也。萨克雷（Thackeray）写生则不然，其书中大物无完全之好人，亦无一不可救药之恶人，如 Vanity fair（《名利场》）中之 Rebecca Sharp（丽贝卡·夏普）诸人：此又一法也。以经历实际证之，吾从其后者，托氏也主张此法者也。"[1] "其所写者乃是个人，非复统类"，说明胡适已经意识到典型形象的个性特征。胡适从西洋文学的人物形象中认识到典型形象并不是中国京剧里的脸谱，也不是"高大全"的人物，而是有着复杂的丰富的个体差异，也就是"无一完全之好人"，也"无一不可救药之恶人"，所以他认为托尔斯泰的安娜、李问夫妇、安娜之夫，莎士比亚的汉姆勒特王子、李尔王、倭色罗，萨克雷的丽贝卡·夏普（Rebecca Sharp）等人物形象就是最好的范例，而不主张迭更司那种"褒之欲超之九天，贬之欲坠诸深渊"的方法。

胡适还以中国传统文学的作品来阐述"典型环境"或者说"典型事件"。胡适借杜甫的《哀王孙》中一个侥幸逃脱杀戮的王孙的遭遇，来表达或者让读者自己想象都城残破时皇族遭杀戮的惨状。胡适认为这种创作方法源自古乐府《上山采蘼芜》《日出东南隅》等诸篇，发展到杜甫的时代才逐渐成熟。胡适以杜甫的作品为例，认为杜甫开始"典型事件"的描写始于《兵车行》，到《哀王孙》，手段和技术更为成熟。这种方法就是选取诗料中的最紧要的或者说最有代表性的一段故事，用最具体的写法把他叙述出来，使读者能从故事片段里自然想象得出那故事所包含的意义与所代表的问题，也就是，"说的是一个故事，容易使人得一种明了的印象，故最容易感人"。[2] 这也是个性与共性的关系，或者说以点带面的写法，以最小的"面积"吸附更多的内容和意义。

1918 年 3 月胡适在北京大学做了《论短篇小说》的演讲，在解释"短篇小说"这个概念时，也应用了"典型"这个术语，指出短篇小说是用"最经济的文学手段，描写事实中最精彩的一段，或一方面，而能使人充分满意的文章"。[3] 胡适解释"事实中最精彩的一段，或一方

---

① 胡适：《日记》（1915—1917），《胡适全集》第 28 卷，安徽教育出版社 2003 年版，第 180、181 页。

② 胡适：《白话文学史》，《胡适全集》第 11 卷，安徽教育出版社 2003 年版，第 481 页。

③ 胡适：《论短篇小说》，《胡适全集》第 1 卷，安徽教育出版社 2003 年版，第 125 页。

面"，用了"纵剖面""横截面""年轮"和"侧面剪影"（silhouette）等科学术语做比方，他解释说"侧面剪影"是用纸剪下人的侧面，便可知道是某人。（此种剪像曾风行一时。近虽有照相术，尚有人为之。）"这种可以代表全形的一面，便是我所谓的'最精彩'的方面。若不是'最精彩'的所在，决不能用一段代表全体，决不能用一面代表全形。"这些都是在说明，"典型"就是能体现整体的局部或者说个体，要求作家们在文学创作中，力求通过个别化的细节或者片段表现概括性的生活本质和生活规律。

胡适后来在给《老残游记》作序时曾对典型环境的描写作了精辟论述。胡适说，不但人有个性的差别，景物也有个性的差别。作家们如果不能进行实地观察，就不会了解这些事物的种种个性的差别，写出来的作品也只能是笼统浮泛的，绝不可能有深刻的描写。了解到这一层，知道了景物之间也有个性的差别，作家们应该明白，陈陈沿袭下来的词章套语已经完全不能满足描写景物的需要，因为套语总是浮泛的，笼统的，不能表现某地某景的个别性质。[①] 胡适非常赞赏《老残游记》中的"典型环境"的塑造，他已经认识到无论写景还是写人，"个性"与"概括性"都要很好地结合起来，也就是"个性"中能见"概括性"，而不是"笼统浮泛"中既没有"个性"也不见"概括性"。

因此，我们认为，胡适虽然没有给后人留下论述现实主义文学的专门论著，但是通过对日记、单篇文章以及相关著作中的零散论述，我们还是能够还原和提炼出其大致的观念体系，虽然还不够严密，系统性和理论性也较弱，但他确实为五四新文学的走向提出了自己的意见并产生了影响。胡适的文学观念尤其是现实主义的文学观念在其各种文学批评的文字中也得到了论述和印证。

第四节　胡适与中国自由主义文学思潮

由于传统"文以载道"和"经世致用"观念的内在制约以及民主、

---

① 胡适：《论短篇小说》，《胡适全集》第1卷，安徽教育出版社2003年版，第125页。

自由等政治思想和当时国内形势的影响，胡适极为重视文学在社会改良、思想启蒙、民主国家建设等方面的作用，积极投身新文学的倡导和创作。胡适把"平民文学""个人主义"以及源自周作人的"人的文学"等思想观念一起纳入新文学建设的理论之中，反映了其文学观念的内在的多重性、游移性，也揭示了新文学发展的早期阶段相关理论建设的复杂性和矛盾性，因为在他的文学观念里既体现了现实主义文学倾向，包含了人道主义、个人主义、自由主义等政治和社会思想。因此，胡适的"平民主义""易卜生主义"等主张，不仅促使新文学的走势转向现实主义，同时也引发了自由主义文学思潮的兴起。

自由主义文学思潮是中国现代文学史上一个重要的文学现象，是当时文学多元化的组成部分。关于中国自由主义文学的概念目前还没有一致的看法，有学者认为自由主义严格意义说应该属于 20 世纪初的社会思潮。但一般认为，自由主义文学思潮是指 20 世纪 20 年代和 30 年代以自由主义的人生理念和文学本体论的美学理念为追求的一股文学思潮。它标榜文学的独立和自由，强调文学的个体意识，反对文学的功利倾向，主张文学同政治疏离。自由主义文学思潮的构成比较复杂，主要包括受胡适影响的"新月派"文学、受周作人影响的"京派"文学、从左翼文学分化出来的"自由人"和"第三种人"以及一些深受西方现代社会思潮和文学思潮影响但又游离于其他文学派别的作家、批评家。

关于自由主义文学思潮，胡适并没有提出相关的理论主张，但他的自由主义政治立场、对文学自身独立性的维护以及文学创作中所反映的民主自由精神对中国自由主义文学思潮的发展都起到了一定的作用。刘川鄂在《中国自由主义文学研究综述》一文中对自由主义文学思潮的兴起和发展进行了梳理，他认为五四时期，胡适、周作人两人分别曾大力提倡"易卜生主义"和"人的文学"，主张开辟"自由的园地"[①]，虽然二者都没有明确提及"自由主义文学"这个术语，但从所使用的那两个术语的内涵上看，都已经触及自由主义文学的一些本质问题。朱自清在《中国新文学研究纲要》中把《新青年》时期的文学指导思想概括为"人道主义"，而称语丝社的文学倾向为"自由主义"和"趣味

---

① 刘川鄂：《中国自由主义文学研究综述》，《江汉论坛》1999 年第 3 期。

中心"①。30 年代，在文学论争中常常出现"自由人""自由文艺"的提法。40 年代，朱光潜明确表示，要在文艺的领域内维护自由主义，争取文艺的自由和独立。由此可见，自由主义文艺观念到了朱光潜那里已经趋于成熟。所以说，尽管对"自由主义文学"这一说法依然存在争论，但文学领域争取自由和文学作品表现自由主义观念的事实是客观存在的。

一般认为，"中国自由主义文学"这个术语是包括作家、作品、社团和流派在内的关于观念和创作的综合概念。限于论题的需要，本书所谈胡适自由主义文学观念，主要则是探讨他的自由主义政治观念及其在文学方面的表现。

与同时代人相比，胡适对自由主义思想的阐述和提倡较早。1912年，胡适在康奈尔大学选修了山姆·奥兹教授的"美国政府和政党"的专题课，1913 年，为《留美学生年报》写了《政党概论》，他还发起组织"政治研究会"，投入政治活动。正是因为"对美国政治的兴趣"和"对美国政治的研究"，以及"学生时代所目睹的两次美国大选"，胡适一直特别关注中国政治和中国政府。用胡适的话来说，他对政治始终有着"不感兴趣的兴趣"（disinterested-interest），并把"这种不感兴趣的兴趣"当成一个现代知识分子对社会应有的"责任"。②胡适政治立场非常鲜明："我们是爱自由的人。我们要我们的思想自由，言论自由，出版自由。"并指出，这几种自由是一个国家一个社会取得学术思想进步的必要条件，也是一个国家一个社会改善政治状况的必要条件。尤其是当此国家和民族陷入深重的危机之时，知识分子就更不忍心也不能放弃思想言论的自由。③

胡适提倡自由主义观念，最早是从输入政治思想着手的，之后才逐渐向文化和文学领域扩展，从而对其文学观念和文学创作产生了一定的影响。胡适对"自由主义"的解释是，"由自己作主"④"不受外力拘

---

①　朱自清：《中国新文学研究纲要》（遗稿），《文艺论丛》1981 年第 14 期。

②　胡适：《胡适口述自传》，《胡适全集》第 18 卷，安徽教育出版社 2003 年版，第 187 页。

③　胡适：《我们要我们的自由》，《胡适全集》第 21 卷，安徽教育出版社 2003 年版，第 365 页。

④　胡适：《中国文化里的自由传统》，《胡适全集》第 13 卷，安徽教育出版社 2003 年版，第 573 页。

束压迫的权利"，"在某一方面的生活不受外力限制束缚的权利"①，就是要求政府尊重自由，人民要享有自由，要有宗教自由、思想自由、政治自由、言论自由和出版自由等一切人类应该拥有的自由权利。胡适解释说，自由不是天上掉下来的，也不是仁慈的上帝赐予人类的，而是人类中最先觉醒的人们经过长期的奋斗努力争取来的。所以，自由主义是人类历史上由来已久、长期存在的一种运动，是崇拜自由，提倡自由，争取自由，并且不断完善并推广自由的伟大运动。② 所以，面对禁止、压制，就必须起来勇敢地抗争。胡适所争取的自由是彻底的、绝对的自由，是美国民主宪政体制下的自由。他在《〈人权论集〉序》中说，国民所要争取的是能够批评国民党的自由和批评孙中山的自由。"上帝我们尚且可以批评，何况国民党和孙中山?"③ 因此，胡适誓言要做政府"诤臣"和"诤友"。因为出于对国家、社会和人民的责任，他不敢、不忍也不能为政府讳疾忌医，粉饰太平，而是要做她的佞臣损友。因为只有这样，他才能尽到一个现代知识分子和一个国家的公民对国家的义务，也才能够为建设自由民主的国家尽到责任。胡适把"自由"与"思想的方法"相提并论，甚至认为"自由"比思想方法的问题更为重要，因为它是"思想家立身行己的人格问题"，是思想家的精神赖以存在的前提。④

胡适从中西两方面考察了自由主义思想的起源和历史。胡适认为，世界的自由主义运动就是爱自由，争取自由，崇拜自由。世界的历史中，对这一运动的努力与贡献，有早有晚、有多有少，但都做出过自己的努力和贡献。"而中国对于言论自由、宗教自由、批评政府的自由，在历史上都有过记载。"⑤ 按照胡适的理解，中国两千多年的历史中虽然产生过墨翟、老子、杨朱、孔子、孟子到恒谭、王充，从范缜、傅奕、韩愈，到李贽、颜元、李塨等众多"为信仰思想自由奋斗"的

① 胡适:《自由主义》,《胡适全集》第 22 卷, 安徽教育出版社 2003 年版, 第 734 页。
② 胡适:《自由主义》,《胡适全集》第 22 卷, 安徽教育出版社 2003 年版, 第 805 页。
③ 胡适:《〈人权论集〉序》,《胡适全集》第 22 卷, 安徽教育出版社 2003 年版, 第 653 页。
④ 胡适:《日记》(1931—1937),《胡适全集》第 32 卷, 安徽教育出版社 2003 年版, 第 470 页。
⑤ 胡适:《中国文化里的自由传统》,《胡适全集》第 13 卷, 安徽教育出版社 2003 年版, 第 573 页。

"自由主义者"①，但这些"自由主义运动"大多都是一种在不损害封建统治基础的前提下争取民生权利的运动，是一种重民思想和民本思想，但都有触碰政治自由的关键问题，所以一直没有形成民权观念。因为民权是建立在个人主义之上的，只有承认生命是神圣的，个人有个体价值，人才有权利去享有自由。西方自由主义则与此完全不同，他们坚持民主政治在先，认为自由主义的政治目的在于拥护民主制度，相信只有实现民主制度才能有效地保证人民的各种自由。换句话说，在封建时代，如果不能推倒君主的独裁统治，解决不了君主专政的问题，也就不可能走上实行民主政治的道路。

因此，胡适认为，如果从严格的系统的观念标准出发，相比于西方自由主义思想，"中国人的个人主义思想太不发达"②，中国历史上也没能形成真正意义上的西方近代自由主义思想。

胡适的争取民主自由度的主张是和平的，改良的，也是渐进的，他并不赞成暴力。胡适告诫说，现代自由主义本身就具有"和平改革"的含义，在一些民主制度和民主政体非常成熟的西方国家，已经形成的自由和容忍精神给"和平改革"铺平了道路，因此暴力革命就不再具有存在的需要和土壤。③ 当然，胡适这种非暴力的争自由的主张也可能跟当时的社会政治环境有关。胡适最后把自由主义思想总结为四项基本议题：自由、民主、容忍以及和平的渐进的改革。

第一个议题是自由。如前所述，自由包括政治自由、言论自由等等，是指在法律允许的范围内一切不受约束的行为，但从政治上来说，自由有"解放"的意思。胡适在上海学习期间对西方自由主义思想有过一定的认识，曾读过严复所译穆勒（John Stuart Mill）的《自由论》（On Liberty）和赫胥黎（Huxley）的《天演论》（Evolution and Ethic）等书籍④，至于对自由主义思想的深入了解还是在美国留学期间。因为有了对美国民主自由的了解和体验，胡适不认为中国历史上有过真正的自由思想。胡适把自由主义当成美国的"道统"，因为美国宪法的精神

---

① 胡适：《自由主义》，《胡适全集》第 22 卷，安徽教育出版社 2003 年版，第 734—735 页。
② 胡适：《胡适演讲录》，河北人民出版社 1999 年版，第 140 页。
③ 胡适：《自由主义》，《胡适全集》第 22 卷，安徽教育出版社 2003 年版，第 739 页。
④ 胡适：《我的信仰》，《胡适文集》(1)，北京大学出版社 1998 年版，第 11、12 页。

就是追求人权、自由和幸福。胡适认识到美国的民主制度是自由主义思想下的产物。从托马斯·杰斐逊、乔治·华盛顿、亚伯拉罕·林肯、伍德罗·威尔逊到富兰克林·罗斯福等，这些思想家或政治家的思想或所遵循的思想都是自由主义思想。

除了受美国民主政体的熏染，胡适还接受了杜威的"相对自由主义"或者称为"新自由主义"思想。由于绝对的自由主义思想的盛行，西方国家产生了一些比较棘手的问题。有感于此，杜威对美国的自由主义思想进行了一定程度改造。其核心就是协调人与社会的关系。他从进化论和实证主义的方法论出发，认为随着历史的发展和社会的进步，"自由"的内涵也会发生相应的改变。杜威主要是强调人对社会的责任感，也就是说要取得人的自由与社会和自然之间的平衡。两者都不能走向极端。杜威指出，离开了强有力的个人，社会的组织就会松散无力，社会的功能就会受到削弱，但如果失去了社会的群体内部的稳固的纽带作用，个人与个人之间就有可能变得彼此隔膜，甚至彼此对立，从而对社会产生危害。① 也就是说，杜威要提倡的是一种具有社会关怀和社会责任感的个人主义，也就是胡适所提倡的易卜生主义，一种对社会负责任的"健康的个人主义"。杜威对民主的本质有着精辟而实用的理解。杜威把民主当成一种生活方式，也就是说，杜威关注的不仅仅是作为国家和社会运行机制的制度民主，还关心普通人的民主意识。杜威认为，一个国家或一个社会，如果民众没有养成民主的意识，再好的民主制度恐怕也难以顺利运转。所以，提高人民的民主意识是实现民主制度的先决条件，使得社会通过各种办法努力培养人民的民主意识，而教育和文学显然都是有效的办法之一。

胡适还呼吁以法律形式保障人权和自由。1929 年胡适在《新月》发表《人权与约法》，要求"快快制定约法以确定法制基础！快快制定约法以保障人权"②。另外，《我们什么时候才可以有宪法》《知难行亦不易》《我们要我们的自由》《我们要走哪条路》等文章，都表达了胡适对自由主义的立场的坚持。

---

① ［美］杜威：《哲学的改造》，许崇清译，商务印书馆 1997 年版，第 100 页。
② 胡适：《人权与约法》，《胡适全集》第 21 卷，安徽教育出版社 2003 年版，第 376 页。

胡适主要以学术的姿态干预政治，宣传民主自由的观念。1918年6月，胡适在《新青年》上发表《易卜生主义》，在文学领域提倡个人主义和自由主义，提倡文学要表现和鼓动个人主义和自由主义思想。胡适提倡的"健全的个人主义"（individuality）有两种特性："一种是独立思想"；"二是不怕权威，不怕监禁杀身，只认得真理，不认得个人利害"。① 胡适指出易卜生的戏剧中，有一条极为关键的思想，就是批判社会对个人自由的压制和束缚。传统社会会用各种强制的力量压制人的个性，压制个人自由独立的精神。等到每个人都成了各种制度下唯唯诺诺的应声虫，个人死了，自由也死，社会也就僵化了。② 胡适还引用王静之的诗发出了自己对自由的呼告："牺牲了我不要紧的；只愿诸君以后千万要防备那暴虐者，好好地奋发你们青年的花罢！"③

胡适曾指出张先生（张熙若）所谓"个人主义"，其实就是"自由主义"（Liberalism）。④ 在写给朋友白兰戴的信中说道，发展个人的个性，须要有两个条件。第一，须使个人有自由意志。第二，须使个人担干系，负责任。⑤ 这些都指出了胡适的"个人主义"的本质就是自由主义。当然，胡适的易卜生主义的文学观所蕴含的"自由主义"主要侧重于个人的独立意志和独立人格的培养与铸造，较少涉及政治上的"自由主义"。

胡适的自由主义思想还表现在他所创作的文学作品中，主要宣扬自由主义的人生观和价值观，崇尚个性，倡导自由，主张思想和艺术的多元化。胡适一生创作和翻译的作品并不算太多，影响也不是很大，但其文学倾向基本都是"写实的""真实的"，其中不少作品都是以表达自由主义思想为主要内容，较有代表性的有小说《真如岛》、剧本《娜拉》、传记《李超传》、新诗《鸽子》《老鸦》《威权》，译诗《哀希腊歌》以及游记《南游杂忆》等。

---

① 胡适：《易卜生主义》，《胡适全集》第1卷，安徽教育出版社2003年版，第609页。

② 胡适：《易卜生主义》，《胡适全集》第1卷，安徽教育出版社2003年版，第34页。

③ 胡适：《〈蕙的风〉序》，《胡适全集》第1卷，安徽教育出版社2003年版，第824页。

④ 胡适：《个人自由与社会进步——再谈五四运动》，《胡适全集》第22卷，安徽教育出版社2003年版，第283页。

⑤ 胡适：《个人自由与社会进步——再谈五四运动》，《胡适全集》第22卷，安徽教育出版社2003年版，第284页。

　　白话小说《真如岛》意在批判封建婚姻制度，提倡婚姻自由。1906年胡适考入中国公学，加入竞业学会，并在《竞业旬报》上连载他创作的长篇章回体白话小说《真如岛》。在《真如岛》第三回"辟愚顽闲论薄俗占时日几谏高堂"中，叙述者借男主人公孙绍武之口，批判了中国传统婚姻制度和习俗中不合理的地方："年少早婚，血统成婚，都是弱种的祸根。专制婚姻，既为不可，早婚则男女皆不能自主。"①《真如岛》第十回"名教罪人美卿负友伦常针砭近溪放言"叙述兰仙之女嫁于程美卿之子做童养媳，受到丈夫、公婆的虐待，回到父亲家中又遭到后母的敌视，命运悲戚多劫。美卿的妻子听到一些关于兰仙女儿与其后母之间发生摩擦的流言蜚语，劝服美卿与兰仙退婚，并很快为儿子迎娶了方家小姐，使兰仙之女身陷尴尬境地。胡适在本回结尾批注道："此回本为友谊而作，而其间童媳后母种种弊俗，皆一一为下极悲痛之议论，作者自言生平不为无关世道之文字，又尝自称天下第一伤心人，惟其伤心也，乃欲一罄其伤心之怀抱，为国人一一痛下针砭。铁儿之志苦矣，天下人乃以寻常小说目之，伤哉！伤哉！"②胡适发表《真如岛》此回时，年仅17岁，正在上海中国公学求学。从本回内容来看，胡适对包办婚姻、童养媳等习俗造成的危害深恶痛绝，对受害的女性充满了同情。然而当时的他似乎对"名教"并无批判的态度，似乎还流露出对名教的捍卫，并把背信弃义的美卿斥为"名教罪人"，却没有看到退婚、美卿之子另娶也可能使兰仙之女得以逃离程家的虐待，不啻为一件好事。然而，本回也在客观上表现了包办婚姻、名教对时人，甚至对少年胡适思想的禁锢。

　　话剧《终身大事》提倡"易卜生主义"，呼吁人格的健全和完善。1919年3月15日，胡适在《新青年》第6卷第3号发表独幕话剧《终身大事》，这是胡适创作的唯一一部剧作，也是我国现代文学史上的第一个白话剧本。该剧讲述曾留学东洋的田亚梅女士与留学期间结识的陈先生自由恋爱，因不满父母的阻挠而离家出走的故事。田太太虽然认为陈先生是一个很可靠的人，但仍然因为他与女儿生辰八字相克而坚决反

---

①　胡适：《真如岛》，《胡适全集》第10卷，安徽教育出版社2003年版，第512页。

②　胡适：《真如岛》，《胡适全集》第10卷，安徽教育出版社2003年版，第538页。

对他们的婚事。田先生严厉地驳斥了妻子的迷信思想，但他却笃信田、陈本为同姓，历来不可通婚等"中国的风俗规矩"和"祖宗定下的族规"，畏惧"那般老先生们"的笑骂和责难，担心"犯了祠规就要革出祠堂"①，因此，尽管他肯定陈先生的为人，但同样拒绝了女儿与陈先生的婚事。面对如此困境，陈先生鼓励田女士说："此事只关系我们两人，与别人无关，你该自己决断。"最后，田女士毅然决定离家出走，喊出了："这是孩儿的终身大事。孩儿应该自己决断!"②《终身大事》塑造了一个真实可信的中国式的"娜拉"形象，既表现了追求个性解放、婚姻自主的新女性反对封建迷信与传统礼教习俗的勇敢姿态，又在深层次上提出了一个严肃的社会政治命题，即根深蒂固的封建思想比封建迷信更为可怕。在中国实现个人解放、国家民主任重道远，因为封建迷信只不过统治着像田太太等愚昧者的头脑，封建礼教却牢牢束缚着像田先生式的学得了一些现代科学知识，也曾在口头上或某些问题上主张反对迷信的半新半旧、貌新实旧的人的思想和行为，而后者对社会和家庭危害更大。《终身大事》的发表和不断上演，在社会上引起了强烈的反响。正如鲁迅所言："这时有伊孛生剧本的介绍和胡适之先生的《终身大事》的别一形式的出现，虽然并不是故意的，然而鸳鸯蝴蝶派作为命根的那婚姻问题，却也因此而诺拉（Nora）似的跑掉了。"③《终身大事》是明显带有胡适标签的"易卜生主义"的中国范本。

胡适白话新诗所表达的主题大都是关于反对礼教和专制、追求民主自由的内容。胡适诗作中有大量政治诗，鲜明地表达了他的政治观点和民主理想。按照主题，这些政治诗可分为以下三类：第一类，揭露军阀、军政府暴政暴行的诗。如《你莫忘记》（1918 年）揭露了军阀大兵残害百姓的暴行，要求推翻专制专横的军阀政府，捍卫普通民众的基本权利；《威权》（1919 年）是因陈独秀被北洋政府逮捕而作，号召"奴隶们"挣断铁锁、起来造反、推翻威权；《一颗遭劫的星》（1919 年）是胡适为《国民公报》主笔孙几伊因宣传新思想被判监禁而作，在当

---

① 胡适：《终身大事》，《胡适全集》第 1 卷，安徽教育出版社 2003 年版，第 787 页。
② 胡适：《终身大事》，《胡适全集》第 1 卷，安徽教育出版社 2003 年版，第 789 页。
③ 鲁迅：《鲁迅全集》第 4 卷，人民文学出版社 1981 年版，第 294 页。

时严酷的政治形势下以委婉的方式歌颂民主、自由的一首战斗之歌；《死者》（1921 年）是胡适为安庆因请愿而被军人刺伤身死的姜高琦所作，表达了反对和推翻残忍杀戮请愿者的军阀政府的强烈愿望。第二类是反对帝制、追求民主自由的诗作。如《沁园春·新俄万岁》（1917年）是胡适获悉俄国十月革命爆发后欣喜而作，号召人们"去独夫'沙'，张自由帜"、"与民贼战"①，不畏牺牲为自由、民主而奋斗；《老鸦》一诗（1918 年）以乌鸦为象征意象，生动地塑造了不向强大的封建恶势力低眉折腰的斗士形象，传达出作者对民主自由的向往和对独立人格的呼唤，具有浓郁的"五四"时代气息②；《黄花岗》（1935 年）诗曰："黄花岗上自由神，手揸火把照乜人，咪话火把唔够猛，睇佢吓倒大将军"，缅怀黄花岗七十二烈士，高扬自由之歌。胡适政治诗中的第三类是反对儒学伦理、反对礼教的诗作。如《我的儿子》（1919 年）将父子关系类比为树与子的关系，一反传统的儒家"孝"的伦理观念，以平等的眼光重新定位父子关系；《究竟谁是谁的老子》（1920 年）塑造了一个在父亲死后不肯磕头行礼的儿子形象，并指出前来吊唁其父的那些人的眼泪是虚伪的，他反感这些"丑戏"和虚情假意的表演，表达了反对父权、反对"孝"伦理的思想；《有感》（1922 年）曰"百尺的宫墙，千年的礼教，锁不住一个少年的心"，通过描写逊位清帝少年溥仪的感受，表达了挣脱礼教束缚、追求个人自由幸福的美好愿望。

胡适创作散文《南游杂忆》则是寄情山水，心怀"救亡图存"之志。相比较新文化运动时期在新文学理论建设、外国小说翻译、诗歌话剧创作等方面的种种建树，胡适 20—40 年代的文学活动有所减少，但他始终坚持新文化运动时期的"活的文学""人的文学"和平民文学的主张，认为"语言文字都是人类达情表意的工具"，文学的教育和宣传作用是次要的。所以，胡适不再把改良社会作为文学的主要使命，而是比较重视文学的本体价值。胡适文学观念的变化、文学活动的减少主要是由以下几个方面的原因造成的：第一，他逐渐远离了新文化运动时期通过思想文化变革来推动政治变革的观点，较为注重文学的本体价值，

---

① 胡适：《真如岛》，《胡适全集》第 10 卷，安徽教育出版社 2003 年版，第 67 页。
② 夏爵蓉：《论胡适诗歌主张与创作》，《贵州师范大学学报》（社会科学版）2001 年第 2 期。

只承认文学具有有限的教育、宣传功能，不再赋予文学过多的移风易俗、改良社会的使命。第二，胡适有着较为浓厚的政治情结，在二三十年代努力用办刊著文、文人论政的方式推动民主政治建设。他曾在《我的歧路》一文中表白："哲学是我的职业，文学是我的娱乐，政治只是我的一种忍不住的新努力。"① 第三，胡适是一位"但开风气不为师"的文学家，长于文学理论的建树和阐发，稍逊于实际的文学创作，因而这一时期胡适的文学创作有所减少。

在二三十年代，胡适注重用政治方法解决中国的政治问题，重视民主制度一点一滴的建设和实施。他对民主政治建设途径的看法，也引发了他的文学观的某些变化。1933 年 6 月，胡适在《〈短篇小说第二集〉译者自序》中写道："文学书是供人欣赏娱乐的，教训与宣传都是第二义，决没有叫人看不懂看不下去的文学书而能收教训与宣传的功效的。所以文学作品的翻译更应该努力做到明白流畅的基本条件。"② 这篇序言表现出了胡适将文学与政治、教化脱钩的倾向。可以说，胡适在二三十年代对文学本体价值的强调并非其文学观念的急剧变化，留美时期他对文学的思考中已蕴含了此种变化的因子；只不过在新文化运动时期，他公开主张、倡导的文学观念是以批判封建文学观念、培养健全的个人主义、改造中国的思想文化为旨归。

1935 年 1 月，时任北平大学文学院长兼中国文学系主任的胡适南下香港、广州、广西等地观光游览，并在多处发表演讲，后将旅途所见所感和经历整理为《南游杂忆》，并在《独立评论》发表。根据胡适的《〈独立评论〉的四周年》一文介绍，1935 年时《独立评论》的发行量为 7000 册。③ 因此可以推断，《南游杂忆》具有较大的读者群。《南游杂忆》记录了香港的美景，探讨香港的学校教育问题，特别是中文教学问题，建议香港的学校使用国语课本，"希望香港的教育家接受新文

---

① 胡适：《我的歧路》，《胡适全集》第 2 卷，安徽教育出版社 2003 年版，第 467 页。

② 胡适：《〈短篇小说第二集〉译者自序》，《胡适全集》第 42 卷，安徽教育出版社 2003 年版，第 379 页。

③ 胡适：《〈独立评论〉的四周年》，《胡适全集》第 22 卷，安徽教育出版社 2003 年版，第 484 页。

化，用和平手段转移守旧势力，使香港成为南方的一个新文化中心"①。《南游杂忆》也表达了胡适对广东省政府所推行的读经祀孔政策的反对态度。其中关于广西的记载则更多地充满了游览山水的乐趣和对民歌的偏爱。胡适对梧州、南宁、柳州、桂林、阳朔等地自然风光的"特异""壮美""秀丽"赞誉有加，还摘录了九首具有浓郁广西地方风情的民歌，这也从一个侧面反映出胡适对白话文的提倡态度和对民间文学的重视。胡适还在《南游杂忆》中记录了自己旅途中凭诗兴所作的两首诗歌，一首名为《相思岩》，另一首名为《飞行小赞》。在《南游杂忆·广西的印象》中，胡适借游记表达了倡导新文化的态度，认为广西"没有迷信的、恋古的反动空气"②，赞扬了广西简朴的风气、良好的治安和"武化的精神"。总体看来，《南游杂忆》反映出 20 世纪 30 年代中期胡适复杂的思想观念，他既对倡导和推广新文学、新文化抱有信心，但又认为文化建设收效太慢，不足以应对当时内忧外患的局面，因而希望国民政府在政治上统一全国，并进而走上民主政治建设之路。

　　除了要求文学作品中能表现和倡导自由主义的精神，自由主义思想还包括反对政府干涉作家自由创作的权利。这反映了自由主义者对文艺创作应该保持独立自由之立场的坚持。1915 年陈独秀在《青年杂志》创刊号上的《发刊词》中就开始大力宣传自由主义："盖自认为独立自主之人格以上，一切操行，一切权利，一切信仰，唯有听命各自固有之智能，断无盲从他们之理。"③ 胡适同样秉承着这种独立精神，反对政府对文学艺术的钳制，坚持作家文艺创作的自由权利。胡适公开呼吁政府放弃对文艺的控制，停止一切"统制文化"的迷梦，重申在中国这个文化落后的国家，政府"应该积极鼓励有聪明才智的人，去努力创造，为文化的发展做出贡献，而不是把有限的精力误用到消极的制裁压抑上去?"④ 在《〈蕙的风〉序》中胡适进一步重申自己的文艺自由之观念，呼吁政府和社会予以个人自由尝试的权利，这也是一种容忍的态

---

①　胡适：《南游杂忆》，《胡适全集》第 10 卷，安徽教育出版社 2003 年版，第 459 页。
②　胡适：《南游杂忆》，《胡适全集》第 10 卷，安徽教育出版社 2003 年版，第 487 页。
③　陈独秀：《发刊词》，《新青年》（《青年杂志》）1915 年 9 月 15 日创刊号，上海群益书社。
④　胡适：《汪蒋通电里提起的自由》，《胡适全集》第 22 卷，安徽教育出版社 2003 年版，第223 页。

度。胡适说:"为社会的多方面的发达起见,我们对于一切文学的尝试者,美术的尝试者,生活的尝试者,都应该承认他们的尝试的自由。"①

胡适认为,因为现实主义文学是以客观反映现实,揭露黑暗为宗旨,那就应该与政治意识形态保持适当的疏离。

我们可以认为,胡适之所以能够鼓吹自由主义精神,实际上就是基于一种健康的特立独行的自由人格,也就是易卜生所宣传的"真正纯粹的个人主义"。没有真正的人格独立,自由主义之精神和社会的自由主义之观念也就无从谈起。

当然,在五四时期"人的文学"的大潮中,自由主义文学观念显得相对弱小,其理论阐述也还不充分。随着新文学的逐渐发展以及新文化运动阵营的分化,自由主义文学的特征才得以清晰起来。自由主义者希望新文学能够摆脱各种思想的和制度的束缚,强调文学的独立性,主张从自由主义理念出发认识社会和人生,重在表现作家的自我内在的人生欲求和人生理想,而不是外在的社会意志。强调文学功能的艺术化,强调对文学的审美特性和艺术素质的重视,反对文学功能的功利化和工具化,从而对现实主义文学观念产生了一定的牵制。

胡适的自由主义文学思想对沈从文、徐志摩、张爱玲、林语堂、梁实秋、朱光潜、宗白华等现代评论派、新月派、京派的作家和评论家产生了一定的影响。但胡适不属于真正意义上的自由主义作家。尽管在其文学思想和文学作品都反映了他对自由主义思想的提倡,但他并没有对自由主义文学进行过明确的理论阐述,尤其是没有对自由主义文学的审美特性做过解释。因为自由主义文学要想成为一种文学流派,必须具有一个明确的文学纲领,除了思想方面的特征,最重要的是要能在艺术特征方面能够与其他文学派别形成区隔。这也是学界对现代文学史上是否真的存在自由主义文学的问题意见不一的主要原因之一。胡适对自由主文学的重要意义在于:作为新文化运动的主要倡导者以及中国自由主义思想的主要代表,他在政治、思想、文化等文学的"外在"领域,积极提倡自由主义思想,为自由主义文学的发展提供了思想基础,并影响了一批倾向自由主义的知识分子,他们中有的加入了自由主义文学的相关组织。

---

① 胡适:《〈蕙的风〉序》,《胡适全集》第1卷,安徽教育出版社2003年版,第824页。

第五节　中西现实主义文学观念的融合

最后，我们对胡适为何和如何把传统现实主义与西方现实主义融合在一起的问题作一些讨论。我们认为，胡适这种融合创化的努力既有其多方面的必然性和稳定性，也呈现出了一定的动态性。

首先是"必然性"的问题。我们以为，胡适之所以能够坚持倡导现实主义文学，中国文学的"文以载道"的"大传统"对他产生了较大的内在制约，而且这种传统本身与西方的"文学是生活的反映"并未产生冲突，只是国情和时代不同，"道"和"生活"都可作新的理解。无论作为士大夫还是作为现代意义上的知识分子，胡适都要担当救亡启蒙和再造中华文明的历史道义和"国人导师"的历史责任，因此，胡适现实主义文学观念的形成也不可避免地会受到中国传统文化的限制和平衡。举例来说，在《白话文学史》中，胡适高度评价李白和杜甫二人，认为他们分别是浪漫主义文学和现实主义文学两个流派的杰出代表，在中国文学史上呈现出双峰对峙、相映生辉的姿态，影响了很多的后继者，但胡适显然更加欣赏杜甫。其原因当然是多方面的，但要求文学能够反映民生疾苦、揭露社会黑暗、拯救民族国家等"经世致用"的中国传统观念显然更符合胡适的文学趣味和审美心理结构，使胡适更容易与现实主义文学产生共鸣，这也与他后来译介西方近现代文学时大多选择现实主义作品的事实相一致。也可以说，正因为中国文学史上一直有着现实主义的传统，胡适在吸收西方现实主义文学的资源时才更能有的放矢，取其所需，为他所用。虽然说文学自身有其发展和演变的内在规律，但胡适仍然希望五四新文学能够扮演思想启蒙和"救亡图存"的双重角色。在胡适的想象里，通过有意的人为的提倡和推动，五四新文学就能够在继承中国文学传统和吸收西方文学资源的双重努力下走上现实主义的轨道。

再有，胡适留学美国七年之久，曾广泛涉猎或研读过包括浪漫主义文学在内的许多西方文学作品，如拜伦、华兹华斯、济慈等浪漫派诗歌以及布朗宁、邓耐生、爱默生等的热情洋溢、乐观向上的诗歌，也接触过惠特曼、罗威尔等人的现代诗歌。这些作品本身有着很高的艺术水准，表达了积极的乐观主义精神以及悲观失望、颓废沮丧，或迷乱怅惘等精神状态，胡适甚至一度被拜伦、布朗宁、歌德、雨果等人的浪漫主义诗歌和小说所吸引，积极翻译他们的作品。但是随着新文学运动进程逐渐展开，这些浪漫主义的诗人和作家却慢慢淡出胡适的视野，走近的则主要是左拉、莫泊桑、惠普特曼、都德、巴尔扎克、托尔斯泰、契诃夫、陀思妥耶夫斯基等现实主义作家。原因在于，随着文学革命进程的推进，限于时代的要求（中国类似文艺复兴之前的欧洲）、文化环境的制约（国人心理，不适合提倡浪漫主义）以及"启蒙"和"致用"双重使命（亟待普及教育、救民族于危亡，建立民族国家等）的制约，胡适适时地调整了自己的文学观念，逐渐转向到现实主义。

作为世界文学范畴内的普遍的共同的文学观念，中国传统现实主义观念与欧洲近现代现实主义文学在本质上当然是相通的，只是在系统性、理论性和操作性上有区别。中国传统文学中的现实主义观念主要表现为一种文学态度或者说是一种整体的笼统的风貌，也几乎没有人对此做过全面而系统的论述，而胡适所吸纳和借鉴的西方现实主义观念，无论是理论体系还是创作原则方法都要完备得多，这也是提出全面向西方文学学习的原因。不仅如此，胡适提倡的西方现实主义带有意识形态化的特征，这与五四新文学的时代要求一致。中国传统文学中，写实的倾向源远流长，但中国毕竟是诗歌的国度，小说和戏剧等叙事作品相对不发达，而且多以大团圆为结局，相比于建立在自然科学的基础上的现实主义和自然主义，中国传统现实主义文学显得比较零散，也不够精密，所以胡适才有针对性地吸收西方资源。进化论是胡适论述文学问题的重要理论工具，他认为中国的文学要远远落后于欧洲，还处在与欧洲文艺复兴前夕类似的阶段，因此才有意识地倡导兼有"思想启蒙"和"经世致用"功能的西方现实主义文学思想。因此说，他所主张的"写实的文学"的主要内涵已经接近现实主义，他不光借鉴结构、技巧等西方现实主义文学作品的创作方法和写作技巧，还吸收其核心观念和理论，以更新自己本身已经具有的传统观念，并希望在中国引发可与世界文学发展相适应的新的文学潮流，使中国文学能够赶上西方文学的进程，实现文学和文学的现代化。从本质和内涵来看，胡适提倡的"写实主义"的文学观念已经具备了周作人提出的"人的文学"的雏形，只是后者对观念的阐述更为理论化，更为明晰和周密。

　　而且，胡适对西方现实主义文学思想的借鉴与晚清的一些作家和翻译也有所不同。温儒敏对此表达过自己的看法。他在《新文学现实主义的流变》中提到，徐念慈和林纾等晚清翻译家在翻译西方文学作品时，也接触和接受了西方文学中许多文学观念，熟知西方文学的创作方法和创作特点，但总体来说，他们以中国传统小说的结构（比如章回体）来容纳西方小说的一些特点，并没有从整体上接受西方的文学观念。徐念慈虽然也讲"文学与人生"之间的关系，但主要是谈以文学为人生的娱乐和游戏，还没有彻底摆脱封建文学的"消闲"圈子，与五四时期胡适、陈独秀、周作人等提倡的现实主义文学观是截然不同的。①

　　在大量的翻译实践中，林纾也敏锐地体察到了近代现实主义的某些特征，发现狄更斯等欧洲作家的作品中的主人翁不同于中国传统文学中的"王侯将相""才子佳人"等俗套，也就是具有"扫荡名士美人之局，专为下等社会写照"的文学倾向②，因此提倡向西方学习，扩大中国传统文学的视野和格局。然而林纾毕竟是传统的封建士大夫，因此无论他对西方近现代文学观念如何了解，他都无法前进到揭露现实，批判现实的现实主义文学的高度。他的思想里依然还有"我们"和"他们"的界限。他的"极力抉摘下等社会之积弊"③，只不过是"用告当事"，"俾政府知而改之"，还是停留在传统文学主张的"美刺"或"讽喻"或者"以达上听"的层面上，并不与平民大众站在一个立场上。除此之外，他认为创作小说"不著以美人，则索然如嚼蜡"④ 的文学观念则更是庸俗低级，依然把小说当作有闲阶级的"消遣"和"娱乐"。

　　值得注意的是，胡适的现实主义与自由主义两种文学倾向之间存在着一定的矛盾和张力。他提倡现实主义重在关注社会现实，而鼓吹自由主义则更多地强调思想启蒙。胡适的文学思想同时呈现出现实主义和自

---

①　温儒敏：《新文学现实主义的流变》，北京大学出版社 2007 年版，第 4 页。
②　林纾：《孝女耐儿传序》，《传世文选》（三），西苑出版社 2003 年版，第 602 页。
③　林纾：《贼史序》，《传世文选》（三），西苑出版社 2003 年版，第 589 页。
④　林纾：《英孝子火山报仇录·序》，转引自温儒敏《新文学现实主义的流变》，北京大学出版社 2007 年版，第 5 页。

由主义两种倾向，看起来似乎有些不相协调，但从当时的语境去分析却又有着内在的理据。

胡适文学观念的差异性和矛盾性跟他的文学活动的阶段性相关。我们可以把胡适的文学活动大致划分为三个时期：第一个时期为20世纪初至新文化运动爆发前（1906—1916年），他发表长篇章回体小说《真如岛》，反对封建专制婚姻，倡导婚姻自主和思想自由；第二个时期是新文化运动期间（1917—1921年），胡适致力于宣扬"易卜生主义"（即个人主义）和民主、科学思想，主张文学文体解放、平民主义文学，并率先垂范，创作了现代话剧《终身大事》和大量新诗，希望在中国发起一场思想启蒙运动，视文学为思想启蒙、民主政治建设的重要工具，文学与民主呈现出某种密切的联姻关系；第三个时期为20世纪二三十年代，胡适表现出了将文学与政治、教化脱钩的倾向，认识到文学的首要功能是其审美、娱乐功能，回归了文学的本质属性。

如果从胡适整个文学活动的过程来看，我们可以把这种观念的不协调理解为不同阶段的产物，第一个时期重在突出文学"有补于世"的功能，而第二个时期的文学观念则兼及"济用"和"自由主义"，第三个时期，由于新文学业已创建，胡适则回归文学的本质属性，即所谓"无所为"文学之观念。当然，上述的阶段性分期是模糊的，只是为了说明胡适的文学观念存在"游移性"，是跟不同阶段的文学使命相联系的。换句话说，胡适1918年6月之所以会提出兼有现实主义和自由主义两个文学观念在内的"易卜生主义"，一方面，我们可以理解为是由于社会变革的内在需要，即既要"社会改良"又要"思想启蒙"，是对当时的"自由、民主"等社会思潮的即时反应，另一方面，我们甚至可以认为，"易卜生主义"是对"现实主义"的超越，既是对传统现实主义观念的超越，也是对西方现实主义的调适。

因此，某种意义上说，在胡适的文学思想里，同时提倡现实主义和自由主义文学思想反而体现了其观念的复杂性、丰富性。而且，如果把胡适文学思想中的两种倾向放在新文学发展初期的历史环境中，就可以发现五四新文学对人道主义和个人主义的同等关注。我们也不妨这样说，无论是现实主义，还是浪漫主义或是其他什么思潮，在新文学的初期，都需要体现出对人道主义立场和自由主义观念的双重性。这样的人道主义和自由主义的精神和立场，也正是五四时期"人的文学"之主张的最基本的精神和原则。1955 年 12 月 29 日写给韦莲司的信中，胡适就曾以他最喜欢的一首英诗卜朗吟的《一个文法学者的埋葬》中的"文法学者"自居，把自己定性为人道主义者："我回顾自己的一生，我基本上是个人道主文者。卜朗吟的'文法学者'似乎捕捉到了这种精神，一种早期文艺复兴的时代精神，一种'不顾生命，只要求知'的精神。"① 在人道主义的大旗下，在"救亡启蒙"的双重历史使命的催逼下，胡适以"易卜生主义"统合了现实主义、自由主义、"人"的文学等各种文学倾向，使得他们都能够各得其所，发挥着各自的历史作用。

我们说，虽然胡适把现实主义和自由主义两种既有联系又有区别的观念协调在了一起，但由于在文学实践中现实主义的文学主张声势过大，客观上导致了文学在表现"启蒙"和"救亡"两大主题上的失衡。后续的茅盾、郑振铎等文学研究会的成员，积极提倡现实主义。他们批判那些埋头象牙塔中的文人对社会种种弊端无动于衷。茅盾等人努力创作反映时代的文学，记录社会的实际情形，揭露生活的黑暗腐朽，探索通向进步和未来的道路和方法。五四时期，现实主义文学观念的提倡，客观上还制约了浪漫主义文学和各种现代主义文学思潮在中国的存在和发展。

略感遗憾的是，作为"文学革命"的首倡者，胡适的创作成绩并不令人满意，更没有创作出具有范本意义的作品供人参考和学习，从而使其文学革命的主张容易受到论敌的质疑和攻击。胡适是个坚定的实验主义者，他曾努力地创作新诗、小说和剧本，但真正能令他满意的却是他的散文，其明白、干练、流畅的风格被奉为白话文写作的典范。总而言之，"有心栽花花不发，无心插柳柳成荫"，连胡适自己也只好感叹对新文学的建设他是有心提倡，无力创作。

———————————

① 胡适：《不思量自难忘——胡适给韦莲司的信》，安徽教育出版社 2001 年版，第 284、285 页。

第四章　新旧过渡的文学批评与古典小说考证

中国现代文学批评的发端和确立，梁启超、王国维、鲁迅等人做出过很多的难以磨灭的拓荒工作。梁启超的《译印政治小说序》（1898）和《论小说与群治之关系》（1902）、王国维的《红楼梦评论》（1904）、鲁迅的《摩罗诗力说》（1908）都是现代文学批评史上的拓荒之作①，为中国现代文学批评的早期发展做出了可贵的贡献。

五四前后，西学大潮汹涌澎湃，胡适、钱玄同、茅盾等现代知识分子在学习西方的同时，对中国传统的文学批评也进行了激烈的批判。茅盾批评中国文学史上缺乏严格意义上的文学批评，即使被奉为经典的《诗品》《文心雕龙》等鸿篇巨制也只是给诗词曲赋等文学门类下了一些"主观定义"而已，根本算不上真正西方意义上的文学批评著作。而为数甚少的那些谈文学的论著，在研究主题上也是把文学、哲学和语言等问题夹杂在一起、界限不清，那些真正涉及文学批评的章节一般也只是谈论一些"修词方面"的内容，很少有思想方面的批评，更不用说进行跨学科的研究。茅盾认为要实现中国传统文学批评的现代转型，就一定要把西洋人的学说搬过来，传播给民众。② 茅盾这种做法现在看来显然失之偏颇，但他对传统批评与西方文学批评之间的差异的认识还是有一定的道理的。

胡适 1917 年 1 月在《新青年》上发表的《文学改良刍议》一文，

---

① ［斯洛伐克］玛利安·高利克：《中国现代文学批评发生史（1917—1930）》，陈圣生等译，中国社会科学出版社 1997 年版，第 8 页。

② 沈雁冰：《文学与人生》，《中国新文学大系·文学论争集》，上海文艺出版社 2003 年版，第 149—150 页。

不仅被奉为文学革命的"宣言",同时也被认为是现代文学批评史上影响广泛的批评文章。王哲甫把胡适推举为现代文学批评的"第一人",认为胡适的考证文字已经克服了传统笔记式诗话的"支离割裂""笼统含混"① 之类的缺点。二三十年代的十余年的时间,胡适相继写作了一系列有关中国古典小说的考证文章以及其他一些批评文字,形成了自己的批评观念和方法,呈现出传统与现代之新旧色彩互相交织的过渡性特征,具有了一定的现代意识。

第一节 传统批评的熏陶与印迹

中国古代文学批评史源远流长,留下了较为丰富的遗产。从语言风格上说,以刘勰的《文心雕龙》为代表的数量不多的专论性著作,语言骈俪、典雅和艰深,带有"贵族"气息,而作为传统文学批评之主体的诗话体著作,比如钟嵘的《诗品》、严羽的《沧浪诗话》等,以通俗浅近的语言阐释了深奥的诗学观点和美学思想,注重文本的自然流畅、平易生动、雅俗共赏,表现出一定程度的"平民"化风格。诗话之后,"词话""曲话""剧话""小说话"以及评点、序跋、眉批、夹注等批评问题陆续出现。从批判特征来说,传统文学批评注重批评与创作的结合,强调创作经验的理论概括与批评的针对性,注重整体观念和阅读感受,侧重对文学现象的领悟与意会,常以形象化的语言说明抽象概念,表述方式含蓄模糊,在表述风格上缺乏西方式的严密论证和抽象思辨,逻辑性和条理性较弱。总体来说,中国古代文学批评还是属于微观式的批评模式。②

晚清之后,传统文化受到"西学"大潮的强劲冲击,中国的学术传统也因此开始向现代转型,无论是写作的语言,还是思维方式以及具体的研究方法都产生了很大的变化。文学批评也因此出现了一些新的特

---

① 王哲甫:《中国新文学运动史》,转引自黄修己《中国新文学史编纂史》,北京大学出版社2007年版,第36页。

② 周海波:《中国现代文学批评史论》,上海人民出版社2002年版,第27页。

点和新的面貌，产生出新质，具体表现为对西方批评观念和批评方法的主动借鉴，注重时代性，强调对作品的思想内容和艺术特点进行综合的理解和分析。①

作为在西方浸润多年的文学革命运动的主将，胡适的文学批评观念和批评实践明显得"西方风气"之先，开始逐渐脱离古代文学批评的模式，表现出与传统批评逐渐疏离的新旧混杂的过渡特征，呈现出一种比较明显的现代意识，主要表现为批评语言、批评文体、批评思维的转换、批评对象的更替以及对西方话语的借用，等等。当然我们还不能说胡适已经建立起了比较完整的批评体系，但他对现代文学批评的早期发展所做的努力和贡献确实值得关注，应给以应有的评价。

从胡适的文学方面的著述看，其批评实践带有明显的新旧文学批评的过渡特征和风貌。所谓"旧"指的是其批评文字中依然保留了中国传统文论的一些特征，比如还带有诗话、词话和批注的痕迹，而对古典小说的考证实际上是乾嘉朴学的科学精神和研究方法的延续；"新"则是指批评语言和批评文体的现代转换。写作语言由文言过渡为白话，批评文本通俗明白，清晰流畅，扭转了传统文论的诗性表达风格，使得以《文心雕龙》《诗品》为代表的传统文论慢慢退出历史舞台。同时，积极引进西方文学术语或文学概念，如"结构""剪裁""描写""典型"等，舍弃了"神""理""气""思"等传统批评术语。这种由"旧"向"新"的过渡，无疑是西方文化对中国传统文学批评冲击的自然结果，也是中国传统文学批评向现代转型的必然产物。

胡适早期的日记中或书信中记载了很多片段性的"文学批评"，时间跨度从1911年1月到1917年7月回国（其间大约有两年没有日记，或遗失了，实际只有五年的日记），这些文字多为评点式的，记录胡适零星的、偶发的阅读体验或感想，与发表的论文相比，一般不具备条理和系统。这十七卷札记是胡适在美国留学时期（1910—1917）的日记和杂记，是胡适"自言自语的思想草稿"（think aloud），也是"私人生

---

① 周海波:《中国现代文学批评史论》，上海人民出版社2002年版，第20—49页。

活、内心生活、思想演变的赤裸裸的历史"①，是最真实的个人自传，"让他能在文化差异性的对比中形成对传统资源的一种补充和反控，并内在地初步建立起他的审美判断力和历史批判力"②，其中记录了他的文学主张的形成过程以及各种思想演变的历史轨迹，是我们了解和梳理胡适各种思想观念萌生、发展、演变的珍贵资料。

从这些札记来看，胡适从来就没停止过对中国古典文献的阅读和研究，甚至可以说美国留学期间是他自由阅读中国传统文献的高峰期，回国的时候分送给他人的书达"千卷"之多③，还常常在美国的图书馆里寻找国内不易见到的中国传统文献，而且他的博士论文《先秦名学史》研究的也是中国古典哲学。翻检日记，可以看出胡适阅读过伍涵芬编的《说诗乐趣》（上海求学期间）④、袁枚的《随园诗话》、赵翼《瓯北诗话》《陔余丛考》（读书札记）⑤、胡仔《苕溪渔隐丛话》、叶梦得《避暑录话》⑥ 等大量传统的诗论、词话以及经史子集的注疏等。1923—1926 年间，他还编选过注释本《词选》，在书中他专门写作了《〈词选〉词人小传集录》，对所选词人进行点评式的介绍和评论。

在阅读中西文学作品以及相关文献时，胡适留下了大量的阅读感悟和心得，其中充满灵感火花和真知灼见，记录了其文学观念更新和发展的"线索"，仅以《留学日记》所记载的来举例，比如，"读 Synge 短句""读《嘉富尔传》""裴伦《哀希腊歌》""记白里而（莫里哀）之社会名剧《梅毒》""西文诗歌其少全篇一韵""论律诗""伊里莎白朝戏台上情形""欧洲几个'问题剧'巨子""读《织工》""读《獭裘》""赫仆特曼所著剧之长处""读《梦剧》""读《海妲传》""读君武先生诗稿""传记文学""读英译本《汉宫秋》""读《诗经（木瓜》

---

① 胡适：《自序》，《日记》（1906—1914），《胡适全集》第 27 卷，安徽教育出版社 2003 年版，第 101—102 页。
② 马兵：《1910—1917：胡适留学日记中的文学生活》，《东岳论丛》2017 年第 10 期。
③ 胡适：《日记》（1915—1917），《胡适全集》第 28 卷，安徽教育出版社 2003 年版，第 563 页。
④ 胡适：《日记》（1906—1914），《胡适全集》第 27 卷，安徽教育出版社 2003 年版，第 71 页。
⑤ 胡适：《日记》（1915—1917），《胡适全集》第 28 卷，安徽教育出版社 2003 年版，第 281、394 页。
⑥ 胡适：《〈词选〉词人小传集录》，《胡适全集》第 12 卷，安徽教育出版社 2003 年版，第 89、96 页。

诗一章""诗贵有真""墓门行""读 Aucassin and Nicolete""读 In the Shadow of the Glen""观 Forbes-Robertson 演剧""词乃诗之进化""刘过词不拘音韵""读《猎人》""读词偶记""读白居易《与元九书》""读香山诗锁记""论'文学'""论宋儒注经""论袁随园论文学""读《论语》""宋人白话诗""论诗杂诗"等，不一而足。

从中，我们可以了解胡适文学阅读的范围，发现其文学观念产生和形成的印迹和过程。因为是日记，所以表述比较自由，前期主要用浅近文言写作，后期改用白话，篇幅一般比较短，但从所记的内容和写作风格来看，确实与传统的诗话、词话和批注有相似之处，这说明胡适还没有完全脱离传统批评的模式和风格，是对文学批评传统的习惯性继承。现举例如下：

上海求学期间读《为人后辨》（马通伯）诸篇，则赞其"说理至精，近代古文家一巨子也"。[1] 而读《林畏庐集》，则誉"畏庐忠孝人也，故其发而为文，莫不蔼然动人"。[2]

留学美国期间是胡适文学思想形成的关键时期，尤其是 1915 年到 1916 年两年之间，日记里留下了大量的"文学评论"：

读美国独立檄文："觉一字一句扪之有棱，且处处为民请命，义正词严，真千古至文。吾国陈、骆何足语此！"[3]

读"Romeo and Juliet"："情节殊不佳，且有甚支离之处。然佳句好词亦颇多，正如吾国之《西厢》，徒以文传者也。"[4]

评《赖芬传》（W. D. Howells' The Rise of Silas Lapham）："其中事实，皆言赖芬之状，书名殆指其人格之进境（Rise）也。"[5]

读《召南·邶风》："汉儒解经之谬，未有如《诗》笺之甚者矣。盖诗之为物，本乎天性，发乎情之不容已。诗者，天趣也。汉儒寻章摘句，天趣尽湮，安可言诗？而数千年来，率因其说，坐令

---

① 胡适：《日记》（1906—1914），《胡适全集》第 27 卷，安徽教育出版社 2003 年版，第 66 页。
② 胡适：《日记》（1906—1914），《胡适全集》第 27 卷，安徽教育出版社 2003 年版，第 91 页。
③ 胡适：《日记》（1906—1914），《胡适全集》第 27 卷，安徽教育出版社 2003 年版，第 119 页。
④ 胡适：《日记》（1906—1914），《胡适全集》第 27 卷，安徽教育出版社 2003 年版，第 120 页。
⑤ 胡适：《日记》（1906—1914），《胡适全集》第 27 卷，安徽教育出版社 2003 年版，第 123 页。

千古至文，尽成糟粕，可不痛哉?"①

　　读王介甫《上仁宗皇帝言事书》："极爱其议论之深切著明，以为俩《临川集》之冠。"②

　　听 Prof. Rtrunk 讲 "Tintern Abbey"："甚有味，西人说诗多同中土，此中多有足资研究者，不可忽也。"③

　　读弥尔顿之 Lallegro 及 Ⅱ Penseroso，"皆佳构也。"④ 观 Hamlet，论及 "布景、独语、性格、哲理性台词"⑤ 等，认为比中国传统戏剧高明。

　　在谈论白里而之社会名剧《梅毒》时，胡适主要关注作品的主题和艺术感染力，认为 "写此病之遗毒及于社会家庭之影响，为一最不易措手之题。而著者以极委婉之笔，曲折达之。此剧无一淫亵语，而于此病之大害——写出，令人观之，惊心动魄。易卜生（Ibsen）之《鬼》剧（Ghosts）亦论此事，惟不如此剧之明白"⑥。

　　论律诗，"其托始于排偶之赋乎? 对偶之入诗也，初近偶一用之"，"有心人以历史眼观求律诗之源流沿革，于吾国文学史上当裨益不少"⑦。

　　谈写景诗，认为 "最忌失真"⑧。

　　观戏剧《东方未明》，认为主义 "意在戒饮酒"，"全书极生动，写田野富人家庭之龌龊，栩栩欲活，居中人物 Loth and Helen 尤有生气"⑨。

　　"《织工》（The Weavers），为赫氏最著之作，写贫富不均，中写织工之贫况，真令人泪下。" "此剧大类 Mrs. Gaskell's *Mary Barton*，布局

---

① 胡适:《日记》(1906—1914)，《胡适全集》第 27 卷，安徽教育出版社 2003 年版，第 129 页。
② 胡适:《日记》(1906—1914)，《胡适全集》第 27 卷，安徽教育出版社 2003 年版，第 174 页。
③ 胡适:《日记》(1906—1914)，《胡适全集》第 27 卷，安徽教育出版社 2003 年版，第 184 页。
④ 胡适:《日记》(1906—1914)，《胡适全集》第 27 卷，安徽教育出版社 2003 年版，第 172 页。
⑤ 胡适:《日记》(1906—1914)，《胡适全集》第 27 卷，安徽教育出版社 2003 年版，第 193—200 页。
⑥ 胡适:《日记》(1906—1914)，《胡适全集》第 27 卷，安徽教育出版社 2003 年版，第 279 页。
⑦ 胡适:《日记》(1906—1914)，《胡适全集》第 27 卷，安徽教育出版社 2003 年版，第 316—318 页。
⑧ 胡适:《日记》(1906—1914)，《胡适全集》第 27 卷，安徽教育出版社 2003 年版，第 334 页。
⑨ 胡适:《日记》(1906—1914)，《胡适全集》第 27 卷，安徽教育出版社 2003 年版，第 411 页。

命意，大抵相类，二书皆不朽之作也。"①

读赫氏谐剧《獭裘》，赞其"写一极狡狯之贼婆及一极糊涂之巡检，穷形尽致，大似《水浒传》"②。

易卜生《海妲传》"但写生耳"③。

读到白居易的写实之作，评曰："皆记事写生之诗也；至其写景之诗，亦无愧实际二字。实际的写景之诗有二特性焉：一真率，谓不事雕琢粉饰也，不假作者心境所想象为之渲染也；二曰详尽，谓不遗细碎也。"④

读英人高尔华绥（John Galsworth）之刺小说（Satires）二篇：一名《小人》（The Little Man），一名《辟邪符》（Abaracadabra）。《辟邪符》盖刺耶教医术派（Christian Scientists）之教旨，读之忽思及老子《道德经》"吾所以有大患，为吾有身。及吾无身吾有何患?"之语，念此岂主观的唯心主义（Subjective Idealism）之先河，而耶教医术派之鼻祖乎?⑤不禁掩卷大笑。

读托尔斯泰（Lyof N. Tolstoi）所著小说《安娜传》（Anna Karenina）。此书为托氏名著。其书结构颇似《石头记》，布局命意都有相似处，惟有《石头记》稍不如此书之逼真耳。《安娜传》甚不易读；其所写皆家庭及社会纤细琐事，至千二百页之多，非有耐心，不能终卷。此书写俄国贵族社会之淫奢无耻，可谓铸鼎照奸。书中主人李问（Levin），托氏自写生也。其人由疑而复归于信仰。一日闻一田夫之言，忽大解悟，知前此种种思虑疑问都归无用，天国不远，即在心中，何必外求? 此托氏之宗教哲学也。其说亦有不完处，他日当详论之。托氏写人物之长处类似莎士比亚，其人物如安娜，如李问夫妇，如安娜之夫，皆亦善亦恶，可褒可贬。正如莎

---

① 胡适：《日记》（1906—1914），《胡适全集》第27卷，安徽教育出版社2003年版，第412—413页。

② 胡适：《日记》（1906—1914），《胡适全集》第27卷，安徽教育出版社2003年版，第414页。

③ 胡适：《日记》（1906—1914），《胡适全集》第27卷，安徽教育出版社2003年版，第440页。

④ 胡适：《日记》（1915—1917），《胡适全集》第28卷，安徽教育出版社2003年版，第215页。

⑤ 胡适：《日记》（1915—1917），《胡适全集》第28卷，安徽教育出版社2003年版，第202页。

氏之汉姆勒特王子，李耳王，倭色罗诸人物，皆非完人也。迭更司写生，褒之欲超之九天，贬之欲坠诸深渊：此法也。萨克雷（Thackeray）写生则不然，其书中大物无完全之好人，无一不可救药之恶人。Vanity Fair（《名利场》）中之 Rebecca Sharp（丽贝卡）诸人：此又一法也。以经历实际证之，吾从其后者，托氏亦主张此法者也。托氏主张绝对的不抵抗主义者也（道义的抗拒）……犹未全臻不抗拒之境也……①

吾友 W. F. Edgerton 称 Olive Schreiner 之寓言小说《猎人》（The Hunter）之佳，因读之，殊不恶。其命意与邓耐生之 Ulysses（尤利西斯），及卜郎吟之 A Grammarian's Funeral（一个语法学家的葬礼）同而不及二诗之佳也。所述二诗，皆"发愤求学，不知老之将至"之意，皆足代表 19 世纪探赜索隐百折不挠之精神，令人百读不厌。②

昨今两日，读爱尔兰近代戏曲巨子 J. M. Synge（绅吉）（1871—1909）短剧二本：1. Riders to the Sea〔《大海骑士》〕；2. In the Shadow of the Glen〔《在峡谷的阴影下》〕。写爱尔兰贫民状况动人。其第一剧尤佳，写海滨一贫家，六子皆相继死于水，其母老病哀恸，絮语呜咽，令人不忍卒读，真绝作也。③

郑君谈俄文豪屠格涅夫（Turgenev）所著小说 "Virgin Soil"〔处女地〕之佳。其中主人乃一远识志士，不为意气所移，不为利害所夺，不以小利而忘远谋。滔滔者天下皆是也，此君独超然尘表、不欲以一石当狂澜，则择安流而游焉。非趋易而避难也，明知只手挽狂澜之无益也。志在淑世固是，而何以淑之之道亦不可不加之意。此君志在淑世，又能不尚奇好异，独经营于贫民工人之间为他人所不能为，所不屑为，甘心作一无名之英雄，死而不悔，独行其是者也。此书吾所未读，当读之。④

---

① 胡适：《日记》（1915—1917），《胡适全集》第 28 卷，安徽教育出版社 2003 年版，第 180 页。
② 胡适：《日记》（1915—1917），《胡适全集》第 28 卷，安徽教育出版社 2003 年版，第 161 页。
③ 胡适：《日记》（1915—1917），《胡适全集》第 28 卷，安徽教育出版社 2003 年版，第 244 页。
④ 胡适：《日记》（1915—1917），《胡适全集》第 28 卷，安徽教育出版社 2003 年版，第 12—13 页。

谈论自己的诗则简评为"吾诗清顺达意而已，文则尤不能工。"①

又读刘过（改之）《龙洲词》，有《六州歌头》二阕，其词不佳，而用韵甚可玩味。所用韵为"英膺生庭烹民倾真临心臣明恩春神"，盖不独以庚、青、蒸通真、元、文，且收入侵韵。此可见音韵之变迁，宋时已然；又可见南渡诸词人之豪气横纵、不拘于音韵之微也。②

在论秦少游词时说，《满庭芳》、《好事近》（梦中作）、《金明池》，仅评价"亦有佳语"，"莺燕本双声字，叠用之声调甚佳"。《八六字》前半阕、《水龙吟》是"何等气魄"，《水调歌头》、《念奴娇》（至金陵作）、《三部乐》（寿王道甫）"皆奇劲无伦"。③

从上述摘录的札记来看，胡适早期的"批评文本"所涉及的范围较广，中西方作品都有，内容也比较宽泛，小说、诗歌、戏剧、散文、传记等都有所涉及。总体看，大概有以下几个特点：

一是札记的书写语言是浅近文言，语言风格显得较为传统。胡适改用白话写作，是到北京大学任教以后的事情，1917 年 11 月 21 日胡适在写给韦莲司的信中就提到他是第一个用白话写作讲义的教授④。批评的对象既有西方文学作品，也有中国传统典籍。批评文体多为评点式，到后期，间有少量的结构完整的论文，如"读白居易《与元九书》"，风格为闲谈、随笔式的，轻松、自由、活泼，议论点到为止，短小、简练，记录的多是灵光一现的思想火花。在思维上，偏重于感性直观，言简意赅的评点、随笔多于长篇大论。当然，日记并不是真正的批评露珠，其中还有记录日常生活的性质，我们把它们拿来作为"批评文本"是想从中窥见一些胡适早期"文学批评"的相关特征。

值得一提的是，尽管胡适深受中西方文化的影响，但其批评文字依然比较平实，即没有中国传统文论的诗性表达的痕迹，也没有熏染上西

① 胡适：《日记》（1915—1917），《胡适全集》第 28 卷，安徽教育出版社 2003 年版，第 47 页。
② 胡适：《日记》（1915—1917），《胡适全集》第 28 卷，安徽教育出版社 2003 年版，第 157 页。
③ 胡适：《日记》（1915—1917），《胡适全集》第 28 卷，安徽教育出版社 2003 年版，第 154、156 页。
④ 胡适：《不思量自难忘——胡适给韦莲司的信》，安徽教育出版社 2001 年版，第 136 页。

方哲学和文学批评中的抽象思辨的文风，这或许是个人的特质使然，或许是受"白话"思想的影响。胡适曾诚实地说过他"讨厌抽象的思想"。① 另外，日记中对作品进行审美特征方面的评述也较少。

二是关注作品的内容（命意）和技术（布局、结构、剪裁、写生、语言和风格等）。

先看关于作品思想内容的文字。这样的文字同样比较简短，"点到为止"。胡适后来也很少写作以思想内容为主的长篇批评文字，这方面的内容大多数是夹杂在考证文字中的一些只言片语，比如，评文康的小说《儿女英雄传》，认为其价值主要在于"语言的漂亮俏皮，诙谐有味"。② 评《西游记》能够深受百姓喜爱，并在世界神话类小说中占有一定的地位，主要原因是作品的"诙谐意味"，读者读了能够"开心一笑"，而不像其他的志怪、神话小说那样假装正经，板起面孔说话，是"人的意味"的神话。③ 认为《镜花缘》最成功之处是对"女儿国"的描写，用"文学的技术，诙谐的风味"，描写中国传统社会中女性所遭受的极端的不平等，而"女儿国"则是李汝珍想象中的男女平等的人间乐土，是女权主义的"乌托邦"。④ 批评《三国演义》的作者、修改写定者缺乏文学的天赋，是满脑子封建伦理纲常的"陋儒"，没有对历史的洞察和真知灼见，使得作品拘泥于历史，缺乏想象力和创造力，使得作品的文学价值大打折扣。⑤ 称赞《海上花》"富有文学的风格与文学的艺术"，"长处在于语言的传神，描写的细致"，"能够使读者阅读时沉思玩味"。胡适还引用鲁迅先生对《海上花》的评价，称赞作品"平淡而近自然"，"是文学上很不易做到的境界"。⑥

胡适的批评论著中，一般都是针对具体的作品发表简短的意见，很少写作长篇大论，进行全面而系统的理论阐述。胡适有意把《白话文学史》当作文学作品选来写，而不是当成文学史著作来写，与以往的

---

① 胡适：《不思量自难忘——胡适给韦莲司的信》，安徽教育出版社 2001 年版，第 247 页。
② 胡适：《五十年来中国之文学》，《胡适全集》第 2 卷，安徽教育出版社 2003 年版，第 313 页。
③ 胡适：《〈西游记〉考证》，《胡适全集》第 2 卷，安徽教育出版社 2003 年版，第 686 页。
④ 胡适：《〈镜花缘〉的引论》，《胡适全集》第 2 卷，安徽教育出版社 2003 年版，第 714 页。
⑤ 胡适：《〈三国演义〉序》，《胡适全集》第 2 卷，安徽教育出版社 2003 年版，第 774 页。
⑥ 胡适：《〈海上花列传〉序》，《胡适全集》第 3 卷，安徽教育出版社 2003 年版，第 527 页。

"抽象的""没有文学趣味的"的文学史截然不同。胡适认为中西方文学史写作的通病是文字"抽象","没有文学趣味",这些文学史"往往不肯多举例","单说某人的某一篇诗是如何",书中散漫了大量的"人名,诗体,书名",如同"旧式朝代史上堆着无数人名年号一样","也没有多大实用的"价值。[1]

因此可以说,实用性、实践性成了胡适从事文学研究的金科玉律。1922 年 12 月发表的《评新诗集》是他用白话文写作的一篇诗歌专论,按照一般的理解,应该写成具有较强概括性和理论性的文章,但胡适仍然把它写成《白话文学史》的模样,主要还是鉴赏式的举例、点评,系统性、理论性的论述较弱。比如评康白情的诗集《草儿》,认为部分作品还不能很好地使用白话写作,"工具还不能运用自如","带有矜持的味道"。比如《江南》,认为特色是诗人擅于描写颜色,《月光纪游》则诗味浓厚,具有一种"异乎人的美"。最后进行总结,对诗人进行逐一评价,评价康白情的诗写作"技术"较好,确能写出"漂亮"的作品,达到较高的艺术境界,而俞平伯的毛病是深入而深出,没做到"深入而浅出",因此作品有的"烦冗",拉杂堆砌,有的"艰深",写得艰涩而隐晦。[2]

中国古代小说批评的文本一般也比较零碎,缺乏较为系统的长篇理论分析,多为对作品的评点、为作品所写的序、跋以及笔记体的片段式感想或评述。胡适对明代金圣叹小说批评中所谓的"作史笔法"颇为不满,但极为推崇他提升白话小说文学地位的勇敢精神,认为金圣叹在历史上首次让通俗小说与《史记》等中国古代典籍平起平坐,同时还称赞金圣叹在如何进行小说的整体结构的构思以及人物形象和人物性格描写等方面都有独到的见解。可见胡适的文学批评依然带有一些传统批判的痕迹。直到提倡文学革命的阶段,为了系统阐述并实践自己的文学主张,才开始写作篇幅较长的理论文章,形成了较为现代的文学批评体式。但即便如此,1919 年 10 月写作的被朱自清誉为新诗的"金科玉律"的《谈新诗》,其风格也是夹叙夹议,以举例代阐述,依然带有

---

① 胡适:《白话文学史》,《胡适全集》第 11 卷,安徽教育出版社 2003 年版,第 212—213 页。
② 胡适:《评新诗集》,《胡适全集》第 2 卷,安徽教育出版社 2003 年版,第 801—810 页。

《白话文学史》的风格，或者说具有中国传统的"文选"式的特征。

三是继承中国乾嘉朴学传统，专注于考据之学。受当时学术环境和学术风气的影响，加上个人的学术背景和学术兴趣，胡适在某种意义上把考据学当作了"文学批评"，虽然严格来说，考据学是一种学术批评，但由于有些考据工作涉及古典小说的考证，因此也被称为文学的"边缘批评"。

胡适很早就对考据学有着浓厚的兴趣，欣赏宋儒"格物致知"的精神和清代乾嘉学派考据的方法。他评价宋儒注经，"其谬误之处固不少，然大率皆有所循"。胡适认为宋代新儒学要比汉唐的儒学进步得多，指出"汉儒失之迂而谬，唐儒失之繁而奴"，但"宋儒之迂，较之汉儒已为远胜，其荒谬之处亦较少"。①

胡适后来提倡"整理国故"，重估中国文化的价值，破除对传统的迷信，还历史以真面目。其中，最为强调的是科学的研究方法，目的是发扬中国科学传统，力求打通中西方学术研究方法之间的壁垒。

胡适推崇程颢、朱熹、张载等新儒学大家，把他们的科学精神表述为"大胆的疑古"和"小心的考证"，"严刻的理智态度"和"走科学的路"，认为"中间虽有陆王的反科学的有力运动"，但"终不能阻止这个科学的路重现而大盛于最近的三百年"②。正是在这三百年间，涌现了顾炎武、阎若璩、戴震、崔述、王念孙、王引之、孙诒让、章炳麟等一大批杰出大师。

但在具体的考证实践上，胡适更为推崇清代的"朴学"。胡适把对"朴学"的理解归纳为文字学（philology）、音韵学、训诂学、校勘学（textual criticism）、考订学（higher criticism）。③胡适极为敬佩清代汉学家的治学态度。人们普遍认为这种考据工作"支离破碎"，枯燥无味。而胡适却不以为然，高度评价汉学家的治学工作，认为不管如何琐碎，如何没有趣味，都体现出了"科学的精神"。胡适认为，经过顾炎武、钱大昕、段玉裁、王念孙、章炳麟、黄侃等明清两代人的努力，校勘学

---

① 胡适：《日记》（1915—1917），《胡适全集》第28卷，安徽教育出版社2003年版，第282页。

② 胡适：《读梁漱溟先生的〈东西文学及其哲学〉》，《胡适全集》第2卷，安徽教育出版社2003年版，第253页。

③ 胡适：《清代学者的治学方法》，《胡适全集》第1卷，安徽教育出版社2003年版，第371页。

最后形成了完整的系统，发展为一种科学。① 胡适把清代"汉学家"所取得的巨大成绩归结为研究方法的胜利，是他们的治学努力无意中暗合了科学的方法。

胡适指出，科学的方法就是在尊重事实的基础上，"大胆的假设、小心的求证"，最后得出科学的结论。他以中西方三百多年来科学史的发展线索为依据，证明中国三百年来朴学传统的最后形成就是科学研究方法成熟的自然结果。他认为中国的顾炎武、阎若璩、戴震、钱大昕与西方的伽利略（Galileo）、牛顿（Newton）、达尔文（Darwin）、柏司德（Pasteur）相比，虽然所处的国度、研究的领域互不相同，但他们的研究方向是一致的。他们的研究都是在有充分证据的前提下，进行大胆假设，小心求证。② 胡适赞扬清代汉学家们用严谨的方法和明白的语言还原出了中国传统文化的真面目。他们化黑暗为光明，化腐朽为神奇，打破了迷雾，解放了思想，是真正的"重新估定一切价值"。

由于对科学谨慎和严谨方面的崇尚，胡适的考证文字，无论是语言上的，还是文学上的，都带有显著的科学色彩，因此，有的研究也把胡适的文学批评称为科学批评。其批评的科学色彩表现为以下几个特点：

从形式上看，胡适提倡的"整理国故"运动与清代乾嘉时期朴学的古籍整理和近代"国粹派"的国学研究保持着历史的联系，但是从内容上去细加区别，它们之间却有本质的不同。表现在研究范围上，乾嘉朴学和近代的"国粹派"只研究他们视为"国故"的传统经史典籍，也就是说，他们所研究的"国故"是国粹，是中国传统文化的最优秀的那一部分。而胡适的"整理国故"整理的是中国几千年来所保存下来的全部传统文化，是从整体上对中国文化进行考证、分析，认清传统文化的真面目，为破除迷信、提倡科学，建设新文化而服务。具体到批判态度和批评精神上，胡适与梁启超、蔡元培、吴敬恒、陈独秀等是一脉相承的，都是"勇敢"的、"无情"的、"自由"的。胡适说："中国的传统并不是神圣的、全不可以加以移易或批评的东西，甚至孔子、老子、佛教、朱熹、帝制、家庭、宗教，都不是不能置评的东西。就是

① 胡适：《清代学者的治学方法》，《胡适全集》第 1 卷，安徽教育出版社 2003 年版，第 387 页。
② 胡适：《治学的方法与材料》，《胡适全集》第 3 卷，安徽教育出版社 2003 年版，第 132 页。

以这种准许批评和不畏刑责的态度和精神来说，中国之现代化已经超过日本。"①

胡适把大到思想学术，小到一字一曲的"国故"，都作为国学研究的内容，从而为"整理国故"拓展出更大的空间。

在研究目的上，清代乾嘉汉学主要是想通过整理和考订传统的经史典籍，以恢复传统经典的历史原貌和独尊的地位；"国粹派"则试图有计划地从故纸堆里大量搜寻"国粹"，以达到宣扬汉民族的"文化统绪"的宏大目标，彰显中国传统文化的辉煌成就，以期能发扬光大；而胡适则是为学术而学术，既不是为了独尊儒术，也不是为对外宣传大汉民族的优秀文化遗产。胡适曾在致胡朴安的信中表示，他认为，学术就是学术，是一项纯粹的科学研究事业，学术研究与民族主义并没有天然的联系。胡适认为，如果以民族主义或任何主义来让学术研究带上民族主义的目的或者动机，那就一定不是科学、客观和公正的，一定会有夸大或忌讳的弊端。他重申整理国故只是纯粹的研究历史的工作，是纯学术的工作，必须抱有实事求是的态度和精神，否则就有假学术、假整理、假国粹之嫌。② 可见胡适的"国故整理"既不是要回归历史传统也不是为了激扬民族情感、振奋民族精神，而是为了澄清前人的"迷误"，卸掉历史的"包袱"。③ 简言之，是为科学而科学，为方法而方法，提倡全民的科学和民主的意识，为建设新文化服务。

在内容和思想的评判上，胡适把西方现实主义的价值尺度、实证主义批评方法与中国传统的"兴观群怨""学以致用""文以载道"的相关观念连通在一起，强调作品的认识功能、教育功能和审美功能。只是胡适本人很少对作品的美学特征进行深入细致的剖析和阐发，这大概与胡适的学术修养以及个人研究取向有着一定的关系。其批评论著绝大部分写于 20 世纪 30 年代之前，批评对象大多是中国传统文学史上的现实

① 胡适：《中国与日本的现代化运动》，《胡适全集》第 13 卷，安徽教育出版社 2003 年版，第 212 页。

② 胡适：《书信》（1907—1928），《胡适全集》第 23 卷，安徽教育出版社 2003 年版，第 518—519 页。

③ 欧阳哲生：《自由主义之累——胡适思想之现代阐释》，江西教育出版社 2003 年版，第 201 页。

主义作品以及当时的新诗创作,很少触及现代文学作品。他的批评文字,最主要的就是为人熟知的对中国古典小说的考证文章、《谈新诗》以及《尝试集》初版和几次再版时的序言等,体现了胡适的现代批评观念。

胡适先后整理了十二部中国古典小说,其中成绩最为突出的是《〈红楼梦〉考证》,开启了新红学,为《红楼梦》的研究做出了突出的贡献。胡适的古典小说考证,继承了李贽和金圣叹的某些遗产,显现出中国传统批评的印迹,同时由于受到西学的浸润,所以也染上了一些西方的色彩。为此,我们说,从中国古典小说的考证实践等方面来看,胡适的批评观念和批判方法是中西两方面资源的融会贯通的产物,从而对传统文学批评有所突破,显现出了一定的现代意识,对中国现代文学批评的萌芽和发展起到了重要的推动作用。

胡适痴迷中国古典小说考证的原因,可以从两方面进行推测:一是胡适有着浓厚的考据兴趣和深厚的考证功底。胡适自称有考据癖,讲求科学精神,痴迷于学术方法论的提倡和示范。亚东图书馆出版新式标点的古典小说时,胡适建议新本的《水浒传》出版时把金圣叹的总评和夹评全部删除,提倡让读者直接阅读《水浒传》,胡适夫子自道:"我最恨中国史家说的什么'作史笔法',但我却有点'历史癖';我又最恨大家咬文嚼字的评文,但我却又有点'考据癖'!"① 看似矛盾的话里,透露出胡适对历史考据的痴迷,对"学问思想的方法"的推崇。

胡适强调,谈论实验主义也好,小说考证也罢,或者是研究一个字词的文法,都是离不开科学的方法论。② 余英时曾对胡适有过这样的评价,他认为胡适的观念里有一种非常明显的"化约论"(Reductionism)的色彩,所有的学术思想甚至整个文化都可以被他化简化为方法。③ 因此,胡适才一方面表示自己用西方科学的方法研究《红楼梦》,另一方面又说自己是用乾嘉学派的治史方法考证此书,原因就在于,他认为中

---

① 胡适:《〈水浒传〉考证》,《胡适全集》第1卷,安徽教育出版社2003年版,第479、480页。

② 胡适:《〈胡适文存一集〉序例》,《胡适全集》第1卷,安徽教育出版社2003年版,第1页。

③ 余英时:《重寻胡适的历程》,广西师范大学出版社2004年版,第215、216页。

国传统学术，特别是清代的"朴学"确有（西方）"科学"的精神。①

胡适的批评文字中考证文章占了很大的比重，因此，从总体上看，可以把他的文学批评归属于综合性的批评或者是"边缘性的批评"。唐德刚曾把胡适的"文学批评"归为"传记批评派"。唐德刚的解释是，历来的《红楼梦》研究分为三派，除第一种的"索隐派"，第二派则是比较实际的"传记考证派"，第三派则是"文学批评派"。胡适可以归为第二、第三"派"，但第二派的成色更重。

唐德刚把有严重"考据癖"的胡适推为"传记考证派"的老祖宗。而第三派"文学批评派"也有大、小之分，"大"的注重整体，"小"的计较细枝末叶。胡适从文学的"布局""结构"等技术层面着眼，认为《红楼梦》缺乏"plot"，也就是情节性不强，算不得好小说。这当然是以西洋文学批评中的常识性概念来衡量中国传统文学，未见得客观和公平，但这至少能说明胡适也关注从大处着眼的"大批评"，而不仅仅对考证感兴趣。应该说，中国是有着悠久的"大批评"的传统，纪晓岚评《文心雕龙·原道篇》说："文以载道，明其当然；文原于道，明其本然。识其本，乃不逐其末。"胡适作为受中国传统熏陶和西洋文学训练的"红学家"，涉及一些"大批评"派的研究内容，是"识其本，乃不逐其末"的自然之举，分内之事。②

其次，胡适醉心于古典小说考证，跟他喜爱叙事性的传记文学有一定的关系，所以唐德刚才会把胡适推为"传记批评的老祖宗"。胡适曾认为中国传统文学中缺乏能够与西方传记文学相媲美的优秀作品，指出中国传统的传记作品最大的缺点是真实性和客观性不够，"不失于谀颂，便失于诋诬，同为忌讳，同是不能纪实传信"，因此提倡向西方学习。胡适一生撰写40多部传记作品，包括自传和为他人作传，如《四十自述》《胡适口述自传》《章实斋年谱》《科学的古史家崔述》《梁任公先生年谱长编初稿》《齐白石年谱》《丁文江的传记》《高梦旦先生小传》《李超传》等。胡适认为，传记作品的价值在于可以成为"国史的材料"，为编订历史提供素材，而且还可以成为优秀的感人的文学作

① 胡适：《清代学者的治学方法》，《胡适全集》第1卷，安徽教育出版社2003年版，第364页。
② 胡适：《胡适口述自传》，《胡适全集》第18卷，安徽教育出版社2003年版，第412—413页。

品。胡适提出,传记文学不仅要"纪实传真",还要能写出传主的实际生活经历,描写要真实生动,人物形象要栩栩如生,要能让读者读书时"如见其人"①。胡适把中国的日记、年谱也都归入传记文学,"吾国人自作年谱、日记者颇多。年谱尤近西人之自传矣"。② 从这个层面来说,胡适考证中国古典小说,给人作年谱写传记,都是一种传记的写作,是对他热衷考证和写作传记的一种心理满足和释放。

再次,胡适痴迷中国古典小说考证,还可能跟当时的文学研究环境和风气有一定的关系,因为当时在学术界占有主导地位的文学批评是对作品的考证式研究。钱钟书 1978 年在意大利访问期间发表文学演讲《古典文学研究在现代中国》,谈到 1949 年之前在中国占有主导地位的文学研究时说,在新中国成立之前的那几十年,清代"朴学"权威性和影响力依然十分强大,在与从欧美输入的实证主义结合后,本地传统和西洋的理论方法相得益彰,严肃的文学研究几乎与考证之学画上了等号,成了一个同义词,而考据则成了"科学方法"的最好的代言人,两者差不多就是相同的意思。在那个时代,只有对作者事迹、作品版本的考订,以及通过考订对作品"本事"的索隐,才算是严肃的"科学的"文学研究。③ 钱钟书把这类研究称为"实证主义"文学研究,并隐约地把陈寅恪的著述列为这种研究方法的代表。以上所述是把考证式的"事迹版本考订"与索隐式的"作品本事考订"都当成了实证主义的文学研究方法。胡适的明清小说考证就属于前者。胡适的小说考证,所用之方法本身就是中西方的考据方法的综合。胡适说,中国的古人对一部书,尤其是版本来源比较复杂的书,首先是注重其内容和文字、版本优劣,而不会像现在研究小说的人那样,往往只评述思想内容,而忽略文字、版本的问题。可见,胡适对传统考证学的执着是受到清代乾嘉朴学研究的深刻影响。

另外,胡适在考证上所做的努力还有证明自己的意味,取得了意料之外的效果,争取了一批守旧的学人转而加入支持文学革命的阵营。胡

---

① 胡适:《〈南通张季直先生传记〉序》,《胡适文集》(4),北京大学出版社 1998 年版,第 595—596 页。

② 胡适:《胡适留学日记》,岳麓书社 2000 年版,第 290 页。

③ 钱钟书:《古典文学研究在现代中国》,《明报月刊》1978 年。

适 1923 年 3 月 12 日在给韦莲司的信中披露了心迹："在我推行白话文运动的时候，对我帮助最大的，是我从小所受古典的教育。那些攻击我的保守学者，由于我在中国文学和哲学上的研究，已经渐渐的归向我们的营垒。"① 可见，要想服众取得人心，胡适还要展示自己在传统学术上的成就。

当然，胡适不可能只是固守传统，他努力把在西方所学到的资源融合进中国传统中来。连通西方的校勘学理论以及以圣伯夫、丹纳为代表的西方实证批评与中国传统考据学，对胡适的古典小说考证和文学批评产生了影响。在《泰纳的〈英国文学史〉》一文中，圣伯夫说："让我们继续拒绝那些模糊概念、空泛言词的诱惑，观察、学习和检验那些以不同理由而著称的作品所具有的各种情况，以及天才所表现的无限变化的形式，就让我们迫使它们为我们透露真理，告诉我们怎么样以及为什么，它们会属于这一式样，而不属于另一式样。"② 这说明近现代的欧洲文学批评也是比较注重考证式的社会历史批评，这种批评方法与传统的考据学一拍即合，自然对接，满足了他对朴学考证方法进行更新和完善的需求，更加刺激了素有考据癖的胡适对小说考证的兴趣。

胡适后期（1917 年 7 月回国之后）的批评文字，一部分是关于文学见解的理论文章，比如《建设的文学革命论》《谈新诗》，另一部分就是文学史著作和小说考证的文字，如《国语文学史》《〈红楼梦〉考证》等，当然也有少量的对新诗的评述文章。

第二节　批评范式的现代转换

我们说胡适的批评已经具备现代意识，主要是指他在汲取西方文学文化资源的基础上对中国传统文学批评的改造和更新，使之产生能与现代西方文学批评接轨的新质，从而形成能与西方连通的批评模式。而这种新质和模式体现了与传统文学批评有所不同的现代意识，其中涉及批

---

① 胡适：《不思量自难忘——胡适给韦莲司的信》，安徽教育出版社 2001 年版，第 145 页。
② 伍蠡甫主编：《西方文论选》，复旦大学出版社 1984 年版，第 216 页。

评术语、批评逻辑、批评原则和批评方法等各个方面。胡适对中国传统文学批评的现代转换与他的提倡白话文的主张有着内在的联系，也就是说，胡适在阐述其文学革命的相关观念时，其对文学现象、文学思潮、文学作品以及文学家的认识和评价本身就形成了一种批评观念，确定了一种批评标准、批评方法。而且，胡适从发表《文学改良刍议》开始，先后撰写了《谈新诗》《建设的文学革命论》《国语文学史》《白话文学史》等论著，都明确把文学的语言工具的变革当作文学革命运动的第一要务，以"国语的文学，文学的国语"为建设纲领，推动白话文学成为国语文学的步伐，从而推进白话文国语地位的确立。胡适提出语言工具的变革，其意义不仅在于中国的语言交际工具和文学语言由文言向白话转换，还在于：通过语言变革来带动整个民族的思维范式的革新和转换，从而进一步更新文学观念。[①] 因此，语言变革不仅促进了新文学的发生，同时自然而然催发了中国现代文学批评的萌芽。语言革命首先引起了文学主体和批评对象的替代和变化。文学主体由将相王侯、文人雅士变更为城市平民和新型知识分子，或者说转换为现代社会的普通大众。文学批评对象也逐渐由传统的文言文学转换为白话文学，这种批评对象的变化又会逐渐引起文学批评对文学价值的重新评估。

几千年来的中国传统文学，占主导地位的是文言文学，这就决定了文学创作和文学批评一般只限定在通晓文言的文人学士或者读书人的狭小范围内。正如茅盾所说，中国的历史是，文学历来是达官贵族、文人学士的专利品，并不是一般人老百姓所需要的，或者能欣赏的奢侈品，只有那些有闲有钱的"闲暇自得，风流自赏"的文人贵族，才会去讲文学。[②] 因此，贯穿整个中国传统文学批评史的批评价值标准就一直处在一种二元对立的矛盾之中，也就是文学教化论和审美论这两种批评标准相互冲突又相互融合。[③] 由于与口语的长期脱离，文言文学几乎成了封建文人学士的特权，其功能则较多体现在伦理教化上，宣扬既定的社

---

① 周海波：《中国现代文学批评史论》，上海人民出版社 2002 年版，第 40、49 页。

② 沈雁冰：《文学与人生》，《中国新文学大系·文学论争集》，上海文艺出版社 2003 年版，第 149—150 页。

③ 邵滢：《中国文学批评现代建构之反思——以京派为例》，湖北教育出版社 2006 年版，第 221 页。

会规范和封建伦理道德。而审美价值则主要表现为封建文人的内心省察和自我修养，把文学当作一种体验和表现人生体验的载体，借文学以求感情寄托和自我保全。比如屈原、李白、竹林七贤、陶渊明等，都在作品中表达了对人生际遇的感怀和寻求精神寄托的愿望。

而在批评风格上，由于中国传统文学以诗歌高度发达，且以篇幅短小的格律诗居多，以诗论为主的传统批评注重文字的形象生动、简约含蓄和意味隽永，《沧浪诗话》《二十四诗品》以及《文心雕龙》等如是，甚至到晚清的王国维的《人间词话》还依然保留着这样的风格。

而五四之际发端的白话文学，从倡导之日起就不以宣传教化和寻求自我慰藉为主要目的，而是要求作品能够反映社会现实，揭露黑暗和腐朽，张扬人的个性。因此在文学批评中，遵循"真实性"原则，反映现实生活、揭露和批判社会现实、寻求个性解放成为现代文学批评的必然追求。而胡适的文学批评在一定程度上体现了这些特点。他认为《红楼梦》和《老残游记》是作者的自叙传，真实地反映了作者的人生际遇和当时的历史风貌。评述晚清谴责小说，指出其缺陷在于只以揭露黑暗为主要目的，但同时认可这些作品所具有的反映现实、批判社会的认识价值。在《易卜生主义》一文中，作为胡适所提倡的健康的个人主义的代表，胡适对《娜拉》中的主人公娜拉和《国民之敌》的主人公斯铎曼医生两位人物形象给予了高度的赞赏。

一　批评话语与批评思维

批评话语是指在文学批评实践中批评家所运用的基本概念、语态、语式、文体等所组成的结构关系。[①] 中国传统批评一般采用点评、夹注、眉批、注疏、诗话和词话等形式，偏重直觉与经验，习惯于作印象式或妙语式的鉴赏，以简洁诗意的语句，点悟与传达作品所表达的思想、精神或作者的阅读体验，其缺点是碎片化，体系性不强，表现出印象化、点悟式、模糊性、体验性的特征。

诚然，传统批评虽也有理论体系和推理论证，但与西方现代批评相比，其不同点在于：围绕论点、反复举例、长篇铺陈，注重主观感受，

---

① 温儒敏：《中国现代文学批评》，北京大学出版社 1993 年版，第 26 页。

显得空泛烦琐。传统文论中也有"淡远""典雅""雄浑""清奇"等可以看作概念或范畴的术语,但其含义与现代西方的文学术语相比,仍然显得不够明确,让人难以精确把握。这种差异,在中西文论互译时感受和体会更加强烈。而"气""道""心""神""韵"等概念,则更难用现代的语言去解释、阐述,因为"气""道""心""神"等词语并不仅仅是表达文学观念的概念和术语,还可以用来表达哲学、医学、宗教等方面的概念。胡适对此有过严厉的批判,他认为这些术语起先并不是文学的专门术语,而是后人把它们引入文学领域的,比如《孟子》说的"浩然之气"、《系辞传》的"知几其神乎"、《庄子》的"以神遇而不以目视"等语句。[①]

即便像《文心雕龙》这样一部体系完整的鸿篇巨制,也是处处充满诗性化的语句,比如《物色》篇:"是以献岁发春,悦豫之情畅;滔滔孟夏,郁陶之心凝;天高气清,阴沉之志远;霰雪无垠,矜肃之虑深。岁有其物,物有其容;情以物迁,辞以情发。一叶且或迎意,虫声有足引心,况清风与明月同夜,白日与春林共朝哉!"[②] 其大意是主张作品"诗境"的描写要"传神",但表述的语言却都是诗意盎然的形象性语句,反复举例,以达到强化读者的直觉感受和印象式体悟的效果。这些诗论语言的确优美,但放到以白话为主导语言的五四时期,其语言的明确性、表述的逻辑性等都显然已经不能满足时代的需要了。

而在古代小说的评点中,也有许多已经脱离时代的专门术语,主要是关于叙述策略、叙述方法以及叙述效果的叙事学理论术语,其中大部分已经成为历史词语,同样已经很难适应现代批评的需要。比如评述散文化叙事结构的,有"主脑"与"顾母"、"楔子"与"结穴"、"伏"与"应"(映)、"前后映带"与"丝联络贯"等术语,用来表述主旨统摄下的意蕴牵连、结构的首尾相对,以及行文之自然散在的远距预透、前后呼应与通体关联;着眼于生活化情节的自然缓曲推进技法,则借"引""逗""张本""逼""笋""渡""借""省""补"等术语,

---

① 胡适:《郭绍虞〈中国文学批评史〉序》,《胡适全集》第12卷,安徽教育出版社2003年版,第235页。

② (南朝梁)刘勰:《物色第四十六》,《文心雕龙今译》,中华书局1986年版,第414页。

以表述情节的衍生接补笔法；借"闲笔""曲笔""虚实""奇笔"等术语，来表述使情节推进获得特殊效果的修辞化笔法。立足于谲中寓悲的讽刺叙述艺术，又用"绘风绘水、直书其事""皮里阳秋""笔挟秋霜""对照""谲语诛之""影射"等术语，来表述含而不露、深隐褒贬、"不写之写"、相互比较、诙谐反讽又裹挟同情的深刻敛婉的独特讽刺叙事技法及风格。立足于现实化人物叙描理论，评点家们则以"递入"与"带"、"入情入理"、"白描"与"活画"等术语，来表述人物的连环出场与衔接、人物刻画的传神写生和分寸拿捏技法。评点家们还立足于客厅谈话式叙述论，分别从"借口中转出下文""借口中递入""借口中带出""借口中描摹""口中虚写""借出名字""借闲谈联络""借口中补写前情"与"借其说话、便挽前文""定评借旁人说出""借口省笔墨""绝倒"等多个术语，来挖掘"从口中述出"的"声口"叙述艺术，等等。①

但由于叙述语言代之以白话，现代文学批评得以使用比较准确而科学的批评语言来解释和阐述各种文学现象和文学规律，句法结构趋向严密、完整，意义表达精确、明晰。胡适曾对"白话"的内涵做过界定，指出白话就是"俗话"，"明白而没有堆砌"。② 这种界定是明确的、科学的。实际上，只有当一种概念、一个术语在文学批评的实践中出现后，它才有可能确立自己的位置。胡适对"什么是文学""短篇小说"所下的定义，不仅明确了文学批评的理论术语，同时也界定了文学批评的一些基本文体形式。另外，如"题目""主题""题材""反映""讽刺""自然主义""现实主义""情节""环境""人物""细节""典型""母体（motif）"等西方文学概念以及文学理论术语也都是在具体的批评实践当中被逐渐理解和接受的。

中西批评话语的差异，某种意义上是不同思维模式在文学中的表现。初到美国的胡适已经敏锐地对中西思维上的差异有了明确的认识："今日吾国之急需……有三术焉，皆起死之神丹也：一曰归纳的理论。

---

① 王佳：《〈儒林外史〉评点之叙述学语符系研究》，硕士学位论文，中南民族大学，2018年，第1页。

② 胡适：《答钱玄同书》，《胡适全集》第1卷，安徽教育出版社2003年版，第40页。

二曰历史的眼光。三曰进化的眼光。"① "归纳"被胡适称为"神丹"之一，说明他对中西方的思维差异有比较深切的感受，强烈感受到中国论述体的著述在逻辑思辨与论证方面与西方的巨大差距。

胡适强调说话和写文章要讲求清楚、易懂、平实。胡适推崇的是有条理的、明确的、简练的批评文字，所以他既对诗话、词话和小说评点等传统批评文字过于简短、零散、模糊等特征有所批评，同时也对五四前后的文学批评追求抽象化和概念化的风格表示不满。

胡适清楚地认识到中国的学术研究存在着明确性、系统性、逻辑性方面的不足。他对中国传统思维方式和表达方式的"笼统"和"含混"提出过严厉批评，批评中国古代的书籍没有一部是"著"的，都缺乏条理和系统。② 批评现在很多人写文章喜欢使用一大串的抽象名词，颠来倒去，玩弄概念，就像"变戏法"。有时候用一个抽象名词来指代好几个事实；有时候又用一大串抽象名词来替代思想；有时候在一篇文章里用同一个名词表示"无数的不同的意义"，让读者难以抓住作者的思路。胡适把这样的文风称为笼统和混沌，是"滥用名词"，是中国几千年的文字障的遗毒。在思想上，它所造成懒惰笼统的思想习惯；在文字上，它造成铿锵空洞的八股文章，比如，"色不异空，空不异色；色就是空，空就是色"，等等。③ 胡适认为中国人不擅长归纳、推理和演绎，缺乏逻辑思辨能力，写作时迷信一些空虚的指代不明的大话，热衷于"灵异鬼怪的迷信""漫骂无理的议论""用诗云子曰作根据的议论""把西洋古人当作无上真理的议论"④，认为这些都是逻辑思维训练薄弱的体现。

冯友兰也曾表达过类似的观点。他从学习中国哲学的西方学生那里发现中西方思维习惯的差异。惯于推理和论证的西方学生经常遇到两个困难，除了语言方面的障碍，主要是因为中西方之间在哲学概念的表达方式上存在较为明显的差异，从而给西方学生理解中国哲学概念带来很

① 胡适:《日记》(1906—1914),《胡适全集》第 1 卷, 安徽教育出版社 2003 年版, 第 261 页。
② 胡适:《"研究国故"的方法》,《胡适全集》第 13 卷, 安徽教育出版社 2003 年版, 第 46 页。
③ 胡适:《今日思想界的一个大毛病》,《胡适文集》(11), 北京大学出版社 1998 年版, 第 595—596 页。
④ 胡适:《少年中国之精神》,《胡适全集》第 21 卷, 安徽教育出版社 2003 年版, 第 165—166 页。

大的困难。中国哲学家习惯运用"明言隽语""比喻例证"等形式来阐述自己的思想，所以就导致哲学概念的语言表述"明晰不足而暗示有余"。[①] 蒋梦麟也认为中国人惯常的思维缺乏"精密的系统的训练"[②]。这种印象化的重直觉的思维特征反映在文学批评上，就表现出重视审美经验的捕捉玩味以及主观感受的体验，批评文本逐渐趋向体悟性、印象化的特征，而逻辑性和系统性相对薄弱。

叶维廉认为常见的西方批评文本一般要满足三个基本要求：一是认定作者用意和要旨；二是抽出例证加以组织然后阐明；三是延伸及加深所得结论。"他们依循为严谨的修辞法则，exordium，narratio argumentatio 或 probatio Rebutatio，peroratio 或 epilogue（始、叙、证、辩、结）不管用的是归纳还是演绎，两者都是分析的，都是要把具体的经验解释为抽象的意念的程序。"[③] 叶维廉指出，这种三段论式的论争程序与方法在中国传统的批评文字中非常少见，即使偶尔有之，也往往是片段的，不会是洋洋洒洒、娓娓道来的逻辑分析性的长篇巨制。叶维廉认为胡适的文学批评属于实证批评，注重逻辑思辨，虽然还带有新旧过渡的特征，但已经基本上具备了西方批评的主要特征。叶维廉指出，我们从传统的中国文学批评中所获得的不是"唤起诗的活动"，"意境重造"的批评，而是印象的、"顺口开河"式的批评。因此，胡适高举科学理性的旗帜，发誓要扫除那些"顺口开河"、含混模糊的印象批评。在胡适的推动下，"泰西批评中的'始、叙、证、辩、结'全线登陆，这因为是'矫枉'，所以大得人心，而把是否'过正'的问题完全抛到九霄云外"。[④] 叶维廉认为胡适的做法在新文化运动初期的确必要，因为只有实证、实悟的方法才能发挥批评的功能。

胡适深感中国的书籍缺乏条理性和系统性所导致的写作弊端，所以他强烈主张，无论研究历史、哲学、文学还是政治、社会制度等，都应该先研究其发展演变的历史，找出前因后果以及历史的线索，从没有系统的文学、哲学、政治等文字里边，梳理出条理和系统。

---

① 冯友兰：《中国哲学简史》，北京大学出版社 1996 年版，第 10—11 页。
② 蒋梦麟：《西潮·新潮》，岳麓书社 2000 年版，第 248 页。
③ 叶维廉：《中国文学批评方法论》，《中国诗学》，人民文学出版社 2006 年版，第 3 页。
④ 叶维廉：《中国文学批评方法论》，《中国诗学》，人民文学出版社 2006 年版，第 9—10 页。

因此，胡适特别注重逻辑推理和归纳演绎的思辨方法。胡适曾以自己为例，比较清代学人与西方学者在治学方法上的异同，认为清代学者往往是先收集许多同类的例子，获得"事实"（有效的充分的证据），然后进行比对，找出一个通则（发现规律），这是纯粹的归纳法；但是胡适的方法则更进一步，并不是搜集到所有的材料之后，再去得出结论，而是在找到一定数量的同类材料时，先假设出一种通则或者说一个结论，这是"假设"；之后如果遇到同类的例子，就用已有的假设去解释，看这个结论能否解释所有的材料，这就是"证实"。这样的方法，简言之，就是"大胆的假设，小心的求证"，就是在归纳的基础上再加入演绎的方法，是对传统方法的改进。胡适认为，这种源自西方的演绎方法显然比单纯的归纳法更简洁全面，更容易获得较为正确的结论，也更符合科学的精神 。① 胡适的博士论文《先秦名学史》是这种方法的典型代表。蔡元培为此把该文的研究特点概括为：证明的方法，扼要的手段，平等的眼光和系统的研究，高度评价胡适的哲学论著所体现出来的现代西方思维和科学研究方法。

由此，我们进一步地认识到现代白话文运动的语言变革对中国人的语言和思维所产生的深刻影响，以及对新文化建设的意义。这种影响反映到文学方面，因为语言工具的变革，导致由语言、思维，到概念（术语）、审美观念的连锁变化，从而引起中国传统文学的观念全面革新，也带动了传统文学批评的现代转变。

文言文的写作更重"意合"，较少使用"虚字"，比较适宜于诗化的形象思维和语言的敷陈。白话文因其突出的口语性，从而具有较明显的"叙事"特征，在表达上大量使用副词、介词和关联词、助词等虚词，使得文字表达更加明确和精密。胡适用白话文进行写作（从给韦莲司的信中推测，至少从 1917 年 9 月就开始了，因为胡适是北京大学第一个用白话写作讲义的）②，可以明确界定概念范畴，增强批评文字的逻辑性，强化推理的缜密度和论证的严谨性，使得批评文字的全面

---

① 胡适：《清代学者的考证方法》，《胡适全集》第1卷，安徽教育出版社2003年版，第379—380页。

② 胡适：《不思量自难忘——胡适给韦莲司的信》，安徽教育出版社2001年版，第136页。

性、完整性与系统性得到强化，形成完整的述学式文体。比如篇幅短小的《什么是文学》一文，胡适一开始就明确提出了"文学之所以为文学"的"三个要件"，即"明白清楚""有力动人"和"美"，之后再逐次进行论述，文章层次分明，条理清楚，逻辑性强，有例有证，论证得当，浅显易懂，清楚地对"达意达的好，表情表的妙，便是文学"这一论题进行了充分而准确的阐述。《论短篇小说》（本为 1918 年 3 月在北京大学的演讲稿）全文分三个部分，第一部分是先以西方标准对"短篇小说"的概念进行解释和定义，提出短篇小说是用"最经济"的文学手段，描写"最精彩"的一段，或一方面，努力写出令读者满意的作品，他还以法国作家都德（Daudet）的小说《最后一课》和莫泊桑（Maupa-ssant）的《柏林之围》作为例证，对西方短篇小说的"经济"特征进行具体可感的说明和分析；第二部分"中国短篇小说的略史"，胡适以比较文学的方法，以西方现代的短篇小说的创作方法为标准和参照，对中国古代短篇小说的不足进行分析，指出小说的题材、结构、剪裁以及文字描写等方法都远远不及西方短篇小说；最后一部分胡适以历史进化论的文学观念以及中西方短篇小说的演变历史得出最后的结论，也就是说，社会越发展，文学越发达，文学作品的篇幅和结构就会越来越"经济"。演讲结束时，胡适呼吁大家要向西方文学学习文学观念、经验和技术。全文层次条理清晰，举例中西兼顾，呈现出结构完整、逻辑严密、表述准确的批评风格，堪称标准的三段论式的批评文本，表现出较为突出的现代批评特征，在当时的那个时代是具有较强的示范意义的。

二　批评标准与批评方法

中国传统文学批评有着漫长的发展历史，在这个历史过程中，不仅涌现了大量的文学批评著作，而且自然形成了中国独特的批评标准和批判方法。但胡适认为，与西方成熟而发达的文学批评相比，中国传统的批评标准以及相应的批评还是不够科学。正如前文所述，在作品思想内容的阐释上，传统文学批评也有以"言志"和"载道"为准绳的批评标准，但离现代的标准还有距离和差异。比如，"载道"就比较侧重于反映封建社会的伦理纲常，对普通百姓的平凡生活关注不够，而"言志"也讲抒发个人的人生感慨和个人内心的自省，但离现代的以自我完善为目标的易卜生主义也有差异。在"命意"的解读方式上，喜欢以"微言大义""春秋笔法"的观念进行过度阐释。而在形式标准方面，传统批评也讲究"结构"，"剪裁""描写"的得当和"咬文嚼字"式的语言分析；由于叙事性文体相对不发达，因此这方面的批评也显得薄弱，金圣叹小说点评中的"草蛇灰线法"和"横山断云法"也被胡适称为机械的八股选家的流毒。

为此，胡适认为仅仅有方法是不够的，而是应该有更好更合适的方法，否则就会适得其反，"文史科学和社会科学的错误，往往由于方法的不自觉"。[①] 因此他提倡方法的自觉，就是方法的批评。反映在文学批评上，则是要求选择能够满足需要的科学的方法从事文学批评实践活动。

胡适认为文学批评当然应该注重思想和内容，但也不能忽略对文学作品的"形式"进行批评。思想和情感无论怎么"高远"和"真挚"，如果没有适当的精彩的"形式"去表达，作品也不会获得成功。胡适所说的"形式"包括选材、语言、描写、风格以及"结构"（指"布局"和"剪裁"）等方面的标准。"适以为论文学者固当注重内容，然亦不当忽略其文学的结构。结构不能离内容而存在。内容得美好的结构乃益可贵。"胡适认为二者是互相依存相辅相成的关系，形式不可能脱离内容而存在，内容也不能脱离形式而被表达出来，而合理、精巧的形式能更好地表达作品的内容。

1916 年 6 月胡适就文学批评标准问题与钱玄同进行了探讨，对文学批评标准提出了自己的看法。

胡适评价说，以内容和形式两个标准来看，吴语小说《恨海》《九命奇冤》可称作"全德"的小说，思想和艺术水准都很高，可与《二十年目睹之怪现状》相媲美。称志怪小说《聊斋志异》选择力不够，取材太滥，见识"鄙陋"，还是反映善恶相报的迷信和封建的伦理道德那一套思想。而《七侠五义》虽属二流小说，但"似有深意"，"其书写人物略有《水浒》之遗意"。《镜花缘》因"倡女权说"，因而"寄意

---

① 胡适：《再寄陈独秀答钱玄同》，《胡适全集》第 1 卷，安徽教育出版社 2003 年版，第 35—36 页。

甚远"，在"命意"上还是可以称道的。胡适主张给予《西游记》等神话小说在文学中以应有的地位，因为它能启发读者之"理想"，"全属无中生有，读之使人忘倦。其妙处在于荒唐而有情思，诙谐而有庄意"。

他以"结构"为标准，认为《官场现形记》《文明小史》《老残游记》《孽海花》《二十年目睹之怪现状》等晚清小说都是在"结构"上受《儒林外史》影响的产物，"其体裁皆为不连属的种种实事勉强牵合而成"。"不连属"就是指在结构上没有内在的逻辑关系。各章节之间，无论内容和情节（plot）都没有必然的联系。"合之可至直无穷之长"，分开来则都可以单独成为一篇短篇小说。也就是说，这些小说存在"结构"的缺陷，都不如吴趼人的"经意结构之作如《恨海》《九命奇冤》"。但他认为《二十年目睹之怪现状》也有独特的地方，就是小说采用第一人称的叙事模式，以第一人称"我"作为叙事视角，所以小说中许多看似互不相干的内容都在"我"这个主线条上被互相统合到一起，变为一个整体。这就是，第一人称叙事弥补了小说结构的缺陷。

胡适把《水浒传》《西游记》《儒林外史》《红楼梦》四部明清小说称为文学史上的第一流小说，而把李伯元、吴趼人的小说归为二流。而对《三国演义》，他虽然不赞成罗贯中的历史观，认为作者"过推蜀汉君臣而过抑曹孟德"，但胡适对作者的叙事能力则非常推崇，认为小说能产生天下人都痛恨曹操的"魔力"，说明作者具有突出的叙事能力，文笔也优美。且书中人物、事件纷繁复杂，作者能"从容记之"，展现了罗贯中掌控全局和统合材料的"大才"。所以胡适称《三国演义》"在世界历史小说中也可算得上为数不多的名著"。[①]

但钱玄同坚持以"思想内容"为第一标准，对《水浒传》《红楼梦》《儒林外史》《官场现形记》《孽海花》《二十年目睹之怪现状》等小说评价较高。但与胡适把《金瓶梅》当成海淫诲盗之作一样，钱玄同以小说宣扬了所谓"正统"的历史观念（褒刘抑曹）和忠孝节义等封建伦理为由，贬低《三国演义》，认为《三国演义》之所以流传至今，深受百姓喜爱，不是因为文笔优美，而是因为愚昧的社会心理所

---

① 胡适：《再寄陈独秀答钱玄同》，《胡适全集》第1卷，安徽教育出版社2003年版，第35—37页。

致，也就是老百姓本身就尊崇忠孝节义等封建伦常，爱读《三国演义》也就在情理之中。由此，钱玄同进而认为，《红楼梦》《水浒传》等也是不太适合青年阅读的涉嫌"诲淫诲盗"的"禁书"，担心由于欣赏水平的制约，大部分青年人并不能真正理解小说的"命意"是描写家庭腐败和政府的凶残，而是容易使他们自命为宝玉、武松，"专务狎邪以为情"，"专务'拆梢'以为勇"①。可见，钱玄同更关注文学的教化功能，因此把"思想内容"列为批评的第一要件。比较而言，胡适的批评标准要比钱玄同公允、客观。

在《建设的文学革命论》中，胡适详细论述了西方文学"方法的完备"，认为西方文学是中国文学的榜样，所以提出要大量翻译优秀的西方文学名著，研究西方文学的创作方法和批评方法，要指导创作实践和文学批评。

胡适批评的标准主要是以西方的"材料""命意""体裁""描写"等几个方面来评价文学作品的。"材料""命意"大体可归入内容的范围，胡适还尤其强调对"社会问题"的讨论，"体裁""描写"等则是"形式"方面的标准，其中包括胡适著述里经常使用的"结构""经济""具体""剪裁"等评论作品创作方法的术语。简言之，胡适所实践的批评标准和批评方法是思想性和艺术性并置兼顾的文学性评价，这样的批评方法不仅推翻了历来对于中国古典小说的各种具体评价，而且还从总体上否定了这一套批评的传统和方法。②

先说胡适对文学作品思想内容的批评和分析。如前文所述，胡适的文学倾向是现实主义文学观念和自由主义文学观的结合。前一个观念，他在日记中的"读白居易《与元九书》"和《建设的文学革命论》当中已经作了充分的阐述，而后一个观念在《易卜生主义》中作了专文的介绍。简言之，胡适提倡现实主义是为了反映现实，揭露黑暗，针砭时弊，而提倡自由主义则是为了完善自我，张扬人性，关怀人生。因此，胡适在批评实践中是以现实主义、自由主义文学观念作为评判文学作品的思想标准，最早从理论上界定了"文学是社会生活的反映"这个20

---

① 钱玄同:《钱玄同答书》，载《胡适全集》第1卷，安徽教育出版社2003年版，第50页。
② 旷新年:《胡适文学思想研究》，博士学位论文，北京大学，1996年，第118页。

世纪中国现实主义文学最根本的命题，是现实主义批评和社会历史批评的源头。这两种批评风格在古典小说考证中表现得最为突出。

在考证《红楼梦》时，胡适在考证出作者是曹雪芹之后，判断《红楼梦》是隐去真实姓名的自传体小说，认为小说就是描写了几个封建大家族的衰败和没落的历史。胡适以社会历史批评方法进行解读，认为《红楼梦》只是老老实实的描写这一个"坐吃山空""树倒猢狲散"[1] 的自然趋势，是一部自然主义的杰作。小说里并没有索隐派的红学家所说的那些玄幻奇妙、含沙射影。《红楼梦》的真正价值就在于平淡无奇的现实主义的描写，描写了康熙年间社会生活的风貌，讲述了达官贵人和平民百姓的日常生活和生死爱恋。

评价《镜花缘》时，胡适认为李汝珍是用诙谐的笔调，着重描写了封建社会中女性所遭受的诸多不公平的不人道的待遇。胡适把《镜花缘》当作是一部"讨论妇女问题"的现实主义小说，高度评价李汝珍是"中国最早提出这个妇女问题的人"[2]，关注现实社会中男女不平等的现状，并以"女儿国"作为理想中女权伸张的一个乌托邦[3]。在这样的"乌托邦"里，女性的角色男性化，享有现实当中只有男性才能享有的权利，在各行各业中证明女性的价值，"或兴利别弊，或除暴安良，或举贤去佞，或敬慎刑名，或留心案牍"，甚至辅助明君，安邦定国。[4] 胡适甚至预言小说中"女儿国"的描写将来一定会成为世界女权史上的光辉篇章，小说对女性的贞操、教育、参政权利等问题的见解，也会对将来的妇女解放事业产生深远的影响。[5]

胡适以"有补于世"的传统现实主义观念来看待《儿女英雄传》，评价小说刻画了一个迂腐可笑的八旗老官僚在生活陷入穷苦落魄之际所做的"如意梦"，认为小说虽然不是有意写出的一部讽刺小说，但书中描写了当时的社会风俗和人情世故，给后人留下不少的社会史料。[6]

---

① 胡适：《〈红楼梦〉考证》（改定稿），《胡适全集》第 1 卷，安徽教育出版社 2003 年版，第 578 页。

② 胡适：《〈镜花缘〉的引论》，《胡适全集》第 1 卷，安徽教育出版社 2003 年版，第 712 页。

③ 胡适：《〈镜花缘〉的引论》，《胡适全集》第 1 卷，安徽教育出版社 2003 年版，第 722 页。

④ 胡适：《〈镜花缘〉的引论》，《胡适全集》第 1 卷，安徽教育出版社 2003 年版，第 733 页。

⑤ 胡适：《〈镜花缘〉的引论》，《胡适全集》第 1 卷，安徽教育出版社 2003 年版，第 733 页。

⑥ 胡适：《〈儿女英雄传〉序》，《胡适全集》第 3 卷，安徽教育出版社 2003 年版，第 538 页。

　　《三国演义》虽是老百姓喜闻乐见的古典小说之一，但胡适认为小说过于拘泥于历史，缺乏想象创造力，作者、修改者以及最后的写定者都没有表现出文学家的才能和思想，或者说都没有去努力提高小说的思想性和艺术性，只是用力搜集历史事件的细节，但不善于材料的"剪裁"，因此小说的文学性就大打折扣。但胡适充分肯定了它的教化功能以及读书识字的教科书作用，认为《三国演义》是一部绝好的通俗历史读本，老百姓从中获得了"无数的常识与智慧""看书写信作文的技能"以及"做人与应世的本领"，因为老百姓并不要求从小说中寻求获得高超的见解和文学写作的技能，"他们只求一部趣味浓厚，看了使人不肯放手的教科书"。①

　　《儒林外史》是胡适最先考证的中国古典小说，胡适用力甚多，写出了一万七千多字的作者年谱，以表达对吴敬梓敢于挑战八股选才制度的勇气的敬佩之情。"吴敬梓是一个八股大家的曾孙。"在对科举制度彻底失望和觉悟之后，他就成了"八股国里的一个叛徒"。《儒林外史》"把八股社会的真相、丑态穷形尽致地描写出来"，成为中国文学史上最伟大的讽刺小说。② 对于《水浒后传》，胡适则寥寥数语，认为其是一部作者寄托最深、用力最多的"泄愤之书"。③

　　即便是文学史上评价不高的谴责小说、黑幕小说，胡适也从反映社会现实的文学价值观的角度给予一定的认可。胡适认为讽刺小说降格为谴责小说，表露出"浅薄，显露，溢恶种种短处"，虽然是一种文学的倒退，但能揭示出当时社会的自责和反省态度，倒不失为"社会改革的先声"。在当时那个讳疾忌医的时代，这些谴责小说家敢于描写官场的极端腐败、指斥中国社会的罪恶，确实勇气可嘉，令人尊敬和佩服。④ 为此，胡适称《官场现形记》是"大清官国活动写真"，"一部做官教科书"。⑤

　　胡适在《五十年来中国之文学》（1922 年）中对近五十年来的白

---

① 胡适：《〈三国演义〉序》，《胡适全集》第 2 卷，安徽教育出版社 2003 年版，第 755 页。
② 胡适：《吴敬梓年谱》，《胡适全集》第 2 卷，安徽教育出版社 2003 年版，第 639 页。
③ 胡适：《〈水浒续集两种〉序》，《胡适全集》第 2 卷，安徽教育出版社 2003 年版，第 759 页。
④ 胡适：《〈官场现形记〉序》，《胡适全集》第 3 卷，安徽教育出版社 2003 年版，第 564 页。
⑤ 胡适：《五十年来中国之文学》，《胡适全集》第 2 卷，安徽教育出版社 2003 年版，第 316 页。

话小说做过概括性的评述。他把当时的文学分作北方评话小说和南方讽刺小说两类，认为北方评话小说带有民间文学的性质，以《儿女英雄传》《七侠五义》为代表，以表现为人处世和伦理道德为内容，没有"深刻的见解"和"浓挚的经验"，但小说以语言和技术取胜，基本可以归入平民的消闲文学。而南方讽刺小说与北方评话小说区别较大，比如以《官场现形记》《老残游记》为代表的社会问题小说，多含有讽刺社会和揭露黑暗的意味，作者多为文人，富有思想和经验，但在小说语言上往往逊于北方小说。①

在《追悼志摩》中，胡适认为徐志摩的人生失败是源于他单纯的信仰与复杂的现实世界的深刻矛盾，这个现实世界摧毁了他单纯的信仰。徐志摩就是易卜生的诗剧（Brand）里的那个理想主义者，怀抱着他的理想，在云端高蹈，但在真实的人间处处碰钉子，"碰的焦头烂额，失败而死"。②

《宿命论者的屠格涅夫》一文写于1930年，是胡适一生所写的为数不多的长篇作家论，胡适把屠格涅夫誉为"人性的叙述者"和"时代的描写者"，称屠格涅夫的小说结构严谨，语言幽默。文章从现实主义批评的基调分析屠格涅夫小说所反映的社会现实以及作家对现实和命运的态度。胡适认为，屠格涅夫的大部分创作都有一个永恒的主题，就是追问谁是命运的主宰："谁在主宰人性"，"谁在推动时代"，"又是谁在拨弄时代和人性的关系以及由此造成的人生"。屠格涅夫把这一切都归因于命运或者说是自然，也就是宿命。但屠格涅夫只是一个客观叙述者，他所表现的人性只是他自己所认识的人性，既不评述，也不解释。胡适对屠格涅夫的《猎人日记》《罗婷》《贵族之家》《前夜》《父与子》《烟》《新时代》等作品的思想内容都一一进行了简要的评述，认为每一篇小说都在暗示着一种无法言说的宿命感，比如：《初恋》中父亲和儿子同时爱上一个女人；《春潮》中为了结婚出售房产的人却意外爱上了买房产的人；《贵族之家》中同时爱上一个荡妇的两个人因为荡

---

① 胡适：《五十年来中国之文学》，《胡适全集》第2卷，安徽教育出版社2003年版，第310—311页。

② 胡适：《追悼志摩》，《胡适文集》（2），人民文学出版社1998年版，第505页。

妇的生死不明上演了一幕爱情的悲剧；《烟》中两个旧情人旧情萌发却又饱受恋爱的苦痛。胡适认为，这样的人生，只有命运可以解释："一个一个的时代，向前进的也好，开倒车的也好，逃不了命运的播弄；全人类的生活，都逃不了命运之神的掌握！"①

胡适注重作品的思想性的分析，反感对作品进行主观臆断的附会，主张从文学的本源去解读作品，也就是说，应该坚持文学首先是"人"学的立场。

在《读〈楚辞〉》一文中，他从"谁""《楚辞》是什么？""《楚辞》的注家"以及《楚辞》的文学价值四个部分进行分析，推翻了有关屈原的传说，打破了一切村学究的旧注，努力发掘作品的文学意味，恢复了它的文学价值。② 胡适评价《西游记》就是一部起源于民间、经过了几百年历史演变过程的"传说和神话"。没有什么"微言大义"，也没有什么"春秋笔法"，纯粹是一部饶有趣味的滑稽小说、神话小说，只是带了一点嬉笑怒骂的玩世不恭。③ 胡适批判对《西游记》进行宗教式解读，把它解释为儒、释、道三家的"教义"，但所谓"理学教材""禅门心法""金丹妙诀"等所谓的"微言大义""真诠""原旨"，在胡适看来完全是对作品的一种附会。亚东图书馆出版点校版的《水浒传》等古典白话小说，汪原放第一次"用新标点翻印旧书"，"删去了金圣叹的总评和夹评"，胡适对此大为称赞，"不必看金圣叹脑子悬想出来的'作史笔法'"，"不必去管十七世纪八股选家的什么'背面铺粉法'和什么'横云断山法'"，"让读书的人直接去看《水浒传》"，"自己去研究《水浒》文学"，让读者直面小说"本文"，改变了读者的阅读方式和阅读体验，反映了胡适对中国传统文学批评注重主观感受的批评方式的反思和修正。④

胡适对《诗经》《楚辞》等文学经典的重新阐释不仅践行了现实主义批评观念和批评方法，还古代文学经典以"人学"和"文学"的地

---

① 胡适：《宿命论者的屠格涅夫》，《胡适全集》第 12 卷，安徽教育出版社 2003 年版，第 155—165 页。

② 胡适：《读〈楚辞〉》，《胡适全集》第 2 卷，安徽教育出版社 2003 年版，第 94—100 页。

③ 胡适：《〈西游记〉考证》，《胡适全集》第 2 卷，安徽教育出版社 2003 年版，第 689 页。

④ 胡适：《〈水浒传〉考证》，《胡适全集》第 1 卷，安徽教育出版社 2003 年版，第 479 页。

位，同时也暗藏着一种对话语权力的颠覆，体现了胡适平民主义和人道主义的立场。因为平民百姓没有阐述经典的权利和能力，让《诗经》等文学经典重回人间，某种意义上也是话语权力的获得，使文学真正成为百姓的公共权力，而不再是文人贵族等少数人的私产。正像有的学者指出的："在相当多的情况下，'经'之所以成为'经'，正是阐释的结果。因此，对于经典的阐释活动往往体现着某种权力意识，中世纪也不例外。"①

当然，除了对作品的思想内容进行分析和阐释，胡适也会对作品的艺术进行简略的"评点"，尤其喜欢对作品的"结构""布局""描写"等文学的"技术"问题进行讨论。胡适欣赏《镜花缘》的构思和结构，认为"很有点像司威夫特（Swift）的《海外轩渠录》（*Guilliver's Travels*）"，认为作者想借想象的"海外奇谈"来讥评中国的不良习惯。②

胡适曾从形式标准出发，对中西方作家和作品进行评点。他认为与西方文学相比，中国传统文学在文学体裁上不发达，门类太少。

散文方面，胡适认为中国落后太多，主要是散文门类太少，没有产生伟大的作品。胡适认为中国最优秀的"古文家"充其量也只相当于英国的培根（Bacon）和法国的孟太恩（Montaigne），并认为中国传统散文的"类型"不够丰富，柏拉图（Plato）的"主客体"，赫胥黎（Huxley）等的科学文字，包士威尔（Boswell）和莫烈（Morley）等的长篇传记，弥儿（Mill）、弗兰克令（Franklin）、吉朋（Gibbon）等的"自传"，太恩（Taine）和白克儿（Buckle）等人的史论，等等，"都是中国从不曾梦见过的体裁"。

在戏剧领域，胡适以为，连古希腊戏曲，在"结构"和"描写"方面都"高出元曲何止十倍"，更不要说"近代的莎士比亚（Shakespeare）和莫逆尔（Moliere）"。胡适指出，欧洲六十年来的现代戏剧发展更快，"体裁"也更加丰富，出现了很多不同的戏剧类型，如专门研究社会的种种重要问题的"问题戏"，专以"美术的手段"创作的"言在意外"的"象征戏"（Symbolic Drama），专门描写和剖析各种复杂心

----

① 杨慧林、黄晋凯：《欧洲中世纪文学史》，译林出版社 2001 年版，第 41 页。

② 胡适：《〈镜花缘〉的引论》，《胡适全集》第 2 卷，安徽教育出版社 2003 年版，第 712 页。

理的"心理戏"，以嬉笑怒骂的方式表达"愤世救世的苦心"的"讽刺戏"，等等。诸如此类，都是中国传统文学中没有产生过的、现在应该加以研究和引进的戏剧类型。

欧美近现代小说更是中国传统文学难以企及的领域，"那材料之精确，体裁之完备，命意之高超，描写之工切，心理解剖之细密，社会问题讨论之透切"，"真是美不胜收"。而近百年来创立的短篇小说，更是能以小见大，以"经济"的手段和篇幅，容纳深刻的思想内容，为欧洲文学开创了新文体。①

在《论短篇小说》中，胡适认为陶渊明的散文体短篇小说《桃花源记》在"命题""文字""命意""布局"等方面都很有特点。尤其是在"结构"方面，作者精心构思，使得结构巧妙合理。《孔雀东南飞》《木兰诗》两篇长篇叙事诗则被看作较为优秀的"短篇小说"。②

对语言和结构的评判也是胡适文学批评的一个重要组成部分。胡适认为语言是评判文学作品价值的主要标准。胡适大声地宣告："用死了的文言决不能做出有生命有价值的文学来。"③他不但谴责大部分中国文学遗产，而且从文学的工具论观点出发强调了语言对文学的作用。

胡适认为只有一种足够复杂的叙事结构而不是碎片式的结构才能反映出多层次民族生活的活力。胡适在《论短篇小说》一文中将结构问题理论化，他直接引用了斯宾塞的进化论观点来论述小说的结构，认为经济性是短篇小说的最为重要的特征。作品越"经济"，就意味着篇幅开始缩减，结构开始简化。随着时代的发展，人们就会越重视作品的"经济"性的特质。究其原因，随着生活节奏的加快，人们越来越没有时间和精力去阅读长篇巨制，因此文学的发展开始出现新的趋势，篇幅变得短小，结构也由繁趋简，并预言"写情短诗""独幕剧""短篇小说"三种文体，是世界文学发展的最新趋向。④当然，胡适对进化论的理解是机械的，是不完全符合文学规律的。他还把这观点作为标准，应

---

① 胡适：《建设的文学革命论》，《胡适全集》第1卷，安徽教育出版社1998年版，第66、67页。

② 胡适：《论短篇小说》，《胡适全集》第1卷，安徽教育出版社2003年版，第130页。

③ 胡适：《建设的文学革命论》，《胡适全集》第1卷，上海文艺出版社2003年版，第129页。

④ 胡适：《论短篇小说》，《胡适全集》第1卷，安徽教育出版社2003年版，第136页。

用到对中国古典小说的衡量和评价中去。

胡适的文学评论影响深远。他的著作刺激了关于短篇小说理论的篇幅长度的讨论，其以结构为导向的文学批评引发了后来文学批评中的科学主义倾向。

胡适还注意到叙事性、趣味性和想象力对作品风格的影响。胡适自幼喜欢朱子《小学》里的记述古人行事的部分，通俗易懂，所以"比较最有兴趣"，最爱看因为注文中"有许多神话和故事"，比"四书""五经""有趣味多了"。[①] 他在给《西游记》作序时对《西游记》的成书过程进行了分析，认为唐僧西天取经的故事、无支祁的神话以及猴行者孙悟空的人物形象都是从中国传说或神话里演化出来的，甚至可能是从印度传入或伪托印度神话写成的。[②] 在漫长的演变过程中，佛教徒与民间的文学家们添枝加叶，代之以奇异动人的神话，最后原来的故事就被"完全神话化了"。[③] 因为这种类型的传说故事，在当时的情况下一般不会有大量的定本出现，这就给当时的艺人们留下了不断对故事改写的余地。这些艺人们根据各自的需要和各自的理解，发挥自己的想象力，创作出各种民间传说和戏曲。直到一百多年后，这许许多多的传说和戏曲故事最终由吴承恩作了最后的整理和写定，成为我们所看到的《西游记》。胡适指出，正因为小说中那些神话所带有的风趣诙谐意味，《西游记》才能被誉为世界级的优秀神话小说。总而言之，《西游记》之所以伟大，正是因为它是有"人的意味"的神话。[④]

其次，胡适很重视描写的技术，提倡描写要能具体、简洁、平实，具有表现力。胡适论魏晋南北朝文学时，说郭璞"颇能打破这种抽象的说理，改用具体的写法"。[⑤] 所谓"具体"就是指细节的描写。《华山畿》《杨柳》《奈何许》等儿女艳歌（爱情诗词）"描写的技术高明"，剪裁"经济"，特别是《华山畿》中的三句"未敢便相许。夜闻侬家论，不持侬与汝"，寥寥数语写出了爱情的感伤和无奈，表现出了成熟

---

① 胡适：《四十自述》，《胡适全集》第 18 卷，安徽教育出版社 2003 年版，第 30 页。
② 胡适：《〈西游记〉考证》，《胡适全集》第 2 卷，安徽教育出版社 2003 年版，第 668 页。
③ 胡适：《〈西游记〉考证》，《胡适全集》第 2 卷，安徽教育出版社 2003 年版，第 656 页。
④ 胡适：《〈西游记〉考证》，《胡适全集》第 2 卷，安徽教育出版社 2003 年版，第 686 页。
⑤ 胡适：《白话文学史》（上），《胡适全集》第 11 卷，安徽教育出版社 2003 年版，第 317 页。

而高超的剪裁艺术和白描手段。胡适甚至认为十三或十五个字的小诗有时候比五言绝句更为"经济"和传神,进而赞叹"风吹草低见牛羊"七个字是"神来之笔","朴素"而又"真实!"①

《五十年来中国之文学》中,胡适认为《七侠五义》的思想见解俗陋,但艺术性方面却有可称道之处,特别是对人物性格的描写有不少可圈可点之处,比如白玉堂的气量、蒋平的聪明、欧阳春的镇静、智化的精细以及艾虎的活泼等性格描写都栩栩如生。而《儒林外史》表现出了一定的写实主义精神,书中既没有神仙妖怪,也没有儿女情长,描写的只是世态炎凉的俗世中的生活日常,是难得的社会研究的史料。而艺术性方面,胡适称《儒林外史》《金瓶梅》《红楼梦》三本小说布局尚可,但结构松散,《老残游记》的作者刘鹗擅长景物描写,故小说堪称绝妙的白描美文。②

《〈老残游记〉序》是一篇篇幅稍长的批评文。胡适采用社会历史批评的方法或者说"知人论事"的批评方法对小说的作者、作品的内容思想以及艺术性做了全面的介绍或评价。胡适认为小说的成功之处不在其表达的思想内容,而在于作者所具备的"前无古人"的高超的描写能力,特别是描写景物的能力。称赞作者无论是写人还是写景,都不会使用那些套语滥调,而是努力地"熔铸新词","做实地的描画"。③

吴语小说《海上花列传》也是胡适比较欣赏的白话小说之一。胡适对此作品评价极高,认为小说并不是专供读者消遣的通俗读物,具有"深沉的见解与深刻的描写",是思想水平和艺术水平都很高的文学作品。语言的生动传神、描写的丰富细致以及故事情节的构思和安排都体现出了作者的文学天赋。胡适称小说"读时耐人仔细玩味,读过之后,令人感觉深刻的印象与悠然不尽的余韵",具有鲁迅先生所说的"平淡而近自然"的平实风格,是一般读者难以认可和欣赏的高水平的现实

---

① 胡适:《白话文学史》(上),《胡适全集》第11卷,安徽教育出版社2003年版,第304—305页。

② 胡适:《五十年来中国之文学》,《胡适全集》第2卷,安徽教育出版社2003年版,第311—326页。

③ 胡适:《〈老残游记〉序》,《胡适全集》第3卷,安徽教育出版社2003年版,第585页。

主义作品。①

　　胡适注重对作品的语言描写和表现手段进行评价，是跟他的白话文主张有着密切的关系。胡适认为旧小说在景物描写方面成就不高，其原因，一是相对而言，由于文言文比白话文简约，其写人写景不如白话具体、细致，另外就是过去的文人较少出游，实地考察不够，缺乏生活体验，因此只好闭门造车，从古人那里借用陈言旧语。描写人物时，因为古书里没有现成的可用，他们只好用生活的新词语，对所写人物进行实地描写。但如果是描写景物，老祖宗那里有太多的文辞可以借用，所以他们就毫不犹豫地直接照搬。代代相传，造成了旧小说在景物描写方面一直比较薄弱。胡适认为懒惰是人的本性，所以直接套用文言辞藻总比自己铸造新词语要轻松得多，即便曹雪芹也不例外，比如第十七回贾政和他的儿子们游历大观园的那一段景物描写就是证明。②

三　自觉的比较文学意识

　　胡适学贯中西，他常常以中西比较和参证的方法去阐述相关文学问题，使得他的文学批评理论和实践呈现出强烈的比较文学意识。如前所述，胡适的很多观念留学前就已经萌发，到美国后才又被重新激活。欧洲古典文学的学习重新唤起了他因学习农业而暂时蛰伏的文学兴趣③。胡适在阅读西方文学著作或者观看戏剧表演时，常常会有意无意地进行中西对比，慢慢产生了较为自觉的文学比较意识，加深了他对中西语言文学之间的差异的了解和认识，促使他对中国传统语言文学领域所存在的问题进行重新认识和判断。

　　胡适在长期的文学阅读和写作过程中，自觉不自觉地产生了比较文学的意识，在后来的批评实践中引入了比较文学的理论和方法，尤其注重中西文学观念和文学作品的比较。虽然说中外比较的意识已经是清末民初的留学生们思考和分析问题的常态，但相对而言，胡适的比较文学意识更为明显和自觉。胡适有意识地引进了西方的"比较的文学研究"

---

① 胡适：《〈海上花列传〉序》，《胡适全集》第3卷，安徽教育出版社2003年版，第527页。
② 胡适：《〈老残游记〉序》，《胡适全集》第3卷，安徽教育出版社2003年版，第585页。
③ 胡适：《胡适口述自传》，《胡适全集》第18卷，安徽教育出版社2003年版，第190—191页。

这个术语以及相关概念，认为通过比较文学研究能够促进文学的交流和发展，也有助于加深对文学本质和规律的了解认识，而对当时已经陷入停滞阶段的中国文学而言，则可获得"种种高深的方法和观念"，比如西方的"悲剧的观念"和"文学的经济方法"，对促进中国文学的现代转型提供外部的推动力。① 胡适的批评实践，对比较文学研究中的影响研究、平行研究和阐发研究三种模式都有所涉及，说明当时他对西方的比较文学理论已经有系统的了解和掌握。

胡适对很多文学观念的阐述都运用了平行研究的方法。在论证白话文学观念时，胡适把白话比作欧洲文艺复兴时期的各民族语言，把文学革命比作欧洲文艺复兴运动，把《文学改良刍议》当中的"八条"与意象派诗歌的"六条"进行了比较，认为两者有相似之处。胡适在分析《三侠五义》中的包公奇案的故事来源时，就援引了英国伊丽莎白时代各个戏院的争奇斗巧来推测元代杂剧家的互相竞争；在《致〈晨报副刊〉》中，胡适从小说《人道主义》，谈到苏格兰的《老洛伯》，再到张籍的《节妇吟》，再到《红楼梦》，也属于平行研究的方法。翻检胡适留学日记，我们可以找到大量的中西文学比较的记录。

胡适留学日记里中外对比的例子比比皆是。比如，从"为民请命，义正词严"来讲，《美国独立宣言》是"千古至文"，"吾国陈骆"（陈子昂、骆宾王）难以比肩；从情节和文学语言来比较，以"Romeo and Juliet"与《西厢》为例，认为两者都是"情节殊不佳，且有甚支离之处，然佳句好词颇多"，"其楔子（Prologue），颇似吾国传奇"；论描写和反映社会问题的深度，拿《警察总监》（*Inspector-General*）剧本与李伯元《官场现形记》相比，认为前者"尤为穷形尽相"；论作家对所描写的人物的感情倾注，认为 Ophelia 之角色，"以中国人眼光为之辩护"，"表章甚力"；讨论作家人品，拿培根与战国纵横家比较，认为是"有学而行"，是"小人"；论文学风格，把"Cowboy Songs in American"比作中国的"牧童放牛之歌"。论作品的题材，以《水浒传》与英国罗宾汉小说进行比较，拿《三侠五义》比"福尔摩斯"侦探小说，

---

① 胡适：《文学进化观念与戏剧改良》，《胡适全集》第 1 卷，安徽教育出版社 2003 年版，第 145—147 页。

等等。

胡适留学期间曾发现图书馆藏有"M. Bazin AineDu Halde"、《赵氏孤儿》、"Stanislas Julien、Sir john Francis"、拔残（王国维译名）等英法翻译家翻译的《伧伯梅》《老生儿》《汉宫秋》《合汗衫》《货郎旦》，关汉卿著《窦娥冤》等元杂剧多本。胡适惊叹元代杂剧数量之庞大，"元人著剧之多，真令人叹服。关汉卿著六十种，高文秀三十二种，何让西人乎？元曲之前无古人，有以哉！"高度评价元杂剧的艺术成绩，认为可与西方戏剧相媲美。①

以文言写作的篇幅较长的是他观看戏剧《哈姆雷特》的观后感，里面谈及了《哈姆雷特》与中国传统戏剧在剧本写作和舞台表演方面的异同，其中涉及"布景""唱本""丑角"和"独语""人物性格""哲理语言"等问题。他首先指出，中国传统的"唱剧"有失表演艺术的情理，比如《空城计》，"岂有兵临城下尚缓步高唱之理"，认为《燕子笺》"其局之奇"虽可媲美西方戏剧，但因"以词曲为之"，所以不如西方戏剧精彩，新剧《班末遗恨》也因为"多用唱本"，因此缺乏"说白之逼真动人"的效果，因此，胡适提出用"说白"代替"唱本"，并认为《桃花扇》若能以"说白"表演，则会更加"动人"，更有感染力。另外，胡适还比较了西方戏剧的"独语"（Soliloquy）和中国传统戏剧的"自白"的异同，认为西方的"独语"比中国的"自白""声容都周到"，而中国的"自白"常常"自白姓名籍贯，生平职业"，"冗长可厌"，显得"陋套"，"失真"，因此认为"独语为剧中大忌"，"可偶用不可常用"。另外，胡适对"丑角"在中西方戏剧中的作用给予了肯定，认为其"蠢态可掬，真是神来之笔"，指出其特点是"在俗不伤雅"。②

胡适还专门谈到过不同的比较模式的特征和适用范围。1923 年 4 月 1 日胡适参加中国科学社社友会，讨论河南、奉天两处发现的"石器时代文化"，胡适就"陶器花纹"的问题，发表了自己的看法，在中国比较文学史上较早地提出了"影响研究"（"互相影响"）和"平行研

---

① 胡适：《日记》（1906—1914），《胡适全集》第 27 卷，安徽教育出版社 2003 年版，第 510 页。

② 胡适：《日记》（1906—1914），《胡适全集》第 27 卷，安徽教育出版社 2003 年版，第 197—198 页。

究"（"平行发展"）这两个术语。"袁君与安特森（J. G. Anderson）皆以为古代陶器之有色泽花样的，是受西方文明的影响。我颇不以为然。我以为，与其用互相影响说，不如用平行发展说。"① 胡适明确指出了平行比较的可能性和必要性，认为影响研究可以解释"相似的花与相同的用轮作陶器之法"，但却难以解释中国陶器"独有之空脚鬲"的问题。而运用平行研究的方法就可以弥补这个不足，不仅可以用"有限可能"来解释中西方陶瓷之间的"偶合"，还可以"用独有之样式"（空脚鬲）为其佐证，即既相似又不同，也就是说两者并不是互相影响的关系，而只是有着历史发展的偶然性或必然性所产生的可比性（"耦合"）。

再者是阐发研究。胡适以历史进化的文学观为理论基础，对中西方的文学现象和文学观念进行过分析和论述，进而为新文学的建设提供解决方案，其《历史进化观念与戏剧改良》《论短篇小说》《传记文学》等论著就是新文学发展史上的经典名篇，这些文章某种意义上也可以被视为中国比较文学史草创时期经典的比较文学论著。胡适在《历史进化观念与戏剧改良》（1918 年 10 月）一文中就是利用阐发研究的方法对中西戏剧演变过程中的"遗形物"现象以及悲剧观念等问题进行了充分的论述。

胡适认为，在文学的发展过程中，会产生许多的无用的"遗形物"，也就是历史上曾经使用过但现在已经被淘汰的表演方式，比如西方戏剧中的"和歌（Chrous）""过门""背躬（Aside）"武场；也可以指早就应该淘汰但现在仍在使用的表演方式，比如中国戏剧里的乐曲、脸谱、台步、武把子等。通过对比，胡适认为中国戏剧的守旧性太强，指出只有把这些历史遗留下来的"遗形物"全部淘汰干净，采用西方先进而成熟的观念、方法和形式，中国戏剧才有改良进步的希望。这就属于一种阐发研究。②

在解释西方悲剧观念时，胡适则是以中国"大团圆"的观念与之作对比。胡适指出，在西方，古希腊时期就有了非常成熟的悲剧观念，

---

① 胡适：《日记》(1923—1927)，《胡适全集》第 30 卷，安徽教育出版社 2003 年版，第 1 页。
② 胡适：《文学进化观念与戏剧改良》，《胡适全集》第 1 卷，安徽教育出版社 2003 年版，第 145 页。

产生了厄斯奇勒（Aeschylus），沙浮克里（Sophocles），虞里彼底（Euripides）等悲剧艺术大师。而在中国，悲剧观念极其薄弱，中国文学史里充满了"大团圆"结局的文学，《红楼梦》里的林黛玉与贾宝玉的生离死别和《桃花扇》的侯朝宗与李香君的分道扬镳，只是极少的例外。究其原因，胡适认为，除了"团圆"观念的根深蒂固，还与中国文学家的"脑筋简单，思力薄弱"有关。胡适指出，要想消除这种"大团圆"的观念，创作出耐人寻味、让人感动、引人反省的小说戏剧，就要引进并学习西方的悲剧观念。①

胡适很早就注意到外国文学对中国文学的影响问题。胡适1914年11月5日的日记里就有他对中国神话"月中玉兔"中"玉兔"来源的思考，认为"玉兔"在西汉时期本为"蟾蜍"，由嫦娥化身而来，后由于受到印度神话影响，才"以兔易蟾蜍"而且"婆罗树易桂树"，也是源于印度思想的影响。② 胡适的影响研究内容涉及西域文化、佛经翻译以及佛教文学对中国古代文学的影响。

虽然中国历史上与日本、韩国、越南等周边国家文化交流频繁，但胡适认为中国传统文学所受到的外来影响主要源自西域和印度。在六朝至唐代的三百多年的时间里，西域（中亚细亚）各国的音乐、歌舞、戏剧等文学艺术大量传到中国，比如龟兹乐，如"拨头"戏等就是从西域传入的。传统戏剧中的很多乐器，也是来自西域，尤其是"胡琴"，更是家喻户晓。唐宋以来的词曲所受的影响更为明显，比如《伊州》《凉州》《熙州》《甘州》《氐州》等，从取名上就能判别是从西域传入的曲调。③

胡适认为，总体来看，在中国文学的发展过程中对中国影响最深最广的是印度的佛教和佛教文学。尤其是6世纪以后，中国文学逐渐开始接受佛教文学的影响，从而使得中国文学出现了较大的变化，给中国文

---

① 胡适：《文学进化观念与戏剧改良》，《胡适全集》第1卷，安徽教育出版社2003年版，第139—144页。

② 胡适：《日记》（1906—1914），《胡适全集》第27卷，安徽教育出版社2003年版，第541—542页。

③ 胡适：《文学进化观念与戏剧改良》，《胡适全集》第1卷，安徽教育出版社2003年版，第145页。

学增添了无数的"新意境""新文体""新材料"。① 其影响主要表现在三个方面：

一是中国传统文学在骈丽浮靡的鼎盛时期，维祇难、竺法护、鸠摩罗什等人的佛经翻译，给中国文学带来了一种"但求易晓，不加藻饰"的朴实平易的白话文体。这种文体虽然在当时影响不大，但却提升了中国白话文学的地位，对唐代以后的文学产生了较大的影响，而佛寺禅门也由此变成了白话文与白话诗的重要场所，扩大了民间文学的来源，丰富了民间文学的内涵。

二是佛教文学极富想象力，对于缺乏想象力的中国古文学有着很大的解放作用，比如《西游记》《封神演义》等就受到了佛教文学的较大影响，是作者想象力丰富之后的产物，并认为中国古代浪漫主义文学也受到印度佛教文学影响。

三是印度文学比较注重布局、结构等文学形式。《普曜经》《佛所行赞》《佛本行经》《须赖经》《维摩诘经》《思益梵天所问经》都是小说体、半小说体以及半戏剧体的作品，有一定的文学性。这些文体形式的作品常常采用一种"悬空结构"对作品进行布局和剪裁，有较强的叙事性。这种叙事文体的输入，对中国文学中的重抒情轻叙事的倾向起到了一定的平衡、弥补作用，对后代弹词、平话、小说、戏剧的发展都产生了直接或间接的影响。同时，佛经的散文与偈体夹杂使用，形成一种说唱形式的文艺类型，对后来的文学体裁的演变产生了影响。②

胡适的比较文学研究意识还包括其跨学科的研究视野和研究方法。胡适的学术研究视野开阔，中国传统的经史子集，西方的哲学、政治、经济、文学、语言、教育等各方面都有所涉猎，学术修养深厚，这就容易使其文学批评不仅仅局限于使用文学领域的各种研究方法，而是还注意从社会学、伦理学、心理学、考古学等角度去进行跨学科的阐释和分析，发现作品的价值和意义，比起主要从"文以载道"或者"经世致用"的立场去解释作品的传统文学批评显然更为合理更为现代，阐释

---

① 胡适：《白话文学史》（上），《胡适全集》第 11 卷，安徽教育出版社 2003 年版，第 345 页。

② 胡适：《白话文学史》（上），《胡适全集》第 11 卷，安徽教育出版社 2003 年版，第 375—376 页。

力更强。当然，这种跨学科批评视野是源于他所接受的西方思想和学术训练。对《诗经》等古代经典的研究，胡适提倡要回归文学的本源，"撇开一切《毛传》、《郑笺》、《朱注》等等"① 汉儒和宋儒所作的解经式的解读，先要用比较归纳的方法弄懂《诗经》的文字和文法，然后才能领会和理解作品的内容以及所表达的思想感情。他强调读者要细细涵泳原文，要搜集尽可能多的各个学科的参考材料，以备比较，同时要储备一些民俗学、社会学、文学、史学、心理学等学科方面的知识。材料越丰富，视野越开阔，方法越严谨，得出的结论才会越可信。可见，胡适这种跨学科的研究意识和研究方法仍然来自他对于科学精神和科学方法的提倡和推崇。

胡适对传统批评中把《诗经》解释为以雅言传述、以达上听的"美刺""讽喻"之作的"批评"不以为然。认为明明就是一首男女恋歌，俗儒们却故意说是歌颂谁，讽刺谁的"美刺""讽喻"之作，俨然把《诗经》当成了一部宗教的教义，与欧洲中世纪的教会解读《旧约全书》几乎如出一辙。欧洲中世纪教会的教士或学者为了不违背神学教义，对《旧约全书》中许多的诗歌和男女恋爱的故事进行穿凿附会的解释。② 但五四时期已经是一个讲科学的时代，胡适主张从事文学批评的人要多预备一些其他学科的知识，比如人类学、考古学、文法学、文学校勘学、伦理学、心理学、数学、光学等，越多越好，越精越好，然后才能具备几副好"眼镜"，给我们提供看问题的多重工具。③ 胡适说，如果有了上述的学科知识，我们再来看《诗经》《墨子》，就比以前容易懂了。倘若研究一点文学以后去看，就能全明白了。④

从某种意义上讲，胡适的比较文学意识是源自其历史进化的文学观，是对其历史观念论的补充和丰富，使他对文学的理解和认识更加全面、公允和科学。胡适坚信，从历史的角度看，文学大都起源于民间，所以《诗经》就是当时的民间文学，应该把它还给西周、东周的无名诗人们。胡适推崇民间文学，认为今天的民间歌谣，将来或许也有

---

① 胡适：《谈谈〈诗经〉》，《胡适全集》第 4 卷，安徽教育出版社 2003 年版，第 612 页。
② 胡适：《谈谈〈诗经〉》，《胡适全集》第 4 卷，安徽教育出版社 2003 年版，第 604 页。
③ 胡适：《胡适演讲录》，河北人民出版社 1999 年版，第 3 页。
④ 胡适：《〈国学季刊〉发刊宣言》，《胡适文集》（3），北京大学出版社 1998 年版，第 11 页。

《诗经》的荣誉和地位。

胡适坚持认为，对每个时代的文学进行评价一定要结合当时的历史语境，要回到生活和文学本身，综合当时的政治制度、风俗习惯以及作者的个人经历对作品进行评判，否则就很难得出公正客观的结论，就会走进死胡同，其结果就是"多诬古人而多误今人"。胡适痛批"汉儒解经之谬论"，认为诗是"天趣"，"本乎天性，发乎情之不容已"，因此他要"推翻毛传，唾弃郑笺，土苴孔疏"，有意造"今笺新注"……①在《论小说及白话韵文——答钱玄同》中，胡适进一步批评腐儒解经式的文学批评的危害，"后之腐儒，不明时代之不同，风尚之互异，遂想出种种谬说来解《诗经》。诗之真价值遂历二千余年而不明，则皆诸腐儒之罪也"。他举白居易的《琵琶行》为例，认为这只是一首写实主义的诗，但"腐儒"们不理睬历史的观念，不知道社会风俗的变迁和演变，以今日之风俗推旧日之风俗，认为朝廷命官断不可能深夜登上有夫之妇之舟，并张筵奏乐。因而，得出结论：《琵琶行》是一部寓言。但恰恰相反的是，唐代的民风已经非常开化，并没有说明"深夜不能登妇人之舟"的禁忌。胡适感叹腐儒之可笑，"不知唐代人士之自由，固有非后世腐儒所能梦见者矣"。②

第三节　汇通中西与中国古典小说考证

五四新文化运动时期，科学和民主两面旗帜的树立引发了中国社会思想和文化的激烈震荡。提倡科学，反对迷信，使得整个社会掀起了崇尚科学主义的浪潮。作为文学革命的发起人之一，胡适对科学精神的提倡则更是不遗余力。胡适把科学精神当成发现问题、解决问题的法宝，也是构成他个人思想观念的一个重要组成部分。无论是科学的人生观的提倡，还是国故整理运动的发起，都能看到科学主义的影子。具体到文学批评上，则表现为对中国古典小说的考证。胡适考证中国古典小说，

---

① 胡适：《日记》(1906—1914)，《胡适全集》第27卷，安徽教育出版社2003年版，第129页。

② 胡适：《答钱玄同书》，《胡适全集》第1卷，安徽教育出版社2003年版，第39—40页。

一方面是为了提升白话文学的地位，重新评估传统文化，另一方面就是为了提倡科学的研究方法，追求科学精神。他的考证文字中，中国传统的宋明理学观念、乾嘉朴学传统、西方进化论、科学主义、实证主义等思想和方法的烙印非常鲜明。胡适因此指出，整理国故，必须采用现代的新学术新方法才有可能取得成绩。

胡适的朴学修养和治学功底非常深厚。梁启超（1920 年）在综论清代考据学时，曾对胡适的治学方法和成绩给予高度评价："绩溪诸胡之后有胡适者，亦用清儒方法治学，有正统派遗风。"① 但由于受到西方相关哲学理论和历史学方法的影响，他的批评实践与中国传统文人比较起来则处于更加优势的地位。胡适一方面承载着古代中国最优秀的古典思想系统，另一方面对这一古典系统进行现代化改进，使之能够充分满足现代中国之需要。

一　科学主义与社会历史批评

如前所述，胡适的文学批评研究涉猎范围较广，贡献良多。但成就和影响最大的则还是对《红楼梦》等明清古典小说所做的一系列考证工作以及撰写的一系列考证文字。这些考证文字形式上可分为两种：一是作序，可称之为社会历史批评，既继承了古代"文以载道"的现实主义传统，也吸取了圣伯夫、丹纳一派近代西方的社会历史批评理论，思想上要求作品以反映现实为准绳，技术上则关注作品的构思和描写。二是对版本和作者的考证，体现出科学的学术精神和学术规范。

首先是唯科学观念的影响。西方近现代的科学思想和技术进步对清末民初的中国产生了巨大的冲击和深远的影响。胡适曾说，最近三十年来，科学观念已经深入人心，已达至尊无上的地位。无论懂与不懂，守旧或维新，有一个名词谁都不敢公然表示轻视或戏侮的态度，"那个名词就是科学"。② 西方的坚船利炮不仅轰开了清王朝闭关锁国的大门，也唤醒了中国社会的科学意识。抱着"科学救国"和"实业救国"的理想，鲁迅、周作人、郭沫若、郁达夫、田汉、张资平、成仿吾、丁西

---

① 梁启超：《清代学术概论》，朱维铮校注，复旦大学出版社 1985 年版，第 6 页。
② 胡适：《〈科学与人生观〉序》，《胡适全集》第 2 卷，安徽教育出版社 2003 年版，第 196 页。

林、洪深等一大批现代作家很多都有着"科学"的背景,他们早年都在欧美或日本学习过医学、物理、数学、陶瓷工程、土木工程等专业,而胡适在美国开始学的也是农学。① 从中,我们可以看出清末民初中国社会对科学的向往和追慕的时代缩影,也反映了西方近现代科学技术的发展对中国社会的巨大感召力和压迫力。五四前后,陈独秀对"德先生"与"赛先生"的鼓吹,就是要以西方科学思想和西方人文主义精神作为思想武器,批判和改造中国社会和中国文化。吴稚晖、李石曾在《新世纪之革命》(1907 年)一文中把"科学公理之发明、革命风潮之膨胀"看成 19—20 世纪人类之特色和"社会进化之公理"。如果以宽泛的意义去理解,近现代中国发生的新文化运动等各种文化变革都可以当成追求科学精神的一种外在表现,从而导致中国现代思想史上"唯科学主义"观念盛极一时。② 胡适感叹西方科学方法的巨大威力,坚信用科学方法来进行中国的社会科学和人文科学研究一定会取得惊人的成绩,"一个格林姆(Grimm)便抵得许多钱大昕、孔广森"。对瑞典学者珂罗倔伦(Bernhard Karlgren)用西方语言学理论所做的中国音韵学研究表示震惊,几年的研究成果就可以推倒自顾炎武以来中国学者三百多年的纸上工夫。③ 正是西方的科学知识和研究方法的掌握,才使得胡适能摒弃"古人注疏的成见",对近两百年来,中国学者在训诂学和校勘学上研究的成果尽量加以利用,并能真正了解古代典籍的原意。④

胡适受其父亲和家乡私塾教育的熏陶,早在青少年时期就接受了程颐、朱熹一派新儒学的影响,尤其是对新儒学"格物穷理"的科学精神和治学态度十分崇敬。⑤ 上海求学时,胡适就曾运用英文的《格致读本》(The Science Readers)里的"一点点最浅近的科学知识"作了题为"论性"的演讲,那是他第一次"用科学证明了王阳明的性论"。⑥ 胡适回忆说,朱熹"学原于思"的思想使他十几岁时就能明白思想方法的

---

① 刘为民:《科学与中国现代文学》,安徽教育出版社 2000 年版,第 25 页。
② 郭颖颐:《中国现代思想中的唯科学主义》,江苏人民出版社 1995 年版,第 131 页。
③ 胡适:《治学的方法与材料》,《胡适全集》第 3 卷,安徽教育出版社 2003 年版,第 142 页。
④ 胡适:《胡适口述自传》,《胡适全集》第 18 卷,安徽教育出版社 2003 年版,第 286 页。
⑤ 胡适:《胡适口述自传》,《胡适全集》第 18 卷,安徽教育出版社 2003 年版,第 26 页。
⑥ 胡适:《胡适口述自传》,《胡适全集》第 18 卷,安徽教育出版社 2003 年版,第 63 页。

重要性，使他的思想走上了赫胥黎和杜威的路①。胡适认为赫胥黎强化了自己的"怀疑"精神，而杜威教会了他如何"思想"。胡适说得很清楚，他的"思想"的方法和怀疑的精神是中西结合的产物，宋明理学是固有的基础，而赫胥黎和杜威则使其"更上层楼"。

留学期间，美国的科学进步和社会繁荣对胡适的刺激和鼓舞更加深刻而具体。他呼吁加强中国的科学教育，多学习自然的知识与技术，不能走只钻故纸的"死路"②。他提出用西方的科学技术来建设国家，振兴教育，扫除愚昧，消除贫困，用机械来征服自然，提升物质水平，经营商业、办理工业，整理国家政治。③ 深感提倡科学精神的紧迫性和必要性，胡适与赵元任、任鸿隽等一批留美学生在美国创办了《科学》杂志。可见，科学知识和科学精神对留美中国学人有巨大感召力。大致来说，科学精神在胡适的文学研究工作中的表现主要有以下几个方面：

胡适在某种意义上把包含文学在内的人文社会科学也当成了有生命力的生物，认为科学也是美的，"有诗意"。现代科学知识结构以及所秉承的现代科学精神，使得胡适的文学观念呈现出较为强烈的科学主义色彩。在《论短篇小说》一文中，胡适就曾用树的"横截面"来比喻短篇小说要描写的"事实中最精彩的一段或一方面"④；而在《治学的方法和材料》中，胡适则引用水的分解、伽利略的重力试验等为例来说明科学方法对于研究的重要作用。这些反映了胡适推崇科学的唯科学主义倾向。⑤ 胡适还对中西三百年的科学进步进行比较，认为中国的近代学术多是"纸上的工夫"，而西洋学术则是"自然科学"的运用。⑥ 也就是说，中国近代以来在自然科学上的落后，也影响了社会科学和人文科学的发展，究其原因，研究方法的陈旧和落后也是主因之一。

西方实用主义哲学观念和方法对胡适产生了深刻的影响。正是胡适有着对科学精神的崇拜和进化论的信奉，胡适才选择接受了杜威的实用

---

① 胡适：《胡适口述自传》，《胡适全集》第18卷，安徽教育出版社2003年版，第76页。

② 胡适：《治学的方法与材料》，《胡适全集》第3卷，安徽教育出版社2003年版，第114页。

③ 胡适：《请大家来照照镜子》，《胡适文集》（4），北京大学出版社1998年版，第28页。

④ 胡适：《论短篇小说》，《胡适全集》第1卷，安徽教育出版社2003年版，第125页。

⑤ 胡适：《治学的方法与材料》，《胡适全集》第2卷，安徽教育出版社2003年版，第137—138页。

⑥ 胡适：《治学的方法与材料》，《胡适全集》第2卷，安徽教育出版社2003年版，第140页。

主义哲学思想。在胡适看来，由于科学的进步，人类对客观世界的理解和认识也发生了深刻的转变。这种转变反映到实用主义哲学上，就产生了两个最根本的观念，一是科学实验的态度，二是历史的态度。

但由于深受中国传统考据学影响，在胡适眼里，无论是在技术层面、制度层面还是在思想层面，西方实证主义/实用主义的科学精神都能在中国传统思想里找到"对应物"，即他无上推崇的"新儒学"程朱一派的学说，因为新儒学的"格物致知"的求真求实精神就是科学理性的体现。胡适不同意梁启超的主张，即近三百年来科学、精密、细致的传统考证学是由 17 世纪西洋天主教、耶稣会教士带到中国的，而是认为是宋代以来早期考据学逐渐演变的结果。胡适的证据是：虽然顾亭林、阎若璩都出生于利玛窦来华之后，但他们的考据学都有自己的来历与师承，与来华传教士关系不大。胡适进而认为，十六七世纪之后，由于天才的出现，书籍便利，学问发达，传统考据学也因此臻于完善和发达。①

胡适追溯传统考据学的起源，认为研读古书用考证之法，始于韩愈、柳宗元，宋代学者如欧阳修、苏轼、王安石、沈括、赵明诚、洪迈等人都有考证的精神，但"最重要的方法论实在要算程朱一派的'格物穷理论'"。胡适把中国两千多年的文史之学"经学"，看成了一种方法上的学习与训练，把王充、张衡、郑玄、刘熙、杜预、郭璞等人推为考证学的远祖。② 当然胡适也认识到中国传统"格物致知"与西方实证主义方法论的区别，认为中国三百年来的考证学方法虽然是科学方法，但主要是运用在文字书体上，没能运用在"自然界的实物上"，所以没能产生严格意义的自然科学。③ 胡适指出中西方在学术研究上的科学方法差异，源于研究材料的性质之差异。用在中国古代经史典籍研究中的科学方法，最后形成了科学的考证学（汉学，朴学）；而用在自然科学实验中的方法，则产生了自然科学。比如自宋代朱熹开始，中国就已经产生了"穷理""格物""致知"的学问，在八九百年的发展过程中，

---

① 胡适：《考证学方法之来历》，《胡适全集》第 13 卷，安徽教育出版社 2003 年版，第 129、133 页。

② 胡适：《日记》（1931—1937），《胡适全集》第 32 卷，安徽教育出版社 2003 年版，第 163—264 页。

③ 胡适：《考证学方法之来历》，《胡适全集》第 13 卷，安徽教育出版社 2003 年版，第 135 页。

中国确实没能形成自然科学的方法。

在具体的批评实践中，胡适把中西方的各种研究方法融合在一起，尤其是把西方的进化论、实用主义等哲学观念和哲学方法吸纳进清代朴学的考据学中，借以完善中国传统的治学方法。胡适不无惋惜地说，中国历史上也曾有过科学的辉煌历史，很多读书人都致力于"格物穷理"，但终因没有自然科学的理论和方法，以至于最后停滞不前，走向没落。"即物穷理"不久就变成了"读书穷理"。① 1917 年 2 月他在给郑莱的信中曾说："以往的思想来自虚空，来自'精神的世界'，今后，思想应该来自实验室。"② 胡适认为"学术上的改革，新科学的提倡"，"是返老还童最强而有效的药针"，"能加强和充实新生命的血液"。胡适把实证主义哲学方法运用到文学和学术领域，用历史进化论研究文学，提倡文学改良。实证主义作为胡适研究文学的方法和态度，主要体现在小说和白话诗的创作以及整理国故等方面。

其次，是西方校勘学的学术训练对胡适的深刻影响。胡适对中国古典小说的版本以及作者的考证，在考证的具体方法上，除了受传统考据学和西方哲学的影响，西方版本学和校勘学的理论修养和学术训练也发挥了重要的作用。这种修养和训练补充完善了中国乾嘉朴学的考证体系和考证方法。多年后胡适对这一段学习经历依然记忆深刻，对康奈尔大学的布尔（G. Lincoln Burr）教授使他在语言学、校勘学、考古学以及高级批判学（Higher Critisism）（《圣经》及古籍校勘学）等"历史的辅助科学（Auxiliary Science of History）"方面的"获益"充满感激，而哥伦比亚大学的乌德瑞（Frederick J. Woodbridge）教授则教给胡适历史哲学或者说是高级批判学的观念。在胡适看来，"那些都是近年来西方对古籍研究的新发现"③，比中国同类的方法更完善更科学。1916 年 12月 26 日胡适在日记里说他治理中国古籍，是"盲行十年"。到美国之后，"始悟前此不得途径"。如今才"力屏臆测之见"，每立一说，必求其例证。④ 这篇札记就是约翰·浦斯格（John P. Postgate）对《大英百

---

① 胡适：《中国再生时期》，《胡适全集》第 13 卷，安徽教育出版社 2003 年版，第 153 页。
② 胡适：《日记》（1915—1917），《胡适全集》第 28 卷，安徽教育出版社 2003 年版，第 520 页。
③ 唐德刚：《胡适杂忆》，广西师范大学出版社 2005 年版，第 298 页。
④ 胡适：《日记》（1915—1917），《胡适全集》第 28 卷，安徽教育出版社 2003 年版，第 490 页。

科全书》(*Encyclopedia Britannica*)第十一版所写的"版本学"概念所作阐释的中国版本,是对王氏父子考证学的完善和科学化,是对中西校勘学理论和方法的融合和创化。①

胡适认为,与西方校勘考据学相比,中国传统考据学虽具有格物致知的科学精神,也注重收集材料,但相比于作为近代欧美"新产儿"的现代西方科学考据,显得论证不够,证据与结论之间缺乏充分的演绎或归纳的"证",即"吾国就理论但有据而无证"。胡适说:"证者,根据事实,根据法理,或有前提而得结论(演绎),或由果溯因,由因推果(归纳):是证也。"② 当然,中世纪的欧洲也经历过这样的过程,"凡《新旧约》之言","《创世记》云","皆作为理论之前提"。胡适批评说,现在的政论家或批评家与前人说话写文章喜欢引"诗云""子曰"一样,"动辄引亚丹斯密、卢骚、白芝浩、穆勒以为伦理根据者",但都只是引用名人名言作为理论前提,并没有实际的经验或事例可作证据,是经不起科学的检验的,实在"荒谬不合论理"。胡适指出,"欲得正确的理论须去据而用证"。③

毫无疑问,这些西方理论加深了胡适对科学研究的基本步骤的了解,帮助他对考据学、考证学、音韵学等中国传统学术和史学家的治学方法进行深入的思考。胡适所处的那个时代,几乎没有人会想到把西方现代的科学法则与中国传统的考据学、考证学会有相通之处,而他正是第一个说这句话的人。他之所以能够想用西方的研究方法对中国传统的考据考证之学进行现代改造,就是因为有杜威哲学思想和方法的启发和影响。④ 他始终强调考证是对赫胥黎和杜威的思想方法的实际应用,胡适强调:"莫把这些小说考证看做我教你们读小说的文字。"⑤

因此胡适极力提倡向西方学习科学的研究方法。胡适说:"我们讲到考证学,讲到方法的自觉,我提议我们应参考现代国家法庭的证据法

① 胡适:《胡适口述自传》,《胡适全集》第18卷,安徽教育出版社2003年版,第282页。
② 胡适:《日记》(1915—1917),《胡适全集》第28卷,安徽教育出版社2003年版,第239页。
③ 胡适:《胡适书信集》(上),北京大学出版社1996年版,第178页。
④ 胡适:《胡适书信集》(上),北京大学出版社1996年版,第268页。
⑤ 胡适:《介绍我自己的思想》,《胡适全集》第4卷,安徽教育出版社2003年版,第672—673页。

（Law of Evidence）。"他以西方现代法律上的"证据法"的种种规定来要求考证学上的材料搜集和使用，可见其对材料的可靠性和论证的严密性的"苛求"。正是看到中西方在科学精神和科学方法方面有着一致的追求，他把赫胥黎所提倡的存疑主义与费氏父子的存疑主义连通在一起，认为他们要能够冲破西方神学与中国玄学的圈套，以科学的方法进行"实学"的研究。①

另外，胡适的文学研究还受到了西方实证主义批评观念的影响。19世纪欧洲出现的实证主义文学批评模式起源于17世纪意大利哲学家维柯的《新哲学》的批评思想，其批评方法注重材料的搜集和考证。维柯曾运用社会学当中的最新的古希腊研究和荷马研究的成果，对《荷马史诗》中的主人公进行了全新的分析，突破了原有研究模式和研究方法的局限，从而发现了"真正的荷马"，开创了把文学批评和时代背景联系在一起进行综合考察的批评方法。实证主义的文学批评的另一个来源是以孔德、穆勒、斯宾塞为代表的英美实证主义哲学。实证主义哲学关注可感知的事实而不是观念，凡不是可感知的可考证的知识都被认为不可靠的。实证主义把文艺作品的创作看作种族、时代和环境的反映，从而形成了文学批评上的社会历史批评流派，其代表人物是圣伯夫和丹纳。

圣伯夫（Charles-Augustin Sainte-Beuve）的文艺思想深受孔德的实证论影响，把实证论应用于文学批评，认为文学批评工作和采集植物标本相似，是在不同作家的作品中"采集标本"，发掘和研究有关文学家、文学史的"确实的""实证的"事实，"以间接方式来揭示那隐藏着的诗或创造"，宣称要做精神的"博物学家"，写出文学的"自然史"，他认为文学现象是作家个人性格、气质、心理特征的反映，主张从作家的个人条件去解释作品。他把文学与历史和传记联系起来，认为文学是社会和历史的记录和反映，与历史、民族、宗教、法律、风俗等因素息息相关，反对所谓"标准"的文艺批评，推崇传记批评，从而确立起法国近代文学批评的基础。② 圣伯夫还注意到作家和作品的关

---

① 胡适：《费经虞与费密》，《胡适全集》第2卷，安徽教育出版社2003年版，第81页。
② 俊仁：《文学批评家圣佩夫评传》，《中外文学关系史资料汇编（1898—1937）》（下），广西师范大学出版社2004年版，第622页。

系，认为一个作家会有他自己的"人物""情节""结局""风格""句法"和"字汇"等特征。读者和研究者只要了解了作品的"传记性"特征，就能判断出作品的作者。因此，即使遇到一部匿名的作品（当然是已经形成风格的成名作家），内行的批评家也能基本上判断出作品的作者，如果他经验足够丰富，感觉灵敏，甚至还有可能推测出作品的创作时代以及作家创作该作品的创作阶段。①

丹纳（H. A. Taine）是圣伯夫的学生，更侧重于分析环境对作家和作品的影响，主张在历史环境中探讨如作者的祖先、信仰、趣味、社交圈、人生经历、人种和作品所属流派等外部因素与作家作品的关系，提出了文学取决于种族、环境、时代三要素的社会历史批评观念，对后世产生了较大的影响。②

在批评观念和具体的批评方法上，胡适明显受到了圣伯夫、丹纳的社会历史批评理论的影响。胡适 1914 年 6 月 30 日的日记曾提及在美国购买丹纳《英语文学史》（"History of English Literature"）之事③，在《建设的文学革命论》中，也谈及丹纳《艺术史》。④ 胡适在留学期间阅读了大量的西方传记作品，也接触过美术史和美术哲学，对西方艺术史多有了解。同时，圣伯夫的传记批评、丹纳的社会历史批评与中国孟子所说"以意逆志"和"知人论世"的批评传统有着相通之处，因而使胡适能够将这些中西互通的批评观念进行比照并为其所用。可以这样说，胡适在古典小说考证中，其考证勘辨的内容跟上述丹纳提到的各项观念是相似的，或者说是相通的。胡适甚至用社会历史批评的方法来评判时代潮流。在《四论问题与主义》一文中，胡适在讨论某个"主义"是否应该提倡时，曾详细列举了要仔细考虑和评估的各种因素：

当 日 的 时 势		政 治 上 的 影 响
论 主 的 才 性	主 义	社 会 上 的 影 响

---

① ［法］丹纳：《艺术哲学》，傅雷译，天津社会科学院出版社 2004 年版，第 8 页。

② 伍蠡甫主编：《西方文论选》，复旦大学出版社 1984 年版，第 214 页。

③ 胡适：《日记》（1906—1914），《胡适全集》第 27 卷，安徽教育出版社 2003 年版，第 345 页。

④ 胡适：《建设的文学革命论》，《胡适全集》第 1 卷，安徽教育出版社 2003 年版，第 66—67 页。

古代学说的影响　　　　　　思想上的影响

同时思潮的影响　　　　　　他项影响①

　　胡适在论及中国缺乏长篇故事诗以及南北方文学风格的差异等问题时，就是根据环境、时代和人种的因素来进行论述的。胡适认为中国文学史上故事诗（Epic）不发达，尤其缺乏长篇故事诗，主要原因大概是中国古代的先民朴实而不富于想象力。因为从生存环境上说，他们生活在温带与寒带之间，大自然所能给予的馈赠远远比不上南方，因此需要努力奋斗，不能像热带民族可以懒洋洋地睡在棕榈树下"白日见鬼，白昼做梦"。② 恶劣的自然环境使得古代中国先民把更多的时间和精力用于获取生存的保障，而无暇顾及文学的想象和创造。

　　胡适还以民族性（"人种"）来解释中国传统文学缺乏想象力的问题："像印度人那种上天下地无拘无束的幻想能力，中国古代文学里竟寻不出一个例。（屈原、庄周都还不够资格!）"在胡适看来，即便是《孔雀东南飞》那样的长篇叙事诗也是以写实性的叙述为主，几乎看不到超自然或超时空的丰富想象力。"这真是中国古文学所表现的中国民族性。"胡适高度评价印度人的幻想文学之输入对提高和丰富中国文学所缺乏的想象力所起到的重要作用，认为与明代的《西游记》《封神传》相比，中古时期的神仙文学（如《列仙传》《神仙传》）简直就是"简单"和"拘谨"，关键原因就在于前者深受印度幻想文学的巨大影响，想象力更加丰富。③

　　魏晋南北朝割据时期的南北方民间文学在风格上存在着截然不同的特点，胡适认为这是由环境和性格造成的。江南地区旧有的吴语文学多是描写缠绵婉转的恋爱，而北方的新民族大多尚武好勇，因此其创造的文学自然也会受到这种气质的影响。④ 比如《日出东南隅》应该是南方的故事诗，而《秦女休（行）》则可能是北方杀人报仇的女英雄歌。《孔雀东南飞》是南方的故事诗，《木兰诗》便是北方代父从军

①　胡适：《问题与主义》，《胡适全集》第 1 卷，安徽教育出版社 2003 年版，第 358 页。

②　胡适：《白话文学史》（上），《胡适全集》第 11 卷，安徽教育出版社 2003 年版，第 276 页。

③　胡适：《白话文学史》（上），《胡适全集》第 11 卷，安徽教育出版社 2003 年版，第 371 页。

④　胡适：《白话文学史》（上），《胡适全集》第 11 卷，安徽教育出版社 2003 年版，第 300 页。

的女英雄歌。① 这就是以民族性格的差异来分析文学风格的差异，而性格的形成又是在环境中完成的。

胡适以"天才"与"环境"的关系来论述陶渊明的诗在六朝文学史上的革命性贡献。他认为陶渊明之所以能够扭转建安以后的文学风气，扫除辞赋化、骈偶化、古典化的文学流弊，主要是因为当时已经出现了平民文学发展的环境。所以陶渊明的语言确是民间的语言，而天赋的渊博学问和哲学思想又能深化作品的意境，克服当时清谈玄理的风尚，写出清淡平视的自然主义诗作。"所以他尽管做田家语，而处处有高远的意境；尽管做哲理诗，而不失平民的诗人。"胡适得出结论，陶潜的诗就是他的才能才情与环境的自然结果，而不是一般所认为的那样，是受到了"拙朴类措大语"的应璩的影响。②

前人也曾提出过时代、环境等要素对文学发展的影响。《汉书·地理志》《文心雕龙》等古代史书和文论中，也曾提及过山川地理对语言、文学的影响。刘师培曾专门写过《南北文学不同论》③，他从先秦一直说到清代，强调地理条件和自然环境的不同对文学发展的影响。

上述所及，并不是说中国传统文论中完全没有类似的关于时代、环境、人与文学关系的论述，只是相对而言，传统文论中的相关描述不够系统，也没有产生广泛的影响。中国传统文论更多的是强调经济、政治和文化传统方面的各种因素对文学的作用和影响。魏征在《隋书·文学传序》中对南北文学思想鲜明对立的情况曾做过概括性的分析："江左富商发越，贵于清绮；河朔词义或刚，重乎气质。气质则理胜其词，清绮则文过其意，理深者便于时用，文华者宜于咏歌。"魏征认为"南朝重文，北朝重质"，其主要原因是文化中心的南迁、北方的贵族和文人都移居到南方的结果，正所谓"过江名士多于鲫"。④ 也就是说，经济的繁荣、商业的发达以及贵族文人南迁所带来的文化氛围，促使南朝的文学形成了一种有别于北朝文学的明丽清绮的风格。

关于《孔雀东南飞》创作时间的确定，胡适是以"时代"的文学

---

① 胡适：《白话文学史》(上)，《胡适全集》第11卷，安徽教育出版社2003年版，第308页。
② 胡适：《白话文学史》(上)，《胡适全集》第11卷，安徽教育出版社2003年版，第320页。
③ 刘师培：《刘申叔遗书》，江苏古籍出版社1997年版。
④ 张少康：《中国文学理论批评发展史》，北京大学出版社1995年版，第277页。

风尚为根据来解释的。胡适认为《孔雀东南飞》大约产生于 3 世纪，而曹丕的《典论》、刘勰的《文心雕龙》、钟嵘的《诗品》等魏晋宋齐好几代的文学批评论著都没有提及，其原因就是当时的文学风气的影响，因为《孔雀东南飞》"质朴""土气""俚俗"的白话风格不受当时正统文学界的欢迎，"因为太质朴了，不容易得当时文人的欣赏"。魏晋之后的文人文学渐渐趋向形式化，用词绮丽，讲究声律和对偶。到了齐梁之际，隶事（用典）之风盛行，声律之论更密，文人的注意力投入到"平头，上尾，蜂腰，鹤膝"种种把戏上去，因此写作文学批评的人，很少愿意去赏识民间的通俗文艺。胡适最后得出自己的结论，《孔雀东南飞》之所以没有被《文心雕龙》《诗品》和《文选》收录，就是因为他的风格太朴实了，不符合当时文坛风气，直到 6 世纪的下半期才被徐陵所编《玉台新咏》采录，也是情理之中的事。①

文学的"时代性"观念也就是文学的进化观念，就是说文学所表现的思想、道德以及审美标准都会因时代而变化。在分析作品时，胡适认为不能完全以今人的眼光评判优劣，而是要回到历史的语境中去理解和认识，这样才能做出公正合理的解释。比如，钱玄同批评罗贯中"写刘备成一庸懦无能的人，写诸葛亮成阴险诈伪的人"，胡适认为，这样的人物描写与性格塑造与作者的思想和才能并没有太多的关系，"乃其所处时代之影响也"。胡适对附会的批评提出了批评，春秋时代男女自由恋爱并不是什么伤风败俗的事情，但历代之"腐儒""不明时代之不同，风尚之互异"，想象出很多荒谬的理由去解释《诗经》，为此《诗经》的文学价值和历史价值长期以来一直不为文学史所重视，也得不到真正的理解和认识，"皆诸腐儒之罪也"。② 胡适在留学期间，曾经对道德的变迁有过这样的认识："古代所谓是者，今有为吾人所不屑道者矣。""不特时代变迁，道德亦异也。"③ 秉承道德变迁的观念，胡适认为白居易的《琵琶行》就是一首普通写实的诗，而朝廷命官深夜登有夫之妇之舟张筵奏乐也只是当时的风俗，并不是像专事附会的腐

① 胡适：《白话文学史》（上），《胡适全集》第 11 卷，安徽教育出版社 2003 年版，第 296 页。
② 耿云志、欧阳哲生编：《胡适书信集》（上），北京大学出版社 1996 年版，第 115 页。
③ 胡适：《日记》（1906—1914），《胡适全集》第 27 卷，安徽教育出版社 2003 年版，第 240 页。

儒所说是"美刺"之寓言。由此推论，《金瓶梅》自然是 16 世纪中叶极具社会历史价值的自然主义文学，而周秦诸子，希腊诸贤，释迦牟尼诸人，无论其思想观念如何不符合当今的伦理道德，如何有违后来的进化学说，"而其为纪元前四世纪至六世纪之哲人之价值，终不贬损丝毫也"。①

前文所述，在《宿命论者的屠格涅夫》和《评胡思永的诗》等论著中，胡适运用的也是社会历史批评的方法，通过对屠格涅夫和胡思永的身世和思想的分析来把握作品的内涵和意义，这也符合中国传统的"知人论世"的批评观念。

由此可见，胡适的文学批评方法既继承了中国考据学特别是乾嘉学派的传统，也汲取了西方考据方法、实用主义哲学方法、实证观念和社会历史批评的方法，融合创化，形成了自己的风格，具有强烈的科学批评和历史批评特征，从而超越了中国批评传统，具有明显的现代意识。

二　中西考据学的融合与小说考证

唐德刚曾说，把小说当成一项严肃的"学术主题"来研究，在中国实始于胡适。② 作为提倡白话文学的历史依据以及国故整理工作的学术研究示范，胡适对《红楼梦》《水浒传》《西游记》《儒林外史》《三国演义》《镜花缘》《海上花列传》《老残游记》等古典白话小说进行了考证式批评。其中最突出的成绩是对《红楼梦》的考证，其特点是知人论世，注重版本史的考证。胡适的考证方法比乾嘉学派的考据学有了较大的改进和完善。乾嘉学派的考证学重在"据"的搜集和整理，而少"证"的严密和规范，而胡适的考证既讲"据"也讲"证"；另外乾嘉学派的"据"主要重"经学"，是以传统的经史典籍为"据"，胡适则打破一切，"大胆假设"，"小心求证"。面对众说纷纭的"红学"观点，胡适把考证工作的突破点确定为对作者的考证。胡适发现，《红楼梦》长期以来之所以容易被人穿凿附会，是因为历来的研究都忽略

---

① 胡适：《答钱玄同书》，《胡适全集》第 1 卷，安徽教育出版社 2003 年版，第 48 页。
② 胡适：《胡适口述自传》，《胡适全集》第 18 卷，安徽教育出版社 2003 年版，第 412 页。

"作者之生平"这个大问题。因此，他相信，要推倒"附会的红学"，就必须尽力搜求那些记录与考定《红楼梦》的著者、时代、版本等的材料。①

胡适根据中国古典小说的两种不同的主要类型——历史小说和个体作家创作的小说，分别运用了不同的考证方法。前者如《水浒传》《三国演义》《西游记》《三侠五义》等，是采用历史演变法，也就是探寻到它的原始形式，然后把那些民间艺人对之改编改写的长期发展过程仔细梳理清楚②，而后者则是指《红楼梦》《儒林外史》和《儿女英雄传》等小说，运用的是作品的版本和作者身世的考证方法。

历史演进法是顾颉刚在研究中国上古史时提出来的一种观念和方法，认为中国的古史是"层累地造成的古史"，这种观念和方法被胡适赞为"是今日史学界的一大贡献"。③ 这种研究方法经过胡适的概括和改造，逐渐成为一种具有普遍意义的方法，胡适自己就曾用此方法研究过井田制度的问题，认为井田制起初只是由孟子虚构出来的，连孟子自己都没有说清楚，但经过后人不断的演绎，才越说越完整，越说越周密。④ 胡适对顾颉刚的方法归纳如下：（1）根据材料出现的时间顺序，把跟史事有关的相关说法排列出来；（2）研究各个时代对这件史事的看法和认识；（3）研究这件史事的演进过程：比如它是怎么样由简单形式变为复杂形式，由"陋野"风格变为"雅驯"，由只流传于地方（局部的）变为流行于全国，由神变为人，由神话变为史事，由寓言变为事实，等等；（4）如有可能，解释每一次演变的原因。⑤ 胡适形象地把这样的考证方法称为"剥皮主义"⑥，并自觉地把它运用到了古典小说的考证上去。

为了更形象地阐释历史小说的演进模式，胡适用"箭垛式的人物"来对应"层累法"所做成的结果。而对"箭垛式的人物"的阐发，胡

---

① 胡适：《跋〈红楼梦考证〉》，《胡适全集》第2卷，安徽教育出版社2003年版，第742页。
② 胡适：《胡适口述自传》，《胡适全集》第18卷，安徽教育出版社2003年版，第402页。
③ 胡适：《古史讨论的读后感》，《胡适全集》第2卷，安徽教育出版社2003年版，第104页。
④ 胡适：《〈三侠五义〉序》，《胡适全集》第2卷，安徽教育出版社2003年版，第489页。
⑤ 胡适：《古史讨论的读后感》，《胡适全集》第2卷，安徽教育出版社2003年版，第105页。
⑥ 胡适：《古史讨论的读后感》，《胡适全集》第2卷，安徽教育出版社2003年版，第104页。

适借用了"主题"（motif）这一西方比较文学的概念。通过这种互相发明和互相证实，胡适使中国古典小说的研究与西方文学研究连接起来，并建立起独特的学术范式。胡适解释说：

> 传说的生长，就同滚雪球一样，越滚越大，最初只有一个简单的故事作个中心（Motif）……后来经过众口的传说，经过平话家的敷演，经过戏曲家的剪裁结构，经过小说家的修饰……内容更丰富了，情节更精细圆满了，曲折更多了，人物更有生气了。①

比如说，"包公"是个"箭垛式的人物"，是无数个"主题"（motif）同为"包公"的不同传说经过层层积累而成的，或者说像箭一样的不同传说射到"包公"这个"箭垛"式的人物形象身上而造成的。当众人对中国传统历史小说的作者和版本等问题众说纷纭、莫衷一是之时，胡适从西方借来"母体"概念，从历史学借来"层累的历史"之观念，以校勘为主要手段，仿佛找到了一把钥匙，打开了迷宫的大门，驱除了迷雾，还历史以本来面目。

胡适最早进行考证研究的古典小说是《儒林外史》，并写成了《吴敬梓（1701—1754）年谱》。

他考证的第二部古典小说是明末金圣叹评点的《水浒传》，时间是1920 年 8 月。胡适对金圣叹尊崇白话文学的观念极为赞赏，因为金圣叹认为《水浒传》具有与《史记》《国策》等文言文学一样的文学价值。但在胡适看来，由于历史的局限，金圣叹的批评方法在今天无疑是迂腐的，是一种文选家的批评，把"《水浒》凌迟碎砍"，变成"十七世纪眉批夹注的白话文范"。② 因此，胡适舍弃了金圣叹对文本进行细致而烦琐的读者指南式的批评方法，代之以科学实证的方法对作者和版本进行严谨的考证，以西方的标准对小说进行文学性的评价。胡适反感中国史家所谓的"作史笔法"以及"咬文嚼字"的评文，认为中国人心里的"史"的观念一直难以摆脱"寓褒贬，别善恶"的"《春秋》

---

① 胡适：《〈三侠五义〉序》，《胡适全集》第 2 卷，安徽教育出版社 2003 年版，第 489 页。
② 胡适：《〈水浒传〉考证》，《胡适全集》第 1 卷，安徽教育出版社 2003 年版，第 475 页。

笔法"流毒。指出金圣叹《水浒传》评点深受《春秋》之"微言大义"的毒害,因此其评点文字中充满了极其迂腐的议论,"不但有八股选家气,还有理学先生气"①,阻碍了他对小说作出公允的符合作品实际的评价。

为此,胡适带着自己的"历史癖"和"考据癖",对小说做出了详尽的训诂学和校勘学的汉学考证工作。他认为《水浒传》是流传于南宋初年到明朝中叶的"梁山泊故事"的集大成者,是历史演进而成的"梁山泊神话"。胡适说,"简单一句话,我想替《水浒传》做一点历史的考据",对《水浒传》进行科学的实证批评,为"《水浒》专家们"的研究开辟一个新方向,打开一条新道路,发掘一个新领域。②

胡适还把《水浒传》与西方的小说进行对照,认为《水浒传》显然是发源于 11 世纪一篇描写三十六条好汉的故事,"其发展的过程,和中古欧洲那种'罗宾汉'浪漫故事的发展大致是一样的"。英国的罗宾汉传奇是以民谣的形式,在民间口述文学中代代相传,并被不断地修改。从故事可能的最初原型开始起到现在,罗宾汉传奇基本上都属于民间集体创作。胡适认为,虽然 17—19 世纪中又出现了 15 部描写罗宾汉绿林好汉的小说和故事,但基本上都是以古代民谣为原型进行的整理性创作。③ 可见,胡适是从英国罗宾汉的浪漫故事的演变过程中发现了中西方历史小说的相通之处,使他能够对中国历史小说的起源等问题进行重新审视,启发了他对中国古典小说的研究。

《西游记》与此相似,也有起源于史事,经过五六百年的民间流传,逐渐被神话化,终被一位"放浪诗酒,复善谐谑"的大文豪写定。④

在《三侠五义》的考证中,胡适把包龙图比作英国的歇洛克·福尔摩斯,都是一个箭垛式的人物,是由历史上各自不同的折狱故事中的许多人物形象经过多次的整合而演变出来的,因此也就容易把这些故事情节堆放在一两个人的身上,只是这些故事或载于史书,或流传

---

① 胡适:《〈水浒传〉考证》,《胡适全集》第 1 卷,安徽教育出版社 2003 年版,第 478 页。

② 胡适:《〈水浒传〉考证》,《胡适全集》第 1 卷,安徽教育出版社 2003 年版,第 480 页。

③ 杨士虎:《英国的绿林英雄和中国的梁山好汉》,《兰州大学学报》(外国语言文学专辑) 2000 年。

④ 胡适:《〈西游记〉考证》,《胡适全集》第 2 卷,安徽教育出版社 2003 年版,第 689 页。

民间，一般人不知道他们的来历而已。这样的一两个人就是胡适所说的箭垛式的人物。胡适之所以把包拯当作像福尔摩斯那样的一个箭垛式的人物，是因为民间的各种传说从公案类的故事人物中选取了包拯作为为民申冤的清官的代表，使得包拯成为一个箭垛，然后再把许多折狱的奇案都投到他的身上。① 也就是说，包公的形象是公案类小说中许许多多秉公执法的判官的集合体，是综合了很多"包青天"类的人物而形成的，而许许多多故事也是属于所有"包青天"们的。包拯成了民间故事中所有清官的化身，成了半人半神的能够附着各种奇案故事的"箭垛"。

胡适考证的第二类古典小说是带有作者自传性质的小说。胡适把这类小说称为个体作家创作的小说，如《儒林外史》《红楼梦》《儿女英雄传》和《老残游记》等。这种小说都是作家个人的独立创作，其成书过程以及作品所反映的思想内容都与历史小说有所不同。对这种类型的小说，胡适运用的是一般历史研究的方法，在各种传记性的资料里找出该书真正作者的身世、社会背景以及生活状况。

其中，对《红楼梦》的考证是这一类小说考证的代表，胡适也因此建立起了"新红学"。在《〈红楼梦〉考证》中，胡适开门见山，首先指出了"红学"研究中存在的突出问题：一是材料太少，《红楼梦》的考证难以取得突破；二是很多研究不去搜求那些可以考定《红楼梦》的著者、时代、版本等材料，而是对《红楼梦》里的故事情节进行多方求证，所做的批评文字显得零碎繁琐。② 所谓"附会"式的研究指的是以王梦阮、蔡元培和钱静方为代表的"索隐"派的红学研究。王梦阮认为《红楼梦》"全为清世祖与董鄂妃而作"③，蔡元培则认为是"清康熙朝的政治小说"④，而钱静方等人则主张"《红楼梦》记的是纳兰性德的事"。

---

① 胡适：《〈三侠五义〉序》，《胡适全集》第 3 卷，安徽教育出版社 2003 年版，第 472 页。
② 胡适：《〈红楼梦〉考证》（改定稿），《胡适全集》第 1 卷，安徽教育出版社 2003 年版，第 545 页。
③ 胡适：《〈红楼梦〉考证》（改定稿），《胡适全集》第 1 卷，安徽教育出版社 2003 年版，第 545 页。
④ 胡适：《〈红楼梦〉考证》（改定稿），《胡适全集》第 1 卷，安徽教育出版社 2003 年版，第 548 页。

胡适《红楼梦》考证工作取得突破的转机，是 1922 年发现了曹雪芹友人敦诚的长篇诗文集《四松堂集》抄本。胡适觉得抄本比刻本有用，记录了刻本中没记载的曹家的事情。胡适考证曹雪芹的身世，得到顾颉刚、俞平伯的协助，找到了曹雪芹祖父曹寅的资料。①

胡适以严谨的科学考证的方法，把红学研究的重心集中于"著者"和"本子"两个问题上。胡适知道要真正推倒"附会的红学"，就必须搜求到那些记录了有关《红楼梦》的作者、时代、版本等相关信息的史料。他认为长期以来《红楼梦》一书容易被人穿凿附会，就是因为"作者之生平"这个大问题一直没有得到解决，没有公认的结论。② 通过对袁枚《随园诗话》、俞樾《小浮梅闲话》、曹寅《楝亭诗钞》《江南通志》《上元江宁两县志》、杨钟羲《雪桥诗话》、敦诚《四松堂》和雍正《珠批谕旨》等众多材料的交互比对和勘证，对于曹雪芹的生平，胡适给出了令人信服的结论：

（1）《红楼梦》的著者是曹雪芹。

（2）曹雪芹是汉军正白旗人，曹寅的孙子，曹颙的儿子，生于富贵之家，有文艺天赋，诗画俱佳，与八旗名士曾有往来。后家道中落，生活失意，堕入纵酒放浪的生活。

（3）曹寅死于康熙五十一年。曹雪芹生于此时，或稍后。

（4）曹家极盛时，至少四次接驾，后因亏空获罪被抄没，家渐衰败。

（5）《红楼梦》一书应是曹雪芹家道中落，生活陷入困顿之后的创作，创作年代大概在乾隆初年到乾隆三十年左右，书未完而早逝。

（6）《红楼梦》是一部隐去真事的自叙：里面的甄、贾两宝玉，即是曹雪芹自己的化身；甄、贾两府即是当日曹家的影子（故贾府在"长安"都中，而甄府始终在江南）。③

---

① 胡适：《胡适口述自传》，《胡适全集》第 18 卷，安徽教育出版社 2003 年版，第 411 页。

② 胡适：《跋〈红楼梦考证〉》，《胡适全集》第 2 卷，安徽教育出版社 2003 年版，第 742 页。

③ 胡适：《〈红楼梦〉考证》（改定稿），《胡适全集》第 1 卷，安徽教育出版社 2003 年版，第 578 页。

鲁迅曾指出:"《红楼梦》乃作者自叙,与本书开篇契合,其说之出实最先,而确定反最后。"① 这里肯定了胡适的贡献。其实,对作者生平的考订实际上暗含着对中国传统的"知人论世"批评方法的继承。"知人论世""以意逆志"② 是自孟子以来中国传统的一种理解和分析作品的方法。这种方法注重从总体上探求作者的创作意图,对作品的内容进行客观公正的评价,而非对作品进行断章取义式的理解。作者的身份得到确认,作品的思想内容也就更容易得到准确的理解。胡适对《红楼梦》考证,使人多少有些豁然开朗,打破了"索隐"派的迷雾,为"红学"的研究开辟了新的空间。胡适最后总结说,他在写这篇文章时,"处处想撇开一切先入的成见,处处存一个搜求证据的目的,处处尊重证据,让证据做向导,引我到相当的结论上去"。胡适希望他的《红楼梦》考证能够引起学界研究《红楼梦》的兴趣,能把将来的《红楼梦》研究引上正当的轨道上去,打破从前种种穿凿附会的"红学",创造科学的《红楼梦》研究。③ 这就是胡适古典小说考证的意义所在。

胡适还以同样的方法考证了《儿女英雄》和《老残游记》,认为这两本小说同样都是带有自传性质的小说,但写作的方法和目的却大不一样。曹雪芹勇于暴露和描写他家庭的罪恶,而刘鹗却不愿意写其家庭没落的原因,还要费尽心思,竭力描写出一个理想的圆满的家庭。曹雪芹写的是他的家庭的影子;文铁仙写的是他的家庭的反面。④ 胡适对《老残游记》作者的确定,是拿罗振玉撰写的传记与《老残游记》一一对照之后的结论,认为小说里描写的老残就是刘鹗自己的经历。⑤

古典小说考证是整理国故的一个重要的组成部分,并产生了广泛的影响。胡适以历史考证的方法考证中国古典小说,形成了自己的学术研究风格,建立起了现代的学术研究范式。特别是对《红楼梦》的考证,

---

① 鲁迅:《中国小说史略》,《鲁迅全集》第8卷,人民文学出版社1959年版,第196页。

② 《孟子》,上海古籍出版社2001年版,第31页。

③ 胡适:《〈红楼梦〉考证》(改定稿),《胡适全集》第1卷,安徽教育出版社2003年版,第587页。

④ 胡适:《〈儿女英雄传〉序》,《胡适全集》第3卷,安徽教育出版社2003年版,第533页。

⑤ 胡适:《〈老残游记〉序》,《胡适全集》第3卷,安徽教育出版社2003年版,第571页。

影响了俞平伯等很多后起之秀，形成了《红楼梦》研究的新派别，也即是后世所称的新红学。周汝昌对此有过公正的评说。他说，清代对《红楼梦》研究不可胜数，无论是题咏、随笔、批点还是专著，其性质都不外乎随感、议论、欣赏、赞叹，都是主观性较强的赏析性文字，与学术性研究还有着根本的区别。而真正能够称得上学术意义上的"红学"研究是从胡适写作《〈红楼梦〉考证》开始的。①

胡适对中国古典小说的考证提升了小说考证工作的学术价值和学术地位，使它能够"与传统的经学、史学平起平坐"②，推行一种科学的治学方法。胡适是为"学术而学术"而整理国故，考证古典小说；通过小说考证，达到破除迷信，"解放人心"的思想革命的目的。胡适国故整理的"捉妖""打鬼"目的，在古典小说的考证上得到了体现。③

同时，他从古典小说考证出发，再次证明了白话小说有资格享有与诗词歌赋同等的文学地位，提升白话文学特别是白话小说的地位。"这些小说名著便是过去几百年，教授我们国语的老师……因为这些小说名著已经把这种活的文字的形式统一了，并且标准化了。"④ 胡适考证古典小说之时，白话文运动已经展开，此时需要有人拿出真正的白话作品示人，而当时的白话小说创作，除了鲁迅等人不多的几篇小说，如《狂人日记》，真正的大量的白话小说创作还没有到来。因此，胡适不仅要重写文学史来证明白话文学的正统地位，而且着手评点中国古典小说，以扩大白话文学的影响。

综上所述，从批评思维、批评话语、批评标准、批评方法以及对中国古典小说的考证实践等方面来看，胡适在这些方面所受的西方影响是整体性的融会贯通式的。这其中，既有白话文写作的潜移默化的现代性呈现、哲学思维的长期历练，也有对科学主义、实证主义、西方校勘学等思想以及实证主义批评模式的认同和吸取。胡适的文学批评，概括起来说，粗浅但相当有启发性，简约但又相当周全。无疑，胡适为现代

---

① 周汝昌：《还"红学"以学》，《北京大学学报》1995 年第 4 期。

② 胡适：《胡适口述自传》，《胡适全集》第 18 卷，安徽教育出版社 2003 年版，第 399 页。

③ 周质平：《胡适与现代中国思潮》，南京大学出版社 2002 年版，第 213 页。

④ 胡适：《胡适口述自传》，《胡适全集》第 18 卷，安徽教育出版社 2003 年版，第 398 页。

批评提出了一系列空前的课题和范式，他不仅推翻了历来对于中国古典小说的各种具体评价，而且还从总体上否定了这一套批评的传统和方法。①

---

① 旷新年：《胡适文学思想研究》，博士学位论文，北京大学，1996 年，第 118 页。

余 论

　　至此，本书已经就胡适的白话语言观、白话文学观、现实主义文学倾向和文学批评等最主要的文学思想进行了论述，分析了其文学思想中中西方文学资源的成分构成以及相互交织和融合的基本特征，对胡适1917—1937年文学思想的萌生、发展到最后形成的过程以及总体面貌作了较为细致的描述。但仍然有些问题，比如胡适对西方资源之选择的内在心理模式、对西方相关概念的"误读"以及胡适在文学革命中的"叙述策略"等没有涉及，或者只是顺便提及，没能展开讨论，这当中的原因主要是文章结构安排的限制。这些总论性的议题很难放在之前的各个章节里进行阐述。但这些议题对于进一步认识胡适文学思想中的中西资源的继承和借鉴问题，仍然有着较为重要的补充作用。为此，结语部分我们尝试对胡适吸取西方文学资源的心理模式、文学革命的叙述策略、运作策略等相关问题进行力所能及的说明和评述。

一 "冲击—反应"说还是"中国中心"说？

　　唐德刚曾说，从整体上看，胡适对西洋文明的吸收和对中国文化传统的继承，大概是三七开。也就是，胡适的思想言行、立身处世，大致是"三分洋货，七分传统"。[①] 这里说的不仅是胡适的思想，还有他的为人处世，但不管怎么样，这都说明了胡适的思想和情怀与传统文化密不可分，并不属于当时为人所诟病的"全盘西化"的人。

　　这种评价实际上牵涉胡适文学思想中中西方资源的"成色"问题，也就是说胡适的文学思想哪些是中国的，哪些是西方的，这在前文已经

---

①　唐德刚：《胡适杂忆》，广西师范大学出版社2005年版，第54页。

有所介绍。下面是想再谈一谈胡适在借鉴西方资源时的文化心态和借鉴模式问题。

要讨论这两个问题，我们首先应该弄清楚他倡导文学革命的最终目的是什么。我们认为，胡适的最终目的不仅是中国文学的变革和转型，也是建设现代国家和现代文明。由于许多人倾向于以欧洲文艺复兴时期的文化革命来理解中国 1917 年的文学革命，因此常常把后者称为新文化运动、新思想运动或新潮。但实际上文学革命与新文化运动是互相关联但又互不相同的两个概念。更准确地说，文学革命应该被当作新文化运动的一个阶段、一个部分。认识到这一点，有助于我们更加深入地理解胡适文学革命的方方面面。

首先是胡适对语言革命的激进态度与中国文化的现代化有着内在的联系。在以文言代替白话的问题上胡适比历史上的任何人都更激进，这是中国文化革命的前提。也就是说，如果在社会的主要领域继续使用文言文，那么不管胡适如何推动白话文的使用，其结果可能是晚清白话运动的继续，也更谈不上中国文化传统的嬗变和现代化。

胡适倡导文学革命的终极目标是实现中国思想文化的现代转型。面对千疮百孔的中国社会和暮气沉沉的中国传统文化，作为有使命感的知识分子，胡适一直在努力思考的是如何借鉴西方文化，并以历史观念和西方文化来剖析中国，在继承中国传统和吸收西方有益资源的基础上，实现中国文化的"文艺复兴"，重建中国的现代文明，因此，胡适所有的努力都是为新的中国"造因"。1917 年，胡适留美回国在上海登岸，闲来无事去逛书店，发现书店书很少，不仅中文书籍少，英文书籍也少得可怜。书店里只有一些莎士比亚的《威尼斯商人》《麦克白传》，阿狄生的《文报选录》，戈司密的《威克斐牧师》，欧文的《见闻杂记》，以及狄更司、司各脱、麦考来等欧洲近代作家的书，19 世纪的欧美著作极少，而且还跟欧美的新思潮没多大关系。胡适感叹道：

> 我们的目的在于输入西洋的学术思想。所以我以为中国学校教授西洋文字，应该用一种"一箭射双雕"的加法，把"思想"和"文字"同时并教；例如教散文，与其用欧文的《见闻杂记》，或

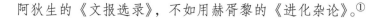

阿狄生的《文报选录》，不如用赫胥黎的《进化杂论》。①

　　胡适认为学习外国语言文学，不仅是学习一种外语，欣赏一篇文学作品，还要接受或评判其中所传递的思想和文化，为再造中国文明创造"新因"。正如胡适所说，文学革命运动采用了一个很简单的口号叫"白话"：写白话，用白话做文学。简单地说就是"白话"两个字，说得详细一点就是用五个字，叫作"汉字写白话"。② 可见胡适已经清醒地意识到言语体系的更替对文学和文化的关键性意义。

　　胡适之所以以语言革新为突破口，是因为只有把白话文推到语言交际和文学创作的主导地位，中国才能快速地迈上"现代化"的道路，才能普及教育，发展科学，建设新文学和新文化。普及教育是建设国家的前提，而这个前提又是以白话文确定为国语作为前提的。胡适曾说过，没有某些"必要的前提条件"，无论是帝制还是共和都不能拯救中国。而这个"必要的前提条件"就是大众的启蒙教育。严复把大众的启蒙称为"开民智、鼓民力、新民德"，而胡适则冠名为"创造新原因"，即"造因"。胡适早在留学时期就表示，归国之后但求以一张苦口、一支秃笔，专心从事于社会教育，以为百年树人为己任。1917 年，26 岁的胡适受聘为北大教授后，积极推动"文学革命"，提倡易卜生主义，整理国故，张扬实验主义，与陈独秀一起领导和发动五四新文化运动，这些应该都是他曾经"设计"的事业蓝图的重要内容。胡适的根本目的就是努力以文化上的革新来改变国民的精神面貌，在思想文艺上为中国政治打下一个坚实的革新基础。

　　吸取和借鉴西方的优秀的文化资源以推动中国的现代化建设，在当时人人皆知的共识，不同的是，胡适对西方的态度要比同时代之人以及晚清的前辈开放得多，彻底得多。胡适关于"全盘西化"的主张就是一个很好的例证。1935 年 1 月，具有国民党背景的十教授发表《中国本位的文化建设宣言》，这是典型的折中主义的主张。当即陈序经著文

　　① 胡适：《归国杂感》，《胡适全集》第 1 卷，安徽教育出版社 2003 年版，第 594—595 页。
　　② 胡适：《活的语言·活的文学》，《胡适全集》第 12 卷，安徽教育出版社 2003 年版，第 448 页。

加以批评，明确主张"全盘西化"。这时胡适尚在南方。回北平后，他在他主持的《独立评论》第 142 号的《编者后记》中声明，态度依然很明确："我是主张全盘西化的。全盘接受了，旧文化的惰性自然会使他成为一个折中调和的中国本位的文化。"

从字面上看，不管是"全盘西化"还是"充分的西化"，其向西方的学习态度都是激进的。但是实际上，胡适是希望西方文化的强烈冲击能够最大限度地消除中国社会或文化的惰性和暮气，"十教授的根本错误在于不认识文化变动的性质"①，胡适倡导中国要虚心接受现代科学技术和它背后的精神文明，拿西方先进的文化充分和我们的老文化自由接触，自由切磋、琢磨，借它的朝气锐气来打掉一点我们的老文化的惰性和暮气，给中国社会带来清新的空气，给中国文化注入新鲜血液。这实质上是一种冲击—反应的模式。其实，这同时也反映了胡适对中国传统文化的信心和维护。所谓"全盘"，指的是态度和决心，他自信我们保守的心态不会摧毁传统优秀文化，也自信中国传统中的积极元素不会被消灭。而这恰恰是那些反对"全盘西化"的保守人士所担心的。

当然，全盘西化只是一种态度，到底如何"西化"，则是策略和方法的问题，否则就是毫无章法或者囫囵吞枣。"中学为体"，"西学为用"，"拿来主义"都曾经是耳熟能详的口号。当时的中国社会，矛盾重重，民生凋敝，面对这些问题，到底如何去研究，如何去解决？在传统与西方之间，我们应该如何选择？我们认为这样的疑问应该也曾在胡适的脑海存在过。

海外对中国的研究，曾有过两种不同的研究模式，即"冲击—反应"模式和"中国中心"模式，这也许有助于我们深入了解胡适是如何面对西方，以及平衡传统与西方的关系的。或者说，面对丰富多样的西方文化资源，胡适到底是如何选择和借鉴的呢？

美国哈佛大学历史学家费正清于 20 世纪 50 年代提出了一种"冲击—回应模式"（Impact-Response Model）来解释和分析中国近代史的发展变化。这种模式认为"中国传统社会在经历了 19 世纪中期的西方

---

① 耿云志：《试评所谓中国本位的文化建设》，《胡适研究论稿》，社会科学文献出版社 2007 年版，第 329 页。

冲击之后，才逐渐向近代社会转变，由于中国长期以来一直处于一种停滞状态，周而复始，循环往复，缺乏内在动力以打破传统的束缚和制约"。"冲击—回应"模式有一个假设的前提：就 19 世纪的大部分情况来说，在中国与西方的接触和对抗这段历史中，西方扮演的是主导的角色，中国则被迫扮演消极的或回应的角色。该模式想要解答的问题是："中国的传统社会和传统文化发展的现代化动力是什么？"①

"冲击—反应"模式在研究实践中遇到了不少问题，受到当时研究界的质疑和修正。② 因为不考虑中国自身的因素，是难以完全解释中国社会的现代转型。保罗·柯文指出"西方冲击——中国反应"模式有一个严重的缺陷：它太强调作为变革主因的西方入侵所起的作用，遮蔽或者说忽略了将中国历史看作一种变化和转型的过程。柯文认为这种研究态度和研究模式实际上是一种文化殖民主义。这种把中国的历史变迁完全归结于西方冲击的观念使得老一辈的历史学家们产生了这样一种倾向，即把中国是否成功地接受了西方的挑战作为判断现代中国所发生的各种重大事件的基础，但忽视了这些事件与中国传统之间的内在联系和内在逻辑。

于是保罗·柯文提出了"中国中心观"（China-Centered Approach），是一种"内在动力说"，其特点是：从中国的角度而不是从西方的角度研究中国历史，并尽量采取内部的（即中国的）而不是外部的（即西方的）标准来判断哪些事件才是中国历史上最为重要的和最有影响的；提倡社会科学领域的学者加入进来进行跨学科研究，力求在历史分析之外发现新的方法。柯文强调，"中国中心观"并不是一个新出现的系统的严密的方法论体系，而是 20 世纪 70 年代以来逐渐发展起来的趋势。③

其实与任何研究模式一样，有优势的同时也必然存在缺点。这两种模式在阐释现代中国历史风貌时都存在局限性。"冲击—反应"模式倾

① ［美］费正清：《美国与中国》（第四版），张理京译，世界知识出版社 2000 年版，第 132 页。

② ［美］保罗·柯文：《在中国发现历史——中国中心观在美国的兴起》，林同奇译，中华书局 1989 年版，译者代序第 1 页。

③ ［美］保罗·柯文：《在中国发现历史——中国中心观在美国的兴起》，林同奇译，中华书局 2002 年版，第 8—9 页。

向于强调那些能够呈现西方影响的事件，而忽略那些没有反映西方影响的事件。"中国中心"模式给各种领域的研究者提供了研究所必需的合法性的同时，却显著增加了中国思想研究的难度和复杂性。由于中国现代知识分子大多都受到西方文化的熏陶，而且他们对改革或保存中国传统文化所做的努力也基本上与应对西方的挑战密切相关，这就很容易使得这个领域的学者们有充分的理由将他们的研究集中在西方文化如何对中国传统文化进行植入等议题上。① 此外，两种模式的研究中有一个相似之处，即为了与他们所采用的研究模式相匹配，研究者往往都要修改研究主题以便能得出令人满意的研究结果。

由此可见，解读中国现代化进程，特别是思想文化领域的转型存在着相当大的困难，尤其在如下几个议题上，难度更大，问题更复杂：近现代中国的思想家和知识分子在何种程度上是真正在西方发现全新的与中国完全不同的观点和理论？在何种程度上他们只是在西方世界寻求证实他们内在的观念或者是传统的逻辑？在何种程度上他们只是接受了西方文化中他们想要寻找的因素？在何种程度上西方观念的中文译介经历了本质上的概念性的改变或者"误读"？在何种程度上中国思想和观念在西方的意识形态框架中被重新进行了评估？

上述的几个追问，同样适用于对胡适的追问。作为20世纪著名的思想家和社会活动家之一，胡适同样要面对传统和西方的双重影响，他对中国传统和西方观念的态度，是解读胡适倡导文学革命和中国文艺复兴思想的一把钥匙，有助于对胡适文学思想进行更为深入准确的分析和理解。我们认为，胡适对西方文化资源的吸收和借鉴，是以适应中国社会的需要为前提的，也就是说，不管什么样的理论或者方法，不管是历史的规律还是当时的新潮流，吸收的前提是要能满足解决中国问题的需要。如果不能，那就可能与胡适无缘，胡适并没有像梅光迪所说的那样被新潮流所蛊惑。胡适自己在《四论问题与主义》中这样说过：输入外国学说时不仅应该注意这种学说当时发生的时势情形，还应该注意"论主"的生活背景和他所接受的学术影响以及每种学说

---

① Wang Edward Qingjia, "Chinese Historian and the West: The Origins of Modern Chinese Historiography", Ph. D. Dissertation, Syracuse University, 1992, pp. 4 – 5.

已经产生的效果。① 在此，我们可以继续发挥一下，输入或借鉴外来资源更需要考察输入主体的个人倾向和被输入的资源是否真正符合输入国的国情。胡适把五四新文化运动等一系列的努力称为中国文艺复兴，就是中西参照和比较意识的清晰表现。胡适倡导文学革命也是立足于中国的现状的。他对诸多西方资源的引用很大程度上也是在寻求其中国传统观念的证实（最具代表性的就是，除了以欧洲文艺复兴作为参照，他更多的是以中国传统文学史上的历次"革命"来说明五四前后的"文学革命"只是历史发展的自然趋势）。因此，我们更倾向认为，除了作为哲学方法论的进化论和实验主义等西方思潮，大多数情况下，胡适所引用的西方资源主要是阐述中国问题的外国例证而已，并注重其在中国语境中的实用性（比如他当时不主张在中国提倡浪漫主义文学），而不是生搬硬套西方的新理论新潮流。在某种意义上也可以解释胡适为何主要引用欧洲近现代文学史实而不涉及当时正在出现或流行的新潮流的内在原因。

这就好比说，胡适认为吸收西方文化就像医生给病人看病，再好的药方最后还是要看疗效。有研究曾运用"选择的吸收模型"② 来分析影响胡适借鉴外来资源的多种因素，其中包括胡适的性格特征、早期的学术素养、美国的受教育经历以及对中国社会问题的判断。这种模型说明，胡适对西方资源的吸收和借鉴是以中国的现实状况和亟须解决的问题为前提的。

季羡林先生就认为，胡适在对西方的反应上是积极谨慎的。他的思想里既有中国传统思想，也有西方古代和近代的思想。在对待传统文化上，虽然提倡"全盘西化""打倒孔家店"，但他对儒家文化还是尊敬的，不仅尊崇孔子，连儒家大儒朱熹也推崇有加，被唐德刚称为"最后一位理学家"。③ 这也说明了胡适对西方的学习和借鉴是有选择的，骨子里依然有着中国传统文化的根基。他对西方的借鉴是以解决中国最急迫的问题为前提的。

---

① 胡适：《五十年来中国之文学》，《胡适全集》第 1 卷，安徽教育出版社 2003 年版，第 355—357 页。

② 郑澈：《英语世界的胡适》，中国社会科学出版社 2016 年版，第 238 页。

③ 季羡林：《序》，《胡适全集》第 1 卷，安徽教育出版社 2003 年版，第 16—20 页。

例如，胡适反复强调借鉴和学习欧洲近现代的文学方法和技巧的必要性，却几乎没有介绍或引进过西方最新的文学理论，这跟他个人的学术素养以及对国内文学现状的分析有关，否则他就会无的放矢，难以寻找到自己所需的资源。

胡适寻找到的西方文学资源主要是近代的，甚至古代的，但极少有最现代的理论。从胡适的著述以及留学阶段所学的课程来看，胡适对西方资源的借鉴主要是英国维多利亚时代英国的文学，因为胡适认为文学革命前，中国所处的时代相当于英国的维多利亚时代，"维多利亚思想时代，从梁任公到新青年，多是侧重个人的解放"。① 而且胡适不熟悉现代的诗歌流派和理论："他（徐志摩）拿 T. S. Eliot（T. S. 艾略特）的一本诗集给我读，我读了几首，如'The Hollow Men'[《空虚的人》]等，丝毫不懂且不觉得是诗。志摩又拿 Joyce [乔伊斯] 等人的东西给我看，我更不懂。又看了 E. E. Cummings（卡明斯）的'is 5'[《是5》]，连志摩也承认不很懂得了。"② 可见，除了不适合国情，胡适对现代的欧美诗歌并不感兴趣。

夏志清曾对文学之间的相互影响和借鉴的情形作过精辟的论述。他认为无论西方还是东方，文学家对文学资源的借鉴多是取自近代。他说，"现代主义"的大师，多多少少都把自己的作品当成对荷马以来的西方文学传统的继承和延续。而现今的欧美作家，很少有人读过原文的古希腊罗马名著，外语水平也远不及艾略特、乔伊斯，因此他们不可能再抱住这个"大传统"。杜甫时代，"读书破万卷"并不困难，古人的诗文读得越多越熟，自己写诗就能写得越好，越见功力。曾国藩时代，文人的理想依然如此，总以为把前人的名作都研读一遍，然后才能写出好的诗文来，文学传统虽然悠久和深厚，但陈旧的题材实在不容易写活，效果自然就不太理想。新文学运动以来，古文根底深的人，文字写得老练，但文学的形式都是西方的，多读西方经典才有可能写像样的东西，本国文学之研读反而变成次要的。东方国家，文学"现代化"后，情形莫不如此。其实欧美情形也是如此，你精读了莎士比亚、弥尔顿，

---

① 胡适：《日记》(1931—1937)，《胡适全集》第32卷，安徽教育出版社2003年版，第238页。
② 胡适：《日记》(1931—1937)，《胡适全集》第32卷，安徽教育出版社2003年版，第75页。

不可能直接派上用场，对你写作真有帮助的反而是近代作家。维多利亚时代的丁尼生的确是继承古希腊罗马文学传统的，而且写的无韵诗体（blank verse），的确是下功夫向莎、弥、华兹华斯等大师学习的。今天我们可以说东方国家的文学同自己固有传统差不多都脱了节，总体来说，支配全世界严肃文学的是一个新的近代传统，中国的台湾也好，日本也好，美国也好，都受这个传统支配。① 由此可见，胡适文学革命运动中，对外借鉴英国维多利亚时代的欧洲文学，对内主要继承宋诗的传统，是符合文学发展的一般规律的。

胡适对待西方资源的态度，还可以从他们同时代的留学群体身上得到解释：生于19世纪八九十年代的人，是一代特殊的中国人，他们是最后一代在学童时期受儒家学说浸润的人群，同时又是第一代在国家主权和思想文化方面必须向西方列强挑战的人群。他们之中的有识之士并不是完全被动地接受西方的影响，而是以中国为主体，对西方文化进行认真的选择和仔细的消化，以探索复兴中国文化的途径。他们不是要让中国在思想上依附别人，而是想在若干年后能够比肩于西方，创作与世界各国平等而相异的文化。因此，我们可以说，胡适建构中国现代社会的过程不仅仅只是从西方借用某些概念和理论，而且还要对这些准备借鉴的概念和理论重新加以审视，有针对性和创造性地与本国的历史和传统连通起来，以求达到最大的功效。②

二　文学进程的设计与叙述策略的自觉

我们认为，胡适文学革命之所以能够短时间内获得成功（以教育部颁布文件，规定从1920年起国小一、二年级的国语课本开始使用白话文为标志），是与他的比较意识和叙述策略存在着一定的关系。

胡适认为他的几乎所有的文学观念，都能在中西方的资源库中找到源头，只是他认为中国文学的观念、方法和成绩，与西方相比还不够，理论不够先进，优秀的作品还不够多。这既是一种事实，也是一种叙述

---

① 夏志清：《文学的前途》，生活·读书·新知三联书店2002年版，第48页。
② 叶为丽：《为中国寻找现代之路——中国留学生在美国（1900—1927）》，周子平译，北京大学出版社2012年版，第4—7页。

策略。胡适一直致力于中西方文学文化的比较，引入西方资源，就是抱着完善中国的文学理论和方法，追赶西方世界的目的。具体要借鉴什么样的西方资源，就取决于胡适对中国文学现状的理解和认识。而在如何让国内接受的问题上，胡适很注意修辞话语，以便能逐步实现自己的目标。

文学革命时期，相比于反对封建军阀和帝国主义，批判传统的宗法制度和教育体制，挑战孔孟权威和传统伦理道德，胡适选择语言改革作为突破口，则是相当聪明的做法。一方面，与政治改革等相比，语言改革运动就显得不是特别的激烈，从而不被看作对传统文化的威胁；另一方面，从"语言相对论"的理论出发，社会语言交际工具的更替自然会引起所要承载和表达的思想文化方面的一系列变化，因此语言改革的深层目的在实践层面就成了全面反传统的组成部分。正是因为这个原因，新兴知识分子都热烈地支持文学革命，虽然他们未必都了解"语言相对论"。语言工具的改革不仅给知识分子提供了一个更好的安身立命的媒介，同时也成为文化改良和转型的一种方法。

而具体到如何推进白话文，使其占据国语的地位，胡适为什么偏偏选择白话诗而非白话散文作为白话文运动的突破口？那是因为相对于白话诗，大众对白话散文的反对力度肯定会小得多。而推进白话诗的难度无疑是最大的。

其中的原因，我们认为，其一，胡适可能是从中国的文学传统方面考虑的，中国是个诗歌国度，文学成就也是古典诗歌最高最辉煌。传统的文人学士都熟读诗词，即便胡适早期教育也是以非常传统的诗词学习为主。胡适在文学革命观念提出之时，即便身在美国这样以英语为主要交际语言的异域情境中，他们的论辩也习惯性以诗歌酬和的形式进行。由此可见，"诗"在国人心目中的重要性。其二，可能是出自更缜密和深入的运作策略。胡适非常清楚，古典诗在中国传统文学中属于最高雅也最难获得成就的文学门类，因此他采取攻击这个最艰难的堡垒以吸引论敌的注意力。如果论辩双方把全部的注意力放在了"要不要能不能"用白话写诗的议题上，那么他们就可能会忽略或者放弃在其他议题上的争辩，比如用白话写散文。从文学革命的进展来看，胡适这样的策略确实达到了他的渐进的文学改良目的。因为通过几轮辩难，任鸿隽等人的立场就开始松动，已经承认白话可以写诗："用白话可做好诗，文话又何尝不可做好诗呢？"① 只是坚持文话（文言）依然可以写诗，希望不要全盘否定文言文学。

胡适曾大力提倡全盘西化，后来，胡适把"全盘西化"改为"充分世界化"，其实意思仍然是"尽量"或"用全力"的"西化"，但带有争取盟友的策略考虑。胡适之所以这样改动，原因在于"避免了'全盘'的字样"，不仅免除了一切琐碎的争议，还可以获得很多人的同情和支持。胡适这样说，"依我看来，在'充分世界化'的原则之下，吴景超、潘光旦、张佛泉、梁实秋、沈昌晔……诸先生当然都是我们的同志，而不是我们的论敌了"，甚至"可以欢迎《总答复》以后的十教授做我们的同志了"。②

当然不是所有人都能看到这一层，或者是出于对新文学的天然抵触。钱基博就曾对胡适所开的《国学书目》颇有微词，认为胡适提倡全盘西化，却又给青年人开出一长串的最低国学书目：

> 余见胡适所开《国学书目》，标曰"最低限度"。而所列之书，广博无限。经学小学，则清代名家之大部著述，以及汉、魏、唐、宋诸儒之名著，无不列入。……凡古来宏博之士，能深通其一者，已为翘然杰出之材；若能兼通数门，则一代数百年中，不过数人。若谓综上所列诸门而悉通之者，则自周孔以来，尚未见其人何也？

这里并不是胡适故意要自相矛盾，胡适的反传统是历史环境下必不可少的策略，他的目的并不是全面破坏传统，他甚至乐观地相信，没有人能够真正破坏传统。在他的实践中，他不但没有破坏传统，而且通过在很多有关中国文化研究领域的创新性成果丰富了传统，创造了典范，比如说对中国哲学史的研究，对古典小说的考证，等等，在这其中，传递的都是对中国传统的维护和关切。胡适身体力行提倡并整理"国

---

① 任鸿隽：《答〈叔永〉书》，《胡适全集》第1卷，安徽教育出版社2003年版，第90页。
② 胡适：《充分世界化与全盘西化》，《胡适全集》第4卷，安徽教育出版社2003年版，第586—587页。

故"，就是对中国人文传统的深切关怀和依恋的最有力的证明。①

胡适编写的《国语文学史》《白话文学史》是对中国文学传统的重新审视和评估，其中既有否定，也有肯定，体现了他对中国文学史"双线平行发展"的一种有意"建构"。他的目的并不是全面否定文言文学的价值（认为文言文可以当作文学遗产进行学习和继承），而是为了延续中国"活文学"的生命，建设新文学。三十多年之后，胡适依然说，他"总欢喜把这部（指《白话文学史》）叫做《中国活文学史》"，不仅要写出"唐以后的下卷现代篇"，还"想写一部汉代以前的（《中国古代活文学史》）"，"要从最早的活文学《诗经》写起……要写一部有关孔子、孟子和老子的活文学，他们那时正和现代的白话文作家一样，是用口语著述的……写出一部新的中国文学史，把那些死文学全部丢掉"。②

胡适以比较明确的三条标准对中国文学史进行梳理：一是提倡白话，反对文言；二是提倡人的文学，反对非人的文学；三是倡导历史进化的文学史观，反对复古守旧的文学史观。有了这三条标准，胡适在评价和选择中国文学传统时，就有了比较明确的褒贬和取舍。总体来说，胡适对于汉赋的阿谀铺张，六朝骈文的堆砌辞藻和滥用典故，唐代之后近体诗的森严格律、雕琢字句，明清八股文的"代圣贤立言"和刻板呆滞，以及桐城派的因袭模仿等极端形式主义化的古代文学派别，基本采取贬斥和批判的态度。但是，他对于先秦诸子的见识和理想，《诗经》《楚辞》的俚俗与文采，汉唐文学的宏大气概，魏晋文学的自觉与抒情，宋代之后的白话语录，元代戏曲的民间格调，明清小说的白话文体和创新精神，等等，则基本给予肯定。胡适在《文学改良刍议》中，就把"庄周之文，渊明、老杜之诗，稼轩之词，施耐庵之小说"相提并论，认为都足以"复绝千古也"，肯定"韩柳在当时皆为文学革命之人"。胡适甚至认为吴趼人、李宝嘉、刘鹗等人的小说，"足与世界第一流文学比较而无愧色者"。这些对于中国古代文学经过重估与选择之后的肯定性论述，能够说明胡适等新文学的倡导者对于文学传统的基本态度

① 欧阳哲生：《探寻胡适的精神世界》，北京大学出版社 2012 年版，第 15 页。
② 胡适：《胡适口述自传》，《胡适全集》第 18 卷，安徽教育出版社 2003 年版，第 432 页。

是有鉴别和选择的。① 进一步说，胡适重写中国文学史当然有为白话文学张目的目的，同时也是一种文学的"国故整理"的工作，意在对中国传统文学进行清理和估价，因此必然不是全盘的否定，而是有褒有贬。

另外，胡适后来也逐渐减少了"死语言"的说法，1920 年 9 月 1 号《新青年》第 8 卷 1 号《中学国文的教授》，他把古文称为"高深文字"，并建议中学生要能读平易的古文书籍（《二十四史》《资治通鉴》等）能够写出文法通顺的古文，还列了自修的古文书籍名单，包括史书、子书、文学书等。② 可见文学革命初期，胡适把文言当成"死语言"来废除有可能是出于论辩策略上的需要。

对此，鲁迅曾有过"开窗"和"拆房"的比喻来解释革新者们常常会提出一些极端意见的原因。鲁迅说："中国人的性情是总喜欢调和、折衷的。如你说这屋子太暗，须在这里开一个窗，大家一定不允许的。但如果你主张拆顶，他们就会来调和，愿意开窗了。没有更激烈的主张，他们总连平和的革命也不肯行。那时白话之得以通行，就因为有废掉中国字而用罗马字母的议论的缘故。"③ 鲁迅是从文学革命的血雨腥风中拼杀来的，他的"开窗"和"拆房"的比喻是想告诉人们：身处新旧变革时代的"革命者"的心态，不能仅仅从现在的立场去理解，而是要从当时的历史环境出发，设身处地地去理解。新文学运动毕竟是一场伟大的变革，而不是书斋里的高谈阔论。而变革的艰巨性往往迫使革新者不得不提出矫枉过正的要求。很多时候，极端意见的提出，也许正是革新者针对文化保守派的一种论辩策略。

在当时的历史语境下，提倡任何改革，只要引用西方资源作为自己的证据，一般来说是比较"安全"的，也是比较容易为国人所接受的，即便引用当中有失偏颇，或者出现了一些学理上的错误，一般也容易得到理解和宽容。对此胡适是感同身受的。胡适曾在给韦莲司的信

———————

① 方锡德：《论文学传统在新文学变革中的地位和作用》，陈平原主编《红楼钟声及其回响——重新审读"五四"新文化》，北京大学出版社 2009 年版，第 140—141 页。

② 胡适：《中学国文的教授》，《胡适全集》第 1 卷，安徽教育出版社 2003 年版，第 210—217 页。

③ 鲁迅：《三闲集·无声的中国》，《鲁迅全集》第 4 卷，人民文学出版社 1981 年版，第 13—14 页。

中（1915 年 5 月 8 日）也表达同样的感受："达尔文《物种由来》之出世也，西方之守旧者争驳击之，历半世纪而未衰。及其东来，乃风靡吾国，无有拒力。二十年来，'天择'、'竞竞存'诸名词乃成口头禅语。……东方人士习于崇奉宗匠之言，苟其动听，便成圭臬。"① 可见，中西方社会对新学说的不同态度。当然我们不是说胡适真的是有意在以西方学说"欺哄"国人，但他借西方资源来参证自己的论点以达到最大说服效果的心理应该是可以想象的。当然梅光迪批评他抄写"新潮流"，胡先骕抨击他引欧洲文艺复兴比附文学革命，是误读，但对一般民众来说，西学的说服力仍然是很大的。如果胡适只是以中国文学史上的"文学革命"来证明五四文学革命的合理性，也许遭到的批驳和攻击会更多。

正因为如此，胡适在学习和借鉴西方文化时，常常具有比较自觉的中西比较意识，而这种比较意识和比较的方法对其日后的很多文化文学改革活动都产生了积极的作用。也就是说，用比较意识和比较的方法去论述他的观点观念，容易被社会所接受。在胡适的留学日记里记录了大量的读书笔记，所涉及的议题，从文学、历史、风俗到政治、教育伦理等，不一而足，体现了胡适敏锐的比较意识。正是有了这样有意的比较，才使得他对中西方之间的文化异同和优劣有了更具体的体悟和认识，这就为他之后论争文学革命的必然性，借鉴西方史学的合理性都储备了充足的史料，对中国问题的认识得以在西方榜样的参照下阐述得更为清晰和说服力。博士论文《先秦名学史》，是胡适致力于寻找中国思想中能与西方思想相契合的一个例证，他试图在新和旧的结合的基础上建立起中国自己的哲学体系。胡适坚信新的必须建立在旧的基础之上，这一信念贯穿于整个文学革命当中，并且被证明是非常成功的。对于很多中国人来讲，尽管文学革命的一些"实验"是在美国大学里发生的，但文学革命不仅仅是引入西方的观点，而是中国传统文学的自我完善。

胡适无论是著述还是讲演，都带有自觉的读者意识。这一点，在胡适的英语演讲中更为明显。胡适面对欧美听众，其对中国传统文化的批

---

① 胡适：《日记》（1915—1917），《胡适全集》第 28 卷，安徽教育出版社 2003 年版，第 118—119 页。

判要比在国内缓和得多。这或许是因为胡适面对不同的听众和读者，所以采取了不同的论述策略。① 胡适清楚，西方读者和中国读者因为时空环境的不同，关注的问题也就不同，因此对同一文章同一个议题的反应也可能存在着较大的差异。比如 1916 年 10 月胡适的《文学改良刍议》写完后，一份寄给了美国的中国学生主办的《留美学生季报》，另一份寄给了陈独秀主办的《新青年》，同样的文章，前者除了林语堂撰文进行呼应外，没有在美国引起太大的关注。而后者在国内引起强烈反响，受到了热议和讨论。②

已经有研究者注意到了胡适的英文写作中较为自觉的读者意识。英国著名中日文学名著翻译家韦利曾发现："胡适不同于其他中国人的地方，在于他了解西方人，所以他知道他们要的是什么。"江勇振在其著作《舍我其谁：胡适》第一部《璞玉成璧 1891—1917》中对胡适的著述和演讲稿本进行了分析，其分析不仅涉及胡适思想的内容或观点，还专门谈及胡适的论述策略。我们从中不仅可以清晰地看到胡适对美国的了解和熟悉，而且还可以了解胡适如何用心，努力使自己的观点容易被美国人所接受。③ 我们还可以发现同为胡适自传的《四十自述》（中文版）和《口述自传》（英文版）存在着因读者群不同而产生的差异：中文版只写到 1917 年回国，阅读对象是中国读者，他们对胡适归国之前的经历更感兴趣，而后者的读者是美国大学的师生，因此《口述自传》的时间跨度一直延伸到 20 世纪 50 年代，注重介绍胡适的学术训练、研究方法和学术写作。再从其日记和书信来看，我们发现胡适对著述的发表和出版是非常谨慎的，而在这种谨慎当中我们可以看得出胡适在论述策略方面的考虑。胡适写作的过程中，不仅要查找大量资料，还要不停地修改，甚至还经常请人修改，比如对《国语文学史》的修改（修改后改名为《白话文学史》）。在编选《尝试集》的时候，胡适就曾请鲁迅等人删诗，这一方面说明胡适发表作品比较谨慎，想通过名家删诗的方式选出最好的白话诗以示读者，而另一方面也可能含有论述策略方面

---

① 耿云志：《序》，《胡适全集》第 1 卷，安徽教育出版社 2003 年版，第 49 页。

② 郑澈：《英语世界的胡适》，中国社会科学出版社 2012 年版，第 46—47 页。

③ 江勇振：《舍我其谁：胡适》第一部《璞玉成璧 1891—1917》，新星出版社 2011 年版，第570 页。

的考虑，能够借文学名人或社会知名人士为新诗造势，增强新诗的接受度，扩大新诗的影响。

胡适的"中国文艺复兴"一词的提出，也是叙述策略的一个个案。通过对胡适留学日记和相关著述的检索，我们还发现，胡适当时只是论述清末民初的中国与文艺复兴时期的欧洲在语言使用状况方面存在着相似性，并没有涉及西方文艺运动中的启蒙、人性等人文主义的概念，预想的听众是国内人群，为的是寻求外援，增强说服力；而之后的"中国文艺复兴"名称的提出，则是面对外国人说的，是受到燕京大学的瑞士友人王克私（Philipe de Vargas）的影响。王克私在北京演讲时，特别强调西方文化对中国新文化运动的影响[1]，把中国的新文化运动归结于中国受到西方文化的强力冲击（冲击—回应说），认为新文化运动是一种被动的影响和接受。出人意料的是，胡适对这种中国文艺复兴的西方渊源说竟然深感不满。胡适在 1923 年 12 月 4 日的日记中记载："友人和兰国 Ph. de Vargas（瓦加斯）先生曾作长文 Same Elements in the Chinese Renaissance ［《中国文艺复兴的诸多成分》］，载去年四月—六月之 The New China Review ［《新中国评论》］。"胡适认为"此文虽得我的帮助实不甚佳"。[2]

胡适认为中国"文艺复兴时期"当自宋起。因为"宋人大胆的疑古，小心的求证，实在是一种新的精神"。[3] 为此，胡适从内涵角度对文艺复兴的概念进行了阐发，提出了文艺复兴多期说，试图说明中国自古就有文艺复兴，而且不止一次，并认为中国的文艺复兴是中国历史自身内在发展的结果，这在他后来的《白话文学史》中有较多的论述。胡适认为中国当时的文艺复兴源于三个自身因素：辛亥革命、庚子赔款留美学生以及 1918 年第一次世界大战。[4] 欧阳哲生也发现，早在 1921 年 7 月 3 日，胡适对英国驻华使馆参赞哈丁（H. M. Harding）认为"中

---

① 李贵生：《疏证与析证——清末民初中国文学研究的范式转移》，中国社会科学出版社 2016 年版，第 196 页。

② 胡适：《日记》（1923—1927），《胡适全集》第 30 卷，安徽教育出版社 2003 年版，第 5 页。

③ 胡适：《日记》（1923—1927），《胡适全集》第 30 卷，安徽教育出版社 2003 年版，第 5 页。

④ 胡适：《The Chinese Renaissance》，《胡适全集》第 35 卷，安徽教育出版社 2003 年版，第 654 页。

国人的自治能力"不足，"并以为唐以降中国历史停滞不前"的观点非常不满，并进行了坚决的反驳。[①] 胡适反感西方学界对中国文化的轻视，他们长期以来都把中国文化视为一种停滞的文化，一种陈旧落后的文化，为此，胡适在外国人面前就比较留意维护一点中国人的文化自尊和文化信心。1926 年 11 月 11 日胡适访英期间在剑桥大学发表了题为"中国近一千年是停滞不前的吗？"（Has China Remained Stationary during the Last Thousand Years?）的演讲。周质平就发现胡适的《中国的文艺复兴》一文中英文版本在措辞上存在着一些区别。在英文演讲稿里，胡适对中国文化的态度相对比较平和，而中文版本则要严厉一些。胡适在剑桥大学是这样说的：

> 我所说的话已经够表示中国在近一千年里不是停滞不进步了。我们很高兴而诚心诚意地承认，中国在这些世纪里的成就比不上近代欧、美在近二百年里所做到的奇迹一般迅速的地步。种种新的条件，都是乐天知命的东方各民族所不曾经历过的条件，都要求迅速而激烈的变化，西方各民族也的确成就了这样的事业。我们正因为没有这些逼迫人的需要，所以多少养成了不可破的乐天知命的习惯，总是用悠闲得多的方法应付我们的问题。我们有时甚至于会认为近代欧洲走得太快了，大概正仿佛一个英国人往往藐视近代美国人，觉得他们过分匆忙。
>
> 然而这种差别只是程度的差别，不是种类的差别。而且，如果我所提出的历史事实都是真实的——我相信都是真实的——我们便还有希望，便不必灰心。一个民族曾证明它自己能够在人生与文明一切基本方面应付自己的问题，缓慢而稳健地求得自己的解决，也许还可以证明它在一个新文明、新训练之下不是一个不够格的学生。[②]

---

① 欧阳哲生：《自由主义之累——胡适思想的现代解释》，江西教育出版社 2007 年修订版，第 258 页。

② 胡适：《Has China Remained Stationary during the Last Thousand Years?》，《英文著述》（二），《胡适全集》第 36 卷，安徽教育出版社 2003 年版，第 136—137 页。中文译文由徐高阮翻译，见《胡适全集》第 13 卷，第 73 页。

胡适虽然承认当时的中国落后于欧美,但两者的差别是"程度"上的,而不是"种类"上的,并不认为中国近千年来一直停滞不前,而且相信在"新文明新训练"之下,中国会是一个"够格的学生"。胡适这样的表述,与他在国内对中国文化的严厉态度相比,不仅体现了对中国文化的信心,还在外国人面前维护了中国文化的尊严,因为"在中文著作中,读者和听众都是同胞,胡适少了许多'体面'的顾虑,所谓爱之深,责之切。他写作的目的,往往是为了指出病痛所在,进而激发中国人奋发向上","这一方面维持了他知识上的诚实,一方面又要顾全中华民族与中国文化的体面"。①

胡适在中西语境中的不同论述,是一种明显的叙述策略的运用。胡适对此有过坦诚的自白:"我们所该学的,也只是人家的长处。我们今天不配批评大家的短处,不如单注意观察人家的长处在什么地方。那些外国传教的人,回到他们本国去捐钱,到处演说我们中国怎样的不开化。他们的钱虽捐到了,却养成一种贱视中国人的心理。这是我所痛恨的。我因为痛恨这种单摘人家短处的教士,所以我在美国演说中国文化,也只提我们的长处;如今我在中国演说美国文化,也只注重他们的特别长处。"②

当胡适面对国外听众和读者,用"中国文艺复兴运动"来指代新文化运动,目的是想证明文艺复兴的观念和类似的史实中国古已有之,现在只是又一次再生和振兴。对此,欧阳哲生有过独到的解释,胡适在英文世界屡屡以"文艺复兴"来阐释中国新文化运动,但在中文世界却长期不用该词语称呼新文化运动的原因是,中国文艺复兴的说法容易使人产生复古的联想,"它既不被新文化阵营所认同,又极有可能被旧派势力所利用,胡适因此只能在中文世界里搁置这样一种提法"。这种推断的主要论据是:围绕是否应该开展"整理国故"运动,新文化阵营内部产生了极大的争议,陈独秀、鲁迅等人根本反对这样做……当"整理国故"主张已产生争议,甚至被人非议时,胡适意识到"中国的文艺复兴"的提法确实不宜在中文世界发表。③

---

① 周质平:《胡适与现代中国思潮》,南京大学出版社 2002 年版,第 286 页。

② 胡适:《美国的妇人》,《胡适全集》第 1 卷,安徽教育出版社 2003 年版,第 632 页。

③ 欧阳哲生:《中国的文艺复兴——胡适以中国文化为题材的英文作品解析》,《近代史研究》2009 年第 4 期。

欧阳哲生还认为胡适在西方语境中使用"文艺复兴"一词，也跟胡适的论述策略有关。"文艺复兴"是西方人比较熟悉和了解的概念，因此用欧洲文艺复兴时期各国用俗语来代替拉丁语的史实来解释文学革命时期白话文替代文言文的情形，就更为通俗易懂。胡适深谙沟通中西文化的方式方法，因此才在英文语境中有意识地使用这一表达。胡适经常会借用英美历史来描述中国的情形，使之容易为西方读者所理解。例如，在任驻美大使期间，为了说服美国民众相信中国抗战失利只是暂时的现象，中国最终会取得胜利，胡适就将中国现阶段的抗战失利比作美国独立战争的早期阶段，将中日战争称作革命性的战争。①

罗志田认为，胡适在中、英文语境中对待中国传统文化的态度之所以不同，主要是因为"胡适在对不同的人说不尽相同的话"②。周昌龙在《超越西潮：胡适与中国传统》一书中则认为：用英文写作或演讲时，胡适可以暂时放下他对国粹主义复辟的戒惧心，也会暂时摘除"国人导师"的桂冠，因此他在著作中才能"持平地"表达自己对中国传统文化的学术性立场，避免了他在用中文写作时有意教化国人的"启蒙性"，而且这种情形，在1930年之后的著述中表现得更为明显。③

文学革命的进程中，胡适选择"以白话代文言"这个语言工具的更替来作为突破口，除了前文所述的相关因素，也有叙述策略和运作策略的考虑。因为文学革命的成功与否关键在于胡适的战略性观点能否被接受。为了避免在文学内容革新方面可能遭遇的纠缠，胡适将他的议题转移到语言的工具性上。胡适其实并没有否认文学内容更新的重要性，但他优先强调文学工具的优先性，从而也易于为大众理解和接受。胡适文学理论中最为关键的一点就是每一个时代应该有每个时代的文学。然后由此推导出：文学是用语言来写作的，所以文学革命的首要任务应该是语言工具的革命，新文学应该由它所处时代的语言（白话文）而不是由文言文形式来书写，进而实现白话文学的目标。这里面，胡适其实回避了一个重要问题，就是白话的口语和书写之间的差异有多大，是什

---

① 欧阳哲生：《探寻胡适的精神世界》，北京大学出版社2012年版，第281页。
② 罗志田：《再造文明的尝试——胡适传》，中华书局2006年版，第50页。
③ 周昌龙：《超越西潮：胡适与中国传统》，北京大学出版社2011年版，第3页。

么。为了避免这个短时间还无法解决的问题，胡适只是强调言语的重要性并且宣称言语和书写之间理论上的一致性。这应该也是一种叙述策略的需要。

三 "有意的推动"与阵营的力量

文学革命能够在短期内获得初步成功（胡适的说法是五年，以1920年国小的国文课程开始使用白话文为标志，同时绝大部分的新书已经改用白话文出版，白话散文和新诗的写作已经成为时髦，反对派的声音基本消失①），也与支持他的阵营分不开的。胡适在文学革命倡导之时即认为，要想尽快取得文学革命的成功，除了要顺应文学发展趋势，还要努力进行"有意的推动"。这个"有意的推动"并不是仅仅指个人的力量，而是指群体的力量。胡适显然已经意识到，相比与历史上的"文学革命"，他所倡导的文学革命要想取得最后的胜利，必须联合更多的力量，获得更多的资源。从后来的运动进程来考察，胡适在这方面确实做得比较成功，他不仅以自己坚韧的性格和非常的勇气大胆地"尝试"，而且以独特的人格魅力影响他人，团结了一批有识之士，结成了坚强的同盟，从而摆脱了一个人孤军奋战的困境，壮大了文学革命的声势和力量。

胡适回国之后立刻进入北京大学任职是有着自己的考虑的。北京大学作为中国最负盛名的高等学府，有着最为活跃的知识分子群体和青年学生，他们最容易接受新思想新潮流，对媒体和舆论也有着巨大的影响力，自然也抢占了未来与反对派论战的先机。进入北京大学任教，应该是符合他自己的人生规划的，因为胡适早在康奈尔大学期间（留美第五年）就萌生了教育救国的意识和志向。

1915年2月20日，胡适就曾与英文老师亚丹先生（Prof. J. Q. Adams, Jr.）交谈过教育问题，深受亚丹的启发。亚丹说："如中国欲保全固有之文明而创造新文明，非有国家的大学不可。一国之大学，乃一国文学思想之中心，无之则所谓新文学新知识皆无所附丽国之先务，莫大于是。……办大学最先在筹款，得款后乃可择师。能罗致世界最大学者，

---

① 胡适：《不思量自难忘——胡适给韦莲司的信》，安徽教育出版社2001年版，第145页。

则大学可以数年之间闻于国中，传诸海外矣。"① 亚丹的话应该对胡适产生了影响，使他对教育的作用有了更深的认识，甚至认为国家没有强大的国防并不可耻，但"国无大学，无公共藏书楼，无博物院，无美术馆，乃可耻耳"。到了1916年1月25日，在写给许怡荪的信中胡适表露了他未来的志向："倘祖国有不能亡之资，则祖国决不致亡。无之，则吾辈今日之纷纷，亦不能阻其不亡。不如打定主意，从根本下手，为祖国造不能亡之因，庶几犹有虽亡而终存之一日耳。适以为今日造因之道，首在树人；树人之道，端教育。故适近来别无奢望，但求归国后能以一张苦口秃笔，从事于社会教育，以为百年树人之计。"② 胡适已经明确认识到教育的"百年树人"的功效和为文化"造因"的意义。有了人才，才能为文化的发达提供可能性。1936年12月3日，胡适在上海青年会演讲，讲述出国经历及感想，说他参加哈佛大学三百年周年纪念会，感触最大的是深感国内大学教育的落后，反观欧洲大学，人才辈出，不论现代，就说被人看不起的中世纪大学，所造出来的人才亦多。即如欧洲文明中心之文艺复兴、宗教革命、新科学等，其领袖人物（如 Boccaccio、Petrarch、Luther、Callio、Newton 诸人）或为大学学生，或为大学教授，所以欧洲的文明，绝不是偶然的事，而文明的造成，实以大学为主。③ 后来的历史证明，胡适通过北京大学这个中国最重要的文化阵地，利用《新青年》《新潮》等媒体，发表了大量的文章，使得其文学革命主张得以迅速传播，赢得了社会广泛的支持，同时也使得北京大学等北京的高等院校成为胡适文学革命的大本营，团结和争取了广大师生尤其是青年学生。他们中的很多人之后都成为推动文学革命和新文化运动的骨干力量，如傅斯年、顾颉刚、俞平伯等，他们在各自的学术领域做出了杰出的贡献，极大地推动了新文化运动和文学革命的进程。

正因此，胡适在1917年给韦莲司的信中说，北京大学成了"文学革命"的运动中心，"我们能做的事"比预计得要多。他们都受到了他

---

① 胡适：《日记》（1915—1917），《胡适全集》第28卷，安徽教育出版社2003年版，第56页。
② 胡适：《日记》（1915—1917），《胡适全集》第28卷，安徽教育出版社2003年版，第306页。
③ 胡适：《海外归来之感想》，《胡适全集》第22卷，安徽教育出版社2003年版，第515页。

的那篇关于中国文学改革的文章的影响（应该是指《文学改良刍议》），已经有一小群人开始写白话诗，他们还准备编纂白话的辞典和语法，等等。① 最为可贵的是，胡适结交了大批的知名人士，涉及思想、政治、军队、外交、教育、学术以及艺术等社会各领域。耿云志在《胡适新论》里曾详细开列了一个 300 多人的名单，这些政要和名流无形当中都对胡适推进的文学革命起到了积极的作用。其中陈独秀、蔡元培、钱玄同等人对胡适的支持最大，产生的影响更广。

陈独秀完全赞同胡适《文学改良刍议》里的文学主张，他敏锐地从胡适文学革命的思想里发现了其对作为更高目标的新文化运动的支持性因素。因为反对旧文学就是反传统的一个途径，同时白话文作为高效便捷的语言交际工具，如果得以取代文言文就可以更有力地推进新文化的建设。1932 年 10 月 29 日，胡适曾高度评价陈独秀对于文学革命运动的三大贡献：一是把学术性的讨论变成了一种革命；二是把伦理、道德、政治的革命与文学革命合成一个大运动；三是陈独秀的一往无前的精神使得文学革命在短时间里取得了很大的收获。② "陈君所阐扬的三大口号与我对中国文学史的了解实在甚为接近。"③ 如果没有陈独秀的"必不容反对者有讨论之余地，必以吾辈所主张者为绝对之是，而不容他人之匡正也"④，"予愿拖四十二生的大炮为之前驱"⑤ 的决绝态度和革命精神，"文学革命的运动决不能引起那样大的注意"，"文学革命至少还须经过十年的讨论与尝试"⑥。正是有了陈独秀这个"老革命党""武断的态度"，胡适与任鸿隽、梅光迪等人"一年多的文学讨论的结果"，"得着了这样一个坚强的革命家做宣传者，做推行者，不久就成为一个有力的大运动了"。⑦

蔡元培也曾给予胡适可贵的支持："我们中国文言同拉丁文一样，

---

① 胡适：《不思量自难忘——胡适给韦莲司的信》，安徽教育出版社 2001 年版，第 136—137 页。

② 胡适：《陈独秀与文学革命》，《胡适全集》第 12 卷，安徽教育出版社 2003 年版，第 229 页。

③ 胡适：《胡适口述自传》，《胡适全集》第 18 卷，安徽教育出版社 2003 年版，第 312 页。

④ 陈独秀：《答书》，《胡适全集》第 1 卷，安徽教育出版社 2003 年版，第 29 页。

⑤ 陈独秀：《文学革命论》，《胡适全集》第 1 卷，安徽教育出版社 2003 年版，第 19 页。

⑥ 胡适：《五十年来中国之文学》，《胡适全集》第 2 卷，安徽教育出版社 2003 年版，第 332 页。

⑦ 胡适：《逼上梁山——文学革命的开始》，《胡适全集》第 18 卷，安徽教育出版社 2003 年版，第 132 页。

所以我们不能不改用白话"，"我敢断定白话文一定占优势。……将来应用文一定全用白话"。① 而在林纾要求北大开除胡适、陈独秀之时，蔡元培也竭力为胡适等辩护，扮演了保护者的角色。钱玄同也对胡适的文学主张进行了积极回应，他攻击文言文学为"选学妖孽与桐城谬种"，"以不通之典故，与肉麻之句调，戕贼吾青年"，成为文学革命阵营中的一员悍将。其实，文学革命倡导之初，胡适对白话文运动的成功前景并不是特别自信，但正是有了陈独秀、钱玄同等一帮同盟军，使白话文在十年左右的时间里就取得了胜利。

胡适还得到过孙中山的支持。1919 年 7 月 19 日，廖仲恺致函胡适，转达孙中山的意思："我国无成文的语法，孙先生以为先生宜急编此书，以竟文学革命之大业，且以裨益教育。"② 这种来自政治的支持更是难得，增强了文学革命阵营的势力，扩大了社会的影响。

胡适还曾请鲁迅等人帮自己重新编选《尝试集》。在《〈尝试集〉四版自序》中，胡适提及重新编选《尝试集》的经过：民国九年年底，胡适自己删了一遍，把删过的本子，请任叔永、陈莎菲再删一遍，后又送鲁迅、周作人各删一次，俞平伯又删了一次，后来蒋百里和康白情等也给他提过建议。我们认为胡适这样做的效果，一是经过多人删节过的《尝试集》，应该更符合新诗的标准，二是请鲁迅等新文学大家来给自己删诗，客观上也有给新诗助阵的意味。胡适曾感叹自己是"戏台里喝彩"的孤军，在自己的实验室试验。虽然新诗的讨论期已经过去了，但还有人引阿狄生、强生、格雷、辜勒律己的话攻击胡适倡导的新诗。③因此，鲁迅等人"删诗"也是给了胡适极大的支持。其实，鲁迅、周作人对新文学运动的成功贡献最大，他们无论在新文学的理论方面还是文学创作的实绩方面都是集大成者，"人的文学"代表着新文学的主导思想，而《阿 Q 正传》等则是代表了新文学的最高成就。

文学革命的阵营扩大对胡适倡导的文学革命的功劳是不言而喻的，如果没有他们的加入，文学革命的成功也是难以想象的。钱基博说：

---

① 胡适：《五十年来中国之文学》，《胡适全集》第 2 卷，安徽教育出版社 2003 年版，第 338 页。
② 转引自耿云志《胡适研究论稿》，社会科学文献出版社 2007 年版，第 263 页。
③ 胡适：《〈尝试集〉四版自序》，《胡适全集》第 2 卷，安徽教育出版社 2003 年版，第 814—816 页。

　　然自陈独秀为文科学长，用适之说，一时新文学之思又复澎湃于大学之内，浙士钱玄同者，尝执业于章炳麟之门，称为高第弟子者也；为人文理密察，雅善持论；至是折而从适，为之疏附。适骤得此强佐，声气腾跃；既倡新文艺以摧毁古文：又讲新文化以打倒礼教。而学生运动，亦适一力提倡以臻极盛；然而无以持其后！动而得谤，名亦随之。老成持重者，诋为洪水猛兽；而少年景从，以为威麟祥风不啻。梁启超清流凤望，亦心畏此咄咄逼人之后生，降心以相从。适亦引而进之以示推重；若曰：此老少年也！启超则弥沾沾自喜，标榜后生以为名高。一时大师，骈称梁、胡。二公揄衣扬袖，囊括南北，其于青年实倍耳提面命之功，惜无扶困持危之术。……然当是时，白话文乘新兴之运，先之以《新青年》之摧锋陷阵，胡适、陈独秀、钱玄同诸人实为主干。而风气继起应和者，北京则有《新潮月刊》、《每周评论》，上海则有《民国日报》附张之《觉悟》，《时事新报》之《学灯》，推波助澜，一以"国语的文学，文学的国语"十字为宣传；是则适建设的文学之树以为鹄者也。于是教育部以民国九年颁"小学课本改用国语"之令。而白话文之宣传，益得植其基于法令焉！①

　　言辞虽是讥讽，但事实俱在。文中提到"新文学之思又复澎湃于大学之内"，章（炳麟）门弟子钱玄同之"疏附"、梁启超之"降心以相从"、"少年景从"以及"白话文乘新兴之运"等，可见文学革命之际，并不是胡适一个人在孤军奋战。胡适的文学革命在钱基博的眼里真的已得天时、地利、人和。所以说，文学革命的进程正是在胡适的倡导下，在自己和一大批同盟军一起"有意""推动"的合力之下才逐渐走向成功之日的。

　　考察文学革命的进程，我们发现一个有趣的现象，即大家"各有分工、各有角色"，这与本尼迪克特·安德森在考察欧洲民族语言形成的历史时所发现的情形有些相似。本尼迪克特·安德森曾这样说："历史记录证实了这样的预期。就我们辞典编纂者的主顾而言，在不同的政

---

　　① 钱基博：《现代中国文学史》，商务印书馆2011年版，第568—569页。

治情况下找到不同的消费者因此是不足为奇的……比较典型的是一个由下层士绅、学者、专业人士和商人所组成的际盟；在这个联盟中，第一种人通常担任具有'地位'的领导者，第二种和第三种人负责创造神话、诗歌、报纸和意识形态，而最后一种人则提供金钱与各种行销设施。"① 当然，对胡适等人来说，文学革命不是"辞典"，倡导者们也不是消费者。但文学革命发起之初，胡适起码是想到过文学革命进程中的分工合作以及"远景规划"等问题，不管之后是不是真的有过实际的行动。比如他在 1956 年 2 月曾这样说过：在五四运动的当年，他们都是私人、个人，既没有钱，也没有权，更没有力量，不知道应该怎样提倡一种东西。假如要提倡一种东西，必须设一百万个学堂，或者有十万个学堂，来训练白话的作家，那肯定办不到。开设二十个极大的书店和印刷厂拿出几千万银圆来印这些新的著作，或者利用政府的大规模的力量来促成，那也是难以想象。那个时候我们完全是私人、个人、无权、无势、无钱的作家，"所以我们采用了一个很简单的口号叫'白话'：写白话，用白话做文学。实在说起来这两个字就是'白话'，要说的详细一点可以用五个字，叫做'汉字写白话'"。② 文学革命倡导之初，胡适也许真的是没有梦见过其后来的发展进程（说自己是"戏台里喝彩"的孤军），但最后的事实多少有些出乎意料，他得到了众多人的支持。我们可以把它说成有意的"设计"，也可以把它说成历史进程的客观面貌，但这样的现象从某种意义说是符合"革命"的预期和规律的。

最后我们想对胡适的个人特质和历史机遇对文学革命的影响进行总结。我们认为，胡适在借鉴和吸收西方资源方面之所以表现出了与他人的明显差异，是因为在某种程度上跟他的个人特质和历史机遇等主客观两方面的因素有关。

个人特质指的是胡适深谙西方文化、甘为"国人导师"、勇于冒险以及特有的人格魅力四个方面。胡适离开康奈尔去哥伦比亚大学时说道："此五年之岁月，在吾生为最有关系之时代。其间所交朋友，所受

---

① ［美］本尼迪克特·安德森：《想象的共同体——民族主义的起源与散布》，上海世纪出版集团 2011 年版，第 76 页。

② 胡适：《活的语言·活的文学》，《胡适全集》第 12 卷，安徽教育出版社 2003 年版，第 448 页。

待遇，所结人士，所得感遇，所得阅历，所求学问，皆吾所自为，与外来之梓桑观念不可同日而语，其影响于将来之行实，亦当较儿时阅历更大。其尤可念者，则绮之人士初不以外人待余。余之于绮，虽无市民之关系，而得与闻其政事、俗尚、宗教、教育之得失，故余自视几如绮之一分子矣。"① 可见，胡适对西方文化，尤其是美国社会和文化的了解是非常广泛和深入的，并不仅限于某个或几个专业领域。

胡适这种广博的知识兴趣，反映了那个时代刚从国内走出去的青年学人们的强烈的求知欲和报国心，同时我们也能发现，在那一代留学生身上还保存着浓厚的中国传统文人的"通才""通人"观念。胡适在日记中数次反省自己学习上"求博不务精"的缺点，认为"其失在于肤浅"，决心"以专一矫正之"②。在胡适等那辈学人看来，当时中国固然需要学有专长的专家，但更需要启导众生的宗师。而要做新文化的"开山宗师"和"先锋"，不能不具备"通才"的知识结构。胡适在其留美日记（1915 年 5 月 28 日）中写道："吾返观国势，每以今日祖国事事需人，吾不可不周知博览，以为他日为国人导师之预备。"③ 留学归国之际，胡适还自比 19 世纪英国宗教改革运动"牛津运动"（The Oxford movement）领袖牛曼（Newman）、傅鲁得（Froude）、客白儿（Keble），并引用牛曼之名言"如今我们已回来，你们请看分晓罢"，来表达自己愿做"吾辈留学生之先锋旗"的雄心壮志。④

胡适身上所具有的叛逆性和实验精神也是其突破传统束缚的重要条件。当胡适执着于白话诗的尝试之时，任鸿隽就曾劝告他不要"舍大道而由，而必旁逸斜出，植美卉于荆棘之中"⑤。但胡适并没有畏缩，而是秉承当年梁启超所提倡的"破坏亦破坏，不破坏亦破坏"⑥ 的革命精神以及杜威的实验精神，誓言坚持到底："中国文学史上何尝没有代表时代的文学？但我们不该向那'古文传统史'里去寻。因为不肖古

---

① 胡适：《日记》（1915—1917），《胡适全集》第 28 卷，安徽教育出版社 2003 年版，第 271 页。
② 胡适：《日记》（1915—1917），《胡适全集》第 28 卷，安徽教育出版社 2003 年版，第 148 页。
③ 胡适：《日记》（1915—1917），《胡适全集》第 28 卷，安徽教育出版社 2003 年版，第 148 页。
④ 胡适：《日记》（1915—1917），《胡适全集》第 28 卷，安徽教育出版社 2003 年版，第 529 页。
⑤ 胡适：《日记》（1915—1917），《胡适全集》第 28 卷，安徽教育出版社 2003 年版，第 424 页。
⑥ 胡适：《四十自述》，《胡适全集》第 18 卷，安徽教育出版社 2003 年版，第 60 页。

人，所以代表当世！"① 胡适之所以能够发前人之未敢言，倡导白话文学，提出"双线文学"史观，正是与他强烈的反叛精神密切相关的。胡适在留学日记中曾记载：梅光迪曾告诫胡适，提倡白话诗会遭到社会猛烈的攻击，但胡适不为所动，除了自信，靠的就是他的勇气和实验精神。季羡林先生也说胡适"真正的主要的思想"就是实验主义②，也正如胡适自己所说，实验主义对其"一生的文化生命"有着"决定性的影响"③。我们觉得实验主义对胡适来说不仅是一种思想，还是一种态度和精神，对文学革命的最终成功起到了至关重要的作用。

曾朴曾以文学的语言对胡适在新文学运动中的贡献和地位进行过评价。他把胡适描写为新文学运动中的"第一个敢死队里急先锋"，在新文学运动的战场上，扬着三色旗，奋勇直前，大声疾呼。评价胡适虽然是"礼学传统里学问界的贵胄，国故田园里培养成熟的强苗"，但是能够从历史进化的观念出发，从本质上看到了中国传统文学已经到了非改革不可的时刻，"独能不顾一切，在遗传的重重罗网里杀出一条血路来"，最终赢得了同情和支持，激发了青年人的热情。曾朴对胡适的叛逆、勇敢等精神品质大为赞叹："我不佩服你别的，我只佩服你当初这种勇决的精神；比着托尔斯泰弃爵放农身殉主义的精神，有何多让！"④

当然，胡适的性格也有温和的一面，这主要表现在为人处事方面，形成了其独有的人格魅力，使他能够广交朋友，为文学革命组建起了自己的"阵营"，并赢得了社会的广泛支持。胡适"待人亲切、和蔼"，"满面笑容"，不摆"教授架子""名人架子"和"校长架子"，从来不"疾言厉色""发脾气"。"同他在一起，不会有任何一点局促不安之感。他还不缺乏幽默感。"⑤ 这样的性格，才会有人人争说"我的朋友胡适之"的口头禅，无论相识与否，文人雅士、社会贤达多以他为荣。他的名望之高、人缘之好、影响之大，由此可见一斑。

胡适的文学革命态度一直比较温和谦逊，尤其是在发表《文学改

---

① 胡适：《白话文学史》（上），《胡适全集》第 11 卷，安徽教育出版社 2003 年版，第 217 页。
② 季羡林：《序》，《胡适全集》第 1 卷，安徽教育出版社 2003 年版，第 17 页。
③ 胡适：《胡适口述自传》，《胡适全集》第 18 卷，安徽教育出版社 2003 年版，第 248 页。
④ 曾孟朴：《论翻译》，《胡适全集》第 3 卷，安徽教育出版社 2003 年版，第 812 页。
⑤ 季羡林：《序》，《胡适全集》第 1 卷，安徽教育出版社 2003 年版，第 29 页。

良刍议》之时："今之谈文学改良者众矣，记者末学不文，何足以言此？然年来颇于此事再四研思，辅以友朋辩论，其结果所得，颇不无讨论价值。……故草成此论，以为海内外留心此问题者作一草案。谓之刍议，犹云未定草也，伏惟国人同志有以匡纠是正之。"① "末学不文""改良""刍议""匡纠"等词，少了陈独秀、钱玄同等人的火药味，多了一份谦逊和随和，为其在文学革命的论战中赢得了同情，获得了回旋的空间。而面对"学衡派"、甲寅派、南社等阵营的批判甚至谩骂，不管他的真实感受是什么，他都保持着不急不恼的谦谦君子般的学人风范。这不仅降低了文学论战的调门，减少了火药味，也为胡适赢得了不少的同情者和支持者。胡适曾说："我们都不期望有完全一致的主张，只期望各人都根据自己的知识，用公平的态度，来研究中国当前的问题。"② 胡适之所以有主要的态度，既有"叙述策略"的考虑，也是性格使然。陈平原也认为"这里的差异，既有先天的气质与性情，也有后天的教养及环境"。③

历史的机遇则是指胡适酝酿和发动文学革命的时机。文学革命前夕，国内的知识界相对来说比较沉寂。胡适 1918 年 1 月在《归国杂感》中就对回国之后所观察到的社会现实状况表达了极大的失望。当时的文化出版界闭塞保守，几乎与西方新思想隔绝，而"中国的教育，不但不能救亡，简直可以亡国"，感叹"七年没见面的中国还是七年前的老相识"。④ 余英时在《重寻胡适历程》中认为，尤其是辛亥革命成功之后，民国建立，国家还处在"百废待兴"的情势当中。清王朝的统治已经终结，随之而去的是传统文化的逐渐式微。清末民初的知识分子当时都曾期待对国家的建设尤其是文化的发展有新的了解，迫切需要对中西文化问题有进一步的认识，渴望能突破"中体西用"的旧模式旧格局。然而当时学术思想界的几位中心人物之中已没有谁能发挥指导作用了，严复、康有为、梁启超、林纾、章炳麟等人基本都"功成身退"。

---

① 胡适：《文学改良刍议》，《胡适全集》第 1 卷，安徽教育出版社 2003 年版，第 15 页。
② 胡适：《〈独立评论〉引言》，《胡适全集》第 21 卷，安徽教育出版社 2003 年版，第 457 页。
③ 陈平原：《鹦鹉救火与铸剑复仇——胡适与鲁迅的济世情怀》，《学术月刊》2017 年第 49 卷。
④ 胡适：《归国杂感》，《胡适全集》第 1 卷，安徽教育出版社 2003 年版，第 596、593 页。

即便是以翻译西学著称的严复，其西译名著也"半属旧籍，去时势颇远"，到晚年反而主张"尽从吾旧，勿杂以新"，几乎退到"西学为用，中学为体"的保守立场上，国人当然难以在他身上获得西学的新知。这一段思想上的空白正等待着后继者来填补，而胡适恰好就在这个关键性的历史时刻出现了。① 他怀着对历史敏锐的洞见，把握住了世界文学发展的潮流，发动了中国的文学革命。1915 年夏秋之际，胡适在美国与梅光迪、任鸿隽、杨杏佛等人讨论白话诗的时候就明确地宣言："新潮之来不止，文学革命其时也！"并抒发出"文学革命何可更缓耶？可更缓耶？"② 的紧迫感。这说明那个时候的胡适已经感受到世界文学的发展潮流（当然欧美文学的发展潮流），而且能够适时地抓住潮流，发动了中国的"文学革命"。曾朴也曾说："我在畏庐先生身上，不能满足我的希望后，从此便不愿和人谈文学了。一直到您的《文学革命论》在《新青年》杂志上崭然露了头角，我国沉沉死气的旧文学界，觉得震动了一下。"接着便是文言白话的论战，在北方轩然起了大波。③ "一直到您的《文学革命论》在《新青年》杂志上崭然露了头角"，说明胡适出现在文学界的时机确实是千载难逢。这大概就是"天降大任于斯人也"，也可以用胡适所说的"偶然论"来解释（胡适说："新诗和新文学的发生不但是偶然的，而且是偶然的偶然。"④），不管怎么说，机会总是青睐有心人和有准备的人，胡适赶上并抓住了历史所给予的机遇。在这个历史性的阶段，胡适不断思索试验，终于取得文学革命的突破性成果，为中国文学乃至中国文化开辟了新路。

　　总而言之，本书通过对胡适的白话文学（主要是新诗）、现实主义文学和文学批评等观念的阐述，剖析这些观念在形成过程当中中西方资源的成分构成以及两者相互融合的面貌。我们认为，胡适文学思想的形成是在继承和吸收中西方文化文学资源的双重基础上融合而成的，两者不可或缺。胡适借鉴西方是以符合中国国情和满足中国的实际需要为前

---

① 余英时：《重寻胡适历程》，广西师范大学出版社 2004 年版，第 168—169 页。
② 胡适：《日记》(1915—1917)，《胡适全集》第 28 卷，安徽教育出版社 2003 年版，第 337 页。
③ 曾朴：《论翻译》，《胡适全集》第 3 卷，安徽教育出版社 2003 年版，第 812 页。
④ 胡适：《新文学·新诗·新文字》，《胡适全集》第 12 卷，安徽教育出版社 2003 年版，第 435 页。

提的，中国所缺乏的，取西方的来补充，中国不够完善或不够成熟的，取西方的来提高。胡适的文学思想是中西方各种因子互相阐发互相参证的结果，也就是胡适所说的中国因素长久"暴露"[①] 在西方面前所导致的结果。胡适的西方学养丰富而深厚，但他毕竟有着深厚的中国传统文化根基，对中国传统文化一直保持着尊重和维护。在中国文化建设的现代化过程中，胡适虽然主张全盘西化或者说充分地西化，但这并不意味着要彻底否定中国思想传统中众多有价值的资源。

胡适在 1933 年英文版的《中国的文艺复兴》(*The Chinese Renaissance*) 的序言中如此说："Slowly, quietly, but unmistakebly, the Chinese Renaissance is becoming a reality. The product of this rebirtth looks suspiciously occidental. But, scratch its surface and you will find that the stuff of which it is made is essentially the Chinese bedrock which much weathering and corrosion have only made stand out more clearly—the humanistic and rationa-listic China resurrected by the touch of the scientific and democratic cevilization of the new world. "[②] （周质平译为："缓慢地、悄悄的、然而毫不可疑的，中国的文艺复兴正在变成一个事实。这个再生的文化看似西方的。但只要刮去它的表层，你就能看到基本上是中国的基底，这个基底在饱经风雨之后，却显得更清楚了，那是人本主义与理性主义的中国在受到新世界科学与民主触发之后的一个新生。"[③]）

胡适与近现代文学史上很多作家、诗人或批评家一样，在接受西方影响时，多是在对西方文化强烈认同的前提下，对中国传统文化（当然包括中国传统文学）进行深入考察和重新审视，发现问题，找准症结，开出西方的"药方"。因此可以说，胡适对西方思想的接受更具有现实性、针对性和丰富性。当然，胡适对西方文化的吸收和借鉴也存在一些"误读"，但其原因更多的要归结于叙述策略的需要和历史的局限。西学大潮汹涌之际，有些人难免会对西方文化产生崇拜的心理，正如有研究所指出的那样："在西方中心主义的地理空间表述中，世界无

---

① 胡适：《1938 年：中国和日本的西化》，《胡适文集》(11)，北京大学出版社 1998 年版，第 786—787 页。

② 胡适："The Chinese Renaissance"，《胡适全集》第 37 卷，安徽教育出版社 2003 年版，第 18 页。

③ 周质平：《胡适与现代中国思潮》，南京大学出版社 2002 年版，第 284 页。

非是由'西方及世界的其他地方'（the West and the rest）组成的。在这个词组中，'西方'是大写的，'世界的其他地方'是小写的。在它的历史时间表征形式中，世界也是由'过去'和'现在'组成的，而'过去'一般是指那些与西方不同的已经消失或行将消失的社会形态或文化模式，'现在'则是'西方'代表的那种'进步的时态'。"① 在这样的历史语境中，很多知识分子对西方的态度和认知多少会带上理想化的色彩，而作为对西方极为认同的胡适自然也不能例外。担任过民国政府教育部部长和北京大学校长的蒋梦麟曾积极评价新文化运动，其中对胡适所作的贡献给予了高度肯定。蒋梦麟说，民国八年的北京学生运动中，北大教授所提倡的科学和现代民主观念，以及胡适所倡导的文学革命，是自觉输入西方思想的开端。这种努力之前只限于"洋务运动"和"百日维新"等工业和政治方面，但这次自觉的努力则更为接近中国文化的中心内容，是文化领域对西方的全面开放，促使中国文化史也随之翻开了新的篇章。自此，"中国文化把前进的目标指向西方，并努力调整航线，以期适应西方文化的主流"。②

　　胡适对西方资源的借鉴和吸收总体来说是比较成功的，推进了中国文化现代化的进程。

---

① 王铭铭：《西学"中国化"的历史困境》，广西师范大学出版社 2005 年版，第 274 页。
② 蒋梦麟：《西潮·新潮》，岳麓书社 2000 年版，第 242 页。

参考文献

一　中文文献

（一）　胡适著述

胡适：《北京大学图书馆藏胡适未刊书信日记》，清华大学出版社 2003 年版。

胡适：《胡适留美日记》，岳麓书社 2000 年版。

胡适：《胡适全集》（全四十四卷），季羡林主编，安徽教育出版社 2003 年版。

胡适：《胡适日记》（全八册），曹伯言整理，安徽教育出版社 2001 年版。

胡适：《胡适书信集》（全三册），耿云志、欧阳哲生编，北京大学出版社 1996 年版。

胡适：《胡适文集》（全十二册），欧阳哲生编，北京大学出版社 1998 年版。

胡适：《胡适演讲录》，杜春和等编，河北人民出版社 1999 年版。

（二）　专著类

白吉庵：《胡适传》，人民出版社 1993 年版。

白振奎：《胡适人格》，河南人民出版社 2004 年版。

蔡元培：《蔡元培全集》（全四卷），高平叔编，中华书局 1984 年版。

曹伯言、季维龙：《胡适年版谱》，安徽教育出版社 1989 年版。

曹而云：《白话文体与现代性》，博士学位论文，北京师范大学，2003 年。

曹顺庆主编：《两汉文论译注》，北京出版社 1981 年版。

策纵：《五四运动：现代中国的思想革命》，江苏人民出版社 1999 年版。

陈独秀：《陈独秀著作选》，上海人民出版社 1993 年版。

陈衡哲：《西洋史》，东方出版社 2007 年版。

陈金淦：《胡适研究资料》，北京十月文艺出版社 1989 年版。

陈文新：《明代诗学》，湖南人民出版社 2000 年版。

单正平：《晚清民族主义与文学转型》，人民出版社 2006 年版。

杜书瀛、钱竞：《中国 20 世纪文艺学学术史》（全四卷），上海文艺出
    版社 2001 年版。

高玉：《现代汉语与中国现代文学》，中国社会科学出版社 2003 年版。

郜元宝：《汉语别史——现代中国的语言体验》，山东教育出版社 2010
    年版。

郜元宝：《胡适印象》，学林出版社 1997 年版。

耿云志、闻黎明编：《现代学术史上的胡适》，生活·读书·新知三联
    书店 1993 年版。

耿云志：《胡适年版谱》，四川人民出版社 1989 年版。

耿云志：《胡适研究论稿》，社会科学文献出版社 2007 年版。

郭延礼：《近代西学与中国文学》，百花洲文艺出版社 2010 年版。

韩立群：《中国语文革命——现代语文观及其实践》，中央编译出版社
    2003 年版。

何兆武：《文化漫谈——思想的近代化及其他》，中国人民大学出版社
    2004 年版。

胡明：《胡适传》，人民文学出版社 1996 年版。

胡全章：《清末白话文运动》，中国社会科学院出版社 2015 年版。

胡文生：《向西方学习——走近胡适》，中国社会出版社 2005 年版。

黄晋凯等编：《象征主义·意象派》，中国人民大学出版社 1989 年版。

黄晓蕾：《民国时期的语言政策》，中国社会科学院出版社 2013 年版。

江进勇：《舍我其谁：胡适第一部璞玉赤壁（1891—1917）》，新星出版
    社 2011 年版。

蒋洪新：《英诗新方向——庞德、艾略特诗学理论与文化批评研究》，湖
    南教育出版社 2001 年版。

蒋梦麟：《西潮·新潮》，岳麓书社 2000 年版。

旷新年：《胡适文学思想研究》，博士学位论文，北京大学，1996 年。

雷颐：《历史的选择——近代中国与幽暗人性》，广西师范大学出版社2007年版。

李敖：《胡适研究》，中国友谊出版公司2006年版。

李帆：《民国思想论丛——学衡派》，长春出版社2013年版。

李赋宁、何其莘：《英语中古时期文学史》，外语教学与研究出版社2006年版。

李泽厚：《中国现代思想史论》，东方出版社1987年版。

梁启超：《梁启超全集》（全十卷），张品兴主编，北京出版社1999年版。

廖七一：《胡适诗歌翻译研究》，清华大学出版社2006年版。

林毓生：《中国意识的危机》，贵州人民出版社1986年版。

刘禾：《跨语际实践——文学，民族文化与被译介的现代性（中国，1900—1937)》，生活·读书·新知三联书店2008年版。

刘海平、王守仁：《新编美国文学史》（共四卷），上海外语教育出版社2000年版。

刘进才：《语言文学的现代建构——语言运动与中国现代文学再探索》，北京大学出版社2015年版。

刘青峰：《胡适与现代中国文化转型——当代中国文化研究集刊》，香港中文大学出版社1994年版。

刘若愚：《中国的文学理论》，四川人民出版社1987年版。

刘现强：《现代汉语节奏研究》，北京大学出版社2007年版。

柳鸣九：《法国文学史》（全三卷），人民文学出版社2007年版。

卢洪涛：《中国现代文学思潮史论》，中国社会科学出版社2005年版。

罗尔纲：《师门五年版记·胡适琐记》，生活·读书·新知三联书店2006年版。

罗志田：《再造文明的尝试》，中华书局2006年版。

梅光迪：《梅光迪文录》，梅罗岗、陈春艳编，辽宁教育出版社2001年版。

欧阳哲生：《欧阳哲学讲胡适》，北京大学出版社2008年版。

裴效维、牛仰山：《近代文学研究》，北京出版社2001年版。

钱理群、温儒敏、吴福辉：《中国现代文学三十年版》，北京大学出版社1998年修订版。

任访秋：《中国近代文学史》，河南大学出版社1998年版。

尚静宏、杨亮：《从古典到现代——中国文学演变主潮（1840—1916）》，
　　河南大学出版社 2012 年版。

邵滢：《中国文学批评现代建构之反思》，湖北教育出版社 2006 年版。

沈卫威：《"学衡派"谱系》，江西教育出版社 2007 年版。

沈卫威：《无地自由——胡适传》，安徽教育出版社 2005 年版。

施袁喜编译：《美国文化简史——19—20 世纪美国转折时期的巨变》，
　　中央编译出版社 2006 年版。

石原皋：《闲话胡适》，安徽人民出版社 1985 年版。

时世平：《救亡·启蒙·复兴——现代性焦虑与清末民初文学语言转型
　　论》，天津社会科学院出版社 2015 年版。

宋菲：《中国现代文学批评观念发生浅论》，硕士学位论文，河北大学，
　　2006 年。

唐德刚：《胡适口述自传》，安徽教育出版社 2005 年版。

唐德刚：《胡适杂忆》，广西师范大学出版社 2005 年版。

王瑞：《鲁迅胡适文化心理比较》，社会科学文献出版社 2006 年版。

王本朝：《中国现代文学观念与知识谱系》，人民出版社 2013 年版。

王焕宝：《意大利近代文学史》，外语教学与研究出版社 1997 年版。

王济民：《晚清民初的科学思潮和文学的科学批判》，中国社会科学出
　　版社 2004 年版。

王润华：《中西文学关系研究》，东大图书公司 1978 年版。

王晓明主编：《二十世纪中国文学史论》，中国出版集团东方出版中心
　　2003 年版。

王英志：《袁枚赵翼集》，凤凰出版社 2009 年版。

王中江：《进化论在中国的兴起》，中国人民大学出版社 2010 年版。

温儒敏：《中国现代文学批评史》，北京大学出版社 1993 年版。

吴宓：《吴宓诗话》，商务印书馆 2005 年版。

吴丕：《进化论与中国激进主义（1859—1924）》，北京大学出版社 2005
　　年版。

伍涵芬：《说诗乐趣校注》，齐鲁书社 1992 年版。

夏志清：《文学的前途》，生活·读书·新知三联书店 2002 年版。

徐时仪：《汉语白话发展史》，北京大学出版社 2007 年版。

徐雁平：《胡适与整理国故考论》，安徽教育出版社 2003 年版。

徐友渔：《哥白尼式的革命——哲学中的语言转向》，上海三联书店 1994 年版。

许道明：《中国现代文学批评史新编》，复旦大学出版社 2002 年版。

严云受：《胡适论红学》，安徽教育出版社 2006 年版。

叶维廉：《中国诗学》，人民文学出版社 2006 年版。

易竹贤：《胡适传》，湖北人民出版社 1987 年版。

易竹贤：《胡适与现代中国文化》，武汉大学出版社 1993 年版。

殷志鹏：《赫贞江畔读胡适》，台北："国家出版社" 2005 年版。

余英时：《文史传统与文化重建》，生活·读书·新知三联书店 2004 年版。

余英时：《重寻胡适历程》，广西师范大学出版社 2004 年版。

虞建华等：《美国文学的第二次繁荣》，上海外语教育出版社 2004 年版。

袁进：《新文学的先驱——欧化白话文在近代的发生、演变和影响》，复旦大学出版社 2014 年版。

袁进：《中国文学的近代变革》，广西师范大学出版社 2006 年版。

袁进：《中国文学观念的近代变革》，上海社会科学院出版社 1996 年版。

张宝明：《文言与白话——一个世纪的纠结》，华东师范大学出版社 2014 年版。

张光芒：《中国当代启蒙文学思潮论》，上海三联书店 2006 年版。

张少康：《中国文学理论批评史教程》，北京大学出版社 1999 年版。

张世华：《意大利文学史》，上海外语教育出版社 2003 年版。

赵家璧：《中国新文学大系·建设理论集》，上海文艺出版社 2003 年版。

赵家璧：《中国新文学大系·史料·索引》，上海文艺出版社 2003 年版。

赵家璧：《中国新文学大系·文学论争集》，上海文艺出版社 2003 年版。

赵金钟：《中国新诗的现代性与民间性》，宁夏人民出版社 2007 年版。

赵文静：《翻译的文化操控——胡适的改写与新文化的建构》，复旦大学出版社 2006 年版。

郑澈：《英语世界的胡适》，中国社会科学出版社 2016 年版。

郑敏：《诗歌与哲学是近邻——结构—解构诗论》，北京大学出版社 1999 年版。

周海波：《中国现代文学批评史论》，上海人民出版社 2002 年版。

周明之：《胡适与中国现代知识分子的选择》，广西师范大学出版社 2005 年版。

周启超主编：《跨文化的文学理论研究》，百花文艺出版社 2006 年版。

周质平：《光焰不熄——胡适思想与现代中国》，九州出版社 2012 年版。

周质平：《胡适与中国现代思潮》，南京大学出版社 2002 年版。

周作人：《论中国近世文学》，海南出版社 1994 年版。

朱文华：《胡适——开风气的尝试者》，复旦大学出版社 1992 年版。

朱文华：《胡适评传》，重庆出版社 1988 年版。

朱文华：《胡适评传》，青岛出版社 2007 年版。

朱自清：《朱自清说诗》，上海古籍出版社 1998 年版。

朱自清：《朱自清选集》（上、下），人民文学出版社 1991 年版。

子通主编：《胡适评说八十年》，中国华侨出版社 2003 年版。

［俄］巴赫金：《陀思妥耶夫斯基诗学问题》，白春仁、顾亚铃译，生活·读书·新知三联书店 1987 年版。

［美］本杰明·史华慈：《寻求富强——严复与西方》，叶凤美译，中信出版社 2016 年版。

［美］杜威：《杜威五大演讲》，胡适口译，安徽教育出版社 2005 年版。

［美］杜威：《实用主义》，世界知识出版社 2007 年版。

［美］杜威：《自由主义》，世界知识出版社 2007 年版。

［美］费正清：《剑桥中华民国史（1912—1949）》，中国社会科学出版社 1994 年版。

［美］格里德：《中国革命中的自由主义》，鲁奇译，江苏人民出版社 1993 年版。

［美］惠特曼：《草叶集》（上下册），楚图南、李野光译，人民文学出版社 1987 年版。

［美］杰姆逊：《后现代主义有文化理论》，北京大学出版社 1997 年版。

［美］史书美：《现代的诱惑——书写半殖民地中国的现代主义（1917—1937）》，何恬译，江苏人民出版社 2007 年版。

［瑞士］索绪尔：《普通语言学教程》，高名凯译，商务印书馆 1980 年版。

［英］彼得·伯克：《语言的文化史——近代早期欧洲的语言和共同体》，李霄翔、李鲁、杨豫译，北京大学出版社 2007 年版。

［英］彼德·琼斯：《意象派诗选》，裘小龙译，漓江出版社 1986 年版。

［英］苏·赖特：《语言政策与语言规划——从民族主义到全球化》，陈新仁译，商务印书馆 2012 年版。

（三）论文类

步大唐：《论胡适诗派》，《四川大学学报》1996 年第 4 期。

曹琴：《社会语言学视域下的白话文运动》，《社会科学家》2005 年第 4 期。

曹而云：《胡适白话诗论的意义及盲点》，《福建师范大学学报》2004 年第 5 期。

曹而云：《胡适的文学功能观》，《海南大学学报》2005 年第 1 期。

曹尔云：《翻译实践与现代白话文运动》，《福建论坛》（人文社会科学版）2004 年第 8 期。

陈均：《早期新诗"说理风气"之形成》，《江汉大学学报》2006 年第 4 期。

陈希：《胡适与意象派》，《鄂州大学学报》1998 年第 1 期。

陈平原：《胡适的述学文体（上）》，《学术月刊》2002 年第 7 期。

陈平原：《胡适的述学文体（下）》，《学术月刊》2002 年第 8 期。

陈旭光：《论初期白话诗的寓言形态及其文化象征意义》，《中国文化研究》1997 年夏之卷。

陈学祖：《透明的限度：胡适派诗学对中西美学、诗学的偏区取及其得失》，《思想战线》2002 年第 6 期。

丁兴汉：《中国近代白话文运动的历史透视》，《杭州师范学院学报》2002 年第 2 期。

董炳月：《中间物：胡适新诗理论的历史特征》，《中国现代文学研究丛刊》1990 年第 2 期。

杜素娟：《关于白话文运动的几点追问与思索》，《中国现代文学研究丛刊》1997 年第 4 期。

段怀清：《胡适文学改良主张中三个尚待澄清的问题》，《浙江大学学报》2007 年第 3 期。

范劲：《胡适的一篇重要佚文》，《文艺理论研究》2005 年第 5 期。

范钦林：《如何评价"五四"白话文运动》，《文学评论》1994 年第 2 期。

高逾：《胡适〈谈新诗〉论析——新诗的自然音节是什么》，《福建论坛》

1989 年第 4 期。

高玉：《胡适白话文学理论检讨》，《湖北大学学报》2000 年第 2 期。

高玉：《论胡适与"学衡派"在文化建设观念上的分野》，《求是学刊》2004 年第 1 期。

高名凯、徐通锵：《"五四"运动与白话文问题》，《北京大学学报》1959 年第 3 期。

龚喜平：《新学诗·新派诗·歌体诗·白话诗——论中国新诗的发生与发展》，《西北师大学报》1988 年第 3 期。

顾庆：《胡适与现代文学新观念》，《陕西师范大学学报》2000 年第 3 期。

顾红亮：《胡适范式的解释学意义与效应》，《兰州大学学报》2001 年第 3 期。

何休：《新诗理论的开拓和周作人的新诗主张》，《四川大学学报》2002 年第 4 期。

泓俊：《东方文化视界中的美国与西方文化视界中的中国——胡适遭遇的解释学困境及其原型意义》，《河南师范大学学报》2004 年第 2 期。

胡明：《胡适与中国文学的现代转型》，《学术月刊》1994 年第 3 期。

胡明：《试论胡适少年时代的思想启蒙》，《苏州大学学报》1996 年第 1 期。

焦雨虹：《胡适的"接受史"》，《江淮论坛》2005 年第 4 期。

金元浦：《作者中心论的衰落——现代西方文学批评史上的一次重大转折》，《文艺理论研究》1991 年第 4 期。

经传方：《徽文化哺育了少年胡适》，《社会科学战线》2006 年第 4 期。

旷新年：《胡适与白话文运动》，《中国现代文学研究丛刊》1999 年第 2 期。

旷新年：《胡适与新文化运动》，《杭州师范学院学报》2001 年第 5 期。

旷新年：《胡适与意象派》，《中国文化研究》1999 年秋之卷。

旷新年：《激进主义与现代性经验》，《读书》2000 年第 5 期。

旷新年：《民族国家想象与中国现代文学》，《文学评论》2003 年第 1 期。

旷新年：《文学的重新定义》，《中国现代文学研究丛刊》2000 年第 3 期。

旷新年：《现代文学的发生与形成》，《文学评论》2000 年第 4 期。

旷新年：《中国现代思想史上的胡适》，《读书》2002 年第 9 期。

旷新年：《作为制度的文学史》，《文艺争鸣》1998 年第 6 期。

蓝东兴：《白话文运动和汉字改革运动不同结果之分析》，《贵州师范大学学报》2001 年第 4 期。

雷晓敏：《外来文化与中国白话文运动》，《西北农业科技大学学报》（社会科学版）2007 年第 5 期。

雷业洪：《论胡适新诗理论的价值系统》，《淮北煤炭师范学院学报》2004 年第 4 期。

李丹：《胡适：汉英诗互译、英语诗与白话诗的写作》，《文学评论》2006 年第 4 期。

李怡：《重绘现代中国文学批评的概念谱系——我们的立场与目标》，《首都师范大学学报》2006 年第 6 期。

李怡：《重审中国新诗发展的启端——初期白话诗研究综述》，《中国现代文学研究丛刊》1996 年第 2 期。

李建国、龚秀勇：《胡适之科学精神及其文化渊源》，《社会科学研究》2002 年第 3 期。

李新宇：《胡适：新文化园地里的孤独守望》，《南方文坛》2003 年第 1 期。

廖七一：《胡适的白话译诗与中国文艺复兴》，《四川外语学院学报》2004 年第 5 期。

廖七一：《胡适译诗与新诗体的建构》，《四川外语学院学报》2005 年第 6 期。

廖七一：《论胡适诗歌翻译的转型》，《中国翻译》2003 年第 5 期。

廖七一：《庞德与胡适：诗歌翻译的文化思考》，《外国语》2003 年第 6 期。

刘石：《关于胡适的两部中国文学史著作》，《文学评论》2003 年第 4 期。

刘东方：《论胡适现代文体理论的文学史意义》，《中国现代文学研究丛刊》2007 年第 4 期。

刘芳亮：《近代化视域下的话语体系变革——中国"五四"白话文运动和日本言文一致运动之共性研究》2004 年第 3 期。

刘锋杰：《胡适小说研究中的"美意识"》，《江淮论坛》1997 年第 3 期。

刘富华、木涵：《胡适在新诗发展中的贡献与局限性》，《吉林大学社会科学学报》2004 年第 4 期。

刘进才：《1917—1927：现代文学批评范式的初步确立》，《广东社会科学》2001 年第 5 期。

刘锡诚：《胡适的民间文学理论与实践》，《西北民族研究》2007 年第 2 期。

刘自匪：《从"教育救国"到"文学革命"——胡适"文学革命"主张的形成》，《华东师范大学学报》1997 年第 2 期。

罗振亚：《"重述"与建构——论胡适的文学史观》，《文艺研究》2005 年第 11 期。

罗志田：《杜威对胡适的影响》，《四川师范大学学报》2002 年第 2 期。

骆玉明：《古典与现代之间——胡适、周作人对中国新文学源流的回溯及其中的问题》，《中国文学研究》2000 年第 4 期。

吕周聚：《胡适与俄国形式主义学派文学史理论比较研究》，《山东社会科学》1998 年第 6 期。

马聘：《胡适眼中的西方——从胡适文中的西方人名谈起》，《社会科学辑刊》2005 年第 3 期。

马萧：《胡适的文学翻译与文学创作》，《江汉论坛》2005 年第 12 期。

马金起、杨学民：《论胡适的思维方式及中西文化观》，《山东社会科学》2002 年第 6 期。

马以鑫：《"白话文运动"历史轨迹的重新考察》，《华东师范大学学报》1996 年第 2 期。

冒建华：《胡适文学思想的双重奏》，《社科纵横》2004 年第 6 期。

孟泽：《工具意识与胡适的诗歌设计"原理"》，《首都师范大学学报》2003 年第 2 期。

孟宪强：《胡适与莎士比亚——〈中国莎学简史〉自补遗》，《四川戏剧》2000 年第 1 期。

潘颂德：《中国现代新诗理论批评的历史经验》，《东疆学刊》2002 年第 4 期。

逄增玉、胡玉伟：《进化论的理论预设与胡适的文学史重述》，《东北师大学报》2002 年第 1 期。

彭德惠：《从胡适的文学革命观看语言改革对新文化运动的贡献》，《文艺理论与批评》2005 年第 4 期。

祁和晖：《白话文革命早在"五四"运动之前已经开始——近代文学中的白话文运动》，《西南民族学院学报》2003 年第 3 期。

钱晓宇：《文言与白话之争的当代反思——以五四白话文运动为中心探讨语言革新的复杂性》，《江西社会科学》2007 年第 5 期。

秦亢宗、蒋成禹：《"五四"时期写实派白话诗述评》，《杭州大学学报》1982 年第 3 期。

邱江宁：《语言、情境与有意味的形式——以〈聊斋志异·江城〉为例兼辨析胡适〈论短篇小说〉中关于〈聊斋志异〉的批评》，《社会科学辑刊》2003 年第 3 期。

任生名：《胡适有比较的文学研究观》，《中国比较文学》1998 年第 4 期。

沈永宝：《〈文学改良刍议〉探源——胡适与黄远生》，《上海社会科学院学术季刊》1995 年第 2 期。

沈永宝：《论胡适的"文学革命八事"以南社为背景》，《天津社会科学》1995 年第 5 期。

宋剑华：《论胡适的文艺美学思想》，《江淮论坛》1987 年第 6 期。

苏华：《胡适与都德的〈最后一课〉》，《文艺理论与批评》1998 年第 2 期。

唐金海：《文学史观的"长河意识"和"博物馆意识"》，《中山大学学报》2005 年第 3 期。

王珂：《胡适没有受到意象派的真正影响——兼论胡适提出"作诗如作文"的原因》，《中州学刊》2007 年第 2 期。

王珂：《论白话诗运动对新诗的文体生成与文体形态的影响》，《理论与创作》2006 年第 3 期。

王敏：《中国现代文学批评史上的"形式"概念》，《西北工业大学学报》2007 年第 1 期。

王桂妹：《话语系统转换的历史合法性——"五四"文化激进主义与白话文运动》，《东北师大学报》2001 年第 6 期。

王立荣：《论胡适自由主义思想对中国现代化的意义》，《辽宁师范大学学报》2000 年第 2 期。

王小林：《胡适与美国意象派》，《湘潭大学学报》2005 年第 3 期。

王永生：《中国现代文学批评史研究的起步与展望》，《复旦学报》1984 年第 5 期。

温儒敏：《文学史观的建构与对话——围绕初期新文学的评价》，《北京大学学报》2000 年第 4 期。

文雁、莫海斌：《胡适与美国意象派：被叙述出来的影响》，《暨南学报》（人文科学与社会科学版）2004 年第 2 期。

闻继宁：《胡适关于文学革命的哲学思考》，《江淮论坛》1995 年第 2 期。

吴奔星：《论初期白话诗派——纪念文学革命七十周年》，《中国文学研究》1987 年第 2 期。

吴思敬：《二十世纪新诗理论的几个焦点问题》，《文学评论》2002 年第 6 期。

夏德勇、伍世昭：《中国现代文学理论批评语言形式价值取向论》，《文学评论》2006 年第 5 期。

二　英文文献

Achilles Fang, *From Imagism to Whitmanism in Recent Chinese Poetry: A Research for Poetics that Failed*, in Horst Franz and G. L. Anderson, eds., *Indiana University Conference on Oriental-Western Literacy Relations*, Chapel Hill: University of North Carolina Press, 1955.

Bonnie S. Mcdougall, *The Introduction of Western Literacy Theories Freedom into Modern China 1919—1925*, Tokyo: The Center for East Asian Cultural Studies, 1971.

Chen-Te Yang Hu Shih, "Pragmatism, and the Chinese Tradition", University of Wisconsin – Madison, 1993.

Chou Chih-ping, *The Hu Shi Reader: An Advanced Reading Text for Modern Chinese*, Yale University, Far Eastern Publication, 1990.

Chow Tse-tsung, *The May Fourth Movement: Intellectual Revolution in Modern China*, *Cambridge*, Massachusetts: Havard University Press, 1960.

Chung H. Edward Gunn, *Rewriting Chinese: Styles and Innovation in Twentiethcentury Chinese Prose*, Stanford: Stanford University Press, 1991.

Elisabeth S. Eide, "Hu Shih and Ibsen: Ibsen's Influence in China 1917—1921 as Seen through the Eyes of a Prominent Chinese Intellectual", University of Oslo, 1973.

E. M. Gunn, "Unwelcome Muse: Chinese Literature in Shanghai and Peking 1937—1945", *Chinese Literature Essays Articles Reviews*, No. 2, April 1982.

Harriet Shafritz Glass, "Challenge of Two Worlds: The Early Intellectual De-

velopment of Hu Shih", University of Nebraska (Lincoln campus),
1965.

Jaroslav Průšek, *Three Sketches of Chinese Literature*, Prague: Oriental Insti-
tute in Academia, 1969.

Jaroslav Prüsek, *Dictionary of Oriental Literatures*, *Volumes 1 – 3*, Vikas Pub-
lishing House, 1975.

Jerome B. Grieder, *Hu Shih and the Chinese Renaissance: Liberalism in the
Chinese Revolution*, *1917—1937*, Harvard University Press, 1970.

Lee Leo Oufan, "Modernism in Modern Chinese Literature: A Study ('Some-
what Comparative in Literacy History')", *Tamkang Review*, Vol. 10,
No. 3 – 4, Spring-Summer 1980.

Li Dian, "Writing in Crisis: Translation, Genre, and Identity in Modern
Chinese Poetry", Ph. D. Dissertation, University of Michigan, 1997.

Mao Chen, "Hermeneutics and the Implied May Fourth Reader: A Study of
Hu Shih, Lu Xun and Mao Dun", State University of New York at Stony
Brook, 1992.

Mcdougall B. Kamlouie, *The Literature of China in the Twentieth Century*,
Hurst & Company, 1997.

M. Chen, *Between Tradition and Change: The Hermeneutics of May Fourth Lit-
erature*, University Press of America, 1997.

Peter King Hung Lee, "Key Intellectual Issues Arising from the May Fourth
Movement in China: With Particular Reference to Hu Shih, Li Ta-
chao, and Liang Sou-Ming", Boston University, 1974.

Robert F. Muir, "Hu Shih: A Biographical Sketch 1891—1917 with Empha-
sis on His Intellectual Development", Columbia University, 1972.

Shouyi Chen, *Chinese Literature: A Historical Introduction*, Ronald Press,
1961.

Shuei-may Chang, *Casting off the Shackles of Family: Ibsen's Nora Figure in
Modern Chinese Literature*, *1918—1942*, New York: Peter Lang, 2004.

Shu-lun Wei, "A Study of Hu Shih's Rhetorical Discourses on the Chinese Lit-
eracy Revolution: 1915—20", Ph. D. Dissertation, Bowling Green State

University, 1979.

Susan Chan Egan, Chih-P'Ing Chou, *A Pragmatist and His Free Spirit*: *The Half-Century Romance of Hu Shi and Edith Clifford Williams*, Beijing: Chinese University Press, 2009.

Thomas Hsüeh-po Lee, "Hu Shih, the Autobiographer: A Study of Western Influence", University of Wisconsin – Madison, 1972.

Twitchett, "Sources of Chinese Tradition, Bulletin of the School of Oriental and African Studies", University of London, 1961.

T. K. Tong, B. I. Schwartz, "Reflections on the May Fourth Movement", *American Political Science Association*, No. 4, 1975.

Wendy Larson, *Literary Authority and the Modern Chinese Writer*: *Ambivalence and Autobiography*, Durham: Duke University Press, 1991.

Xiaomei Chen, *Reading the Right Text*: *An Anthology of Contemporary Chinese Drama*, University of Hawai'i Press, 2003.

Xiaomei Chen, *The Columbia Anthology of Modern Chinese Drama*, Columbia University Press, 2010.

后　记

　　本书是作者多年来研究胡适文学思想的一个总结。从开始阅读胡适的原典和相关研究文献算起，我对胡适研究的关注大概有十五年的时间了。在我看来，胡适文学思想的形成与中西方文化密切相关，要厘清二者的关系，我们不仅要探索中西方之间"横的移植"问题，也要兼顾胡适文学思想与中国文化传统之间"纵的继承"关系。因此，搭建稳妥的整体框架，把握好各种错综复杂的"纵横"关系，是客观呈现胡适文学思想整体面貌的前提之一，也是研究胡适文学观念的重点和难点，值得深入探讨。

　　十年前，我曾经出版过一本小书《西方文化影响下的胡适文学思想》，是对胡适文学观念的阶段性认识。那本小书主要是从西方文化影响的角度探讨胡适文学观念的形成，算是"横的移植"，而"纵的继承"方面，也就是胡适的文学观念究竟吸收了哪些中国传统文化资源、是如何吸收的等内容，并没有深入梳理和分析。

　　2013年，我以"胡适文学思想的本土传统与西学资源研究"为课题名称申报国家社科基金项目并获得立项，让我有机会继续深入研究胡适文学思想这个课题。本书的内容就是该课题的结项成果，希望能够抛砖引玉，推动胡适文学思想的研究继续走向深入。需要说明的是，书中的有些内容曾以论文的形式公开发表过，在此不再一一标明。

　　从立项到结项，历时五年。这五年的时间里，我得到了许多人的帮助，包括我的同事、朋友、学生以及家人。感谢他们给予我许多支持和激励，为我查找文献、润色文字、校对文稿，督促我一步一个脚印地工作，直至完成课题研究。

书中难免存有疏漏和错误，这些都是作者的责任，还请读者批评指正。

是为后记。

王光和